Knaur.

Knaur.

Im Knaur Taschenbuch Verlag sind bereits folgende Bücher der Autorin erschienen:
Sisi – Ein Traum von Liebe
Maria Theresia – Zwischen Thron und Liebe
Beginenfeuer

Über die Autorin:
Marie Cristen lebt mit ihrer Familie in der Nähe von München. Sie ist die Autorin zweier erfolgreicher Romanbiographien über die berühmtesten Kaiserinnen der Habsburger sowie des packenden Mittelalter-Romans *Beginenfeuer*, der den ersten Teil ihrer Flandern-Saga darstellt.
Mehr über die Autorin können Sie auf ihrer Website erfahren:
www.marie-cristen.de

Marie Cristen

Die Stunde des Venezianers

Roman

Knaur Taschenbuch Verlag

Besuchen Sie uns im Internet:
www.knaur.de

Vollständige Taschenbuchausgabe Januar 2009
Knaur Taschenbuch.

Ein Unternehmen der Droemerschen Verlagsanstalt
Th. Knaur Nachf. GmbH & Co. KG, München

Lektorat: Barbara Kiesebrink
Umschlaggestaltung: ZERO Werbeagentur, München
Umschlagabbildung: Bridgeman Art Library
Satz: Adobe InDesign im Verlag
Druck und Bindung: GGP Media GmbH, Pößneck
Printed in Germany
ISBN 978-3-426-63955-9

2 4 5 3 1

Für Eleonore Ulmer,
die meine Liebe zum Schreiben
und zur Historie geweckt hat

Prolog

KÖNIGREICH FRANKREICH, FREIGRAFSCHAFT BURGUND
BURG VON COURTENAY

2. August 1356

Am Burggraben endete ihr Ritt. Violante von Andrieu zügelte ihre Stute und starrte auf die hochgezogene Zugbrücke. Aus der ersten Schießscharte des Wachturmes fiel eine Fahne über die Mauer herab. Kein Windhauch bewegte das schwarze Tuch. Ihre bösen Ahnungen wurden zur Gewissheit.

»Die Pest! Das darf uns Gott nicht antun, Jean-Paul!«

Jean-Paul suchte die Zinnen der Festung nach einem Lebenszeichen ab.

»Es gibt keinen Zweifel, Mutter, die Fahne spricht für sich. Und nirgendwo ein Torwächter. Courtenay ist ein Pesthaus. Deshalb hören wir seit Tagen nichts von Simon.«

Jean-Paul stand am Beginn seines vierten Lebensjahrzehnts. Unter der Kappe mit der langen Reiherfeder schimmerten graue Schläfen. Er war drei Jahre jünger als sein Bruder Simon, der mit seiner Familie auf Courtenay lebte, Violantes elterlichem Erbe. Die ehemalige Grafschaft war seit einer Generation Teil des großen Lehens von Andrieu.

»Ich will es einfach nicht glauben!«

Violante riss ihr Pferd auf den Hinterbeinen herum. Sie glich einer alterslosen Amazone, obwohl das Haar unter dem Gebände längst schneeweiß war. Ein Netzwerk von Falten furchte die Haut um Augen und Mund.

Seit dem Tod ihres Mannes Mathieu herrschte die fünfundsechzigjährige Gräfin mit straffer Hand über Land und Leute. Sie war eine kluge und warmherzige Herrin und hatte Simon gewähren lassen, dem als Ältestem die Wahl zustand, auf Courtenay zu leben. Sie ließ ihm die Freiheit und die Selbständigkeit, die ihm wichtig waren, und hielt sich aus seinen Entscheidungen heraus. Courtenay war bei ihm in guten Händen. Sie hatte ansonsten genug Schwierigkeiten im Gebiet von Andrieu. Die verheerende Pestepidemie von 1349 hatte zu viele Opfer gefordert. Ganze Dörfer waren entvölkert, und die Felder lagen brach. Es fehlte nicht nur an Bauern, sondern auch an Handwerkern, Jägern und Fischern. Dieses neuerliche Aufflackern der Pest würde den wirtschaftlichen Ruin von Andrieu bedeuten.

»Ruf den Torwärter!«, befahl Violante schroff. »Sie sollen die Zugbrücke für uns herablassen.«

»Selbst wenn sie es wollten, Mutter, es wäre gegen das Gesetz. Du kennst die Vorschriften. Häuser, in denen die Pest herrscht, müssen verschlossen werden.«

Sein Einspruch fand kein Gehör.

»Ruf den Torwärter! Ich verantworte das.«

»Mutter, wir müssen der Wahrheit ins Auge sehen.«

»So ist es. Ich will es mit eigenen Augen sehen.«

Ehe er begriff, was sie im Sinn hatte, sprengte sie an ihm vorbei, den Weg zurück und an der nächsten Kreuzung

zum Fluss hinunter, wo die Ruinen einer alten Mühle standen. Simon sprach manchmal davon, sie wieder in Betrieb zu nehmen, aber noch hatte er keinen neuen Müller gefunden.
Mit einem verzweifelten Fluch, der ebenso seiner Mutter wie den Umständen galt, folgte Jean-Paul. Es gab einen geheimen Weg in die Burg von Courtenay, und so wie es aussah, würde sie keinen Augenblick zögern, ihn zu gehen. Er begann hinter dem mächtigen Räderwerk der Mühle am Flussufer und endete in der Kapelle der Burg. Simon hatte dafür gesorgt, dass der Stollen gangbar blieb, obwohl es in den letzten Jahren keine kriegerischen Auseinandersetzungen in der Comté gegeben hatte.
Bevor Violante im Stollen verschwand, gelang es Jean-Paul, sie am Ärmel ihres Reitgewandes festzuhalten.
»Ich bitte Euch, Mutter. Nehmt Vernunft an. Bleibt. Ihr helft niemandem, wenn Ihr ebenfalls von der Seuche befallen werdet. Ihr dürft Euer Leben nicht in Gefahr bringen.«
»Ich muss es tun.« Violantes Stimme brach. Sie fasste nach Jean-Pauls Händen und drückte sie heftig, ehe sie tonlos fortfuhr. »Ich muss Klarheit haben. Vielleicht brauchen sie Hilfe!«
»Gegen die Pest gibt es keine Hilfe.«
»Das ist nicht wahr! Haben nicht die Ärzte des Papstes in Avignon Seine Heiligkeit vor der Pest bewahrt, indem sie ihn zwischen zwei Feuer setzten? Außerdem gibt es Arzneien, Pestpillen ...«
»Mutter!« Jean-Paul schüttelte sie sanft. »Kommt mit nach Hause. Wir werden für Simon und die Seinen beten und Messen lesen lassen.«

»Lass mich.« Violante riss sich gewaltsam los. »Beten können wir immer noch, wenn wir sehen, dass alle anderen Mittel versagen.«

Jean-Paul hasste es, zu sehen, wie sie litt. Er wusste, dass Simon ihrem Herzen von all ihren Kindern am nächsten stand. Er akzeptierte es, weil Simon der Erstgeborene war. Außerdem war es schier unmöglich, ihn nicht zu lieben. Aufrecht, tapfer, ehrenhaft und hilfsbereit, besaß er alle ritterlichen Tugenden. In Anne-Marie von Grancey hatte er eine Frau gefunden, dic cr anbetete. Sein Glück war vollkommen, seit sie ihm nach der ersten Tochter vor wenigen Monaten auch den ersehnten Sohn geschenkt hatte.

»Dann komme ich mit Euch«, sagte er wider besseres Wissen.

Davon wollte seine Mutter nichts hören.

»Nein! Es genügt, wenn ich mich in Gefahr begebe. Ich habe ohnehin ein biblisches Alter erreicht. Ich befehle dir zu warten, bis du ein Zeichen von mir bekommst. Andrieu und deine eigene Familie brauchen dich.«

Sie verschwand in dem Stollen, ohne sich um seinen Protest zu kümmern. Nicht einmal das Dunkel konnte sie aufhalten. Sie kannte den Weg. Erinnerungen begleiteten sie. Die Bilder ihres Lebens. Als Kind war sie aus Courtenay geflohen, hatte Zuflucht im Beginenhof von Brügge und schließlich ihr Glück in Andrieu gefunden. Der Kreis schloss sich, als sie den Hebel umlegte, der die große Tafel mit dem Bildnis der Mutter Gottes zur Seite schob.

Sie zwängte sich durch den Spalt in die Kapelle von Courtenay und musste blinzeln gegen die jähe Helligkeit der Kerzen, die auf dem Altar flackerten. Gleißende Sonnenlichtbalken fielen zudem durch die langen Fensterschlitze schräg zu Boden, Staubpartikel schwebten gestaltlos darin auf und ab. Es roch so intensiv nach Weihrauch, Wacholder und Rosenwasser, dass sie hüsteln musste.

»Großmama!«

Arme umfingen Violantes Hüften, ein blonder Haarschopf drängte sich an sie.

»Aimée! Gott sei Dank.«

Simons sechsjährige Tochter war aus einer versteckten Ecke der Kapelle gekommen und hing beruhigend schwer und lebendig an Violantes Röcken. Sie verströmte den Geruch einer betäubenden Mischung aus Räucherwerk, Rosenduft und scharfem Essig. Violantes eilig tastende Hände fanden keine verräterische Schwellung an ihrem Körper. Das Kind schien gesund, aber es war völlig außer sich. Es zitterte, schluchzte und redete Unverständliches.

»Langsam, Aimée. Sag mir, was geschehen ist. Wo sind deine Eltern?«

Eine Bewegung Aimées in Richtung Altar lenkte ihren Blick auf eine reglose Gestalt, die dort mit ausgebreiteten Armen auf den Steinplatten lag. Das Bild glich dem eines Mönches, der sein Gelübde ablegt.

»Simon!«

Ihr erschrockener Ruf riss ihn aus seinem Gebet. Er fuhr hoch, und sie wäre beinahe entsetzt zurückgewichen. Das verwüstete Gesicht mit den schwarzen Bartstoppeln zeigte nackte Verzweiflung. In den dunkelblauen Augen glühte das Fieber. Seine Kleider waren beschmutzt, angesengt und zerrissen.

»Simon, sieh mich bitte an, und bitte sag etwas!«

»Mutter? Seid Ihr es? Oder täuschen mich die Augen? Ist es der Fieberwahn?«

»Nein, Simon, ich bin es«, antwortete sie mit fester Stimme.
»Ihr habt die Fahne gesehen, Mutter. Warum konntet Ihr nicht glauben und es hinnehmen? Die Pest herrscht in Courtenay. Ihr könnt uns nicht helfen. Helft Euch und meinem Bruder und geht.«
»Ja, Simon, ich habe die Fahne gesehen, aber ich bin hier, weil ich wissen will, wie die Seuche in die Burg kam, und um zu retten, was zu retten ist.«
Simon hob mit einer hilflosen Geste die Handflächen. »Ein Händler hat die Seuche eingeschleppt – Bänder, Haarspangen, alberner Krimskrams. Er kam aus dem Süden und brach mitten in unserer Halle zusammen. Anne-Marie nahm sich seiner an ...«
Violante schwankte ein wenig.
»Wo ist Anne-Marie? Wo ist dein Sohn?«
»Tot, Mutter – sie sind tot.« Er schluchzte auf. »So tot wie der größte Teil des Gesindes. Es ging so schnell, dass wir nicht einmal die Toten in den Hof hinausschleppen konnten. Auf Courtenay atmet man den Tod. Nur Aimée scheint wie durch ein Wunder verschont.«
Violante musste sich mit der Kraft aller Verzweiflung gegen die verzweifelte Mutlosigkeit aufbäumen, die sie zu erfassen drohte bei diesen Schreckensnachrichten. Ob sie Aimée hielt oder ob das Kind sie stützte, konnte sie kaum noch unterscheiden. Aber das Kind lebte, und noch lebte Simon – zwei der Menschen, denen ihre ganze Liebe galt.
»Aimée trägt keine Zeichen der Krankheit, und auch du trägst keine«, sprach sie sich an Simon gewandt Mut zu.
»Es gibt dieses Mal keine Warnung, kein sicheres Zeichen, Mutter. Keine Beulen, keine verräterischen Pestflecken.

Die Seuche kommt als Fieber, das seine Opfer von einem Atemzug zum nächsten überfällt. Die Brust schmerzt, man beginnt zu husten, spuckt schwarzes Blut und wird vor Durst verrückt, ehe der Wahnsinn und das unausweichliche Ende folgen. Sieh mich an! Das Fieber ist bereits in mir.«

Violante prüfte erschrocken Aimées Stirn. Der Kopf des Kindes fühlte sich kühl an, lediglich die Wangen waren feucht von Tränen. Sie hätte am liebsten mitgeweint. Jetzt erst begriff sie, dass Simon flach auf den Steinen gelegen hatte, weil er die Schmerzen in seiner Brust kaum noch ertragen konnte. Er kämpfte gegen den aufkommenden Husten an. Es zerriss ihr das Herz, sein Leid nicht lindern zu können.

»Geht, Mutter«, bat er heiser. »Geht, ehe auch Ihr unser Schicksal teilt. Wir stehen in Gottes Hand. Gib deine Großmutter frei, Aimée. Sie muss fort. Wir dürfen sie nicht halten.«

Wie er seinem Vater glich, schoss es Violante durch den Kopf, und der Gedanke berührte sie ebenso wie er sie erzürnte. Nie hatte sie ihren Söhnen gestanden, dass sie verschiedene Väter hatten. Es würde für immer ein Geheimnis zwischen ihr und Mathieu bleiben. Der Zorn gab ihr die Kraft zum Widerspruch.

»Gott hätte mehr als alle Hände voll zu tun, wollten wir, dass er sich um jedes einzelne Schicksal kümmert! Wir Menschen müssen schon das unsere dafür tun, zu überleben«, sagte sie schroff und hinderte Aimée daran, sich abzuwenden. »Aimée kommt mit mir. Je schneller sie reine Luft atmet, umso besser ist es.«

»Nehmt Vernunft an, Mutter. Es ist verboten, ein Pesthaus

zu verlassen. Streng genommen müsste ich Euch jetzt gewaltsam daran hindern, zu gehen. Aber meine Tochter ...«

Mutter und Sohn maßen einander mit Blicken. Sie wusste ohne Worte, weshalb es seinem Einspruch an Kraft fehlte. Er wollte Hoffnung, Sicherheit und Leben für sein Kind, obwohl sein Moralgefühl ihm Rücksichtnahme auf andere befahl.

»Ich darf es nicht zulassen«, entsagte er den eigenen Wünschen. »Ich würde den Tod nach Andrieu schicken. Jean-Paul, seine Frau und seine Kinder, alle wären dort in Gefahr.«

»Sorge dich nicht. Ich werde Vorsichtsmaßnahmen für Aimée und mich ergreifen, und wir werden die Burg meiden und deinem Bruder und seiner Familie nicht zu nahe kommen, wenn Ansteckungsgefahr besteht.«

»Und wenn es dafür längst zu spät ist? Der Kaplan sagt, dass uns der Himmel die Pest als Strafe für unsere Sünden geschickt hat!«

»Der Kaplan.« Violantes tiefsitzende Abneigung gegen die Männer der Kirche prägte ihre Antwort. »Welche Sünden kann Aimée schon auf sich geladen haben, welche dein Sohn, den der Tod aus der Kinderwiege geholt hat, und welche Anné-Marie in ihrer Güte? Sind ausgerechnet sie für die Erbsünde bestraft worden?«

Ihre Stimme hallte hart von den Steingewölben wider, und Simon bekreuzigte sich erschrocken.

»Ihr lästert Gott, Mutter.«

Wie ähnlich er doch seinem Vater ist, dachte sie wieder. Violante sehnte sich schmerzlich danach, ihn wie Aimée in die Arme zu schließen und zu beschützen. Ihn so zu verlieren, von Weihrauchschwaden umhüllt, einsam vor dem Altar liegend, schien ihr mit einem Male tatsächlich die Strafe für die weit zurückliegende Sünde zu sein, die ihm das Leben geschenkt hatte. Die Kirche obsiegte.

Simon wandte sich keuchend ab. Seine Schultern zuckten krampfhaft, als er würgend dem unerträglichen Hustenreiz nachgab.

»Ich bitte Euch, geht!«

Seine Worte waren kaum noch zu verstehen.

Neben Violante erlosch zischend eine Kerze. In die Kräuter- und Duftwolke mischte sich ein neuer ekelerregender Geruch. Der Pesthauch?

»Herr, erbarme dich meiner. Christus, erbarme dich meiner. Herr, erbarme dich meiner.«

Das Gebet ihres Sohnes im Ohr, schob sie ihre Enkelin an dem Tafelbild vorbei in den Gang hinaus. Wenn sie Aimée retten wollte, musste sie Simon im Stich lassen. Welch schreckliche Entscheidung.

»Mein Sohn der Liebe, ich werde in der Stunde deines Todes bei dir sein und dir bald ins Himmelreich folgen. Du lebst in deiner Tochter weiter, dessen sollst du gewiss sein.«

Mit diesen Worten verschloss sie die Öffnung des geheimen Ganges.

»Großmama? Warum kommt Vater nicht mit uns? Muss er auch sterben?«

Violante schüttelte hilflos den Kopf und drängte das Kind vorwärts. Sie murmelte Trostworte, wohl wissend, dass sie weder ihr noch Aimée halfen. Irgendwann verstummte sie, weil sie keine Worte mehr fand. Am Ende des Ganges empfing sie Jean-Paul.

Er stellte keine Fragen. Seine Mutter schien in wenigen Stunden um Jahre gealtert. Er ahnte das Schlimmste, und Aimées kalkweißes Gesicht bestätigte seine Befürchtungen zusätzlich, noch bevor Violante ihm sagen konnte, wie schrecklich die Pest in der Burg gewütet hatte.

»Halt Abstand von uns.« Violante wich seiner helfenden Hand aus. »Ich weiß nicht, ob Aimée sich angesteckt hat. Ich werde mit ihr in der Meierei am Fluss wohnen. Das Haus steht leer, und wir sind dort weitab von anderen Menschen. Sorge du dafür, dass ich genügend Holz und Vorräte für uns habe. Ich muss über Tage ein offenes Feuer halten, wie die Ärzte in Avignon. Zudem brauche ich eine Menge Leinenbinden, Wacholderbeeren und reichlich Essig. Deine Frau soll mir alle Arzneien und Pulver einpacken, die wir in Andrieu vorsorglich gegen die Pest bereitgestellt haben, nicht zu vergessen das Rosenpulver. Sag ihr auch, dass sie alles, was sie dir mitgibt, unverzüglich für Andrieu ersetzen muss.«

»Ihr könnt unmöglich mit dem Kind allein in der Meierei bleiben, Mutter. Das ist eine Unterkunft, die früher ausschließlich von Hirten bewohnt wurde. Wie wollt Ihr da zurechtkommen?«

Violante sah ihn mitfühlend an. Er hatte seinen Bruder verloren, den er sehr geliebt hatte. Sie wollte ihm wenigstens seine Angst um sie und Aimée nehmen.

»Wir werden uns gegenseitig helfen, das Kind und ich, du musst dir keine Gedanken um uns machen. Wir reiten den Weg am Fluss entlang. Das gibt dir Zeit, die Meierei für uns vorzubereiten. Ich möchte möglichst keinem Menschen begegnen. Sowie bekannt wird, dass auf Courtenay die Pest herrscht und ich meine Enkelin aus der Burg ge-

holt habe, ist das gefährlich für uns. Ich verlasse mich auf dich und deine Frau, dass ihr euch nicht verplappert.«
Sie hatte recht. Die Angst vor der tödlichen Krankheit machte die Menschen unberechenbar. Jean-Paul musste sich beeilen, damit sie in Sicherheit waren, bevor die schreckliche Neuigkeit die umliegenden Höfe erreichte.
Violante zügelte ihre Stute auf dem Weg zur Meierei an einer Stelle, die einen letzten Blick auf Courtenay erlaubte. Sie starrte so lange zur Burg hinüber, dass Aimée ihrem Blick folgte.
»Müssen auch wir sterben, Großmama?«
»Nein.«
»Bist du sicher? Seit der Mann mit den Bändern gekommen ist, sterben alle. Die Mutter, mein Bruder, das Gesinde, der Kaplan. Vater hat gesagt, wir müssen für sie beten, und er wird auch sterben. Ich weiß es, sonst wäre er mit uns gekommen.«
»Hör zu!« Violantes Augen, ebenso grün wie die von Aimée, beschworen die Kleine. »Solange ich etwas zu sagen habe, wirst du leben, Aimée. Hörst du? Ich lasse nicht zu, dass du stirbst, und ich lasse auch nicht zu, dass dir Böses zustößt, das verspreche ich dir.«
Aimée schaute sie ängstlich an. »Und was ist mit meinem Vater?«
»Gott hat einen Platz im Himmel für deinen Vater vorgesehen.«
»Werde ich ihn dann im Himmel wiedersehen?«
»Ganz sicher wirst du das. Das ist auch mein Trost, weil wir uns dort eines Tages alle wiedersehen werden. Bis dahin müssen wir stark sein.«
Die nächsten Wochen bestärkten Violante. Sie hatte das

Richtige getan. Aimée blieb gesund, und das Aufflackern der Pest blieb lokal begrenzt. Auf der Burg von Courtenay allerdings überlebte es niemand.
Jean-Paul erstattete traurigen Bericht, als sie ihm nach vierzig Tagen der Quarantäne die Tür der Meierei öffnete. Inzwischen war es September, und es hatte keine neuen Pesttoten mehr gegeben.
»Die Burg bleibt verschlossen, bis wir eine Möglichkeit finden, die Toten zu begraben und die Räume mit Kalk und Essig zu säubern. Sicher müssen wir sogar einen Teil in Brand stecken«, schloss er. »Es ist nicht nötig, die Sache zu überstürzen, Herbst und Winter stehen vor der Tür. Und die Zeit heilt Wunden. Wir werden den materiellen Verlust verwinden. Du hast Aimée das Leben gerettet, in ihr wird Simon für uns alle weiterleben.«
Beide sahen zu Aimée hinüber. Sie stand still auf der Wiese vor dem Haus und schaute in den Himmel, als habe sie vergessen, wie blau er sein konnte. Sie war schmaler geworden, und sie sah älter aus als andere Sechsjährige.
»Es versöhnt mich mit Gott und dem Schicksal, dass sie lebt. Ich will alles tun, damit sie die Schrecken dieses Sommers vergisst und wieder lachen lernt.« Violante wandte sich mit einem Ruck zu Jean-Paul und griff nach seinen Händen, wie sie es immer tat, wenn sie seine volle Aufmerksamkeit haben wollte. »Versprich mir, dass du an meiner Stelle für sie sorgst, wenn ich einmal nicht mehr bin.«
»Das müsst Ihr nicht sagen, Mutter. Ihr habt mein Wort, dass ich Aimée wie eine eigene Tochter hüten und beschützen werde, solltet Ihr einmal nicht mehr sein. Sie soll das Leben führen, das Ihr Euch für sie und sie sich für sich

wünscht. Sie hat meine ganze Liebe und Zuneigung jetzt und für immer«, versprach Jean-Paul.
Violante schloss kurz die Augen. »Würdest du mich eine kurze Weile in den Arm nehmen?«, bat sie ihn.
Noch nie war sie ihm so klein und zart erschienen. Sie war weniger geworden. Etwas von ihr war mit Simon gestorben, spürte er, als er sie in den Armen hielt.

Erstes Buch
Das Erbe

1. Kapitel

Gent, Gravensteen, 22. Juni 1369

Aufrecht schritt Aimée in der Gruppe der Hofdamen hinter dem Hochzeitspaar. Sie war tief in Gedanken versunken.
Ihr Leben auf Andrieu mit ihrem Onkel, dessen Söhnen und ihrer Großmutter ging ihr nicht aus dem Kopf, obwohl sie nun schon ein halbes Jahr am burgundischen Hof des Herzogs lebte. Gegen ihren Willen hatte sie Andrieu verlassen müssen. Seit dem Tod ihrer Eltern hing sie unzertrennlich an ihrer Großmutter. In den ersten Jahren war sie ihr kaum von der Seite gewichen. Immer hatte sie in der Angst geschwebt, sie auch noch zu verlieren. Sie wollte es einfach nicht wahrhaben, dass sie alt und gebrechlich wurde. Ein Leben ohne sie konnte sie sich nicht vorstellen. Jeden Tag war sie von einem Hauslehrer unterrichtet worden, aber von ihrer Großmutter hatte sie die eigentlich wichtigen Dinge gelernt, darunter auch die flämische Sprache. Selbst in Verwaltungsdinge und die Führung der Bücher des Lehens wurde sie eingeführt von ihr.
»Mein Kind, Frauen sind nicht dümmer als Männer. Bildung und Wissen bedeuten Macht«, pflegte Großmutter stets zu sagen, wenn sie einmal nicht lernen wollte.
Die schönsten Tage für sie waren die mit den Ausritten zu

den weit auseinanderliegenden Höfen und Dörfern der Grafschaft. Ihre Großmutter hatte für jeden auch noch so armen Bauern ein offenes Ohr, und um viele Kranke kümmerte sie sich selbst.

Nach den großen Pestepidemien war es schwer gewesen, das Lehen wirtschaftlich über Wasser zu halten. Fast die Hälfte der Menschen war an der fürchterlichen Krankheit gestorben. Überall fehlten Arbeitskräfte, sowohl bei Feldarbeit und Forstwirtschaft wie auch bei Handwerk und Handel. Stets, wenn die Gefahr des Verhungerns für die Überlebenden bestand, fand ihre Großmutter einen Weg, das Schlimmste zu verhindern; auch wenn Kinder, die kaum laufen konnten, von Sonnenaufgang bis Sonnenuntergang auf den Feldern arbeiten mussten und die Alten bis zum letzten Atemzug ihre Pflichten taten. Sie bot ihnen trotz der Last ihrer Jahre ein untadeliges Beispiel.

Es hatte viele Tränen gegeben und langer Gespräche bedurft, bis Aimée endlich eingesehen hatte, dass es auf Andrieu für sie keine Zukunft gab. Ihre Vettern würden das Lehen übernehmen. Sie musste heiraten und sich ein eigenes Leben aufbauen.

»Du kannst nicht auf Andrieu bleiben, geliebtes Enkelkind. Wenn deine Vettern heiraten und Familien gründen, wirst du von der Gnade ihrer Frauen abhängig sein. Du bist klug, eigenwillig und zu schön, um nicht den Neid anderer Frauen zu erwecken. Du wirst Streit mit allen bekommen, wenn deine Vettern aus Liebe zu dir einmal Partei gegen ihre eigenen Frauen ergreifen. Das alles kann und will ich nicht zulassen. Du sollst mehr vom Leben haben, nicht die Rolle einer geduldeten untergeordneten Verwandten spielen müssen.«

Fanfarenklang riss Aimée aus ihren Gedanken.
»Lächelt«, sagte eine der Hofdamen an ihrer Seite. »Der Herzog beobachtet Euch.«
Herzog Philipp überragte alle anderen, denn er trug mit Vorliebe aufsehenerregende Federhüte. Er war von kräftiger, hochgewachsener Gestalt. Unter der Hutkrempe zeigte sich das scharf geschnittene Profil eines Mannes mit dunklem Teint und einem energisch vorstehenden Kinn.
In Dijon hatte er keine Gelegenheit versäumt, in Aimées Nähe zu sein und mit ihr zu plaudern, und seine strahlenden Augen, seine lebhaften Gesichtszüge hatten ihn ihr sympathisch gemacht, obwohl man den Herzog herkömmlich nicht als schön bezeichnen konnte. Er war anziehend charmant. Er hatte dafür gesorgt, dass sie auf der Liste der Hofdamen seiner künftigen Gemahlin stand und so den Hochzeitszug nach Gent begleitete. Der Hof zerriss sich darüber im Geheimen das Maul.
Doch Aimée waren das ganze Gehabe, der Tratsch und das Getue bei Hof ein Greuel. Und jetzt diese endlos sich hinstreckende Hochzeit mit Festbanketten, Turnieren und Jagdausflügen – der Graf von Flandern ließ es sich etwas kosten, seine einzige Tochter mit dem Bruder des französischen Königs zu vermählen – nein, das war nicht ihr Leben. Für das Amt einer Hofdame auf Lebenszeit war sie nicht geschaffen. Der Herzog konnte es gut meinen, doch sie wollte etwas Sinnvolles tun.
Wozu waren all die Gecken hier nutz? Sie hatten nichts anderes im Kopf als leichtfertige Vergnügungen. Sollte sie vielleicht unter ihnen einen Mann finden? Der Gedanke kam ihr gar nicht erst. Sie musste ihn außerhalb des Hofes suchen. Sowohl ihre Großmutter als auch ihr Onkel Jean-

Paul hatten ihr gottlob das Recht eingeräumt, sich ihren künftigen Mann selbst auswählen zu dürfen.
In ihre Gedanken schloss sie jetzt auch ihren Onkel ein, den sie sehr liebte und verehrte, und unwillkürlich umfasste sie mit der Rechten den Ring an ihrer linken Hand. Bis zu ihrer Abreise hatte ihre Großmutter ihn getragen. Ein besonders schöner Diamant schmückte ihn.
»Er ist das letzte Stück eines Schatzes, den man die *Sterne von Andrieu* genannt hat. Er wird dich mit mir verbinden«, hatte sie gesagt und ihr den Ring an den Finger gesteckt. »Bewahre ihn sorgfältig.«
Es war ihr zur vertrauten Geste geworden, den Stein zu berühren, wenn sie ihre Gedanken nach Andrieu schickte.
»Ihr gestattet, dass ich an Eurer Seite Platz nehme?«
Die Frage wurde mit solcher Selbstverständlichkeit an sie gerichtet, dass Aimée ohne Zögern nickte.
Wie in Trance war sie im geschmückten Bankettsaal des Gravensteen an ihren Platz getreten. Erst jetzt sah sie zur Seite und blickte in zwei leuchtend blaue Augen in einem strahlenden Gesicht, gerahmt von schulterlangem Haar. Das helle Blond wies ihn als Flame aus. Er war ein Mann, der sich offensichtlich auf seine Anziehungskraft verließ.
»Wer seid Ihr?«, fragte sie kühl.
»Ruben Cornelis, Handelsherr aus Brügge, wenn Ihr erlaubt.«
»Aus Brügge?«
Sie lächelte, ohne zu bedenken, was sie mit ihrer spontanen Freundlichkeit bewirken könnte.
»Setzt Euch und erzählt mir von Brügge, Herr Cornelis.«
Ruben war für einen Augenblick völlig überrascht von der ungezwungenen, selbstverständlichen Art dieser so unnah-

bar erscheinenden Frau. Eigentlich hatte er eher mit einer Ablehnung gerechnet bei der unkonventionellen Form, mit der er sich einen Platz an ihrer Seite erzwingen wollte.

»Ihr interessiert Euch für Brügge?«, sagte er erstaunt. »Wisst Ihr denn etwas über Brügge und vielleicht auch etwas über den Grund, warum wir eingeladen sind?«

»Um die Hochzeit zu feiern, nehme ich an.«

»Um sie zu finanzieren, würde es besser treffen. Bisher hatte die Gesandtschaft aus Brügge nicht einmal eine Audienz beim Herzog. Ich sollte aber vielleicht keine falschen Schlüsse ziehen, bis ich mehr weiß.«

»Höre ich Enttäuschung aus Eurer Stimme?«

»Vermutlich. Ein persönliches Gespräch mit dem Herzog ist das Ziel meiner Hoffnungen.«

»Ihr wollt ihn um eine Gunst bitten?«

»Ich will ihm ein Geschäft vorschlagen.«

Aimée winkte dem Pagen, die Becher zu füllen, und sah Ruben so offen an, dass er den Faden verlor. Daran gewöhnt, dass er Frauen eher zum Erröten brachte, entwaffnete es ihn, dass Aimée ihm mit solcher Selbstsicherheit begegnete.

»Vielleicht kann ich Euch später dazu verhelfen«, sagte sie ruhig. »Aber erzählt mir erst ein wenig von Brügge. Ich weiß, dass man dort an Kanälen wohnt, die sich wie Straßen durch die Stadt ziehen. Es ist schade, dass die Hochzeit in Gent stattfindet und nicht in Brügge.«

»Die Genter sehen das anders«, sagte Ruben. »Für sie ist Gent der Mittelpunkt der Grafschaft. Nur in der Kathedrale von Gent durfte die Erbin von Flandern heiraten. Es befriedigt ihren übersteigerten Ehrgeiz.«

»Missfällt den Herren von Brügge dieser Ehrgeiz?«

»Es handelt sich um eine alte Rivalität. Beide Städte kämpfen um den Führungsanspruch in Flandern.«

Aimée nippte an ihrem Wein, während rings um sie Ruhe an der Festtafel einkehrte, die in Hufeisenform fast ganz den großen Saal der Burg einnahm. Das Tischgebet des Bischofs von Cambrai hinderte sie daran, das Gespräch fortzusetzen. Erst nach den offiziellen Reden, Glückwünschen und Trinksprüchen nahm Ruben es wieder auf.

»Ihr wisst doch einiges über Brügge. Ist es erlaubt zu fragen, woher?«

Aimée sah keinen Grund, es zu verheimlichen.

»Meine Großmutter hat eine lange Zeit ihrer Jugend in Brügge verbracht.«

Ruben blieb der Mund offen stehen. Aimée hatte die Antwort auf Flämisch gegeben.

»Ihr sprecht unsere Sprache!«

»Meine Großmutter hat sie mich gelehrt. Sie ist eine kluge Frau. Sie vertritt zum Beispiel den Standpunkt, dass der liebe Gott auch den Frauen Verstand gegeben hat.«

»Das klingt nach einer höchst ungewöhnlichen Frau.«

»Das ist sie«, bestätigte Aimée bestimmt. »Sie hat mich nach dem Tod meiner Eltern aufgezogen. Ich verdanke ihr sogar mein Leben. Sie hat mich vor der Pest gerettet, an der meine Eltern gestorben sind.«

»Und sie kommt aus Flandern?« Ruben stellte die Frage weniger aus Interesse, sondern weil ihm die Wärme in ihren Augen gefiel, wenn sie von ihrer Familie sprach.

»Sie ist in der Freigrafschaft Burgund geboren, aber sie kam schon als Kind nach Brügge, wuchs dort im Beginenhof vom Weingarten auf und hat ihn erst als junge Frau verlassen. Mein Großvater konnte sie wohl davon über-

zeugen, dass die Ehe dem entsagungsvollen Leben einer Begine vorzuziehen ist.«
»Wie haben sich Eure Großeltern kennengelernt?«
»Großvater kam als persönlicher Gesandter des französischen Königs nach Brügge. Im Namen Philipps des Schönen sollte er Klarheit in den Streit zwischen den Beginen und den Zünften von Brügge bringen. Kennt Ihr den Beginenhof von Brügge?«
»Natürlich. Meine Familie war den Beginen stets verbunden. Der Vater meiner Mutter, Piet Cornelis, hat den Weingarten durch großzügige Spenden unterstützt. Erwägt Ihr etwa, eine Begine zu werden?«
»Sicher nicht.« Aimée zog eine schalkhafte Grimasse. »Ich fürchte, es fehlt mir der nötige Gehorsam. Die Schwestern sind inzwischen dort, anders als früher, strengen Ordensregeln unterworfen und Zeit ihres Lebens dem Orden verpflichtet.«
»Gott sei Dank«, sagte Ruben mit einem Lächeln.
»Warum?«
»Ihr seid viel zu schön und zu klug, um Euch hinter Mauern zu verstecken.«
Aimée hob die Brauen und antwortete nicht. Die dick aufgetragene Schmeichelei war keine Antwort wert. Aber er machte sich damit nicht gleich unsympathisch. Er bot ihr Gelegenheit, mehr über Brügge zu erfahren, was ihr wichtig war. Ihre Großmutter wurde bei Gesprächen über ihre Vergangenheit in Flandern immer sehr ernst und zurückhaltend. Aimée hatte stets das Gefühl gehabt, dass sich mit Brügge ein Geheimnis verband.
Es musste dort etwas geschehen sein, das sie unter keinen Umständen preisgeben wollte. Das Rätsel, wie sich eine

Begine und ein Ritter überhaupt kennengelernt haben konnten, beschäftigte Aimée schon immer.
Die angeregte Unterhaltung zwischen Ruben und ihrer Hofdame erregte auch die Aufmerksamkeit der Herzogin. Margarete von Flandern, seit Jahren Objekt ständig wechselnder Heiratspläne, schwebte seit ihrer Hochzeit in einer Wolke der Glückseligkeit, was sie indes nicht davon abhielt, den Charakter ihres Mannes richtig einzuschätzen. Er liebte die Schönheit. Egal, ob es sich dabei um Kunstwerke, Juwelen, Tiere oder Frauen handelte. Frauen wie Aimée von Andrieu.
Die Herzogin ertappte sich bei einer ersten Anwandlung von Eifersucht. Sie beruhigte sich jedoch schon nach wenigen Augenblicken. Aimée schien weder die Aufmerksamkeit, die sie erregte, zu bemerken noch ihre Wirkung auf den Herzog und auf den jungen Flamen. Wer war er überhaupt? Konnte es sein, dass sie ihn unter den Händlern gesehen hatte?
Als die Tafel aufgehoben wurde und die Musikanten zu spielen begannen, entsann sich Aimée ihres Versprechens. Sie führte Ruben so geschickt durch die Menge, dass sie scheinbar unabsichtlich den Weg des Herzogs kreuzten. Er blieb wie erwartet vor ihr stehen.
»Erlaubt, dass ich Euch Herrn Ruben Cornelis aus Brügge empfehle«, sagte sie gewinnend und versank in eine höchst anmutige Reverenz, ehe sie sanft hinzufügte: »Er sucht Euer Ohr in geschäftlichen Belangen.«
Sowohl die Herzogin wie auch Ruben Cornelis warteten mit angehaltenem Atem auf die Reaktion des Herzogs. Aimée hatte sich im Vertrauen auf ihre persönliche Wirkung über die höfische Etikette hinweggesetzt.

Der Herzog lächelte. Er neigte sich vor, ergriff ihre Hand und half ihr, sich aufzurichten. Seine Augen prüften sie vom Goldband des Schleiers bis zu den Säumen ihres eleganten Gewandes. Ihre verschmitzte Miene brachte ihn zum Lachen. Er wandte sich an den Flamen.

»Es ist unmöglich, Eurer schönen Fürsprecherin zu widerstehen, Herr Cornelis. Seid willkommen auf unserem Fest. Ihr handelt mit Tuchen?«

»In erster Linie«, antwortete Ruben bedächtig.

Hinter seiner Stirn überschlugen sich die Gedanken. Der Herzog begehrte seine Tischdame. Nach allem, was Ruben eben gesehen hatte, würde er seine letzte Kupfermünze darauf wetten, dass der mächtige Herr lieber sie in seinem Bett gehabt hätte als die Herzogin. Machte dieser Umstand sie zu einer Person von Einfluss? Er musste vorsichtig agieren.

»Wir importieren englische Wolle, die in Brügge weiterverarbeitet wird, Euer Gnaden«, fuhr er respektvoll fort. »Wir handeln auch mit Getreide und seltenen Luxusgütern. Der Getreideimport bereitet uns dabei die größten Probleme. Brügge muss gewaltige Mengen zukaufen, damit die Versorgung der Stadt gesichert ist. Die Ernte der Bauern rund um Brügge reicht nicht aus, alle hungrigen Mäuler zu stopfen.«

»Ihr spielt auf die leidigen Schwierigkeiten mit den Hansekaufleuten an, die immer wieder versuchen, Getreide gegen Privilegien zu tauschen«, nickte der Herzog. Er hatte nicht nur die Erbin von Flandern geheiratet, er hatte sich auch über die Lage im Land informiert.

»Der Getreidehandel ist zudem eine Quelle ständigen Streits zwischen Brügge und Gent«, antwortete Ruben.

»Gent verteidigt seine Rechte mit allen Mitteln. Jede Ähre, jedes Korn, das unsere Stadt aus dem Norden des französischen Königreiches erreicht und auf dem Flussweg über die Leie transportiert wird, muss auf Genter Boote verladen und teuer bezahlt werden. Gent schlägt Gewinn aus Brügges Notlage. Das Genter Getreidemonopol ist ungerecht.«
Ruben nutzte seine Chance. Er war mit dem Plan nach Gent gereist, die Unterstützung des Herzogs für die Abschaffung des Genter Getreidemonopols zu gewinnen. Der Graf von Flandern hatte sich bei solchen Bitten bislang taub gestellt. Aber sein Schwiegersohn war jung, ehrgeizig und verschuldet und das Getreidemonopol eine sprudelnde Goldquelle. Aus diesen Zutaten ließ sich, nach Ruben Cornelis' Meinung, eine vortreffliche Suppe kochen, die ihnen beiden schmeckte, denn wenn ihm hier ein Erfolg gelänge, müsste der Brügger Schöffenrat ihn endlich in seine Reihen aufnehmen. Ihm würden zu Hause alle Türen offen stehen, sogar die zum Kontor des Bürgermeisters von Brügge.
Doch der Herzog war nicht bereit, Rubens hochfliegende Träume zu unterstützen.
»Lasst Euch einen guten Rat geben, Cornelis. Erwartet nicht, dass der Vater meiner Gemahlin seine Genter vor den Kopf stößt. Ihr wisst um seine Schwierigkeiten mit dieser Stadt und ihren rebellischen Handwerkern. Er ist froh, dass im Augenblick Frieden herrscht. Aus eben diesem Grunde feiern wir hier unsere Hochzeit.«
»Aber Brügge will nicht länger die Zeche für Gent bezahlen.«
»Ihr führt eine kühne Sprache, mein Freund. Sprecht Ihr nur für Euch oder für Eure ganze Stadt?«

»Ich habe keinen Sitz im Rat der Schöffen«, räumte Ruben zähneknirschend ein. »Aber so wie ich denken viele in Brügge.«
»Keine Politik, meine Herren.« Die Herzogin unterbrach das Gespräch diplomatisch. »Dies ist ein Fest.«
Der Herzog dankte ihr mit einem überraschten Blick für die willkommene Unterbrechung. Gleichzeitig war ihm jedoch daran gelegen, Cornelis nicht zu verärgern. Er hatte eigene Pläne mit den Männern aus Brügge.
»Beugen wir uns dem Wunsch der Damen, lieber Cornelis. Wir werden in den nächsten Tagen noch genügend Zeit für ein angeregtes Gespräch haben. Ich werde meinen Sekretär wissen lassen, dass ich Euch morgen nach der Frühmesse erwarte.«
»Aufrichtigsten Dank, Euer Gnaden.«
Aimée verneigte sich stumm neben Ruben und fühlte den Blick des Herzogs auf ihrem Scheitel. Es kam ihr wie so oft vor, als läge eine Mahnung in seinem Blick, ein Besitzanspruch, der ihr Unbehagen bereitete. Sie wusste, dass sie Hofdame der Herzogin geworden war, weil er sie in seiner Nähe haben wollte. Dass er damit die treuen Dienste lohnte, die das Haus Andrieu dem Herzog von Burgund leistete, kam erst an zweiter Stelle.
»Ich bin Euch zu tiefem Dank verpflichtet«, sagte Ruben, als er sich wenig später mit Aimée in den Reigen zum Tanz einordnete. »Euer Vater muss ein bedeutender Vasall des Herzogs gewesen sein, dass Ihr es wagen könnt, so zwanglos mit ihm zu sprechen.«
»Die Familie Andrieu ist dem König von Frankreich seit Generationen verbunden«, antwortete Aimée. Sie verbarg den Stolz darauf. »Mein Großvater war ein Ritter Philipps

des Schönen, und das Lehen von Andrieu hütet seit je die Grenzen des Königreiches in der Freigrafschaft Burgund. Die Krone von Frankreich benötigt zuverlässige Vasallen gegen die Ansprüche des Römisch-Deutschen Reiches an den Ostgrenzen.«

»Ihr seid also eine Andrieu. Wie man in Flandern hört, leidet das Königreich mehr unter den marodierenden Söldnerkompanien, die nach dem Krieg mit England durch das Land ziehen, als unter Übergriffen aus deutschen Landen. Wart Ihr in Andrieu auch davon betroffen? Habt Ihr auch deshalb Eurem Land den Rücken gekehrt?«

»Meine Heimat ist ein Gebiet mit vielen Höhenzügen, dichten Wäldern, tief eingegrabenen Flüssen und sonstigen natürlichen Hindernissen, das hat uns den Frieden gesichert. Leider versagte dieser Schutzwall gegen die Pest. Die Zahl unserer Herdstellen hat sich nach dem Wüten der Seuche in den vergangenen Jahren um die Hälfte verringert.«

Ruben lauschte mit zunehmender Verblüffung. Er hatte noch keine Frau kennengelernt, die so sachkundig von Grenzsicherung und Herdstellen sprach. Sie war begehrenswert auch ohne diese Klugheit. Er musste unbedingt dem Gespräch eine noch persönlichere Wendung geben, musste sie dazu bringen, dass sie sich seiner erinnerte.

»Es ist Euch sicher schwergefallen, Eure Familie zu verlassen, um der Herzogin zu dienen.«

»Sehr schwer«, bestätigte Aimée knapp, aber als sie nach einer weiteren Drehung des Reigens wieder zusammenkamen, hatte sie ihr Lächeln zurückgefunden. »Wir sprechen immer nur von mir. Wer wartet in Brügge auf Eure Rückkehr? Eure Eltern?«

»Mein Vater kam auf einer Handelsreise bei einem Schiffbruch im nördlichen Meer zu Tode. Ich kann mich kaum an ihn erinnern. Meine Mutter hat mich aufgezogen. Außer ihr gibt es nur noch einen Vetter aus einer Nebenlinie des Hauses Cornelis. Colard de Fine.«
»Beschreibt mir Eure Mutter.«
»Was gibt es da zu beschreiben? Meine Mutter ist ... eben eine Mutter.«
Sein Lachen war so anziehend, dass Aimée die karge Beschreibung entschuldigte, die ihr im ersten Augenblick seltsam herzlos schien.
»Und Euer Vetter? Ist er Kaufmann wie Ihr?«
»Colard führt mit mir gemeinsam die Geschäfte. Er ist langweilig. Er ernährt sich von Zahlen und Aktenstaub.«
»Es hört sich so an, als wärt Ihr froh, den beiden entkommen zu sein.«
»Ihr seid klug, schöne Frau.«
»Was denkt Ihr Euch bei solcher Anrede? Wir kennen uns kaum. Was macht Euch sicher, dass ich die Missachtung der Formen mir gegenüber dulde?«
»Verzeiht mir, ich sagte nur die Wahrheit. Ihr seid schön und nicht wie andere Frauen. Ich weiß, es hört sich wenig originell an, aber es kommt mir vor, als wäret Ihr mir vertraut. Es verwirrt mich von der ersten Sekunde an, in der ich Euch gesehen habe. Vergebt mir.«
Aimée musste nachdenken, bevor sie erwiderte.
»Liegt es vielleicht an meinem großmütterlichen Erbe, an ihrer Vertrautheit mit Brügge, von der sie mir etwas mitgegeben hat?«
»Es quält Euch, von ihr getrennt zu sein.«
»Woher wisst Ihr das?«

»Euer Gesicht ist wie die Seite eines Buches. Ich kann darin lesen.«
Aimées Blick verfing sich im außergewöhnlichen Blau seiner Augen. Was ihre Großmutter wohl zu Ruben Cornelis sagen würde?

2. *Kapitel*

HAUS CORNELIS, BRÜGGE, 26. JUNI 1369

Colard de Fine fluchte mit solcher Inbrunst, dass die Worte von den Wänden widerhallten. Er marschierte mit langen Schritten den Eichentisch entlang, der das Lager des Handelshauses Cornelis in zwei Hälften teilte. An den Wänden standen riesige Schränke mit eisenbeschlagenen Türen, gestapelte Truhen und Regale, in denen sich Tuchballen, Fellbündel und verpackte Handelswaren stapelten.

Das Licht der eisernen Laternen konzentrierte sich in der Mitte des Raumes über einem hölzernen Schreibpult. Ein dickes Buch aus gebundenen Pergamentblättern lag aufgeschlagen auf der Platte, und ein kahlköpfiger, gebückter Schreiber war damit beschäftigt, mit kratzender Gänsefeder eine Bestandsliste zu führen. Er ließ sich von Colard nicht stören. Von Zeit zu Zeit warf er einen prüfenden Blick in seine Richtung, kam zu der Erkenntnis, dass der Wutanfall noch andauerte, und setzte seine Arbeit fort.

Endlich stemmte sich Colard mit den Händen auf den Tisch, senkte erschöpft den Kopf und sagte mit dumpfer, angestrengter Stimme: »Das ist das Ende. Das Wasser steht uns bis zum Hals.«

Joris Borsen legte die Feder sorgsam zur Seite. Er hatte

bereits Colards Vater als Schreiber gedient, und noch nie in all den Jahren war er bei Vater oder Sohn Zeuge eines solchen Wutanfalles geworden.

»Was ist geschehen?«

»Sieh es dir an.« Colard deutete auf die offenen Ballen. »Angeblich Korduanleder für die Herstellung von elegantem Schuhwerk.«

Der Schreiber trat näher und befühlte die bearbeiteten Ziegen- und Schafhäute. Zu Korduan verarbeitet, hätten sie fast so weich wie Stoff sein müssen, aber diese Lieferung verbreitete stechenden Unratgestank, und die einzelnen Teile waren brettsteif.

»Die Ballen sind beim Transport nass geworden«, vermutete er. »Salzwasser.«

»Das Zeug taugt nicht einmal mehr für Färberwesten«, sagte Colard düster.

»Wer hat es geprüft, ehe es ins Lager gebracht wurde?«

»Ruben.«

»Aus ihm wird nie ein Händler.«

Colard gab keine Antwort. Er hockte sich auf die Tischkante und verschränkte die Arme vor der Brust.

»Das allein kann dich nicht so wütend machen«, stellte Joris trocken fest.

»Es ist der Tropfen, der das Fass zum Überlaufen bringt«, knurrte Colard. »Wir benötigen Geld, das der Verkauf dieser Ballen einbringen sollte. Ich frage mich, wie ich noch länger den guten Ruf vom erfolgreichen Handelshaus Cornelis aufrechterhalten kann.«

»Eine Anleihe vielleicht«, schlug der Schreiber vor. »Der Venezianer hat uns schon einmal geholfen.«

»Er verlangt Sicherheiten, die wir nicht bieten können.

Ganz zu schweigen von den Zinsen. Nein, es muss einen anderen Weg geben.«

Die schwere Tür des Lagerhauses drehte sich quietschend in den Angeln. Eine der Hausmägde steckte den Kopf mit der hellen Leinenhaube herein.

»Messer Bernardo Portinari von der Bank der Medici wünscht Euch zu sprechen, Herr. Er wartet im Haus.«

»Sag ihm, ich komme sofort.«

Colard trat an Joris' Seite. »Was ich gesagt habe, bleibt unter uns.«

Joris war fast beleidigt. Er hatte seine Treue zum Haus Cornelis längst unter Beweis gestellt. Ihm bestätigte dieser überflüssige Befehl lediglich, dass Colard die Probleme über den Kopf wuchsen.

Der Bankier aus Florenz, trotz der Sommerhitze in ein elegantes Wams aus scharlachrotem Wolltuch gekleidet, trat Colard in der hohen Eingangshalle des Backsteinhauses entgegen, das Piet Cornelis zu Beginn des Jahrhunderts zum Zeichen seiner Macht und seines Reichtums errichtet hatte.

Sie tauschten höfliche Begrüßungsfloskeln, ehe Colard den Gast in sein Kontor führte.

Portinari vertrat seit Jahrzehnten die Interessen des Bankhauses Medici in Brügge. Sein Scharfsinn wurde nur von seiner Skrupellosigkeit übertroffen, und Colard fragte sich, ob er wusste, wie es um sie stand. Der Wechsel, den er ausgerechnet heute präsentierte, hatte Colard noch gefehlt.

»Es eilt nicht«, sagte Portinari betont leutselig. »Ich wollte nur, dass Ihr wisst, was zum Fälligkeitstermin auf Euch zukommt.«

Colard besah sich kurz das Papier und legte es in betonter

Gleichgültigkeit neben das Rechenbrett und die Münzwaage auf den Tisch.
»Es wundert mich, dass Ihr nicht in Gent seid.«
»Bei der Fürstenhochzeit? Herzog Philipp hat auch ohne mich genügend Zaungäste, die bewundern, wie er seiner Liebe zum Prunk frönt. Man erzählt sich, dass die Juwelen und Geschenke für seine Braut drei ganze Truhen gefüllt haben sollen. Angeblich hat er sie mit offenen Deckeln herumzeigen lassen, damit die Genter sehen, dass die Erbin von Flandern eine gute Partie macht.«
»Seiner Gemahlin wird es gefallen haben«, warf Colard ein. »Ihre Vorliebe für kostbare Steine und Geschmeide ist jedem Goldschmied zwischen Paris und Syrakus bekannt.«
»Man erzählt sich, dass der Herzog dem Seigneur von Coucy unglaubliche elftausend Livres für ein einziges Perlenhalsband gezahlt hat.«
»Ich bezweifle, dass der Herzog tausend Livres flüssig hat, von elftausend ganz zu schweigen. Die Zahl seiner Gläubiger dürfte mittlerweile die seiner Verbündeten übersteigen.«
Die Tatsache, dass der luxuriöse Lebensstil des Herzogs mehr Gold verschlang als eingenommen wurde, war in Flandern anlässlich der Hochzeit ausgiebig diskutiert worden. Colard fragte sich, warum Portinari auf diesem Thema herumritt.
»Schon – schon. Ich denke, er wird sich die elftausend geliehen haben«, antwortete Portinari in einem Ton, der Rückfragen provozierte.
Colard wurde unruhig und sagte lediglich: »Ihr müsst es ja wissen.«

Ein dünnes Lächeln quittierte seine zurückhaltende Antwort.
»Bei uns hat er nicht angefragt«, fuhr Portinari spitz fort. »Man munkelt, er habe sich dieses Mal an die jüdischen Geldverleiher gewandt.«
Was will er nur?, dachte Colard.
»Die Herren werden ebenfalls wissen, was sie tun«, antwortete er knapp.
»Das sind nicht alle Gerüchte, die aus Gent an meine Ohren dringen.«
»Das denke ich mir.«
Colard lehnte sich in seinem Stuhl zurück. Er trug ein schlichtes graues Wams aus Brügger Tuch, ohne jeden Schmuck. Er wusste, dass er wie ein Kanzlist wirkte, aber das kümmerte ihn nicht. Er war ein ehrlicher Flame und kein bunter Vogel aus Florenz.
»Es geht die Rede, dass dem Herzog schon vor Ende der Hochzeitsfeierlichkeiten die Finanzmittel knapp werden«, fuhr Portinari fort. »Er muss den Genter Honoratioren ihre Gastfreundschaft mit großzügigen Geschenken vergelten. Er sucht unter den Hochzeitsgästen aus Brügge nach Geldgebern.«
»Damit haben sie gerechnet. Aber sie werden ihm voller Bedauern mitteilen, dass der Rückgang des Tuchhandels die Kassen von Brügge derart in Mitleidenschaft gezogen hat, dass er keine finden wird. So ist es im Rat der Schöffen beschlossen worden. Wir haben keinen Grund, Burgund zu unterstützen.«
»Seid Ihr Euch sicher?«
»Absolut sicher. Welcher Dummkopf fände sich bereit, Wasser in ein Sieb zu schütten?«

Portinari lächelte dünn über den Scherz.

»Genau genommen ist es nicht einer, es sind drei. Sie sollen einen Teil der fürstlichen Juwelen als Sicherheit erhalten haben.« Er machte eine bedeutsame Pause und fügte hinzu: »Einer von ihnen trägt angeblich den Namen Cornelis.«

»Ruben!«

Um Colards Ruhe war es jetzt völlig geschehen. Er schoss so ungestüm von seinem Stuhl hoch, dass dieser über die glasierten Fliesen kratzte und gegen eine Truhe stieß. Portinari betrachtete es mit Genugtuung. Er strich sich mit dem Zeigefinger über den pechschwarzen Schnauzbart.

»Wusstet Ihr nichts davon?«

Colard bezwang seinen Zorn mit Mühe. Portinari durfte nicht herausfinden, dass sein Vetter – wenn die Gerüchte denn stimmten – die letzten Barmittel des Hauses Cornelis zum Fenster hinausgeworfen hatte. Warum zum Teufel. Weshalb konnte er sich nie an eine Abmachung halten. Er sollte das Haus Cornelis repräsentieren, nicht ruinieren.

»Wer sind die anderen Kreditgeber?«, antwortete er mit einer Gegenfrage.

Was immer sein Vetter getan hatte, man würde es in der Familie regeln. Einem Fremden Einblick zu gewähren verbot sich von selbst.

»Man nennt noch Jacob von Oost. Ich nahm an, Ihr steht in Geschäftsbeziehungen mit dem Herzog. Man hat Domenico Contarini, den Venezianer, bei Euch gesehen. Steigt Ihr ins Diamantengeschäft ein?«

Colard nahm wieder Platz. Er unterließ es, das Gerücht zu dementieren. Besser, sein Besucher nahm an, er mache Geschäfte mit Edelsteinen, als dass er von den Schulden er-

fuhr, die das Haus Cornelis bei der venezianischen Bank hatte.
»Ich muss Euch enttäuschen, Portinari. Wir werden beide auf die Rückkehr meines Vetters aus Gent warten müssen, um Näheres zu hören.«
»Wer weiß, welche Vorteile dem Haus Cornelis aus dem Kredit erwachsen, den Ruben dem Herzog gegeben hat.«
Die Unterredung ging Colard jäh auf die Nerven. Er griff nach dem Wechsel. Erst jetzt sah er, dass es sich um 300 Florin für toskanische Lederwaren handelte. Eben jene Lederlieferung, die seinen Wutausbruch im Lager verursacht hatte.
»Kehren wir zu den Tatsachen zurück. Dieser Wechsel ist das Papier nicht wert, auf dem er notiert wurde. Euer Partner in Florenz hat nicht die vereinbarte Qualität geliefert.«
Die anschließende Debatte wurde ebenso heftig wie lautstark geführt. Am Ende rauschte der Bankier wütend aus dem Kontor und verkündete, dass noch nicht das letzte Wort gesprochen sei.
Colard zögerte, aber dann machte er sich doch auf den Weg zu seiner Tante.
Sophia hatte nach dem Tod ihres Mannes wieder ihren Geburtsnamen Cornelis angenommen. Sie war die eigentliche Herrin des Handelshauses, und sie bewahrte eifersüchtig das Erbe ihres Vaters, Piet Cornelis, für ihren Sohn Ruben. Ihre Mutter, eine Witwe aus Gent namens Anna de Fine, war die dritte und letzte Frau des verstorbenen Handelsherrn gewesen, die ihm trotz seines hohen Alters und gegen jede Erwartung noch ein Kind geschenkt hatte. Allerdings nur ein Mädchen.

Anne de Fine ihrerseits hatte zwei Söhne aus ihrer ersten Ehe gehabt. Sie waren Sophias Halbgeschwister, und einer von ihnen, Richard, bekam später den Sohn Colard. Colard war der einzige Überlebende aus dieser Seitenlinie. Dass Sophia ihm dennoch die Leitung des Kontors überließ, war nur dem Umstand zuzuschreiben, dass Ruben das normale Tagwerk eines Kaufmanns langweilte. Er gewann weder der ständigen Kontrolle der Bücher noch der lästigen Korrespondenz etwas ab.

Colard musste seiner Wut freien Lauf lassen, sonst wäre er geplatzt. Ohne lange Vorrede kam er auf den Punkt.

»Es ist unerträglich. Ruben hat in Gent unsere letzten Goldreserven aus dem Fenster geworfen. Ihr seid beide unfähig, ein Handelshaus zu führen. Euer Unvermögen und das von Ruben führen uns in den Ruin. Und ich soll dann womöglich noch dafür geradestehen. Glaubt Ihr eigentlich, ich wäre Euer Hofnarr?

»Beherrsche dich«, unterbrach Sophia seinen Ausbruch heftig.

Sie thronte auf einem geschnitzten Stuhl vor dem Kamin. Statt des üblichen Feuers standen zur Sommerzeit grüne Zweige in einem Krug auf der gesäuberten Feuerstelle. Sie bildeten einen grünen Rahmen für die schwarz gekleidete Frau, deren Füße im Sitzen kaum den Boden berührten. Sophia war klein, auch im Stehen reichte sie Colard nur bis zur Mitte des Oberarmes. Was ihr an Größe fehlte, machte sie jedoch durch Fülle wett.

In ihrer Jugend hatte sie die rundlichen Formen einer flämischen Jungfer und eine verblüffende Ähnlichkeit mit ihrem stämmigen Vater gehabt. Mit zunehmendem Alter waren die Rundungen schlaff geworden. An den Fingern

schnitten die Ringe tief in die Haut. Der schwarze Seidenbrokat ihrer Bluse wurde von einem mächtigen Busen gespannt. Eine Kette aus Korallen und Flussperlen hob und senkte sich bei jedem Atemzug.
»Dich zerfressen Ehrgeiz und Neid«, behauptete sie und deutete mit einem Finger auf Colards Brust. »Du kannst es nicht ertragen, nicht alleine zu herrschen. Es macht es nicht besser, wenn du Ruben und mich beleidigst.«
Colard hatte diesen Vorwurf schon so oft gehört, dass er ihn nicht beeindruckte.
»Tatsache ist«, stellte er energisch fest, »dass dein Sohn dem Herzog Gold geliehen hat, das zur Bezahlung der nächsten Wolllieferung bestimmt war. Was übrigbleibt, sollte uns gewinnbringende Anteile am Handel mit Olivenöl aus Lissabon sichern.«
Sophia war um eine Erklärung nicht verlegen.
»Ruben hat sicher seine Gründe, dem Herzog unter die Arme zu greifen. Der Herzog wird in Zukunft vertrauenswürdige Männer in Flandern brauchen.«
»Was soll das heißen? Noch regiert der Herzog nicht in Flandern. Der Graf von Flandern ist unser Herr, und ob es gut war, dass er uns diese Ehe eingebrockt hat, bezweifle ich. Der englische König wird sich dafür rächen, dass sein Sohn nicht zum Zuge gekommen ist. Er wird neue Schikanen für den Wollhandel ersinnen.«
»Wenn der englische König angenommen hat, dass die Erbin von Flandern seinen Sohn heiratet, dann ist er ein Dummkopf.«
»Wie auch immer.« Colard fixierte sie. »Unser Problem ist Euer Sohn. Ruft ihn nach Brügge zurück. Gebt vor, Ihr wäret plötzlich krank geworden. Wir müssen so schnell

wie möglich wissen, was er dem Herzog unter welchen Bedingungen zugesagt hat.«

»Ich denke nicht daran«, weigerte sich Sophia strikt. »Tu du deine Arbeit und lass Ruben die seine tun. Wenn es ihm gelingt, sich dem Herzog von Burgund zu empfehlen, steht dem Haus Cornelis eine glänzende Zukunft bevor.«

Colard raufte sich das Haar. Sophia liebte ihren Sohn blind und überschätzte ihn. Ruben sah gut aus und konnte mit seinem Charme und seinem Auftreten fast jeden für sich einnehmen, aber seine hochfliegenden Pläne entbehrten jeder vernünftigen Grundlage.

»Ihr täuscht Euch, Tante Sophia. Es ist pure Einfalt, die Euch so denken lässt. In den Augen des Herzogs ist ein Kaufmann wie Ruben ein Niemand.«

»Nicht mein Sohn. Und jetzt will ich sofort von deinen Ungehörigkeiten verschont bleiben.«

Colard stürmte aus dem Raum. Der ganze Reichtum, der ihn umgab, all die kostbaren Wandteppiche, die geschnitzten Paneele und Türstöcke, die verglasten Fenster und das Silberzeug in den Schauschränken, war wie Öl auf das Feuer seiner Wut. Totes Kapital. Nichts als totes Kapital, kochte es in ihm. Nichts von dem ganzen Plunder war in bare Münze umzusetzen.

Er floh in sein Gemach, das sich im ältesten Teil des Hauses hinter dem Kontor befand. Sein Vater hatte es nach dem Tod seiner Mutter bewohnt und vor ihm sein Stiefgroßvater Piet Cornelis. Im Vergleich zum Prunk der offiziellen Gemächer, die Ruben und seine Mutter bewohnten, war es eine bescheidene Kammer mit einem einzigen Fenster, das auf einen schmalen Kanal hinausführte. Ein mächtiger Alkoven mit einem geschnitzten Betthimmel aus Lindenholz,

ein quadratischer Tisch, ein Stuhl mit Lehne und eine Bank teilten sich den Raum mit zwei Truhen, die seine Kleider und seinen bescheidenen persönlichen Besitz enthielten.
An der Wand, genau dem Fenster gegenüber, befand sich der einzige Schmuck des Zimmers: eine glatte bemalte Holztafel, von feinem Schnitzwerk gerahmt. Sie zeigte eine junge Frau mit offenem flachsblondem Haar und leuchtend grünen Augen. Sie hielt einen Lilienzweig in der Hand. Colard hatte sie für eine Heilige gehalten, als er das Bild zum ersten Male bewusst wahrnahm. Sein Vater hatte ihn ausgelacht.
»Piet Cornelis hat dieses Bild stets in Ehren gehalten, aber er hat uns nie verraten, wen es darstellt. Ich bezweifle, dass es eine Heilige ist. Die Dame sieht ansprechend irdisch aus.«
Er hatte das Bild an seinem Platz belassen, als er die Kammer bezog. Niemand erhob Anspruch darauf. Inzwischen gefiel es ihm, unter dem verträumten Blick der Dame mit der Lilie zu leben. Sie war geduldig, wenn er Probleme wälzte, hörte ihm zu, wenn er wie jetzt seine Gedanken in Worte fasste.
»Ich will alles tun, um das Haus Cornelis vor Schaden zu bewahren und seinen Wohlstand zu mehren. Sag mir, was zur Hölle treibt Ruben in Gent?«
Die Dame mit der Lilie schwieg.

3. Kapitel

Gent, Gravensteen, 27. Juni 1369

Aimée warf einen Blick über die Schulter und eilte weiter. Der überdachte Gang an der Kapellenseite des Innenhofes lag ungewöhnlich leer und sonnengesprenkelt hinter ihr. Die Mittagshitze hüllte Stadt und Burg in ein undurchlässiges Tuch und bleichte die Kalksteinquader des Gravensteen staubig weiß. Jedes Zeichen von Leben schien erstorben. Wer es sich leisten konnte, blieb im Schatten. Die Herzogin hatte sich in ihr abgedunkeltes Gemach zurückgezogen und wünschte, nicht gestört zu werden.

Eine Hofdame, die zu dieser Stunde ohne Begleitung durch die Galerie eilte, erregte Aufmerksamkeit, aber Aimée hoffte niemandem zu begegnen. Sie hätte nicht gewusst, was sie antworten sollte, wenn sie jemand gefragt hätte, wohin sie gehe.

Die Wahrheit war ungehörig. Sie folgte der Botschaft eines Pagen. Nur – wer hatte ihr den Pagen geschickt? Ihre Neugier war stärker als die Vernunft, die sie zur Vorsicht mahnte.

Es kamen nur der Herzog und Ruben Cornelis in Frage. Wie sollte sie den Herzog abweisen? Würde andererseits dieser Cornelis sich souverän über jede Etikette hinwegsetzen? Dass er an den Hochzeitsfeierlichkeiten teilnahm, verdankte er nur der besonderen Stellung, die die Kaufleute in Flandern einnahmen. Die Erfolgreichen unter ihnen bildeten ein städtisches Patriziat, das es mit dem Adel an Reichtum und Einfluss aufnehmen konnte. Ruben Cornelis musste einer dieser Patrizier sein, sonst hätte er keine Einladung nach Gent erhalten.

Aimée trat durch eine Seitenpforte in das von Mauern umsäumte Rechteck des Burggartens. Anlässlich der Hochzeitsfeierlichkeiten hatten die Gärtner des Grafen eine blühende Rosenlaube geschaffen, und die Kräuterbeete waren von sauber gestutzten Buchsbaumhecken umgeben. Die sorgsam mit weißem Kies bestreuten Wege führten zu einem kleinen Marmorbrunnen, in dessen Becken eine Schwalbe badete. Das Plätschern des Vogels und das Summen der Insekten wurden vom Knirschen eiliger Schritte übertönt.

»Ihr?«

»Ich sehe mit Freuden, dass Ihr meiner Botschaft gefolgt seid, Aimée von Andrieu.« Er hatte ihren vollen Namen in Erfahrung gebracht.

»Schreibt es meiner Neugier zu, Herr Cornelis«, antwortete sie kühl. »Ich wollte wissen, wer die Kühnheit besitzt, eine Hofdame der Herzogin in den Garten zu bestellen.«

»Seid mir nicht böse«, bat er entwaffnend. »Es liegt mir fern, Euch zu kränken. Aber Ihr seid der einzige Mensch, den ich um Hilfe zu bitten wage.«

Aimée suchte den Schatten der Laube, ohne ihn zum Mitkommen aufzufordern. Er folgte ihr, und als sie sich vor allen Blicken geschützt gegenüberstanden, griff er nach ihrer Hand.

»Werdet Ihr mir helfen?«

»Wobei?« Aimée versteifte sich. Sie spürte den Schweiß zwischen ihren Schulterblättern.
Der Rosenduft setzte ihr zusätzlich zu. Seit den traumatischen Pesttagen ihrer Kindheit verband sie Rosenaroma mit Tod und Verderben.
»Helft mir, den Herzog davon zu überzeugen, dass er mir vertrauen kann. Ihr habt Einfluss auf ihn, ich weiß es.«
»Ihr träumt«, platzte Aimée heraus und wich vor seinem Überschwang zurück. »Ich bin sicher, Ihr habt Eure Audienz bekommen. Was wollt Ihr noch?«
»Ich habe ihm ein Geschäft vorgeschlagen, und er versprach mir, darüber nachzudenken. Meinen Anteil dazu habe ich geleistet. Ich bin sogar so weit gegangen, ihm Gold zu leihen, obwohl es mir vermutlich Ärger einbringen wird. Und er versprach, mir in Kürze seine Entscheidung mitzuteilen.«
»Der Herzog ist kein Kaufmann.«
Ruben beachtete ihre Worte nicht.
»Seit der Audienz habe ich nichts mehr vom Herzog gehört. Keine Nachricht. Keine Einladung. Nur die Aufforderung seines Haushofmeisters, mein Gold gegen die Juwelen zu tauschen, die er mir als Sicherheit verpfändet hat. Die Hochzeitsfeiern dauern nicht ewig. Die Zeit drängt, wenn mein Plan Erfolg versprechen soll.«
»Fragt ihn, nicht mich.«
»Wann und wo? Ihr wisst selbst, wie unmöglich es für mich ist, bis zu ihm vorzudringen. Deswegen brauche ich Eure Hilfe. Brügge braucht Eure Hilfe. Das sollte Euch das Herz öffnen. Und sagtet Ihr nicht, Ihr wollt Brügge kennenlernen?«
Die Überschwänglichkeit seiner Worte machte sie auf ge-

fährliche Weise schwach. Sie lächelte, wollte widersprechen und war gleichzeitig schon gefangen von der Möglichkeit, ihm einen Gefallen zu tun. Beides vermischte sich und setzte ihren Verstand matt.

»Was ist das überhaupt für ein Geschäft, das Ihr dem Herzog angetragen habt?«

Ruben zögerte, wollte sie mit einer oberflächlichen Antwort abspeisen und entschied sich nach einem intensiven, forschenden Blick in ihr aufmerksames Gesicht tollkühn für die Wahrheit.

»Ich gebe mich in Eure Hand, Aimée. Ihr habt gehört, dass Gent aufgrund des Getreidestapelrechtes Brügge förmlich ausplündern kann. Es weiß den Grafen von Flandern dabei auf seiner Seite, weil er um jeden Preis neue Unruhen vermeiden will. Damit der Graf seine Meinung ändert und Brügge unterstützt, muss Schwerwiegendes geschehen. Gäbe es beispielsweise einen Aufstand der Genter Bevölkerung gegen die erstarkende Macht Frankreichs in Flandern, der durch falsche Gerüchte geschürt wird, bliebe ihm gar nichts anderes übrig, als Gent zu verurteilen. Er wäre gezwungen, die Bürger Gents empfindlich zu strafen. Die Aberkennung des Stapelrechtes wäre eine solche Strafe. Der Herzog von Burgund könnte ihm diesen Vorschlag unterbreiten. Sein Wort hat Gewicht, zudem ist er der Bruder des regierenden französischen Königs.«

»Wo liegt dabei, neben dem Kredit, den Ihr ihm eingeräumt habt, der Vorteil für den Herzog?«

Ruben bewunderte ihren Scharfsinn.

»Wahrhaftig, Ihr denkt wie ein Mann. Genau das hat er mich auch gefragt. Wenn das Getreidestapelrecht der Genter aufgehoben wird, entsteht endlich ein Gleichgewicht

zwischen den Städten, und Brügge wird dem Herzog diese Erleichterung mit Treue und Loyalität danken.«
Aimée packte ihn am Arm. »Und das wollt Ihr mit Aufruhr und Blutvergießen erreichen?«
Ruben versuchte sie zu beruhigen, indem er den Arm um ihre Taille legte.
»Fasst Euch, Aimée. Gent kämpft seit Jahren mit viel üblen Mitteln gegen Brügge. Wenn wir uns nicht wehren, gehen wir unter.«
»Habt Ihr dieses Schurkenstück tatsächlich dem Herzog vorgeschlagen?«
»Er reagierte nicht so entrüstet wie Ihr.«
»Das kann ich mir nicht vorstellen. Ihr nehmt mich nicht ernst.«
Aimée befreite sich aus seinem frechen Griff und ging auf Abstand. Trotz des ihr widerlichen Rosenduftes atmete sie tief durch. Sie versuchte ihm klarzumachen, wie absurd seine Idee war.
»Euer Plan ist verbrecherisch. In der Regel werden bei solchen Aufständen unschuldige Menschen getötet.«
»Tadelt lieber die Genter, die seit Jahren Kapital daraus schlagen, dass Brügge Brot braucht. Ihnen ist kein Mittel zu schäbig, wenn nur gewährleistet ist, dass ihre vollen Truhen noch voller werden. Wisst Ihr, dass der Rat von Gent sogar Anweisung gegeben hat, in den Dörfern rund um die Stadt alle Webstühle zu zerschlagen? Sie reiten bewaffnete Überfälle gegen ihre eigenen Leute, die doch nur die Wahl haben, zu arbeiten oder zu verhungern. Sie ahnden jeden Kupferpfennig, der ihren städtischen Gewinn schmälert.«
»Ihr könnt nicht eine Ungerechtigkeit gegen eine andere aufrechnen«, widersprach Aimée.

Ihre Blicke trafen sich. Sie suchte in seinen Augen nach einem Zeichen des Nachgebens. Sie traf nur auf unerschütterliche Überzeugung. Ruben glaubte sich so sehr im Recht, dass sie einen neuen Versuch machte, zu begreifen, worum es ihm ging. Soviel sie auch von Flandern wusste, sie war eine Fremde in der Grafschaft. Sie kannte weder die Verhältnisse in Gent noch die in Brügge. Das Einzige, was sie mit Sicherheit wusste, war, dass Ruben sich in Schwierigkeiten brachte. Ein so bizarrer Plan konnte nicht gelingen.

»Versteht Ihr jetzt, warum es so wichtig ist, dass sich der Herzog endlich entscheidet?«, drängte Ruben.

»Seid vernünftig«, sagte sie sanft.

Sie ahnte, dass er in diesem Augenblick keinen harten Widerspruch vertrug. Er vertraute ihr. Wenn sie sich gegen ihn stellte, würde sie dieses Vertrauen zerstören und sich selbst die Möglichkeit nehmen, auf ihn einzuwirken.

»Ich gebe Euch mein Wort, dass ich mich beim Herzog für Euch und Brügge verwenden werde, soweit es mir möglich ist. Nur – begebt Euch nicht in Gefahr.«

»Ihr sorgt Euch um mich? Das hätte ich nicht zu hoffen gewagt.«

Ehe Aimée begriff, was geschah, lag sie in einer ungestümen Umarmung. Die unterschiedlichsten Empfindungen stürmten auf sie ein. Sorge, Empörung – oder gar Zuneigung? Sein Kuss machte aus der Wirrnis endgültig Chaos. Aimée schwankte ein wenig, als Ruben sie ebenso schnell wieder freigab, wie er sie an sich gezogen hatte. Sie konnte sich nicht erinnern, je so verwirrt gewesen zu sein.

»Ihr vermischt Dinge, die nicht zusammengehören«, brachte sie dennoch hervor, nachdem sie ihre Gedanken wieder geordnet hatte.

Ruben nahm die beherrschte Rüge gelassen zur Kenntnis. Er lachte, umfing ihre Schultern und küsste sie noch einmal.
»Ihr redet mit dem Herzog, und ich verspreche Euch, mich nicht in Gefahr zu bringen. Nach Sonnenuntergang beginnt das große Bankett für den Schöffenrat von Brügge. Ich werde Eure Nähe suchen, dann könnt Ihr mir sagen, was Ihr erreicht habt. Wollen wir es so machen, schöne Aimée?«
Bevor Aimée eine Antwort geben konnte, verneigte er sich schwungvoll und verschwand ebenso geschmeidig aus der Laube, wie er zuvor im Garten aufgetaucht war.
Sie blieb zurück und berührte verwundert ihre Lippen mit den Fingerspitzen.

Bis zum Sonnenuntergang hatte sie keine Antwort auf die Frage gefunden, wie sie Ruben vor seiner eigenen Torheit bewahren konnte. Vermutlich hatte der Herzog seinen aberwitzigen Plan zu keiner Zeit ernst genommen. So hoch seine Schulden auch waren, sie drückten ihn sicher nicht so, dass er ein unkalkulierbares Risiko eingehen würde. Indes, wie nur konnte sie Ruben vor sich selbst schützen?
»In der Truhe dort muss ein Gürtel aus Goldplättchen liegen, mit Smaragden verziert. Sucht ihn bitte heraus, Aimée.«
Aimée folgte der Bitte und bewunderte das ausgefallene Schmuckstück. Im Gemach der Herzogin drehte sich in diesem Augenblick alles um die elegante Erscheinung der Fürstin. Der Empfang und das anschließende Festmahl zu Ehren der Genter Honoratioren erforderten höchste Prachtentfaltung.

»Er gefällt Euch?« Die Herzogin fasste Aimée genau ins Auge. Nichts entging ihr, weder der Faltenwurf des grünen Seidengewandes noch der schlichte Blütenkranz, der ihren Schleier hielt. »Legt den Gürtel um, wir wollen sehen, ob die Farben zu Eurem Gewand passen.«
Aimée konnte den schweren Goldgürtel nur mit Mühe um die Taille halten. Er wog wie Blei, wenngleich sein Glanz aus ihrem einfachen Kleid eine königliche Robe machte.
Die älteste der Hofdamen erhob entrüstet Einspruch. »Das ist viel zu prunkvoll für eine unverheiratete junge Dame.«
»Sie hat recht.« Betont freundlich nahm die Herzogin den Gürtel aus Aimées Händen. »Unverheiratete Damen sollten sich nur mit dem Glanz ihrer Unschuld schmücken. Wenn Ihr ausgefallene Gewänder und prächtigen Schmuck tragen wollt, werdet Ihr heiraten müssen, mein Kind. Ist für Euch schon ein Ehemann ins Auge gefasst worden?«
»Nein, Euer Gnaden.«
Aimée hätte längst verlobt sein müssen, sie wusste es. Die mitleidigen Blicke der anderen Hofdamen zeugten von wortloser Neugier. Sie hätten zu gerne gewusst, welcher versteckte Makel sie von einer Heirat abhielt.
»Wie ist das möglich?« Die Herzogin sah keinen Grund, ihre Neugier zu zügeln. »Eure Familie hat sicher Pläne für Eure Zukunft gemacht. Die Grafschaft Andrieu ist schließlich ein bedeutendes Lehen.«
»Der Graf, mein Onkel Jean-Paul, würde nie von mir verlangen, dass ich eine Ehe eingehe, die ausschließlich dem Wohl von Andrieu dient. Er lässt mir die Freiheit der eigenen Entscheidung.«
Aimée plagte sich mit dem Verschluss des Gürtels ab, ohne das Erstaunen der Herzogin zu beachten.

»Was wollt Ihr damit sagen?«, hörte sie ihre Frage. »Dass Ihr Euch selbst einen Mann suchen dürft?«

»Ja«, erwiderte Aimée mit verhaltener Genugtuung. »Meine Großmutter möchte, dass ich einen Mann heirate, dem ich ehrlich zugetan bin.«

»Tatsächlich? Wie ungewöhnlich.«

»Meine Großmutter ist ungewöhnlich.«

»Und bisher ist es keinem Mann gelungen, Euch den Ehestand schmackhaft zu machen? Verratet mir, wie der junge Mann aussehen soll, dem Ihr Euer Herz schenkt«, setzte die Herzogin das Gespräch fort. »Etwa wie unser goldener Adonis, der Handelsmann aus Brügge?«

Aimée brachte keine Antwort über die Lippen. Die Herzogin lächelte zufrieden und fuhr mit ihren Spekulationen fort.

»Ruben Cornelis hat alles, was einer Frau gefällt, und er wird es weit bringen«, zählte sie auf. »Sein Auftreten und sein Reichtum sind in dieser Zeit mehr wert als eine zerbröckelnde Burg und Dörfer, die die Pest entvölkert hat. Der Großteil des Adels ist damit geschlagen und sucht so im Falle einer Heirat nach einer Partie mit einer rettenden Mitgift. Besitzt Ihr einen solchen Brautschatz, Aimée von Andrieu?«

»Mein Erbe sind die Ländereien von Courtenay, aber sie haben ebenfalls unter der Pest gelitten.«

Aimée gefiel es immer weniger, dermaßen ausgeforscht zu werden. Sah man ihr an, dass ihre Gedanken um Ruben kreisten? Weshalb pries die Herzogin seine Vorzüge so unverblümt. Hatte jemand ihr Zusammentreffen im Burggarten beobachtet?

»Somit wäre ein Gemahl, der reich genug ist, um nicht auf

Eure Mitgift angewiesen zu sein, ein wahrer Glücksfall für Andrieu, nicht wahr?«, stellte die Herzogin jetzt nüchtern fest.
Aimée wich einer direkten Antwort geschickt aus. Ihre Gefühle für Ruben Cornelis waren viel zu neu, zu ungeordnet, um an Ehe zu denken.

Der Beginn des Festes, von Fanfarenklang verkündet, rettete sie aus dem zunehmend unangenehmen Gespräch. Man brach auf, und sie nutzte das Gedrängel, um sich möglichst weit hinten im Zug der Hofdamen einzuordnen. Das unerwartete Interesse der Herzogin an ihrem persönlichen Schicksal gab ihr zu denken.
Die gewaltige zweischiffige Halle des Gravensteen stammte noch aus der Normannenzeit und prangte in festlichem Schmuck. Blumengirlanden verkleideten die gedrungenen Säulen.
Der Weg der Herzogin und ihrer Damen war mit Rosenblättern bestreut. Ein Meer von Kerzen und Fackeln verbreitete Licht und Wärme. Ihr Duft mischte sich mit dem der Rosen und den vielfältigen Aromen, die aus den Festkleidern der Menschen aufstiegen. Die betäubende Atmosphäre lenkte Aimée von den eigenen Problemen ab. Sie wusste, dass Herzog Philipp all diesen Glanz entfaltete, um die Flamen zu beeindrucken. Er wollte sie nicht gewaltsam an Frankreichs Seite zwingen, sondern in ihnen den Wunsch wecken, Teil dieser Macht und dieses Wohlstands zu sein. Auch die verschwenderischen Geschenke und die Versicherungen gegenseitiger Freundschaft dienten allein diesem Zweck.
Schon deswegen wird er niemals die Genter verärgern,

ging es ihr durch den Kopf, während sie die stolzen Räte, Schöffen und Honoratioren der Stadt beobachtete.
Rubens Blick glitt über die Festgäste, und Aimée fand sich jäh im Zentrum seiner Aufmerksamkeit. Sie spürte, wie sich ihre Wangen röteten.
Es kostete sie einige Kraft, seinem Blick standzuhalten. Ihm auszuweichen wäre einem Eingeständnis von Verlegenheit und Betroffenheit gleichgekommen. In steigendem Trotz straffte sie die Schultern und reckte das Kinn. Der Herzog, der Aimée fest im Auge hatte, registrierte den Blickwechsel, und seine ohnehin schon spöttisch erhobenen Brauen gingen fragend höher. Kein Lächeln begleitete den Blickkontakt mit ihr. Aimée atmete auf, als er sich wieder den Gentern zuwandte. Sie fröstelte trotz der unbestreitbaren Wärme im Saal und sah sich wieder nach Ruben um. Wo war er?
Sie fand die Gruppe der Gäste aus Brügge ganz in ihrer Nähe. Argwöhnisch beobachtete sie die Ehren, die den Gentern zuteil wurden. Ruben wirkte heiter und gelöst. War er sich ihrer Hilfe so sicher? Oder was löste diese Fröhlichkeit aus?
Würde sie beim Herzog etwas bewirken können? Keine Frau hatte das Recht, sich in politische Entscheidungen einzumischen. Wie würde er darauf reagieren, dass sie die Partei eines Tuchhändlers aus Brügge ergriff. Je länger der Empfang fortschritt, desto schwerer lastete die Zusage auf ihr, die sie Ruben gegeben hatte.
Bis sich der Hof zur Tafel begab, die im Stockwerk über der Normannenhalle im Festsaal des Grafenhauses wartete, war sie so nervös, dass sie nicht einmal die Schönheit des Gewölbes würdigte. An allen vier Seiten mit schlanken

Bogenfenstern versehen, wirkte es ebenso luftig und elegant wie die Halle darunter düster und feierlich. Die Lichter des Festsaales erhellten die Nacht über Gent. Sie sah, dass die Herzogin mit einem Pagen sprach, um sie gleich darauf zu sich bitten zu lassen, ehe sie sich noch einen Platz an der Tafel suchen konnte.

»Ich wünsche, dass Ihr heute in unserer unmittelbaren Nähe speist, liebe Aimée. Herr Cornelis wird das Essbrett mit Euch teilen.«

Eine ungewöhnliche Ehre wurde Aimée mit diesem Wunsch zuteil. Sie bemerkte es auch an dem kurzen Anflug von Verblüffung auf den Zügen des Herzogs. Weshalb seine Frau den Handelsmann so bevorzugte, schien ihm nicht klar zu sein.

Herzogin Margarete lächelte, während der Page Aimée und Ruben zu den beiden Plätzen an der Tafel führte, die direkt an den Tisch des Herzogs und der Ehrengäste anschlossen. Der fürstliche Mundschenk füllte Aimées und Rubens Pokale mit dem Wein, den auch der Herzog trank.

Ruben fand eine Erklärung dafür.

»Ihr habt mit dem Herzog gesprochen, nicht wahr? Ist er mit meinem Plan einverstanden?«

»Ihr seid zu hastig, ich …«

»Ich bin Euch unendlich dankbar, Aimée.«

Ihr Protest erstarb in seinem unwiderstehlichen Lächeln. Sie konnte es einfach nur erwidern.

»Welch ein schönes Paar.« Die Herzogin wies mit einer Bewegung des Kopfes auf Aimée und Ruben.

»Gedenkt Ihr, eine Ehe zu stiften?« Der Herzog gab sich leutselig. »Aimée von Andrieu ist von edelstem burgun-

dischem Blut. Sie mit einem Händler zu verheiraten würde ihre Familie kränken.«
»Welch kurzsichtiger Hochmut. Die Flamen haben vor einem erfolgreichen Handelsmann ebenso viel, wenn nicht gar mehr Respekt als vor einem Edelmann«, erwiderte die Herzogin. »Wenn Ihr nach dem Tod meines Vaters in Flandern regieren wollt, müsst Ihr Euch schon heute Verbündete suchen. Mächtige Männer, die Eure Interessen vertreten und auf die Ihr Euch verlassen könnt. Brügge ist die Hauptstadt von Flandern, auch wenn die Genter es gerne anders hätten. Eine Verbindung Aimées mit dem Handelsmann wäre sicher hilfreich.«
»Ihr seid eine kluge Ratgeberin.« Ihre Worte waren auf fruchtbaren Boden gefallen. »Ich könnte Cornelis um einen weiteren Kredit angehen, wenn ich ihm eine solche Partie verschaffe. Er ist von all diesen Brügger Geldsäcken der umgänglichste und müsste sich dann erkenntlich zeigen.«
Die Herzogin schwieg. Neben all seinen schöngeistigen Interessen und seinem Hang zum Vergnügen war Philipp auch ein kühl kalkulierender Machtmensch. Selbst wenn er durchschaute, dass sie ihre Hofdame Aimée in erster Linie aus Eifersucht aus seiner Nähe entfernen wollte, so verschloss er sich doch ihren Argumenten nicht, wenn sie einen Vorteil versprachen.
Ohne zu wissen, dass über ihren Kopf hinweg ihre Zukunft entschieden werden sollte, fand Aimée zunehmend Gefallen an dem Festmahl und an der Unterhaltung mit Ruben. Der schwere Wein hatte einen nicht geringen Anteil daran, dass sie sich so leicht und fröhlich fühlte. Sie war es nicht gewohnt, solche Mengen unverdünnten Weins zu

trinken. Ihre Stimmung wurde immer ausgelassener. Unterbrochen wurde sie erst, als der Page des Herzogs nach dem Bankett an ihren Tisch trat.
»Der Herzog bittet Euch morgen zur Stunde der Vesper zur Audienz, Herr Cornelis«, richtete er seine Botschaft aus und verschwand auf der Stelle wieder.
Ruben nahm Aimées Hand und küsste sie leidenschaftlich.
»Er bittet mich zur Audienz. Ich wusste, dass Ihr ihn überzeugen würdet, Aimée. Ihr seid wundervoll.«
»Ich bin nicht wundervoll, mir ist übel«, klagte Aimée. In ihrem Kopf drehte sich alles. Sie hatte das sichere Gefühl, dass sie Ruben etwas sagen musste, aber sie wusste nicht mehr, was.

4. Kapitel

Brügge, Tuchhalle, 28. Juni 1369

Auf ein Wort, de Fine!«

Colard trat aus der Tuchhalle unter dem Belfried, als ihn der Ruf erreichte. Er wandte sich um und entdeckte Anselm Korte. Auch das noch. Hatte Korte davon gehört, dass ihn der Zunftmeister der Tuchhändler zu einem Gespräch geladen hatte? Gerüchte durcheilten Brügge schneller als die Kuriere des Grafen von Flandern. Es war zwar das gute Recht der Medici-Bank, den Zunftoberen als Schlichter im Streit um offene Wechsel anzugehen, aber es zog mehr Aufmerksamkeit auf das Haus Cornelis, als Colard lieb sein konnte.

»Seid mir gegrüßt, mein Freund«, schnaufte der ältere Kaufmann und hüllte Colard in die Dunstwolke des Gewürzbieres, das er in reichlichen Mengen zum Frühstück zu sich genommen hatte. »Wann erwartet Ihr Euren jungen Vetter aus Gent zurück? Oder ist er gar bereits eingetroffen?«

»Wir rechnen dieser Tage mit ihm. Geht es um Geschäfte? Dann kann ich Euch ebenso gut zu Diensten sein.«

Anselm Korte war ein Mann von Einfluss und Gewicht in Brügge, aber Colard hatte von jeher Mühe gehabt, seine Abneigung gegen ihn zu verbergen.

Seine Leutseligkeit kam ihm falsch und aufgesetzt vor. Seine Kleider, obwohl aus kostbarsten Stoffen, zogen stets zu viele Falten über der massigen Gestalt und wiesen auf der Vorderseite Spuren seiner letzten Mahlzeit auf. Zu beiden Seiten einer hängenden Nase blickten tief eingegrabene, erdbraune Augen auf Colard.

Das vermeintlich gutmütige Lächeln entblößte braungelbe Zahnstümpfe, und eine Samtkappe saß schräg auf dem kahlen Schädel.

»Ich habe mit Eurem Vetter schon anlässlich der Zunftfeier nach der Heilig-Blut-Prozession am Himmelfahrtstag gesprochen«, kam Korte ohne Umschweife zur Sache. »Er wollte mir Bescheid geben. Es ist an der Zeit, dass er sich äußert, sobald er wieder da ist. Er ist nicht der Einzige, den ich für meine Gleitje ins Auge gefasst habe.«

»Eure Gleitje?«

»Zum Donner, stellt Euch nicht so dumm, de Fine. Ich spreche von meiner einzigen Tochter. Im Oktober wird sie fünfzehn, und es ist an der Zeit, ihr einen Ehemann zu suchen. Sie hat sich Euren hübschen Vetter in den Kopf gesetzt und liegt mir ständig in den Ohren, dass sie ihn und keinen anderen will. Wenn Ruben jedoch noch länger auf ein Wort warten lässt, dann ist es vorbei mit meinem guten Willen. Er ist nicht der einzige Kandidat.«

Gleitje Korte. Ruben hatte keine Silbe davon gesagt, dass ihm der Alte die Hand des Mädchens angetragen hatte. Korte war der reichste Tuchhändler der Stadt, und dass er nicht als Zunftmeister allen anderen vorstand, lag allein daran, dass er mit vielen in ständigem Streit lag. Von unangenehm cholerischem Temperament, neigte er dazu, wegen Kleinigkeiten aus der Haut zu fahren.

»Ich werde mit Ruben reden, sobald er zurück ist«, sagte Colard zu, nachdem er sich gefasst hatte.
»Sagt Eurem Vetter, dass ich mit einer Hochzeit zum Erntedankfest rechne. Gehabt Euch wohl.«
Colard murmelte einen Gruß und schaute dem Alten nach, der mit dem gemächlichen Gang eines Mannes davontappte, der sich seines Gewichtes und seiner Bedeutung bewusst ist. Eine Ehe mit der Tochter von Korte wäre womöglich eine nützliche Verbindung, ging es Colard durch den Kopf.
Im großen Hof vor der Tuchhalle blieb er stehen, holte tief Luft und sah sich um, als hätte er die Seitentrakte, die dem mächtigen Backsteinbau erst vor vier Jahren angefügt worden waren, noch nie erblickt. Der Belfried, wie man in Flandern die gewaltigen Glockentürme nannte, ragte über ihm in einen Himmel, der, von wenigen weißen Wolken getupft, Fortdauer des trockenen Wetters versprach. Zum ersten Mal seit Tagen registrierte er die sommerliche Wärme. Die Sonne hatte einen Namen bekommen. Gleitje Korte.
Ihre Mitgift würde die Medizin sein, die das Haus Cornelis wieder gesunden ließ. Colard schlug pfeifend die Richtung zur Waterhalle ein, an der alle Schiffe anlegten, deren flacher Tiefgang es erlaubte, bis in das Herz von Brügge zu fahren. Man nannte sie auch die Lakenhalle, weil dort das Wolltuch verladen wurde, das Brügges Ruhm und Reichtum als Handelszentrum begründet hatte, ehe Krieg und Pest die Gewinne in den letzten beiden Jahrzehnten auf tragische Weise vermindert hatten.
An der Landseite des überdachten Kanalhafens, unter den Arkaden, priesen die Fisch- und Muschelhändler wortgewaltig ihre Waren an. Colard versuchte sowohl dem

Fischgestank wie dem Lärm schnell zu entgehen. Er steuerte zielsicher die Schankstube *Zum Wollsack* an.
Das kleine Wirtshaus erfreute sich großer Beliebtheit. Ein Umstand, der sicher auch darauf zurückzuführen war, dass es von einer höchst appetitlichen jungen Wirtin geführt wurde.
»Du lässt dich selten bei deinen Freunden sehen«, empfing Trina ihn mit einem Lächeln und einem Tadel zugleich.
»Du weißt, dass es nicht meine Art ist, den Tag damit zu verbringen, den Boden eines Bierfasses zu suchen«, erwiderte er trocken. »Heute kann ich jedoch einen Krug vertragen. Willst du dich zu mir setzen, Trina?«
Er deutete auf einen kleinen rechteckigen Holztisch direkt neben dem Eingang zur Küche, der es erlaubte, Mägde und Gäste unter Kontrolle zu behalten, wenn man an ihm saß.
»Was kann ich für dich tun, mein Lieber?«
In der leicht dahingesagten Frage schwang mehr als freundschaftliches Interesse mit. Für ihn wäre sie gerne ihrem Schwur untreu geworden, sich nie wieder mit einem Mann einzulassen. Woran es wohl lag, dass ihre Anziehungskraft ausgerechnet bei ihm versagte?
Ihr wesentlich älterer Ehemann, Meister Joseph, war eines Morgens stockbetrunken an der Waterhalle in die Reie gestürzt. Viele Stunden später hatte man ihn aus dem Wasser gefischt. Trina hatte angemessen lange um ihn getrauert und sich in ihrem Witwenstand eingerichtet, obwohl es ihr nicht an Bewerbern fehlte.
»Erzähl mir, was du von Gleitje Korte weißt«, bat Colard kurz angebunden.
»Heilige Mutter Gottes. Denkst du etwa daran zu heiraten?«

»Und wenn dem so wäre?«
»Dann solltest du dir nicht ausgerechnet den Augapfel von Meister Korte aussuchen. Gleitje. Ich bitte dich. Bist du närrisch?«
»Sie hat eine gewaltige Mitgift.«
Trina blies die vollen Wangen noch runder auf und wischte sich eine blonde Haarsträhne aus der Stirn. Ihr beachtlicher Busen war ebenso verführerisch wie das fröhliche Zwinkern ihrer lichtblauen Augen. Sie schüttelte verächtlich den Kopf mit der sauberen Flügelhaube.
»Gleitje ist ein verwöhnter Fratz, und sie sieht aus wie der Inhalt eines Butterfasses. Blass, fett und langweilig. Nur ein verzweifelter Mann nimmt sich eine solche Jungfer. Ist das wirklich dein Ernst, Colard de Fine?«
»Es geht nicht um mich.«
Colard nahm einen tiefen Schluck aus seinem Bierkrug und wischte sich die Lippen mit dem Handrücken ab. Trina war nicht nur fröhlich und gescheit, sie besaß auch einen gesunden Menschenverstand. Sie begriff sofort und brach in schallendes Gelächter aus.
»Ruben? Er ist Brügges goldener Prinz. Jedes Mädchenherz schlägt für ihn. Er hat freie Wahl unter den Schönsten.«
»Auch Prinzen werden Männer, die beim Heiraten bedenken müssen, wen sie heiraten. Besonders wenn sie schlichte Kaufleute sind.«
»Aber Prinzen heiraten keine Gleitjes. Colard – wer hat sich das wohl ausgedacht, deine Tante Sophia? Sie denkt nur an Geld.«
»Gleitjes Mitgift wird Ruben über ihre mangelnde Schönheit hinwegtrösten.«

Trina runzelte die Stirn. Sie begriff, dass es ihm tatsächlich ernst war.

»Wenn ihr euch nur nicht täuscht. Ruben mag zugänglich erscheinen, aber er hat seine eigene Art zu tun, wonach ihm der Sinn steht. Er lässt sich zu nichts zwingen. Warum soll er heiraten. Hat das Haus Cornelis finanzielle Schwierigkeiten? Ist etwas dran an den Gerüchten, dass die Engländer als Reaktion auf die Hochzeit der Grafentochter ein neues Wollembargo planen?«

»Uns fehlt es in diesen Tagen nicht an der Wolle, sondern an fertigem Brügger Tuch«, umging Colard die direkte Antwort. »Die Stoffhändler aus Florenz und Prato laufen uns die Tuchhalle ein. Auch das Haus Cornelis könnte wesentlich mehr hochwertige Gewebe verkaufen, aber die Lager sind fast leer. Die Weber zu schnellerer Produktion zu drängen ginge auf Kosten der Qualität. Billiges Tuch wollen die Herren aus der Toskana nicht, das produzieren sie selbst.«

»Solange eure Zunft nur den Verkauf von Stoffen erlaubt, die in Brügge hergestellt und gefärbt wurden, müsst ihr mit diesen Problemen leben. Es sind zu viele Weber an der Pest gestorben.«

Die junge Wirtin hielt Colards düsterem Blick ungerührt stand. Sie ahnte, dass es um sein Handelshaus schlimmer stand, als er zugeben wollte.

»Die englische Hochzeit wäre vielleicht für Flandern besser gewesen«, sagte sie aus ihren Gedanken heraus.

»Wer sagt das? Die Kranmänner, die bei dir einkehren?«

Trina nickte, und Colard schnaubte verächtlich.

»Sie denken nicht über den Hafenkai von Brügge hinaus. Es ist gut, dass die Erbin des Grafen von Flandern den

Herzog von Burgund geheiratet hat. Hätte sie den Engländer gewählt, wären wir zum Kriegsschauplatz geworden. Frankreich würde nicht hinnehmen, dass der englische König auf unserem Festland noch mächtiger wird. Und was ein Krieg bedeutet, muss ich dir sicher nicht sagen.«

Trina winkte einer Magd, Colards Krug neu zu füllen. Sie lehnte sich bewusst nach vorn und bot ihm einen verlockenden Blick in ihr Mieder. Er sah nicht einmal hin. Die Augen über ihre Schulter hinweg auf den Schankknecht gerichtet, der soeben ein neues Fass auf den Ständer wuchtete, war er mit seinen Gedanken sehr weit weg.

»Du bist also der Meinung, dass Flandern den Franzosen vertrauen sollte«, sagte sie leicht verärgert und verschränkte die Arme unter dem Busen. Dass Colard nur erschienen war, um sich bei ihr Informationen über Gleitje Korte zu holen, trübte ihre Stimmung.

»Es bleibt uns gar nichts anderes übrig.« Colard lehnte den neuen Krug ab und erhob sich vom Tisch. »Ich muss gehen. Hab Dank für deine Gastfreundschaft, Trina.«

Er wusste, dass er sie enttäuschte. In seine Überlegungen vertieft, achtete er kaum auf die Grüße, die ihm auf seinem Heimweg entboten wurden. Er überquerte den großen Marktplatz und ging in eine der schmalen Brandgassen. Nach einer Weile fiel ihm auf, dass seine Schritte von denen eines anderen Mannes begleitet wurden.

Er fuhr herum und fand sich einer gebeugten Gestalt im verschlissenen Rock gegenüber. Seine Kleidung nahm er weniger wahr. Auffallend war der spitze Hut. Sein ursprüngliches Gelb war zu schmutzigem Ocker vergilbt. Er verriet, dass er es mit einem Juden zu tun hatte.

Es gab nicht mehr viele Juden in Brügge. Man hatte sie

auch hier für das Wüten der Pest verantwortlich gemacht. Die wenigen Familien, die die Ausschreitungen und Gewalttaten überlebt hatten, scheuten die Öffentlichkeit. Ihr ehemals so einträgliches Zinsgeschäft war größtenteils in die Hände der italienischen Banken übergegangen.

»Folgt Ihr mir?«, fragte Colard gereizt.

»Man könnte es so sagen. Entschuldigt meine Aufdringlichkeit. Erlaubt, dass ich mich vorstelle, Meister de Fine. Abraham Salomon ist mein Name.«

»Was wollt Ihr von mir, Abraham Salomon?«

Colard fasste den bärtigen Mann ins Auge. Er verspürte eine seltsame Mischung aus Betroffenheit und Abscheu vor ihm. Zwar teilte er nicht die Meinung, dass die Juden die Pest ins Land gebracht hatten und unschuldige Kinder schlachteten, aber die abscheulichen Geschichten über Hostienschändungen konnten schließlich nicht völlig aus der Luft gegriffen sein.

»Ich will Euch ein Geschäft vorschlagen, Meister de Fine.« Der Jude dämpfte seine Stimme. »Entschuldigt, dass ich es auf der Straße tue, aber ich bin mir nicht sicher, ob Ihr mich empfangen würdet, wenn ich Euer Kontor aufsuche.«

»Ihr wollt Tuch kaufen?«

Salomon lachte verhalten. Obwohl schwächlich, fast erbärmlich wirkend, kam er Colard plötzlich bedrohlich vor.

»Verzeiht, Meister de Fine, kein Tuch«, stellte er leutselig richtig und räusperte sich. »Aber für einen Anteil an Euren Handelsgeschäften wäre ich bereit, eine hübsche Summe zu bezahlen.«

»Einen Anteil …«, wiederholte Colard, ehe ihm die Empörung die Sprache verschlug.

»Genauer gesagt, schwebt mir ein Viertel vor«, hörte er Salomon bereits weitersprechen. »Ich wäre somit stiller Teilhaber des Hauses Cornelis. Ich würde Euch keine Vorschriften machen, und Ihr könnt das Geld brauchen, soweit ich weiß.«

»*Was* wisst Ihr?«

Colards Verblüffung schlug in Zorn um, und er packte den Mann so heftig an seinem weiten Rock, dass dessen Spitzhut in den Staub fiel. Erst der erstickte Ausruf seines Opfers brachte ihn wieder zur Besinnung.

»Das habt Ihr Euch selbst zuzuschreiben«, knurrte er entschuldigend und trat, vor der eigenen Unbeherrschtheit erschrocken, zurück. »Ihr redet unsinniges Zeug, Salomon. Wir brauchen keine Teilhaber.«

»Seid Ihr Euch da so sicher?«

Der Fremde bückte sich nach seinem Hut, wischte den Staub ab und setzte ihn umständlich wieder auf. Erst jetzt bemerkte Colard, dass er jünger war, als er ihn ursprünglich eingeschätzt hatte.

»Nun, Ihr könnt es Euch noch überlegen«, sagte er gelassen. »In geschäftlichen Dingen sollte man keine hitzigen Entscheidungen treffen. Schickt einen vertrauenswürdigen Boten in die kleine Synagoge am Stadtwall, wenn Ihr anderen Sinnes geworden seid, Meister de Fine. Mein Angebot gilt. Nicht unendlich, aber doch für die nächsten zehn Tage, wenn es recht ist.«

Er wandte sich zum Gehen. Colards Hand hielt ihn an der Schulter zurück.

»Ihr habt meine Frage nicht beantwortet. Was wisst Ihr, dass Ihr Euch herausnehmt, mir eine Teilhaberschaft anzubieten?«

»Eure Truhen sind leer. Ihr könnt Eure Lieferanten nicht mehr bezahlen.«
Colard versuchte sich seinen Schock nicht anmerken zu lassen.
»Ein Engpass – bedingt durch die Schwierigkeiten im Wollgeschäft. Mein Vetter wird nach dem Erntedankfest Gleitje Korte heiraten.«
»Schön. Dann könnt Ihr sicher auch diesen Schuldschein Eures Vetters einlösen. Er ist zum Erntedankfest fällig.«
Colard starrte auf das Pergament, das Salomon unter den vielen Schichten seiner Kleidung zum Vorschein gebracht hatte. Beim Anblick von Rubens Unterschrift verschwamm das Dokument vor seinen Augen.
»Wie Ihr seht, gehört mir zu diesem Termin ohnehin schon ein beträchtlicher Anteil des Hauses Cornelis«, hörte er ihn wie von ferne sagen. »Euer Vetter hat sich an einen meiner Verwandten in Gent gewandt, und der hat seine Forderung an mich abgetreten.«
Colard wollte nach dem Schuldschein greifen, aber der Fremde verneigte sich feierlich und ließ das Blatt ebenso flink wieder verschwinden, wie er es hatte erscheinen lassen.
»Der Friede sei mit Euch«, grüßte er.

Am selben Tag fand in einem Kontor am Walplein ein interessantes Gespräch statt.
Abraham Salomon, inzwischen in sauberes Tuch gekleidet, schilderte die Begegnung mit Colard und den Eindruck, den er von diesem Gespräch gewonnen hatte.
»Er wäre mir fast an die Kehle gegangen, um zu erfahren, woher mein Wissen stammt. Aber noch ist er nicht so ver-

zweifelt, dass er auf mein Angebot eingeht. Wenngleich ihn der Schuldschein erkennbar erschüttert hat.«
Sein Auftraggeber erhob sich von einem prächtig geschnitzten Lehnstuhl.
»Ich danke Euch, Abraham Salomon. Habt Ihr ihm gesagt, wie und wann er uns seine Entscheidung wissen lassen soll?«
»Selbstverständlich.«
»Ich habe nicht gezweifelt, wollte nur sichergehen, mein Freund. Praktisch hat Ruben das Haus Cornelis bereits verkauft. Der Apfel ist reif. Wir müssen nur noch darauf warten, dass er uns in den Schoß fällt.«
»Wenn die Herbststürme die Einstellung des Schiffsverkehrs erfordern, werdet Ihr bestimmen, was im Hause Cornelis geschieht.«
»Es wird Colard de Fine nicht gefallen.«

5. Kapitel

GENT, GRAVENSTEEN, 28. JUNI 1369

Der Audienzsaal überraschte sie in seiner Größe. Aimée versank vor dem Herzog in die übliche Reverenz und umklammerte heimlich ihren Ring.

»Ihr seid wie immer eine Freude für meine Augen, Aimée von Andrieu. Erhebt Euch. Die Feiern in Gent neigen sich dem Ende zu. Die Turniere sind geritten, die Jagden veranstaltet. Zur Mitte der nächsten Woche wird der Hof nach Paris aufbrechen.«

Der Herzog glaubte eine gewisse Enttäuschung in Aimées Gesicht zu erkennen. Prompt hob er die dünnen tiefschwarzen Brauen. Es konnte alles bei ihm bedeuten. Spott. Anteilnahme. Frage. Seine Züge ließen jede Deutung zu.

»Bedauert Ihr das Ende der Festlichkeiten oder die Trennung von Flandern und Ruben Cornelis?«, fragte er direkt.

Aimée sah ihm offen in die Augen. Was sollte sie antworten. Das Ende der Hochzeitsfeiern konnte sie nicht ehrlich beklagen. Ihre aufkeimenden Gefühle für Ruben Cornelis wollte sie dem Herzog nicht ungeniert gestehen. Sie entschied sich für Schweigen und senkte den Blick.

»Ihr seid eine Frau, die schweigend zu sprechen weiß,

Aimée.« Der Herzog lachte anerkennend. »Ihr fühlt Euch wohl in Flandern, habe ich recht?«
Das konnte Aimée bejahen, ohne sich in Schwierigkeiten zu bringen.
»Könntet Ihr Euch vorstellen, für immer hier zu leben?«
»Wie wäre das möglich?«
»Es ist nie zu früh, die Zukunft zu planen. Eines Tages werde ich Flandern regieren. Ich brauche dort Verbündete und Gefolgsleute, die mir treu ergeben sind. Vertrauenswürdige Alliierte, wie es die Andrieus in Burgund sind.«
»Verstehe ich Euch richtig, Ihr wünscht eine Andrieu in Flandern?« Das grüne Aufblitzen in ihren Augen verriet, dass sie verstanden hatte, worum es dem Herzog ging. Aimée spürte plötzlich, wie sehr sein Vorschlag sie reizte.
»Ihr schmeichelt mir zu sehr«, entgegnete sie vorsichtig. »Ihr benötigt Männer von Einfluss und Bedeutung in Flandern. Ich bin eine Frau.«
Herzog Philipps Auflachen endete in einem Seufzer.
»Ich sollte die Idee wirklich weit von mir weisen. Ihr werdet mir fehlen. Eure Anmut, Klugheit und Schönheit haben uns bereichert. Doch überlegt: Die Frau an der Seite eines einflussreichen Handelsherrn in Brügge ist ein nicht zu unterschätzender Machtfaktor, Aimée. Männer wie Ruben Cornelis genießen in Flandern das gleiche Ansehen wie ein Edelmann in Frankreich. Freilich will ich nicht über Euren Kopf hinweg entscheiden. Was haltet Ihr davon, in Flandern zu bleiben?«
Aimée schwieg. Der Herzog hatte es ausgesprochen. Er schlug ihr eine Verbindung mit Ruben Cornelis vor.
»Euer Onkel Jean-Paul hat Euch mir anvertraut und mich gebeten, für Euer Wohl und Eure Zukunft zu sorgen«,

sprach er weiter. »Ich habe mein Wort gegeben, und ich behandle Euch – auch wenn es höchst ungewöhnlich ist – wie einen meiner Vasallen. Immerhin seid Ihr die Erbin von Courtenay. Seid Ihr bereit, zum Besten von Burgund die Herausforderung einer Ehe mit Ruben Cornelis einzugehen?«

»Ihr wollt, dass ich Ruben Cornelis zum Mann nehme?«

»Ihr findet Gefallen an ihm. Ihr müsst es nicht leugnen«, antwortete der Herzog. »Es gibt nicht viele Männer, die in den Genuss Eures Lächelns kommen. Seid ehrlich, Ihr empfindet Zuneigung für ihn. Heiratet Ruben Cornelis und werdet meine Verbündete in Brügge. Ihr seid die Frau, die ihn auf den rechten Weg bringen kann. Ihr seid stark und klug genug, einen Hitzkopf wie ihn zu zügeln. Ihr müsst verhindern, dass ein so haarsträubender Plan wie der, das Getreidemonopol von Gent durch Gewalt zu Fall zu bringen, weiter in seinem Kopf herumspukt. Mit Eurer Stimme der Vernunft an seiner Seite wird er es im Rat der Stadt Brügge sicher weit bringen.«

»Aber es wäre keine standesgemäße Ehe«, wandte sie ohne große Überzeugung ein.

»Die Tatsache, dass Ihr von Adel seid, wird seinem Wort künftig mehr Gewicht verschaffen.«

Das Gespräch mit dem Herzog war für Aimée in seiner Bestimmtheit und Offenheit eine Herausforderung. Die Konzentration strengte sie spürbar an, und gleichzeitig empfand sie dankbar eine große Erleichterung. Die Verwirrung der Gefühle löste sich. Hatte sie nicht genau das ersehnt? Einen Ehemann, der seine Tage nicht mit Reiterspielen und Festessen verschwendete. Eine Verbindung, in der auch sie Aufgaben übernehmen konnte, die ihre Tage mit sinnvoller Beschäftigung füllten. War sie der Erfüllung ihrer Wünsche nahe? Die wichtigste Frage musste sie noch klären.

»Ist es auch der Wunsch von Ruben Cornelis, mich zu ehelichen?«

»Herrgott, er liegt Euch zu Füßen, das dürfte Euch doch nicht entgangen sein.«

Aimée erhob sich von ihrem gepolsterten Hocker. Langsam schritt sie auf den Herzog zu und kniete vor ihm nieder, griff nach seiner Hand und berührte die Finger mit ihrer Stirn.

»Eure Feinde sind meine Feinde. Eure Freunde sind meine Freunde. Ich will allzeit treu, hold und gewärtig sein, mein Herr und Herzog.«

Die altertümliche Form des Vasalleneides, von Aimée klangvoll beschworen, rührte den Herzog zutiefst. Noch nie hatte er sie so begehrenswert gefunden, am liebsten hätte er sie in seine Arme genommen. Es schmerzte ihn, sie einem anderen Mann zu überlassen.

Dann siegte die Vernunft, lediglich seine Stimme verriet, wie bewegt er war. Sie klang rauher als gewöhnlich.

»So sei es, Aimée von Andrieu. Der Bischof von Cambrai wird Eure Verbindung heute Nachmittag segnen. Die Herzogin erwartet Euch bei ihren Frauen. Sie wollen Euch dem Anlass gemäß schmücken.«

Über die Eile erschrak Aimée nun doch, aber sie widersprach nicht.

»Es ist zu viel der Ehre, dass Herzogin Margarete sich selbst die Mühe machen will …«

»Lasst sie nur«, unterbrach der Herzog ihren Protest. »Sie betrachtet sich als Stifterin dieser Ehe. Sie war es, die als

Erste bemerkt hat, dass Cornelis Euer Wohlgefallen errungen hat.«

Wie auch immer, dachte Aimée. Das Ergebnis blieb das gleiche. Sie würde in Flandern bleiben. Sie würde in Brügge leben, wie ihre Großmutter.

»Ihr habt mein Wort als Fürst und als Freund, dass ich stets für Euch da bin, wenn Ihr Rat oder Hilfe benötigt, Aimée«, beendete der Herzog die Audienz bedeutungsvoll. »Auch in Brügge werdet Ihr unter meinem Schutz stehen, das bin ich Euch und Eurer Familie schuldig.«

»Ich danke Euch«, erwiderte sie leise.

»Ich wünsche Euch, dass Ihr Euer Glück in Flandern findet, Aimée«, sagte er mit warmer Stimme.

Sie erwies ihm Reverenz. Vor dem Audienzsaal wartete bereits ein Page, der sie zur Herzogin führte. Man gewährte ihr keine Atempause.

Aimée hatte immer davon geträumt, in der Kirche von Andrieu zu heiraten. Am Arm ihres Onkels hatte sie zum Altar schreiten und von ihrer Großmutter zuvor gesegnet werden wollen. Auf all dies zu verzichten kam sie schwer an und trübte den Glanz der Zeremonie, die der Bischof von Cambrai zur Stunde des Sonnenunterganges zelebrierte.

Nun war sie nicht länger Aimée von Andrieu, sondern Aimée, die Gemahlin des Ruben Cornelis. Die Eile, mit der die Hochzeit vollzogen wurde, verlieh den Ereignissen Unwirklichkeit. Die Zeremonie kam ihr wie ein Traum vor. Die Herzogin persönlich hatte die Feierlichkeiten organisiert. Herzog Philipp hatte sie in Stellvertretung ihres Onkels Jean-Paul an Ruben übergeben und der Bischof ihre Hände zum Treuegelübde vereint. Ruben hatte mit tönender Stimme die Worte des Prälaten nachgesprochen und triumphierend gelächelt, als sie selbst leiser, fast zögernd ihre Antworten gab.

Der Ehevertrag wurde in der Sakristei bezeugt und unterschrieben. Als sie die Feder zur Seite legte, bemerkte sie das zufriedene Lächeln der Herzogin.

»Ich wünsche Euch von Herzen, dass Ihr ebenso viel Glück in Eurer Ehe findet, wie es mir beschieden ist«, sagte sie unerwartet gefühlvoll.

Aimée gewann den Eindruck, dass Erleichterung in ihren Worten schwang. Sie überließ es Ruben, den Dank für die Glückwünsche auszusprechen. Er tat es mit erkennbarem Stolz und strahlte vor Glück. Unauffällig berührte sie mit dem Daumen die Innenseite ihres Ringes. Wieso verspürte sie dieses jähe Gefühl von Verlust in einem Moment, in dem sie eigentlich glücklich sein sollte?

6. *Kapitel*

Burg Andrieu, 28. Juni 1369

Sie ringt mit dem Tod!

Jean-Paul von Andrieu blieb erschüttert unter dem Türbogen stehen. Er war wie gelähmt. Seine Mutter kränkelte seit Aimées Abreise, aber erst jetzt begriff er, dass ihr Leben zu Ende ging. Sie stand im achtundsiebzigsten Lebensjahr. Sie hatte Könige, Kriege und das Wüten der schwarzen Pest überlebt. Sie hatte den Mann, Söhne und Enkel zu Grabe getragen und dennoch nach jedem Schicksalsschlag die Kraft gefunden, für die, die sie brauchten, weiterzukämpfen. Sie war die Seele des Lehens. Dass auch sie sterblich war, traf ihn wie ein Schlag. Mit Aimée war nicht nur ihre Kraft, sondern auch ihr Lebensmut gegangen.

»Tritt näher, warum stehst du da und schweigst?«

Die körperliche Hinfälligkeit Violantes tat ihrer Autorität keinen Abbruch. Ihr Sohn bemühte sich, den Aufruhr seiner Gefühle zu kontrollieren.

»Ich wollte Euren Schlaf nicht stören, Mutter. Es gibt Neuigkeiten von Aimée. Ein Kurier des Herzogs von Burgund hat den Umweg über Andrieu gemacht, um einen Brief von ihr zu bringen.«

»Lies ihn mir bitte vor.«

Jean-Paul brach das Siegel, überflog die ersten Zeilen und sah mit erkennbarer Verblüffung auf.
»Aimée schreibt uns aus Flandern. Sie gehört zum Hofstaat der neuen Herzogin von Burgund. Die Hochzeit des Herzogs wird in Gent gefeiert, und …«
»Sie wird in Flandern gefeiert?«
»In Gent«, bestätigte er. »Der Herzog und Margarete von Flandern haben am neunzehnten Tag des Heumonats in der Kathedrale von Sankt Bavo geheiratet. Aimée war eine der Ehrendamen.«
»Gib mir den Brief«, forderte sie mit einem Anflug ihrer alten Energie.
Sie sah nicht mehr so gut wie früher, aber diese Zeilen wollte sie mit eigenen Augen lesen.
»Nun, das ist meine Aimée. Sie kritisiert den Prunk und die endlosen Feste. Sie meint, dass man die Zeit sinnvoller nutzen könnte«, lächelte sie.
Der Anflug von Heiterkeit verschwand bereits mit dem nächsten Satz.
»Ich habe einen Handelsmann aus Brügge getroffen, der Interessantes aus der Stadt zu erzählen weiß, in der Ihr einmal gelebt habt, liebste Großmutter.«
Jean-Paul hörte die vorlesende Stimme vorsichtiger und schärfer werden.
»Er sagt, seine Familie sei dem Beginenhof vom Weingarten seit jeher verbunden. Sein Großvater habe den frommen Frauen zu Lebzeiten reiche Stiftungen zukommen lassen. Entsinnt Ihr Euch aus Eurer Zeit an einen Handelsmann mit dem Namen Cornelis?«
»Mutter! Um Himmels willen, Mutter! Was ist mit Euch?«

Jean-Paul sah Violante bleich in ihre Kissen zurücksinken. Der Brief entglitt ihren Fingern. Mit geschlossenen Lidern, kaum atmend, war sie verstummt.
»Ich hole Hilfe!«
Schon halb an der Tür hielt ihn ein schwacher Ruf vom Alkoven zurück.
»Nein, bleib bitte. Warte. Gib mir Zeit. Das kommt zu unerwartet. Ich muss es erst begreifen.«
»Ihr habt Schmerzen«, vermutete Jean-Paul nach einem prüfenden Blick auf ihre angespannten Züge.
»Ja. Aber es sind Schmerzen der Vergangenheit, mein Sohn. Cornelis. Ich hatte gehofft, diesen Namen nie wieder hören zu müssen. Welch verhängnisvoller Irrtum. Hilf mir hoch, bitte.«
Jean-Paul stützte seine Mutter, damit sie sich wieder aufsetzen konnte. Es war das erste Mal, dass sie ihn in dieser Form um Hilfe bat. Erschrocken nahm er ihre Hinfälligkeit wahr. Sie wog kaum mehr als ein Kind.
»Ich muss mit dir reden, Jean-Paul«, sagte sie und deutete auf eine geschnitzte Truhe neben dem Kamin. »Öffne die Truhe, bitte. Tief unter den Umhängen muss sich ein verschnürtes Bündel befinden. Gib es mir bitte.«
Das Aufflackern von Tatkraft erleichterte ihn. Er beeilte sich, ihren Wunsch zu erfüllen. Geduld war noch nie ihre Stärke gewesen. In grobes Leinen gewickelt, mit Bändern eng verschnürt und dem Anschein nach vor langer Zeit verpackt, fand er ein Holzkästchen.
»Was ist das?«, fragte er verblüfft.
»Das Vermächtnis eines Cornelis.«
»Wie kommt es hierher zu Euch?«
Jean-Paul bemerkte, dass sich die Stimme seiner Mutter

verändert hatte. In ihrem Gesicht las er etwas wie Furcht. Unmöglich. Furcht hatte sie nie gekannt.

»Öffne bitte das Kästchen«, wies sie Jean-Paul knapp an. Es war eine Handbreit hoch, etwa so lang wie sein Unterarm und halb so breit. Schwarzes Ebenholz und angelaufene Silberbeschläge verrieten, dass bei seiner Herstellung besondere Sorgfalt aufgewendet worden war. Der Deckel klemmte, aber mit Hilfe seines Messers brachte Jean-Paul es auf.

»Anscheinend handelt es sich um Urkunden und Aufzeichnungen. Hier ist auch ein versiegeltes Schreiben. *Für Violante von Andrieu, Tochter des Thomas von Courtenay und der Margarete Cornelis,* ist es beschriftet.«

Die Tinte war im Laufe der Jahre verblasst, aber die Worte blieben lesbar. Er reichte es seiner Mutter mit fragendem Blick. Violante zögerte, danach zu greifen. Es war an der Zeit, die Wahrheit zu sagen.

»Piet Cornelis war der Vater meiner Mutter, die, wie du weißt, auch Margarete hieß. Er hat das Handelshaus Cornelis in Brügge gegründet. Wenn er der Großvater des jungen Mannes ist, den Aimée in Gent kennengelernt hat, dann ist er ein Verwandter.« Ihre Stimme wurde immer leiser.

»Warum habt Ihr nie ein Wort davon gesagt, dass ein Teil unserer Familie in Brügge lebt?«, fragte Jean-Paul. »Es ist nicht Eure Art, Euch für einen bürgerlichen Handelsmann zu schämen.«

»Ich schäme mich nicht für diesen Mann. Ich verachte ihn. Lies bitte trotzdem vor, was er schreibt. Ich muss es wissen.«

Er brach das Wachssiegel und las.

Tochter meiner Tochter. Nichts, was ich dir schreibe, macht die Dinge ungeschehen. Gott, vor dessen Richtstuhl ich bald treten werde, wird das Urteil über mich fällen. Er hat mich bereits auf Erden gestraft, indem er mir meine geliebte Frau und später auch die Tochter genommen hat. Nun bin ich alt und bereue zutiefst. Ich wollte mein Glück noch einmal erzwingen, aber ich versichere dir, ich wusste nicht, dass du meine Enkelin bist. An den Beginen habe ich mich schwer versündigt und bin sogar zum Mörder geworden. Ich lege das Haus Cornelis mit meinem Siegelring und meinen persönlichen Kontobüchern in deine Hände. Wer immer in Brügge dieses Erbe einfordert, muss beides besitzen. Gott sei mit dir, Violante von Andrieu. Wenn du diese Zeilen liest, werde ich nicht mehr unter den Lebenden sein. Ich bezweifle, dass du für mich beten willst.
Dein Großvater Piet Cornelis, Handelsherr zu Brügge.
Gezeichnet am dritten Maitag des Jahres 1326.

Violantes geschlossene Lider bewegten sich nicht, als Jean-Paul den Brief sinken ließ und erschüttert fragte: »Dieser Brief ist über vierzig Jahre alt. Warum habt Ihr nie das Kästchen geöffnet?«
»Piet Cornelis ist ein Mörder. Er sagt es in diesem Dokument selbst.« Sie öffnete die Augen, begegnete dem verständnislosen Blick ihres Sohnes und schüttelte ablehnend den Kopf.
»Nein, das muss dir genügen. Er hat mich zu tief verletzt, ich kann ihm nicht einmal nach all diesen Jahren verzeihen.«
Jean-Paul legte den Brief auf den Tisch neben dem Kamin

und ergriff die dünnen, unruhigen Hände seiner Mutter. Sie hielt mit unerwartet heftigem Druck dagegen.

»Habt Ihr deshalb niemals von Euren flämischen Wurzeln gesprochen?«

»Dein Vater wusste Bescheid. Er und sein Bruder Simon haben mir das Leben gerettet, das Piet Cornelis fast zerstört hätte. Ich wollte vergessen, aber das Vergessen ist mir nicht vergönnt.«

»Vater hatte einen Bruder, der Simon hieß, verstehe ich das richtig?«

Violante umklammerte Jean-Pauls Finger noch heftiger.

»Ja, Simon von Andrieu. Er starb, ehe du zur Welt kamst.«

»Dann habt Ihr meinen Bruder nach ihm benannt?«

Violante sah ihn lange und nachdenklich an, ehe sie nickte. Wem half es, wenn sie die Lüge mit ins Grab nahm?

»Dein Vater und ich haben Simon so getauft, weil es der Name seines Vaters ist. Simon ist der Sohn Simons«, sagte sie tonlos und fügte noch leiser hinzu: »Simon war Zisterziensermönch.«

Jean-Paul fuhr zusammen.

»Verurteilst du mich? Ich kann es dir nicht verdenken.«

»Niemals würde ich Euch verurteilen. Ich weiß nicht, was damals alles geschehen ist, und ich muss es auch nicht wissen. Für mich seid Ihr immer ein Vorbild und die beste Mutter, die man sich wünschen kann. Ihr werdet Simon geliebt haben, und dafür kann man keinen Menschen verurteilen. Meinem Vater wart Ihr eine gute Frau, und ich hatte nie das Gefühl, dass Ihr ihn nicht ebenfalls geliebt hättet.«

Ihre Blicke trafen sich, und Violante nahm schweigend eine Hand von Jean-Paul und barg ihr Gesicht darin. Die

Kehle wurde ihm eng. Die Geste uneingeschränkter mütterlicher Liebe berührte ihn tief.

»Euer Großvater hat diesen Brief offensichtlich geschrieben, um sein Gewissen zu erleichtern. Lasst Gott urteilen.«

Violante ignorierte den unregelmäßigen Schlag ihres müden Herzens. Ihre Sorge galt Aimée. Sie musste gewarnt werden.

»Jean-Paul«, wandte sie sich lebhafter an ihren Sohn, »wenn ein Mensch in Brügge lebt, der den Namen Cornelis trägt, habe ich Angst um Aimée. Ich fühle es. Ich fürchte das Ungestüm ihrer Jugend. Du kennst sie. Sie ist impulsiv, und wenn ihr etwas eine Herzenssache ist, handelt sie spontan. Sicher habe ich einen Fehler gemacht. Als sie mich mehrmals gefragt hatte, woher ich Flämisch kann, glaubte ich ihre Wissbegier damit befriedigen zu können, dass ich sie die Sprache gelehrt habe. Ich hätte meine Enkeltochter besser kennen sollen. Sie gleicht mir zu sehr. Sie wird den Dingen nachgehen und wissen wollen, was es damit auf sich hat, dass ich das Flämische beherrsche. Der Reiz des Fremden wird sie womöglich eine Dummheit begehen lassen …«

Jean-Paul unterbrach sie, um sie zu beruhigen. Die Befürchtungen seiner Mutter hielt er für übertrieben. Er war ein Mann der Tatsachen. Von Ahnungen, Vermutungen und Befürchtungen hielt er nicht viel, doch die Angst in Violantes Stimme, die sich nicht so aufregen durfte, rechtfertigte die Ungehörigkeit, seine Mutter nicht ausreden zu lassen.

»Was kann ich tun, um Euch die Sorgen zu nehmen, Mutter?«

»Ich werde Aimée schreiben. Sie muss wissen, mit wem sie es bei einem Cornelis zu tun hat. Du wirst ihr diesen Brief zusammen mit dem Kästchen bringen. Aimée ist die älteste Urenkelin von Piet Cornelis, sie hat ein Anrecht auf dieses Erbe. Es wäre unrecht, es ihr zu verwehren. Nur sie kann entscheiden, ob sie von diesem Erbe Gebrauch macht oder es vielleicht weitergibt. Sag ihr, was du von mir jetzt weißt, aber achte darauf, dass nur sie von unseren verwandtschaftlichen Beziehungen zum Haus Cornelis erfährt. Ich will nicht, dass sie am Hof des Herzogs bekannt werden, es würde Aimées Ansehen vielleicht schaden. Hilf mir bitte auf. In der Lade am Tisch sind Tinte, Feder und Papier.«

Sowenig Jean-Paul die Ängste seiner Mutter um Aimée teilte, sosehr stimmte er ihr zu, dass es richtig war, ihr diesen Teil der Geschichte ihrer Familie nicht länger vorzuenthalten. Sie hatte ein Recht darauf, mehr noch als er selbst.

Er half ihr gerne, den Brief zu schreiben. Er trug sie, in Decken gehüllt, zum Tisch, half ihr auf den hochlehnigen Stuhl, stützte sie mit Kissen und schob ihr den Fußhocker zurecht. Dann zog er sich in die Fensternische des Raumes zurück. Nahe genug und doch in diskreter Entfernung, um bereit zu sein, wenn sie es benötigte.

Wie oft hatte er ihr dabei zugesehen, wie sie die Bücher des Lehens führte, Nachrichten schrieb oder Botschaften prüfte. Bis zu Aimées Abreise war kein Scheffel Weizen auf Andrieu verkauft und kein Fell gebalgt worden, von dem sie nichts wusste. Danach hatte sich alles geändert. Obwohl es ihr Wille gewesen war, dass ihre Enkelin Andrieu verließ und an den Hof des Herzogs ging, hatte der Ab-

schied die rüstige Frau in eine hinfällige Greisin verwandelt.
Das leise Kratzen der Feder, untermalt von den schweren Atemzügen seiner Mutter, begleitete sein Grübeln. Die körperliche und geistige Anstrengung, die die Niederschrift des Briefes erforderte, kostete sie letzte Kraftreserven. Doch es war die Sorge um Aimée, die sie bisher am Leben erhalten hatte und die ihr auch jetzt noch Kraft gab.
Die Feder fiel aus ihren Händen und rutschte über die Tischkante zu Boden.
»Mutter!«
Jean-Paul kam gerade rechtzeitig, um die schwankende Gestalt zu halten.
»Schluss mit diesem Brief«, befahl er. »Ihr mutet Euch zu viel zu. Lasst Euch wieder zu Bett bringen.«
»Er ist ohnehin fertig. Du musst ihn bitte nur noch für mich siegeln. Meine Hand verweigert den Dienst …«
Er bettete sie sorgsam zwischen die Kissen des Alkovens und häufte Decken über sie. Ihre Hände waren eiskalt, ihr Atem kam rauh und stockend.
»Ihr habt Euch völlig verausgabt, Mutter. Ich hole Eure Kammerfrau. Sie soll Euch Gewürzwein und …«
»Bitte bleib!«
Sogar tonlos und kaum hörbar behielt ihre Stimme Autorität. Jean-Paul beugte sich über sie, damit ihm keine Silbe entging.
»Bleib, mein Sohn. Es wird mit einem Mal so dunkel um mich.«
Jean-Pauls Augen suchten erschrocken das Fenster. Hinter dem Maßwerk der Säule, die das Rechteck und zwei Bögen

teilte, flirrte die Sonne. Das Licht verwandelte den Doubs, der unterhalb der Burg seinen Weg durch Wälder und Felsschluchten suchte, in flüssiges Silber. Der Sommer drang voller Wärme und Helligkeit bis in den Söller von Andrieu. Doch mit einem Schlag wurde auch ihm eiskalt.
»Versprich mir, dass Aimée meinen Brief und dieses Kästchen so schnell wie möglich erhält.«
»Ihr könnt Euch darauf verlassen, Mutter.«
»Schwöre es bitte, bei deiner Ehre.«
Er kämpfte einen Anflug von Verstimmung nieder. Sie wusste doch, dass er alles für sie tat. Er liebte sie viel zu sehr, um sie zu enttäuschen.
»Ihr habt mein Wort«, sagte er.
»Gut«, antwortete sie erschöpft. »Brich auf, sobald ich eingeschlafen bin. Aber bis dahin bleib bitte bei mir. Ich bin müde, aber ich möchte nicht allein sein. Ich mochte nie allein sein.«
»Ihr seid nicht allein, Mutter. Wir sind alle bei Euch. Meine Frau, meine Söhne. Wollt Ihr, dass ich nach ihnen schicke?« Er mühte sich, seine Worte leichthin klingen zu lassen, obwohl er begriff, dass sie Abschied nahm. Er sollte aufstehen, die Familie rufen, nach dem Priester für die letzte Ölung schicken. Aber er saß wie erstarrt auf der Bettkante, unfähig, sich zu bewegen oder die Hände seiner Mutter freizugeben.
»Es ist zu spät«, antwortete sie mühsam.
Ein Zucken lief durch ihre Finger. Ein sanftes Lächeln legte sich auf ihre Züge. Es machte sie jung und anrührend schön.
»Sag ihnen, dass ich sie geliebt habe und dass ich sie segne.«

Im Griff seiner Hände glaubte er zu spüren, wie das Leben aus ihr wich, wie die Anstrengung nachließ und dem Frieden Platz machte.
»Mathieu.«
Es war kaum mehr als ein Seufzer, doch er hatte den Namen seines Vaters wohl verstanden.
»Mutter?«
Jean-Paul sah in das stille Antlitz. Er legte die Stirn auf ihre Hände, die noch immer mit seinen verbunden waren.
»Mutter.«
Violante von Andrieu hörte ihn nicht mehr.

7. Kapitel

Gent, Gravensteen, 28. Juni 1369

Das Hochzeitsgemach duftete so betäubend nach Rosen und Honig, dass Aimée husten musste. Überall brannten Honigwachskerzen, und das Bett war mit Rosenblättern übersät. Ausgerechnet Rosen. Aimée hätte am liebsten kehrtgemacht.

In ihrem Rücken tuschelten die Hofdamen, und die Herzogin erteilte Befehle. Sie winkte Aimées Kammermagd herbei.

»Ans Werk, Mädchen. Deine Herrin braucht Hilfe. Es bleibt uns nicht viel Zeit bis zum Eintreffen des Bräutigams.«

Lison löste geschickt die Schlaufen des Gewandes. Die hellgrüne Atlasseide mit den goldenen Margeritenblüten wog fast so viel wie der Kampfharnisch eines Ritters. Die Stickerei wies das Kleidungsstück als Eigentum der Herzogin aus. Sie liebte es, ihren Namen auf Kleider und Wäsche sticken zu lassen. Aimée war nicht gefragt worden, ob es ihr gefiel.

Sie sehnte sich nach einem Augenblick des Innehaltens. Seit ihrer Audienz beim Herzog war ihr keine Ruhe vergönnt gewesen. Nicht einmal ein ungestörtes Wort mit Ruben, so dass ihre Frage noch immer auf eine Antwort wartete. Was hielt er von dieser überstürzten Heirat, was empfand er für sie?

»Setzt Euch auf diesen Hocker, meine Liebe, damit das Mädchen Euer Haar bürsten kann.« Die Herzogin sah auf Aimée herab und suchte umständlich nach Worten. »Es wäre die Sache Eurer Mutter, mit Euch zu sprechen«, begann sie.

Die Sache meiner Großmutter, verbesserte Aimée sie im Stillen. Sie ahnte, worauf die Herzogin hinauswollte.

»Die Ehe bringt viel Neues für Euch, aber Ihr müsst keine Angst davor haben. Der Beischlaf ist nur beim ersten Mal unangenehm. Je weniger Ihr Euch den Wünschen Eures Mannes widersetzt, um soeher ist es vorbei.«

Aimée nickte gehorsam und ließ sich weder Furcht noch Unsicherheit anmerken. Inzwischen trug sie lediglich ein feines Leinenhemd, das kaum die Konturen ihres Körpers verbarg. Sie fröstelte. Sie war sich sowohl der neugierigen Blicke ihres weiblichen Gefolges bewusst wie des Lärms, der unaufhaltsam näher kam.

Der Klang von Pfeifen und Trommeln begleitete ein höchst zweideutiges Lied. Die Hochzeitsgäste gaben dem Bräutigam das Geleit, und es hörte sich an, als wäre ein Teil von ihnen bereits betrunken. Hoffentlich nicht auch Ruben!

»Sie kommen. Schnell!«

Bis die Tür aufging und seine Eminenz, der Bischof von Cambrai, eintrat, um das Ritual der Segnung des Alkovens zu vollziehen, hatten die Frauen einen schützenden Halbkreis um die Braut gebildet.

Die Anstrengung, so spärlich bekleidet vor dem Hof das Gesicht zu wahren, verkrampfte Aimées Züge.

Gerne hätte sie mit Ruben getauscht, der einen bodenlangen Hausmantel trug. Ihn starrte niemand so sensationslüstern an.

»Zu Bett, meine Liebe!«

Die Herzogin half ihr aus dem Hemd, damit sie, wie es die Sitte erforderte, nackt in das Brautbett steigen konnte. Glücklicherweise umringten die Frauen sie dabei dicht. Sie musste über ein zweistufiges Podest auf die hohe Matratze klettern. Blitzschnell verschwand sie unter den Laken. Mehr als einen Schimmer blasser Haut bekam niemand zu sehen.

Ruben legte den Mantel gelassen ab und stieg ohne Hast, nackt, wie Gott ihn geschaffen hatte, ins Bett. Aimée sah aus den Augenwinkeln beeindruckende Schultern und eine blond behaarte Brust. Sie hörte das Raunen der Damen und versuchte sich auf den Bischof zu konzentrieren, der jetzt vor den Alkoven trat.

Es war der Bischof von Cambrai und nicht der Kaplan von Andrieu, der geweihtes Wasser über die Decken sprühte und das Rauchgefäß schwenkte, aus dessen durchbrochenem Silberkegel dünne Weihrauchschwaden entstiegen. Er beschwor umständlich Gottes Segen, Fruchtbarkeit und leibliche Einheit, während er mit sehr weltlichem Interesse die nackten Schultern der Braut betrachtete.

Die Herzogin kürzte die anschließenden Glückwünsche ab. Sie bedrängte ihren Gemahl, die Frischvermählten zu verlassen, und scheuchte die letzten Neugierigen mit ungeduldigen Worten aus dem Raum.

Aimée schloss erschöpft die Augen.

Ruben griff nach einer Strähne ihres offenen Haares und ließ sie durch die Finger gleiten. Sie spürte seine Nähe und roch den Wein, dem er reichlich zugesprochen hatte. Die vorher so ersehnte Stille bedrängte sie mit einem Male. Sie war allein mit ihm. Erregung, Panik, Neugier vermischten sich in ihr.

»Wie schön du bist«, hörte sie Ruben mit seltsam belegter Stimme sagen. »Heute Morgen hätte ich es mir noch nicht mal träumen lassen, dich heute Abend in meinem Bett zu finden. Lass dich ansehen!«

Aimée riss erschrocken die Lider auf, als er das Laken über ihrem Körper in einem Schwung zurückschlug. Ein Schauer lief über ihre bloße Haut.

»Warte«, bat sie und fasste nach der Hand, die über ihre Schulter nach unten glitt und eine Brust umfing.

»Keinen Augenblick länger.«

»Aber wir müssen miteinander reden!«

»Dafür haben wir noch ein Leben lang Zeit. Heute steht mir der Sinn nach etwas anderem.«

Er erstickte Aimées nächste Worte mit einem gierigen Kuss. Während sie um Atem rang, drückte er sie mit seinem ganzen Gewicht in die Matratze. Der Duft der zerquetschten Rosenblätter mischte sich mit dem seines Schweißes und rief Übelkeit in ihr hervor. Aimée wollte sich nicht widersetzen, aber dass Ruben so wenig auf ihre Empfindungen achtete, stieß sie ab. Sie versuchte, ihn von sich zu schieben.

»Beruhige dich, meine Liebe. Warum wehrst du dich? Du gehörst mir.«

Aimée erstarrte. Ruben sprach die Wahrheit. Sie gehörte ihm. Der Wunsch des Herzogs und der Segen der Kirche hatten sie zu Rubens Besitz gemacht. Sie war nicht länger Herrin ihrer selbst.

Der endgültige Vollzug der Ehe, der nur ihm Genuss

verschaffte, trieb Aimée Tränen des Schmerzes und des Zornes in die Augen. Ruben bemerkte es nicht. Er tätschelte zufrieden ihre Schulter, rollte sich zur Seite und begann auf der Stelle mit offenem Mund zu schnarchen. Weindunst überlagerte die schwere Rosenluft.

Aimée lag mit offenen Augen neben ihm und starrte in den Betthimmel. Sie wollte nichts bereuen. Sie wollte weder den körperlichen noch den seelischen Schmerz fühlen, sonst hätte sie sich der Tatsache stellen müssen, dass sie einen Fehler gemacht hatte.

Die Stundenkerze in der Nische neben dem Alkoven zählte Strich für Strich die Zeit ihres neuen Lebens. Erst im Morgengrauen sank sie in einen unruhigen Schlaf.

Die heisere Stimme weckte Aimée auf der Stelle. Sie spürte die Bewegung der Matratze auf den straff gespannten Seilen, die Anwesenheit eines anderen Menschen, der ihre bloße Haut berührte.

Ihr Ehemann.

Sie entzog sich vorsichtig dem Arm um ihre Taille und rückte zum Bettrand, ehe sie ihn ansah. Er massierte sich mit geröteten Augen die schmerzenden Schläfen.

»Guten Morgen«, sagte sie teilnahmslos.

»Was ist gut an einem Morgen, an dem mein Schädel brummt wie ein Hammerwerk?«

»Vielleicht die Tatsache, dass es der erste Tag unserer Ehe ist.«

Die Antwort riss Ruben aus seinem Selbstmitleid. Unrasiert und mit wirren Haaren zog er eine Grimasse und erwachte endgültig.

»Es tut mir leid«, kam er möglichen Vorwürfen zuvor. »Ich wollte es dem Herzog gleichtun, aber ich vertrage diesen

Wein aus dem Burgundischen wohl nicht so gut wie er. Ich hoffe, dass ich dir nicht allzu wehgetan habe. Es lag nicht in meiner Absicht.«

Aimée wischte ein paar Rosenblätter vom Arm. Was sollte sie sagen? Dass es für sie eine Qual gewesen war. Dass sie sich die eheliche Liebe anders vorgestellt hatte. Zärtlicher. Romantischer.

»Du musst mir verzeihen«, begann Ruben von neuem. »Ich werde es wiedergutmachen. Gleich wirst du mir dein Lächeln schenken.«

Ehe Aimée begriff, was er im Sinn hatte, sprang er aus dem Bett und ging, nackt wie Adam im Paradies, zu einer Reisetruhe. Es dauerte, bis er das komplizierte Schloss entriegelt hatte, dann kam er mit einem Lederbeutel zurück. Er zog die Bänder auf und kippte seinen Inhalt in Aimées Schoß.

»All das ist dein!«

Sie starrte fassungslos auf ein Gewirr von Juwelen und Perlen. Ketten, Ringe und Broschen funkelten in allen Regenbogenfarben.

»Das ist verrückt«, platzte sie heraus. »Was soll ich damit?«

»Trag es. Es gehört dir. Es ist meine Morgengabe für dich. Du sollst sehen, dass ich dir mehr bieten kann als jeder Edelmann.«

Aimée entdeckte eine Mantelfibel aus massivem Gold, deren verschlungene Windungen gallische Herkunft verrieten. Der Herzog hatte sie in Dijon an seinem Reitumhang getragen. Sie begriff.

»Das sind die Juwelen, die der Herzog verpfändet hat, damit er keine Schulden in Gent hinterlässt.«

»Jetzt sind es deine Juwelen.«
Aimée griff nach dem Lederbeutel und tat den Schatz Stück für Stück wieder hinein.
»Ruben, ich will keine Juwelen von dir, sondern deinen Respekt und deine Zuneigung.«
»Wie bitte?« Enttäuscht nahm er ihr ein breites Band aus makellosen cremefarbenen Perlen aus der Hand. »Allein diese Halskette ist ein Vermögen wert.«
Aimée zuckte zusammen, dann sagte sie sich, dass sie einen Kaufmann geheiratet hatte. Sie konnte ihm keinen Vorwurf machen, dass er die Wertmaßstäbe eines Handelsmannes und nicht die eines Ritters besaß. Sie mussten eine gemeinsame Ebene finden.
»Du verstehst mich falsch, Ruben. Ich habe nicht ein Vermögen, sondern dich geheiratet. Ich bin dir gerne eine gute Frau. Ich will dich unterstützen, nicht dich ruinieren.«
»Das könntest du auch gar nicht«, entgegnete er betont lässig. »Das Haus Cornelis überlebt alle Stürme. Und jetzt, nachdem ich ein Einvernehmen mit dem Herzog gefunden habe …«
»Er geht nach Paris und wir nach Brügge«, warf Aimée ein.
»Das hat nichts zu sagen, Liebste. Vertrau mir einfach. Willst du das tun?«
Seine leidenschaftliche Überzeugung von den eigenen Fähigkeiten verfehlte ihre Wirkung auf Aimée nicht. Der Charme, den er sogar unrasiert und ungekämmt noch ausstrahlte in seiner Zuversicht, traf auf ihre Bereitschaft, das Beste aus dem künftigen gemeinsamen Leben zu machen.
»Du hast mein Wort darauf.«
Aimée meinte es ehrlich. Schließlich hatte sie ihm diesen

Gehorsam vor dem Altar versprochen. Sie wollte die vergangene Nacht vergessen und alles tun, damit ihre Ehe ihnen beiden Glück brachte. Geprägt von den Erinnerungen ihrer Großmutter an ihre langjährige glückliche Ehe, strebte sie ehrgeizig das gleiche Ideal für Ruben und sich an.

»Zeig mir deinen guten Willen, indem du die Juwelen für mich trägst. Jeder soll sehen, wie sehr ich dich liebe.«

Aimée ließ sich überreden und brachte die Stimme ihrer Vernunft zum Schweigen, die ihr sagte, dass es sich um Pfandstücke handelte, die in den Besitz des Herzogs zurückfielen, wenn er seine Schuld bei Ruben beglich. Auch wenn bekannt war, dass der Herzog nur immer neue Anleihen aufnahm, um alte zu tilgen, war es nicht recht, dass man die Pfandstücke als Besitz betrachtete und sie zur Schau stellte.

Zur Verabschiedung des Hofes aus Gent, die gleichzeitig auch den Zeitpunkt ihrer Abreise nach Brügge markierte, trug sie die Perlen.

Herzog Philipp nahm sich die Freiheit, sie auf die Stirn zu küssen, ehe er zurücktrat und sie freigab.

»Passt gut auf Eure Gemahlin auf, Ruben Cornelis. Ihre Schönheit wird nur von ihrem Scharfsinn übertroffen. Ihr habt eine Burgunderin mit den außerordentlichsten Eigenschaften an Eurer Seite. Zögert nicht, ihren Rat zu erfragen, wenn es nötig sein sollte.«

Den Rat einer Frau. Die Frage stand so deutlich in Rubens Gesicht, dass der Herzog die Brauen hob und seine Stimme dämpfte.

»Seht in diesem Falle ausnahmsweise weniger die Frau in ihr, mein Freund, als die Augen und Ohren Burgunds. Die Vergangenheit hat uns gelehrt, die flämischen Städte nicht zu unterschätzen. In Brügge begann schon einmal ein Aufstand, der Flandern und Frankreich zu entzweien drohte. Haltet mich auf dem Laufenden. Es wird keinen Verdacht erregen, wenn Eure burgundische Gemahlin regelmäßigen Kurierverkehr mit ihrer Heimat unterhält.«

»Ihr könnt Euch auf mich verlassen«, entgegnete Ruben.

Die Herzogin wandte sich inzwischen Aimée zu.

»Gott schütze Euch«, sagte sie und umarmte sie herzlich. Ihr Blick streifte kurz das auffällige Perlenband. »Nehmt einen weiteren Rat zu meinem ersten hinzu: Achtet darauf, dass die Geschenke, die Euch ein verliebter Mann macht, auch tatsächlich in Eurem Besitz bleiben.«

Sie sahen beide zu ihren Männern, die über einen gemeinsamen Scherz lachten. Sowohl in den dunklen Augen der Herzogin wie in den grünen Aimées lag nachdenklicher Ernst.

8. Kapitel

Brügge, 29. Juni 1369

Colard sortierte Urkunden und Rechnungen mit verbissener Gründlichkeit. Irgendwo in diesem Wust aus alten Abmachungen und vergessenen Geschäften gab es vielleicht eine Lösung für seine Probleme. Piet Cornelis hatte das Geschäft seinerzeit vom reinen Tuchhandel zu einem Handelshaus erweitert, das sich auf dem Warenplatz Brügge nicht mehr allein auf Wolle und Tuch beschränkte. Sicher hatte auch er von Zeit zu Zeit mit Krisen und Schwierigkeiten gekämpft. Vielleicht fand er beim Sichten seiner Unterlagen eine rettende Idee.

Er war so in seine Arbeit vertieft, dass ihn weder das Geschrei der Fuhrknechte auf dem Hof noch das Poltern der schweren Fässer, die dort abgeladen wurden, in seiner Konzentration störte.

»Die Harnische und Kettenhemden aus Mailand sind eingetroffen.« Joris riss die Tür zu Colards Kontor auf. »Wo soll das Zeug gelagert werden, im Speicher am Kanal?«

»Keinesfalls.« Colard warf ein Schriftstück mit einem schweren braunen Siegel auf den Tisch. »In der Nacht steigt die Feuchtigkeit aus dem Kanal ins Mauerwerk. Wenn wir am Ende jede Metallöse vom Rost befreien müssen, frisst das die Hälfte unseres Gewinns auf. Lass alles zum Speicher zur Wollestraat bringen und schichtet die Fässer und Ballen auf trockenes Holz.«

»Warum willst du die Rüstungen überhaupt so lange lagern?«, wunderte sich Joris. »Der Bedarf an Kriegsware ist groß zur Zeit. Wir könnten die Lieferung umgehend wieder losschlagen.«

»Die Verdienstspanne bei Einzelteilen ist mir zu gering. Mit dem nächsten Handelszug aus dem Süden erwarte ich Schwertklingen aus Damaskus. Zusammen mit den Beinschienen, Halsbeugen und Panzerhandschuhen aus Köln können wir komplette Rüstungen zusammenstellen und wesentlich mehr verlangen.«

»Du gehst ein Risiko ein. Wer eine Rüstung kauft, erwartet, dass sie aus der Hand eines Fachmannes stammt und nicht zusammengestückelt wurde.«

»Ich habe einen guten Waffenschmied an der Hand, der alles in die richtige Form bringen wird«, wehrte Colard ab. »Mach dir keine Sorgen.«

Der alte Schreiber kratzte sich unter seiner Kopfbedeckung. Er durchschaute die Idee hinter diesem Plan. Rüstungen aus Mailand und Brescia hatten den besten Ruf und erzielten Höchstpreise. Wenn der Waffenschmied die Mailänder Harnische und Kettenhemden mit den billigeren Waren aus Köln zu einer Einheit zusammenfasste, konnte man sie sehr wohl als »Mailänder Qualität« verkaufen. Besonders in Zeiten, da Frankreich und England Krieg führten.

»Es bleibt ein Wagnis«, beharrte er dennoch auf seinem Einwand. »Zu Zeiten deines Vaters hatten wir derlei Machenschaften nicht nötig.«

Colards Gesicht rötete sich. Joris hatte den besten finanziellen Überblick, schon deswegen musste er wissen, dass ihm gar nichts anderes übrigblieb, als zu solchen Machenschaften zu greifen. Er setzte eben zu einer unwilligen Antwort an, als ein Besucher polternd hereinplatzte. Von bulliger Gestalt und mittlerer Größe, verströmte er den Dunst nach ranzigem Wollfett und Heringsfässern.

»Kapitän Ballard! Gott grüße Euch!«

»Das wünsch ich Euch auch, Herr de Fine«, knurrte Ballard zurück und stemmte die Arme in die Seiten. »Dass Ihr Euch an meinen Namen erinnert, nehme ich als gutes Zeichen. Ihr wisst also, dass es mich und meine Männer noch gibt.«

»Setzt Euch. Setzt Euch«, sagte Colard besänftigend und gab Joris einen Wink. »Ruf eine Magd. Sag ihr, sie soll Wein und einen Imbiss bringen.«

»Ich bin nicht gekommen, mit Euch zu schmausen, de Fine«, lehnte der Kapitän die Einladung brüsk ab. »Ihr wisst genau, was ich will. Arbeit. Aufträge. Eine Fahrt, die mich und meine Männer auf das Meer hinausführt und nicht nur von Brügge nach Sluis. Wir sind keine Kanalratten, wir sind Schiffer.«

John Ballard fuhr, seit er zum Kapitän aufgestiegen war, für das Haus Cornelis. Inzwischen befehligte er seit vielen Jahren das letzte der Rundschiffe, das von der einst so erfolgreichen Handelsflotte geblieben war.

»Macht es nicht mir zum Vorwurf, dass die Kaufleute von Brügge ihre Fernreisen und die Schifffahrt weitgehend eingestellt haben«, antwortete Colard nüchtern. »Wir haben es nicht mehr nötig, unsere Waren in Toledo und Venedig zusammenzusuchen. Sie werden uns nach Brügge gebracht.«

Kapitän Ballard zog die Stirn in Falten. Wie Joris spürte er den unaufhaltsamen Abstieg des Handelshauses in seinen Knochen. Er benötigte gar keine greifbaren Beweise. Colard de Fine und Ruben Cornelis hatten in seinen Augen nicht das Format ihrer Väter und schon gar nicht das des Großvaters.

»Und was ist mit dieser Reise nach Lissabon? Sie war fest eingeplant.«

»Die Zeiten sind schwer, Kapitän. Nicht alle Pläne kommen zur Ausführung.«

»Der junge Herr Ruben will in Portugal Pelze aus dem hohen Norden und feines Brügger Wolltuch gegen Öl, Gewürze und …«

Colard unterbrach die Aufzählung mit einem Schnauben. Der Kapitän hatte ja recht und wusste dabei noch nicht einmal, dass Ruben die letzte eiserne Reserve ihrer Finanzen an den Herzog von Burgund verschwendet hatte.

»Ihr kennt meinen Vetter, Kapitän. Seine Pläne ändern sich wie das Wetter«, sagte er.

Die Magd mit dem Wein und dem Imbiss erschien, aber Ballard verweigerte beides.

»Zum Donner, meine Männer und ich sind es leid, Eure stinkenden Wollballen und Weinfässer über den Kanal und den Fluss zu schaukeln, de Fine. Wenn Ihr bis zum Ende des nächsten Monats nicht eine vernünftige Handelsreise auf die Beine stellt, dann kündigen wir Euch den Dienst auf.«

Zwischen Colards Händen zerbrach leise knackend eine Schreibfeder.

»Wollt Ihr mir drohen? Das Schiff gehört dem Haus Cornelis, Kapitän. Ihr könnt es mit Euren Matrosen jederzeit verlassen. Niemand hält Euch.«

»Ich hab's nicht nötig zu drohen, de Fine. Ihr wisst genau, dass die *Koralle* mein Schiff ist. Ruben hat sie mir überschrieben.«
Colard wurde bleich. Seine Fäuste ballten sich auf dem Tisch.
»Wann?«
»Im vergangenen April. Hat er nicht mit Euch darüber gesprochen?«
Kapitän Ballard las die Antwort im Gesicht des Kaufmanns. Colard seinerseits entdeckte das Mitleid in dessen Blick. Es machte ihn noch wütender, als er es ohnehin schon war.
»Macht es nicht anderen zum Vorwurf, wenn die Dinge zwischen Ruben und Euch so gediehen sind, dass Ihr nicht mehr wisst, was er tut«, hörte er den Kapitän schließlich antworten. »Sein Vater und der Eure würden sich im Grab umdrehen, wenn sie wüssten, was Ihr aus den weltweiten Geschäften des Hauses Cornelis gemacht habt. Die beiden sind nicht im Kontor sitzen geblieben, wenn die Dinge schlecht standen. Sie haben sich selbst um neue Aufträge und Lieferungen gekümmert.«
»Ruben nimmt an der Hochzeitsfeier des Herzogs in Gent teil«, antwortete Colard, ohne die herausfordernde Bemerkung des Kapitäns zu kommentieren. »Ehe er nicht zurück ist, fällt keine Entscheidung. Ihr werdet Euch wohl bis dahin gedulden müssen. Und einen Rat von mir, Kapitän: kein falsches Wort über diese Angelegenheit im Minnewaterhafen.«
»Was denkt Ihr von mir?«, brauste Ballard auf. »Bis zum Ende des nächsten Monats. Behaltet die Frist im Auge! Gehabt Euch wohl.«

Colard ersparte es sich, den Gruß zu erwidern, als der Kapitän die Tür hinter sich zuwarf. Er erhob sich und trat ans Fenster. Immer wieder stand ihm Ruben mit seinen spontanen Entscheidungen und seinen überstürzten Plänen im Weg. Hatte er sich etwas Bestimmtes davon erwartet, Ballard die *Koralle* zu überschreiben?

Er war dem Kapitän nicht gram, er konnte ihn sogar verstehen. Es war das Privileg der Seeleute, auf Fernreisen in geringem Umfang eigenen Handel zu treiben. Die Gewinne aus dem Verkauf ihrer Waren erhöhten die Heuer und entschädigten für die Gefahren der Reise. Der bloße Wein- und Wolltransport über den Kanal nach England, ohnehin ständig blockiert durch Kriegshandlungen oder Embargos, brachte ihnen weder zusätzlichen Verdienst noch Erlös.

Er sah, dass Ballard Joris im Hof begegnete. Die beiden sprachen miteinander und nickten bedeutsam. Vermutlich waren sie sich darin einig, dass früher alles besser gewesen war.

Grimmig wandte er sich um und wieder den Papieren auf dem Tisch zu. Piet Cornelis war ein Fuchs gewesen. Ein gewiefter Händler und ein trickreicher Handelsherr. Wo, wenn nicht bei ihm, war ein Weg aus dem Chaos zu finden? Bis Ruben nach Hause kam, musste er ihm einen fix und fertigen Plan präsentieren. Eine Strategie, die auch ihm keinen anderen Ausweg ließ.

Das Ergebnis seiner Überlegungen besprach er wenige Tage später mit Joris.

»Die Zisterziensermönche von Meaux, im Norden des englischen Königreiches, besitzen eine der größten Schafherden der Insel. Meaux liegt in der Mündung des Humber. Die *Koralle* könnte direkt nach Meaux segeln und die komplette Wolle der Mönche an Bord nehmen. Es würde die Ausfuhrsteuer senken, wenn wir …«

»Wie soll das gehen?«, erhob Joris Einspruch. »Die Steuer ist genau festgesetzt, es wird allgemein sogar mit einer Erhöhung gerechnet.«

»Denk nach, Joris. Rohwolle wird in enormen Säcken transportiert, die so groß wie ein Fuhrwerk sind. Nach der Anzahl der Säcke bemisst sich die Steuer. Je nach Wollqualität sind in einem Sack zwischen 180 bis 250 Vliesen. Je feiner das Vlies, umso besser lässt es sich pressen und umso mehr davon passt in einen Sack. Wenn die komplette Lieferung aus hochwertigster Rohwolle besteht, haben wir weniger Säcke, bezahlen deswegen geringere Steuer und können am Ende dennoch mit der größeren Tuchausbeute rechnen. Die Schafe in Yorkshire geben die feinste Wolle, die wir uns wünschen können.«

»Nur die Schiffe der Hansekaufleute wagen sich so hoch in den Norden«, sagte Joris nachdenklich. »Zudem haben die Kaufleute aus Florenz den Handel mit der englischen Rohwolle fest im Griff. Sie bieten den Engländern das Geld im Voraus und haben uns damit vom Markt verdrängt. Wir müssen uns an sie wenden, wenn wir Rohwolle kaufen wollen, und der größte Teil des Exports geht über London.«

»Und genau hier wird mein Plan auch für die Mönche interessant.« Colard hatte genau über alles nachgedacht. »Sie brauchen ihre riesige Wollproduktion nicht mehr in den Hafen von London zu transportieren. Das spart ihnen Transportkosten und Zölle. Sie können ihre Preise frei mit uns verhandeln und müssen sich nicht mehr gegen den Konkurrenzdruck der anderen Wollverkäufer in der Hauptstadt behaupten.«

»Zugegeben, es klingt verlockend, aber warum ist noch niemand auf diese Idee gekommen?«
»Weil sich die Mönche von Meaux bisher jedem exklusiven Kontrakt verweigert haben. Schon Rubens Großvater hat den Versuch gemacht, ein solches Abkommen zu schließen, aber der damalige Abt wollte nichts davon wissen. Ich habe die Unterlagen darüber gefunden. Es ist an der Zeit, einen neuen Vorstoß zu wagen.«
»Du willst Ballard zu den Mönchen schicken?«
»Nicht den Kapitän. Ruben. Wenn er ein ausgeprägtes Talent besitzt, dann ist es seine Fähigkeit, Menschen zu überzeugen. Er wird mit der *Koralle* zum Humber segeln, um diesen Vertrag auszuhandeln. Ballard wird die Reise in den Norden für eine seemännische Herausforderung halten, und Ruben kann zeigen, was wirklich in ihm steckt. Mit der Wolle aus Yorkshire stellen wir exklusives Brügger Tuch her, für das man uns jeden Preis zahlt. Ruben muss aufbrechen, sobald seine Ehe mit Gleitje Korte geschlossen ist.«
Joris machte eine bedeutsame Kopfbewegung zum offenen Fenster. Colard vernahm die Stimme seiner Tante Sophia, die eine Magd ausschalt.
»Sie wird nie und nimmer erlauben, dass Ruben die Planken eines Schiffes betritt. Hast du schon vergessen, dass ihr Mann auf dem Meer geblieben ist?«
»Meine Tante besitzt zwar den Verstand eines Sperlings, aber sie hängt an ihrem Ansehen und der Reputation dieses Hauses. Wenn Ruben der Einzige ist, der uns retten kann, wird sie ihn gehen lassen müssen.«
Joris zweifelte dennoch.
»Du traust deinem leichtlebigen Vetter wirklich zu, dass er

den würdigen Abt eines einflussreichen Klosters um den Finger wickelt?«
»Du kannst dich darauf verlassen, dass ich ihm jedes einzelne Wort einbleue. Ich habe bereits einen Knecht nach Gent geschickt, ihn heimzuholen. Es ist seine und unsere letzte Chance, das Ruder herumzureißen. Hätte er nicht unser Gold dem Herzog in den Rachen geworfen, gäbe es andere Möglichkeiten. Aber so …«
»Die Mönche werden auf Bezahlung im Voraus bestehen, wenn Ruben Erfolg hat. Hast du in diesen alten Papieren auch noch ein paar vergessene Schuldscheine gefunden?«
Colard schichtete eben den Urkundenwust in die Truhe zurück. Mit einem schiefen Grinsen sah er auf.
»Das wäre mehr als ein Wunder. Nein, mir bleibt nur ein Weg.«
Joris ahnte, welcher.
»Du denkst an das Haus am Walplein. Die Bank der Venezianer. Denk an die Zinsen. Schon die Zinsen für die erste Anleihe sind reiner Wucher.«
Colard schloss mit einem Knall den Deckel über den Unterlagen, ohne zu bemerken, dass eines der losen Blätter, vom Zugwind bewegt, vom Tisch segelte. Er wuchtete den schweren Kasten in den Schrank zurück und strich sich im Aufrichten die Haare aus der Stirn.
»Lass uns die Probleme der Reihe nach lösen. Heißt es nicht, der Herzog habe seine Anleihen bei den Brügger Kaufleuten mit Juwelen bezahlt? Vielleicht ist Rubens Ausflug nach Gent ja doch noch zu etwas nütze.«
Colard wartete bis weit nach Sonnenuntergang, ehe er sich auf den Weg zum Walplein machte. Er war kein Mann, der unangenehme Pflichten vor sich herschob, aber er wollte

nicht gesehen werden. Erst nachdem die Abendglocke zur Ruhe gerufen hatte, trat er aus dem Haus. Hinter den neun geschlossenen Stadttoren und fünf Meilen langen Wällen bereitete sich Brügge für die Nacht vor, während er durch die Dunkelheit eilte.

Lediglich an den hölzernen Kränen im Minnewaterhafen und an der Waterhalle mitten in der Stadt leuchteten Laternen. Die gewaltigen Laufräder und Scharniere der Konstruktionen, die des Tages die Lasten von den Schiffen entluden, konnten nur bei Nacht geschmiert und instandgesetzt werden. Colard machte extra einen Umweg, damit ihn keiner der Kranmänner entdeckte.

Am Walplein ließ er den Türklopfer so behutsam gegen das Holz fallen, dass kaum mehr als ein leises Pochen hörbar wurde. Dennoch öffnete sich die Tür derart schnell, dass es ihm vorkam, als habe man drinnen bereits auf seinen Besuch gewartet. Im Lichtschein einer Laterne sah er die Umrisse eines Mannes seiner Größe, dessen Züge im Schatten blieben. Lediglich die Konturen eines Kinnbartes konnte er erkennen. Contarini trug keinen Bart.

»Verzeiht die späte Störung«, entschuldigte sich Colard höflich. »Ist es möglich, ein Wort mit Messer Contarini zu sprechen?«

»In welcher Angelegenheit?«

Etwas in Stimme und Tonfall des Mannes kam Colard bekannt vor. Seine dunkle Kleidung war schlicht, aber nicht ärmlich. Seine Haltung sprach von Selbstbewusstsein, aber die Art, wie er das Licht mied, verriet Vorsicht.

»Das würde ich ihm gerne selbst sagen.«

»Ihr kommt spät, falls es sich um Geschäfte handeln sollte.«

»Wer seid Ihr, dass ich Euch darüber Rechenschaft geben soll? Ist Herr Contarini zu Hause?«
Der Mann stellte die Laterne auf einen Tisch und trat mit einer einladenden Geste einen Schritt zurück.
»Ich vertrete Messer Contarinis Angelegenheiten während seiner Abwesenheit. Wollt Ihr nicht eintreten?«
»Contarini ist gar nicht in Brügge?«
»Dringende Familienangelegenheiten haben ihn nach Paris gerufen. Seine Geschäfte in Brügge werden in dieser Zeit von mir geführt.«
»Wann erwartet Ihr ihn zurück?«
»Zu Beginn der nächsten Woche.«
»Dann komme ich wieder. Gute Nacht.«
Colard machte auf dem Absatz kehrt und verschwand in der Nacht. Es kam nicht in Frage, dass er einem Fremden sein Anliegen vortrug. Domenico Contarini hatte zwar nicht den Ruf eines Menschenfreundes, aber er hielt sein Wort, und es gab keine Gerüchte über betrügerische Machenschaften seiner Bank. Das war mehr, als man über manch anderen Bankier in dieser Stadt sagen konnte, in der alle Geldwechsler des Abendlandes ihr Geschäft machen wollten.
An der Marienbrücke vor dem Sint-Jans-Hospital blieb Colard stehen und starrte auf den dunklen Kanal hinab. Aus der nahen Stoofstraat mit ihren vielen Badehäusern drang Gesang und fröhliches Gelächter. Irgendetwas drängte sich in seine Gedanken, flüchtig, kaum fassbar. Es hing mit den engen Mauern der Stoofstraat zusammen, die nur wenig breiter waren als eine Brandgasse.
Colards Erinnerung kam mit einem Schlag.
Der Stellvertreter Contarinis war Abraham ben Salomon.

9. *Kapitel*

Brügge, 5. Juli 1369

Das ist kein Haus, das ist ein Schloss!«
Das Gebäude aus rotem Backstein mit seinen Treppengiebeln verdiente wahrhaftig Aimées ganze Bewunderung. Weder die Burg von Andrieu noch der Palast der Herzöge von Burgund in Dijon ließen sich mit ihm vergleichen. Sandstein-Maßwerk, Balustraden wie Bordüren und Glasscheiben in jedem Fenster kündeten von Reichtum.

»Das alles gehört deiner Familie?«

»Was hast du erwartet, eine Färberhütte?« Ruben gefiel, dass sie beeindruckt war. »Die Cornelis' zählen zu den ersten Familien von Brügge. Wir sind Patrizier. In Bedeutung und an Ansehen jedem Edelmann gleich.«

Die beiden mehrstöckigen Gebäude, im Winkel an einen Rundturm gebaut, der sie überragte, überwältigten durch ihre schiere Größe. Aimée nahm die anschließenden Lagerhäuser, Speicherschuppen, Remisen und Ställe daneben kaum wahr.

Seit Brügge, in seinem Stadtmauerring mit seinen Türmen und den Windmühlen auf Dämmen, vor ihnen aufgetaucht war, kam sie aus dem Staunen nicht mehr heraus. Sie hatte sich von Ruben überreden lassen, dem Reisezug vorauszueilen, und war an seiner Seite hoch zu Ross durch das Gewühl am Genter Tor in die Stadt gekommen.

Ich bin in Brügge, Großmama, war ihr erster Gedanke gewesen.

»Aus dem Sattel mit dir, Aimée Cornelis! Du bist zu Hause!«

Sie ließ sich in Rubens Arme gleiten und sah über seine Schulter hinweg zwei Frauen aus dem rechten Flügel des Hauses auf die Freitreppe treten. Eine füllige Matrone in dunklem Samt und eine Magd mit weißer Flügelhaube, die ihr die Treppen hinabhelfen wollte. Sie wurde unwillig zur Seite geschubst.

»Ruben! Ruben!« Ein schriller Schrei.

Aimée spürte ihren Mann zusammenzucken. Ein Anflug von Ärger blitzte in seinen Augen auf. Er stellte Aimée mit einem Ruck zu Boden.

»Meine Mutter. Nun denn – bringen wir es hinter uns.«

Ehe Aimée sich fragen konnte, was er damit meinte, eilte die Frau trotz ihres bemerkenswerten Umfanges und ohne Hilfe der Magd auf sie zu. Die Arme weit ausgestreckt, umklammerte sie Rubens Oberkörper. Sie schluchzte, lachte und redete zugleich, als sei es ein Wunder des Himmels, ihn wiederzusehen. Der Gefühlsausbruch wirkte übertrieben und unangemessen.

Ruben erduldete die überschwängliche Begrüßung stoisch. Er schien an dergleichen gewöhnt. Das lautstarke Lamentieren rief jedoch einen blonden Mann in grauem Tuch auf den Plan. Vetter Colard, vermutete Aimée. Sie erinnerte sich an Rubens Bemerkung, dass er sich von Aktenstaub ernähre. Er sah viel zu jung aus, um schon so verknöchert zu sein.

»Ruben, willkommen zu Hause. Du hast dir reichlich Zeit gelassen, meiner Bitte zu folgen«, klang seine nüchterne Stimme über den theatralischen Auftritt seiner Tante hinweg.

Aimée spürte, dass er sie musterte, obwohl er kein Wort über ihre Anwesenheit verlor. Sie trug einen Schleier und hatte die Kapuze des Reitumhanges darübergeschlagen, um Gesicht und Haar ebenso vor Staub wie vor Sonne zu schützen. Sie wollte nicht braun wie eine Bäuerin vor ihrer neuen Familie erscheinen.

»Ich hatte eben noch zu tun«, grinste Ruben und befreite sich energisch aus der mütterlichen Umklammerung.

Er streckte die Hand nach Aimée aus, und sie trat an seine Seite. Seine Mutter verengte die blassblauen Augen zu verdrießlichen Schlitzen.

»Wen bringst du uns ins Haus, Ruben?«

In Aimées Ohren klang die Frage nicht gerade freundlich. Ruben drückte beruhigend ihren Arm und schenkte seiner Mutter ein strahlendes Lächeln.

»Ich bringe Euch eine Tochter, Mutter. Ich bitte Euch, Aimée Cornelis, meine Frau, unter unserem Dach willkommen zu heißen. Aimée: meine Mutter Sophia Cornelis und mein Vetter Colard de Fine. Sie sind jetzt auch deine Familie.«

Aimée strich höflich die Kapuze vom Haar und schlug den Schleier zurück, ehe sie anmutig vor Sophia knickste. Sie nahm an, sie würde sich zu ihr neigen und sie in eine Umarmung ziehen, aber nichts geschah. Schweigen lag über dem weiten Hof und wurde qualvoll. Aimée erhob sich, aber die Art, wie sie den Kopf reckte, glich einer Kriegserklärung.

»Deine Frau?« Sophias ohnehin schrille Stimme überschlug sich. »Was soll der Unsinn? Du hast keine Frau, ehe du nicht Gleitje Korte zur Frau nimmst.«
»Gleitje?« Ruben brach in Gelächter aus. »Seht Euch meine Frau an, Mutter, dann begreift Ihr, dass Ihr Euch lächerlich macht.«
Colard verbarg seinen Schock geschickter. »Mein lieber Vetter, du bist immer für eine Überraschung gut. Ist in Gent das Heiratsfieber ausgebrochen?« Es klang spitz.
Aimée heftete den Blick auf Colard. Was erlaubte er sich? Dass Rubens Familie überrascht war, konnte sie verstehen, aber diese Art der Ablehnung war ungehörig.
»Seine Gnaden, Herzog Philipp, hat mir die Gunst erwiesen, eine Gemahlin für mich auszusuchen. Aimée von Andrieu stammt aus der Freigrafschaft Burgund. Ihr Vater war der älteste Sohn des Grafen von Andrieu. Sie ist Edeldame von Geburt und gehörte zum Hofstaat der Herzogin. Der Erzbischof von Cambrai hat unseren Bund gesegnet, der Herzog und seine Gemahlin unseren Schwur bezeugt und beurkundet.«
Ruben genoss es sichtlich, seine Frau in dieser Form vorzustellen. Es kam ihm zupass, dass sich mittlerweile auch das Gesinde versammelt hatte. Er wusste, dass der Tratsch die Neuigkeit in Windeseile in Brügge verbreiten würde. Ruben Cornelis hatte eine Edeldame zur Frau genommen. Mit Ruben Cornelis musste man künftig rechnen.
»Das würdest du nicht erfinden. Oder doch?« Seine Mutter schaute verunsichert von ihm zu Aimée und wieder zurück. »Wie konntest du uns das antun. Heiraten, ohne uns zu fragen, ohne den Segen deiner Mutter, und ohne sie an deiner Seite zu haben?«

Ruben rückte die federgeschmückte Kappe zurecht, die er sich nach dem Vorbild des Herzogs zugelegt hatte.
»Hört auf zu lamentieren, Mutter. Ich habe mein Glück in Gent gefunden. In jeder Beziehung. Der Herzog ist mir wohlgesinnt. Eure Enkelsöhne werden Edelmänner sein und bei Hofe ein und aus gehen. Sie werden zu den Vertrauten von Königen und Fürsten zählen.«
Sophias Misstrauen gipfelte in einer Reihe kleinlicher, misstrauischer Fragen, die Ruben schließlich verärgerten.
»Herrgott noch mal, Mutter, beruhigt Euch wieder. Ich bin kein Kind mehr«, sagte er in einem Ton, den er ihr gegenüber zum ersten Mal gebrauchte.
Sie lauschte seinen Worten mit schief gelegtem Kopf. Er war der Mittelpunkt ihres Lebens, und sie spürte, dass sich etwas in ihm verändert hatte. Gent und diese Frau hatten ihren Sohn gewandelt, und die Verwandlung gefiel ihr ebenso wenig wie die Frau. Sie passte nicht nach Brügge, nicht in das Haus Cornelis. Sie war zu fein, zu edel, zu schön, zu selbstbewusst. Man musste nur sehen, wie wenig dieser barsche Empfang sie einschüchterte. Sie würde auf alle herabsehen und erwarten, dass man sie bediente.
»Kopf hoch«, forderte Ruben eine Spur versöhnlicher und wandte sich an Colard. »Unsere Pechsträhne ist vorbei. Das Haus Cornelis wird in altem Glanz und neuer Macht erstrahlen.«
»Schön. Aber was willst du Gleitje Korte sagen?«, fragte Colard trocken.
»Nichts«, erwiderte Ruben ebenso trocken. »Ich habe weder ihr noch ihrem Vater etwas versprochen. Wenn sie ihre Wünsche mit der Wirklichkeit verwechseln, so ist das nicht meine Sache. Und nun lasst uns hineingehen. Wir sterben

vor Hunger und Durst! Ach ja, und sag den Knechten Bescheid, Vetter. Das Fuhrwerk mit unserem Gepäck und Aimées Kammermagd werden bald eintreffen. Sorg dafür, dass die Sachen sorgsam entladen und ins Haus gebracht werden. Ich nehme an, wir werden uns im zweiten Stock einrichten.«

Aimée schwieg und lauschte. Zwischen Colard und Ruben herrschte eine Spannung, die über den Spott, er ernähre sich von Aktenstaub, hinausging. Welche Auseinandersetzung hatten die beiden wohl wegen dieser Gleitje Korte? Plötzlich bemerkte sie den forschenden Blick Colards auf sich gerichtet.

Wofür hält er mich? Für ein Kalb mit zwei Köpfen?

»Versteht sie uns überhaupt?«, fragte in diesem Augenblick Rubens Mutter mit gehässigem Unterton.

»Sie spricht das Flämische wie wir, Mutter«, entgegnete Ruben gelassen, legte den Arm um Aimées Taille und führte sie an allen vorbei die Stufen hinauf ins Haus. »Gott segne deinen Eintritt in mein Haus, liebste Aimée.«

Aimée vergaß zu antworten. Sie stand inmitten einer Halle von beeindruckender Höhe. Vor dem Hintergrund der schmalen, hohen Glasfenster stieg eine polierte Holztreppe mit geschnitztem Geländer in das obere Stockwerk. Auf das schwarz-weiße Schachbrettmuster des Steinbodens fielen Lichtpunkte in den Farben der bunten Fenster.

Einen Atemzug lang vergaß sie die Menschen um sich herum, die misstrauischen Blicke, die Ablehnung. Wenigstens das Haus hieß sie willkommen. Seit sie die Burg von Andrieu hinter sich gelassen hatte, war sie überall nur zu Gast gewesen, aber Ruben gab ihr wieder ein Zuhause. Sie wandte sich ihm mit einem dankbaren Lächeln zu.

Als es eine Tür zwischen ihr und dem Rest des Haushaltes gab, war sie froh, Ruben sagen zu können, was sie bedrückte.
»Deine Mutter kann mich nicht ausstehen, und dein Vetter würde mich am liebsten in den nächsten Kanal werfen.«
»Glaube mir, sie werden sich an dich gewöhnen«, versuchte Ruben, sie zu beruhigen.
Aimée hörte ihm seinen Ärger an. Es hatte keinen Sinn, ihn zu bedrängen, wenn er nicht mit sich selbst im Reinen war. Das eine oder andere Mal hatte sie das Aufflackern seines Jähzorns bereits erlebt, auch wenn er sich noch nie gegen sie gewandt hatte.
Sie zwang sich zu Geduld und betrachtete einen Wandteppich, der die Verkündigung Mariens darstellte. Unwillkürlich dachte sie an den Herzog. Er schätzte Meisterwerke wie dieses, und vermutlich würde er nicht zögern, Ruben ein Kaufangebot zu machen.
Sie nahm den Schleier von ihren Haaren und zog die Nadeln aus den blonden Flechten. Da war noch die Frage nach der anderen Frau.
»Wer ist diese Gleitje?«
»Vergiss den Namen. Ihrer Mitgift wegen haben wir eine Verbindung mit ihr kurz in Erwägung gezogen, aber ebenso schnell verworfen. In einem Handelshaus wie dem unseren gibt es immer wieder vorübergehende Engpässe, die zu allen möglichen Überlegungen führen. Gleitje braucht dich nicht zu bekümmern.«
Aimée dachte an ihren Brief nach Andrieu. Sie hatte ihrer Großmutter alles bis ins Kleinste geschrieben und auch ihre ganz persönlichen Empfindungen mitgeteilt. Und sie hatte darum gebeten, ihren Onkel damit zu beauftragen,

ihre Mitgift auf den Weg nach Brügge zu schicken. Hoffte Ruben jetzt auf ihre Mitgift, um seine Engpässe zu beheben?

»Du hast nie von Schwierigkeiten gesprochen«, sagte sie vorsichtig.

»Ich werde es auch jetzt nicht tun.«

Ruben zog mit der Fußspitze einen Stuhl näher und ließ sich mit ausgestreckten Beinen darauf nieder. Dann klopfte er auffordernd auf seine Oberschenkel.

»Setz dich, Liebste. Ich bin sicher, es fällt uns ein vergnüglicherer Zeitvertreib ein, als über meine Verwandtschaft und dumme Probleme zu reden.«

Aimée zögerte. Sie hatte sich noch immer nicht daran gewöhnt, dass Ruben sie als Besitz betrachtete und wann immer er wollte davon Gebrauch machte. Der Beischlaf war nicht mehr so qualvoll wie beim ersten Mal, aber warum er so viel Genuss dabei empfand, blieb ihr nach wie vor ein Rätsel. Sie hatte gehofft, in Brügge den Rat und Beistand einer Mutter zu finden. Sophia war nicht die Frau, die ihr Zuneigung und Verständnis entgegenbringen würde. Das war eindeutig klar, und sie würde den Teufel tun, sie mit persönlichen Problemen zu belästigen, oder sie um irgendeinen Rat zu bitten.

»Ich bin staubig, meine Kleider stinken nach Pferd, und die Sonne ist noch nicht einmal untergegangen.«

»Komm!«

Ruben griff blitzschnell nach ihrem Handgelenk und zog Aimée in seine Arme. Sie unterdrückte ihren Protest. Sein Ungestüm hatte einen Vorteil. Es würde nicht lange dauern.

Colard warf die Tür seiner Schlafkammer hinter sich ins Schloss und lehnte sich mit geschlossenen Augen gegen die Holzfläche. Er wollte nicht zur Wand sehen. Nach ein paar tiefen Atemzügen trat er ans Fenster und öffnete es.
Das Sonnenlicht fiel genau auf die Dame mit der Lilie. Das war es! Jede Linie ihres Antlitzes zeigte Ähnlichkeit mit den Zügen der Frau, die Ruben geheiratet hatte. Zwar waren die Farben des Bildes verblasst, aber die noch erkennbar grünen Augen, die Linien um das stolz geschwungene Kinn, die Haltung des Kopfes und das blasse Gold der Haarfarbe glichen sich unverkennbar. Ein Unterschied lag allein darin, dass das Mädchen auf dem Bild sanft wirkte und scheu. Aimée strahlte Stolz und Eigenwilligkeit aus.
Colard nahm die Holzplatte von der Wand, verwundert darüber, wie leicht sie war. Erst als sich die geschnitzten Ranken des Rahmens in seine Hände gruben, wurde ihm klar, dass er das Bild so gewaltsam gepackt hatte, als wolle er es zerbrechen. Der Schock wollte nicht nachlassen.
Rubens Frau glich der Dame mit der Lilie wie ein Goldflorin dem anderen, als hätte sie dem Maler Modell für dieses Bild gestanden. Woher kam diese verblüffende Ähnlichkeit?
Er legte das Bild nachdenklich in die nächststehende Kleidertruhe. Er wollte es aus dem Blick haben.

10. Kapitel

Lille, 7. Juli 1369

Sie waren ihm auf der Spur.

Domenico Contarini zweifelte nicht länger daran. Sein Instinkt trog ihn nur selten. Ohne das verlorene Hufeisen kurz nach Arras wäre er seinen Verfolgern vielleicht entkommen. Aber nun saßen sie ihm so dicht auf den Fersen, dass er seine Pläne ändern musste.

Der Beutel mit den indischen Diamanten brannte förmlich ein Loch in seine Taschen. Nur zehn Stück, drei davon so groß wie ein Taubenei, die anderen nur halb so groß, aber alle zusammen so klar wie reines Wasser. Seltene Kostbarkeiten von immensem Wert. Schon die alten Griechen hatten die Unbezwingbarkeit dieser Steine gerühmt und ihnen den Namen Adamant gegeben. Für Domenico waren sie eine Last. Ein Vermögen, das den mächtigsten Mann von Venedig vernichten konnte.

Das war Andrea Contarini, Domenicos Onkel. Seit zwei Jahren der gewählte Doge der Republik Venedig. Das Amt verbot ihm den Besitz auswärtiger Güter, untersagte seinen Angehörigen die Annahme eines Staatsamtes und seinen Söhnen und Töchtern die Einheirat in auswärtige Familien. Der große Rat, den die einflussreichen Familien der Stadt bildeten, wachte streng über das private und öffentliche Leben eines Dogen. Wenn bekannt wurde, dass sein Onkel auch nach seiner Wahl Geschäfte im Königreich Frankreich abgewickelt hatte, würde dies einen Skandal entfachen, dessen Folgen auch das Bankhaus in Brügge ins Verderben reißen konnten. Um jeden Preis musste das verhindert werden.

Es hatte Domenicos ganzer Findigkeit bedurft, die Spuren seines Onkels in Paris zu verwischen. Mit Hilfe der Kontakte, die ihm sein jüdischer Freund Abraham bei seinen Glaubensbrüdern vermitteln konnte, war es ihm gelungen, die beträchtlichen Gewinne des Dogen in unverfängliche Steine einzutauschen und alle belastenden Papiere zu vernichten. Diamanten hatten den Vorteil, dass man ihnen ihre Herkunft nicht ansah.

Die in seiner Tasche stammten angeblich direkt aus der königlichen Schatzkammer, denn Seine Majestät hatte immer größere Probleme, die Söldnertruppen zu bezahlen, die für ihn kämpften. Ihr ungewöhnlicher Schliff bewies, dass sie einst Teil eines gefassten Geschmeides von spektakulärer Schönheit gewesen sein mussten.

Bis er in Arras die beiden zwielichtigen Gestalten entdeckt hatte, die ihm folgten, war er davon ausgegangen, dass er mit den Diamanten sowohl die Bank wie den Kopf seines Onkels gerettet hatte.

Seine Verfolger agierten geschickt und skrupellos. Es war nur dem Zufall zu verdanken, dass sie ihm aufgefallen waren. Zweifellos verfolgten sie die Spur der Steine, oder sie suchten die Papiere, die er längst vernichtet hatte. In jedem Fall musste er sie abhängen.

Die große Herberge an der Straße nach Ypern, wo sich die Handelswege aus dem Süden und aus dem Westen des

Königreiches trafen, die er normalerweise lieber gemieden hätte, verschaffte ihm vielleicht eine Möglichkeit dazu.
Kurz vor Sonnenuntergang quoll der Hof von Menschen, Tieren, Fuhrwerken und Karren über. Domenico versuchte das unheilvolle Prickeln in seinem Nacken zu ignorieren, während er sein Pferd unterstellte und sich auf die Suche nach dem Wirt des Hauses *Zum Goldenen Stern* machte.
In der Schankstube saßen die Menschen dicht gedrängt an langen Tischen. Eine Gruppe Söldner belagerte den Bratspieß, Fuhrknechte, Handelsleute und Bewaffnete stritten um die letzten freien Plätze. Die Luft war zum Schneiden dick. Bratendüfte, Schweiß und Leder mischten sich mit dem Rauch der Feuerstellen und dem Gestank der Essensreste, die unter den Tischen im Stroh landeten.
Meister Calmette, der Wirt des Gasthofes, hatte es augenscheinlich längst aufgegeben, für Ordnung zu sorgen. Die Hände über dem Wanst gefaltet, dirigierte er lediglich den Nachschub, den seine Mägde für die hungrigen Mägen und durstigen Kehlen herbeischleppten.
»Keine Kammer, kein Strohsack. Nicht einmal ein Platz im Stall. Es tut mir leid, Seigneur. Die Messen in Troyes sind zu Ende. Jedermann ist auf dem Rückweg nach Brügge, Gent und Antwerpen. Der *Goldene Stern* ist bis unter das Dach belegt.«
»Die großen Betten auch?«
Domenico verspürte zwar keine Lust, sich mit fünf anderen Männern einen Alkoven zu teilen, aber ihre Anwesenheit garantierte ihm möglicherweise sicheren Schlaf.
»Alle miteinander vergeben, Herr. Und ehe Ihr mich nach unserer eigenen Schlafkammer fragt, wir haben sie vor nicht einer Stunde dem Seigneur abgetreten, der dort am

Kamin sitzt. Ein Edelmann, wie Ihr seht. Besseres gewöhnt als ein Gemeinschaftsbett.«

Domenico musterte den Graubart und teilte die Einschätzung des Wirts. Ein Mann, dem weder das Reisen selbst noch die Herberge zusagten. Seine Miene sorgte dafür, dass man trotz des Gewimmels Abstand von ihm hielt. Dennoch, einen Versuch wollte er machen.

»Ihr gestattet, Seigneur?«

Ohne die Antwort des Fremden abzuwarten, setzte er sich dem Mann gegenüber und winkte einer Magd, um ihr seine Wünsche mitzuteilen. Als sie davonging, verschränkte er die Arme in Brusthöhe und bedachte den Bärtigen mit einem einnehmenden Lächeln.

»Ihr haltet mich für aufdringlich und unverschämt. Ich kann es Euch nicht verübeln. Aber dies ist der einzige freie Platz im ganzen Raum, und ich habe seit zwei Tagen nichts Vernünftiges gegessen. Habt Mitleid und duldet einen Hungrigen an Eurem Tisch.«

»Ihr seid kein Söldner.«

»Gott bewahre.« Domenico hob die Hände in Schulterhöhe. »Das Geschäft des Tötens missfällt mir.«

Ein Funke Zustimmung, gefolgt von Humor, blitzte in den Augen des Edelmannes auf.

»Was seid Ihr dann? Komödiant? Spielmann? Zumindest seid Ihr kein Franzose, obwohl Ihr unsere Sprache sprecht.«

Die Magd kam mit dem Weinkrug und gab Domenico Gelegenheit, seine Antwort hinauszuzögern. Er hatte zwei Becher bestellt und füllte beide, ehe er einen davon auffordernd über den Tisch schob.

»Auf Euer Wohl und Eure Gastfreundschaft, Seigneur. Ich

bin Venezianer von Geburt. Domenico Contarini ist mein Name. Ich mag zwar das eine oder andere Talent zum Gaukelspiel haben, aber ich stelle mich nicht auf den Marktplätzen zur Schau. Mein Metier ist das Bankgeschäft.«

»Jean-Paul von Andrieu«, lautete die knappe Antwort. »Und danke für den Wein.«

Domenico trank seinen Becher in zwei durstigen Zügen leer und prüfte mit schnellem Blick die Männer in der Schankstube. Er spürte, dass er beobachtet wurde, aber er konnte nicht herausfinden, von wem.

»Der Wein ist zu trinken«, plauderte er betont unbeschwert weiter. »Wenn das Essen auch noch genießbar ist, brauche ich lediglich noch einen Platz für mein müdes Haupt, damit mein Glück vollkommen ist.«

»Ihr seid leicht glücklich zu machen, Venezianer«, erwiderte Jean-Paul. Gegen seinen Willen ließ er sich in ein Gespräch verwickeln. »Was sucht Ihr auf den Landstraßen? Sitzt Euresgleichen nicht an Wechseltischen und wiegt seine Münzen ab?«

»Familiengeschäfte haben mich nach Paris gerufen«, antwortete Domenico und ärgerte sich im gleichen Augenblick darüber, dass er die Wahrheit gesagt hatte. Er kannte den Mann nicht. Eine Lüge wäre gewiss sicherer gewesen. »Und Ihr?« fragte er. »Was treibt Euch auf Reisen?«

»Ebenfalls die Familie. Ich muss meiner Nichte die traurige Botschaft vom Tode ihrer Großmutter nach Gent bringen.«

»Ich hätte Euch nicht für einen Flamen gehalten.«

»Da habt Ihr auch recht. Meine Heimat ist die Comté, und ich habe die Burg von Andrieu nur verlassen, weil ich weiß,

wie traurig diese schlimme Nachricht unsere Kleine machen wird.«
»Und was tut dieses Kind so fern von Euch in Gent?«
Jean-Paul lächelte über den verständlichen Irrtum.
»Das Kind ist fast zwanzig und Ehrendame der Herzogin von Burgund. Sicher habt auch Ihr von den Hochzeitsfeierlichkeiten in Gent gehört.«
Domenico nickte, während seine Gedanken eigene Wege gingen. Andrieu hätte einen Kurier schicken können, dachte er. Dass er es nicht getan hatte, deutete darauf hin, dass der Todesfall nicht der einzige Grund für seine Reise war. Aber was ging es ihn an. Er hatte eigene Probleme in Hülle und Fülle.
Die Magd kam mit seinem Essen und unterbrach das Gespräch. Während er das scharf gewürzte Wildragout löffelte, schwieg sein Tischgenosse und gab ihm die Gelegenheit, während des Essens die Gäste genauer zu prüfen. Am Ende konzentrierte er sich auf zwei Galgenvögel, die sich geschickt unter die Söldner gemischt hatten.
Die Art, wie sie ihrerseits die Gaststube im Auge behielten, und die Tatsache, dass sie ihr Essen mit Dolchen aus blankem Damaszener Stahl zerteilten, gab ihm zu denken. Er verspürte keine Angst, aber er zog es vor, der Gefahr aus dem Wege zu gehen.
»Wann gedenkt Ihr Eure Reise fortzusetzen, Andrieu?«, fragte er beiläufig, während er die leere Holzschale zurückschob und nach seinem neu gefüllten Weinbecher griff.
»Bei Sonnenaufgang«, teilte ihm Jean-Paul bereitwillig mit. »Wenn Euch der Lärm zu früher Stunde nichts ausmacht und Ihr eine saubere Decke besitzt, will ich gerne

meine Kammer mit Euch teilen. Aber erhofft Euch nicht zu viel. Wir haben die Gesellschaft eines ganzen Heeres von Ungeziefer, und der Strohsack ist vermutlich an Lichtmess zum letzten Mal frisch gefüllt worden.«

Domenico stellte befriedigt fest, dass er im Verlauf des Essens für ehrlich befunden worden war.

»Ich hoffe, Ihr seht mir nach, dass ich auf dieses Angebot gehofft habe«, gestand er heiter. »Unser Herr Wirt hat mir verraten, dass er Euch seine Schlafkammer abgetreten hat und dass Ihr allein seid.«

»Ich bezweifle, dass er in diesem Loch nächtigt«, schmunzelte Jean-Paul. »Aber es gibt einen Riegel an der Tür und ein Fenster, das Nachtluft hereinlässt. In Anbetracht der übrigen Gäste ein schätzenswerter Vorteil. Allein bin ich übrigens nur, weil es meine beiden Reitknechte vorgezogen haben, die Nacht bei unseren Pferden zu verbringen. Ich konnte sie nicht davon überzeugen, dass der Stall sicher genug ist. Der Trubel in dieser Herberge bringt sie auf die absurdesten Gedanken.«

»Mit Recht«, erwiderte Domenico. »Ihr solltet froh sein, so aufmerksame Begleiter zu haben.«

»Lasst es gut sein«, winkte Jean-Paul ab. »Erzählt mir lieber von Eurer fernen Stadt Venedig. Stimmt es, dass ihre Paläste auf hölzernen Säulen im Meer stehen und die Schiffe vor den Haustüren ankern können?«

»Das Meer ist eine Lagune, die nicht allzu tief gründet«, erklärte Domenico. »Und die schmalen Kanäle zwischen den Häusern können nur von Gondeln und kleinen Lastkähnen befahren werden. Lediglich der große Kanal, der Canal Grande, ist für Schiffe geeignet. An seinem Ursprung liegt der Hafen der Stadt, direkt vor und neben dem

Palast des Dogen. Die große Piazza vor dem Dogenpalast endet an einem Kai, den die Venezianer Molo nennen und an dem zu jeder Jahreszeit Schiffe aus aller Herren Länder ankern. Brügge erinnert ein wenig an Venedig.«

»Ihr kennt Euch in Brügge aus?«

»Die Niederlassung unserer Bank in Flandern ist dort beheimatet. Sicher auch wegen der Kanäle, die die Stadt durchziehen, aber vor allem wegen der unbestreitbaren Geschäftstüchtigkeit ihrer Bewohner. Womit die Ähnlichkeiten schon aufgezählt sind. Die Winter in Brügge sind abscheulich kalt, und sogar der Nebel, der dann vom Wasser aufsteigt, ist eisig und nicht mit den sanften Schwaden von *la serenissima* zu vergleichen.«

»La … das müsst Ihr mir erklären?«

»Serenissima heißt die Durchlauchtigste«, übersetzte Domenico. »Die Republik von Venedig hat ihrer Stadt diesen Ehrentitel verliehen, und sie wird häufiger so genannt als bei ihrem richtigen Namen.«

Die interessierten Fragen seines Gesprächspartners ließen die Zeit schnell vergehen. Erst als Domenico neben ihm im Dunkel der Kammer lag und seinen regelmäßigen Atemzügen lauschte, beschäftigte er sich wieder mit seinen eigenen Problemen. Irgendwo dort draußen lauerten seine Verfolger.

Der Lärm in der Gaststube war endlich verstummt, und auch auf dem Hof zwischen den Fuhrwerken wurde es still. Jean-Paul untermalte die Nacht mit einem leisen Schnarchen.

Domenico beneidete ihn um seine Ruhe. Solange er den Beutel mit den Diamanten bei sich trug, fand er keinen Schlaf. Wenn es nur ein Versteck gäbe, in dem er die Steine wenigstens für die nächsten Tage in Sicherheit bringen konnte.

Ein Versteck, so unverfänglich und ausgefuchst, dass nicht einmal seine Verfolger Verdacht schöpften. Der schlafende Mann an seiner Seite röchelte kurz auf und schnarchte dann weiter. Domenico kam es vor, als habe er eine Antwort erhalten. Die nächste Etappe ihrer Reise würden sie ohnehin auf demselben Weg erreichen. Zudem hatte Jean-Paul seine Knechte erwähnt. Sie würden gut beschützt und sicher reisen.

Behutsam richtete er sich auf. Jean-Paul rührte sich nicht, während Domenico sein einziges Gepäckstück abtastete. Es handelte sich um einen ledernen Mantelsack, in dem er einige Kleidung und das Kästchen mit sich trug, das er überbringen sollte. Vorsichtig schälte der Venezianer es aus der Umhüllung und hätte vor Freude gerne gejubelt.

Im blassen Licht des halben Mondes entdeckte er erst jetzt, dass es sich um eine kleine Kaufmannstruhe handelte, die im oberen Teil ein Fach für Münzen hatte und unter einem doppelten Boden Platz für Wechsel und wichtige Dokumente. Der Deckel der Kaufmannstruhe hatte auf den leisesten Druck nachgegeben, seine Finger berührten Papier und Pergament, einen Ring, der lose zwischen den Schriftstücken lag.

Er fand auch den verborgenen Haken und stellte fest, dass das untere Fach leer war. Möglicherweise wusste sein Schlafpartner gar nichts vom doppelten Boden seiner Schatulle.

Umso besser. Domenico zog den kleinen Lederbeutel mit den zehn Diamanten unter seinem Wams hervor und schob ihn in den Hohlraum. Er war gerade hoch genug, dass auch

die größeren Steine Platz fanden. Als er das Fach schloss, musste er fest zudrücken, und als er das Kästchen prüfend schüttelte, vernahm er keinen Laut. Noch besser.
Befreit von der gefährlichen Last, zögerte er trotzdem, ins Bett zurückzukehren. Hatte er nicht eben ein eigenartiges Kratzen an der Tür vernommen? Was geschah, wenn seine Verfolger eindrangen und Gewalt anwendeten? Jean-Paul durfte er nicht auch noch in Gefahr bringen.
Das Kratzen wurde lauter. Domenico konnte vor lauter Müdigkeit kaum noch denken. Seit er von Paris aufgebrochen war, hatte er nur wenig geschlafen. Dennoch wusste er eines: Wer immer dort draußen lauerte, hatte es auf ihn abgesehen und nicht auf den ahnungslosen Reisenden aus Burgund. Es war nicht seine Art, Unschuldige in seine Fehden zu verwickeln. Er nahm sein eigenes Bündel und öffnete vorsichtig die Tür. Er wusste, wohin der andere reiste, es würde ein Leichtes sein, ihm zu folgen und die Diamanten später wieder an sich zu nehmen.
Im absoluten Dunkel des niedrigen Stiegenhauses stieß Domenicos Fuß gegen ein weiches Hindernis. Eine Katze fauchte und tappte eilig mit weichen Pfoten die Treppe hinab. Er hatte sie bei der Mäusejagd gestört. Völlige Stille lag über dem Haus. Wie blamabel. Eine Katze hatte ihn erschreckt.
Warum er der Jägerin nachschlich, wusste er selbst nicht genau. In der Gaststube lagen die Söldner kreuz und quer auf den Bänken und auf dem Boden. Im Hof schliefen die Wärter, die auf das Handelsgut aufpassten, gegen die mächtigen Räder der Fuhrwerke gelehnt, oder sie hockten in sich zusammengesunken an den Hauswänden. Über dem Eingang zum Stall verbreitete eine eiserne Laterne ein schwaches rötliches Licht.

Ob die Stallknechte seinem Pferd wie versprochen den Hafer ins Futter getan hatten? Den Hengst hatte der Gewaltritt ebenso angestrengt wie seinen Herrn. Domenico ging unter der Laterne hindurch und wandte sich nach rechts. Der scharfe Schlag zwischen die Schulterblätter traf ihn jäh aus dem Nichts. Er taumelte, stürzte auf die Knie. Es blieb ihm nur die Sprache seiner Kindheit, um seine eigene Dummheit zu geißeln.

Idiota!

Dann wurde es dunkel um ihn.

11. Kapitel

Brügge, 16. Juli 1369

Aimée versuchte ruhig zu bleiben.
Gegenüber Rubens Mutter das Gesicht zu wahren riet Aimée die Vernunft, aber selten war ihr etwas so schwergefallen. Sophia sprach ihr jedes Recht ab, Herrin ihres eigenen Haushaltes zu sein.
»Die Leitung des Haushaltes, die Verwaltung der Vorräte und die Führung des Gesindes zählen zu den Pflichten einer jeden Ehefrau«, versuchte sie ihren Standpunkt klarzumachen. »Ihr könnt mir diese Verantwortung nicht nehmen. Wenn Ihr mir die Schlüsselgewalt verweigert, verstoßt Ihr gegen geltendes Recht. Euer Sohn ist mein Gemahl und der Herr dieses Hauses.«
Sophia stieß den Ebenholzstock mit dem Silberknauf auf die Platten, dass Aimée erschrak. Es gefiel Aimée nicht, diesen Streit in der Eingangshalle des Hauses zu führen, aber Rubens Mutter war ihr dauernd mit so viel Geschick aus dem Weg gegangen, dass sie die Gelegenheit, sie zur Rede zu stellen, nicht ungenutzt lassen wollte. Sophia begegnete ihr mit kalter Verachtung. In Rubens Gegenwart spielte sie die leidende Mutter. Wenn er den Rücken drehte, wurde sie zänkisch und verschlagen. Aimée hatte längst begriffen, dass Ruben keine Beschwerde über seine Mutter

hören wollte. Sie musste sich ihren Platz ohne seine Hilfe erobern.

»Hüte deine Zunge, Mädchen«, riet Sophia böse. »Das Recht in diesem Hause ist auf meiner Seite. Mein Vater war der Gründer Piet Cornelis. Sein Erbe wird nie in die Hände einer Frau fallen, deren einzige Mitgift ein hübsches Gesicht ist.«

»Ihr täuscht Euch. Ich bin nicht mittellos. Mein Erbe sind die Burg von Courtenay und die dazugehörigen Ländereien.«

Aimée ließ sich nicht erschüttern. Sie schob die Erinnerung an die leeren Hallen von Courtenay beiseite, die niemand mehr bewohnte. Sogar der Kastellan, den Jean-Paul nach dem Abklingen der Pest eingesetzt hatte, um das Lehen zu verwalten, wohnte lieber im Dorf statt in den ausgeräucherten Gemäuern. Es war, als läge seit den Ereignissen im Sommer 1356 ein Fluch über der Burg ihres Vaters.

»Mit diesem Erbe hättest du statt meines Sohnes besser einen burgundischen Landjunker heiraten sollen«, zischte Sophia. »Hier bist du fehl am Platz.«

»Das sehe ich anders.«

Aimée hielt dem wütenden Blick stand. Sie war keine ungehorsame Magd, sie widersetzte sich einem ungerechten Diktat als Ebenbürtige, aber sie konnte in Sophias Gesicht lesen, dass es nie eine Einigung zwischen ihnen geben würde, und Sophias nächste Worte bestätigten dies.

»Geh nach Courtenay, wenn du herrschen willst. Hier bin ich die Herrin.«

Rubens Mutter schritt davon, und Aimée sah ihr fassungslos nach. Sie hatte sich getäuscht in der Annahme, unter diesem Dach ein Zuhause und eine Familie zu finden.

Was sollte sie tun?
Sie konnte hier nicht nützlich sein. Schon in Gent hatte sie gegen die Langeweile gekämpft. In Brügge war es jedoch weitaus schlimmer. Ruben verließ morgens das Haus, und meist sah sie ihn erst zum Abendessen wieder. Ihre Fragen, wie und womit er seine Tage verbrachte, beantwortete er mit belanglosen Scherzen. Was sie tat, schien ihm völlig gleichgültig zu sein.
Wie es aussah, würde es für sie auf ewige Tage nichts anderes zu tun geben, als Nadelarbeiten zu sticheln und aus dem Fenster zu sehen. Es war ihr nicht einmal gestattet, die Mägde zum Einkauf zu begleiten. Es gab keine Bücher, keine Schriften und keine Ablenkung durch Besuche.
Dem Brauch nach hätten ihr längst die Frauen der anderen Handelsherren ihre Aufwartung machen müssen. Was hielt sie davon ab? Sophia? Mit Ausnahme der Sonntagsmessen, die alle gemeinsam in der prächtigen Basilika des Heiligen Blutes besuchten, kam sie nie aus dem Haus. Seit ihrer Ankunft in Brügge lebte sie wie eine Gefangene.
Ihr Blick flog zur großen Doppeltür. Ein Flügel stand offen und ließ das Sonnenlicht ein. Es roch nach der Seifenlauge, mit der poliert worden war. Die Makellosigkeit erboste Aimée. Es gab nichts daran auszusetzen, wie Rubens Mutter das Haus führte. Es vertiefte nur das Gefühl ihrer eigenen Nutzlosigkeit.
In Courtenay, wo Sophia sie so gerne hingeschickt hätte, gab es sicher genügend zu tun. Von jähem Heimweh überwältigt sah Aimée die grünen Hügel von Andrieu vor sich und das ihr gegenüber immer freundliche Gesicht ihrer Großmutter. Bei ihr könnte sie Trost finden.
Das Aufheulen einer Magd riss sie aus ihrem kurzen Traum.

Es klang, als habe Sophia ihren Anweisungen mit dem Stock Nachdruck verschafft.
Aimée rief sich zur Ordnung und umklammerte die Hand mit dem Ring ihrer Großmutter. Weder ließ ihr Stolz zu, dass sie nach Andrieu floh, noch war es ihr wirklich möglich. Sie war verheiratet, und sie hatte dem Herzog ihr Wort gegeben, sein Auge und Ohr zu sein. Sie hatte Pflichten.
Sie trat aus der Tür, ohne zu wissen, wohin sie eigentlich wollte.
Bis auf ein paar Fuhrknechte, die vor dem Warenspeicher eine Holzkarre entluden, war der Hof leer. Für einen Wochenanfang tat sich wenig vor dem Haus. Sie sah sich suchend um und entdeckte einen bescheiden gekleideten älteren Mann mit Filzkappe, der aus dem Seitenflügel trat und ein Schreibbrett unter dem Arm trug. Colards rechte Hand. Der Schreiber. Hieß er nicht Joris? Sein respektvoller Gruß erforderte ihre Antwort.
Aimée hielt ihn mit einer Frage auf, ehe er seinen Weg fortsetzte. »Könnt Ihr mir sagen, wo ich meinen Mann finde?«
»Im Stofflager neben dem Torbogen, Frau Cornelis«, entgegnete der Schreiber höflich und verneigte sich. »Wenn Ihr mir jedoch einen Rat gestattet, wartet, bis er seine Unterredung mit seinem Vetter beendet hat.«
»Sie streiten?«
»Sie sind nicht immer einer Meinung, das habt Ihr sicher längst herausgefunden.«
Aimée blickte in das faltige Gesicht und entdeckte ausschließlich arglose Freundlichkeit. Dennoch wählte sie die nächsten Worte vorsichtig.

»Ich hatte bisher wenig Gelegenheit, etwas herauszufinden. Ich würde gerne mehr erfahren, sowohl über das Haus wie über Brügge.«
»Warum bittet Ihr nicht Euren Mann, Euch herumzuführen?«
»Weil ich denke, dass er keine Zeit hat.«
»Zeit ist das Einzige, was es bei uns im Überfluss gibt.«
Die merkwürdige Auskunft, gegeben mit einem erkennbaren Unterton der Missbilligung, forderte die nächste Frage geradezu heraus.
»Wollt Ihr damit sagen, dass unter diesem Dach ein Mangel an gewinnbringender Betätigung herrscht?«
Joris kratzte sich umständlich unter seiner Kopfbedeckung und wich ihrem Blick aus. »Sprecht bitte mit Eurem Mann darüber, und bitte entschuldigt mich. Im Kontor wartet Arbeit.«
Aimée sah dem Schreiber nach. Das Gespräch beunruhigte sie. Kurz entschlossen schlug sie die gut gemeinte Warnung, ihren Mann jetzt nicht zu stören, in den Wind und ging zum Stofflager.
Die Tür war nur angelehnt. Sie schob sie einen kleinen Spalt auf und trat ein. Es roch wie in einer alten Kleidertruhe, nach ungelüfteter Wolle und Kampfer. Überlagert wurde der Geruch vom scharfen Gestank einer fremden Säure. Der Staub, den ihre Röcke beim Eintreten aufwirbelten, reizte ihre Nase. Sobald sich ihre Augen an das Halbdunkel gewöhnt hatten, fielen ihr die vielen leeren Bretter in den Regalen auf.
Sie hörte Stimmen und wollte sich bemerkbar machen, aber Rubens scharfe Worte ließen sie zögern.
»Beschränke dich auf deine Bücher und deine Zahlen und

überlass mir die Politik, Colard. Der Herzog von Burgund wird mächtiger als der König von Frankreich sein, wenn er das Erbe seiner Frau antritt und über Burgund und Flandern herrscht.«

»Hast du dich deswegen von ihm beschwatzen lassen, eine Frau zu heiraten, die so nützlich ist wie ein Pfau im Käfig?«, erwiderte Colard zornig. »Wird er dich gegen Anselm Korte verteidigen, wenn der seinen Einfluss geltend macht, um dich zu vernichten, wie er es geschworen hat? Er ist tödlich beleidigt, weil du seine Gleitje dem Spott preisgegeben hast.«

»Das hat er schon selbst getan, weil er sein Maul nicht halten konnte«, erwiderte Ruben grob. »Vergiss den Alten und sieh nicht alles so schwarz. Die Zukunft ist unser.«

»Du phantasierst, Ruben. Wie sollen wir die Schulden zurückzahlen, die wir bei Contarinis venezianischer Bank haben? Wie uns den Juden vom Hals schaffen, bei dem du in Gent das Gold für den Herzog geliehen hast? Er fordert Anteile an unserem Geschäft.«

»Halt ihn hin. Er hat nicht die Macht, uns in Schwierigkeiten zu bringen.«

»Teufel auch, du machst es dir zu leicht, Ruben. Abraham ben Salomon ist Domenico Contarinis rechte Hand, hast du das gewusst? Wenn sich der Jude mit Contarini zusammentut, können sie uns in die Enge treiben. Wir müssen wenigstens einen Teil unserer Anleihen so bald wie möglich tilgen.«

»Womit? Mit den Mottenlarven, die in diesen leeren Regalen auf Tuchballen warten?«

»Mit den Juwelen, die dir der Herzog in Gent als Pfand für deinen Kredit gegeben hat.«

Unwillkürlich fasste Aimée nach dem prächtigen Rubin, den sie an einer feinen goldenen Kette um den Hals trug und dessen Fassung mit schimmernden Perlen besetzt war. Ruben bestand auch in Brügge darauf, dass sie die auffälligen Schmuckstücke trug.

»Die Juwelen waren meine Hochzeitsgabe für Aimée«, hörte sie ihn antworten.

»Du musst völlig den Verstand verloren haben«, entgegnete Colard aufgebracht. »Diese Frau ist nicht nur dein, sondern unser aller Untergang. Ich wünschte, du wärest ihr nie begegnet. Wir müssen diesen Schmuck verkaufen.«

»Ich denke nicht daran.«

Aimées Gedanken überschlugen sich. Wieso hatte ihr Ruben verschwiegen, dass das Handelshaus so tief in Schwierigkeiten steckte? Sie traf eine impulsive Entscheidung.

Mit wenigen Schritten hatte sie die streitenden Männer erreicht. Bis dahin hatte sie die Kette vom Hals gezerrt und warf sie Colard hin.

»Nehmt sie«, sagte sie stolz. »Den Rest bringe ich euch sogleich. Ich lege keinen Wert darauf.«

Colard starrte auf den Rubin, der sogar im diffusen Licht des Lagerhauses in seiner Perlenfassung glühende Funken sprühte.

»Ich verstehe nicht«, sagte er fassungslos.

»Oh doch, das tut Ihr«, widersprach sie. »Ihr wollt die Juwelen des Herzogs, um die Schulden des Hauses Cornelis zu begleichen. Ihr sollt sie haben.«

»Du hast gelauscht!«

Rubens Vorwurf war grotesk. Aimée wies ihn ohne jede Scheu zurück. »Wenn ihr nicht wollt, dass man hört, was ihr sagt, dann solltet ihr nicht so schreien.«

»Wie kommst du eigentlich in das Tuchlager? Was hast du hier zu suchen?«

»Dich«, erwiderte Aimée schlicht.

Ruben und Colard starrten sie an. Colard schien immer noch fassungslos. Ruben sah aus, als müsse er sich daran erinnern, wer sie war. Sie verhielten sich wie Sophia, sie wehrten sich, sie mitwirken oder gar mitentscheiden zu lassen. Sie wandte sich um und ging zum Ausgang.

»Warte!«, forderte Ruben sie auf.

Er hielt sie am Arm fest, während Colard schweigend den Raum verließ. Die Halskette nahm er mit.

»Was soll das? Warum schleichst du mir nach? Das Tuchlager ist kein Ort für dich.«

»Wo ist denn der Ort, an den ich gehöre?«

Aimées angestauter Ärger machte sich Luft: »Im Haus bin ich nicht gerne gesehen. Du willst nicht, dass ich tagsüber in deine Nähe komme und meidest jegliche Aussprache mit mir. Ich darf praktisch das Haus nicht verlassen, in Brügge kenne ich niemanden, es wird mir auch niemand vorgestellt. Ich lebe wie in einem Gefängnis. Ist das der Ort, an den ich gehöre? Ein Gefängnis! Sag mir, wo mein Platz ist, schließlich hast du mich hierhergebracht. Willst du mich überhaupt hier haben, frage ich mich.«

»Wer sagt, dass ich dich nicht will, dich nicht begehre, Liebste? Beweise ich es dir nicht Nacht für Nacht?«

Rubens Griff ging in eine Umarmung über.

Das war er, der unbekümmerte Ruben, dachte Aimée, der Draufgänger Ruben, der die Probleme mit leichter Hand beiseiteschob, in der Hoffnung, sie würden irgendwann schon gelöst werden können oder sich von selbst lösen. Ruben, der glaubte, mit Charme die Welt bezwingen zu können. Er konnte sie zur Verzweiflung bringen oder sie betören.

Er weiß so wenig von mir.

»So kenne ich dich gar nicht«, bestätigte er ihren stummen Seufzer. »Was ist geschehen? Hat dich meine Mutter verärgert?«

Aimées Überraschung darüber, dass er das Problem ansprach, gab ihm die Möglichkeit, seine Mutter zu entschuldigen, noch bevor sie antworten konnte.

»Sie meint es nicht so.« Ruben berührte beruhigend ihren Rücken. »Du musst Geduld mir ihr haben. Es fällt ihr schwer zu teilen. Seit dem Tod meines Vaters fürchtet sie auch mich zu verlieren. Wenn sie erst begreift, was für eine wundervolle Tochter du ihr sein kannst, wird alles besser werden.«

Aimée unterdrückte den Drang, hysterisch zu lachen. Sie zwang sich, ruhig und überzeugend zu sprechen.

»Sie wird mich nie akzeptieren.«

»Sei froh, das erspart dir Arbeit.«

»Ich bin nicht deine Frau geworden, um mir Arbeit zu ersparen«, antwortete sie ärgerlich. »Begreife bitte, ich ersticke an dieser Untätigkeit. Ich brauche eine sinnvolle Aufgabe. Und wenn ich diese Juwelen und die höfischen Gewänder nicht mehr tragen muss, so kommt mir das nur entgegen.«

»Du wirst die Mutter meiner Kinder werden. Ist das etwa keine sinnvolle Aufgabe?«

»Und bis dahin?«

Sie warf ihm die drei Worte mit solcher Bitterkeit hin, dass Ruben die Stirn runzelte. »Machst du mir zum Vorwurf, dass es noch nicht so weit ist?«

Er begriff nicht. Sie presste die Handflächen aneinander, trat zurück. Sie wählte ihre Worte mit äußerster Sorgfalt. »Ich verstehe mich auf Schreiben und mathematisches Rechnen. Ich weiß in Kräuterkunde und Geographie Bescheid, ich spreche neben meiner Muttersprache das Flämische und beherrsche das Lateinische. Ich habe gelernt, einen großen Haushalt zu führen sowie die Einkünfte eines Lehens zu verwalten. Ich ertrage es nicht, müßig herumzusitzen und darauf zu warten, dass ich Mutter werde. Meine Großmutter hat sechs Schwangerschaften hinter sich gebracht, ihre Kinder erzogen und dennoch für die Menschen in Andrieu gesorgt. Und sie hat mich erzogen.«

Geradezu eingeschüchtert von dieser Aufzählung starrte Ruben Aimée an.

»Und was willst du von mir?«

»Dass du mir einen Lebensinhalt gibst. Sagte ich das nicht schon? Wenn es wirklich so schlecht um das Handelshaus steht, dann lass mich helfen. In Andrieu haben wir Pelzhandel betrieben, und ich habe meinem Onkel in den letzten Jahren die Bücher dafür geführt. Es wird mir nicht schwerfallen, dir im Kontor zur Seite zu stehen.«

»Das Kontor ist Colards Sache, da mische ich mich nicht ein«, antwortete Ruben.

Aimée gab nicht nach. »Und was tust du?«

»Ich treffe mich mit den Händlern und schließe die Geschäfte ab, wobei ich versuche, unsere Waren möglichst gewinnbringend weiterzuverkaufen.«

»Welche Waren?«

Aimées vielsagende Handbewegung auf die leeren Regale entlockte Ruben einen Fluch. Dennoch entkam er ihren präzisen Fragen nicht. Am Ende kannte sie die ganze peinliche Wahrheit und die Pläne, die sie hatten.

»Selbst wenn es dir gelingt, mit den englischen Mönchen ins Geschäft zu kommen, wird es Jahre dauern, bis sich das Haus Cornelis erholt hat«, stellte sie fest.

Ruben nickte grimmig. »Genau das habe ich Colard gesagt. Was wir brauchen, ist ein schnelles Geschäft. Eines mit hohem Gewinn.«

»Solche Geschäfte bergen meist auch ein hohes Risiko«, erwiderte Aimée nüchtern. »Welche Waren wären deiner Meinung nach dafür geeignet?«

Ihre Blicke trafen sich, und Aimée sah das abenteuerlustige Funkeln in den Augen ihres Mannes.

»Waffen, Rüstungen, Kriegsgerät«, zählte er auf.

»Weil Frankreich mit England im Krieg liegt? Die Handelsstraßen nach Süden gehen alle durch Frankreich, und die besten Waffen und Rüstungen kommen aus Mailand, Spanien und dem Orient. Sogar für die deutschen Waffenschmiede ist es günstiger, direkt an den König zu liefern, statt einen Umweg über Brügge zu machen. Wir haben keine Chance.«

Ruben verschlug es zunächst die Sprache. Er hatte noch immer keine Ahnung davon, wie weitblickend seine Frau war. Doch als er sich wieder gefangen hatte, lag männliche Überlegenheit in seiner Antwort.

»Frankreich führt diesen Krieg nicht allein.«

»England?« Aimée krauste die Nase. Eine unbewusste Geste, die anzeigte, dass sie angestrengt nachdachte. »Frankreich blockiert die Landwege, also können sie sich nur über das Meer versorgen. Das mag schwierig sein und mehr Zeit erfordern, wenn die Schiffe durch das südliche

Meer und an der portugiesischen Küste entlang müssen. Die französischen Häfen sind entweder mit einem Embargo belegt oder heftig umkämpft …«
»Ein Schiffsbauch voller Waffen ist in England gutes Gold wert«, unterbrach Ruben ihre Schlussfolgerungen. »Und wir haben genügend Rüstungsteile und Waffen auf Lager, um damit einen hübschen Gewinn zu erzielen. Was hältst du davon, meine Liebste?«
»Ein verlockender Gedanke, aber unmöglich in die Tat umzusetzen.«
»Wieso nicht? Man braucht ein Schiff, einen vertrauenswürdigen Kapitän mit Mut zum Risiko sowie den nötigen Vorwand für eine solche Reise. Die *Koralle* steht uns zu Diensten, Kapitän Ballard brennt darauf, endlich wieder eine große Fahrt zu machen, und das Wollgeschäft liefert die passende Tarnung. Der Plan ist perfekt.«
Ruben und seine draufgängerischen Pläne! Der Herzog hatte sie eindringlich gebeten, ihn zu zügeln. Leider hatte er vergessen hinzuzufügen, wie sie das machen sollte.
»Das ist Hochverrat!«, widersprach sie tonlos. »Du kannst dem Erzfeind deines Königs keine Waffen liefern. Wenn die Sache auffliegt, wirst du gevierteilt. Du hast dem Herzog Treue und Gehorsam geschworen. Er ist der Bruder des Königs, den du verraten willst.«
Ruben lachte über ihr Entsetzen. Er zog sie wieder an sich und spürte ihre Erregung. Ihre Furcht gefiel ihm besser als ihre scharfsinnigen Analysen.
»Du musst keine Angst um mich haben. Ich weiß, was ich tue.«
Aimée biss die Zähne zusammen, um nichts Falsches zu entgegnen. Sie hatte Angst um Ruben, um sich, um das un-

geborene Kind, das sie möglicherweise bereits trug, und um das Haus Cornelis. Dieser Waffenschmuggel konnte alle zusammen ins Verderben stürzen.

»Gib mir dein Wort, dass du die Finger von solchen Abenteuern lässt. Wir müssen andere Wege finden, die Geschäfte wieder in Gang zu bringen.«

»Beruhige dich. Noch ist der Plan nicht konkret durchdacht. Colard hat ohnehin fast der Schlag getroffen, als ich den Vorschlag machte. Komm, lass uns zu ihm gehen. Vielleicht gefällt es ihm, eine Verstärkung in seinem Kontor zu bekommen. Es ist schließlich nichts Ungewöhnliches, dass die Frau eines Handelsherrn über dessen Geschäfte informiert ist, und es kann nicht schaden, Colard auf die Finger zu sehen. Du bist ungewöhnlich klug. Der Herzog hat es erkannt.«

Aimée nickte stumm. Sie hatte das Gefühl, Ruben wolle sie lediglich ablenken. Hin- und hergerissen zwischen ihrer Angst vor seiner Waghalsigkeit und der Freude darüber, dass er ihrer Bitte um eine Beschäftigung nachgab, folgte sie ihm.

Was konnte sie tun, um die Dinge auf den richtigen Weg zu bringen? Sie hätte lieber mit Ruben gearbeitet als mit Colard, der aus seiner Abneigung gegen sie keinen Hehl machte, und sie musste sichergehen, dass Ruben diese gefährliche Idee des Waffenschmuggels wirklich fallenließ. Auf keinen Fall durfte sie ihn verärgern. Er würde nur bocken. Sie musste sein Vertrauen gewinnen, um Einfluss auf ihn nehmen zu können.

12. Kapitel

LILLE, 16. JULI 1369

Wer ist der Kerl dort?«
»Ein Kranker, kümmert Euch nicht um ihn.«
»Welche Krankheit? Doch nicht ...«
»Keine Seuche, beruhigt Euch. Ein Messerstich in den Rücken. Es ist fraglich, ob er es überlebt.«
Domenico hörte die Männerstimmen. Er fragte sich, von wem sie wohl sprachen, ehe das Fieber jeden weiteren Gedanken auslöschte. Obwohl er immer öfter zu Bewusstsein kam, dauerten diese Phasen kaum länger als ein paar Atemzüge. Dann kehrte der Schmerz zurück und mit ihm die Ohnmacht. Nach und nach verbesserte sich jedoch sein Bewusstseinszustand. Er konnte die Augen öffnen, sich umsehen, Fragen stellen.
»Wo bin ich?«
»Dem heiligen Koloman sei Dank! Ihr lebt!«
Er drehte den Kopf nach der Stimme und entdeckte eine dralle Magd in einem grauen Kittel. Die Haare verbarg sie unter einem nachlässig gebundenen Kopftuch. Ihr ländlicher Zungenschlag bereitete ihm Schwierigkeiten. Es bedurfte der mehrmaligen Wiederholung seiner Fragen, ehe er ihre Erklärung verstand.
Man hatte ihn vor neun Tagen, am frühen Morgen, verletzt

auf der Schwelle des Pferdestalls gefunden. Kaum ein Funken Leben sei in ihm noch gewesen. Jean-Paul von Andrieu hatte darauf bestanden, den Medicus holen zu lassen und nicht den Priester. Meister Calmette hatte ihn deshalb für verrückt erklärt.

»Habt Ihr Euch wirklich mit den Söldnern angelegt?«, wollte die Magd wissen.

Die Frage ordnete die Bilder in seinem Kopf. Er erinnerte sich der Begegnung mit Jean-Paul von Andrieu, seiner Gastfreundschaft und des Schlafplatzes, den er ihm verschafft hatte. Er hatte sich irgendwann nach Mitternacht erhoben, um die Diamanten zu verstecken, weil er keine Ruhe gefunden hatte. Von irgendwelchen Soldaten wusste er nichts.

»Da waren keine Söldner.«

»Aber ja. Sie haben in der Gaststube geschlafen und sind vor Sonnenaufgang aufgebrochen. Seid Ihr ihnen in die Quere gekommen, als sie Euer Pferd stehlen wollten? Meister Calmette vermutet, dass es so gewesen sein könnte, denn Euer Pferd ist verschwunden.«

»Ich weiß nicht …«

Die fremde Sprache, seine Schmerzen und der Versuch, sich genau zu erinnern, kosteten Domenico zu viel Kraft. Er schloss erschöpft wieder die Augen.

»Trinkt«, sagte die Magd und stützte seinen Kopf, um ihm einen Becher an die Lippen halten zu können. »Der Medicus sagt, es ist wichtig, dass Ihr viel trinkt. Ihr habt eine Menge Blut verloren. Es war gar nicht leicht, Euch am Leben zu halten. Das könnt Ihr mir glauben.«

Während Domenico gehorsam die Mischung aus Wein und Kräutern schluckte, versuchte er seine Lage zu bestimmen.

Er lag auf einem Strohsack in der großen Gemeinschaftskammer unter dem Dachstuhl der Herberge. Man hatte sein Lager in eine Ecke geschoben, damit er den anderen nicht im Weg war.
»Wo sind meine Sachen?«
Die mitleidige Miene der Magd verriet ihm bereits die Antwort.
»Alles gestohlen. Die Mörder haben ihre Chance genutzt. Meister Calmette hat Anzeige beim Profoss von Lille erstattet, aber da es keine Zeugen für den Mordanschlag und den Diebstahl gibt und Ihr auch keine Aussage machen konntet, kam nicht viel dabei heraus«, teilte die Magd ihm in dürren Worten mit.
Domenico versuchte sich aufzurichten, aber seine rechte Schulter schmerzte zu stark.
»Vor neun Tagen ist das passiert, sagst du? Und wo ist der Mann, in dessen Kammer ich geschlafen habe?«
»Längst fort.« Die Magd erhob sich von den Knien, als er seinen Becher leer getrunken hatte. »Er hat Meister Calmette dafür bezahlt, dass er sich um Euch kümmert. Der Medicus hat dringend davon abgeraten, Euch zu transportieren. Er sagte, Euer Leben hinge an einem seidenen Faden, und nur wenn Ihr das Wundfieber überlebtet, sähe er eine Chance für Euch. Eure Genesung grenzt an ein Wunder. Ich hätte keine Kupfermünze für Euch gegeben. Ihr müsst Euch jetzt ausruhen. Gegen Abend komme ich wieder und bringe Euch zu essen.«
Sie polterte mit ihren Holzschuhen die Stiege hinab und ließ ihn mit seinen Gedanken alleine.
Die Diamanten.
Jean-Paul von Andrieu reiste ahnungslos mit den Diaman-

ten des Dogen von Venedig durch Flandern! Das vermeintlich so kluge Versteck hatte zwar seine Verfolger getäuscht, aber damit womöglich seinen Onkel um ein Vermögen gebracht. Sein Onkel durfte nie davon erfahren. Er musste dem Mann unverzüglich folgen.

Sosehr es ihn danach drängte, den durchgelegenen Strohsack zu verlassen, seine Verletzung zwang ihn, zu warten. Weitere Tage vergingen, bis er sich endlich erheben konnte.

In der Schankstube herrschte ähnlicher Betrieb wie an jenem schicksalhaften Abend, aber der behäbige Hausherr fehlte, als er nach ihm fragte.

»Setzt Euch und wartet auf ihn, wenn es so dringend ist«, riet eine vorbeieilende Magd, die seine Frage nach Meister Calmette nur mit einem Schulterzucken beantworten konnte.

Domenico, von der geringen Anstrengung des Treppensteigens bereits außer Atem, sank auf eine freie Bank. Unter den herumeilenden Mädchen entdeckte er seine Pflegerin. Sie versorgte ihn mit einem Krug Bier und setzte eine Holzschale vor ihm ab, in der Kohl und Speckstücke dampften.

»Dann muss ich es nicht hinaufschleppen«, wehrte sie jeden Dank ab.

Domenico tauchte den Holzlöffel in den Eintopf und kaute bedächtig, während er einem Gespräch an seinem Nebentisch lauschte. Es ging um die Zwistigkeiten mit England.

Der französische König hatte der Klage des Grafen Armagnac gegen die Erhebung einer englischen Sondersteuer stattgegeben und die Engländer damit gründlich verärgert.

Die Gebiete des mächtigen Grafen lagen in jenem Teil Frankreichs, der unter englischer Oberhoheit stand. Um den Anschein einer friedlichen Lösung zu wahren, hatte der französische König den englischen Monarchen nach Paris gebeten.

»Angeblich hat der Engländer Seiner Majestät geantwortet, wenn er nach Paris käme, dann nur mit dem Helm auf dem Kopf«, erzählte ein Fuhrknecht, der geradewegs aus Paris kam. »Damit ist der Friede von Brétigny das Pergament nicht mehr wert, auf dem er steht. Es herrscht wieder Krieg zwischen Frankreich und England. Überall werden die Stadtbefestigungen verstärkt und Soldaten angeworben.«

Die Gesprächspartner wechselten das Thema. Jetzt ging es um den Herzog und seine Gemahlin, die Gent schon vor gut zwei Wochen verlassen haben sollten. Dem Vernehmen nach war der Hof unterwegs in die Pariser Residenz des Fürsten.

In Domenicos Kopf begann es fieberhaft zu arbeiten. Wenn Andrieus Nichte der Herzogin diente, hatte er sie in Gent nicht angetroffen. War er ihr nach Paris gefolgt – wie sollte er Andrieu folgen, um wieder zu den Diamanten zu kommen? Wo zum Henker blieb nur der Wirt?

Er konnte einfach nicht glauben, dass Andrieu seinen Weg fortgesetzt haben sollte, ohne ihm eine Nachricht zu hinterlassen. Er hatte einen anderen Eindruck von ihm gewonnen. Domenico klammerte sich an die Hoffnung, der Wirt habe diese Nachricht für ihn.

Bis Meister Calmette schließlich aus seinem Weinkeller auftauchte, war er am Ende seiner Geduld.

»Wollt Ihr mir etwa Vorwürfe machen?«, verwahrte sich

der Wirt gegen seine schroffe Begrüßung. »Wir haben unsere Christenpflicht an Euch getan.«
»Der Seigneur von Andrieu hat Euch mehr als ausreichend dafür bezahlt«, gab Domenico zurück.
Die Röte, die dem Wirt ins Gesicht stieg, bestätigte ihm, dass er es richtig getroffen hatte.
»Ihr lebt seit einem guten halben Monat unter meinem Dach, Herr. Ihr esst, trinkt und schlaft in einer Herberge. Dass das was kostet, muss Euch klar sein, und die Münzen des Seigneurs sind längst aufgebraucht«, verteidigte er sich und fuhr grob fort: »Ihr könnt von Glück sagen, dass ich Euch nicht schon heute auf die Straße setze. Aber ich würde es gern sehen, wenn Ihr Eure Reise in absehbarer Zeit fortsetzt. Wir sind kein Hospiz.«
»Das werde ich, aber zunächst möchte ich wissen, ob der Seigneur etwas für mich hinterlassen hat.«
»Hat er nicht.«
»Er ist ein Ehrenmann. Er würde einen Ausgeraubten nie ohne eine Nachricht zurücklassen«, drang Domenico unangefochten auf Meister Calmette ein. »Er hat Euch nicht einmal ein paar Worte des Abschieds für mich aufgegeben?«
»Hat er nicht.«
Domenico spürte, ahnte, nein, wusste, dass der Wirt log, aber er musste es hinnehmen, wie er es hinnehmen musste, sich bei einem vorbeikommenden Handelszug als Fuhrknecht zu verdingen, um nach Brügge zu kommen. Er konnte nicht blindlings nach Gent oder Paris stürmen. Er brauchte neben Geld auch einen vernünftigen Plan und Informationen. Das erhielt er nur in seinem Haus am Walplein.

Meister Calmette sah ihm nach und freute sich über die gefüllte Börse, die der Seigneur für den Venezianer bei ihm hinterlegt hatte. Die Wünsche für seine Genesung und die herzliche Einladung, die Burg von Andrieu zu besuchen, falls ihn sein Weg in die Comté führte, behielt er natürlich aus guten Gründen für sich.
Ein Herbergswirt musste in diesen unsicheren Zeiten sehen, wo er blieb.

13. Kapitel

Brügge, 29. Juli 1369

Die Münzwaage auf ihrem Messingsockel pendelte in exaktem Gleichgewicht aus. Colard nahm zufrieden das letzte Goldstück aus der Schale. Es war der Erlös aus dem Verkauf des Schmucks.

»Du traust dem Juden nicht.«

Joris hatte an seinem Schreibpult die Kontrolle verfolgt.

»Wer Geldverleihern traut, dem ist nicht zu helfen«, antwortete Colard. Er band das letzte der ledernen Münzsäckchen sorgfältig über Kreuz zusammen. »Erinnerst du dich nicht, was der Geschichtsschreiber Mathias Parisiensis über Wucherer gesagt hat? Verräter sind sie und Betrüger. Sie verschlingen nicht nur die Menschen und die Haustiere, sondern auch Mühlen, Schlösser, Bauernhöfe, Wiesen, Gehölze und Wälder. Sie mästen sich mit der Not der anderen.«

»Klingt gut.«

»Noch besser ist, dass wir nun die Mittel haben, unseren Wollhandel zu aktivieren.«

»Dank der jungen Herrin, die so klaglos ihre Juwelen geopfert hat.«

»Bis auf den hübschen Diamanten, den sie nach wie vor am Finger trägt«, widersprach Colard kalt.

Joris hob die dünn gewordenen Brauen in seinem faltigen Gesicht. Er kannte Colard wie seinen eigenen Sohn. Colard konnte nicht verbergen, dass ihm der freundschaftliche Umgang, den Joris inzwischen mit Aimée pflegte, ein Dorn im Auge war.

In mehreren Gesprächen war ihm klar geworden, wie bewandert und gescheit diese Frau war. Er hatte sie schätzen gelernt, und ihr Rat wurde ihm zunehmend wichtiger. Es war ihm unverständlich, warum Colard sie nach wie vor mit solcher Leidenschaft ablehnte.

»Warum kämpfst du so vehement gegen die junge Herrin? Sie kann uns eine große Hilfe sein. Auf dem Lehen ihrer Familie hat sie viel gelernt und weitreichende Einblicke gehabt.«

»Sie hat dir die Sinne betäubt. In deinem Alter. Du solltest dich schämen.«

»Hör auf zu spotten, Colard. Aimée Cornelis kann einen Menschen brauchen, der zu ihr hält. Deine Tante macht ihr das Leben hier schwer.«

»Lass Frau Sophia nicht hören, was du von Aimée hältst.«

»Ich fürchte ihre Bösartigkeit schon lange nicht mehr. Sie macht der jungen Frau das Leben zur Hölle, und die muss es hinnehmen, weil Ruben nicht die Stärke besitzt, sie vor der eigenen Mutter zu schützen. Er hat ihr in Gent den Helden vorgespielt, und in Brügge musste sie erkennen, dass er in Wirklichkeit ein Schwächling ist.«

Allein Joris durfte sich diese geharnischte Kritik an der Familie Cornelis herausnehmen.

»Ich frage mich, was den Herzog dazu bewogen hat, die beiden zu verheiraten?«, sagte Colard nachdenklich. »Auch wenn die Cornelis' zu den ersten Familien von Brügge zählen, so bedeutet dieser Bund für eine Andrieu doch einen Abstieg ins Bürgertum.«

»Warum fragst du sie nicht einfach?«

»Gott bewahre«, brauste Colard auf. »Im Grunde geht es mich nichts an. Bei der Gelegenheit will ich dir jedoch sagen, dass es mir nicht gefällt, sie ständig an deiner Seite zu sehen.«

»Sie hat einen klugen Kopf, und sie schreibt die saubersten Briefe, die mir je begegnet sind«, antwortete Joris trocken. »Sie rechnet schneller als ich, und sie übersetzt die lateinischen Briefe unserer Handelspartner aus Florenz und Mailand in vernünftiges Flämisch. Mir ist sie eine große Stütze. Auch ich werde älter.«

»Bisher ging es auch ohne sie«, brummte Colard verächtlich.

»Man könnte geradezu auf die Idee verfallen, dass du Angst vor ihr hast«, sagte Joris bedächtig.

»Hast du den Verstand verloren? Was bringt dich auf eine so absurde Idee?«

»Ihr Aussehen. Sicher ist dir aufgefallen, wie sehr sie dem Mädchen auf dem Bild gleicht, das lange Zeit in der Schlafkammer deines Vaters hing. Als kleiner Junge konntest du Stunden damit zubringen, das Gemälde zu betrachten. Dein Vater hat mir erzählt, dass Piet Cornelis dieses Porträt im vergangenen Jahrhundert malen ließ. Kommt es dir nicht vor, als wäre die gemalte Schönheit wie durch ein Wunder lebendig geworden?«

Colard versuchte, seine Betroffenheit zu verbergen.

»Ein Heiligenwunder? Narretei. Eines ist sicher, Rubens Frau ist keine Heilige.«

»Wer sagt denn, dass das Bild eine Heilige darstellt?«

Etwas in Joris' Stimme ließ Colard stutzen.
»Was weißt du?«
»Nichts Genaues. Zu Zeiten deines Vaters kursierten Gerüchte und Vermutungen. Der alte Cornelis begrub mehrere Ehefrauen, aber man sagte, zugetan sei er nur der ersten gewesen, die ihm eine Tochter geschenkt habe.«
»Was wurde aus diesem Kind?«
»Angeblich hat das Mädchen in Frankreich einen Ritter geheiratet.«
Colard hörte zum ersten Mal von dieser Geschichte.
»Gesinde-Geschwätz. Mir ist nicht bekannt, dass die Cornelis' Verwandte außerhalb von Brügge haben.«
»Aber die Ähnlichkeit ist verblüffend. Weißt du, wo das Bild geblieben ist?«
»Nein.«
Colard log bewusst.
Joris akzeptierte die Abfuhr. Er beugte den grauen Kopf über sein Schreibpult und rührte die Tinte frisch auf. Mit dem Federmesserchen kratzte er einen unliebsamen Spritzer vom Blatt, ehe er die Liste fortsetzte.
Colard öffnete die eisernen Schlösser der Geldtruhe und tat das Gold hinein. Sobald Kapitän Ballard die *Koralle* seeklar gemacht hatte, wollte Ruben aufbrechen.

Das Schiff lag im Tiefwasserhafen von Sluis, und Colard zählte die Tage, bis es endlich auf seine wichtige Reise gehen konnte. Von den Reparaturarbeiten, die der Kapitän plötzlich für nötig hielt, war zuvor nie die Rede gewesen. Die Verzögerung machte ihn nervös, aber er hatte keine Möglichkeit einzugreifen. Ruben hatte das Schiff in Ballards Hände gegeben.

»Ich wünschte, Ruben wäre endlich unterwegs«, sagte er gereizt, als er die Schlüssel der Truhe in die abschließbare Lade an seinem Pult tat. »Je eher wir das Abkommen mit den Mönchen in der Tasche haben, desto schneller kann ich wieder ruhig schlafen.«

»Die Schwertklingen aus Damaskus sind vor zwei Tagen eingetroffen«, ging Joris auf das Gespräch ein. »Willst du deinen Plan mit den Rüstungen tatsächlich verwirklichen?«

»Natürlich. Ruben kümmert sich bereits darum«, nickte Colard.

»Weiß seine Mutter inzwischen von der geplanten Reise?«

»Das musst du schon ihn fragen.«

»Also nein. Sie wird ganz Brügge zum Zeugen ihres Unglücks machen, wenn Ruben zur See geht, und sie wird zu Hause ihre Launen an der jungen Frau auslassen. Sicher gibt sie ihr die Schuld an allem.«

»Wenn du keine anderen Sorgen hast«, spottete Colard, »werde ich mich verabschieden. Ich denke, es ist gut, wenn ich mich in der Tuchhalle sehen lasse und an der Waterhalle Interesse für die Ankunft der Flanderngaleeren zeige.«

»Schau bei Trina vorbei, vielleicht bessert das deine Laune«, rief ihm Joris nach, aber er erhielt keine Antwort. Dafür steckte wenig später Aimée den Kopf zur Tür herein.

»Bleibt er lange fort?«

»Wenn er meinem Rat folgt und im *Wollsack* einkehrt, sicher. Ich würde es mir wünschen, er kann Aufmunterung vertragen.«

Aimée gab keinen Kommentar dazu ab. Sie wollte eine Auskunft von Joris, und der Umstand, dass sie ihn alleine antraf, kam ihr gut zupass.

»Was hat es mit den Flanderngaleeren auf sich?«, erkundigte sie sich.
»Bei den Flanderngaleeren handelt es sich um Schiffe, die im Frühsommer in Venedig zu einer langen Reise aufbrechen. Sie steuern das Adriatische Meer hinunter die größten Häfen an, passieren Korfu und Sizilien, ehe sie Neapel und die Insel Mallorca erreichen. Über die Berberküste rudern sie endlich an Spanien und Portugal vorbei nach Norden. Erst im Kanal zwischen England und Frankreich trennen sich die Schiffe der Flotte im späten Sommer. Die einen legen in englischen Häfen an, die anderen kommen nach Brügge.«
Aimée genügte die Erklärung nicht. »Was ist so Besonderes daran? Das tun andere Schiffe doch auch.«
»Die Flanderngaleeren treiben auf dieser Fahrt ausschließlich Handel mit allerfeinsten Luxusgütern. Bis sie nach Brügge kommen, sind ihre Laderäume mit allem gefüllt, was gut und teuer ist: Gewürze und Räucherwerk, kostbare Steine, hauchfeine Schleier und Stoffe, Zierrat aus exotischen Materialien, Elfenbeinschnitzereien, Silberzeug, feinste Öle, Orangenfrüchte, fremdländische Tiere und vieles mehr. Ihre Fahrt dauert fast einen ganzen Sommer, weil sie jeden Abend einen Hafen anlaufen müssen, damit sie nicht Beute der Seeräuber werden.«
»Und in Brügge werden diese Schätze verkauft.« Aimée eilte Joris in Gedanken voraus. »Gibt es genügend Abnehmer dafür?«
»Mehr als genug. Denkt nur an Euren Herzog, an die Höfe der Fürsten und die Häuser der reichen Patrizier. Die Galeeren werden von allen Händlern sehnsüchtig erwartet. Die große Glocke auf dem Belfried verkündet Jahr für Jahr

ihre Ankunft wie ein Staatsereignis. Obwohl jedes Handelshaus, das etwas auf sich hält, seine Bestellung bereits im Vorjahr aufgegeben hat, haben die Schiffe immer noch genügend Neues und nie Gesehenes in ihren Laderäumen.«

»Ist das der Grund, warum sich Ruben seit Tagen mehr in Sluis aufhält als in Brügge?«, fragte Aimée weiter. »Die Galeeren passieren Sluis, wenn sie über den Zwin nach Brügge kommen.«

»Das mag wohl sein«, entgegnete Joris vorsichtig. Er wusste nicht, wie weit Ruben seine Frau in seine Reisepläne eingeweiht hatte. »Aber ich denke, dass sie wie üblich nicht vor September eintreffen werden. Ganz Brügge ist dann auf den Beinen, um die Schiffe und die fremdländischen Männer zu bestaunen, die sie rudern und bewachen.«

»Erwarten auch wir Luxuswaren und Gewürze mit diesen Schiffen?«

»Erwarten ja. Aber ob wir die Mittel haben werden, ein Geschäft abzuschließen, weiß der Himmel.«

»Was passiert, wenn wir keine Waren abnehmen können?«

»Um die Geschäfte kümmere ich mich nicht. Das macht Ruben.«

»Was geschieht mit dem Gold, das Colard für den Schmuck erhalten hat?«

»Colard und Ruben werden es zum Besten des Hauses Cornelis einzusetzen wissen.«

Aimée schwieg bedrückt. Joris war zwar mitteilsam, über Rubens und Colards Pläne verlor er jedoch kein Wort. Seine Freundlichkeit, die sie so sehr schätzte, ging nicht so weit, dass er ihr reinen Wein einschenkte. Der Herzog hatte es sich zu einfach vorgestellt. Es war nicht so leicht, Einfluss auf Ruben zu nehmen, wenn man seine Pläne nicht genau kannte.

Sie ahnte nicht, dass sie wenige Straßen weiter Gesprächsthema war. Trina horchte Colard im *Wollsack* unverblümt aus.

»Hat Ruben seine Frau schon geschwängert? Er hat seinen alten Lebenswandel wieder aufgenommen.«

»Woher soll ich das wissen?« Colard starrte wütend in seinen Bierkrug. »Was hast du über ihn gehört?«

»Dass er in den Hafenschänken von Sluis in übler Gesellschaft gesehen wird. Ist es wahr, dass er mit der *Koralle* auf Fernhandelsfahrt gehen will?«

»Erzählt man sich das?«

»Es sieht nicht so aus, als machte ihn die Ehe vernünftiger«, erwiderte Trina lachend. »Ärgere dich nicht. Du kennst ihn. Wie ist seine Frau eigentlich? So, wie man sagt: schön, eitel, herablassend?«

»Anders«, antwortete Colard gedankenvoll.

Das eine Wort genügte, Trina aufs höchste zu alarmieren.

»Wie anders?«

Sie erhielt keine Antwort.

14. Kapitel

Brügge, 1. August 1369

Gegen die Sonne sah der livrierte Hausknecht am Walplein nur eine sehnige Gestalt, die eben noch einmal die Hand nach dem Türring ausstreckte, um das Klopfen zu wiederholen. Staubige Kleider, wirres Haar und der Gestank von Ochsenmist ließen ihn ein vorschnelles Urteil über den ungeduldigen Besucher fällen.

»Pack dich, Spitzbube! Wer Arbeit in diesem Haus sucht, kommt gefälligst durch den Hof. Dreckskerle wie du haben ohnehin keine Chance.«

»Wer weiß, vielleicht brauchen wir bald einen neuen Türhüter, der bessere Augen hat«, entgegnete Domenico kühl.

Er schob den Mann mit unerwarteter Kraft beiseite. Auf der ersten Treppenstufe wandte er sich, die Hand auf dem geschnitzten Lauf, zu dem Lakaien um, der ihn mit offenem Mund anstarrte.

»Ein Bad. Frische Kleider. Eine Mahlzeit. In dieser Reihenfolge und ohne Verzug. Danach holst du mir Herrn Salomon aus der Wechselstube. Und zu niemandem ein Wort, dass ich wieder da bin, ist das klar? Ich wünsche, nicht gestört zu werden.«

Domenico schnitt die hastig gestammelten Entschuldigungen mit einer Handbewegung ab und ging hinauf. Das Backsteinhaus war angenehm kühl. Es duftete nach frischem Brot und Honigwachs. Annehmlichkeiten, die er bisher für selbstverständlich gehalten hatte. Was ein Messerstich und eine Lehre als Fuhrknecht nicht alles veränderten.

Abraham ben Salomon erschien, während Domenico noch über seiner Mahlzeit saß und gleichzeitig die Nachrichten überflog, die in seiner Abwesenheit für das Bankhaus Contarini eingetroffen waren.

»Ihr wart lange unterwegs«, stellte Salomon nüchtern fest. »Es warten viele Entscheidungen auf Euch. Habt Ihr Euer Geschäft in Paris zu einem erfolgreichen Ende gebracht?«

»Dort schon«, entgegnete Domenico knapp. »Sagt Euch der Name Andrieu etwas?«

»Also wisst Ihr bereits davon.«

»Wovon?«

»Von Ruben Cornelis' Heirat.«

»Ruben Cornelis hat geheiratet? So schnell? Ich dachte, Anselm Korte hätte dieses rührende Familienfest zum Erntedank geplant.«

Salomon bedachte den Venezianer mit einem sparsamen Lächeln und registrierte die Veränderungen in seiner Erscheinung. Er hatte abgenommen und wirkte erschöpft.

»Ersparen wir uns die Umwege«, sagte er. »Wenn Ihr nach einem Andrieu fragt, wisst Ihr, dass der junge Ruben eine Ehrendame der Herzogin von Burgund zur Frau genommen hat: Aimée von Andrieu. Eine Schönheit, so sagt man, und Ruben ergeht sich in geheimnisvollen Andeutungen über ihre fabelhafte Mitgift. Was Colard de Fine indes nicht daran gehindert hat, mir die Juwelen zum Kauf anzubieten, die der Herzog unserem Freund in Gent für seine großzügigen Anleihen überlassen hat. Hervorragende Stücke, die relativ günstig in unseren Besitz übergegangen sind.«

Domenico strich geistesabwesend mit dem Daumen über sein inzwischen wieder glatt rasiertes Kinn. Seiner Miene war nicht anzusehen, was er von dieser unerwarteten Neuigkeit hielt.

»Ruben Cornelis hat also eine burgundische Adelige geheiratet? Was steckt dahinter?«

»Wer steckt dahinter, solltet Ihr Euch besser fragen. Meine Informanten behaupten, dass der Herzog persönlich seine Finger im Spiel hatte. Die Hochzeit fand in aller Eile statt, noch ehe der Hof nach Paris aufbrach.«

»Dafür muss es Gründe geben.«

»Der Klatsch nennt so viele, dass die Auswahl schwerfällt. Weder ist glaubhaft, dass sich der Herzog zum Beschützer einer ungewöhnlichen Liebesheirat gemacht, noch dass ihm Ruben geheimnisvolle Dienste geleistet hat. Am ehesten könnte die Version stimmen, dass die Braut eilig verheiratet werden musste und Ruben am wenigsten gegen sie einwenden konnte. Schönheiten bringen sich bei Hofe leicht in Schwierigkeiten, wenn sie ihren Ehrgeiz nicht zügeln können. Die Tatsache, dass sie noch nicht offiziell in Brügge vorgestellt wurde und nur beim Kirchgang gesehen wird, lässt die Gerüchteküche zusätzlich brodeln.«

»Das klingt plausibel. Wie verhält sich der junge Ruben als Ehemann?«

»Er stolziert wie ein Pfau durch die Stadt und protzt mit seinen Beziehungen zu den höchsten Kreisen. Er bemüht sich um einen Ratssitz, und es sieht nicht schlecht für ihn aus. Zum Teil auch, weil sich Anselm Korte mit seiner barschen Art viele Feinde gemacht hat. Man gönnt ihm die Niederlage.«

Domenico dachte über die Neuigkeiten nach, und seine nächste Frage klang so beiläufig, dass nicht einmal Salomon einen tieferen Sinn in ihr sah.

»Und die Familie der jungen Frau Cornelis? Ist der Onkel schon wieder abgereist?«

»Welcher Onkel? Von einer Familie ist keine Rede. Ihre Eltern sind tot, und wie man hört, hatte der Herzog sie unter seinen Schutz genommen.«

»Andrieu ist eine Grenzgrafschaft in Comté, die seit den Zeiten Philipps des Schönen über beste Verbindungen zum französischen Königshaus verfügt«, überraschte Domenico Salomon mit seinem Wissen. »Titelträger ist Jean-Paul von Andrieu. Ich rechne damit, dass er über kurz oder lang bei seiner Nichte auftaucht. Sorgt dafür, dass ich augenblicklich von seiner Anwesenheit erfahre. Wie ich ihn einschätze, wird er in einem der besseren Gasthäuser Quartier nehmen. Ich muss ihn dringend sprechen, wenn er in Brügge ist.«

»Woher kennt Ihr den Mann, dass Ihr mich gleich nach einem Andrieu gefragt habt?« Salomon wagte eine kühne Vermutung. »Habt Ihr unterwegs Geschäfte mit ihm gemacht?«

Domenico überging die Frage und wandte sich scheinbar gelassen den Dokumenten auf dem Tisch zu.

Seine Gedanken wirbelten durcheinander. Wenn Andrieu seiner Nichte nach Brügge folgte, würde es ein Leichtes sein, ihn aufzusuchen. Der Graf würde nicht zögern, ihm sein Eigentum wieder auszuhändigen.

Aber wieso war er noch nicht in Brügge eingetroffen. Er musste in Gent von der Abreise des Hofes erfahren haben und sicher auch von der Heirat seiner Nichte.
Nach längerem Nachdenken entschied er, die Zeit für sich arbeiten zu lassen und nichts zu überstürzen. Er schrieb mit eigener Hand eine Botschaft an seinen Onkel nach Venedig, in der er den erfolgreichen Abschluss des Unternehmens meldete und um Anweisungen bat, was mit den kostbaren Steinen geschehen solle.
Bis die Antwort bei ihm eintraf, hatte er sicher herausgefunden, wo Jean-Paul von Andrieu steckte. Üblicherweise erreichte ein Brief aus Brügge, wenn man das Kuriersystem nutzte, das er gemeinsam mit anderen venezianischen Kaufleuten aufgebaut hatte, zwischen fünfundzwanzig und dreißig Tagen sein Ziel in Venedig.

Am nächsten Tag war Domenico Contarini früh auf den Beinen. Er wollte klären, ob die junge Frau Cornelis tatsächlich die Nichte des Jean-Paul von Andrieu war. Sie besuchte die Morgenmesse, wusste er von Salomon, also hatte er sich auf den Weg dorthin gemacht.
Er führte ihn am Haus Cornelis vorbei. Dort wartete er kurz, bis eine junge Frau in Begleitung einer Dienerin das Haus verließ. Sie trug ein unauffälliges, aber elegantes grünes Leinengewand, und er hatte keine Mühe, sie bis zur Kirche zu verfolgen.
Die Morgenmesse in der Liebfrauenkirche an der Mariastraat wurde in erster Linie von den Bewohnern des umliegenden Stadtteiles besucht, und an einem Wochentag beteten dort überwiegend Frauen, deren Väter, Ehemänner und Brüder um diese Zeit bereits ihrem Tagewerk nachgingen.

Domenico war freilich nicht der einzige Mann, der sich unter die fromme Schar mischte. Händler und ausländische Besucher nahmen gerne, und so auch heute, teil.
Die Frau im grünen Leinenkleid entzündete am Seitenaltar der Muttergottes eine weiße Opferkerze, ehe sie zum Gebet auf die Knie sank. Das Profil über die gefalteten Hände gesenkt, war sie so in ihre Fürbitte vertieft, dass sie nichts um sich herum wahrnahm.
Als sie sich bekreuzigte, reflektierte ein Stein am Ring an ihrer Hand das Kerzenlicht. Domenico war nicht fromm genug, es für ein Zeichen des Himmels zu halten, aber ein gutes Omen schien es ihm allemal zu sein.
Sobald sie sich erhob und dem Ausgang zustrebte, folgte er ihr wieder in sicherem Abstand. Er musste mit ihr sprechen, aber wie sollte er beginnen. Es gehörte sich nicht, einer Frau von Stand auf der Straße dreiste Fragen zu stellen.
Aimée beschleunigte den Schritt. Sie bemerkte sehr wohl, dass ihr derselbe Mann folgte, der schon auf dem Weg zur Kirche ihren Argwohn erregt hatte. Sogar in einer Stadt voller Fremder war etwas an seiner Gestalt, das ihn von anderen unterschied.
Die Menschen machten ihm Platz. Sie konnte nicht sagen, ob aus Respekt oder Furcht. Seine achtunggebietende tiefschwarze Kleidung wurde kontrastiert von einer gewissen Lässigkeit seiner Bewegungen, stellte sie im Stillen für sich fest. Dass er ihr erneut folgte, konnte unmöglich Zufall sein.
Sie war so abgelenkt, dass sie nicht genug auf den Weg achtete. Bei einer Unebenheit der Straße geriet sie ins Straucheln. Noch bevor Lison sie abfangen konnte, war Domenico blitzschnell an ihrer Seite. Mit einem energischen,

jedoch rücksichtsvollen Griff nach ihrem Arm verhinderte er ihren drohenden Sturz.

»Verzeiht bitte. Ich wollte Euch lediglich zu Hilfe kommen.«

Aimée sah in die tiefgründigsten Augen, in die sie je gesehen hatte. Das bräunlich getönte Männergesicht erschien ihr weder schön noch hässlich. Eine scharf geschnittene Nase und ein Mund, der Lebensgenuss wie Zynismus verriet, vervollständigten das Bild eines Mannes, der unter den stämmigen Flamen fremdartig wirkte.

Er hatte sich auf Französisch entschuldigt. Es klang geläufig, aber nicht so, als sei es seine Muttersprache.

Aimée bedankte sich geziemend für seine Hilfe. Sie war sich der besonderen Ausstrahlung des Fremden bewusst, ebenso wie der neugierigen Blicke der Vorübergehenden. Sie erregten Aufsehen, und genau das missfiel ihr.

Domenico entdeckte die eingezogene Mittelfalte auf ihrer makellosen Stirn. Er musste schnell reagieren. Eine günstigere Gelegenheit, sie anzusprechen, würde sich so schnell nicht mehr ergeben. Er gedachte nicht, viele Umstände zu machen, und fragte direkt.

»Erlaubt: Ihr seid Aimée von Andrieu, nicht wahr? Stimmt es, dass die Stammburg Eurer Familie in der Comté liegt?«

Ein flüchtiger Anflug von Traurigkeit berührte sie, ehe sie bestimmt antwortete. »Ich bin Aimée Cornelis, die Frau des Ruben Cornelis, Handelsherr in Brügge.«

»Euer Oheim ist Jean-Paul von Andrieu?«

Er hatte sie verblüfft, er konnte es unschwer erkennen. Ihre Augen verengten sich, und ihre Stimme wurde unverbindlich. Sie fühlte sich von ihm bedrängt, aber sie bewahrte Haltung.

»Ich möchte bitte meinen Weg fortsetzen.«
Es gab keine Möglichkeit, mehr von ihr zu erfahren. Mit einer Reverenz trat er zur Seite.
»Entschuldigt meinen Übereifer. Gott schütze Euch, Aimée Cornelis. Ich bin sicher, wir werden uns noch offiziell vorgestellt.«
Eine bemerkenswerte Frau, grübelte Domenico Contarini auf dem Rückweg. Die kurze Begegnung hatte Eindruck hinterlassen.

15. Kapitel

Brügge, 4. August 1369

»Wach auf, Aimée. Es ist Zeit zum Abschiednehmen.« Hartnäckiges Rütteln an der Schulter riss sie aus dem Schlaf. Sie blinzelte verwirrt in das Licht der Stundenkerze. Ihr Mann saß auf der Kante des Alkovens, in einen dunklen Umhang gehüllt, den Kopf mit einer Kappe bedeckt.

»Es ist mitten in der Nacht. Was hast du vor?«

Sie hüllte sich hastig in ihre Decke. Ruben ahnte, wovor sie sich schützen wollte.

»Für diese Art von Abschied bleibt uns leider keine Zeit, meine Liebe. Gib mir einen Kuss und bete für meine gesunde Rückkehr. Die *Koralle* läuft mit der Morgenflut aus.«

»Schon heute?«

Aimée kam langsam zu sich. War nicht beschlossen worden, dass er noch warten sollte, wie sich der Krieg mit England entwickeln würde? Calais war fest in englischer Hand. Von dort wurde ein großer Teil des Schiffsverkehrs im Kanal kontrolliert. Colard war der Ansicht gewesen, man solle kein Risiko eingehen. Es war nicht sicher, wie die Engländer auf flämische Schiffe reagieren würden.

Seit sich Eduard III., als Reaktion auf die Beschlüsse des

französischen Kronrates, wieder König von England und Frankreich nannte, hatten sich die Fronten verhärtet. Der oberste Feldherr der französischen Krone, Bertrand du Guesclin, warb neue Söldner an, und seine Truppen führten im Poitou einen systematischen Kleinkrieg gegen die Engländer.

»Der Plan hat sich geändert«, antwortete Ruben, ohne weitere Gründe zu nennen.

»Also schleichst du dich hinter Colards Rücken davon?« Aimée durchschaute ihn. Er hielt sich wieder einmal nicht an die Absprache, musste seinen Kopf durchsetzen. »Was geht in deinem Kopf vor, dass du jede Vorsicht außer Acht lässt?«

»Es ist zu kompliziert, es dir zu erklären. Sei nicht so ängstlich. Die Aufgabe muss so schnell wie möglich erledigt werden. Wenn ich zurückkomme, werden sich unsere ganzen Probleme in Wohlgefallen aufgelöst haben.«

»Geh bitte nicht, ohne mit Colard zu sprechen«, bat sie eindringlich.

Ihr Verhältnis zu Colard mochte angespannt sein, seinen praktischen Verstand schätzte sie. Er war ein Korrektiv zu Rubens unbekümmertem Draufgängertum. Colard konnte ihn vielleicht doch noch zur Vernunft bringen, ohne seinen empfindlichen Stolz zu verletzen.

»Besser nicht«, lehnte er ihren Vorschlag ab. »Er würde mich bis zur Morgenmesse aufhalten und den ganzen Zeitplan durcheinanderbringen.«

»Also erwartest du, dass er deine Abreise missbilligt? Ruben, ich bitte dich, bleib ...«

Ihr Flehen erstickte Ruben in einem leidenschaftlichen Kuss.

Mit den Worten ›Der Himmel behüte dich, meine Liebste. Grüße meine Mutter und bleib mir treu‹ war er auch schon aus der Tür.

An Schlaf konnte Aimée jetzt nicht einmal mehr denken. Sie stieg aus dem Alkoven und warf ein leichtes Hemd über. Fröstelnd rieb sie sich die Arme, während sich ihre Gedanken überschlugen.

Ich hätte ihn um jeden Preis aufhalten müssen!

Noch wäre es nicht zu spät, Colard zu alarmieren. Aber was würde Ruben sagen. Illoyalität würde er ihr vorwerfen.

Je länger sie nachdachte, umso dubioser kam ihr Rubens heimlicher Aufbruch vor. Eine rechtschaffene Unternehmung erforderte keine Heimlichkeit. Hätte sie ihm doch nur mehr über seine Pläne entlocken können.

Rubens Pläne. Der Herzog hat mich ausdrücklich vor ihnen gewarnt.

Aber es war doch nur eine Handelsreise. Wer sollte es dem Haus Cornelis verübeln, dass es neue Wege in der Wollbeschaffung ging?

Der grau heraufdämmernde Morgen fand Aimée noch immer im Kampf mit ihren Befürchtungen. Dichtes Gewölk verbarg die Sonne. Schon den dritten Tag in Folge regnete es ohne Unterlass. Die Bauern vor der Stadt fürchteten um die Getreideernte. Das Wasser in den Kanälen stieg unaufhaltsam. In den ärmeren Gassen von Brügge wühlten die Unratschweine bereits bis zum Bauch im Schlamm. Welch schreckliches Wetter für einen Aufbruch nach England. Auf dem Meer sah man bestimmt kaum die Hand vor Augen.

Schmugglerwetter.

Der Satz *Ein Schiffsbauch voller Waffen ist in England gutes Gold wert* stieg auf aus den Tiefen ihrer Angst. Er machte aus ihren unbestimmten Ängsten Gewissheit. Aimée musste sich an einer Säule des Alkovens abstützen. Ihre Knie gaben nach, jeder Zweifel verflog: In den Lagerräumen der *Koralle* befanden sich Waffen und Rüstungen für die englischen Truppen!

Als der erste Schock abebbte, kam die Übelkeit. Lison fand ihre Herrin kreidebleich, als sie sie wecken wollte.

»Lieber Himmel, warum habt Ihr mich nicht gerufen?«, rief sie voller Mitgefühl.

Aimée richtete sich schwankend auf. Sie wehrte Lisons Hilfe schroff ab. Müde und verängstigt, wollte sie nur in Ruhe gelassen werden. Aber Lison ließ sich nicht einfach davonschicken.

»Es geht gleich vorüber, Ihr werdet sehen«, meinte sie beruhigend. »Sobald Ihr eine Kleinigkeit gegessen habt, fühlt Ihr Euch wieder besser. Sicher ist der Herr außer sich vor Freude.«

»Mit Sicherheit«, erwiderte Aimée gereizt, ohne sich Gedanken darüber zu machen, was Lison wohl gemeint haben konnte.

Ruben sah die Gefahr nicht, in die er sie alle brachte. Für ihn zählte allein das Abenteuer. Ein Abenteuer, das ihm eine Anklage wegen Verrates einbringen und seine Familie vernichten würde.

Was redete Lison da eigentlich?, besann sie sich plötzlich.

»Ein Frühlingskind, das ist gut«, schwatzte die Magd soeben und legte Aimées Kleider bereit. »Kinder, die im Frühling geboren werden, sind bereits aus dem Gröbsten heraus, wenn der Winter kommt. Sie sind gesünder und haben bessere Chancen, die erste gefährliche Zeit zu überleben.«

»Was redest du für dummes Zeug?«, rief Aimée und begriff im selben Augenblick, dass nicht Lison, sondern sie selbst der Einfaltspinsel war.

Ich bin schwanger. Ich bekomme ein Kind von Ruben.

Sie war ihrer Großmutter oft genug zur Hand gegangen, wenn sie sich um das Wohl und Wehe der Bewohner von Andrieu kümmerte. Sie kannte alle ersten Anzeichen einer Schwangerschaft, zu denen auch die Morgenübelkeit zählte. Warum hatte sie nicht daran gedacht. Sie war in den letzten Tagen zu sehr mit anderen Dingen beschäftigt gewesen.

Selbstvergessen legte sie die Handflächen mit weit gespreizten Fingern auf ihren Bauch. Sie sah zu Lison und erkannte deren Verwunderung.

»Ihr habt es nicht gewusst?«

Aimée schüttelte den Kopf. »Wie es aussieht, bin ich die Törichte von uns beiden. Tu mir einen Gefallen, Lison, behalte die Neuigkeit für dich. Ich möchte nicht, dass es bekannt wird, ehe mein Mann …«

Zurückkommt wollte sie sagen, aber sie behielt es für sich.

»Ihr wollt ihm diese Neuigkeit selbst überbringen, das verstehe ich«, nickte Lison verständnisvoll. »Ihr könnt Euch auf mich verlassen.«

Sie wandte große Sorgfalt auf, ihre Herrin zu kleiden. Eine weiße Haube mit modisch gerüschten Kanten verlieh dem Sommergewand aus veilchenfarbenem Zindeltaft höfische Eleganz. Aimée ließ solche Extravaganzen normalerweise nicht zu, aber heute bemerkte sie es gar nicht, so tief war sie in Gedanken versunken. Was würde ihre Großmutter

zu ihrem Urenkel sagen? Den vertrauten Ring berührend, schickte sie einen Gruß nach Andrieu.
Ich bekomme ein Kind. Ist das nicht wundervoll?
»Der Herr wird Euch auf Händen tragen.« Lison trat zurück, nachdem sie die letzte Falte geordnet hatte. Sie öffnete die Tür für Aimée.
Ruben. Aimées Freude wurde augenblicklich getrübt durch die Sorge, dass der Vater ihres Kindes Gefahr lief, als Waffenschmuggler entlarvt zu werden. Das neue Leben musste um jeden Preis geschützt werden. Je weniger Menschen von ihm wussten, umso sicherer war es. Auf Lisons Schweigen konnte sie sich verlassen, und alle anderen durften noch nichts erfahren.
Besonders Rubens Mutter nicht.
Sophia thronte am Kopfende des Tisches, als Aimée in den großen Wohnraum trat und ebenfalls Platz nahm. Wie üblich ignorierte sie ihren Gruß. Die Magd, die Sophia aufwartete, knickste.
»Du kommst spät«, tadelte Sophia Aimée stattdessen mit vollem Mund. »Es gehört sich nicht, morgens zu trödeln.«
Aimée hatte es längst aufgegeben, auf derlei Vorwürfe zu reagieren. Sie dankte der Magd mit einem Nicken für die Milchsuppe und versuchte zu essen. Vergeblich. Ihre Kehle war wie zugeschnürt.
»Wo ist Ruben?«
Colard stürmte in den Raum. Sophia erschrak. Ein Wachtelei rutschte ihr vom Löffel und fiel platschend in die Soße zurück.
»Was ist das für ein Benehmen, so hereinzuplatzen. Wo soll er sein? Du solltest es wissen!«, kreischte sie empört.

Colard beachtete sie nicht. Er fixierte Aimée. Noch nie hatte sie ihn so wütend gesehen.
»Ruben hat sich schon vor Sonnenaufgang zur *Koralle* begeben«, antwortete sie betont ruhig. »Es ist mir nicht gelungen, ihn aufzuhalten. Er wollte mit der Morgenflut aufbrechen.«
»Gott steh uns bei.«
Colard sank auf die Bank am Tisch. Er legte das Gesicht in die Handflächen, atmete nach Fassung ringend zweimal in voller Tiefe ein und schnaubend wieder aus.
»Was geht hier um Gottes willen vor?« Sophia schickte die Magd aus dem Raum. »Wo ist Ruben?«, wiederholte sie Colards Frage. Entweder hatte sie Aimées Antwort nicht verstanden oder sie wollte sie ignorieren, um sie mit Missachtung zu strafen.
»Auf der *Koralle.* Auf dem Meer. Auf dem Weg nach England«, antwortete Colard ihr grimmig.
»Ruben ist auf dem Schiff?« Sophias Stimme überschlug sich beinahe bei dem Wort Schiff. Sie zog den Vokal des Wortes dabei schrill in die Länge und wurde kreidebleich. »Du bist schuld!«, schrie sie und deutete mit dem Löffel auf Aimée, ohne darauf zu achten, dass sie Soße über den Tisch verspritzte. »Hätte er Gleitje Korte geheiratet, müsste er nicht sein Leben aufs Spiel setzen.«
Sophia machte es ihr leicht, auch die restlichen unliebsamen Wahrheiten preiszugeben. Aimée erhob sich.
»Ich fürchte, es gibt noch schlimmere Nachrichten. Ruben will heimlich Waffen an die Engländer liefern. Ihr solltet für alle Fälle unsere Lagerbestände prüfen lassen, Colard.«
Begleitet von Colards Flüchen und Sophias hysterischem

Aufschluchzen schloss sie die Tür hinter sich. Welch ein Tag. Dabei hatte er noch nicht einmal richtig begonnen.
Sie trat an die Balustrade des breiten Treppenabsatzes und sah aus der ersten Etage in die Eingangshalle. Die Ruhe, die sie ausstrahlte, die besondere Atmosphäre des schönen Hauses wurde ihr bewusst und dass ihr Zuhause verloren wäre, wenn Ruben sie alle ins Verderben riss. Wo sollte ihr Kind aufwachsen?
Die Eingangstür öffnete sich. Sie hörte den Gruß des Türwärters. Ein Gast, ein Kunde, ein Bote konnte es sein.
Der Gegengruß des Fremden ließ Aimée den Mann sofort an der Stimme erkennen. Was wollte er?
Dunkel gekleidet betrat er die Halle, blieb stehen, den Blick nach oben auf sie gerichtet. Er hatte sie sofort entdeckt, oder hatte der Türsteher ihn auf sie verwiesen?
Auf dem schwarz-weißen Quadratmuster des Hallenbodens wirkte er wie der Schachkönig. Ihre Großmutter hatte ihr einmal das Schachspiel erklärt, das Großvater wohl bis zu seinem Tod leidenschaftlich gespielt hatte.
Sie beugte sich über das Geländer, sah ihm fragend in die Augen.
»Seid mir gegrüßt, Frau Cornelis«, verneigte er sich zuvorkommend. »Hatte ich Euch nicht prophezeit, dass wir uns wiedersehen werden? Darf ich mich vorstellen? Domenico Contarini, von der Brügger Niederlassung der gleichnamigen Bank in Venedig. Ich hätte gerne in geschäftlichen Dingen ein paar Worte mit Herrn de Fine gesprochen. Ist das möglich?«
Contarini? Aimée erinnerte sich. Beim Streit im Wolllager, im Zusammenhang mit einem Darlehen, war der Name gefallen. Sie zwang sich zu kühler Höflichkeit.

»Geduldet Euch bitte einen Augenblick. Ich werde in Erfahrung bringen, ob Vetter de Fine erreichbar ist.«
Von neuem den Raum zu betreten, in dem Rubens Mutter heftiger schluchzte als zuvor, kostete sie Überwindung.
»Ein Messer Contarini ist in der Halle und wünscht Euch zu sprechen«, wandte sie sich an Colard.
»Auch das noch. Nicht jetzt. Nicht heute.«
Colard antwortete, ohne nachzudenken, und Aimée gab seine Antwort kurz entschlossen weiter.
»Herr de Fine bedauert. Heute kann er leider keine Zeit für Euch erübrigen.«
Sie sah kurz Zorn bei ihm aufblitzen, aber im nächsten Augenblick entbot er ihr ein vieldeutiges Lächeln.
»Mein Besuch war dennoch nicht vergeblich. Er gab mir die Gelegenheit, Euch wiederzusehen, Frau Cornelis. Habt Ihr schon von Eurem Onkel gehört? Wann erwartet Ihr ihn?«
»Ihr habt eine aufreizende Art, Euch um die Dinge fremder Menschen zu kümmern. Ich nehme aber gerne die Gelegenheit wahr, Euch noch einmal in aller Form für Eure Hilfe neulich zu danken«, wies sie seine Fragen so höflich wie möglich zurück.
Als Domenico Contarini das Haus verlassen hatte, hatte Aimée Zeit, sich zu fragen, warum Colard ein Gespräch mit ihm so abrupt ablehnte. Man wies einen Bankier nicht einfach so vor die Tür, auch wenn man gerade in schlechter Verfassung war. Hatten die Cornelis' etwas zu befürchten von ihm. Bedrohliches von allen Seiten. Warum bedrängte sie dieser Contarini so hartnäckig mit seiner für sie unverständlichen Neugier auf ihre Verwandtschaft? Rätsel über Rätsel.
Contarini war ein Lombarde, das wusste sie nun. Man

nannte im Königreich Frankreich alle Bankiers und Geldwechsler aus dem Süden so, egal ob sie aus Venedig, Florenz oder Genua kamen. Unter König Philipp dem Schönen waren sie stark und mächtig gewesen. Die florentinischen Brüder Guidi hatten dem König lange Jahre als Finanzberater gedient.

Ihr Reichtum besiegelte ihren Untergang. 1309 ließ der König alle Lombarden vertreiben und konfiszierte ihr Vermögen. Ihnen erging es nicht besser als drei Jahre zuvor den Juden. Inzwischen hatten die Lombarden sowohl in Paris wie in Brügge ihre finanzpolitische Macht von neuem gefestigt.

Ihr Gefühl sagte Aimée, dass das Auftauchen des Lombarden nicht allein mit einem Kredit zusammenhängen konnte, den er dem Haus Cornelis eingeräumt hatte. Es musste einen anderen, schwerwiegenderen Grund geben. Wie kam eigentlich der Name ihres Onkels ins Spiel?

»Aimée! Ihr müsst mir helfen.«

Colard war sichtlich beunruhigt. Seine Tante war völlig außer sich geraten. Er wusste nicht mehr, was tun. Aimée fand sich unversehens in die Rolle der Krankenpflegerin für eine Frau gedrängt, die diese Nächstenliebe mit einem Schwall von Gehässigkeiten lohnte. Es dauerte Stunden, bis Sophia, von einem Kräutertrank beruhigt, vor Erschöpfung einschlief.

»Lass sie schlafen«, wies sie Sophias Kammermagd an und verließ fluchtartig den üppig möblierten, von Glutbecken überhitzten Schlafraum.

Ihr Versuch, danach ebenfalls etwas Ruhe zu finden, scheiterte jedoch an Lison. Die Magd kam die große Treppe herauf.

»Was ist jetzt passiert?«
»In der Halle ist ein Seigneur, der Euch zu sprechen wünscht.«
»Schon wieder ein Besuch?«
Schon im Hinuntergehen erkannte sie ihn.
»Onkel Jean-Paul!«

16. Kapitel

Brügge, 4. August 1369

Colard wischte sich die staubigen Handflächen an seinem Wams ab. Die hastige Inventur, die er mit Joris in den verschiedenen Lagerschuppen des Handelshauses gemacht hatte, war zu einem Ergebnis gekommen, das seine schlimmsten Befürchtungen überstieg. Ruben hatte alles mitgenommen, was sich zu Geld machen ließ.

Sogar die Kisten mit den gepolsterten Westen und Beinlingen, die unter einer Rüstung getragen wurden, fehlten. Das Unterzeug, von den berühmten Leinenwaffenschmieden in Mailand gefertigt, war fast so wertvoll wie die Rüstungen selbst.

»Ich frage mich, wie er es fertiggebracht hat, all das aus der Stadt zu schaffen und auf die *Koralle* zu verladen«, sagte Joris.

»Mit flachen Zillen und Lastkähnen«, entgegnete Colard. »Möglicherweise hat er sich auch Helfer auf den Baggerschiffen gesucht, die nachts die Kanäle von Schlick und Sand befreien. Für diese Arbeit werden bevorzugt Galgenvögel eingesetzt. Ich hätte besser aufpassen müssen. Trina hat mir erzählt, dass sich Ruben mit merkwürdigen Gesellen herumtreibt. Ich habe es nicht ernst genommen. Ich dachte, wie Trina, er rebelliert gegen die Fesseln seiner Ehe.«

Völlig niedergeschmettert sah er Joris zu, wie er die Inventurlisten kurz entschlossen an die Kerze der Laterne hielt, die ihnen im Zwielicht des Lagers Licht spendete. Das Papier war feucht. Es zischte, als es entflammte.

»Eine Inventur ohne Bestände. Wem nützt sie etwas«, war Joris' lapidarer Kommentar. »Und Spuren verwischen wir auch, wenn sie vernichtet ist.«

»Denkst du, das rettet uns?«, spottete Colard bitter. »Die Zunft der Londoner Waffenhändler registriert schon seit vielen Jahren alle eingeführten Rüstungen und Waffen nach Wert und Herkunft. Die Herren lassen sich nicht gern ins Geschäft pfuschen.«

»Du vergisst, dass Ruben nicht die Themse hinauffährt. Sein Ziel ist der Norden Englands. Vermutlich lässt Kapitän Ballard das Schmuggelgut in irgendeiner versteckten Bucht umladen und an Land bringen. Wenn alles gutgeht, werden die englischen Zünfte genauso wenig von diesem Geschäft erfahren wie jene in Brügge. Jetzt müssen wir die Ruhe bewahren und einen klaren Kopf behalten.«

Joris verbrannte sich fast die Finger, während das letzte Eckchen Papier verglomm.

»Ein feines Paar sind unsere beiden Helden. Ein zwielichtiger Handelskapitän und ein leichtsinniger, hitzköpfiger Handelsherr. Beide steuern ein Schiff voller Schmuggelware ins Unglück, das nicht einmal gegen Verlust und Schiffbruch versichert ist.«

Die Seeversicherungen, die in den letzten Jahren aufgekommen waren, um Fracht und Risikoabsicherung für kostbare Ladungen abzudecken, kamen aus südlichen Ländern.

Nicht zuletzt durch die Piraterie waren sie notwendig geworden, aber sie deckten natürlich keine zweifelhaften Geschäfte, wie Ruben sie plante.

»Reiß dich zusammen«, forderte Joris. »Ruben hat nicht ehrenwert gehandelt, aber auch nicht hirnlos. Seine Chancen stehen gut. Die Sache ist so aberwitzig, dass nicht einmal unsere ärgsten Feinde Verdacht schöpfen werden. Das Haus Cornelis und Waffenschmuggel, undenkbar. Noch dazu, nachdem der Herzog Ruben eine Adelige zur Frau gegeben und ihn vor allen anderen Gästen aus Brügge geehrt und ausgezeichnet hat.«

»Ein Fehler. Genau das hat ihn in den Größenwahn getrieben.« Colard stieß wütend die kleine Seitenpforte auf und wartete draußen, bis Joris hinter ihm die Laterne gelöscht und die Tür versperrt hatte. Regen prasselte ihm auf die Schultern.

»Ich kann mich nicht daran erinnern, dass wir jemals so abscheuliches Wetter mitten im August hatten«, knurrte er und zog die Krempe seines Hutes tiefer in die Stirn. »In der Tuchhalle wird erzählt, dass König Edwards Gemahlin Philippa in London im Sterben liegt. Was meinst du, wird ihr Tod den Krieg endlich beenden?«

»Im Gegenteil. Er wird die Fronten verhärten.« Joris tat den Lagerschlüssel wieder an den Eisenring, den er an seinem Gürtel trug. »Wenn der besänftigende Einfluss der englischen Königin wegfällt, ist eine weitere Stimme der Vernunft verstummt. Apropos Vernunft, wie hat Frau Sophia Rubens Abenteuer aufgenommen?«

»Hysterisch. Aber sie wird sich wieder beruhigen. Aimée kümmert sich um sie.«

Colard stapfte die aufgeweichte Gasse entlang und wäre fast über ein Schwein gestolpert, das unbeeindruckt vom

Regen im Abfall wühlte. Nur rund um die Burg waren die Straßen von Brügge gepflastert, die übrigen Wege und Gassen versanken seit Beginn des Unwetters im Morast. Es fehlte nicht mehr viel, bis die Kanäle über die Ufer traten. Joris bemühte sich, Schritt zu halten. Er war völlig außer Atem, als Colard unerwartet stehen blieb und einen Entschluss verkündete.

»Morgen werde ich Jacob van Oost einen Besuch abstatten. Er hat schon vor geraumer Zeit angedeutet, dass er uns das alte Speicherhaus in Damme abkaufen möchte. Es steht leer, wir haben kein Geld, Getreide zu kaufen und zu lagern. Wenn er uns einen guten Preis macht, soll er es haben.«

»Ausgerechnet jetzt?« Joris deutete zum Himmel. »Ist dir entgangen, dass dieses Wetter schon seit Tagen anhält? Das Korn an den Halmen verfault, wenn das so weitergeht. Die Getreidepreise werden steigen, und der Lagerplatz für zusätzliche Lieferungen ist knapp. Wir brauchen das Speicherhaus.«

»Wir brauchen auch Bargeld. Der Venezianer will fünfzehn Prozent Zinsen für das Darlehen, das er Ruben gegeben hat, und Salomon sitzt uns ohnehin im Nacken. Das Speicherhaus können wir noch am ehesten entbehren. Mit dem Erlös kommen wir über die Runden, bis wir wissen, ob Rubens gefährliches Unternehmen von Erfolg gekrönt ist.«

»Und wenn nicht?«

»Das möchte ich mir jetzt noch nicht ausmalen, Alter.«

Nie hatte Colard die Last der Verantwortung für das Haus Cornelis so sehr gedrückt. Das Wasser rann ihm von der Hutkrempe in den Hals.

Würde die *Koralle* unversehrt heimkehren? Er machte sich selber Mut. Er vertraute Kapitän Ballards seemännischen Fähigkeiten, auch wenn er ein Schlitzohr war.

Ruben schickte seine Erklärung mit Verspätung – durch einen barfüßigen Botenjungen:

> *Sobald wir unsere Geschäfte in England erledigt haben, werden wir nach Portugal segeln, um unseren Gewinn in feinstem Olivenöl und getrockneten Trauben anzulegen. Du wirst mir nicht mehr zürnen, wenn wir mit vollen Laderäumen in Brügge anlegen.*

Colard schüttelte fassungslos den Kopf. Ruben war einfach immer noch ein Kind. Er war nicht fähig, eine Sache realistisch zu durchdenken. Jede verrückte Idee setzte er in die Tat um. Sobald man ihn aus den Augen verlor, geschah ein Unglück.
Es würde Wochen dauern, bis er wieder in Brügge eintraf. Wochen, in denen sie entweder bankrott oder als Waffenschmuggler entlarvt worden waren, während Ruben, weit ab von jeder Verantwortung, seinem Hang zum Abenteuer frönte.
Wie konnte eine Frau wie Aimée, bei ihrem Sachverstand und der Souveränität im Umgang mit Tante Sophia, einen derartigen Leichtfuß lieben?
Das kann nicht gutgehen, dachte Joris.

17. Kapitel

BRÜGGE, 4. AUGUST 1369

Aimée verfehlte die vorletzte Stufe und flog Jean-Paul in die Arme. Sie konnte ihr Glück kaum fassen. Ein vertrautes Gesicht!

»Der Himmel muss dich geschickt haben, Onkel!«

Am liebsten hätte sie sich nicht mehr aus seinen Armen gelöst. Tränen der Wiedersehensfreude rannen ihr über die Wangen, ohne dass es ihr zu Bewusstsein kam. Was sie in den letzten Stunden erlebt hatte, war zu viel gewesen. Ruben fort. Der Zusammenbruch seiner Mutter. Die Bedrohung durch den Waffenschmuggel. Der verzweifelte Colard. Die unverhofft entdeckte Schwangerschaft.

Der tränenreiche Gefühlsausbruch verwirrte Jean-Paul. So kannte er Aimée nicht. Er hatte sie als fröhliches junges Mädchen in Erinnerung. Was war mit ihr geschehen?

»Aimée, Kind, trockne deine Tränen. Auch ich bin glücklich, dich wiederzusehen.«

Sie hielten einander umschlungen, ohne dass ein weiteres Wort fiel, bis Jean-Paul schließlich fragte: »Aimée, wir stehen hier immer noch in der Empfangshalle. Willst du mich nicht deiner Familie vorstellen?«

Aimée löste sich von ihm und ergriff seine Hand. »Komm. Gehen wir in meine Räume. Erst muss ich mit dir reden.«

Jean-Paul fand das merkwürdig, er folgte ihr jedoch widerspruchslos. Auf dem Weg in die Etage mit den Wohnräumen fand er Zeit, sie näher zu betrachten. Zwar war sie immer noch außerordentlich schön, aber sie war schmaler geworden. Ihrem Gesichtsausdruck fehlte die einstige Unbefangenheit, und sie hatte bei seinem Anblick auch nicht allein vor Freude geweint.

Die Kammermagd knickste erschrocken, als Aimée, sichtlich erregt, die Tür zu ihrem Wohnraum aufstieß. Sie trat ehrerbietig zur Seite.

»Kümmere dich darum, dass die Männer meines Onkels gut untergebracht und verpflegt werden, Lison. Mein Onkel selbst wird die Räume meines Mannes bewohnen, solange er bei uns ist.«

Das Mädchen knickste ein zweites Mal und huschte hinaus. Die Tür war noch nicht ganz geschlossen, als Jean-Paul schon in höchster Besorgnis auf seine Nichte eindrang.

»Aimée, was ist mir dir los? Bist du unglücklich in deiner Ehe? Hat der Herzog dich etwa zu dieser Heirat gezwungen? Bist du krank?«

Aimée schüttelte den Kopf. Wo sollte sie beginnen?

»Setzen wir uns erst einmal, ehe ich dir mein Herz ausschütte, Onkel. Dein Kommen ist die Antwort auf meine Gebete. Noch nie habe ich dich so dringend gebraucht. Dir kann ich bedingungslos vertrauen, du bist, außer Großmutter, auch der Einzige, der mir einen Rat geben kann. Wie geht es ihr, möchte ich zuallererst wissen.«

Jean-Paul nahm seine Nichte fest an beiden Händen.

»Aimée, ich sehe, dass du Kummer hast, und es schmerzt mich, dass ich ihn mit meiner traurigen Nachricht noch vergrößern muss. Deine Großmutter ist am Tage deiner Hochzeit gestorben. Sie muss gefühlt haben, dass sie ihre Aufgabe erfüllt hat und dass sie in Frieden zu ihrem Herrn gehen kann. Die letzten Wochen waren nicht leicht für sie, und sie hat sich nach Erlösung gesehnt. Ihr Wunsch war, dass du nicht um sie trauerst, sondern dass du ihre Freude darüber teilst, dass sie ihren geliebten Mann endlich wiedersieht.«

Aimée erstarrte im ersten Moment, aber die tröstlichen Worte Jean-Pauls und die Geborgenheit, die er ihr gab, indem er sie an sich zog und wieder fest in seine Arme schloss, schenkten ihr die Kraft, die Nachricht aufzunehmen.

»Ich will alles versuchen, ihrem Wunsch nachzukommen, auch wenn es mir schwerfällt.«

Mit einem tiefen Seufzer machte Aimée sich Luft. Jean-Paul versuchte, ihren Schmerz zu lindern. Er berichtete ihr ausführlich von den letzten Wochen ihrer Großmutter und über Andrieu. Erst als er den Eindruck hatte, dass sie sich einigermaßen gefasst hatte, forderte er sie auf, über ihr Leben in Brügge und ihren persönlichen Kummer zu sprechen.

Er hörte lange schweigsam zu, als sie, bei den ersten Stunden in Gent beginnend, bis zu den Ereignissen des heutigen Tages Bericht erstattete. Er musste sich zwingen, seine Gefühle zu verbergen, seine Anteilnahme, aber auch seinen Zorn auf den leichtsinnigen jungen Kaufmann, der seiner Nichte den Kopf verdreht hatte, ohne Manns genug zu sein, ihr das Leben zu bieten, das sie verdiente. Und seine Empörung darüber, dass der Herzog sich Aimées für seine Pläne bedient hatte.

War es Schicksal, dass sie ausgerechnet einem Cornelis ihr

Herz geschenkt hatte, war dies überhaupt der richtige Zeitpunkt, sie mit den düsteren Einzelheiten ihrer Familiengeschichte zu belasten? Gleichwohl war ihr mit Schweigen noch viel weniger geholfen. Er musste die Dinge offen beim Namen nennen, damit kein weiteres Unglück geschah.

»Aimée, ich weiß, du bist stark, und deine Großmutter war immer dein leuchtendes Vorbild. Sie hat in ihrem Leben viel geleistet, aber auch viel gekämpft. Sie hat erkannt, dass in dir dieselbe Kraft schlummert, alle Widrigkeiten des Geschickes zu meistern. Nur deswegen hat sie zugestimmt, dass du nach Dijon an den Hof gegangen bist. Aber ehe du weitere Entscheidungen über dein künftiges Leben triffst, solltest du mir zuhören. Es gibt da etwas, das du über die Familie deines Mannes wissen musst.«

Aimée drehte den Ring ihrer Großmutter am Finger und suchte im Funkeln des Steines Trost. Jean-Pauls letzter Satz klang jedoch so beunruhigend, dass sie fragend aufsah.

»Piet Cornelis, der Großvater deines Mannes, ist auch mit uns verwandt. Thomas von Courtenay, der Vater deiner Großmutter, hat Cornelis' älteste Tochter Margarete geheiratet. Ein einziges Kind blieb aus dieser Ehe am Leben: Violante von Courtenay, die die spätere Gemahlin deines Großvaters Mathieu von Andrieu wurde. Deine geliebte Großmutter.«

»Deswegen also hat Großmutter in Brügge gelebt«, rief Aimée verblüfft. »Ich habe mich immer gefragt ... Aber nein, sagte sie nicht, sie sei eine Begine gewesen und habe im Beginenhof vom Weingarten gewohnt?«

Sie krauste verwirrt die Nase. Jean-Paul entdeckte gerührt

die kleine, eifrige Aimée in ihr, die vor Wissbegierde kaum zu bändigen gewesen war.

»Die Eltern deiner Großmutter kamen bei einer blutigen Familienfehde ums Leben, Kind. Violante gelang die Flucht, aber die Magd, die sie begleitete, brachte sie zu den Beginen statt zu Piet Cornelis. Violante wuchs im Beginenhof auf, ohne zu ahnen, dass ihr Großvater in der gleichen Stadt lebte. Genaueres hat sie mir leider auch nicht verraten.«

»Wie konnte das geschehen?« Aimée vermochte kaum zu atmen.

Jean-Paul griff nach seinem Mantelsack, den er beim Betreten des Raumes auf eine Truhe gelegt hatte. Er öffnete den Verschluss, und Aimée sah zu, wie er ein hölzernes Kästchen aus seiner Stoffumhüllung schälte und auf den Tisch stellte.

»Deine Großmutter hat dir einen ausführlichen Brief geschrieben, der dir diese Fragen bestimmt beantwortet. Es waren ihre letzten Zeilen, denn ihre ganze Sorge galt dir, als sie erfuhr, dass du den Herzog nach Gent begleitet hast. Das Schreiben befindet sich in diesem Kästchen, zusammen mit einem Brief des verstorbenen Piet Cornelis und den Unterlagen über dein Erbe.«

»Welches Erbe?«

»Piet Cornelis hat seinen gesamten Besitz, das Handelshaus, seine Grundstücke und Vermögenswerte deiner Großmutter vermacht. Sie gibt dieses Erbe an dich weiter, denn du bist das älteste ihrer lebenden Enkelkinder und über deinen Vater besonders eng mit ihr verbunden.«

Aimée wurde noch eine Spur blasser. Die Erinnerung an ihren Vater, an die Stunden in der Kapelle von Courtenay, verließ sie nie. Seit damals konnte sie keinen Rosenduft ertragen, auch wenn sie das zu verheimlichen suchte. Nicht einmal ihrer Großmutter hatte sie je gestanden, dass sie seit dieser Zeit gegen tief sitzende Schuldgefühle kämpfte. Sie hatte ihren Vater im Stich gelassen. Er war alleine gestorben. »Mein Vater«, sagte sie leise. »Sie hat ihn so sehr geliebt …«

»Inzwischen weiß ich, warum.« Jean-Paul enthüllte Aimée auch das letzte Geheimnis. »Sie hat es mir auf dem Totenbett gestanden. Der Vater deines Vaters war nicht Mathieu von Andrieu, sondern dessen jüngerer Bruder Simon. Deine Großmutter hat ihn innigst geliebt. Sein Sohn war alles, was ihr von ihm geblieben ist, als er sie verlassen musste.«

»Der *Mönch?*«

Aimée wusste nur so viel, dass ihr Vater nach dem Bruder Mathieus benannt war und dass dieser in einem Zisterzienserkloster im fernen Poitou begraben lag.

»Er muss ein ganz besonderer Mensch gewesen sein, Aimée.«

Sie nickte gedankenverloren. Es war ihr kaum möglich, all die Einzelheiten so schnell zu verarbeiten und sich eine Meinung zu bilden. Plötzlich erschrak sie.

»Um Himmels willen, wenn das alles stimmt, heißt das, dass Ruben und ich blutsverwandt sind. Ist unsere Ehe ungültig?«

»Gewiss nicht«, beruhigte sie Jean-Paul. »Sogar die Kirche erlaubt inzwischen den Nachfahren gemeinsamer Vorfahren die Heirat, wenn sie nicht enger als im vierten Grad verwandt sind.«

Aimée glaubte ihm, aber die Erleichterung, die sie bei seinem ersten Anblick empfunden hatte, war mittlerweile

neuer Verwirrung gewichen. Wenn sie nun wirklich eine Cornelis nach Blut, nach Heirat und nach Gesetz war, wie würden die übrigen Familienmitglieder darauf reagieren?
»Was soll ich tun? Was ratet Ihr mir, Onkel?«
»Urteile besonnen und lass dich nicht zu übereilten Entschlüssen verleiten«, sagte er. »Was geschehen ist, liegt mehr als ein Menschenleben zurück. Du könntest auch beschließen, die Vergangenheit ruhen zu lassen. Du hast einen Mann und lebst doch ein Leben, wie du es dir gewünscht hast. Oder nicht? Was fehlt dir?«
»Freiheit. Liebe, die nicht nur nimmt, sondern auch gibt. Sicherheit für mein Kind«, zählte Aimée auf und fügte hinzu: »Ich werde darüber nachdenken, Onkel. Es ist alles zu viel auf einmal.«
»Du bestätigst die Meinung deiner Großmutter über dich«, antwortete Jean-Paul zustimmend. »Du warst ein kluges Kind, und du bist eine kluge Frau geworden. Überstürze nichts. Ich bin an deiner Seite, und du kannst dich darauf verlassen, dass ich erst abreise, wenn ich sicher sein kann, dass du meine Hilfe nicht mehr benötigst.«
Aimée atmete tief durch. Sie hörte das Gurgeln des Regens, der aus den Wasserspeiern über dem Zimmerfenster stürzte. Dann erhob sich Jean-Paul.
»Und nun solltest du mich bitte im Haus vorstellen, Aimée. Es ist höchste Zeit dazu, wenn wir nicht ungehörig sein wollen.«

18. Kapitel

Brügge, 4. August 1369

Colard las den Brief des venezianischen Gewürzhändlers, den Aimée einschließlich der frommen Floskeln übersetzt hatte.

Im Namen Gottes, unseres Herrn Jesus Christus und der Heiligen Jungfrau Maria sowie aller Heiligen im Paradies. Sie mögen uns Glück und Heil gewähren, auf dem Meere und zu Lande.

Handelsabmachungen wurden stets durch derartige Formulierungen bekräftigt. Ob deswegen besonderer Segen auf diesen Geschäften lag, hatte Colard noch nie herausgefunden. Seine Gedanken wandten sich von den Gewürzen ab, dem eigenen Schicksal zu. Wozu saß er überhaupt noch in diesem Kontor? War nicht ohnehin schon alles verloren?

Das Räuspern einer Männerstimme riss ihn aus seiner Lähmung. Wer wagte es, hier einfach einzudringen? Er wandte den Kopf zur offenen Tür.

Aimée stand neben einem sorgfältig gekleideten Mann. Die Familienähnlichkeit in Haltung und Gestik war nicht zu übersehen.

»Ich möchte Euch meinen Onkel vorstellen, Colard, Graf Jean-Paul von Andrieu. Colard de Fine ist Rubens Vetter, Onkel. Er leitet in seiner Abwesenheit das Handelshaus Cornelis.«

Colard erhob sich langsam. Warum hatte Aimée diesen Besuch nicht vorher angekündigt? Hatte sie nach ihrem Verwandten geschickt und ihn um Hilfe gebeten? Er verbarg sein Unbehagen nur mit Mühe.

»Seid willkommen, Seigneur«, grüßte er mit einer knappen Reverenz. »Wäre mir Euer Besuch vorher angekündigt worden, wäre der Empfang angemessener ausgefallen. Verzeiht meine Überraschung.«

»Meine Begrüßung hätte herzlicher nicht sein können«, entgegnete Jean-Paul und schenkte Aimée ein Lächeln. »Ich bin nach Flandern gereist, weil ich meiner Nichte persönlich die betrübliche Nachricht vom Tode ihrer Großmutter überbringen wollte. Ich hatte gehofft, sie inmitten einer liebenden Familie vorzufinden, die sie in ihrem verständlichen Kummer trösten kann.«

Der Vorwurf war nicht zu überhören. In Colard kam Unmut auf.

»Ich teile Euer Bedauern darüber, dass mein Vetter nicht im Hause ist, Euch zu empfangen«, erwiderte er dennoch zurückhaltend. »Aber weder seine Handelsreise noch die Krankheit meiner Tante sind böswilliger Absicht zuzuschreiben.«

»Mir geht es nicht um Respektsbezeugungen«, winkte Jean-Paul ab, »sondern um das Wohlbefinden meiner Nichte, an der ich seit dem Tode meines Bruders und seiner Gemahlin die Vaterstelle vertrete.«

Er wirkte sichtlich erregt. Auch Colard fühlte seine Anspannung wachsen. Was hatte Aimée ihrem Onkel erzählt? Alles? Er sah zu ihr hinüber. Sie lehnte neben der Tür an der Wand, und ihre Züge gaben ihm keinen Hinweis darauf, was sie bewegte.

»Wäre es nicht angebrachter, in die Kaminstube zu gehen, wo wir uns alle setzen können, um dort die Dinge zu besprechen?«, schlug er vor. »Das Kontor, das uns zwingt, zwischen Tür und Angel zu stehen, ist sicher nicht der richtige Platz.«

Jean-Paul wollte nichts davon hören.

»Wie mir scheint, sprechen wir hier ungestörter über das durchaus unerfreuliche Thema, das ich mit Euch zu bereden habe. Ihr führt die Geschäfte des Hauses Cornelis. Wie konntet Ihr zulassen, dass sich Aimées Mann bei Nacht und Nebel in ein solches Abenteuer stürzt? Ich bin entsetzt über die Ereignisse. Besteht eine Möglichkeit, das Schiff aufzuhalten, mit dem Ruben unterwegs ist?«

»Das ist unmöglich«, beantwortete Colard die letzte Frage zuerst. »Ich habe heute früh einen Mann nach Sluis geschickt. Die *Koralle* ist längst auf offener See. Kapitän Ballard ist ein hervorragender Seemann, ihn holt bei diesem Wetter niemand ein.«

»Ist Euch eigentlich in voller Schärfe bewusst, was Euer Vetter da tut? Er gefährdet sein Land und seinen König, indem er den Feind mit Waffen und Rüstungen versorgt. Man nennt das Hochverrat! Hochverräter werden nicht einfach hingerichtet. Sie werden der Schwere ihres Verbrechens angemessen bestraft. Das bedeutet Folter und anschließend Aufs-Rad-Flechten. Die Krone zieht die Vermögen ein und schleift die Häuser der Hochverräter. Die rächende Hand des Gesetzes legt sich auf ihre Familien. Ich will nicht, dass meine Nichte mit glühenden Eisen geblendet und im Büßerhemd barfuß aus der Stadt getrieben wird! Könnt Ihr das wenigstens nachvollziehen in Eurer Verblendung?«

Die schonungslose Schilderung ließ Aimée erstarren.

»Noch ist es nicht so weit.«

»Ach ja? Und was ist, wenn es so weit ist, wenn er gefasst wird? Wenn das Handelsschiff von den Franzosen aufgebracht und kontrolliert wird? Täglich verlassen neue Schiffe die Bootswerkstätten in der Normandie. Das Meer gehört nicht allein den Engländern.«

Colard wischte sich den Schweiß von der Stirn. Seit wann war es im Kontor so warm?

»Ruben hat die *Koralle* Kapitän Ballard überschrieben. Sie ist sein Schiff, und er trägt damit die Verantwortung für ihre Fracht. Im schlimmsten Fall ist Ruben nur ein Reisender, der mit den Mönchen in der Mündung des Humber über einen Wollvertrag verhandeln will. Niemand kann ihm Hochverrat wirklich nachweisen. Ballard hingegen kennt man in den einschlägigen Hafenschenken von Brügge und Sluis. Er träumt von vergangenen Zeiten, von großen Handelsreisen und gefährlichen Abenteuern. Ihn wird man verdächtigen, dass ihn seine Unzufriedenheit zum Waffenschmuggel getrieben habe.«

»Und Euren Vetter wird man bezichtigen, sein Helfershelfer zu sein.«

»Wem wird man glauben? Einem Handelsmann, den der Herzog von Burgund mit seiner Gunst geehrt hat oder einem doppelzüngigen Kapitän, der nie einen Hehl aus seiner Verdrossenheit gemacht hat? Verlasst Euch auf Rubens Fähigkeit, sich herauszuhalten. Auf diesem Gebiet ist er unschlagbar.«

»Da wir keine Möglichkeit haben, Ruben aufzuhalten, müssen wir auf Gott vertrauen und erst einmal abwarten«, erkannte Aimée realistisch.

»Das Beste wäre, ich würde dich mit nach Andrieu nehmen, bis wir Klarheit haben, wie dieses gefährliche Unternehmen ausgegangen ist«, erwiderte ihr Onkel wütend. »Es gefällt mir nicht, tatenlos abzuwarten.«

»Brügge verlassen? Niemals!«

Der vehemente Einspruch überraschte sowohl Jean-Paul wie Colard.

»Dieses Haus ist jetzt mein Zuhause«, fuhr sie temperamentvoll fort. »Meine Großmutter wollte, dass ich das Erbe des Hauses Cornelis antrete. Das werde ich tun.«

»Das Erbe des Hauses Cornelis?«, wiederholte Colard staunend. »Ihr wisst nicht, was Ihr sagt! Das Handelshaus gehört allein meinem Vetter. Ihr besitzt lediglich die Rechte der Hausfrau.«

»Die Familie wird gut daran tun, die Anweisungen Aimées zu befolgen und sie in jeder Hinsicht zu unterstützen«, schnitt Jean-Paul ihm ungehalten das Wort ab. »Ihre verstorbene Großmutter war Piet Cornelis' ältestes Enkelkind. Die Tochter seiner Tochter Margarete und des burgundischen Ritters Thomas von Courtenay. Piet Cornelis hat Aimeés Großmutter zur alleinigen Erbin bestimmt, und diese hat das Erbe an ihre Enkelin weitergereicht.«

Colards Züge erstarrten in fassungslosem Unglauben. »Das kann ich nicht glauben. Habt Ihr Beweise für diese ungeheuerliche Behauptung?«

»Jeder Zweifel ist ausgeschlossen. Aimée besitzt die entsprechenden Dokumente und den Siegelring des verstorbenen Handelsherrn. Nur durch die Heirat mit ihr hat Ru-

ben die Nachfolge von Piet Cornelis angetreten. Hätte meine Nichte diese Heirat nicht vollzogen, wäre Ruben rechtlos.«
Während dieser Ausführungen starrte Colard Aimée unverwandt an. Wenn Aimées Onkel die Wahrheit sagte, so fiel es ihm plötzlich wie Schuppen von den Augen –, dann war das Mädchen mit der Lilie, das Bild seiner geheimnisvollen Vertrauten, Piet Cornelis' Tochter. Aimées Urgroßmutter.
»Ihr vergesst Rubens Mutter«, wandte er dennoch ein. »Sie ist Piet Cornelis' Tochter.«
»Die jüngere Tochter«, verbesserte Jean-Paul gelassen. »Piet Cornelis hat den Nachkommen seiner ältesten Tochter das Erbe hinterlassen. Die direkte Linie endet bei Aimée.«
Arme Sophia. Das würde ein böses Erwachen für sie bedeuten. Die Nachricht würde sie vernichten. Colard suchte Aimées Blick.
»Habt Ihr von dieser Verwandtschaft gewusst?«
»Nein, ich habe es erst jetzt erfahren und das Erbe meiner Großmutter aus den Händen meines Onkels empfangen. Aber es ändert sich ohnehin nichts für uns alle. Mein Erbe ist am Tage unserer Hochzeit auf Ruben übergegangen. Jetzt, wo er auf Reisen ist, werde ich ihn vertreten müssen, und dies kann ich nur mit Eurer Hilfe«, fügte sie versöhnlich hinzu. »Und nun sollten wir wirklich in die Kaminstube gehen. Ich glaube, wir haben uns alle etwas zu essen verdient.«
Jean-Paul nickte nach einem kurzen Blickwechsel mit Aimée. Ihm war klar, dass Widerspruch sinnlos gewesen wäre, so bestimmt hielt sie seinem Blick stand.

»Wenn es dein Wunsch ist. Ich erwarte jedoch, dass dich Herr de Fine in deinen Entscheidungen unterstützt und dafür Sorge trägt, dass seine Tante sich ebenfalls danach richtet. Herr de Fine, Ihr mögt das Geschäft weiter nach außen vertreten, denn es ist mir bewusst, dass eine Frau in der Gilde und in der Stadt nicht im gewünschten Umfang akzeptiert wird. Ihr tut Eure Arbeit indes in genauer Abstimmung mit Aimée. Künftig geschieht nichts ohne ihr Wissen und Einverständnis. Es ist für mich ein großes Risiko, dem Herzog von Burgund, dem ich Treue geschworen habe, nichts von diesem unsäglichen Unternehmen Eures Vetters mitzuteilen. Ich nehme es auf mich, um meine Nichte zu schützen. Sollten mir weitere geschäftliche Unregelmäßigkeiten zu Ohren kommen, werde ich mit aller Härte dagegen einschreiten. Mein Einfluss ist groß, und meine Beobachter sind zuverlässig.«

Colard nickte bedächtig, obwohl er keine Ahnung hatte, wie er seiner Tante diese Neuigkeiten beibringen sollte. Sophia betete ihren verstorbenen Vater, Piet Cornelis, wie einen Heiligen an.

Wenn sie jetzt erfuhr, dass er noch zu Lebzeiten sein Erbe an die Nachkommen der erstgeborenen Tochter vergeben hatte, würde eine Welt für sie zusammenbrechen. Aber nahm sie seit Rubens Abreise die Welt überhaupt noch wahr?

»Ihr habt mein Wort, Seigneur«, sagte er und hielt Jean-Pauls Blick stand.

»Ihr seid ein aufrechter Mann, de Fine. Meine Nichte hat kein schlechtes Wort über Euch gesagt. Ich vertraue Euch, dass Ihr zukünftig stark genug seid, mit ihr die richtigen Entscheidungen zu treffen.«

Colard sah zu Aimée, ehe er sich vor ihrem Onkel verneigte.
»Ich danke für Euer Vertrauen. Entschuldigt mich. Ehe ich zum Essen erscheine, muss ich die staubigen Kleider wechseln. Ich habe diesen Tag zum großen Teil damit verbracht, leere Lagerhallen zu durchsuchen.«
In seiner Kammer legte er sorgsam den Riegel vor, ehe er das Bild aus der Truhe holte. Die Dame mit der Lilie lächelte. Er empfand ein Gefühl der Wärme beim Anblick des Bildes und der Ähnlichkeit.
»Aimée, du hast kein schlechtes Wort über mich gesagt. Wie soll ich das verstehen?«

19. Kapitel

Brügge, 5. August 1369

Das Haus hatte sich zur Ruhe begeben.
Die Stille in ihrem Schlafgemach war so intensiv, dass Aimée den eigenen Herzschlag zu hören glaubte. Sogar das allgegenwärtige Rauschen und Gurgeln des Regens hatte nachgelassen. Ab und zu knisterte eine Kerze im Leuchter, oder hinter der geschnitzten Wandverkleidung raschelte eine Maus. Ihre Augen brannten, so lange starrte sie schon auf das verschlossene Holzkästchen.
Das Erbe ihrer Großmutter. Sie verspürte rätselhafte Scheu davor, das Kästchen zu öffnen. Warum nur.
Sie nannte sich selbst einen Hasenfuß und hob entschlossen den Deckel. Sie hörte förmlich die Stimme ihrer Großmutter: *Ein Problem löst du nicht, indem du es vor dir herschiebst. Der heilige Franz von Assisi hat gesagt: Tue erst das Notwendige, dann das Mögliche, und plötzlich schaffst du das Unmögliche.*
Auf den ersten Blick sah sie gebundene Bücher, die sie aufgrund ihrer Erfahrungen im Kontor sofort als Kontobücher erkannte. Briefe. Einen Ring. Ein in Leinen gehüllter Gegenstand lag obenauf. Nach ihm griff Aimée zuerst.
Das beträchtliche Gewicht erstaunte sie. Doch schon während sie ihn freilegte, ahnte sie, was es sein könnte. Die

heilige Anna. Die kleine Statue aus Sandstein. Solange sie denken konnte, hatte sie in der Schlafkammer ihrer Großmutter auf einem kleinen Altar gestanden. Mathieu hatte sie ihr geschenkt. Wenn ich nicht mehr bin, soll sie dir gehören, hatte sie einmal gesagt.
Aimée presste die Figur wie eine Puppe an ihr Herz. Sie war glatt. Von den unzähligen Berührungen ihrer Großmutter poliert. Den Stein zu fühlen erinnerte an das Streicheln ihrer Hand. Das freundliche Lächeln auf dem runden Steingesicht der Heiligen gab ihr Mut, die Briefe zu öffnen.
Als ersten wählte sie den, dessen Schrift ihr fremd war.

Tochter meiner Tochter …

Piet Cornelis! Sie hielt einen Brief des Mannes in den Händen, der dieses Haus erbaut hatte. Rubens Großvater und ihr … Die verwandtschaftlichen Beziehungen zu entwirren verschob sie auf später. Erst wollte sie wissen, was er seiner ältesten Enkelin geschrieben hatte.

… ich versichere dir, dass ich keine Ahnung hatte, dass du meine Enkelin bist. An dir und den Beginen habe ich mich schwer versündigt und bin sogar zum Mörder geworden.

Aimée entsetzte dieses Bekenntnis. Was hatte ihn zu seinem Verbrechen getrieben?
Sie faltete das Blatt wieder an den vorhandenen Knickstellen und griff zum Brief ihrer Großmutter.

Geliebte Enkeltochter, begann er.

Da ist so viel, was ich dir sagen muss. Ich habe es nie getan, weil ich vergessen wollte, doch es ist falsch zu schweigen. Wie du weißt, war ich Begine im Hof des Weingartens von Brügge. Zu dieser Zeit erregte ich die Aufmerksamkeit eines Kaufmannes, der mir die Ehe antrug. Meine Ablehnung ließ er nicht gelten. Er versuchte, sein Ziel mit Gewalt zu erreichen. Einer seiner Helfershelfer legte Feuer im Wolllager der Beginen, und im Aufruhr der Löscharbeiten wurde ich entführt. Meine Pflegemutter Berthe kam bei diesem Brand ums Leben, und während die Beginen noch meinen vermeintlichen Tod betrauerten, tat er mir Gewalt an. Heute weiß ich, dass es aus Verblendung geschah. Er hielt meine Ähnlichkeit mit seiner verstorbenen Tochter für ein Wunder, für mich war sie ein Fluch. Ein Fluch, von dem ich heute weiß, dass er dennoch etwas Gutes für mich bewirkte. Ich lernte Simon Andrieu und seinen Bruder Mathieu kennen. Mathieu rettete mich vor meinem Großvater. Er sorgte für mich, tröstete und bestärkte mich. Er hatte sogar die unendliche Güte, mir meine innige, aber verbotene Liebe zu seinem Bruder zu verzeihen, und nahm Simon, dem ich den Namen seines Vaters Simon gegeben habe, in unserer Ehe als seinen Sohn an. Ich wünsche, dass du das alles weißt, und hoffe von Herzen, dass auch du eines Tages einen Mann findest, der all das für dich ist, was Mathieu für mich war. Ich sehne mich, während ich das schreibe, unendlich danach, wieder mit ihm vereint zu sein.

Aimée blickte kurz auf.

Hatte sie in Ruben diesen Mann gefunden? War er alles für sie? Sorgte er für sie? Tröstete und stärkte er sie? Liebte er sie? Mit einem Seufzer las sie weiter.

Das Schicksal hat dich, geliebte Aimée, nach Flandern geführt. In meiner Sorge um dein Wohl bitte ich dich, überlege gut, wie du dein Leben gestaltest. Wenn es jedoch eine Stimme in deinem Herzen gibt, die dich nach Brügge zieht, wenn du dich auf diesem flachen Land, unter seinen jagenden Wolken, mit dem allgegenwärtigen Duft nach Salz und Meer zu Hause fühlst, dann hast du dort ein verbrieftes Recht auf ein Zuhause. Ich lege es in deine Hände. Ich habe versucht, dich zu einer denkenden, selbstbewussten Frau zu erziehen, und ich vertraue darauf, dass du das Richtige tust.

Was ist das Richtige?

Weine nicht um mich. Gott schütze dich und schenke dir ein glückliches Leben, geliebtes Kind. Deine Großmutter, Violante von Andrieu.

Eine Federspur hinter der Unterschrift sah aus, als wäre ihr das Schreibgerät aus den Fingern geglitten. Tränen fielen auf das Papier. Aimée bemerkte es nicht.
Ein verbrieftes Recht auf dieses Zuhause.
Sie legte die Blätter zur Seite und trat ans Fenster. Die Hände aufgestützt, atmete sie tief durch. Sie spürte bewusst das Holz unter den Händen. Es kam ihr vor, als nähme sie Verbindung mit dem Haus auf.

Vom Belfried kündete die Glocke Mitternacht. Ein neuer Tag begann.
Was würde Ruben sagen?
Sie hatte den Satz noch nicht zu Ende gedacht, als sie schon wusste, dass sie ihm den Brief ihrer Großmutter nie zeigen würde. Es hatte keinen Sinn, Schicksale und Beweggründe von Menschen offenzulegen, die nicht mehr lebten. Wem nutzte solches Wissen? Im Gegenteil, es richtete nur Schaden an.
Aimée wandte sich um. Dieser Brief durfte niemals in falsche Hände geraten. Ehe sie ihren eigenen Entschluss bereuen konnte, trat sie an den Tisch, ergriff ihn und hielt ihn an die nächste brennende Kerze. Sie wusste, es war im Sinne ihrer Großmutter.
Es ist auch für dich, sagte sie dem wachsenden Leben in ihrem Schoß. Niemand soll es je wagen, die Ehrbarkeit deiner Familie in Zweifel zu ziehen.
Blieben der Siegelring und die Kontobücher. Die Bücher konnten warten. Der breite Reif passte genau auf ihren rechten Daumen. Er ließ sie das ganze Gewicht des Goldes spüren. Er war schwerer als der Diamant ihrer Großmutter, den sie trug.
Mit der Linken wischte sie die Feuchtigkeit der Tränen aus den Augenwinkeln. Sie wollte keine Zeit mit Weinen vertun. Sie musste Pläne machen. Sie hatte das Recht und die Pflicht, Pläne zu machen.
Sie musste unbedingt ihren Onkel morgen zu ihrer Mitgift befragen. Andrieu hatte sich zwar von den Folgen der großen Pest erholt, aber sie wusste, dass das nicht ohne Verluste abgegangen war. Großmutter hatte einen Teil des Familienschmucks geopfert, um die ärgste Not zu lindern.

Der Ring an ihrer Hand war ein letztes Überbleibsel des prächtigen Geschmeides, das in den Besitz des Königs übergegangen war, damit Andrieu überleben konnte.
Inzwischen wurden die Ländereien wieder voll bewirtschaftet, der Pelzhandel florierte, und ein Teil des Getreides konnte sogar in die Städte verkauft werden. Sicher hatte Jean-Paul den Rat seiner Mutter befolgt, für künftige Notzeiten Rücklagen zu bilden. Wie hoch mochten sie mittlerweile sein? Hoch genug, um ihre Mitgift in Gold auszubezahlen?
Tatsache war, das Haus Cornelis brauchte Bargeld. Sie durfte sich nicht darauf verlassen, dass Rubens Aktivität mehr einbrachte als Aufregung und Ärger. Sie konnten sogar von Glück sagen, wenn es allein dabei blieb. Sie musste auch in Erfahrung bringen, wie hoch sie bei dem Lombarden in der Schuld standen.
Ein scharfes Ziehen in ihrem Unterleib erinnerte sie daran, dass sie seit dem Morgengrauen auf den Beinen war. Auch wenn in ihrem Kopf alles drunter und drüber ging, ihr Körper und ihr Kind verlangten dringend nach Ruhe.
Mit müden Bewegungen kleidete sie sich aus. Längst hatte sie Lison zu Bett geschickt. Es gefiel ihr, jetzt allein zu sein. Die Gesellschaft der heiligen Anna, die einen Platz neben der Stundenkerze erhalten hatte, genügte ihr.
Der ersehnte Schlaf ließ jedoch auf sich warten. Sie lag auf dem Rücken und starrte in den dunklen Betthimmel hinauf. Sie hatte die Hände gefaltet. Das neue Gewicht des Siegelringes war ungewohnt, im Gegensatz zum Diamanten ihrer Großmutter, der ein Teil ihrer selbst geworden war. Würde er ihr Glück bringen?

20. Kapitel

Brügge, 6. August 1369

Domenico Contarini zählte gewohnheitsgemäß die Wechseltische unter den Arkaden der venezianischen Loge an der Flamingstraat.
Die Kunden drängelten sich, aber es handelte sich ausschließlich um einfache Händler, Handwerker und Bootsleute. Das bedeutete, dass nur kleinere Münzen über die Tische gingen. Von Gewinn konnte keine Rede sein. Seit der endlose Regen die Grenzen zwischen Gassen und Kanälen verschwimmen ließ, lagen die Geschäfte brach.
Er sah, auf der vergeblichen Suche nach einem Sonnenstrahl, zu den Dächern hinauf. Die treppenförmigen Giebel der hohen Steinhäuser wurden von grauen Wolken gesäumt.
Sein wandernder Blick erfasste die Zweige der Weiden, die am Kanalufer im Sog des steigenden Wassers auf die nächste Brücke zutrieben. Mit einer unwirschen Bewegung rückte er den breitkrempigen schwarzen Hut zurecht. Der Gedanke daran, dass er Jean-Paul von Andrieu noch erreichen musste, unterbrach seine notgedrungen müßigen Betrachtungen, wobei ihm dessen Nichte Aimée wieder in den Sinn kam. Er schüttelte den Kopf.
Ihren Onkel muss ich finden, nicht sie!

Er hatte den Mann mit dem spitzen Hut gar nicht kommen sehen. Erst als er neben ihm stand, bemerkte er ihn.
»Salomon! Endlich. Habt Ihr eine Spur des burgundischen Ritters aufgetan?«
»Ich muss Euch enttäuschen. Weder in den Herbergen der Stadt noch in den Faktoreien der ausländischen Handelsniederlassungen gibt es neue Gäste. Flandern ertrinkt.«
»Was hört Ihr aus dem Hause Cornelis?«
»Ruben Cornelis ist zu einer Handelsreise aufgebrochen. Man spricht von Portugal und Geschäften mit Öl.«
»So ein Unsinn. Ich muss lachen. Ruben Cornelis ist nicht der Mann, der Handel mit Olivenöl treibt. Ich wette, er führt etwas im Schilde, das schnelleren Profit verspricht.«
»Was könnte das sein? Sklavenhandel?«, warf Salomon ein.
Contarini winkte ab. »Pera am Schwarzen Meer, Venedig und Genua sind die Zentren des Sklavenhandels. Dort liefern Piraten und christliche Ritter in schöner Eintracht die armen Seelen ab, die sie gefangen genommen haben. An einem so heißen Eisen wird sich Ruben nicht die Finger verbrennen.«
»Was kommt dann in Frage?«
»Weiß der Teufel. Eigentlich habe ich auch ein ganz anderes Problem. Kommt, lasst uns einen trockenen Ort aufsuchen. Ich muss mit Euch reden.«
Contarini lief durch den Regen voraus. Wasser tropfte von den Rändern seines Hutes auf seinen Umhang. Im Haus van der Beurze suchte er Schutz. Van der Beurze stellte seinen Gästen nicht nur eine Unterkunft bereit, sondern auch Lagerraum für ihre Waren. Wenn es gewünscht wurde, betätigte er sich zudem als Makler und vermittelte zwischen den ausländischen Händlern und ihren Kunden. Die

Trinkstube seiner Herberge war deswegen ein beliebter Treffpunkt. Contarini fand gleich einen Platz zwischen bärtigen Hansehändlern, die in nordischer Sprache debattierten. Es war an der Zeit, dass er Salomon einweihte.

»Nun wisst Ihr, warum ich Jean-Paul von Andrieu um jeden Preis finden muss«, schloss Contarini. »Die Steine, die ich in Paris erhalten habe, sind leider so außergewöhnlich, dass ich sie nicht gegen andere ersetzen kann. Es gibt zwar Diamanten auf dem Markt, aber nur wenige, die so vollkommen geschliffen sind wie diese. Der Barbar, der den Befehl gegeben hat, sie aus dem Geschmeide zu brechen, gehört gesteinigt, auch wenn er der Schatzmeister des Königs von Frankreich sein sollte.«

»Herr im Himmel«, murmelte Salomon. »Ihr hättet dort sterben können, ohne dass je eine Menschenseele von Eurem Schicksal erfahren hätte.«

Contarini verzog spöttisch den Mund.

»Bis auf meinen Onkel hätte das niemanden betrübt. Wie Ihr wisst, lebe ich allein.«

»Es gibt Menschen, die Euch hoch achten.«

»Wenn dem so ist, freut es mich«, erwiderte Contarini. Obwohl in Brügge fast fünfzigtausend Menschen lebten, hatte er nicht viele Freunde. Die Tatsache, dass er die venezianische Loge mied und sich ein Haus am Walplein gemietet hatte, behinderte den privaten Kontakt mit seinen Landsleuten. Mit den übrigen machte er lediglich Geschäfte. Er war ein Einzelgänger, und er war es gern.

»Was habt Ihr nun vor?«, wollte Salomon wissen.

»Bringt mir alle Schuldscheine, die Ruben Cornelis unterschrieben hat. Ich werde sie de Fine vorlegen, das macht ihn bestimmt gesprächig.«

»Vor zwei Tagen hat er sich geweigert, Euch zu empfangen«, entgegnete Salomon. »Wollen wir an ihn herankommen, muss ich unter Cornelis' Gesinde nach einem Verbündeten suchen.«

»Habt Ihr nicht mittlerweile ein ganzes Netz von Informanten über Flandern verteilt, mein Freund?«

»Man kann nie genug von ihnen haben.«

»Das stimmt, aber ich werde trotzdem noch einmal persönlich im Hause Cornelis vorsprechen. Am besten, ich verliere keine Zeit, bis ich alle Schuldscheine habe, und mache mich auf den Weg. De Fine lässt sich sicher nicht einfach verleugnen.«

Er behielt recht mit seiner Vorhersage.

»Messer Contarini.« Colard erhob sich bei seinem Eintritt höflich. »Was verschafft mir die Ehre Eures Besuches?«

»Könnt Ihr es nicht erraten? Die Umtriebe Eures Vetters. Wann erwartet Ihr ihn zurück?«

Ihm entging nicht, dass Colard sichtlich beunruhigt war und die Antwort hinauszögerte. Gerade wollte er die Angelegenheit beschleunigen und die Schuldscheine, die er hatte, aus seiner Tasche ziehen, als sich in seinem Rücken die Tür öffnete.

»Ist es erlaubt, kurz zu stören, Colard?«

Aimées unverwechselbare Stimme sorgte dafür, dass Contarini die Papiere stecken ließ. Er stand auf, um ihr Reverenz zu erweisen. Sie war in Begleitung.

»Welch eine Überraschung«, hörte er Jean-Paul von Andrieu erfreut ausrufen. »Wie schön, Euch gesund und bei Kräften wiederzusehen! Woher habt Ihr gewusst, dass Ihr mich hier findet?«

»Andrieu.«

»Immerhin entsinnt Ihr Euch meines Namens«, lachte Jean-Paul. »Beim Anblick Eurer Miene hatte ich eben den Eindruck, Ihr würdet mich nicht wiedererkennen.«

»Ihr kennt einander?«

Colard stellte die Frage, die auch Aimée bewegte.

»Ihr habt mir das Leben gerettet«, sagte Contarini und streckte Jean-Paul die Hände entgegen. »Wie kann ich Euch danken?«

»Es war mir ein Anliegen. Wie ist es Euch ergangen? Erzählt. Aimée, meine Liebe, das ist Messer Domenico Contarini. Ein Reisegefährte, dessen Bekanntschaft ich in Lille gemacht habe. Ich habe Euch von meiner Nichte erzählt, nicht wahr?«

»Die Ehrendame der Herzogin.«

»Nun ist sie die Dame dieses Hauses«, erklärte Jean-Paul mit einem seltsamen Unterton, der Contarini nicht entging. »Habt Ihr Zeit? Ich würde mich freuen, wenn wir unsere Bekanntschaft bei einem Krug Wein auffrischen könnten.«

»Das ist mir ein Herzenswunsch. Auch ich habe dringend etwas mit Euch zu bereden.«

Wenig später fand er sich im prächtigsten Repräsentationsraum des Hauses, der fast schon die Ausmaße eines Saales hatte. Vier hohe Glasfenster spendeten auch an einem Regentag so viel Licht, dass es keiner Kerzen bedurfte.

Aimée füllte die Glaspokale, und die Anmut ihrer Bewegungen lenkte Contarini so ab, dass er Jean-Pauls erste Worte überhörte.

Nachdem er ausführlich über seine Genesung erzählt und sich noch einige Male bedankt hatte, kam er auf sein Anliegen zu sprechen.

»Ich habe in Paris Geschäfte abgeschlossen«, fasste er sich kurz, »was irgendwelche Schurken in Erfahrung gebracht haben müssen. Sie haben mich verfolgt bis in die Herberge. Als ich mitten in der Nacht verdächtige Geräusche vernahm, verließ ich die Kammer, um im Hof nachzusehen. Ich habe Euch nicht geweckt, um Euch nicht auch zu gefährden. Vorher hatte ich meine Wertsachen in Eurem Gepäck versteckt. Verzeiht mir bitte den Übergriff.«
»In meinem Gepäck? Das ist mir unangenehm, denn ich habe nichts gefunden.«
»Ihr führtet eine Kaufmannsschatulle mit Euch.«
»Das Holzkästchen?« Aimée, die bisher schweigend gelauscht hatte, mischte sich ein. »Darin befanden sich lediglich Papiere und Kontobücher. Ein Siegelring und eine heilige Anna.«
Ihre Stimme klang vorwurfsvoll zurückweisend, so dass ihr Onkel sanft den Kopf schüttelte.
»Ruhig Blut.« Jean-Paul sah von einem zum anderen. »Auch ich habe nichts anderes entdeckt als die Gegenstände, die meine Nichte aufgezählt hat.«
»Würdet Ihr mir trotzdem den Gefallen tun, das Kästchen zu holen?«, bat Contarini.
Aimée stand schweigend auf und verließ den Raum. Kurze Zeit später kam sie mit der Kaufmannsschatulle wieder.
»Bitte«, sagte sie kühl und stellte sie vor Contarini hin. Dass sie alles andere als ungerührt war, konnte sie nur mit Mühe verbergen. Sie sah Contarini zu, wie er die Schatulle öffnete.
Er fand sie leer und lächelte offen über Aimées triumphierenden Blick. Sie hatte erwartet, dass er verärgert sein würde, und war etwas irritiert.

Er aber suchte den versteckten Mechanismus und drehte mit leisem Knacken Oberteil und Unterteil gegeneinander.

»Ein Geheimfach!«, staunte Jean-Paul.

»Ihr habt nichts davon gewusst?«, fragte Contarini. Erleichterung ging über sein Gesicht, während er das kleine Ledersäckchen vorsichtig herauszog.

»Bei Gott, nein.« Jean-Paul sah ihm interessiert zu. »Ehrlich gesagt, hat das Kästchen jahrzehntelang in den Truhen meiner Mutter vor sich hin geschlummert. Erst kurz vor ihrem Tod bat sie mich, es meiner Nichte zu bringen. Was in Dreiteufelsnamen enthält das Säckchen, dass es ein Menschenleben wert sein soll?«

Contarini zögerte. Die Steine allein verrieten kein Geheimnis und konnten seinen Onkel nicht gefährden. Er zog die Schnüre auseinander und ließ den Inhalt des Lederbeutels mit leisem Klirren auf die polierte Tischplatte fallen.

Aimée stieß einen Laut reiner Bewunderung aus. Ein tropfenförmiger wasserklarer Stein war darunter, in dessen glatten Prismen sich die Umgebung winzig klein, aber vollkommen widerspiegelte. Er erregte ihre ganze Aufmerksamkeit.

»Er leuchtet wie ein Stern!«

»Er sieht aus wie der größte der Sterne von Andrieu«, sagte Jean-Paul entgeistert. Er beugte sich vor, und seine Stimme klang rauh. »Aber er kann es unmöglich sein. Er befindet sich, zusammen mit allen anderen Steinen, seit mehr als einem Jahrzehnt im Besitz des Königs von Frankreich.«

»Ich habe den Schmuck von einem jüdischen Edelsteinhändler erstanden. Was wisst Ihr über diese Kleinodien?«

»Sie gehören zu einem Halsschmuck, den Aimées Großmutter nach der großen Pest verkaufen musste, um die Grafschaft Andrieu zu retten.«

»Seid Ihr Euch dessen sicher?«

»Absolut«, bestätigte Jean-Paul. »Ich selbst habe dieses Collier nach Paris gebracht und dem Schatzmeister seiner Majestät ausgehändigt. Ein einziger Stein blieb im Familienbesitz. Dieser hier.«

Er fasste nach Aimées Hand und hielt sie hoch. Contarini erkannte den Ring, dessen Leuchtkraft ihn schon in der Liebfrauenkirche erstaunt hatte.

»Die Sterne von Andrieu. Woher kommt dieser seltsame Name?«, fragte Contarini verwundert.

»Das ist nicht überliefert. Angeblich hat einer unserer Vorfahren diesen Halsschmuck bei einem Kreuzzeug erbeutet.«

»Hier handelt es sich um einzelne Edelsteine ohne jede Verbindung. Wenn es stimmt, was Ihr sagt, muss man sie aus der Fassung gebrochen haben. Wie könnt Ihr sie dennoch so genau erkennen?«

»Es gibt im ganzen Königreich nur einen einzigen tropfenförmigen Diamanten, der auf so seltsame Weise geschliffen ist. Auch die anderen Steine besitzen diese glatten Flächen. Da bisher noch niemand das Geheimnis lüften konnte, wie Diamanten auf solche Weise bearbeitet werden können, war der König an ihnen besonders interessiert.«

Contarini nickte. Er wusste, dass in Venedig und anderen Städten zahllose Goldschmiede daran arbeiteten, die seltenen Steine auf diese Weise zu veredeln. Bisher hatten sie sich stets solchem Zugriff widersetzt.

Er sah, wie Aimée den großen Stein mit den Fingerspitzen berührte. »Großmutters Schmuck«, sagte sie dabei gedankenverloren.

Er hätte auch den letzten Zweifel ausräumen und verraten können, dass er sehr wohl wusste, dass diese Steine aus der Schatzkammer des Königs stammten. Dass Seine Majestät mit dem Erlös Soldaten und Kriegsgerät bezahlt hatte, weil ihm die Finanznot der Krone keine andere Wahl ließ. Eine Befürchtung veranlasste ihn jedoch, zu schweigen. Wollte Aimée Cornelis etwa Besitzansprüche anmelden? Frauen und Edelsteine waren eine gefährliche Kombination.

»Ihr meint, Ihr habt ein Anrecht darauf?«, fragte Contarini Aimée.

»Haltet Ihr mich für einfältig?« Sie reagierte gekränkt. »Wie immer Ihr in den Besitz der Steine gekommen seid, sie wurden dem König verkauft und gehören uns nicht mehr. Werdet glücklich damit. Glücklicher als in Lille, wo sie Euch fast das Leben gekostet hätten.«

»Aimée!«, mahnte Jean-Paul. »Entschuldigt bitte meine Nichte, Messer Contarini. Diese Tage sind nicht leicht für sie. Jede Erinnerung an ihre verstorbene Großmutter schmerzt.«

Contarini hatte in Aimées Worten nichts Tadelnswertes gefunden. Ihre Reaktion hätte ihm so oder so gleichgültig sein können, aber das war sie ihm ganz und gar nicht. Seine Phantasie gaukelte ihm Aimées Bild in einer höfischen Robe vor, angetan mit dem unzerstörten prächtigen Halsschmuck.

»Nehmt Eure Steine wieder an Euch«, störte Jean-Paul seine Vision. »Es ist nicht nötig, dass sie gesehen werden. Nicht, dass sie Euch noch einmal in Schwierigkeiten bringen.«

Contarini wandte sich Jean-Paul zu.

»Ihr könnt nicht ermessen, was Ihr für mich getan habt,

Seigneur. Ich stehe tief in Eurer Schuld. Erst habt Ihr mir das Leben gerettet, nun gebt Ihr mir meine Ehre zurück. Diese Steine gehören nicht mir. Ich bin nur der Mittelsmann, der sie weiterleitet. Ihr Verlust hätte mich in große Schwierigkeiten gebracht. Wenn es also etwas gibt, mit dem ich meine Dankbarkeit erweisen kann, dann stehe ich Euch voll zu Diensten.«

»Es ist meine Christenpflicht, Euch zurückzugeben, was Euch gehört«, wehrte Jean-Paul den Dank ab. Gleichzeitig flog sein Blick zu Aimée, und Contarini sah ihm an, dass er einen Entschluss fasste.

»Wenn Ihr mir wirklich eine Gefälligkeit erweisen wollt, so gibt es tatsächlich einen Dienst, der mir von großem Nutzen wäre, Messer Contarini. Ich sorge mich um meine Nichte, die fern von ihrer Familie mit einem Mann verheiratetet ist, der oft auf Reisen und nicht immer an ihrer Seite ist. Es wäre mir eine große Beruhigung, wenn ich wüsste, dass sie in Euch einen vertrauenswürdigen Berater zur Seite hätte, wenn ich nicht in Brügge bin.«

»Onkel!« Aimée protestierte unverzüglich. »Das ist nicht nötig. Vetter Colard ist mir in Abwesenheit Rubens eine Stütze. Ich brauche keinen lombardischen Leibwächter.«

»Sei mir nicht böse, liebe Aimée«, versuchte er sie zu beschwichtigen. »Es geht mehr um meine Beruhigung als um deine Sicherheit. Die venezianischen Kaufleute verfügen über ein gutes und schnelles Kuriernetz. Ich möchte regelmäßig über dein Wohlergehen unterrichtet werden. Es fällt mir schwer, dich in Brügge zurückzulassen.«

Contarini sah den Kampf in Aimées Gesicht. Die Liebe, die sie für ihren Onkel empfand, trug den Sieg davon. Sie folgte seinem Wunsch. Er konnte im Gegensatz zu ihr die

Bitte ihres Onkels gut nachvollziehen. Offensichtlich hatte Jean-Paul von Andrieu denselben Eindruck von Ruben gewonnen wie er. Dabei wusste er noch nicht einmal etwas von den Schuldscheinen. Wie sollte er Salomon erklären, dass er sie unter Umständen nie vorlegen würde?

»Ihr könnt mir vertrauen«, erwiderte er. »Mein Haus am Walplein steht Euch offen. Ich würde mich freuen, wenn Ihr mich vor Eurer Abreise dort besucht.«

21. Kapitel

Brügge, 12. August 1369

Das Pferd preschte so nah vorüber, dass der fliegende Schweif Aimées abwehrend ausgestreckte Hand berührte. Aimée stieß einen Protestschrei aus.

»Seid Ihr noch bei Sinnen?«, rief sie, aber der Reiter mit dem flämischen Löwen auf dem Wams war schon an ihr vorbei.

Sein Ziel war die Burg des Grafen von Flandern, wo der Bailli, der Vogt, die Interessen seines Herrn in der Stadt vertrat. Ludwig selbst zog es vor, außerhalb von Brügge auf seiner Familienburg Male zu residieren.

»Ihr seid wohl nicht aus Brügge, sonst wüsstet Ihr, dass dies der Pfad ist, den die Reiter nehmen«, wurde sie von einer Frauenstimme belehrt. »Ich habe Euch noch nie gesehen?«

»Ich bin das erste Mal auf dem Markt.«

»In welches Haus gehört Ihr?«

Aimée gab keine Antwort, sondern hielt Ausschau nach ihrer Magd und der Köchin, die bei einem Händler standen, der wortreich gebalgte Hasen und gerupfte Fasanen anbot. Es war an der Zeit, die Vorräte des Hauses aufzustocken, ehe die Folgen der Missernte und des Unwetters noch stärker zu spüren sein würden. Schon jetzt wurden

Wucherpreise für Speckseiten, Bohnen und Rüben verlangt. Hirse und Getreideschrot waren bereits knapp.

»Ich bin auf der Suche nach einem Händler, der guten Käse verkauft.« Sie tat, als habe sie die Frage nicht gehört. »Könnt Ihr mir vielleicht einen Rat geben, wo ich ihn finde?«

»Kommt mit, ich zeige Euch, wo der alte Laarne seine Laibe feilbietet. Wollt Ihr mir nicht wenigstens Euren Namen verraten? Ich bin Trina vom *Wollsack*.«

In welchem Zusammenhang hatte sie vom *Wollsack* gehört? Es wollte ihr nicht einfallen. Sie sah sie freundlich an. Diese Trina vom *Wollsack* war jedenfalls die Erste, die ihr in Brügge völlig unvoreingenommen begegnete, also antwortete sie.

»Ich bin Aimée aus dem Haus Cornelis.«

»Die Gemahlin von Ruben Cornelis!«

Trinas offenes Lachen wurde augenblicklich durch Vorsicht ersetzt. Sie deutete einen Knicks an.

»Ihr kennt mich?«

»Sagen wir, ich habe von Euch gehört.«

»Gutes oder Schlechtes?«

»Genug, um mich neugierig zu machen.«

Während des Wortwechsels waren sie weitergegangen zu einem klapperdürren Bauern, dessen pralle Käselaibe auf einem Bett aus frischem Stroh lagen. Aimée besah sich seine Ware und traf ihre Wahl,

»Herrin! Da seid Ihr ja. Gütiger Himmel, wir hatten Euch aus den Augen verloren. Was …«

»Jetzt habt Ihr mich ja gefunden«, erwiderte Aimée ruhig. »Und dank Trina habe ich auch einen guten Käse entdeckt.«

Bis sie am Ende ihre Münzen in die schwielige Hand des alten Laarne gezählt hatte und sich nach Trina umsah, war diese längst, ohne Abschiedsgruß, im Getümmel des Marktes verschwunden. Warum?
»Trina? Aber nicht doch. Was wollt Ihr von der?« Die Köchin machte keinen Hehl aus ihrer Verachtung. »Keine ehrbare Bürgerin kümmert sich um Trina vom *Wollsack*.«
»Was hat es mit diesem *Wollsack* auf sich?«, fragte Aimée knapp.
»Der *Wollsack* ist eine üble Spelunke an der Waterhalle. Sie zieht die Männer an wie das Licht die Motten. Ihr habt doch gesehen, wie diese Person ihre Reize zur Schau stellt. Auch unser Herr de Fine geht dort ein und aus.«
Aimée schwieg. Es widerstrebte ihr, in dieser Form zu klatschen. Immerhin wusste sie jetzt wieder, wo sie vom *Wollsack* gehört hatte. Joris hatte ihn neulich erwähnt.
Als sie am Ende des Vormittags den Markt verließen, verspürte Aimée ungewohnte Zufriedenheit. Die Sorge um den Haushalt hatte ihr gutgetan und war für sie eine willkommene Abwechslung gewesen. Seit ihr Onkel vor drei Tagen, nach dem Ende der Regenfälle, wieder nach Andrieu aufgebrochen war, hatte sie erfolgreich Ablenkung in der Arbeit gefunden.
Der Abschied war ihr entsetzlich schwergefallen, obwohl sie wusste, dass sie Jean-Paul nicht länger aufhalten durfte. Hinzu kamen Gerüchte, dass es im Süden des Königreiches neue Pestfälle gegeben habe. Er musste dringend zu seiner Frau und seinen Söhnen zurück.
Als sie wieder zu Hause eintrafen, debattierte Colard auf dem Hof mit einem Fuhrknecht, und zu allem Überfluss entdeckte sie auch noch Domenico Contarini, der neben

der offenen Haustüre wartete. Erst gestern hatte er sie aufgesucht. Was wollte er schon wieder. Glaubte er etwa, Jean-Pauls Auftrag gestatte ihm dauernde Besuche?
Sie misstraute seiner stets gleichbleibenden Freundlichkeit ebenso wie dem Umstand, dass er sich hartnäckig immer wieder in ihre Gedanken drängte. Mit gefasster Höflichkeit reagierte sie auf seinen Gruß.
»Es ist nicht nötig, dass Ihr mir mehrmals die Woche Eure Aufwartung macht, Messer Contarini. Mein Onkel hat seine Sorge um mich übertrieben. Es geht mir gut, und ich übe mich in Geduld, bis mein Mann wieder nach Hause kommt.«
»Ich muss leider dringend mit Euch sprechen. Lasst uns bitte ins Haus gehen. Es gibt Neuigkeiten, die ich Euch nicht im Hof überbringen möchte.«
Aimée bat ihn etwas widerwillig ins Haus. Sie schickte die Köchin und Lison, sich um die Einkäufe und Lieferungen zu kümmern, ehe sie auf die Treppe deutete.
»Wenn Ihr mir bitte folgen wollt.«
»Messer Contarini?«
Colard eilte hinter ihnen in die Halle. Er sah es nicht gerne, wenn Aimée allein mit dem Lombarden blieb. Er hatte eine Art, sie zu betrachten, die ihm missfiel.
»Es tut mir leid, dass ich Euch habe warten lassen. Nun stehe ich zu Eurer Verfügung«, wandte er sich an ihn. »Was gibt es so Dringendes?«
Aimée drehte sich auf halber Höhe der Treppe beunruhigt um.
»Habt Ihr die Neuigkeiten aus England schon vernommen?«, fragte Contarini und kam nach oben.
Das Wort England alarmierte Aimée. Alle sorgsam ver-

drängten Ängste stiegen in ihr auf. Was gab es Neues aus England?

»Das kommt darauf an.« Colard reagierte mit angestrengter Vorsicht. »Vielleicht verfügt Ihr ja über bessere Kurierverbindungen.«

»Wir sollten uns in Euer Kontor begeben, de Fine.«

Aimées Herz raste. Die Spannung wurde unerträglich. Sie hatten den oberen Treppenabsatz erreicht. »Redet!«, forderte sie heiser und blieb erneut stehen.

»Der sintflutartige Regen wurde auf dem Meer von ungewöhnlich heftigen Stürmen begleitet.«

Colard begriff vor ihr, was Contarini sagen wollte.

»Die *Koralle*? Bei Gott, nicht die *Koralle*! Das kann uns der Himmel nicht auch noch antun.«

Aimée hatte Colard noch nie so außer sich erlebt. Sein bleiches Gesicht kontrastierte unheilvoll zu den Zügen des Lombarden, die zunehmend dunkler wurden. Furcht sprang sie an wie ein bedrohliches Tier.

»Was ist geschehen? Habt Einsehen, Messer Contarini. Sagt es auf der Stelle«, stammelte sie.

»Nun denn, wenn Ihr es unbedingt zwischen Tür und Angel hören wollt: Plankenreste des Schiffes, Teile der Galionsfigur und zwei tote Seeleute wurden vor Dunwich an die Küste Englands gespült. Die *Koralle* ist im Sturm zerschellt. Es gibt keine Überlebenden.«

Aimée tastete blind nach dem Treppengeländer. Sie wappnete sich für den Schmerz, aber noch blieb er aus. Ihr Körper wurde von einer lähmenden Taubheit befallen.

Ruben kommt nicht mehr nach Hause. Ruben ist tot. Mein Kind wird keinen Vater haben.

Colard nahm Contarini an den Schultern und schüttelte

ihn so heftig, dass ihm der Hut vom Kopf rutschte. Er wehrte sich mit keiner Geste gegen den Übergriff.

»Es ist unmöglich. Kapitän Ballard hat mehr als einen Sturm überstanden!«, brachte er fast tonlos hervor.

»Meine Nachrichten sind leider zuverlässig«, sagte Contarini teilnahmsvoll, als Colard in jäher Einsicht den Kopf senkte und die Hände von ihm nahm. »Es sieht so aus, als sei das Handelsschiff schon unmittelbar nach seinem Auslaufen zwischen Flandern und England in Seenot geraten.«

Aimée stand stumm.

»Und die Ladung des Schiffes?«

»Ihr werdet abschreiben müssen, was Ihr in England zu verkaufen hofftet, Meister de Fine. Das Meer hat alles verschlungen. Menschen, Schiff und Handelsgüter.«

Dann waren auch die Waffen untergegangen und für immer auf dem Meeresgrund verschwunden. Der Gedanke blitzte aus dem Dunkel in ihr auf. Der Himmel hat eingegriffen und Rubens Hochverrat verhindert! Mein Kind ist in Sicherheit! Ohne es zu bemerken, faltete sie die Hände.

»Es ist zu spät für deine Gebete, Burgunderin. Du hast ihn getötet!«

Sophia!

Ausgerechnet diesen Augenblick hatte sie gewählt, ihre Räume zum ersten Mal wieder zu verlassen. Aimée starrte in das hassverzerrte Gesicht ihrer Schwiegermutter. Sie hatte sie nicht kommen gehört.

»Tante Sophia!«

Colard trat ihr eilig entgegen, aber sie schob ihn unerwartet kräftig zur Seite.

»Mörderin! Hure! Hexe!«, kreischte sie und erhob ihren Gehstock gegen Aimée.

»Ihr seid verrückt, was wollt Ihr …«
Sophias Ebenholzstock traf Aimée mit voller Gewalt am Kopf. Sie taumelte mit einem Schmerzenslaut rückwärts, verlor den Halt und stürzte. Beim Aufprall auf den Steinboden der Halle am Ende der Treppe verlor sie die Sinne.
Sophia lachte gellend, während Colard hinab zu Aimée eilte. Sie lag reglos, mit ausgebreiteten Armen, auf den Fliesen.
»Bei Gott, Blut.« Colard geriet in Panik, sah sich um und fand nur Contarinis versteinerte Miene, als auch er die Treppe hinabsprang und geschmeidig neben Aimée auf die Knie ging.
»Gebraucht Euren Verstand und kommt zu Euch«, herrschte er Colard an. »Diese Verrückte will nicht nur Rubens Frau umbringen, sondern auch sein ungeborenes Kind. Schickt nach dem Medicus. Sofort. Sie verblutet uns unter den Händen, während Ihr zögert!«
Durch einen heftigen Schmerz wurde Aimée aus ihrer Bewusstlosigkeit gerissen. Sie zog Arme und Beine schutzsuchend an den Leib. Von einem Punkt an ihrem Rückgrat aus brannte sich die Qual einen Weg durch ihren ganzen Leib.
»Heilige Anna«, keuchte sie.
Sophias Lachen ging in hysterisches Kreischen über. Sie hinkte über die Treppe nach unten. Ihr Triumph verwandelte sich in blankes Entsetzen. Das Blut auf Aimées Kleidern verriet auch ihr, was geschah.
»Rubens Kind! Was habe ich getan? Sein Kind! Das Vermächtnis meines geliebten Sohnes! Blut von seinem Blut!«
Contarini schirmte Aimée mit dem Rücken von der lamentierenden Frau ab.

»De Fine, kümmert Euch um Eure Tante. Ich bringe meine Schutzbefohlene in die Infirmerie der Beginen. Die frommen Frauen werden besser wissen, was zu tun ist.«
Colards Protest brachte Contarini nicht von seinem Entschluss ab. Dessen Gesicht war ein einziger Vorwurf. Er deutete mit einer verächtlichen Kopfbewegung auf Sophia, die auf den Knien lag, hin und her schaukelte und unverständliche Laute ausstieß.
»Seid kein Narr. Wollt Ihr sie in der Nähe dieser Irrsinnigen lassen? Seht sie Euch doch an! Sie ist eine Gefahr für sich und andere. Sie weiß nicht mehr, was sie tut. Setzt sie hinter eine verschlossene Tür. Ruft das Gesinde. Wir brauchen einen Tragstuhl.«
Contarini hörte ihn murmelnd davonstolpern. Er konnte die Augen nicht von Aimée nehmen. Beim Sturz hatte sie die Kopfbedeckung verloren. Das silberblonde Haar löste sich aus den Haarnadeln. Er strich es ihr sanft aus der Stirn.
»Vivere!«, befahl er mit knirschenden Zähnen in seiner eigenen Sprache. »Vivere!«
Hinter Aimées Schläfen pochte der Schmerz und übertönte alle Geräusche. Sie fühlte Blut über ihre Schenkel laufen. Ihr Leib verhärtete sich auf unnatürliche Weise, und ihr Herz überschlug sich stolpernd vor Anstrengung. Jeder Atemzug war reine Qual.
Sie verlor die Verbindung zur Wirklichkeit. Aber da war ein Bewusstsein, dass sie getragen wurde, dass eine Hand ihr die Tränen von ihren Wangen wischte. Eine Stimme wurde ihr zum einzigen Halt. Diese Stimme befahl und tröstete und hielt sie davon ab, in das verführerische Dunkel zu gleiten, das nach ihr griff.

22. *Kapitel*

Brügge, 14. August 1369

Die massiven Schrankbetten standen in Doppelreihen. Der riesige Krankensaal mit seiner wuchtigen Holzdecke war erfüllt von gedämpfter Betriebsamkeit. Beginen versorgten die Kranken. Andere säuberten die Böden, und an der Stirnseite der mittleren Bettreihe arbeitete die Schwester Apothekerin mit ihren Helferinnen. Der Duft ihrer Kräutersalben und Mixturen drang bis zu Colard. Er stand unter dem Türbogen, ratlos, in welcher Richtung er Aimée suchen sollte. Eine Begine, die ein Tablett mit aufgerollten Leinenbinden vorbeitrug, wies ihm den Weg und mahnte ihn zur Rücksicht.

»Sie ist bei Bewusstsein. Dennoch solltet Ihr Euren Besuch nicht zu lange ausdehnen. Sie ist noch sehr schwach.«

Aimées blasses Gesicht, das sich kaum vom gebleichten Linnen unterschied, erschreckte Colard trotz der Ermahnung. Wie ernst es um sie stand, konnte man auch daran erkennen, dass sie allein in einem Bett lag, während in anderen zwei Kranke nebeneinander untergebracht waren.

»Colard.«

Aimée hatte ihn kommen sehen. Aus fiebrigen Augen sah sie ihm entgegen, ihre Stimme klang schwach.

»Ist Euch mein Besuch willkommen?«, fragte er vorsichtig. »Ich könnte es Euch nicht verübeln, wenn Ihr niemanden von uns sehen wolltet.«

»Ehrlich gesagt weiß ich nicht, was eigentlich genau geschehen ist nach Contarinis Bericht«, sagte Aimée stockend. »Vielleicht wollt Ihr die Lücken in meinem Gedächtnis schließen.«

»Es war schrecklich.« Colard trat bei der Erinnerung daran Schweiß auf die Stirn. Er strich ihn sich mit einer fahrigen Bewegung aus dem Gesicht. »Keiner von uns hat bemerkt, dass Tante Sophia genau in dem Augenblick erschien, als Contarini die Einzelheiten des Schiffsbruchs schilderte. Dass ihr einziger Sohn den gleichen Tod gefunden hat wie ihr Mann, hat sie um den Verstand gebracht.«

»Sie hat mich die Treppe hinabgestoßen.«

Colard senkte den Kopf. »Glaubt mir, sie wusste nicht, was sie tat. Das entschuldigt weder den schrecklichen Vorfall, noch macht es etwas ungeschehen, aber sie war völlig außer sich. Wir sollten ihr Verständnis entgegenbringen, auch wenn sie in ihrer krankhaften Sohnesliebe meistens ungerecht war.«

Ein Schatten flog über Aimées Züge.

»Colard, ich habe auch ein Kind verloren.«

»Ich wollte, ich könnte es ungeschehen machen, aber weder Entschuldigungen noch die Tränen, die Sophia aus Reue und Kummer weint, werden dieses Kind wieder ins Leben zurückrufen. Es war Sophias Enkel. Sie wollte das nicht.«

»Ich glaube Euch, dass es ein Unglück war«, erwiderte Aimée tonlos, »aber noch kann ich das Ganze nicht erfassen.«

Colard sah ihre Tränen. Versucht, sie ihr zu trocknen, verschränkte er die Finger ineinander. Er musste sich zur Zurückhaltung zwingen. Wie sollte ausgerechnet er sie trösten können und um Nachsicht bitten. Zu der Dame mit der Lilie hatte er von jeher diese unerklärbare Zuneigung empfunden. Wie diese Zuneigung sich auf Aimée übertrug, verwirrte ihn. Sie litt, sie kam ihm fragil vor wie venezianisches Glas. Eine falsche Berührung, und es würde zerbrechen.

»Ich würde gerne alles tun, Euch zu helfen«, sagte er hilflos.

Aimée bemerkte seine ehrliche Anteilnahme, seine Betroffenheit.

»Ihr müsst Euch keine Vorwürfe machen, Colard. Ihr habt keine Schuld.«

»Eben doch. Ich hätte nicht zulassen dürfen, dass Contarini seine verheerende Nachricht im Treppenhaus überbringt, wo jeder Ungebetene Zutritt hat.«

»Ich suche keine Schuldigen, Colard. Ich suche Hoffnung. Nur so können wir weiterleben.«

»Bei aller Hoffnung, Aimée, ich fürchte um Sophias geistige Gesundheit.«

Aimée wandte den Kopf ab und sah zur Holzwand, hinter der ein anderer Kranker lag. Colard wagte nicht, ihre Gedanken zu unterbrechen. Er ahnte, dass sie mit sich kämpfte, dass es ihr nicht leichtfiel, einen Frieden mit Sophia zu finden.

»Sie wird sich fassen«, sagte sie schließlich und sah ihn wieder an. »Aber es wird seine Zeit dauern, bis sich die Wunden schließen, bis wir alle unser Schicksal in Demut ertragen können. Wir sind eine Familie, Colard. Wir müssen in Zeiten der Trauer und der Not zusammenstehen. Wie sonst sollen wir Halt finden?«

Colard ergriff Aimées Hand, die sie ihm in einer versöhnlichen Geste entgegenhielt.
»Ich weiß nicht, wie wir es ohne Ruben schaffen werden. Wir haben das Leben seit seiner Geburt geteilt. Ich bin mit ihm aufgewachsen. Ich habe mich über ihn geärgert, aber ich habe ihn geliebt wie einen Bruder.«
»Man musste ihn lieben«, flüsterte Aimée und umklammerte seine Finger. »Egal was er tat, liebenswert war er.«
»Wie wird es weitergehen, Aimée?«
»Zusammen werden wir es schaffen.«
Zusammen? Das Wort besaß die Zauberkraft der Hoffnung.
»Zuerst einmal müsst Ihr gesund werden, Aimée«, sagte er behutsam. »Wie ich sehe, seid Ihr in den besten Händen bei den frommen Frauen. Es war eine gute Eingebung von Domenico Contarini, Euch unverzüglich in die Infirmerie zu bringen.«
»Dankt ihm bitte in meinem Namen, wenn Ihr ihn wiederseht«, antwortete Aimée. »Er hat mir wohl das Leben gerettet, aber er soll auf jeden Fall davon Abstand nehmen, meinen Onkel von den Ereignissen zu benachrichtigen. Wenn ich es für notwendig halte, werde ich ihm selbst die Nachricht zukommen lassen.«
Ihre Stimme wurde schwächer, und Colard erinnerte sich der Warnung der Begine. Aimée brauchte Ruhe.
»Ich danke Euch. Kann ich noch irgendetwas tun? Soll ich das Mädchen schicken, damit sie den Schwestern bei Eurer Pflege zur Hand geht?«
»Bitte nicht. Habt Verständnis dafür, dass ich fürs Erste niemanden sehen will. Ich danke Euch, dass Ihr gekommen seid. Das Gespräch mit Euch hat mir gutgetan, aber

ich bin jetzt unendlich müde, erschöpft. Schön, dass wir ein gutes Einvernehmen miteinander gefunden haben.«
Colard legte die Hand, die er immer noch festhielt, vorsichtig zurück und verneigte sich vor Aimée. Sie sah es nicht mehr. Sie hatte die Augen schon geschlossen, und das gab ihm Zeit, seinen Blick länger als üblich auf ihr ruhen zu lassen, ehe er sich abwandte und die Infirmerie verließ.

Colard war noch ganz in seinen Gedanken versunken, als Anselm Korte ihm vor der Liebfrauenkirche unhöflich den Weg vertrat.
»Gott zum Gruß in diesen schweren Zeiten, de Fine«, schnaufte er griesgrämig.
Colard erwiderte den Gruß mit Unbehagen. Was wollte der fette Tuchhändler? Ruben ruhte mitsamt seinem gebrochenen Heiratsversprechen auf dem Grund des Meeres. Kortes merkwürdig abschätzender Blick ließ ihn trotzdem das Schlimmste ahnen.
»Ruben Cornelis war ein Tunichtgut, aber dieses Ende hat er nicht verdient«, erklärte Korte, als habe er seine Gedanken gelesen. »Ich nehme an, Ihr werdet die Geschäfte des Hauses Cornelis nun führen. Es gibt da eine Angelegenheit, die ich gerne mit Euch besprechen möchte. Ihr seid auf dem Heimweg? Lasst uns ein paar Schritte gemeinsam gehen.«
Dieser Einladung konnte er sich, so gerne er es getan hätte, nicht entziehen. Der Tuchhändler stapfte die Mariastraat entlang, aber erst an der Abzweigung zur Steenstraat kam er endlich zur Sache.
»Diese Abmachung, die Ihr da mit den Mönchen im nördlichen England bezüglich der Rohwolle treffen wolltet, die

übernehme ich. Die Sache ist halbwegs durchdacht und verspricht Gewinn.«

»Wie kommt Ihr dazu?« Colard brauste auf. »Woher wisst Ihr überhaupt davon?«

»Das könnt Ihr Euch doch denken. Ruben hat bis zuletzt in den falschen Schenken mit den falschen Leuten gezecht. Dabei konnte er sich ausrechnen, dass ich ihn im Auge behalten würde.«

»Das gibt Euch wahrhaftig kein Recht, unsere ...«

»Benehmt Euch nicht wie ein Kind, de Fine. Im Gegensatz zu Eurem Vetter seid Ihr vernünftig, und darauf baue ich. Ihr könnt von Glück sagen, dass Rubens Machenschaften mit ihm zusammen in Vergessenheit geraten werden. Denn wir beide halten schließlich den Mund, nicht wahr?«

»Was wollt Ihr damit sagen?«

»Wisst Ihr es wirklich nicht?« Kortes widerwärtiges Lachen war ekelerregend. »Ich bin sicher, Ihr werdet es begreifen, wenn Ihr in Ruhe darüber nachdenkt. Also kümmert Euch anderweitig um Rohwolle. Gehabt Euch wohl, mein Lieber!«

Colard stolperte fast über die eigenen Füße, weil ihm der Tuchhändler die Rechte in gespielter Leutseligkeit heftig zwischen die Schulterblätter hieb, ehe er in die Sint Niklas Straat abbog. Erschüttert verharrte er mitten auf der Gasse. Korte erpresste ihn. Er wusste Bescheid und hatte das Haus Cornelis damit in der Hand. Was in Dreiteufelsnamen konnte er tun?

Die Antwort war erschreckend einfach. Nichts.

Ein neuerlicher Gruß hielt ihn auf, ehe er seinen Weg fortsetzen konnte. Der Lombarde. Es kostete ihn Mühe, die Fassung wiederzufinden.

»Messer Contarini, habt Dank für Euren Gruß.«
»Wie geht es meiner Schutzbefohlenen?«
»Besser, ich komme gerade aus der Infirmerie. Das Fieber ist gesunken, und die frommen Frauen versorgen sie gut. Ihre Genesung wird jedoch sicher noch Zeit in Anspruch nehmen.«
»Dann werde ich ihr beim nächsten Besuchstag der Infirmerie meine Aufwartung machen.«
Colard runzelte die Stirn. Das missfiel ihm. Welchen Grund sollte Contarini für einen Besuch dort haben? Reine Höflichkeit? Irgendwie bezweifelte er das.
»Überlegt Euch das bitte gut. Sie wünscht sich verständlicherweise Ruhe, um sich mit ihrer Trauer und den schweren Schicksalsschlägen auseinanderzusetzen. Aber sie hat mir ausdrücklich aufgetragen, Euch für Eure tatkräftige Hilfe zu danken und Euch zu bitten, von einer Nachricht an ihren Onkel Abstand zu nehmen«, richtete er Aimées Worte aus.
Danach wechselte er strikt das Thema. Er wollte Aimées Zustand nicht mit Contarini besprechen.
»Ihr fragt Euch vermutlich, was nach Rubens Tod aus dem Handelshaus wird, nicht wahr?«
»Nein, warum sollte ich? Die Lage ist klar. Ihr werdet die Geschäfte führen, bis die junge Handelsherrin die Zügel in die Hand nehmen kann«, erwiderte Domenico sachlich.
Sie gingen jetzt über eine der zahllosen Brücken und sahen dabei einem Tiefmacherkahn zu, der Sand und Schlick aus dem Kanal entfernte. Nach den andauernden Regenfällen arbeiteten die Männer auf den schwimmenden Plattformen Tag und Nacht. Der Abfall der ganzen Stadt war in die Wasserarme gespült worden. Jetzt verrottete er in der August-

sonne und erfüllte die Luft mit Gestank und Myriaden von Fliegen, die auch den beiden Männern auf der Brücke zusetzten.

»Sie soll die Zügel in die Hand nehmen, um welche Geschäfte zu machen?«, fragte Colard nach einer Weile und schlug gereizt nach den Insekten. »Mit der *Koralle* sind die letzten Wertsachen, die wir hatten, untergegangen. Mit dem Erlös wollten wir Eure Schuldscheine abdecken. Nun werdet Ihr und Euer Adlatus Salomon unsere Totengräber sein. Wie viele von Rubens Schuldscheinen sind in Euren Händen?«

»Alle.«

»Wann werdet Ihr sie präsentieren?«

»Das hängt ganz von Euch ab, de Fine.«

»Wie soll ich das verstehen?«

»Beunruhigt Euch nicht. Niemand wird Euch bedrängen, solange Aimée Cornelis keine Entscheidungen treffen kann. Seht zu, dass Ihr die Tagesgeschäfte am Laufen haltet. Ich werde dafür Sorge tragen, dass ich Euch ein paar Maklerdienste zuschanzen kann, wenn die Galeeren aus Venedig eintreffen. Das wird Eure finanzielle Situation vorerst bessern.«

Da der gesamte Handel in Brügge nach Vorschrift des Magistrats in den Händen städtischer Bürger liegen musste, waren ausländische Importeure auf die Vermittlung eines ansässigen Kaufmannes angewiesen, um ihre Geschäfte zu tätigen.

Derlei Maklerdienste wurden mit einem Prozentsatz des erzielten Gewinns entlohnt. Die bekannten Handelsmakler hüteten eifersüchtig ihre Kontakte im Hafen und in den fremden Faktoreien. Colard hatte bisher vergeblich versucht, das eine oder andere Maklergeschäft zu ergattern.

»Mir ist klar, dass Ihr den Ruf des Hauses Cornelis nicht aus christlicher Nächstenliebe schützt«, sagte er Domenico auf den Kopf zu. »Was führt Ihr im Schilde?«

»Ihr werdet es rechtzeitig erfahren. Gehabt Euch wohl, hier trennen sich unsere Wege.«

Colard verzichtete auf einen Gruß. Er sah dem Bankier nach und schlug noch wütender nach den lästigen Schmeißfliegen. Ganz Brügge hatte sich offensichtlich gegen ihn verschworen.

Abraham ben Salomon reagierte ungehalten, als er von Domenicos Entscheidung erfuhr.

»Das nenne ich denn doch die Freundschaftsdienste übertreiben«, murrte er. »Was ist los? Ihr wolltet das Haus Cornelis übernehmen, um neben der Bank Eurer Familie ein eigenes Unternehmen aufzubauen. Was ist aus diesen Plänen geworden? Jetzt ist der richtige Zeitpunkt, auf den wir seit Monaten hingearbeitet haben.«

»Wir warten ab«, befahl Domenico. »Ich weiß, was ich tue. Vor allen Dingen bin ich dem Grafen Andrieu einiges schuldig. Deshalb werde ich auf keinen Fall gegen das Handelshaus vorgehen, während seine Herrin im Hospital der Beginen um ihr Leben ringt.«

Abraham schüttelte fassungslos den Kopf.

»Nie hätte ich gedacht, dass Ihr ein Geschäft wegen einer Frau aufgebt. Seit wann erlaubt Ihr dem Gefühl den Sieg über den Verstand?«

»Ihr habt sicher keinen Grund, an meinem Verstand zu zweifeln oder meine Gefühle geringzuschätzen«, entgegnete Domenico. »Habt Ihr den Jungen schon vergessen, der zwischen den Grabsteinen des zerstörten Judenfriedhofs von Reims seinen Gott verflucht hat?«

Abraham wich Domenicos Blick aus und zupfte verlegen an den Barthaaren, die er seit einigen Tagen auf modische Form gestutzt trug. Er war sich seiner Dankesschuld durchaus bewusst.

»Verzeiht, aber mir war nicht klar, warum Ihr auf diese Frau solche Rücksicht nehmt.«

»Ich wollte, ich könnte es Euch sagen, Abraham ben Salomon. Ich weiß nur, dass ich noch nie einer Frau wie ihr begegnet bin.«

23. Kapitel

Brügge, 10. September 1369

Aimée entzündete ihre Kerze.

Das Flackern der Opferlichter tanzte über die bunte hölzerne Muttergottesfigur, die mit dem linken Arm ihren Sohn hielt.

Ihr eigenes Kind hatte keine Chance bekommen, ausgetragen zu werden und zu leben. Ob Knabe oder Mädchen. Sie hatte ihr Kind und den Mann verloren.

Ruben war in sein Verhängnis gelaufen, und sie verspürte neben der Trauer auch das beunruhigende Gefühl der Erleichterung. Sie hatte einen Fehler gemacht, aus Ahnungslosigkeit, aus blinder Liebe? Sie schämte sich für ihre zwiespältigen Empfindungen so sehr, dass es auch den Frauen aufgefallen war, die sie in der Infirmerie gepflegt hatten.

»Geht zur Madonna vom Weingarten«, hatte ihr eine mütterliche Begine im Krankensaal geraten. »Es wird Euch guttun, wenn Ihr endlich dieses Bett verlasst. Die Madonna wird Euch Trost geben.«

Aimée hatte den Krankenkittel gegen ihre Kleider eingetauscht und sich hinausgewagt. Der von mannshohen Mauern umschlossene Beginenhof war eine friedliche Insel im betriebsamen Brügge. Ein breiter Weg führte vom Hospital zur Kirche, deren zierlicher Holzturm sich hoch über die Mauern und die Dächer der Beginenhäuser erhob. Der Beginenhof war eine Stadt in der Stadt.

»Hilf mir, Heilige Mutter«, betete sie ebenso verzweifelt wie aufbegehrend. »Ich weiß nicht, wie ich weiterleben soll.«

»Es liegt an dir, mein Kind.«

Aimée wandte sich um und entdeckte die in sich versunkene Gestalt einer betagten Begine, die ihr halblautes Gespräch mit der Mutter Gottes mitgehört hatte. Sie erhob sich ein wenig unbeholfen. Noch spürte sie die Folgen des schweren Sturzes.

»Komm näher, mein Kind, damit ich dich besser sehen kann«, forderte die Begine sie auf. »Meine Augen sind nicht mehr die besten, und mein Gedächtnis spielt mir manchmal Streiche, aber ich kann immer noch gut zuhören. Vielleicht möchtest du dich aussprechen und deinen Kummer bei jemandem ausschütten.«

Aimée folgte widerstrebend der Aufforderung. Unter der kompliziert gefalteten *Faille,* der weißen Beginenhaube, sah ihr das zerfurchte Gesicht einer uralten Frau entgegen, die tiefliegenden Augen jedoch machten immer noch einen hellwachen Eindruck.

»Komm noch ein Stück näher. Ich erkenne nur genau, was ich in Reichweite eines Armes vor mir habe. Deine Stimme klingt jung. Warum klingt sie so verzweifelt?«

Aimée tat ihr den Gefallen.

»Wer bist du, Mädchen?«

»Aimée Cornelis«, sagte sie. »Die Witwe des Kaufmannes Ruben Cornelis.«

»Was tust du bei uns? Willst du eine unserer Schwestern werden?«

»Nein.« Aimée schüttelte nachdrücklich den Kopf. Auch wenn sie noch so verzweifelt war, daran hatte sie nie gedacht. »Eure Schwestern haben mich gepflegt, weil ich bei einem Sturz mein Kind verloren habe.«
Die alte Begine schüttelte den Kopf und sah sie unverwandt an.
»Du hast eine ganz und gar ungewöhnliche Ähnlichkeit mit einer jungen Begine, die vor langer Zeit im Weingarten lebte«, stellte die Greisin schließlich fest. »Sie war ein ausnehmend begabtes junges Mädchen. Ich habe sie nie vergessen, denn ich habe ihre Begabung und ihre Fähigkeiten nicht erkannt und gefördert, worunter ich noch heute leide.«
»Man sagt, ich sehe meiner Großmutter sehr ähnlich«, antwortete Aimée. »Sie hat ihre Jugend im Beginenhof vom Weingarten verbracht. Habt Ihr sie vielleicht gekannt und seht deshalb die Ähnlichkeit mit mir?«
»Es ist eine Last, so alt zu werden. All die Gesichter, all die Namen, die schon vergessen sind ...«
»Meine Großmutter hat mir einmal von einem Brand bei den Wollschuppen erzählt ...«
Ein Ruck ging durch die Greisin, und ihre Aufmerksamkeit kehrte zurück.
»Lieber Gott! Nie kann ich diese Nacht vergessen. Das Mädchen wollte damals seine Pflegemutter retten und kam in den Flammen um. Ich hätte ihren Tod verhindern können, aber ich war voller Eifersucht. Ich neidete ihr die Aufmerksamkeit und die Liebe der Maestra.«
Aimée war sich immer sicherer, das Mädchen, von dem die alte Begine sprach, musste ihre Großmutter gewesen sein. Sie ergriff ihre faltigen Hände.

»Sie ist nicht umgekommen. Sie war meine Großmutter«, sagte sie sanft. »Und Ihr müsst Euch auch keine Vorwürfe machen. Sie hat Euch verziehen, denn sie hat nur Gutes über die Jahre erzählt, die sie im Beginenhof gelebt hat. Ehe ich Ruben Cornelis geheiratet habe, war ich Aimée von Andrieu, Enkelin der Violante von Andrieu. Bei meiner Taufe hat sie mich in den Armen gehalten und meine Namen ausgewählt: Aimée Marguerite Ysée. Sie hat mir einmal anvertraut, dass sie im Beginenhof den Namen Ysée trug.«

»Sie lebt?«

Die verwirrenden Neuigkeiten waren erkennbar zu viel für die alte Begine. Aimée nahm sie kurz entschlossen in den Arm.

»Meine Großmutter hat mir von der Nacht erzählt, in der die Wollschuppen brannten. Sie kam nicht um, sie wurde entführt, und es gelang ihr mit Hilfe meines Großvaters und seines Bruders, aus Brügge zu fliehen. Sie ist erst vor wenigen Wochen gestorben. Gott hat ihr ein langes und erfülltes Leben geschenkt. Wollt Ihr mir Euren Namen verraten?«

»Ich war die Schwester Alaina. Eure Großmutter hat mich verabscheut.«

»Das glaube ich nicht. Sie sagte stets, sie habe viel von Schwester Alaina gelernt. Ich glaube, sie hat Euch respektiert und geachtet.«

Eine junge Begine eilte den Hauptgang der Kirche entlang.

»Schwester Alaina, da seid Ihr ja«, rief sie erleichtert und kam näher.

»Hatte sie wieder einen Schwächeanfall? Sie ist die älteste

Begine unserer Gemeinschaft. Sie weiß so viel zu berichten, aber manchmal ist sie auch verwirrt und ein wenig eigensinnig«, wandte sie sich an Aimée.
Aimée half Alaina beim Aufstehen und beruhigte die besorgte Schwester mit einem Lächeln.
»Sorgt Euch nicht. Ich habe eine kluge Frau in ihr kennengelernt. Ich konnte kein Anzeichen von Verwirrung bemerken.«
»Ich danke dir«, sagte die Greisin. »Du wirst einen Weg aus deinem Kummer finden. Du musst ihn langsam und Schritt für Schritt gehen. Tue erst das Notwendige, dann das Mögliche …«
»… und plötzlich schaffst du das Unmögliche«, beendete Aimée den Satz. »Wenn mir eine Aufgabe zu schwierig erschien, hat mich meine Großmutter stets mit diesen Worten des heiligen Franz von Assisi getröstet.«
»Es ist also wahr, du bist es wirklich.«
Alaina zeichnete mit zitternden Fingern ein Kreuz auf Aimées Stirn, dann ließ sie sich von der jungen Begine begleiten.
Aimée sah ihnen nach und atmete tief durch. Die Begegnung mit der Vergangenheit ihrer Großmutter hatte ihr Kraft geschenkt.
Mit einem Male fühlte sie sich stark genug, den Kampf mit dem Leben wieder aufzunehmen. Sie durfte nicht in Trauer und Selbstmitleid versinken. Es war an der Zeit, ins Haus Cornelis zurückzukehren.

24. Kapitel

Brügge, 14. September 1369

Zurückgekehrt in das Haus am Kanal wurde Aimée sich in vollem Umfang ihrer Witwenschaft bewusst. Sie war allein. Es gab niemanden, der ihr half, die Probleme zu lösen, die sich gleich einem Berg vor ihr auftürmten.

Wie konnte sie das Handelshaus retten? Und wenn es ihr gelang, in welche Zukunft konnte sie es führen? Zwar stammte sie in direkter Linie von Piet Cornelis ab, aber sie würde keinen Erben in die Welt setzen. Der Gedanke daran, noch einmal zu heiraten, war ihr unvorstellbar.

Colard war kein direkter Nachfahre der Familie Cornelis. Sogar wenn er einmal heiratete, würden seine Kinder nicht erbberechtigt sein. Für wen und wozu also die Anstrengung?

Sollte sie nicht besser ihren Onkel benachrichtigen und nach Andrieu, in die Sicherheit ihrer Familie zurückkehren?

Was hätte ihre Großmutter wohl gesagt?

Sie beantwortete es sich selbst. Aimée, du bist jung, würde sie sagen. Verliere dich nicht. Das Schicksal hat nicht vorgesehen für dich, einfach davonzulaufen. Du bist stark. Beweise deine Stärke. Auch ich habe gekämpft, obwohl ich meinen Sohn und meinen Mann verloren habe. Du

musst um das Überleben des Hauses Cornelis kämpfen. Du weißt nicht, was die Zukunft für dich bereithält.
Aimée stand auf und sah aus dem Fenster in den Nachthimmel, der sich über der Stadt spannte. Ein Stern fing im Westen mit besonders hellem Flimmern ihren Blick. Sie straffte ihre Schultern. Genau das würde ihre Großmutter gesagt haben, dessen war sie sich sicher.
Sie fixierte den Stern, der ihr vorkam, als würde er allein für sie leuchten, und sagte laut: »Morgen packe ich es an, Großmutter. Ich werde dich nicht enttäuschen. Du wirst mir immer ein Beispiel sein.«
»Wo ist Colard?«, fragte sie am nächsten Morgen Joris, der wie immer im Kontor an seinem Pult stand.
»Bei den Florentinern. Unter den Arkaden ihrer Faktorei treffen sich Makler und ausländische Kaufleute, um ihre Geschäfte in Brügge abzuwickeln. In der letzten Woche ist es ihm gelungen, einige vielversprechende Kontrakte zu schließen. Wir haben einen Verbündeten, der ein gutes Wort für uns einlegt.«
»Domenico Contarini. Was verlangt er?«
»Woher wisst Ihr das?«
»Ich muss nur zwei und zwei zusammenzählen. Unter den Arkaden handeln ausschließlich venezianische Makler und Kaufleute. Domenico Contarini ist Venezianer.«
Colard war eingetreten und gab die Antwort:
»Nichts verlangt er.« Er schloss die Tür hinter sich und fügte hinzu: »Macht Euch keine Gedanken. Alles kommt in Ordnung.«
»Ihr solltet es mir bitte überlassen, ob und welche Gedanken ich mir mache, und mir vor allem unliebsame Wahrheiten nicht vorenthalten, Colard. Wie ernst ist unsere

Lage wirklich? Ich brauche unbedingt eine Auflistung aller Verpflichtungen und eine offene Auskunft über den genauen Bestand unseres Vermögens.«
»Müsst Ihr Euch derart überstürzt um alle Einzelheiten kümmern? Ihr habt Euren Mann verloren. Nehmt Euch doch Zeit, um ihn zu trauern.«
»Unglück und Leid werden nicht geringer, wenn wir tatenlos die Hände in den Schoß legen, Colard. Ich stehe in der Verpflichtung und in der Verantwortung, das Haus Cornelis wieder zu Rang und Ansehen zu bringen. Ich bin mir bewusst, dass das eine gewaltige Aufgabe ist, aber ich will es mit meiner ganzen Kraft versuchen, und Ihr steht mir sicher bei?«
»Ich vermag nicht zu sagen, ob ein Kraftakt Erfolg haben kann.« Colard gab sich einen erkennbaren Ruck. »Ihr wollt also wissen, wie es um uns steht? Schonungslos gesagt: Was in unseren Lagern von größerem Wert war, ist mit der *Koralle* untergegangen. Die Rohwolle-Lieferungen aus England stagnieren, weil wir die Ware nicht mehr im Voraus bezahlen können, wie es gewünscht wird. Unsere Weber und Färber haben keine Arbeit mehr, deswegen halten sie Ausschau nach anderen Auftraggebern. Lieferanten in Mailand, Köln und andern Städten mahnen ausstehende Rechnungen an. Der bevorstehende Winter sollte dazu dienen, die Lieferungen der Flanderngaleeren zu verkaufen, neue Kontakte zu knüpfen, die Bestellungen für das kommende Frühjahr aufzulisten sowie neue Kunden zu finden. All dies fällt für uns aus. Wir besitzen nichts von Wert, das den Verkauf lohnt.«
Aimée schluckte. Aber Colard war keineswegs am Ende.
»Ruben hat Schuldscheine unterschrieben. Mehrere. Ihre

Gesamtsumme ist höher als der übliche Reingewinn zweier guter Geschäftsjahre. Lediglich meine Maklertätigkeit für die venezianischen Kaufleute bewahrt uns vor dem endgültigen Aus.«

Aimée versuchte einen klaren Kopf zu bewahren. Sie krauste die Nase. »Wer besitzt diese Schuldscheine mit Rubens Unterschrift?«

»Mittlerweile sind alle in einer Hand.«

Aimée beschlich ein Verdacht. »Sag jetzt bitte nicht, in Domenico Contarinis Hand?«

Colard nickte.

»In seiner und in der seines jüdischen Stellvertreters Abraham ben Salomon. Ich habe es auch erst vor kurzem von ihm selbst erfahren. Er versicherte jedoch, dass er nicht die Absicht habe, sie zu präsentieren.«

»Im Augenblick vielleicht nicht«, entgegnete Aimée und dachte an die Dankbarkeit, die der Bankier ihrem Onkel gegenüber empfand. Wie lange würde sie ihn wohl davon abhalten? »Aber für kommende Zeiten möchte ich mich darauf nicht verlassen. Contarini ist ein Lombarde. Geld ist sein Geschäft, und Zinsen sind sein Gewinn. Das Ganze gefällt mir nicht. Seit wann sind wir ihm so weitgehend verpflichtet?«

»Ruben hat Contarini schon ein Jahr vor seiner Reise nach Gent um eine erste Anleihe gebeten. Seine Zinsen sind günstig.«

»Wenn er sich von Ruben überzeugen ließ, Geld in das Haus Cornelis zu stecken, muss es einen triftigeren Grund gegeben haben als Rubens Überredungskunst. Und wenn er zudem die sonstigen umlaufenden Schuldscheine übernommen hat, muss er einen Plan haben. Steht ihm am Ende der Sinn nach unserem Handelshaus?«

»Das ist unmöglich. Er ist Ausländer. Um in Brügge ein selbständiges Handelshaus führen zu können, müsste er Bürger unserer Stadt sein. Es gibt nur drei Möglichkeiten, dies zu erreichen. Geburt, Heirat oder ein Beschluss des städtischen Magistrats. Geburt scheidet aus. Heirat? Man hat nichts dergleichen gehört, und wäre er beim Magistratsrat in Sachen Bürgerrecht vorstellig geworden, hätte sich auch das in Brügge schon längst herumgesprochen.«

Aimée war anderer Meinung, aber sie behielt es für sich.

»Tatsache ist, wir müssen danach trachten, seinen Einfluss auf unsere Geschäfte zu mindern. Habt Ihr Euch schon Gedanken darüber gemacht, wie unsere Zukunft aussehen kann?«

Verblüfft von der unerwarteten Frage wiederholte Colard: »Unsere Zukunft?« Seine Gedanken überschlugen sich und landeten auf falschen Wegen. »Es ist noch zu wenig Zeit verstrichen. Ruben ist schließlich erst wenige Wochen tot.«

Aimée blickte ihn direkt an und unterdrückte ein seltsames Unbehagen. Sie wählte ihre nächsten Worte mit Bedacht. Es widerstrebte ihr, eine Trauer um Ruben zu zeigen, die sie im Grunde ihres Herzens nicht in solcher Tiefe empfand. Aber Ruben trug ein hohes Maß an Schuld an ihrer verzweifelten Lage. Aus diesem Grund war es sicher nicht unehrenhaft, hinter der Trauer Schutz zu suchen.

»Hört mir zu. Ich trauere sehr wohl um Ruben und mein Kind. Als ich ihm in Gent meine Hand gab, geschah das nicht auf Befehl des Herzogs, sondern weil es mein Wille war. Ich wollte Rubens Frau werden und kein unnützes Leben am Hof führen. Ich war jung und ahnungslos und fühlte mich hingezogen zu ihm. Ich liebte seinen Charme, seine Offenheit, sein Draufgängertum. Ich werde ihn immer so in Erinnerung behalten, wie er damals war, und das wird mir helfen, auch künftig meine Pflicht zu tun.«

Sie hatte mit keiner Silbe gelogen und doch Colards Mitgefühl angesprochen. Er empfand sogar Bewunderung für sie. Aber da waren auch seine Überzeugung, dass er der Mann sei, der es ohne ihre Hilfe schaffen würde; sein Ehrgeiz, das zu beweisen; sein Stolz, der sich dagegen wehrte, sich in die Abhängigkeit von einer Frau zu begeben; sein berufliches Misstrauen, das er auch auf Aimée übertrug. Er zwang sich zu einem streng sachlichen Ton.

»Seid Ihr Euch sicher, dass Ihr Eure ganze Zukunft für ein Handelshaus opfern wollt, das in Schwierigkeiten steckt? Euer Onkel würde sich freuen, würdet Ihr zu ihm zurückkehren. Ihr würdet Euch wieder in Euren Kreisen bewegen.«

»Was redet Ihr nur? Dies sind meine Kreise.« Mit einer schwungvollen Handbewegung bezog sie das ganze Kontor ein. »Habt Ihr das Testament von Piet Cornelis vergessen? Wir werden zu verhindern wissen, dass Domenico Contarini unter diesem Dach Befehle erteilt.«

»Und wie wollt Ihr das machen?« Colards Stimme verriet Unglauben.

»Noch kann ich es nicht sagen. Aber es wird mir etwas einfallen, dessen könnt Ihr gewiss sein.«

Ein Pochen an der Tür verhinderte Colards Antwort. Ein Knecht reichte Aimée mit wichtiger Miene ein gefaltetes Pergament, auf dessen Rückseite das dicke Siegel des Herzogs von Burgund prangte.

»Ein Kurier hat dieses Schreiben soeben abgegeben, und ich habe ihm schwören müssen, dass es augenblicklich in Eure Hände gelangt, Herrin.«

Die respektvolle Anrede trug Aimées neuem Rang Rechnung. Seit sich Sophia völlig in ihrer Trauer vergrub, kaum noch ihr Gemach verließ und keinen Einfluss auf die Führung des Hauses mehr nahm, sprach das Gesinde sie mit dem ihr zustehenden Titel an.
Aimée drehte das Schreiben in den Händen.

An Aimée von Andrieu, Gattin des Ruben Cornelis zu Brügge.

Was wollte der Herzog von ihr?
Sie brach das Siegel, während Joris und Colard mit verständlicher Neugier dabei zusahen. Die Sorge stand ihnen ins Gesicht geschrieben. Sie beruhigte sie mit einem flüchtigen Lächeln, sobald sie die ersten Zeilen überflogen hatte.
»Herzogin Margarete hat mir geschrieben. Es sind private Zeilen.«
»Dann wollen wir Euch alleine lassen, damit Ihr sie in Ruhe lesen könnt«, sagte Colard höflich und winkte Joris, damit er ihn begleitete.
»Nein, bleibt. Ich gehe. Ihr habt sicher zu tun.«
Aimée verließ das Kontor. Ebenso neugierig auf den unerwarteten Brief der Herzogin wie erleichtert darüber, das Gespräch mit Colard zunächst beenden zu können. Seine wiederholten Versuche, sie zurück nach Hause zu schicken, missfielen ihr, aber sie wollte ihn nicht vor den Kopf stoßen.
Die Neuigkeiten aus Flandern fanden ungeahnt schnell ihren Weg an den burgundischen Hof. Herzogin Margarete war zutiefst betroffen über den Verlust, den Aimée erlitten habe, las Aimée in ihren Räumen.

Er wird so strahlend und jung in Eurer Erinnerung bleiben, wie er es auf dem Höhepunkt seines Lebens gewesen ist. Ich werde für ihn und für Euch beten. Wie es heißt, wollt Ihr in Brügge bleiben und das Handelshaus Eures Mannes weiterführen. Also habt Ihr trotz Eures persönlichen Leides die Aufgabe gefunden, nach der Ihr Euch gesehnt habt. Ich wünsche Euch Gottes Segen.
Als Tochter des Grafen von Flandern weiß ich, dass ausgewählte Kunstwerke in den Lagerräumen der Flanderngaleeren ihren Weg nach Brügge finden. Sie sind der Grund, warum ich an Euch herantrete und Euch bitte, mich zu unterstützen.

Die Burg des Herzogs in Dijon, die Aimée aus eigener Anschauung kennengelernt hatte, war dem prunkliebenden Fürsten zu schlicht und zu klein. Schon im vergangenen Frühjahr war die Rede davon gewesen, das alte Gemäuer zu erweitern, zu verschönern und den Ansprüchen des kunstsinnigen Herzogs anzupassen. Offensichtlich hatte er in Margarete eine Frau gefunden, die diese Wünsche teilte.

Der Herzog vermisst nicht nur einen Ballspielplatz, sondern auch moderne Bäder und eine gedeckte Galerie, auf der wir die Regentage verbringen können, die in Dijon nicht selten sind. All dies wird von fleißigen Handwerkern nach seinen Plänen geschaffen, während er im Felde ist und gegen die Engländer kämpft. Möge Gott ihn schützen. Das Herzogtum Burgund wird in seiner Abwesenheit von unserem treuen Diener Odo von Grancey verwaltet. Mir obliegt die Aufsicht des Baues und später die Einrichtung der fertigen Gemächer, die in ihrem Glanz alles je Dagewesene in den Schatten stellen sollen. Es geht mir nicht um eitlen Pomp, sondern um edle Kunst, die das Auge des Herzogs erfreuen soll.«

Beim Stichwort Pomp dachte Aimée an die Hüte des Herzogs und musste lächeln. Jeder einzelne trug, unabhängig von Farbe und Material, auf seinen persönlichen Wunsch hin zwölf Straußenfedern, zwei Fasanenfedern und jeweils zwei Federn exotischer Vögel. Wenn seine Residenz ebenso prächtig ausgestattet werden sollte, würden nur die ungewöhnlichsten und kostspieligsten Dinge dafür in Frage kommen. Ohne Rücksicht auf den Preis.

In Gent habe ich Euren sicheren Geschmack schätzen gelernt, liebe Aimée. Aus diesem Grunde seid Ihr mir eine Hilfe. Prüft das Angebot der Flanderngaleeren für mich und ersteht im Namen des Herzogs jene exklusiven Dinge, die Ihr für geeignet haltet, unsere Räume auszugestalten. Vergesst auch nicht die Tapisserien, die in Flandern mit solcher Kunstfertigkeit entworfen und gewebt werden.

Aimée ließ den Brief sinken, und ihr Blick fiel unwillkürlich auf einen jener Wandteppiche, die die Herzogin im Auge haben musste. Er zeigte eine anmutige Frühlingslandschaft und nahm eine ganze Seitenwand ihres Schlafraumes ein. Vor einer von Wäldern umgebenen Burg stand eine blonde Jungfrau, die einen Blütenkranz um den Kopf

eines sagenhaften Einhornes wand. Zu Füßen des Mädchens und des Einhorns breitete sich eine Wiese voller Margeriten aus.
Sie wusste, dass die Herzogin eine fast schon wunderliche Vorliebe für ihre Namensblume hegte. Jedes ihrer prächtigen Gewänder trug versteckt oder offen eine entsprechende Verzierung. Eine Borte am Saum, eine Stickerei am Ausschnitt, eine Schließe in Blumenform. Nur ihre Unterkleider machten eine Ausnahme. Sie waren geziert mit fein gestickten Weißdornblättern.
Aimée vergaß weiterzulesen. Der Brief der Herzogin war für sie mehr als eine Ehre oder eine freundschaftliche Geste. Er setzte eine wahre Lawine von Plänen in ihrem Kopf in Gang.

25. Kapitel

Brügge, 22. September 1369

»Was hast du hier zu suchen? Raus mir dir, aber schnell!«

Der Raum, den der alte Piet Cornelis mit seiner letzten Frau bewohnt hatte, war für das Gesinde tabu. Seine Tante hütete ihn wie eine Hauskapelle. Niemand außer ihr durfte ihn betreten. Abgedeckte Möbel, Spinnweben und eine kräftige Schicht Staub verrieten, dass er schon gar nicht mehr gereinigt wurde.

Die Tür zu dem Heiligtum stand offen, und Colard sah ein Mädchen in einer Truhe wühlen.

»Nicht so voreilig«, antwortete Aimée.

Angetan mit dem grauen Kittel einer Magd, einer Arbeitsschürze, einem Kopftuch, drehte sie sich zu ihm um. In den Händen hielt sie einen großen, in Leder gebundenen Folianten. Sie legte ihn auf dem Sims des ungeheizten Kamins neben der Truhe ab. Colard sah dort bereits andere Bücher liegen.

»Ist das nicht fabelhaft?«

Colard hatte Aimée seit langem nicht mehr so strahlen sehen. Konsterniert fragte er sich, was in sie gefahren sein mochte.

»Mein Gott, was tut Ihr denn hier?«

»Schätze suchen«, antwortete sie zufrieden. »Seht nur, was ich gefunden habe. *Le Livre des Propriétés des Choses.* Barthélemy l'Anglais hat diese Enzyklopädie der Natur im vergangenen Jahrhundert verfasst. Es ist immer noch das umfassendste Werk, das es zu diesem Thema gibt. Dieses Exemplar ist auch noch in feinster Zierschrift geschrieben.«

Sie wandte sich wieder der Truhe zu, und Colard konnte sie im letzten Moment davon abhalten, erneut in ihre Tiefen zu tauchen.

»Schätze suchen«, wiederholte er fragend. »Erklärt mir, was das heißen soll. Warum interessieren Euch ausgerechnet diese Bücher?«

»Es sind noch viel mehr davon vorhanden. Seht selbst. Ein herrlicher Titus Livius mit goldenen Lettern, und dann erst diese vielen Bände Aristoteles. Wer hätte gedacht, dass Piet Cornelis solch kostbare griechische Abhandlungen in seinem Besitz hatte.«

»Ich weiß aus Erzählungen nur, dass er eine Vorliebe für schöne Dinge hatte.«

»Und wohl für besonders wertvolle Bücher. Ein weiser Mann«, nickte Aimée. »Wir können ihm nicht dankbar genug dafür sein. Er hat vorausschauend gehandelt. Wollt Ihr mir mit diesen Büchern nicht helfen? Sie sind schwer.«

»Was habt Ihr damit vor?«

»Ich werde sie verkaufen.«

In ihren Augen stand ein triumphierendes Blitzen.

»Seht mich nicht an, als wäre ich närrisch geworden«, las sie seine Gedanken. »Schaut Euch um. Allein dieses Zimmer ist eine Schatzkammer. Bücher, Pokale, Wandbehänge, Heiligenstatuen, ein Salzfass, das mit der Figur einer Sirene verziert ist. Und vieles mehr. Wir brauchen die Flanderngaleeren nicht. Wir leben in einem Warenlager voller Kostbarkeiten.«

»Aimée, ich bitte Euch, kommt zur Vernunft.« Colard suchte nach Worten, sie zu überzeugen. »Ihr könnt diese Sachen in Brügge nicht verkaufen. Wir würden uns bloßstellen. Zu viele von ihnen sind bekannt. Früher wurden im Hause Cornelis große Feste gefeiert, und die ersten Familien der Stadt gingen hier ein und aus.«

»Dann muss es auch silbernes Tafelgeschirr geben«, rief Aimée begeistert. »Das habe ich noch gar nicht gefunden. Wisst Ihr, wo es aufbewahrt wird?«

»Ich habe bei Gott Wichtigeres zu tun, als mich um Tafelgeschirr zu kümmern«, brauste Colard auf. »Wollt Ihr etwa Euer Erbe zu Geld machen?«

»Genau das will ich«, bestätigte Aimée zufrieden. »Seht Ihr nicht, dass wir uns damit aller Sorgen entledigen können? Wäre ich doch nur früher darauf gekommen, vielleicht hätte ich Ruben damit von seiner verhängnisvollen Reise abhalten können.«

Trauer und Selbstvorwürfe geben ihr solche Ideen ein, ging es Colard durch den Kopf. Oder was war es sonst, das sie etwas so Demütigendes planen ließ. Er musste eine Möglichkeit finden, sie davon abzubringen.

»Aimée, wir können unmöglich unseren Hausstand in Brügge verkaufen. Zum einen ist es ungehörig, und zum anderen brächte es Tante Sophia den Tod.«

»Macht Euch keine Gedanken um sie. Ich habe mit ihr gesprochen. Sie sieht ein, dass es keinen anderen Weg für uns gibt. Ehrlich gesagt, ich weiß nicht, ob sie mich klar verstanden hat, aber sie hat immerhin keinen Einspruch erhoben.«

»Sie ist nicht mehr sie selbst«, murmelte Colard.
»Wir haben uns alle verändert«, stellte Aimée nüchtern fest.
Er sah einen strengen Zug um ihren Mund und musste ihr recht geben. Auch sie war nicht mehr die ahnungslose Braut, die nach Brügge gekommen war. So resolut, wie sie vor ihm stand, war sie inzwischen eine Frau, die wusste, was sie tat. Die Selbstsicherheit, die sie dabei ausstrahlte, verlieh ihr einen verführerischen Reiz, musste Colard sich eingestehen. Eine Schmutzspur an der Wange gab ihrem Aussehen etwas erfrischend Natürliches. Er war immer wieder hin- und hergerissen in seinen Gefühlen für sie.
»Ich habe bereits einen Kunden in Dijon, Colard. Ihr könnt es nicht mehr aufhalten. Er will mir all dies abkaufen. Er sucht darüber hinaus seltene Preziosen und ist bereit, einen sehr guten Preis dafür zu bezahlen. Einen sehr hohen.«
»Und wer ist dieser Verrückte?«
»Kein *er*, es ist die Herzogin von Burgund.«
Sie hatte es so leise gesagt, dass ihn die Worte nur mit Verzögerung erreichten.
»Margarete von Flandern?«, fragte er, weil er sich verhört zu haben glaubte.
»Die Herzogin von Burgund«, bestätigte Aimée gelassen.
»Nun kommt schon, Colard. Schaut nicht so finster. Sie sucht, was wir im Überfluss besitzen, für die neuen Räume der herzoglichen Residenz in Dijon. Ihre Wünsche werden das Haus Cornelis retten. Allein diese Enzyklopädie ist ein Vermögen wert. Der Herzog ist ein leidenschaftlicher Sammler schöner Bücher, das weiß jedermann.«
Schlagartig ging ihm auf, welch genialen Gedanken Aimée

da verfolgte. Sie verwandelte totes Kapital in liquide Mittel. Trotzdem versuchte er, noch etwas Widerstand zu leisten. Er wollte sie unbedingt davon abbringen, die Schmutzarbeit zu machen.

»Wer soll sie sonst tun? Wer kann lesen und die wichtigen Bücher von den unwichtigen unterscheiden? Wer weiß, ob ein Weinbecher Tand oder ein Juwel ist? Es ist nicht das erste Mal, dass ich mir die Hände schmutzig mache. Helft mir lieber. Diese Truhe dort an der Wand konnte ich nicht öffnen.«

Colard kapitulierte ebenso wie offensichtlich schon zuvor seine Tante.

Tage später hatte Aimée in einem trockenen Lagergewölbe mit seiner Hilfe zusammengetragen, was ihr geeignet erschien. Sie fertigte eine Liste mit ausführlichen Beschreibungen der einzelnen Gegenstände an.

»Das einzige Problem sind die Preise«, erklärte sie, als sie ihn damit im Kontor aufsuchte. »Sie müssen dem wahren Wert der Dinge entsprechen, aber auch einen gewissen Spielraum zum Handeln lassen. Das Gefühl, einen günstigeren Preis aushandeln zu können, macht einen Kauf erstrebenswerter.«

»Wer sagt Euch eigentlich, dass die Herzogin überhaupt bezahlt?«, warf Colard ein und ärgerte sich, dass er dieses Argument bisher nicht in die Waagschale geworfen hatte.

»Die Herrschaften mögen noch so reich sein, die Kosten ihrer Verschwendungssucht übersteigen stets ihre Einnahmen. Erinnert Euch an die Hochzeit in Gent.«

Er sah Aimée an, während sie den Raum durchmaß und den Ring ihrer Großmutter an der Hand drehte. Colard waren die raumdurchschreitenden Wanderungen inzwi-

schen vertraut, ebenso ihr Spiel mit dem Ring. Aimée sammelte dabei ihre Gedanken.
Die Säume ihres Kleides gaben auf dem Holz des Bodens einen typischen schleppenden Ton dazu. Die Farbe ihres Kleides betonte heute besonders den Alabasterschimmer ihrer Haut.
Colards Gedanken schweiften vom Thema ab. Er ertappte sich immer öfter dabei.
Aimée hingegen hatte beschlossen, Colards Einwand zu ignorieren.
»Hört Ihr mir überhaupt zu?«, fragte sie stattdessen. »Es geht um die Preisgestaltung.«
»Natürlich. Ihr vertraut der Herzogin. Aber Vertrauen allein ist nicht genug, wenn man ein Handelshaus führen will.«
»Was wisst Ihr von den *listini dei prezzi*, mit denen die Kaufleute aus Lucca und Genua arbeiten? Joris hat mir erzählt, dass in Genua oder Venedig die Warenpreise festgelegt werden und sich die dortigen Kaufleute daran orientieren. Wenn es dergleichen auch für Luxuswaren geben sollte, könnte es eine große Hilfe sein.«
»Bisher hatten wir derlei Listen nicht nötig«, sagte er bedächtig.
Er hätte Aimée an den Lombarden verweisen können, der ihr mit Sicherheit Auskunft gegeben hätte, aber er dachte natürlich nicht daran, das vorzuschlagen. Der Mann stand ohnehin schon zu oft in seinem Kontor. Und es wäre blamabel, ihn womöglich einweihen zu müssen in die Verkaufspläne.
»Dann werde ich wohl oder übel Domenico Contarini fragen müssen«, kam Aimée ohne seine Hilfe zum selben

Schluss. »Ich benötige seine Kurierverbindungen, um den Brief nach Dijon bringen zu lassen. Bei der Gelegenheit kann ich auch meinem Onkel schreiben. Es wird ihn freuen, beruhigende Nachrichten zu erhalten.«

»Habt Ihr keine Scheu, Contarini einzuweihen? Wenn er erfährt, welche Schätze wir der Herzogin verkaufen wollen, könnte er eigene Ansprüche anmelden. Wir dürfen nicht vergessen, dass sich unsere gesamten Schuldscheine in seiner Hand befinden.«

»Ihr traut ihm nicht? Hat er einen so schlechten Ruf?«

»Nein.« Er zögerte, aber dann siegte seine Ehrenhaftigkeit. »Sein Ruf ist makellos, aber ich würde trotzdem zur Vorsicht raten. Er arbeitet mit einem jüdischen Wucherer zusammen, und sein Einfluss ist in den vergangenen Jahren immer größer geworden.«

»Ach was«, winkte Aimée ab. »Lasst es gut sein, Colard. Ihr habt etwas gegen Contarini. Es spricht, und das wisst Ihr auch, alles dafür, dass er sich uns gegenüber nicht unehrenhaft und wortbrüchig zeigt. Er ist ein Mann, der Wort hält, glaubt mir.«

Colard erhob keinen weiteren Einspruch mehr. Es war nutzlos, gegen Aimées Pläne zu opponieren. Er nahm sich jedoch vor, Contarinis Einfluss in Grenzen zu halten.

Stets im Hintergrund bleibend, aber nie von Aimées Seite weichend, wurde er dann Zeuge, wie der Lombarde die ausgewählten Stücke schätzte und ihre Preise mit Aimée festsetzte. Es war beeindruckend, über welche Kenntnisse er verfügte und mit welcher Sicherheit Aimée die Wertsachen zusammengestellt hatte.

»Margeriten für den Herzog?«, wunderte sich Contarini, als er den Wandteppich einschätzen sollte. »Habt Ihr keine

Tapisserien mit kriegerischen Motiven? Ich bezweifle, dass diese Idylle sein Gefallen findet.«

»Es genügt, wenn er der Herzogin gefällt«, erwiderte Aimée bestimmt und ignorierte ein ironisches Aufblitzen in seinen Augen. »Wir werden für dieses Stück achthundertfünfzig Goldflorin ansetzen. Sie liebt die ländlichen Szenen, und Blumen entzücken sie. Es wird dem Herzog ein Anliegen sein, ihr diesen Wandteppich zu schenken.«

»Es ist eine prachtvolle Arbeit, aber der Preis ist mehr als prachtvoll. Warum sollte der Herzog ein Vermögen dafür ausgeben?«

»Weil er die Herzogin schätzt und liebt!«

Aimée hielt Contarinis Blick stand, ehe sie sorgsam den Preis des Wandteppichs auf ihrer Schreibtafel notierte. Colard sah nur das erneute ironische Lächeln, mit dem der Lombarde seine Zustimmung gab. Er ahnte, dass er sie gerne auf die Liebschaften des Herzogs hingewiesen hätte, über die alle Welt tratschte.

»Da Ihr den Geschmack der Herzogin kennt, will ich Euch nicht widersprechen«, hörte er ihn versöhnlich antworten. »Ihr werdet einen stolzen Gewinn erzielen, selbst wenn Ihr im nächsten Jahr nicht alles verkaufen werdet.«

»Im nächsten Jahr?« Aimée sah alarmiert auf. »So lange kann und will ich nicht warten.«

Contarini schüttelte den Kopf, und Colard ahnte, was er sagen wollte.

»Ihr habt keine andere Wahl. Der Herbst hat begonnen. Die letzten Handelszüge haben Brügge schon verlassen. Ihr könnt die kostbaren Waren nur im Schutze eines gut bewachten Handelszuges transportieren. Vor dem nächsten Frühjahr gibt es keine Transportmöglichkeit.«

»Unmöglich.« Aimées Augen flammten auf. »Ich kann nicht riskieren, dass mir in Dijon ein Händler zuvorkommt. Dann werden wir eben unseren eigenen Handelszug zusammenstellen müssen.«
»Der eine prächtige Beute für Straßenräuber und marodierende Söldner wäre. Nur große Handelszüge bieten die Sicherheit, die Ihr benötigt.«
Colard griff ein, ehe Aimée erneut widersprechen konnte. »Messer Contarini hat recht, Aimée. Das alles hier ist nicht mehr als die Ladung zweier Fuhrwerke, aber jedes einzelne Stück ist wertvoll und weckt Begierden. Und es bedarf gründlicher Vorarbeiten. Die zerbrechlichen Glaspokale müssen in flüssiges Fett getaucht werden, das sich beim Abkühlen verfestigt und sie so schützt. Die Bücher müssen in mehrere Lagen gewachstes Papier und schließlich in Leder gehüllt werden, und bei den Tapisserien kommt es darauf an, sie vor Stockflecken zu bewahren. Dermaßen empfindliche Ware durch Herbststürme und über durchweichte Straßen zu transportieren ist Leichtsinn.«
Aimée sah von einem zum anderen, und Colard spürte, wie sich ihm die Haare im Nacken sträubten. Sie hatte wieder ihr streitlustiges Funkeln in den Augen.
»Das werden wir sehen!«, sagte sie nur und zückte ihre Tafel für die nächsten Preise. »Ein paar Herbststürme werden mich nicht aufhalten.«

26. Kapitel

Brügge, 24. September 1369

In der Gasse zur Salvatorkirche herrschte mehr Gedränge als auf dem großen Markt. Mensch an Mensch schob sich vorwärts, bis schließlich alle stehenblieben.

Ehe Aimée es sich versah, war sie mit Lison in der Menge eingeschlossen. Obwohl eine ehrbare Bürgerin mit niedergeschlagenen Augen durch die Straßen zu gehen hatte, reckte sie sich auf die Zehenspitzen, um die Ursache dafür herauszufinden.

Der tägliche Kirchgang hatte ihr die Möglichkeit geboten, die Stadt, mit ihrem Labyrinth von Brücken und Kanälen, immer besser kennenzulernen. Sie hatte ihre Kirchgänge auch nicht mehr nur auf die Liebfrauenkirche beschränkt, sondern ihre Gebete auch in anderen Kirchen verrichtet.

Sankt Salvator, ihr heutiges Ziel, war das älteste Gotteshaus Brügges. Ein Brand hatte kurz nach seiner endgültigen Fertigstellung den Innenraum zerstört, und bis zum heutigen Tag war das Gebäude eine Baustelle.

Ungeachtet dessen wurden Gottesdienste in ihr gehalten. Lag es an den Arbeiten, dass sie plötzlich nicht weiterkamen?

Über das Gemurmel der Menschenmenge erhob sich eine laute Männerstimme. Aimée entdeckte den Sprecher un-

weit der Kirche, hoch über den Köpfen der Zuschauer. Er stand auf einem großen Wagen.
Sie setzte die Ellbogen ein, um in die Nähe des Redners zu kommen. Warum schenkten die Brügger ihm so viel Aufmerksamkeit?
»Er hat Flandern an den König von Frankreich verschachert, Freunde!«, verstand sie die ersten Worte. »Habt ihr unsere Brüder vergessen, die im Kampf gegen die verdammten Leliarts in der Sporenschlacht ihr Leben gelassen haben? Ludwig von Male tritt den glorreichen Sieg von Kortijk mit Füßen. Unter seiner Knute sind wir ärmer als je zuvor.«
Aimée begriff. Die Politik des Grafen von Flandern trieb einen Keil zwischen die Städter und die Landbevölkerung. Indem er die Menschen auf dem Land vor den Übergriffen der Städter schützte, machte er sich in den Städten Feinde.
»Er schürt unseren Untergang, Freunde! Unter seiner Obhut stellen die Bauern Webstühle auf. Sie färben und weben billiges Zeug, das dem Brügger Tuch Konkurrenz machen soll. Geht es nach ihm, werden wir künftig hungern, während er und seine Verbündeten auf Festmählern prassen und saufen!«
Beifall und Geschrei übertönten die Stimme des Mannes, dessen blaue Hände ihn als Färber auswiesen. Lison zerrte heftig an Aimées Arm.
»Lasst uns umkehren.«
»Solange du nicht den Grafen von Flandern verteidigst, musst du dich nicht fürchten«, behauptete Aimée ruhig, obwohl auch ihr der Aufruhr nicht ganz geheuer war. Dennoch wollte sie um keinen Preis gehen. Ihre Neugierde war stärker.

»Zerschlagt den Bauern die Webstühle!«
Die Menge griff den Ruf des Färbers auf. Männer reckten ihre geballten Fäuste. Frauen kreischten, die ersten Knüppel tauchten auf. Aimée versuchte Lison in einen rettenden Hauseingang zu ziehen, aber sie hatte zu lange gewartet. Der Sog der Menschenmasse riss sie unaufhaltsam vorwärts, auf die Kirche zu.
»Die Stadtwache! Lauft!«
Aus dem Aufruhr wurde schlagartig kopflose Flucht. Die Stadtwache und die Männer des Grafen von Flandern fackelten nicht lange, wenn es galt, Unruhestifter zum Schweigen zu bringen. Aimée und Lison hatten Mühe, auf den Beinen zu bleiben. Ein unüberwindbares Hindernis, das mitten in der Gasse stand, hielt den fliehenden Mob auf. Ein Ziegelfuhrwerk, beladen mit gebrannten Backsteinen für die Kathedrale von Sankt Salvator, ließ zu beiden Seiten nur einen schmalen Durchgang.
Blitzartig erfasste Aimée die Vorteile des Fuhrwerks. Sie zog Lison in eine Lücke neben der Deichsel, hinter dem unruhigen Ochsengespann. Zwei Fuhrknechte hatten alle Hände voll zu tun, die Tiere im Zaum zu halten, denen sie geistesgegenwärtig Säcke über die Köpfe gestülpt hatten.
»Halt dich an der Wagenkante fest und pass auf!«, schrie sie Lison ins Ohr und presste sich eng gegen das Gefährt.
Die Stadtwache achtete weder auf sie noch auf das Fuhrwerk. Die Bewaffneten folgten den Flüchtenden die Gasse entlang, und wenig später fanden sich Aimée, Lison und die Fuhrknechte allein mit einer Handvoll Menschen, die im Aufruhr niedergestoßen und verletzt worden waren.
»Heilige Mutter Gottes«, jammerte Lison. »Ich dachte, mein letztes Stündlein hat geschlagen. Was war das?«

Aimée richtete ihre Kleidung. Den Riss an ihrem Ärmel übersah sie. Sie hatte den Korb mit den Opferkerzen eingebüßt, aber bis auf ein paar blaue Flecken waren sie unversehrt geblieben. Lediglich das Herz schlug ihr bis zum Hals.

»Ich nehme an, das ist der Grund dafür, weshalb der Graf von Flandern lieber auf der befestigten Burg von Male lebt als mitten in Brügge«, wandte sie sich Lison zu.

»Ihr seid eine kluge Frau.« Der Anstifter des Aufruhrs hatte sich auf der anderen Seite der Deichsel in Sicherheit gebracht und tippte nun mit der Hand respektvoll an seine Kappe. »Wenn ich Euch trotzdem einen Rat geben darf, dann seht zu, dass Ihr fortkommt, ehe die Wachen wieder auftauchen.«

»Und wer hilft den Verletzten hier?«

»Sie helfen sich selber.«

Aimée sah über den Ziegelaufbau hinweg, dass er recht hatte. Humpelnd und einander stützend suchten sie das Weite. Ihre Augen kehrten zu dem Färber mit seinen blauen, rissigen Händen zurück. Fraglos ein Mann, der nicht aus einem spontanen Impuls heraus gehandelt hatte, sondern aus tiefsitzender Verbitterung.

»Was treibt Euch dazu, Aufruhr zu predigen?«, erkundigte sie sich. »Habt Ihr keine Arbeit?«

»In dieser Stadt fehlt es nicht an Arbeit, sondern an Gerechtigkeit!«, gab er zornig zurück. »Die Reichen werden immer fetter und die Armen immer hungriger.«

Er wandte sich ab, klopfte den beiden Fuhrknechten auf die Schultern und verschwand so eilig zwischen zwei Häusern, dass Aimée ihm nicht antworten konnte. Sie befolgte jedoch seinen Rat und zog Lison mit sich fort. Am Ende

der Gasse wandte sie sich noch einmal um und sah dem ratternden Ziegelfuhrwerk nach, das seinen Weg zur Bauhütte der Kirche fortsetzte.
Sie nahm Lison das Versprechen ab, den Vorfall für sich zu behalten, aber die Mühe hätte sie sich sparen können. Colard trat aus dem Haus, als sie durch das Tor kamen. Ein Blick auf ihre schmutzigen Röcke, den eingerissenen Ärmel und Lisons verstörte Miene genügte, um Fragen zu stellen.
Aimée versuchte die Ereignisse herunterzuspielen, aber Colard hatte schon von dem Krawall an der Salvatorkirche gehört.
»Die kurzsichtige Politik des Grafen gegen die großen Städte Flanderns führt immer wieder zu Unruhen. Er hat die Bauern dazu ermuntert, Webstühle aufzustellen. Das trägt ihm zwar Steuern ein, aber auch den Zorn der städtischen Weber und Färber. Sie fürchten um ihre Arbeitsplätze und ihr Einkommen. Brügger Tuch darf nur heißen, was in Brügge produziert wird. Wenn jedoch billigere Ware den Markt überschwemmt, brechen die Preise ein, und die Folgen sind für uns alle verheerend. Ich fürchte, dass uns ein unruhiger Winter bevorsteht, wenn jetzt schon gehetzt wird.«
Aimée rieb gedankenverloren über einen Schmutzfleck auf ihrem Handrücken. Es war roter Ziegelstaub.
»Warum musstet Ihr Euch in diesen Tumult begeben, Aimée?«
»Uns ist nichts passiert«, schnitt sie ihm das Wort ab. »Im Gegenteil, ich glaube, ich muss diesem Färber dankbar sein. Er hat mich auf eine Idee gebracht. Lasst uns im Kontor darüber sprechen.«

»Wollt Ihr nicht erst saubere Klei...«
Aimée ging zügigen Schrittes an ihm vorbei. Sie entzog sich Colards Besorgnis, indem sie sich taub stellte. Im Kontor griff sie als Erstes zur Zweitschrift der Lieferliste für die Herzogin. Ein Kurier war mit dem Original bereits nach Dijon unterwegs.
»Besitzen wir ausreichend Barmittel, um einige Fuhrwerke mit gebrannten Ziegeln und Bauholz aus Norwegen zu finanzieren?«, fragte sie Colard ohne weitere Vorrede.
»Was wollt Ihr bauen?«
»Nichts. Der Herzog von Burgund baut. Ihm werden wir allerfeinste flämische Ziegel liefern, Bauholz für die Gerüste der Arbeiter, und wenn wir genügend auftreiben können, auch behauene Steinblöcke für Treppen und Fensterstürze. Wichtig ist nur, dass die Einzelteile so unhandlich und schwer sind, dass jeder Straßenräuber die Finger davon lässt, weil er nicht weiß, wie er sie transportieren sollte.«
»Aber ...«
Aimée schenkte Colard ein so strahlendes Lächeln, dass er vergaß, was er sagen wollte.
»Haben wir vertrauenswürdige Fuhrknechte in unseren Diensten, Colard?«
»Ja, natürlich. Was habt Ihr vor? Ein solcher Transport ist schon im Sommer schwierig. Im Herbst werden die Fuhrwerke im Schlamm versinken. Man wird uns für verrückt erklären, wenn wir um diese Jahreszeit Ziegelsteine nach Dijon liefern. Im Burgundischen werden sie schließlich auch gebrannt.«
Aimée lächelte. »Aber die Herzogin möchte für die Residenz Ziegel aus Flandern. Schließlich ist sie die Erbin von Flandern.«

Dass Colard nicht widersprach, war fast schon ein Wunder in ihren Augen. Seine Miene hellte sich indes nicht auf. Im Gegenteil.

»Ich habe den Verdacht, Ihr wollt zwischen den Steinen und dem Holz die Kunstwerke verstecken und sie so transportieren.«

Aimée nickte schweigend. Das also hatte er durchschaut.

»Es mag ja sein, dass ein solcher Transport kaum in Gefahr gerät, überfallen zu werden«, fuhr Colard fort. »Aber dafür wird er beschwerlicher sein, als Ihr Euch vorstellen könnt. Ist Euch bewusst, dass wir vor jeden dieser Wagen vier Ochsen spannen müssten? Maultiere sind zu schwach. Es ist ein Kraftakt, Steine über Land zu transportieren, normalerweise geschieht das nur auf Flusskähnen.«

»Ich habe nicht gesagt, dass es leicht wird. Wir müssen die Fuhrwerke außerdem präparieren. Wie wäre ein doppelter Boden? Schreiner und Stellmacher sollten sich unverzüglich an die Arbeit machen. Erwarten sie Erklärungen, sagen wir ihnen, der zweite Boden diene dazu, die Ladung gegen die Stöße des Weges zu sichern, um die Steine vor Bruch zu schützen. Sie werden Euch schwer widersprechen können.«

»Ihr habt Phantasie, Aimée, das muss ich zugeben«, staunte Colard.

»Ihr wisst, wie viel für uns davon abhängt. Je eher wir aufbrechen können, umso besser ist es.«

»Wir?«

Aimée nickte bestätigend.

»Wer sonst? Wem wollen wir unsere Zukunft anvertrauen? Außerdem erwartet mich die Herzogin in Dijon, und ohne Begleitung kann ich nicht reisen, das ist mir klar.«

»Wie stellt Ihr Euch das vor? Wer soll mich vertreten? Wie wollen wir auch Eure Abwesenheit erklären?«, fragte er.

»Joris wird Euch vertreten. Ihr sagt selbst, dass es im bevorstehenden Winter nicht viel zu tun geben wird. Ich hingegen werde offiziell einen Besuch bei meiner Familie machen. Jeder wird Verständnis dafür haben, dass ich ihren Trost suche.«

»Ihr könnt unmöglich mit einem Handelszug durch die Lande ziehen«, protestierte Colard. »Abgesehen davon, dass Euch das von Rang und Stellung her nicht ansteht, habt Ihr eben erst eine schwere Krankheit überstanden. Ihr müsst Euch noch schonen.«

Aimée ließ keinen Einwand gelten.

»Ich bin gesund, Colard! Und was meinen Rang angeht, es wird der eines jungen Schreibers sein.«

Jetzt hatte sie ihn endgültig in die Sprachlosigkeit getrieben. Er sah sie aus geweiteten Augen entsetzt an.

»Ich weiß, was Ihr sagen wollt, Colard. Aber wenn Ihr in Ruhe darüber nachdenkt, dann müsst Ihr mir beipflichten. Niemand beachtet den Gehilfen eines Handelsmannes. Bescheiden gekleidet, das Haar unter einer Kappe versteckt, werde ich nichts als Euer Schatten auf dieser Reise sein.«

»Das ist ungeheuerlich! Gegen alle guten Sitten! Niemand tut so etwas!«, rief er heiser.

»Meine Großmutter ist einmal auf diese Weise gereist. Sie hat mir davon erzählt.«

»Die Kirche verbietet, dass Frauen Männerkleider tragen.«

»Ich weiß.« Aimée sah ihn an. »Aber in diesem besonderen Falle muss der Herrgott ein Einsehen mit mir haben. Es geht nicht um mich, es geht um das Haus Cornelis. Ich gebe Euch mein Wort, dass ich mich auf dieser Reise allen Euren Anweisungen füge und keine Aufmerksamkeit auf mich lenken werde.«

Aimée machte eine Verbeugung vor Colard. Sie wollte ihm mit dieser Geste zeigen, wie vollendet, auch in der Form, sie ihm ihren Gehorsam erweisen würde. Die kaum bemerkbare Ironie, die in der Geste lag, betonte ihre bezaubernde Weiblichkeit und hätte jeden männlichen Beschützerinstinkt geweckt, nicht nur den von Colard.

»Und wenn Ihr mir einen Platz im Paradies dafür versprecht«, fuhr Colard auf. »Ich erlaube nicht, dass Ihr Euch derart leichtsinnig in Gefahr bringt.«

Aimée warf Colard einen Blick unter halb gesenkten Lidern zu. Sie musste ihn überreden; ihn zu zwingen wäre für die ganze Mission misslich gewesen.

Es widerstrebte ihr auch, ihn zu erpressen. Aber die Zeit lief ihnen davon. Jeder verlorene Tag brachte sie näher an den Winter.

»Gut, Colard. Dann entschuldigt mich, ich habe zu tun.«

»Was habt Ihr vor?«

Hatte sie sich eines Besseren besonnen?

Aimée sah bewusst an ihm vorbei, zum Fenster hinaus, wo die Wolken, schon wieder schwer vom Regen, über die Dächer der Stadt zogen.

»Ich muss einen Boten zu Domenico Contarini schicken. Er wird mir sicher helfen und mir Schutz geben …«

Zwischen Colards Fingern zerbrach mit leisem Knacken ein Federkiel.

»Bleib, Aimée. Der Himmel weiß, dass ich einen Fehler mache, aber wir müssen einen vernünftigen Plan entwerfen, wenn es sich nicht verhindern lässt, dass du deinen Kopf durchsetzt.«

Sie gönnte sich keinen Triumph. Es ging ihr um die Sache. Aus diesem Grund erhob sie auch keinen Einspruch dagegen, dass Colard plötzlich zum vertrauten Du wechselte. Sie waren eine Familie, und als künftiger Schreiber musste sie ohnehin mit einem rüderen Ton zurechtkommen.

27. Kapitel

Auf der Strasse nach Dijon, 5. Oktober 1369

Sie waren endlich unterwegs. Die Mauern von Brügge verschwanden im Regen.

Der Handelszug, bestehend aus fünf doppelten Ochsengespannen, einem Trupp bewaffneter venezianischer Söldner, den Fuhrknechten und Colard, dem Herrn des Handelszuges mit seinem jungen Schreiber, quälte sich durch die Vorstädte, wo Gerber und Hautfetter ihrem Handwerk nachgingen. Der Magistrat hatte jene Berufszweige vor die Mauern verbannt, um den Bürgern den Gestank zu ersparen, denn sie gerbten die Häute in erster Linie mit Urin. Die ärmlichen Häuser und Werkstätten standen zwischen schlammigen Wegen, auf denen verhärmte Kinder im Schmutz spielten. Aimée schickte ihnen einen melancholischen Blick nach.

Sie hielt sich gehorsam hinter Colard. Sie ritt einen schwerfälligen Braunen, der sich dem Trott der Ochsen, die das Tempo des Zuges vorlegten, unverzüglich angepasst hatte. »Du brauchst einen zuverlässigen Gaul, aber keinen schönen. Niemand würde einem Schreiber ein wertvolles Reitpferd wie deine Stute anvertrauen«, hatte Colard sich beim Blick in ihr verdutztes Gesicht für den Braunen entschuldigt.

Sie nahm ihn, wie den Regen, mit stoischer Gelassenheit hin. Die Tatsache, dass sie auf dem Weg nach Dijon waren, war ihr das Wichtigste. Ihre Handelsware ruhte, sorgsam verpackt und gesichert, zwischen rot gebrannten Ziegelsteinen und Bauholz. Sie geleitete die Zukunft des Hauses Cornelis.

Am frühen Nachmittag quälten sich die Ochsen an Kortijk vorbei, das die Franzosen Courtrai nannten. Tiefe Fahrrinnen und überschwemmte Löcher machten den Weg schwer. Die weite, flache Landschaft, nur unterbrochen von vereinzelten Mühlen und Kanälen, bot Aimées Augen schon lange keinen Halt mehr. Der Himmel hing wie eine graue, gestaltlose Decke über ihren Köpfen. Sie versuchte sich damit abzulenken, dass sie ihre Reisegefährten beobachtete.

Colard glich, unbeweglich sitzend, einem nassen Holzklotz. Die Hutfedern der Söldner hingen zerrupft und nass über die Krempe, aber ihre Waffen blitzten gefährlich. Die Fuhrknechte hockten mit rundem Rücken auf ihren Wagen, dem Regen preisgegeben und dem Schlamm, der von Pferden und Ochsen aufgeworfen wurde. Das Knirschen der eisenbeschlagenen Räder, das Klirren der Zaumzeuge und die Rufe der Leute waren längst zur monotonen Geräuschkulisse geworden. Die Erregung vor dem Aufbruch ging in Gleichmut über.

Als sie an der Grenze zum Gebiet des Bischofs von Cambrai im letzten Tageslicht die Laterne einer Herberge vor sich auftauchen sahen, hatte die Reise bereits Spuren hinterlassen. Aimée hatte das Gefühl, nicht einen Tag, sondern eine Woche geritten zu sein. Im Hof der Unterkunft rutschte sie aus dem Sattel und wäre gefallen, hätte nicht

eine kräftige Hand sie davor bewahrt. Einer der Fuhrknechte, die feuchten dunklen Haare im Nacken gebunden, war ihr zu Hilfe gekommen.
»Danke«, murmelte sie mit angestrengt tiefer Stimme und hielt ihren Hut fest. Ihr flüchtiger Blick streifte ein hageres, scharfkantiges Männergesicht, in dem nachtschwarze Augen blitzten.
Sie wollte es nicht glauben.
»Kann ich Euch zu Diensten sein, Herr Schreiber?«
Aimée schüttelte nur den Kopf und realisierte sofort, dass sie jetzt keine Fragen stellen durfte. Erst als die Tür einer Kammer sich hinter ihr und Colard schloss, verlangte sie Auskunft.
»Ich bin Domenico Contarini begegnet. Was hat er hier in der Rolle eines Fuhrknechtes zu tun? Was soll diese Komödie bedeuten?«
»Du hast ihn um Hilfe gebeten«, erinnerte Colard sie und schüttelte seinen nassen Umhang aus.
»Das habe ich. Aber ich habe unsere Absprache so verstanden, dass er unabhängig von uns nach Dijon reist, um dort unsere Interessen gegenüber der Schatzkammer des Herzogs zu vertreten.«
»Das ist die offizielle Version«, entgegnete Colard und breitete seinen Umhang über einer Bank zum Trocknen aus. »Er reist unerkannt mit uns, so wie du. Willst du etwa deinen feuchten Mantel anbehalten?«
»Ich bin zu erschöpft für Rätsel, Colard.« Aimée kämpfte mit dem Verschluss ihres Umhanges. »Erklär mir bitte, warum.«
»Messer Contarini reist als unser oberster Fuhrknecht. Er versteht genügend von diesem Handwerk, um den ande-

ren Männern die richtigen Befehle erteilen zu können. Wir dürfen den Transport nicht ohne Aufsicht lassen, wenn wir in einer Herberge wie dieser sind. Es ist die Aufgabe der Fuhrknechte, ein Auge auf die Ladung zu haben, also brauchen wir als obersten Fuhrknecht einen Mann unseres Vertrauens. Würde ich mich persönlich darum kümmern, wüsste auch der Dümmste, dass wir Wertvolleres als nur Ziegelsteine transportieren.«

»Er ist ein Geldverleiher und kein Ochsentreiber. Hätte es nicht eine andere Möglichkeit gegeben, das Problem zu lösen?«, wunderte sich Aimée. »Warum hast du es nicht mit mir besprochen?«

»Er wollte es nicht. Er nahm an, dass du Widerspruch einlegen würdest.«

»Mit Recht.« Aimée zerrte ihren Mantel von den nassen Schultern, wütend und verwirrt. »Was treibt ihn dazu, sich so sehr in unsere Angelegenheiten einzumischen?«

»Die Sorge um dein Wohlergehen und deine Sicherheit, das weißt du doch. Er nimmt das Wort ernst, das er deinem Onkel gegeben hat.«

In den folgenden Reisetagen wanderten Aimées Blicke immer wieder grübelnd in Contarinis Richtung. Die gelassene Freundlichkeit, mit der er störrische Ochsen, faule Fuhrknechte und geldgierige Brückenwärter zur Ordnung rief, beeindruckte sie wider Willen – ebenso wie seine zupackende, kraftvolle Art.

Er war sich nicht zu schade, Hand anzulegen, als die Fuhrwerke nach tagelangem Regen im Schlamm stecken blieben. Er leitete den Zug durch Bäche und Flüsse, wenn Furten statt Brücken auf sie warteten, und er brachte die

Wagen ohne gebrochene Achsen über die übelsten Knüppeldämme.
Es war offensichtlich, dass er ihnen von größtem Nutzen war.
Doch Aimée mochte nicht glauben, dass das Wort, das er gegeben hatte, allein der Grund dafür sein sollte, dass Contarini diese Strapazen auf sich nahm. Die gleichmäßig dahintrottenden Ochsen ließen ihr unendlich Zeit zum Nachdenken, und immer häufiger kreisten dabei ihre Gedanken um ihn, dessen Hilfsbereitschaft alles übertraf, was er ihrem Onkel versprochen hatte.
Es war nicht so einfach, ihn zu durchschauen – nicht so einfach wie bei Colard. Bei ihm spürte sie, dass er auf den Tag hoffte, an dem sie den Wunsch haben würde, seine Frau zu werden. Er widersetzte sich ihr, weil er um seine Stellung im Haus kämpfte. Jahrelang hatte er sich Ruben gegenüber zurückgesetzt gefühlt, hatte bei aller Trauer die Hoffnung gehegt, nach dessen Tod den ersten Platz einzunehmen. Sie machte ihm diesen Platz streitig.
Er war tüchtig, aber es fehlte ihm der Mut, den Ruben gehabt hatte. Er bewunderte sie, weil auch sie diese Zuversicht ins Leben besaß. Das hatte sie mit Ruben verbunden.
Colards Verhalten ihr gegenüber hatte sich nach und nach verändert. Sie war nicht blind. Er hatte begonnen, Gefühle für sie zu hegen, wobei er sich der Triebfeder seiner Gefühle wohl nicht bewusst war.
Eine Verbindung mit ihr löste vermeintlich seine Probleme. Nur die Tatsache, dass er gottlob ihre mehr oder weniger heftige Trauer um Ruben respektierte, hielt ihn zurück, sich zu offenbaren.
Doch gleichgültig, wie vernünftig und sinnvoll eine Ver-

bindung mit ihr in Colards Augen auch war, die Ehe mit Ruben, geschlossen aus einer Mischung aus Sehnsucht nach einem anderen Leben, romantischem Rausch und ehrgeiziger Vasallentreue zum Herzog, war nicht so gewesen, dass sie sich nach einer erneuten Ehe sehnte. Sie hatte auch nicht das Bedürfnis, sich wieder der Befehlsgewalt eines Ehemannes auszusetzen. Sie musste mit Colard auskommen. Er war für das Haus Cornelis wichtig, er war dem Haus verbunden. Sie würde ihm das immer danken.
Was aber sollte sie von Domenico Contarini halten?
Sein Verhalten deutete nicht darauf hin, dass es ihm darum ging, ihre Zuneigung zu gewinnen. Er hatte sie auf offenem Weg angesprochen, um ihren Onkel wiederzutreffen. Er hatte Onkel Jean-Paul ein Versprechen gegeben, zu dem er sich aus Dank verpflichtet fühlen musste. Er nahm auf dieser Reise Kälte, Anstrengung und Unbequemlichkeiten auf sich, um dieses Versprechen einzuhalten.
Es beunruhigte sie plötzlich, dass sie überhaupt in Erwägung zog, Contarini könne Zuneigung für sie empfinden. Sie hatte gerade erst begonnen, ihrem Leben ein Ziel zu geben. Seine Hilfe war ihr dabei schon mehrmals zugutegekommen. Warum half er ihr? Es konnte viele Motive für seine Hilfsbereitschaft geben. Sie konnte nicht ergründen, was hinter seiner Stirn vorging. Er übte eine Faszination auf sie aus, gegen die sie glaubte sich sperren zu müssen.

Als im blassen Licht eines windigen Novembertages endlich die Umrisse ihres Zieles am Horizont auftauchten, konnte Aimée ein erleichtertes Aufatmen nicht unterdrücken. Das Sendschreiben der Herzogin hielt die Stadtwache davon ab, die Fuhrwerke genauer zu prüfen, so dass sie ohne Verzögerung durch eines der elf Tore von Dijon rattern konnten.

In der Rue de Forges leitete Contarini die Fuhrwerke in den Innenhof eines riesigen dreistöckigen Stadthauses. Umlaufende Holzarkaden und ein offener Treppenturm ließen auf den Reichtum seines Besitzers schließen. Der Hausherr, ein rotgesichtiger Dijoneser Bürger, dessen Hängebacken und Doppelkinn bei jedem Schritt wabbelten, hastete auf Colard zu und schloss ihn wie einen vermissten Bruder in die Arme, kaum dass er vom Pferd gestiegen war.

Aimée wusste, dass Maître Ballain ein wohlhabender Gewürzhändler war, der seit vielen Jahren enge Geschäftsbeziehungen zum Hause Cornelis unterhielt. Im Schutz seiner Gastfreundschaft wollte Colard Ziegelsteine von Kunstwerken trennen. Aimée sollte sich unter seinem Dach wieder in eine Dame verwandeln.

»Erlaubt, dass wir die ausführliche Vorstellung auf später verschieben«, vernahm sie Colards diplomatische Bitte. »Der eisige Wind ist uns allen in die Knochen gefahren. Wir sehnen uns nach einem Dach über dem Kopf und einem wärmenden Feuer.«

Aimée beanspruchte keine Hilfe, um aus dem Sattel zu kommen. Die mühsame Reise hatte ihr die Behendigkeit des Mädchens zurückgegeben, das in Andrieu mit seinen Vettern auf Bäume und über Mauern geklettert war. Sie hüllte sich in ihren langen weiten Umhang, um zu verbergen, dass sie Männerkleider trug. Als sie abgestiegen war, stand Contarini vor ihr.

»Wir haben es geschafft«, machte sie sich Luft.

»Ihr habt es geschafft«, korrigierte er.

»Mit Eurer Hilfe.«
Sie erhielt keine Antwort. Colard winkte ihr vom Eingang des Hauses. Im Hintergrund schlossen die Knechte das große Tor und legten einen Querbalken vor, der die Flügel von innen blockierte.
»Kommt mit ins Haus«, forderte Aimée unbefangen und freudestrahlend Contarini auf. »Legt mit mir Eure Verkleidung ab. Wir sind in Sicherheit. Ihr müsst Euch, wie ich, nach einer warmen Mahlzeit und frischen Kleidern sehnen!«
Sie suchte in seinen Augen vergeblich die Freude, die sie empfand, als sie ihn dabei anlächelte.
»Geht nur und lasst de Fine nicht warten«, sagte er ruhig. »Ihr braucht mich fürs Erste nicht mehr. Schickt mir eine Nachricht, wenn Ihr mit der Herzogin einig seid. Euer Vetter weiß, wo er mich findet.«
Aimées Lächeln erstarb. Gekränkt sah sie ihn an. Seinen Blick konnte sie nicht deuten.
»Sie warten auf Euch«, wiederholte er sich.
»Ich danke Euch. Ihr wisst nicht, wie sehr.«
Sie wandte sich ab und suchte die schützende Wärme des Hauses. Contarinis zurückhaltende Aufnahme ihres herzlichen Dankes machte es ihr noch schwerer, ihn zu beurteilen.
Erst als sie geraume Zeit später im dampfenden Wasser eines Badezubers saß, der in einem hübschen Gemach vor dem flackernden Kaminfeuer stand, kehrten die Zufriedenheit und das Glücksempfinden darüber, diese Reise erfolgreich hinter sich gebracht zu haben, zurück.
Fast triumphierend rief sie ihrer Großmutter in Gedanken zu: Ich habe es vollbracht! Wir sind in Dijon! Morgen

schicke ich einen Boten zur Herzogin und bitte sie um eine Audienz.
Sie schloss die Augen, um ihr Glück voll auszukosten.
Als ihr wenig später eine schüchterne kleine Magd beim Ankleiden behilflich war, stutzte sie vor der Silberscheibe des runden Spiegels, den das Mädchen hochhielt. Wie sah sie aus? Reichlich strapaziert.
Ein weiterer prüfender Blick gab ihr die Gewissheit, dass Müdigkeit der Grund für ihr Aussehen sein musste. Ausreichender Schlaf würde ihr guttun. Sie war gewohnt, dass man ihre Schönheit bewunderte, und ertappte sich bei dem Wunsch, dass das so bleiben möge.
»Ihr seid wunderschön«, sagte die Magd und legte den Spiegel zur Seite.
Aimées Lippen verzogen sich zu einem Lächeln, aber ihre Augen blieben ernst.
Ich muss mich ausruhen, noch ist nicht alles geschafft.

28. Kapitel

Dijon, 2. Dezember 1369

Drei Männer beugten sich im Licht der Kerzen über die Urkunde. Federn kratzten über das Wechselpapier. Der Schatzmeister des Herzogs von Burgund zeigte offen seine Missbilligung. Alles in ihm sträubte sich dagegen, dass die Herzogin, ohne Rücksicht auf die desolate Finanzlage des Herzogs, Geschäfte in solcher Höhe abschloss. Es ärgerte ihn, dass er dennoch ihrem Befehl gehorchen musste, und es verwunderte ihn die rätselhafte Art, wie dieses Geschäft abgewickelt wurde.

»Es mutet mich seltsam an, dass so viele Goldstücke mit nur einem Federstrich hingegeben werden sollen«, brummte er. »Was ist das für ein eigenartiges System, das Ihr für die Bezahlung dieser Kunstwerke gewählt habt.«

»Wir haben beste Erfahrungen damit gesammelt«, erwiderte Domenico Contarini. »Das Wechselwesen macht Dieben und Betrügern das Leben schwer, da man nicht länger gezwungen ist, Gold und Silber in Münzen mit sich herumzutragen. Die Gründung von Banken an den großen Handelsplätzen macht es möglich, die Geschäfte über solche Wechsel zu tätigen.«

»Aber wie kommt man am Ende in den Besitz seines Goldes?«

»Man muss lediglich ein Konto bei einer Bank eröffnen. Einen Wechsel legt man dort vor, dann wird das Gold dem Konto gutgeschrieben. Ihr selbst entscheidet dann, ob Ihr es auf dem Konto belassen oder ob Ihr es in Form von Münzen nach Hause tragen wollt. Euer Federstrich lässt das Geld zirkulieren, wir nennen es *Giro* in Venedig.«
Contarinis Auskunft langweilte Jacob Aubert. Er leitete das erste Bankhaus von Dijon. Da er den Schatzmeister gut genug kannte, spürte er, dass er sich in seiner Haut nicht wohl fühlte.
»Lasst uns zu einem Ende kommen«, versuchte er die Angelegenheit zu beschleunigen.
»Konto, Giro, Banco, man muss Eure Sprache sprechen, Messer Contarini, um sich in diesen Geldgeschäften nicht zu verheddern. Heißt das, Madame Cornelis hat ein solches Konto bei Eurer Bank in Brügge und eines bei Monsieur Aubert in Dijon?«
»Es genügt, dass sie eines in Brügge hat. In Dijon geht von dort kommend dann die Zahlung auf dem Konto der Bank Contarini ein. Wir unterhalten bei allen bedeutenden Banken eigene Konten, so auch bei Monsieur Aubert. So können wir überall im Auftrage unserer Kunden Zahlungen tätigen und Einzahlungen annehmen. Diese Methode des münzenlosen Zahlungsverkehrs wurde von Kaufleuten für Kaufleute entwickelt. Aber sie beruht natürlich auf gegenseitigem Vertrauen. Eine Bank muss stets so viel Münzgeld vorrätig haben, dass jeder Kunde, in barer Münze, zu jeder Zeit Zugriff auf seinen Besitz nehmen kann.«
»Ich frage mich, was Seine Gnaden zu dieser stolzen Ausgabe der Herzogin sagen wird.« Der Schatzmeister verlor das Interesse an weiteren Einzelheiten.

»Er wird ihren unfehlbaren Geschmack loben«, erwiderte Contarini gelassen.
»Ihr habt leicht reden. Seit mit dem Umbau der Burg begonnen wurde, ist mein Amt noch schwerer geworden. Ist Euch bekannt, dass Dijon zwischen 1356 und 1364 mehr als zweiundzwanzigtausend Goldflorin für die Befestigung seiner Stadtmauern und die Burg ausgegeben hat? Der Krieg mit England wird uns ruinieren.«
»Fürchtet der Herzog denn, dass die englischen Truppen bis vor die Mauern von Dijon kommen?« Aubert beugte sich besorgt vor. In einer belagerten Stadt würden keine Geschäfte gemacht.
»Unser Herzog fürchtet nichts und niemanden.«
Wenn es nicht um Geld ging, war der Schatzmeister ganz Bewunderer seines Herrn. »Wisst Ihr nicht, dass man ihn Philipp den Kühnen nennt?«
»Erwartet Ihr ihn zum Weihnachtsfest in der Stadt?«
»Wir wissen nicht, wie die Pläne Seiner Gnaden aussehen. Auch die Herzogin lässt er im Ungewissen. Wir hören indes, dass er mit seinen königlichen Brüdern, Ludwig von Anjou und Johann von Berry, nicht von der Seite Connétable du Guesclins weicht. Sie wollen einen Sieg für das Lilienbanner erzwingen, und die Zeichen stehen günstig. Immerhin haben sie erst vor wenigen Wochen das Herzogtum Aquitanien wieder in den Besitz der französischen Krone gebracht.«
Ehe sie die Möglichkeiten eines Sieges weiter debattieren konnten, schallten Fanfarenklänge durch den nahen Burghof. Der Schatzmeister erkannte das Signal.
»Der Herzog ist zurück. Dem Himmel sei Dank.«
Domenico Contarini reagierte blitzschnell. Er griff nach den unterzeichneten Dokumenten, erhob sich und

kaschierte seine Eile in Richtung Tür geschickt mit einer höflichen Verneigung und der Formel: »Ihr habt jetzt sicher Wichtigeres zu tun, als mit uns zu plaudern. Gestattet, dass wir uns verabschieden, damit Ihr dem Herzog zu Diensten sein könnt.«

Er zog Aubert mit sich, ehe der Schatzmeister den hastigen Aufbruch verzögern konnte.

»Ein paar Augenblicke länger, und es wäre ihm womöglich eingefallen, dass er unseren Wechsel doch lieber erst seinem Herrn vorlegen will«, sprach Aubert aus, was Domenico befürchtet hatte, während sie sich ihren Weg durch die Menschenmenge suchten, die sich im Innenhof lärmend und jubelnd um den ankommenden Herzog scharte.

»Vielleicht kommt er ja nicht mit leeren Händen nach Hause«, antwortete Contarini. »Aquitanien ist eine der reichsten Provinzen Frankreichs. Ich würde darauf wetten, dass die Söldner des Konnetabels die Gelegenheit zum Plündern genutzt haben und wertvolle Schätze für ihn im Angebot hatten.«

»Selbst wenn das der Fall gewesen sein sollte, wird die Beute nicht die Probleme des Schatzmeisters lösen. Herzog Philipps Begehrlichkeit richtet sich auf Gemälde, Skulpturen, Wandteppiche und seltene Bücher. Goldstücke sind ihm zu profan und nur Mittel zum Zweck. Allenfalls reizen ihn Edelsteine.«

Domenico dachte an diese Worte, als er die Einladung erhielt, am großen Festmahl teilzunehmen, das Herzogin Margarete gab, um die Heimkehr des Herzogs zu feiern. Was trug ihm die Ehre dieser Einladung ein? Sah ihn jemand als nützliches Mittel zum Zweck?

Er war der Einladung selbstverständlich gefolgt, und als er die Nähe des Feuers suchte, das im mannshohen Kamin der großen Halle brannte, löste sich das Rätsel.

»Wenigstens hier bekomme ich Euch wieder zu sehen, Messer Contarini.«

»Madame Cornelis.«

Er entbot ihr einen zuvorkommenden Gruß. Aimée trug Schwarz. Der schimmernde Samt aus Florenz betonte ihre helle Haut.

»Habe ich Euch die Ehre dieser unerwarteten Einladung zu verdanken?«

»Es schien mir keine andere Möglichkeit zu geben, zu einem Gespräch mit Euch zu kommen.«

»Womit kann ich Euch dienen? Der Kauf ist abgeschlossen, die Summe Eurem Konto gutgeschrieben. Colard de Fine ist informiert.«

»Ich wollte es gerne von Euch selbst hören.«

»Verzeiht, dass mich meine Geschäfte davon abgehalten haben«, erwiderte er höflich. »Ich nahm an, ich hätte meine Pflicht getan.«

»Ihr denkt, ich müsse in Dijon nicht beschützt werden?«

»Das kommt darauf an, wie Ihr zu den Aufmerksamkeiten des Herzogs steht«, sagte er mit einer Spur Herausforderung in der Stimme. »Seine Gnaden lässt Euch nicht aus den Augen.«

Sie tat die Worte mit einer Geste ab. Sie wollte nicht über die Wünsche des Herzogs reden, sondern über ihre eigenen.

»Er wird von der Herzogin gehört haben, dass ich seine Schatulle um eine ungeheure Summe erleichtert habe. Sicher fragt er sich, was ich von Ruben alles gelernt habe.«

»Ihr musstet nichts lernen. Ihr habt reineres Kaufmannsblut in Euren Adern als Ruben. Ihr seid eine Handelsherrin, und der Hof liegt Euch zu Füßen.«
Verärgerung blitzte in Aimées grünen Augen auf.
»Ihr glaubt, ich setze die Freundschaft zur Herzogin aufs Spiel. Ihr habt meinen Plan gutgeheißen, weil Ihr wisst, dass es mir um das Haus Cornelis geht, und darum, mein Erbe zu verteidigen.«
»Euer Erbe in Ehren«, erwiderte Contarini, »aber irgendwann werdet Ihr sicher wieder einen Mann finden müssen, der Euch aus dem Schatten von Ruben Cornelis herausführt.«
»Ich fühle mich wohl in seinem Schatten. Gestattet mir vielmehr, dass ich Euch eine Frage stelle.«
Aimée löste den Griff um den Diamantring ihrer Großmutter.
»Colard rät mir dazu, die Ochsen und die Gespanne in Dijon zu verkaufen. Seid Ihr auch dieser Ansicht?«
»Ihr etwa nicht?«
»Nein. Wir könnten auf dem Rückweg Waren nach Brügge bringen. Selbst wenn wir warten müssen, bis die Straßen passierbar sind, ist es das bessere Geschäft.«
»Es klingt, als hättet Ihr konkrete Pläne.«
Aimée nickte energisch.
»Ich habe mich dieser Tage eingehend mit unserem Gastgeber, Maître Ballain, unterhalten. Wusstet Ihr, dass Safran das mit Abstand teuerste Gewürz ist? Safran kostet elfmal mehr als Pfeffer. Außerdem ist er vielseitig verwendbar. Er wird nicht allein zum Würzen von Speisen gebraucht, sondern auch zum Färben von Stoffen und für die Herstellung bestimmter Heilmittel.«

»Ihr wollt unter die Gewürzhändler gehen?«

»Ich will weder mit Massenware wie Getreide, Holz oder Rohstoffen handeln, noch will ich mich mit den Problemen der Tuchherstellung und des Tuchhandels beschäftigen müssen. Das überlasse ich denen, die es schon immer getan haben. Ich will neue Wege gehen. Seht Euch um in Brügge und Gent. Bei aller Rivalität haben die führenden Bürger dieser Städte eines gemeinsam: ihren Reichtum. Wer reich ist, will diesen Wohlstand zeigen, egal ob Patrizier oder Fürst. Das Haus Cornelis könnte alles dafür anbieten. Kunstwerke, Tapisserien, ausgefallene Gewürze, orientalische Düfte, die neuesten modischen Torheiten, kunstvolle Schriften und vieles mehr.«

»Das alles habt Ihr bereits beschlossen?«

»Ich hatte genug Zeit, alles zu überlegen. Maître Ballain ist bereit, mir eine Lieferung erstklassigen Safrans zu günstigen Preisen zu überlassen. Er kommt nicht aus Konstantinopel wie üblich, sondern aus L'Aquila in den Abruzzen. Das mindert die Transportkosten, und die Qualität ist hervorragend. Ich habe mich selbst davon überzeugt. Zudem bietet er mir Aloe und Rhabarber aus China an. Beides wird von Apothekern gesucht und gut bezahlt. Allerdings gibt es da noch ein Problem ...«

Contarini hatte Mühe, nicht zu lächeln. Ihr Mut und ihr Einfallsreichtum waren ebenso bewundernswert wie ihre Tatkraft.

»Sprecht«, sagte er ruhig.

»Die Schuldscheine, die Ihr entgegengenommen habt für uns – wäret Ihr damit einverstanden, wenn ich nur die Hälfte der Summe bezahle und den anderen Teil im kommenden Herbst, nach der Landung der Flanderngaleeren?

Ich wäre bereit, bis dahin Zinsen zu entrichten, wenn Ihr mir entgegenkommt.«
»Wie wollt Ihr auch noch Zinsen erwirtschaften?«
»Ich werde ausreichende Gewinne machen, dessen bin ich mir sicher.«
Contarini schüttelte den Kopf. So verlockend es war, ihr Mienenspiel und ihre Gedanken zu verfolgen, er musste Vernunft walten lassen. Hochtrabende Träume waren weder für sie noch für ihn gut.
»Wir müssen das besprechen. Aber nicht hier. Erlaubt, dass ich Euch am Tag des heiligen Nikolaus in der Rue de Forges aufsuche. Ist Euch elf Uhr angenehm?«
»Warum so offiziell?«
»Es wäre gut, wenn auch Colard de Fine bei diesem Gespräch anwesend sein würde.«
»Was wollt Ihr mir sagen?«
»Dies ist nicht der richtige Ort dafür. Habt Geduld.«
Ein Page bewahrte ihn vor einer weiteren Diskussion. Das neue Wappen der Herzogin zierte sein Wams, und er bat Aimée an die Seite seiner Herrin.
Contarini mied Aimées Blick und fixierte stattdessen die Schrägbalken von Burgund, die sich mit den königlichen Lilien und dem Löwen von Flandern im Wappen auf dem Wams des Pagen vereinten.
Aimée blieb keine Wahl, sie musste folgen.
Contarini sah sie gehen und dachte darüber nach, dass er Ziele hatte, die er nicht aus den Augen verlieren durfte.

29. Kapitel

Dijon, 4. Dezember 1369

Das Medaillon hatte die Größe und die Form einer Handfläche.

Ein kunstvolles Hochrelief, aus feinen Seiden- und Goldfäden dicht gestickt, bildete in schimmernden, seidigen Wölbungen einen verschlungenen Ornamentrahmen für eine ländliche Szene, die eine Hirtin darstellte, ein junges Lamm auf den Armen haltend. Zwei weitere Lämmer drängten sich zu ihren Füßen an sie.

»Man nennt diese Stickart Opus Anglicanum, und sie wird bedauerlicherweise nur von Seidenstickerinnen ausgeführt, die in einem bestimmten Stadtteil Londons wohnen«, erklärte die Herzogin. »In erster Linie werden die Chorröcke und Messgewänder der Kirchenfürsten mit solchen Stickereien geziert. Die Motive werden von Musterzeichnern auf Stoff vorgezeichnet und anschließend mit winzigen Stichen ausgestickt. Der Herzog hat mir dieses kunstvolle Medaillon aus Aquitanien mitgebracht.«

»Es ist bestrickend schön, prachtvoll und meisterlich gearbeitet«, bewunderte Aimée in ehrlicher Begeisterung das Stück. »Die Farben leuchten wie von innen heraus. Vermutlich schaffen die Goldfäden diesen Effekt. Ihr besitzt da ein wahres Kleinod.«

»Wenn ich mir vorstelle, man würde mit dieser Fertigkeit Frauengewänder schmücken ...«

Aimée drehte die Stickerei um. Zu ihrer Enttäuschung war sie rückseitig mit dicker Seide abgefüttert.

»In Paris und in Florenz gibt es Versuche in dieser Stickart, soweit ich weiß, aber sie bleiben weit hinter dem Original zurück«, erklärte die Herzogin. »Denkt Ihr, dass sich in Brügge solche Arbeiten herstellen ließen?«

Aimée erfasste spontan, welche Chancen es ihr bieten würde, wenn in Brügge derlei Gewänder hergestellt werden könnten. Sie musste nur kurz nachdenken, um der Herzogin einen Vorschlag zu machen.

»Vielleicht bei den Beginen vom Weingarten. Sie sind ungewöhnlich tüchtige Frauen. Ich habe sie und ihre Fähigkeiten schätzen gelernt. Aber man müsste ihnen eine Vorlage geben.«

Aimée musste plötzlich daran denken, was sie in Brügge erwartete. Ihr Haus war seiner Schätze beraubt. Unter den Tapisserien hatte sie jedoch bemalte, gekalkte Wände entdeckt und unter den Teppichen die glatten Bohlen schöner Holzböden. Auf die reine Substanz der edlen Materialien beschränkt, harrte es seiner Herrin.

»Hört Ihr mir überhaupt zu?« Die Herzogin schüttelte mit einem nachsichtigen Lächeln den Kopf. »Wo seid Ihr mit Euren Gedanken?«

»Verzeiht. Ich war mit meinen Gedanken kurz in Brügge, da wir vom Beginenhof sprachen.«

»Ihr sehnt Euch offensichtlich zurück nach Flandern? Das ist schade, denn ich hatte gehofft, Ihr würdet vielleicht unter den gegebenen Umständen an den Hof zurückkehren. Ich habe Euch schon in Gent geschätzt, wie Ihr wisst, Aimée. Aber ich merke, dass Ihr in Euren neuen Aufgaben Befriedigung findet. Wann wollt Ihr nach Brügge heimkehren?«

»Sobald es die Straßen zulassen. Ich hoffe, es wird bald möglich sein.«

»Dann nehmt diese Stickerei mit Euch und zeigt sie Euren Beginen. Vielleicht finden sie heraus, worin die Kunstfertigkeit dieser Londoner Arbeit besteht.« Sie schloss Aimées Hände um das Medaillon. »Eines noch, meine Liebe. Ich hatte gehofft, unter den Meisterstücken, die Ihr geliefert habt, ein gewisses Perlenhalsband zu finden, das in Gent in Euren Besitz übergegangen ist.«

Aimée versuchte bei der Wahrheit zu bleiben, ohne sich mit Einzelheiten zu belasten.

»Ich musste den Schmuck nach dem Tode meines Mannes verkaufen, um eingehende Warenlieferungen zu bezahlen. Messer Contarini hat ihn seinerzeit in Zahlung genommen. Wenn Ihr es wünscht, kann ich ihn darauf ansprechen, vielleicht ist er noch im Besitz seiner Bank. Soll ich mit ihm sprechen?«

»Mit der gebotenen Zurückhaltung, ja.« Die Herzogin wirkte eine Spur verlegen. »Mir liegt gerade an diesem Schmuckstück sehr viel. Es ist auf seine Art einmalig und birgt viele Erinnerungen für mich.«

»Ich werde ihn ansprechen und hoffe sehr, dass Ihr es bald wieder in Händen haltet«, erwiderte Aimée. Es würde ohnehin ein unangenehmes Gespräch sein, das sie mit Contarini führen musste. Sie hatte das sichere Gefühl, dass Scherereien auf sie zukamen.

Die Herzogin verabschiedete sie freundlich und mit guten Wünschen.

Das volle Ausmaß der Wahrheit, das Domenico mit sachlicher Stimme vortrug, traf sie dennoch mit unerwarteter Wucht.
Colard und sie hatten Contarini in einer gemütlich ausgestatteten Stube empfangen, die Maître Ballain ihnen dafür zur Verfügung gestellt hatte. Zwei Glutbecken verbreiteten Wärme, und auf den geschnitzten Stühlen lagen Brokatkissen.
»Verstehe ich Euch richtig? Das Haus Cornelis ist in solchem Ausmaß bei Euch verschuldet, dass der Gewinn aus dem Geschäft mit der Herzogin einzig dazu reicht, die Zinsen zu begleichen? Unsere Verbindlichkeiten bleiben in voller Höhe bestehen?«
»So ist es in der Tat.«
Benommen starrte Aimée in Contarinis ungerührtes Gesicht. »Welche Zinssätze habt Ihr meinem Mann berechnet?«
»Es waren keine Wucherzinsen, wie Ihr mir vielleicht unterstellt. Aber dass die Zinsen von Schuldschein zu Schuldschein steigen, ist Usus im Geschäft mit den Banken.«
Aimée sah zu Colard. Er sah so schuldbewusst aus, dass sie ihre Frage verschluckte. Welchen Sinn hatte es jetzt noch, ihm Vorwürfe zu machen.
»Dann gehört Euch alles. Das Haus. Die Speicher. Die Grundstücke«, zählte sie tonlos auf.
»So ist es.«
Aimée schluckte. Es war weniger der Gedanke an absolute Armut, der sie in Panik versetzte, als die Erkenntnis, dass das Handelshaus, das Erbe ihrer Großmutter, ihr nicht mehr gehören sollte. Das konnte, das durfte nicht sein. Sie hatte geschworen, es zu neuen Höhen zu führen, es zu ver-

lieren kam nicht in Frage. Sie musste einen Ausweg finden. Hinter ihrer Stirn überstürzten sich die Gedanken.

»Mein Geschäft mit der Herzogin war demnach allein Euer Gewinn. Deshalb habt Ihr Euch zu meinem Beschützer auf dieser Reise gemacht«, warf sie ihm vor. Sie verspürte Enttäuschung, obwohl sie ihm keinen Vorwurf machen konnte. »Und Ihr werdet noch mehr daran verdienen, wenn Ihr das Perlenhalsband verkauft, an dem sie so hängt. Sie ist bereit, jeden Preis dafür zu bezahlen.«

»Meinen Gewinn zu machen war nicht der alleinige Grund meiner Reise«, antwortete Domenico ruhig. »Aber ich würde lügen, wenn ich sagte, dass mir die zusätzlichen Einkünfte missfallen.«

Für den Bruchteil eines Augenblickes wollte Aimée resignieren. Sie gab dem nicht nach.

»Hört mich an«, sagte sie. »Ihr kennt meine Pläne. Ich habe Euch beim Festmahl der Herzogin eingeweiht. Meine Bitte an Euch ist, räumt mir die Möglichkeit ein, diese Pläne zu verwirklichen. Ich bin sicher, dass ich in wenigen Jahren imstande sein werde, die Schulden bei Euch zu begleichen. Mit Zins und Zinseszins.«

»Das ist Wahnsinn!«, mischte Colard sich zum ersten Mal ein. »Wie willst du das verwirklichen? Wir befinden uns im Krieg mit England. Der Tuchhandel bringt immer weniger Gewinn, und die allgemeinen Handelsbedingungen lassen mit solchen Geschäften keine Gewinne in dieser Größenordnung zu. Du schiebst das Ende nur hinaus.«

»Ich muss es versuchen«, antwortete Aimée beherrscht. »Was sollte ich sonst tun?«

»Warum bleibst du nicht in Dijon bei der Herzogin? Sie hat es dir angeboten, und du wirst unter ihrem Schutz ein viel sorgloseres Leben führen können.« Colard zögerte und verbarg sich hinter einer Halbwahrheit. »So gerne ich dich in Brügge sehen würde, auf dich warten dort nur unlösbare Aufgaben.«

»Das Leben einer Hofdame ist nicht das meine«, erwiderte Aimée knapp.

»Dann geht nach Andrieu.« Auch Domenico Contarini bot ihr diesen Ausweg an. »Euer Onkel wird Euch mit offenen Armen empfangen. Das Erbe Eures Vaters wartet dort auf Euch.«

»Ich weiß selbst, was für mich gut ist. Ihr braucht keine weitere Fürsorge zu übernehmen.«

»Das müsst Ihr mir nicht sagen. Ich habe es Eurem Onkel bereits mitgeteilt. Meine Abreise steht unmittelbar bevor.«

»Ihr reist bereits nach Brügge?«

Aimées Frage ließ ihn zögern. Etwas in ihrer Stimme, obwohl sie kühl und geschäftsmäßig klang, sagte ihm, dass ihr seine Antwort missfallen würde. Allein, seine Entscheidung stand fest, auch wenn die ungewöhnlichsten grünen Augen ihn ansahen.

»Nein. Ich verlasse Brügge. Mein Ziel ist Venedig. Ich werde zu Hause erwartet. Mein Onkel, der Doge, hat dort alle Vorbereitungen für meine Vermählung getroffen.«

Er wollte heiraten.

Aimée zwang sich, etwas zu sagen.

»Meinen Glückwunsch, Messer Contarini. Ich wusste nicht, dass Ihr versprochen seid.«

»Das Verlöbnis besteht seit vielen Jahren. Catarina Foscari, meine Braut, stammt aus einer der ersten Familien Venedigs. Die Verbindung der Contarinis mit den Foscaris ist sowohl politisch wie wirtschaftlich von höchster Bedeutung. Meine Jahre in Brügge waren unter anderem eine Wartezeit – bis meine Braut ihr sechzehntes Lebensjahr vollendet haben würde.«

»Und was geschieht mit dem Bankhaus Contarini in Brügge?«, warf Colard ein.

»Abraham ben Salomon wird es für mich leiten.«

»Das ist gut.« Aimée konzentrierte sich ganz auf ihre geschäftlichen Pläne. »Wenn Ihr nicht in Brügge seid und er Eure Interessen vertritt, wird ihm daran gelegen sein, dass die Geschäfte des Hauses Cornelis mit Einfallsreichtum geführt werden. Ich verpflichte mich, Abraham ben Salomon zum Dreikönigstag eines jeden Jahres die Summe des geschuldeten Zinses zu übergeben. Gewährt mir fünf Jahre Zeit. Bis dahin werde ich die Schulden ablösen, oder das Handelshaus geht endgültig in Euren Besitz über.«

»Das ist Wahnsinn!«

»Du wiederholst dich, Colard.«

»Ich denke, ich sollte es Euch versuchen lassen, Aimée Cornelis.«

Aimée glaubte, Contarinis Antwort nicht richtig verstanden zu haben. Sie hatte gekämpft, aber mit wenig Hoffnung auf Erfolg. Jetzt ließ ihre Verspannung, die sie bisher nicht wahrgenommen hatte, nur langsam nach, und bevor sie sich noch des Gefühles der Erleichterung bewusst wurde, hatte sie Contarini beide Hände entgegengehalten. Als er sie mit festem Griff umfing, erschrak sie. Sie wollte sich von ihm lösen, aber er ließ es nicht zu.

»Ihr sollt Eure fünf Jahre haben, Aimée Cornelis, und einen korrekten Zinssatz dazu. Ich werde von Abraham hören, wie Ihr zurechtkommt. Gott schütze Euch und Eure Geschäfte.«

Jetzt war es Aimée, die seine Hände festhielt. Es gab ihr den Halt, Dank sagen zu können, ohne den Tränen freien Lauf lassen zu müssen.
»Habt allen Dank der Welt.« Ihre Stimme blieb fest. »Ihr seid mir ein Beschützer, wie ihn mein Onkel nicht besser hätte aussuchen können. Glück und Segen wünsche ich Euch und Eurer zukünftigen Frau. Sagt auch ihr, ich werde nie vergessen, was Ihr für mich getan habt.«
Er befreite seine Hände, erwiderte ihren direkten Blick und verneigte sich. Sachlich verabschiedete er sich.
»Abraham ben Salomon wird die Papiere dieser Abmachung in Brügge für Euch ausfertigen. Ich werde ihm Bescheid geben, dass er am Dreikönigstag des nächsten Jahres nur den halben Zinssatz erhält. Die andere Hälfte investiert klug, mehr Kapital habt Ihr nicht, um Euren Traum Wirklichkeit werden zu lassen. Lebt wohl.«

Colard hatte sich in der Zwischenzeit von seinem Entsetzen erholt. Aimée richtete sich auf. Jeder Zoll eine Handelsherrin.
»Sobald sich eine Gelegenheit findet, dass wir uns einer Reisegruppe nach Flandern anschließen können, werden wir nach Hause aufbrechen. Bitte hör dich um, Colard. Ich möchte keine Zeit verlieren. Die Ochsenfuhrwerke mit den Waren können uns folgen, sobald die Straßen wieder besser befahrbar sind. Maître Ballain wird das für uns organisieren.«
»Das ist deine Stunde, Aimée«, sagte er.
»Nein, Colard«, erwiderte sie. »Wir sollten diese Stunde dennoch nie vergessen. Es ist die Stunde des Venezianers.«

Zweites Buch

Die Stunde des Venezianers

30. Kapitel

Brügge, 12. Juni 1372

Aimée versuchte den Rosenduft zu verdrängen, aber es wollte ihr nicht gelingen. Vor jedem Haus des Beginenhofes vom Weingarten blühte ein Strauch in verschwenderischer Fülle. Im Garten der Schwester Apothekerin gediehen sogar Rosensorten aus Spanien, Florenz und dem fernen Orient.

Es fiel ihr zunehmend schwerer, sich auf das Gespräch mit Mutter Philippa, der Oberin des Beginenhofes, zu konzentrieren. Sie hatte ihr ein unscheinbares Päckchen überreicht, dessen Inhalt die Begine genau prüfte.

»Nähnadeln von dieser Art habe ich noch nie gesehen, meine Liebe. Woher habt Ihr sie?«, fragte Mutter Philippa und begutachtete die erstaunlichen Exemplare von allen Seiten. »Sie sind vollendet rund, ohne jegliche Kanten wie sonst üblich.«

»Bisher wurden die besten Sticknadeln aus Kupfer gehämmert. Diese hier sind aus einer besonderen Art von Stahldraht gezogen. Im deutschen Nürnberg haben findige Handwerksmeister eine Möglichkeit gefunden, ihn kantenlos zu ziehen. Er muss dann nur noch mit einer Spitze und einer ausreichend großen Öse für den Faden versehen werden. Mein Gewährsmann versichert mir, dass man mit diesen Nadeln wesentlich feinere Stiche setzen und präziser arbeiten kann. Ich habe ein ganzes Päckchen davon für Euch mitgebracht.«

»Wir wissen es zu schätzen, dass Ihr so wohlwollend an den Weingarten denkt, wenn Ihr Waren erhaltet«, sagte Mutter Philippa dankbar. »Ich habe ebenfalls eine Überraschung für Euch.«

Sie führte Aimée in ein Gemeinschaftshaus, in dessen heller Stube mehrere Beginen über Stickarbeiten saßen, während eine von ihnen aus der Heiligen Schrift vorlas. Sie alle arbeiteten ausschließlich für das Handelshaus Cornelis. Sie fertigten Stickereien an, die den Originalen des Opus Anglicanum immer ähnlicher wurden.

Inzwischen erzielte Aimée erstaunliche Preise dafür. In erster Linie stellten die Stickereien Motive aus der Heiligen Schrift dar. Was sie jetzt indes aus den Händen einer rotwangigen Schwester entgegennahm, entlockte Aimée reine Bewunderung.

Es handelte sich um einen ärmellosen Schleppmantel aus lichtgrünem Samt, bei dem der Saum, die weiten Ärmelausschnitte sowie die Vorderkanten von einer handbreiten Stickborte gesäumt wurden. Ähnlich wie beim originalen Opus Anglicanum, jedoch flacher, wiederholte sich dort ein Rankenwerk aus Blättern und weißen Blüten in endloser Folge. Es wirkte so lebensecht, als wären natürliche Blüten auf dem Mantel verarbeitet worden. »Auf diese Weise lassen sich die Borten leichter abmessen und typisieren«, bekam Aimée erklärt. »Die Stickerinnen können nach einer Vorlage schneller arbeiten. Was haltet Ihr davon, diesen Mantel zu tragen, wenn Ihr der Herzogin von Burgund anlässlich ihres Besuches in Male Eure Aufwartung macht?«

»Er würde Aufsehen erregen«, nickte Aimée aufgeregt und fuhr mit der Fingerspitze über die gewölbte Stickerei. »Ihr solltet jetzt schon damit beginnen, eine solche Borte mit Margeriten zu einem Kleid für die Herzogin anzufertigen. Ich bin sicher, sie wird einen solchen Auftrag erteilen!«
»Schwester Laurise arbeitet bereits daran. Wir werden die Herzogin schneller als sonst zufriedenstellen können.«
Mutter Philippa, die dem Beginenhof seit zwei Jahren vorstand, freute sich erkennbar über Aimées Besuch. Seit diese vor zwei Jahren mit dem Plan in den Weingarten gekommen war, die Beginen für diese spezielle Art der Stickerei zu gewinnen, hatte Philippa Aimée und ihre Fähigkeiten schätzen gelernt.
»Ich wollte eigentlich nicht nach Male gehen«, gestand Aimée. »Mir fehlt die Zeit für die Feste der Herzogin.«
»Unsinn.« Mutter Philippa wischte das Argument entrüstet vom Tisch. »Gönnt Euch die Muße und vergrabt Euch nicht ständig hinter den Auftragsbüchern. Eure Blässe ist nicht die einer gesunden Frau.«
»Daran ist nur der allgegenwärtige Rosenduft schuld. Ich ertrage ihn nicht«, gestand Aimée ein.
Sie sah der Schwester zu, die den kostbaren Mantel wieder in ein schützendes Tuch hüllte, und versuchte sich auf die anderen Gerüche zu konzentrieren, die im Raum schwebten.
»Wie ist das möglich?«, forschte Mutter Philippa.
»Eine Erinnerung an die schlimmste Zeit meiner Kindheit. Ich habe meine Eltern und meinen Bruder durch die Pest verloren. Seitdem widerstrebt mir der Duft von Rosen und Räucherwerk. Man glaubte damals, dass Rosenwasser und Räucherwerk vor dem bösen Atem der Pest schützen. Es

muss etwas bewirkt haben, denn ich habe die Seuche unversehrt überstanden, aber der Geruch ist schrecklich.«
»Der himmlischen Mutter sei Dank für Eure Rettung.«
Die praktische Art, mit der Mutter Philippa wohlwollende Güte mit Geschäftstüchtigkeit verband, amüsierte Aimée bei jedem Besuch. Sie legte Wert darauf, dass ihre Schwestern Befriedigung in der Arbeit fanden. Das trug gleichzeitig dazu bei, das Einkommen des Beginenhofes zu erhöhen. Das Abkommen des Handelshauses Cornelis mit ihr enthielt so auch gewisse Vereinbarungen, die es ermöglichten, die Erlöse dem Krankenhaus der Beginen und den Armen zugutekommen zu lassen und nicht dem Bischof von Cambrai.
Von zwei Knechten gefolgt, die die Pakete mit den fertigen Stickereien trugen, eilte Aimée in Gedanken versunken nach Hause. Die Erwähnung der dramatischen Ereignisse ihrer Kindheit hatte eine Fülle von Erinnerungen in ihr geweckt, die sie sonst sorgsam unter Verschluss hielt.
Sie musste Mutter Philippa recht geben. In den vergangenen Jahren hatte sie sich über die Grenzen ihrer Kraft hinaus für das Haus Cornelis eingesetzt. Und das, ohne dem Ziel ihrer Wünsche spürbar näherzukommen. Am Dreikönigstag dieses Jahres hatte sie Abraham ben Salomon kein einziges Goldstück mehr für den Kredit übergeben können als den festgelegten Zinssatz, den ihr Domenico Contarini in Dijon eingeräumt hatte. Die Schulden, die Ruben zu seinen Lebzeiten angehäuft hatte, belasteten sie bis zum heutigen Tag.
Den drückenden Problemen zum Trotz herrschte im großen Innenhof des Handelshauses betriebsame Geschäftigkeit. Fuhrwerke wurden entladen, Lastenträger keuchten

heran, und Schreiber eilten zwischen den einzelnen Gebäuden hin und her. Aimée bemerkte die knicksende Magd erst, als sie ihre Botschaft ausrichtete.
»Ihr werdet dringend erwartet, Herrin. Ein Eilbote aus Dijon.«
Ein Bote? Sie erwartete einen Handelszug aus Dijon, nicht nur einen Boten.
Alarmiert hastete Aimée in ihr Kontor, wo einer jener Männer auf sie wartete, denen man den Kurier auf zehn Schritt Entfernung ansah. Die meisten von ihnen waren dünn und leicht, um die Pferde nicht zu belasten, und zäh genug, um mit allen Händeln unterwegs fertigzuwerden.
»Ihr kommt von Maître Ballain?« Aimée streckte die Rechte fordernd nach dem Brief aus.
»Maître Ballain hielt es nicht für angebracht, zu schreiben. Er meinte, es wäre besser, Euch seine Nachricht von mir vortragen zu lassen«, erwiderte der Mann respektvoll.
»Sprecht!« Aimée bemühte sich, ihre unheilvollen Ahnungen zurückzuhalten. Der Gewürzhändler aus Dijon war nach wie vor einer der wichtigsten Geschäftspartner des Hauses.
»Geht es um den Handelszug, den Maître Ballain für uns zusammengestellt hat? Wo bleibt er? Wir warten dringend auf diese Waren. Besonders die Gewürze sind wichtig. Der Haushalt des Grafen von Flandern hat sie bestellt. In Male sind große Feste geplant. Der Herzog von Burgund ist mit der Herzogin eingetroffen. Wenn ich nicht liefern kann, wird sich der Haushofmeister des Grafen an andere Händler wenden.« Aimée vermochte sich kaum zu zügeln, um den Mann berichten zu lassen.
»Es tut mir leid, Euch eine schlechte Nachricht überbrin-

gen zu müssen. Der Handelszug wurde vor Reims von englischen Söldnern aufgebracht. Die Fuhrknechte, die bewaffnete Begleitung und die Transportführer fanden den Tod. Nur ein Mann konnte dem Gemetzel entfliehen. Schwer verletzt brachte er die Kunde von dem Überfall nach Dijon.«

Aimée starrte den Boten aus ungläubigen Augen an.

»Maître Ballain«, fuhr er fort, »bezweifelt ernstlich, dass der Überfall das Werk marodierender Söldner oder gewöhnlicher Wegelagerer war. Die Gauner waren straff organisiert und kannten ebenso genau den Weg des Zuges, wie sie über die Waren, die er mit sich führte, informiert zu sein schienen. Die Begleitung wurde planmäßig getötet, um jeden Zeugen zu beseitigen. Eure komplette Lieferung ist mitsamt den Fuhrwerken verlustig gegangen.«

»Alles?« Aimée presste unwillkürlich die Hand auf ihr jagendes Herz. Sie musste nach Luft ringen. »Waren es Engländer? Ist der Krieg mit ihnen inzwischen so weit ins Landesinnere vorgedrungen? Wir haben nichts davon gehört. Wie ist das möglich?«

»Das fragt sich Maître Ballain auch, Madame Cornelis. Die Kriegshandlungen konzentrieren sich zurzeit eigentlich hauptsächlich auf die Küstengebiete um Calais und die Bretagne. Bis Reims ist noch kein Engländer vorgedrungen.«

Der einzige Schluss, den diese Auskünfte zuließen, war ungeheuerlich. »Wollt Ihr etwa sagen, der Überfall galt mir? Dem Haus Cornelis und seinen Waren?«

»Davon geht Maître Ballain inzwischen aus. Seiner Meinung nach muss es sich um einen gezielten Akt gehandelt haben, der von bezahlten Söldnern ausgeführt wurde. Alle

Nachforschungen, die in Dijon angestellt wurden, verliefen im Sande. Die Auftraggeber müssen am Zielort des Zuges sitzen. Hier. In Flandern.«

Aimée sah ihn fragend an.

»Maître Ballain legt Euch ans Herz, eigene Nachforschungen in Brügge zu betreiben. Äußerst vorsichtige Nachforschungen, denn es scheint, dass Ihr in dieser Stadt einen Feind habt, der Euch vernichten will.«

»Einen Feind?« Die Tatsache, dass sie einen Feind haben sollte, weckte ihren Kampfgeist. »Wer sollte es sein? Habt Ihr oder Maître Ballain eine Vermutung?«

»Das müsst Ihr herausfinden, Madame Cornelis. Unbedingt sogar. Maître Ballain sagt, man muss seine Feinde kennen, wenn man sie besiegen will. In Dijon war keine Spur zu finden. Aber hat nicht jeder Handelsherr Feinde am eigenen Ort, zum Beispiel bei seinen Konkurrenten, bei missgünstigen Zunftbrüdern?«

Man akzeptierte sie in Brügge inzwischen. Bis heute war es ihr unvorstellbar gewesen, dass es jemanden gab, der das Haus Cornelis vernichten wollte und dabei gar vor Mord und Totschlag nicht zurückschreckte.

Doch wenn sie einen Feind in Brügge haben sollte, dann kam nur einer in Frage, ging es ihr durch den Kopf.

Anselm Korte.

Aimée überlegte.

Korte – der Wollhändler war ihr zutiefst zuwider. Sie wollte es nicht Hass nennen – das verbot ihr schon ihr Sinn für Gerechtigkeit. Aber ihre Abneigung gegen Korte konnte sie nur im Zaum halten, indem sie sich an die Ratschläge ihrer Großmutter erinnerte. Hass peinigt den Hassenden mehr als den, dem sein Hass gilt, hatte sie ihr beigebracht.

Sie konnte nicht verstehen, was Colard dazu getrieben hatte, Kortes schreckliche Tochter Gleitje zu heiraten. Die Tatsache, dass sie selbst jeden seiner wiederholten Heiratsanträge abgelehnt hatte, mochte seinen männlichen Stolz verletzt haben, aber das war doch kein Grund, sich bis zum Ende seiner Tage an Gleitje Korte zu binden.

Die Hochzeit war im vergangenen Herbst gefeiert worden. Aimée hatte das Gefühl, sie würde sich vermutlich nie daran gewöhnen können, der jungen Frau de Fine im Hause zu begegnen. Ihr Vater sah zwar von Besuchen ab, aber von Colard wusste sie, wie boshaft er in Gilde und Rat gegen »Rubens adeliges Weib« wetterte.

»Ich sehe, es gibt diese Feinde«, nickte Maître Ballains Bote verständig, als sich ihr Schweigen in die Länge zog. »Behaltet Eure Vermutungen und Verdächtigungen für Euch, bis Ihr handfeste Beweise besitzt, Madame Cornelis. Erst dann könnt Ihr etwas gegen Euren Widersacher unternehmen. Maître Ballain rät, bis zu diesem Zeitpunkt alle weiteren Handelszüge auszusetzen. Ihr setzt Menschenleben und Waren aufs Spiel, solange Eure Feinde nicht ausgeschaltet sind.«

Aimée konnte ihm nicht widersprechen, sie konnte nur ohnmächtig die Fäuste ballen, als sie wieder alleine war.

Der Verlust des Handelszuges würde ihren Ruin bedeuten. Die Zinsen – das Darlehen – die Hälfte der eingeräumten fünf Jahre war bereits verstrichen.

Die hoffnungsvollen Gewinne des ersten Jahres waren unter den Schwierigkeiten des zweiten Jahres geschwunden. Sie hielten sich eben über Wasser, und Colard wurde nicht müde, die geringen Reserven zu beklagen. Gleichzeitig erhob er jedoch Einspruch gegen jede ausgefallene Idee, der

Misere beizukommen. Sie hatte den Handelszug gegen seinen Willen in Auftrag gegeben – und nun?
Niedergeschlagen vergrub sie das Gesicht in den Händen, sobald der Bote gegangen war.
Es war ihr kein entscheidender Durchbruch gelungen. Sie hatte falsche Entscheidungen getroffen. Der Erfolg, den sie nötig brauchte, würde ihr nie beschieden sein. Sie hatte an Rubens Tod Schuld. Sicher hätte er, wäre er nicht umgekommen, in seiner Unbefangenheit, mit Schwung und immer neuen Ideen alles besser gemacht. Warum kämpfte sie eigentlich um dieses Erbe? Sie hätte an den Hof der Herzogin zurückgehen sollen. Was würde Domenico Contarini sagen? Sie war eine Närrin – sie war eben nur eine Frau. Ein Umstand, den auch Gleitje nicht müde wurde zu betonen.
Colard zuliebe hatte sie anfangs über Gleitjes hochfahrenden Ton, ihre giftigen Bemerkungen und ihre sinnlosen Eingriffe in den Haushalt hinweggesehen. Sie bereute diese Nachgiebigkeit inzwischen. Gleitje mischte sich in Dinge ein, die sie nichts angingen. Sie kommandierte die Näherinnen herum, die in Aimées Auftrag die Stoffe für die Patrizierinnen von Brügge verarbeiteten. Sie bediente sich bei den Edelsteinen, die dringend verkauft werden sollten.
In der vergangenen Woche war ein ganzer Ballen venezianische Seide auf ihre Anweisung hin verschnitten worden. Aus den Stoffresten konnte man höchstens noch Kinderkittel anfertigen, aber nicht einmal die reichsten Patrizierfrauen von Brügge wünschten venezianische Seide für Kinderkittel. Gleitje war zum Dorn in Aimées Fleisch geworden.

Was schätzte Colard nur an der fetten Tuchhändlerstochter? Ihr Erbe? Darauf würde er lange warten müssen. Anselm Korte war imstande, hundert Jahre alt zu werden, nur um den Rat von Brügge zu ärgern. Auch sein Schwiegersohn würde das erkennen müssen. Aber worauf wartete Colard dann? Auf ihr Scheitern? Seine Mitarbeit wurde seit seiner Heirat immer nachlässiger, interesseloser. Ihr gutes Verhältnis zueinander war merklich abgekühlt.
Alles um sie brach zusammen.
Wie eine Made aus den Tiefen eines sauberen Mehlfasses kroch ein hässlicher Verdacht in ihr hoch. Dieses Dreigespann: der schmierige Anselm Korte, seine grässliche Tochter Gleitje, die seine Befehle ausführte, und Colard, der sich ihr und seinen Aufgaben immer mehr entzog. Er vertrat die Angelegenheiten des Hauses Cornelis beim Magistrat und im Rat der Zünfte, und er beriet sie auf seine nüchterne, zögerliche Art bei den Geschäften. Nur, was waren das für einfältige Ratschläge. Waren sie aus bester Absicht gegeben, oder …?
Sie würde die Neuigkeiten nicht mit ihm besprechen, beschloss sie, denn sie konnte niemand anderen als seinen Schwiegervater verdächtigen, dass er Raub, Mord und Totschlag in Auftrag gegeben hatte. Colard würde das natürlich vehement bestreiten und sie für verrückt erklären, weil er mit seinem Schwiegervater womöglich sogar unter einer Decke steckte. Er würde ihr darüber hinaus noch unterstellen, sie sei eifersüchtig auf Gleitje.
Sie kämpfte um Fassung.
Spekulationen und Vermutungen halfen ihr nicht weiter. Sie musste ebenso bedacht wie gewitzt agieren. Sie musste sofort anfangen nachzudenken und Erkundungen einholen.

Wo und wie sollte sie ihre Nachforschungen beginnen? Sie brauchte Hilfe. Einen Menschen, dem sie vertrauen konnte und der Interesse, möglichst auch ein eigenes, an ihrem Erfolg hatte, der Brügge und die Brügger kannte.
Abraham ben Salomon. Natürlich.
Er hatte sich als angenehm erwiesen, war ein ehrlicher Sachwalter Contarinis. Dass er Jude war, spielte für sie keine Rolle. Sie war zu Toleranz erzogen und teilte nicht die Vorurteile, die viele Brügger Kaufleute gegen die Juden hatten. Sie unterhielt regelmäßig Kontakt zu ihm, zumal er auch immer wieder aus Venedig zu berichten hatte und sie dadurch etwas über Domenico Contarini erfuhr. Jedes ihrer Gespräche führte früher oder später zu der Frage: »Was hört Ihr aus Venedig, Herr Salomon?«
Oft kreisten ihre Gedanken um ihn, den sie für sich nur den Venezianer nannte. Er hatte ihr in der Stunde ihres letzten Gespräches eine Chance gegeben – und war für immer entschwunden. Sie hatte ihn falsch eingeschätzt, ihre weibliche Macht über ihn überbewertet. Zunehmend wurde ihr bewusst, dass sie ihn vermisste, vor allem, wenn Salomon ihr seine immer herzlichen Grüße ausrichtete.
Nein – sie durfte nicht scheitern.
Die Berichte Salomons füllten ihre Phantasie mit Bildern. Sie wusste von Domenicos Heirat, vom märchenhaften Reichtum seiner Braut, von dem Kind, das sie mittlerweile erwartete. Sein Onkel, der Doge Andrea Contarini, bedrängte ihn, sich um einen Sitz im Großen Rat zu bewerben, was nach Salomon die Voraussetzung war für ein politisches Amt in Venedig. »Es ist wichtig, weil er damit Macht und Einfluss gewinnt«, sagte Salomon.
Wenn sie ihn um Hilfe bat, war es eine Frage des Anstands,

auch Contarini zu unterrichten. Er verlor Geld, wenn sie scheiterte. Der Kurierdienst seines Bankhauses würde ihren Brief auf schnellstem Wege zu ihm bringen.
Was sollte sie ihm schreiben?
Sie würde ihre Erfolglosigkeit eingestehen müssen; zugeben, dass ihre hochfliegenden Pläne geplatzt waren. Dabei hatte sie es sich in den leuchtendsten Farben ausgemalt, wie sie ihm ihre Tüchtigkeit und ihren Kaufmannsgeist beweisen wollte. Sie hatte sich an der Vorstellung berauscht, dass er sie bewundern würde wie er keine andere Frau je bewundert hatte. Sie würde von diesem Traum Abschied nehmen müssen.
Welche Möglichkeit blieb ihr sonst?
Aimée berührte den Ring an der Hand.
Andrieu – Onkel Jean-Paul.
Er hatte ihr das Versprechen abgenommen, sie solle sich sofort an ihn wenden, wenn ihr die Probleme über den Kopf wuchsen. Ihm musste sie weder Klugheit noch Tüchtigkeit beweisen. Doch er würde sie vielleicht wieder nach Andrieu zurückholen wollen.
Wohin, an wen nur, sollte sie ihren Hilferuf senden?

31. Kapitel

Brügge, 13. Juni 1372

Colard, ich muss dich leider stören.«
Aimée hatte die Tür zu Colards privatem Refugium hinter dem Kontor geöffnet, obwohl sie keine Antwort auf ihr Klopfen erhalten hatte. Sie wusste, dass er dort war, und sie wollte unter vier Augen mit ihm sprechen. Dies gebot ihr der Anstand. Sie wollte ihn nicht verurteilen, ohne ihm zuvor Gelegenheit zu geben, ihren Verdacht zu zerstreuen.

»Was willst du hier?«

Gleitje!

Aimée hätte am liebsten in der Tür kehrtgemacht, wenn die dumme Person es nicht als Zeichen von Schwäche ausgelegt hätte.

»Nichts von Bedeutung für dich, Gleitje«, sagte sie kühl und heftete die Augen auf Colard, der mit dem Rücken zu ihr vor dem Fenster stand und ein Holztafelbild ans Licht hielt.

»Colard«, wiederholte Aimée drängender. »Würdest du mir bitte in mein Kontor folgen?«

Er hatte sich umgewandt, und Aimée konnte das Bild sehen. Es zeigte eindeutig ihre Großmutter. Magisch angezogen, kam sie näher und streckte die Hände danach aus.

Gleitje riss es Colard aus den Händen, noch ehe Aimée danach greifen konnte. »Plunder«, quakte sie.
Aimée hörte nicht auf sie.
»Weißt du, wen das Bild darstellt?«, wandte sie sich an Colard.
»Ich nehme an, es handelt sich um die Mutter deiner Großmutter, um Margarete Cornelis – genauer gesagt, um die Tochter von Piet Cornelis, die nach Andrieu geheiratet hat. Es ist deine Urgroßmutter.«
»Ich wusste nicht, dass sie je gemalt wurde«, stellte Aimée halb verwundert, halb fragend fest, allerdings ohne Hoffnung, dass Colard ihr etwas dazu sagen könnte. »Sie war nur eine Bürgerliche, die Tochter eines Händlers.«
»Sie war die einzige Tochter des reichsten Mannes von Brügge.« Mit einem festen Griff nahm Colard Gleitje das Bild wieder ab.
»Ein albernes Puppengesicht«, zischte Gleitje bösartig. »Sieh zu, dass du einen Narren findest, der uns den Plunder abkauft. Ich will das Ding nicht im Haus haben.«
Aimée packte der Zorn.
»Halt den Mund, wenn ich mit Colard rede. Es steht dir nicht zu, mich zu unterbrechen, und über das Bild verfügst auch nicht du. Du bist frech und anmaßend.«
Aimée war noch nie vergleichsweise aus der Haut gefahren und laut geworden. Sowohl Gleitje wie Colard sahen sie völlig verblüfft an. Gleitje erstarrte. Colard wagte kein Wort zu ihrer Verteidigung.
Die Dame mit der Lilie.
Aimée versenkte den Blick in den Augen ihrer Urgroßmutter. Sie betrachtete das mädchenhafte Antlitz. Sanft, unendlich anmutig.

Sie riss sich aus ihren Gedanken.
»Wieso hast du mir dieses Bild nie gezeigt?«, warf sie Colard heiser vor.
»Ich hatte es vergessen.«
Eine dreiste Lüge.
An der Art, wie Aimée ihn ansah, konnte Colard unschwer erkennen, dass sie ihm kein Wort glaubte. Er versuchte, ihr Misstrauen mit einer Teilwahrheit zu entkräften.
»Piet Cornelis hatte das Bild zu seinen Lebzeiten in dieser Kammer hängen. Mein Vater beließ es dort, und auch ich hatte mich an den Anblick gewöhnt. Ich habe es erst in die Truhe getan, als Ruben dich unter dieses Dach brachte.«
Gleitje löste sich aus ihrer Erstarrung.
»Du hättest es gleich auf den Kehricht schmeißen sollen«, mischte sie sich wieder ein. »Es ist kein wertvolles Heiligenbild, es ist das Bild einer dummen Gans, die geglaubt hat, dass sie etwas Besseres ist.«
»Halte dich endlich aus unseren Gesprächen heraus, Gleitje«, fauchte Aimée nur kurz. »Und beleidige meine Urgroßmutter nicht.«
»Und wenn doch? Du hast mir keine Befehle zu erteilen.«
»Träum weiter, Gleitje!«, flüsterte Aimée. Sie hatte genug von dieser Art der Auseinandersetzung. »Du wirst die Realität schon noch kennenlernen.«
Sie sah, dass Colard und Gleitje noch einen Blick wechselten, bevor Gleitje mit einer verächtlichen Bewegung der Schultern aus der Stube rauschte. Man hörte sie den Gang entlangstampfen und ungeduldig nach einer Magd rufen.
»Gleitje ist meine Frau, sie verdient deinen Respekt. Warum verärgerst du sie so?«, entrüstete sich Colard unterdessen.

»Ich verärgere deine Frau!« Aimée umklammerte das Bild. »Bist du noch bei Trost, Colard de Fine? Lass dir gesagt sein, wir haben bei weitem größere Probleme als die, uns mit den Launen deiner Frau auseinanderzusetzen. Der Handelszug aus Dijon wird nicht eintreffen. Er wurde bei Reims überfallen, die Begleitung massakriert und die Waren gestohlen.«

Colard ließ sich auf einen Stuhl sinken, streckte die Beine von sich und fixierte einen Punkt irgendwo an der Wand neben dem ungenutzten Alkoven. Seine Reaktion befremdete Aimée. Sie hatte mit Entsetzen gerechnet. Mit Fragen.

»Ist das alles, was dir dazu einfällt?«, erkundigte sie sich erbost. »Schweigen?«

»Was erwartest du von mir, Aimée?« Colard richtete sich wieder auf und zog sein Wams gerade. »Ich habe davon abgeraten, auf solches Risiko zu setzen, auch wenn der Gewinn noch so verlockend schien. Nun habe ich recht behalten. Unser ganzes flüssiges Kapital steckte in diesem vermaledeiten Handelszug. Jetzt haben wir die Quittung für deinen Wagemut.«

Aimée betrachtete ihn genauer als sonst, während sie ihre Schlüsse zog. Dass Colard Gleitje in Schutz nahm, war noch kein Beweis für irgendeine ihrer Vermutungen. Dass Colard allerdings völlig gelassen und nur mit einem Vorwurf an sie reagierte, öffnete allen anderen Vermutungen Tür und Tor.

»Du bist nicht besonders überrascht von meiner Nachricht, Colard«, sagte sie bedächtig. »Wusstest du schon von dem Überfall? Hat dir vor mir schon jemand die Nachricht überbracht?«

Zumindest Letzteres war eigentlich nicht möglich.

»Lächerlich. Dieses ganze Handelshaus und seine Angelegenheiten wachsen dir über den Kopf, Aimée. Es ist an der Zeit, dass du das einsiehst. Hör auf, die Handelsherrin zu spielen, es bringt dich um den Verstand.«

Das war keine Antwort, dachte Aimée, noch nie hatte Colard in diesem überheblichen Ton mit ihr gesprochen.

Sie schwankte, ob sie betroffen und empört reagieren sollte, und entschied sich für kalte Zurückweisung der unverhohlenen Unverschämtheit Colards.

»Immerhin besitze ich noch genügend Verstand, um mich zu fragen, was dich plötzlich dazu treibt, mich derart zu kritisieren, Colard de Fine?« Wieder sprach sie ihn mit vollem Namen an. »Seit wann nimmst du dir das Recht heraus, über mich zu urteilen und mir Vorschriften zu machen? Sagt dir seit einiger Zeit Gleitje, wie unser Geschäft zu gehen hat?«

»Sie weiß, wovon sie spricht. Sie ist die Tochter Anselm Kortes. Die Regeln unseres Standes haben sie von Kindesbeinen an begleitet.«

Mit einem Schlag waren für Aimée alle Fragen beantwortet. Jetzt würde sie der Sache auf den Grund gehen.

»Das will ich glauben, aber sie hat nicht genug Verstand, etwas dabei gelernt zu haben. Sie wird ihre Einflüsterungen von ihrem Vater bekommen, und der hat sicher kein Interesse am Wohlergehen des Hauses Cornelis. Ich sage dir etwas: Du wirst Gleitje geheiratet haben, weil Korte dich dazu gezwungen hat. Er kann damit hier Einfluss nehmen – und du lieferst damit skrupellos das Haus Cornelis an ihn aus, weil du denkst, mit seinem Geld bist du alle Sorgen los. Und dann musst du nur mich noch vertreiben.«

Aimée sah Colard mit einem durchdringenden Blick an. Colard, sonst nicht Fisch, nicht Fleisch, geriet außer sich. »Du willst also die Wahrheit wissen? Gut, du sollst die ganze Wahrheit haben: Gleitjes Vater drängt auf einen männlichen Enkel und Erben. Er sucht schon seit Jahren einen Mann für Gleitje. Ruben ist ihm entkommen, aber er weiß von seinem versuchten Waffenschmuggel, und ich konnte mich seiner Erpressung nicht widersetzen. Er besitzt die Frachtpapiere der *Koralle*. Die wirklichen Frachtlisten. Jedes Fass Schwertklingen und jedes Kettenhemd ist genau verzeichnet. Er hat mich vor die Entscheidung gestellt – entweder Gleitje oder die totale Vernichtung des Hauses Cornelis und die Vertreibung seiner Bewohner. Ich habe mich für Gleitje entschieden.«
Aimée hatte mit wachsendem Staunen zugehört. Sie hatte also recht gehabt. Anzunehmen, dass es Korte nur um einen Enkel ging, wie Colard meinte, war jedoch blauäugig. Ihr fiel der Satz von der Angst ein, die kein guter Ratgeber ist, und dass sie sich vorgenommen hatte, so bedacht wie gewitzt zu handeln. Maître Ballain hatte gesagt, man müsse seine Feinde kennen, wenn man sie besiegen wolle. Sie empfand Genugtuung, aber keinen Triumph.
»Warum hast du mir das nie erzählt?«, fragte sie Colard.
»Was hättest du tun können? Korte umgarnen? Er ist aus anderem Holz geschnitzt als dein Onkel Jean-Paul. Er lässt sich nicht mit Moral packen und nicht von Frauen einlullen. Ich habe gelernt, dass das durchaus seine guten Seiten haben kann. Ich ziehe meine Vorteile aus dem, was ich davon lerne und aus der Verbindung. Gleitje bekommt ihr Kind und die Freiheit eigener Entscheidungen. Auf dieser Basis kommen wir gut miteinander aus.«

»Das habe ich gemerkt«, entgegnete Aimée kalt und wollte auch gleich noch etwas klären. »Der Überfall auf unseren Handelszug ist ein Werk eures neuen Bündnisses.«
»Was redest du da? Der Verlust trifft doch auch mich! Und deinem Unverstand haben wir ihn zu verdanken! Immerhin kannst du jetzt nicht länger die Augen vor dem Ausmaß deiner eigenen Unfähigkeit verschließen. Ich denke nicht mehr daran, auch in Zukunft noch den Sündenbock für dich zu machen. Auf mich kannst du künftig nicht mehr zählen.«
»Und was gedenkst du nun zu tun? In diesem Haus und diesem Geschäft gehört dir kein Stein, kein einziges Blatt Papier.« Sie musste einfach deutlich werden.
»Dir auch nicht«, schlug Colard giftig zurück. »Streng genommen gehört alles, was du so gierig raffst, Domenico Contarini. Daran kann auch das Testament des alten Cornelis nichts ändern.«
»In diesem Falle wird es gut sein, wenn Contarini mit mir die Entscheidungen trifft, und nicht du. Ich werde mich an ihn wenden.«
Sie konnte sehen, wie wenig Colard dieser Gedanke gefiel.
»Denkst du, er eilt dir aus Venedig zu Hilfe? Wenn du dich nur nicht täuschst. Ich wiederhole noch einmal den guten Rat, den ich dir bereits gegeben habe: Pack und entschwinde zu deinem Onkel nach Andrieu. In Brügge ist kein Platz für dich. Denk nicht darüber nach, tu es«, sagte er noch und ließ sie allein.
Unwetter war Aimée gewöhnt, aber jetzt hatte es einen Hagelschauer gegeben. Die Schmähungen prasselten ihr um den Kopf, während ihr gleichzeitig der Boden unter

den Füßen wegrutschte. Was war in Colard gefahren? Sein Verhalten übertraf die schlimmsten Erwartungen.
Als sie sich gesammelt hatte, betrachtete sie das Bild ihrer Urgroßmutter noch einmal.
Schlimmer als dir geht es mir nicht, meine liebe Urgroßmutter. Auch Hagelschauer ziehen durch. Jeder Tag bringt etwas Neues, und es kann nicht immer nur Schlechtes sein.
Der Anblick des Bildes gab ihr unerwarteten Trost.
Mit Colard allein, der sich in seiner Eitelkeit so stark verletzt fühlte, würde sie niemals das Handelshaus Cornelis vom Rande des Ruins zurückreißen können. Sie musste ohne seine Hilfe auskommen.
Sie musste neue Pläne ohne ihn machen.
Sie würde die Einladung der Herzogin nach Male annehmen. Einmal, um die Glanzstücke der Arbeit der Beginen bei Hofe zu präsentieren, und dann, um den Verkauf ihrer Stoffe und Luxusgegenstände dort auf dezente Art noch besser in Schwung zu bringen. Die Damen der Herzogin stammten aus den ersten Familien Frankreichs und Flanderns. Sie würden mit dafür sorgen, dass das Haus Cornelis über die Grenzen von Brügge hinaus bekannt würde. Nebenbei konnte sie ungestört, unter dem Schutz der Herzogin, darüber nachdenken, wie sie den Verlust des Handelszuges wettmachen konnte und wen sie letztlich um Hilfe bitten musste.
»Du wirst mir Glück bringen, Margarete Cornelis«, sagte sie zur Dame mit der Lilie.
Diese gab keine Antwort.

32. Kapitel

Burg von Male, 21. Juni 1372

Male, die Burg der Grafen von Flandern, außerhalb des Bannkreises von Brügge gelegen, demonstrierte die Macht Ludwigs von Male. Zu Beginn des Jahrhunderts war sie in ein befestigtes Bollwerk verwandelt worden.
Aimée erkannte den imposanten Hauptturm schon von weitem, während sie über die Dammstraße an einem der zahllosen Kanäle entlang zur Burg ritt, die im gleißenden Licht der Sommersonne stolz das flache Land beherrschte. Lison und die Knechte folgten ihr auf dem Karrenweg mit ihrem Gepäck.
Der Ritt schenkte ihr befreiende Entspannung. Sie war froh, die Entscheidung getroffen zu haben, für ein paar Tage nach Male zu gehen. Warum sollte sie nicht die guten Beziehungen zwischen dem Herzog und dem Hause Andrieu nutzen?
Die Herzogin empfing sie überschwänglich in der Burg ihres Vaters. Sie war sichtlich erfreut, ihre ehemalige Hofdame wiederzusehen, ja sie schmiedete sofort Pläne für sie.
Die Ehe mit Ruben Cornelis sah sie nur als Episode. Sie sei beklagenswert kurz gewesen, nicht einmal ein Kind erinnere an sie, und bei Hofe würde sich auch niemand mehr an ihre Eheschließung erinnern, sie habe schließlich ohne

großes Aufsehen stattgefunden. Sie solle aufhören, Rubens Andenken ihre Zukunft zu opfern, war kurz und bündig ihr Schlusswort dazu. Sie werde sie als Aimée von Andrieu einführen.

Der Herzog sei nach Flandern gekommen, fuhr sie dann fort, um seine Freundschaft mit den Flamen weiter zu vertiefen. Hintergrund war der Zwist mit England und die Tatsache, dass es in Flandern immer noch einflussreiche Kräfte gab, die es gerne sähen, wenn das Königreich England dabei die Oberhand behielte. Speziell in Brügge machte sich dieser Wunsch breit.

»Ihr könnt uns sehr dabei von Nutzen sein, die Rädelsführer zu finden. Macht Ihr nicht auch Geschäfte mit England?«

Aimée erschrak.

»Das würden wir nicht wagen. England ist der Feind Frankreichs«, fing sie sich.

»Genau das ist das Problem«, fuhr die Herzogin überraschenderweise fort. »Wie soll es jemals Frieden geben, wenn die Länder so verfeindet sind, dass neutraler Handel unmöglich ist? Wir richten uns alle wirtschaftlich zugrunde. Leidtragende sind nicht zuletzt die Frauen und Kinder beider Königreiche. Der Herzog und ich suchen nach einer Möglichkeit, die Lage nachhaltig zu verbessern. Nun – wir werden noch genügend Zeit haben, darüber zu sprechen. Zuerst steht das Festmahl an. Ich freue mich, Euch dort zu sehen«, schloss die Herzogin und winkte einem Pagen. »Bringt die Dame von Andrieu in die Gemächer, die für sie bereitet sind.«

Aimée zog sich zurück. Sie bewunderte die Herzogin für ihre Pläne und ihre Tatkraft. Im März hatte sie ihren zwei-

ten Sohn zur Welt gebracht. Von ihr ging eine Selbstsicherheit aus, um die sie sie beneidete.
In der Burg, die von der doppelten Hofhaltung des Grafen von Flandern und des Herzogs von Burgund überquoll, wurde Aimée trotzdem der Luxus eines eigenen Schlaf- und Wohnraumes zuteil. Sie lagen im großen Hauptturm und ermöglichten es ihr, aus einem der Fenster den Strom der geladenen Gäste von oben herab zu beobachten. Sie fragte sich, wer wohl aus Brügge und Gent kommen würde und wie man darauf reagieren würde, dass sie hier wieder eine Andrieu war?

Der Zeremonienmeister, der sie unter dem Torbogen der Halle in Empfang nahm, begleitete Aimée durch den Festsaal an die Stirnseite der Tafel, an der das Herzogpaar neben dem Grafen unter den gekreuzten Standarten von Flandern und Burgund stand.
Aimées Erscheinen erregte Aufmerksamkeit. Unter dem grünen Schleppmantel mit der gestickten Blütenborte trug sie ein cremefarbenes seidenes Faltenkleid, das, vom Kerzenlicht komplementiert, ihre Figur schmeichelhaft zur Geltung brachte. Die verschiedenen modischen Aperçus an Mantel und Kleid fanden die uneingeschränkte Bewunderung im Saal.
Der Zeremonienmeister verkündete ihren Namen.
»Möge es Euer Gnaden gefallen, Eure treue Dienerin Aimée von Andrieu zu empfangen«, sagte er mit lauter Stimme.
Der Herzog ließ es sich nicht nehmen, ihr die Reverenz zu erweisen. Er küsste sie mit erkennbarem Vergnügen auf die Stirn und auf beide Wangen, ehe er auch seinem Schwiegervater die Gelegenheit gab, sie zu begrüßen.

Noch während Aimée Fragen beantwortete, Höflichkeiten entgegennahm und sich bedankte, erklangen Trompetenstöße, die zum Festmahl riefen. Alles drängte zur Tafel. Plötzlich stand Contarini neben ihr.
»Messer Contarini, welche Freude …«
Sie brach ab, als er sich ihr zuwandte. Fremde Augen sahen sie an. Er war es nicht. Erst aus der Nähe erkannte sie ihren Irrtum. Sie musste sich eingestehen, dass sie enttäuscht war.
»Verzeiht die Verwechslung, Seigneur«, entschuldigte sie sich.
»Verzeihen? Ich danke dem Himmel. Er gestattet mir die Bekanntschaft der schönsten Frau des Hofes. Ich bin Alain von Auxois, Hauptmann des Herzogs von Burgund. Ich konnte meinen Blick nicht von Euch wenden, seit Ihr den Saal betreten habt.«
Aimée zwang sich zu einem freundlichen Lächeln. »Ihr tut mir zu viel der Ehre, Herr von Auxois. Eure Ähnlichkeit mit einem … Freund ist einfach unglaublich. Und dazu noch tragt Ihr ebenso Schwarz wie er.«
»Er scheint nicht hier zu sein, so wage ich die Bitte, Euch an seiner Stelle meinen Arm zu reichen.«
Hinter ihnen drängelten die Gäste. Sie ließ es willenlos geschehen. Sie war noch ganz benommen von ihrer Enttäuschung und der Verwunderung darüber, dass sie sie empfand.
Alain von Auxois nutzte seine Chance höchst geschickt. Ehe Aimée protestieren konnte, nahm er neben ihr an der Tafel Platz. Sie fühlte sich an Gent erinnert. Damals hatte Ruben so dreist ihre Gesellschaft gesucht.
Sie überhörte die überschwänglichen Komplimente, mit

denen er sie überschüttete. Sie war in Gedanken bei Domenico Contarini. Der Wunsch, den Venezianer wiederzusehen, schlummerte wohl in der Tiefe ihrer Seele, wie sie zu ihrer Verwirrung feststellte.
»Ich habe vorhin natürlich Euren Namen bei der Vorstellung vernommen. Mit einem Philippe von Andrieu habe ich gegen die Engländer gekämpft«, plauderte Alain von Auxois soeben, während er ihr die besten Stücke des Bratens kleinschnitt und anbot. Er war sichtlich bemüht, ihre Aufmerksamkeit zu erlangen. »Ein Teufelskerl und ein geschickter Taktiker dazu. Ihr seid sicher mit ihm verwandt? Seine Familie lebt in der Comté, soviel ich weiß.«
»Philippe ist der älteste meiner Vettern. Ich bin mit ihm und seinen Geschwistern in der Burg von Andrieu aufgewachsen. Hat er den Krieg lebend und gesund überstanden? Ich erhalte zwar regelmäßig Nachricht aus Andrieu, aber es ist viel zu weit von Brügge entfernt, um alles genau und schnell zu erfahren.«
Endlich war es ihm gelungen, sie in ein Gespräch zu verwickeln. Er lächelte ihr charmant zu, zeigte ein makelloses Gebiss und verstärkte damit ahnungslos Aimées Verwirrung.
»Soweit ich weiß, ist Philippe bei bester Gesundheit und auf dem Weg nach Hause. Im Moment schweigen die Waffen. Was hat Euch nach Brügge verschlagen?«
»Das Familienerbe«, entgegnete sie knapp. Sie hatte keine Lust, zu viel von sich preiszugeben. »Die mütterliche Verwandtschaft meiner Großmutter. Wo habt Ihr gegen die Engländer gekämpft? In der Bretagne?«
Es fiel ihr im Verlauf des Abends immer leichter, das Gespräch mit Alain von Auxois in gefällige Bahnen zu lenken.

Sie verbrachte die Stunden an seiner Seite unerwartet heiter und sorglos, und als sie am nächsten Morgen zur Jagd aufbrachen, lenkte er wie selbstverständlich seinen Hengst an die Seite ihrer Stute. Auch an diesem Morgen war er in Schwarz gekleidet.

»Ihr kommt aus dem Süden?«, fragte sie beiläufig, um die endlose Fortsetzung seiner Bewunderungsbekundungen zu unterbrechen. Sie wusste selbst, dass sie in dem neuen Reitkleid eine gute Figur machte.

»Ja, ich bin in der Nähe von Toulouse zu Hause. Ich habe als Page dem Herzog von Burgund gedient. Meine Mutter ist weitläufig mit dem französischen Königshaus verwandt.«

»Ihr habt gegen die Engländer gekämpft, habe ich von gestern in Erinnerung, ich würde gerne etwas mehr über diesen Krieg wissen.«

»Es gibt davon wenig zu berichten, was ein Frauenherz höher schlagen ließe«, zögerte Alain. »Guesclin, der Connétable von Frankreich, verwickelt auf Anweisung des Königs die Engländer in einen zermürbenden Kleinkrieg.«

»Und das bedeutet?«

»Ihr wollt es wirklich wissen?«

»Sonst würde ich nicht fragen.«

»Vielleicht seid Ihr ja der Meinung Eures Vetters«, lächelte Alain. »Die Strategie des Königs kritisiert er heftig. Er findet, dass die Soldtruppen, die riesige Summen verschlingen, nicht in zahllosen Scharmützeln geschwächt werden sollten, sondern zu einer großen Streitmacht vereint werden müssten.«

»Ich habe Euch so verstanden, dass im Augenblick Ruhe herrscht.«

»Der momentane Waffenstillstand ist nur darauf zurückzuführen, dass kastilische Galeeren im Hafen von La Rochelle die englische Nachschubflotte versenkt haben. Alle sind der Kämpfe müde. Hoffentlich gelingen uns die Rückeroberung der Bretagne und der endgültige Sieg über die Engländer in Bälde. Aber wir sollten über Erfreulicheres reden, zum Beispiel über Eure Reitkunst.«
Aimée fand das Thema zwar nicht besonders ergiebig, doch sie ging darauf ein, wollte ihm nicht widersprechen. Sie tauschten sich über die Unterschiedlichkeit im Wesen der Pferde aus, verfolgten gemeinsam das Jagdgeschehen. Sie hatten ein langes Gespräch über die Greuel des Krieges, von denen er auf ihr drängendes Fragen eindringlich zu berichten wusste. Dann wieder spotteten sie über dies und das, und es gelang Alain von Auxois, Aimées Ängste, die der Krieg in ihr weckte, wieder zu zerstreuen. Für viele Stunden hatte sie auch die plagenden Sorgen um das Haus Cornelis verbannt.
Bei allem Charme, den Alain mit Ruben teilte, hatte seine Willenskraft etwas Anziehendes, das sie wiederum an Contarini, den Venezianer, erinnerte.
Das meist scherzende Paar zog viele neugierige Blicke auf sich. Die des Herzogs waren etwas neiderfüllt, die der Herzogin zufrieden.

33. Kapitel

Burg von Male, 24. Juni 1372

Die Herzogin bedachte Aimée mit einem dünnen Lächeln.
»Flandern gehört zu Frankreich.«
Aimée folgte ihren Blicken. Sie bewohnte die Prachtgemächer der Burg im Hauptturm. Von ihrem Fenster aus konnte man weit über das flache Land sehen. Von hier war Brügge ein Spitzensaum aus Türmen und Dächern am Rand eines seidenblauen Himmels. Das Panorama nahm für einen Augenblick beide Frauen gefangen.
Es sei an der Zeit, den Krieg zu beenden – die Entscheidung darüber falle nicht in Flandern, sondern in Frankreich, hatte Aimée geäußert und eine deutliche Antwort bekommen.
Sie hatte um dieses Gespräch gebeten, um über die Turbulenzen bei ihr in Brügge zu sprechen und über ihre Pläne, wozu es beim letzten Mal nicht gekommen war. Noch unter dem Eindruck des Tages mit Alain von Auxois stehend, hatte sie dann aber erst ihrem Herzen Luft machen müssen.
»Flandern ist gottlob, dank Eures Vaters, bisher nicht zum Kriegsschauplatz geworden. Dafür bin ich dankbar und bitte den Himmel, dass es so bleibt.«

»Ich verstehe Eure Sehnsucht nach Frieden, Aimée, aber glaubt mir, Frankreich braucht den Sieg über die Engländer dringend, um endlich wieder Herr im eigenen Land zu sein.«

»Ich habe Angst davor, dass der Krieg auch zu uns kommt. Wir haben so vieles überstanden, die Pest, die Unruhen, die Handelsblockaden, aber die Schrecken des Krieges würden Brügge vernichten.«

»Was wisst Ihr von den Greueln des Krieges?«

»Zu viel. Es ist ein Gemetzel, das keine Unterschiede zwischen Freund und Feind kennt. Jeder massakriert jeden. Es ist das Brot der Söldner, zu töten, und häufig verwechseln sie Freund und Feind dabei. Im Rausch großer Schlachten werden ebenso viele eigene Soldaten wie Feinde von ihnen getötet.«

»Wer sagt das?«

»Alain von Auxois. Er hat in vielen Schlachten gekämpft und die meisten seiner eigenen Soldaten dabei verloren. Bald sind es nur noch fremde Söldner, die in den Diensten Frankreichs stehen. Männer aus aller Herren Länder, die sich ihr tödliches Handwerk gut bezahlen lassen und die in Friedenszeiten plündernd durch das Land ziehen, weil sie keinen Sold mehr bekommen.«

Aimées flammende Rede verblüffte die Herzogin.

»Wie kommt der Ritter Auxois dazu, solche Dinge mit Euch zu bereden? Es ist durchaus unpassend, mit einer jungen Dame solche Gespräche zu führen.«

»Ich meine, es ist weniger unpassend, als einer Frau nur unsinnige Komplimente zu machen«, entschuldigte Aimée ihn knapp.

»Habt Ihr ihm das so gesagt?«

Leicht verlegen wandte Aimée sich ab. Die Herzogin hatte ins Schwarze getroffen.

»Und ich dachte, der Ritter ist auf dem Weg, Euch zu erobern. Er hat ein angenehmes, einnehmendes Wesen, und ich habe gesehen, dass er Euch das Lachen wieder beigebracht hat. Ihr lacht zu wenig, meine Liebe.«

Aimée gefiel die Richtung nicht, die das Gespräch nahm. Sie wollte nicht über Alain von Auxois reden. Er beschäftigte ihre Gedanken in den letzten Tagen ohnehin schon zu viel.

»Ich bin nicht das einzige Ziel seines Charmes«, entgegnete sie abwehrend. »Er bringt auch andere zum Lachen.«

Die Herzogin wandte sich ihr zu. »Der Ritter umwirbt Euch nach allen Regeln höfischer Lebensart. Warum weist Ihr ihn ab?«

»Er umwirbt Aimée von Andrieu und nicht Aimée Cornelis.«

»Er umwirbt eine Frau, die ihn bezaubert. Er sucht weder eine reiche Mitgift noch mehr Macht. Er ist vermögend, und seine Herkunft öffnet ihm alle Türen«, erwiderte die Herzogin. »Habt Ihr kein Verlangen nach einer neuen Ehe?«

»Wahrhaftig nicht.« Aimée klang verlegen.

»Wie das?« Die Herzogin ließ nicht locker. »Ruben Cornelis mag seine Schwächen gehabt haben, aber er war doch sicher ein Mann, der eine Frau glücklich machen konnte.«

»Welche Art von Glück meint Ihr?«

»Du lieber Himmel. Ist es möglich, dass Ruben Cornelis ein rücksichtsloser Tölpel war? Das täte mir leid. Lasst Euch versichern, Männer sind ebenso verschieden von Temperament wie wir Frauen. Mir scheint, das Schicksal ist Euch etwas schuldig geblieben, meine Freundin. Erhört Alain von Auxois. Die heiteren Tage dieses Sommers bieten Euch eine gute Gelegenheit dafür – glaubt mir, ich meine es gut mit Euch«, setzte die Herzogin, von Aimées Schweigen irritiert, noch aufmunternd hinzu.

»Ich bin Euch von ganzem Herzen dankbar für Euren Rat und für Eure Anteilnahme«, antwortete Aimée schließlich. »Aber was mich in der Tat bedrückt, ist nicht die Einsamkeit meiner Tage und Nächte, sondern es sind die Niederträchtigkeiten, die mein Handelshaus in Gefahr bringen. Meine Geschäfte in Brügge werden immer mehr behindert, meine Waren geraubt und meine Pläne vereitelt. Ich habe Feinde, die hinter meinem Rücken gegen mich arbeiten.

»Wie ist das möglich?« Die Herzogin ließ sich auf einer gepolsterten Bank nieder und bedeutete Aimée, auf dem Hocker davor Platz zu nehmen. »Ihr steht unter dem Schutz des Herzogs von Burgund. Wer wagt es, Euch zu schaden? Was genau ist geschehen?«

Aimée schilderte den Überfall auf den Handelszug und die möglichen Folgen. Auch die schmerzliche Erkenntnis, dass sie von Colard und seiner Frau dem Anschein nach hintergangen wurde, verschwieg sie nicht.

»Von meinem verstorbenen Mann weiß ich, dass Anselm Korte schon lange ein begehrliches Auge auf das Haus Cornelis geworfen hat. Ich fürchte, er steckt hinter all diesen Vorfällen«, gestand Aimée. »Obgleich ich keinen greifbaren Beweis dafür in Händen halte.«

»Warum tut Ihr Euch eigentlich all diese Sorgen und Schwierigkeiten an?«, fragte die Herzogin ruhig. »Ihr seid dazu geboren, den Platz an der Seite eines Ritters einzunehmen und seinem Hausstand vorzustehen.«

Aimée zögerte, entschied sich jedoch auch hier für die ungeschminkte Wahrheit.

»Ich weiß zu gut, was es bedeutet, Herrin einer Burg zu sein«, holte sie aus. »Es heißt ständige Sorge um die Gesundheit der Menschen, die dort leben, um die Vorräte, die nötig sind, sie über einen harten Winter zu bringen, und um ihre Verteidigung vor Feinden. Auf einer Burg sind Stoffe und fremdländische Gewürze fehl am Platz. Dort sind, gegen den ewigen Zugwind, dicke Wollstoffe zum Schutz gefragt und ein Essen, bestehend aus Speckseiten und Grütze. Ich habe auch keine Sehnsucht danach, die Glockenspiele von Brügge gegen die rüden Scherze der Burgknechte einzutauschen.«

Die Herzogin räusperte sich.

»Das nenne ich eine ehrliche Antwort. Was kann ich also für Euch tun, wenn Ihr es so vehement ablehnt, Euch auf Händen tragen zu lassen? Wie stellt Ihr Euch Eure Zukunft vor?«

»Ich möchte unbedingt das Handelshaus Cornelis weiterführen. Es ist mein Erbe, und ich werde mich nicht daraus verdrängen lassen. Ich handle gerne. Es bereitet mir Freude, und der Erfolg wird mir recht geben, wenn es mir gelingt, meine Feinde zu besiegen. Eine Verkettung unglückseliger Umstände hat verhindert, dass ich die Gewinne machen konnte, die das Geschäft verspricht. Wenn Ihr zum Beispiel am königlichen Hof von Frankreich erwähnen wolltet, woher Ihr Eure Gewänder und Juwelen in erster Linie bezieht, wäre mir bereits geholfen. Ihr kennt den Wunsch am Hof, immer das Neueste und Ungewöhnlichste zu tragen und zu besitzen. Man bewundert Euch sicher dort und wird es Euch gleichtun wollen.«

»Halt, nicht so schnell!« Die Herzogin hob eine abwehrende Hand. »Lasst uns noch einmal über Alain von Auxois sprechen. Wir schätzen ihn sehr. Könnt Ihr Euch denn gar keine Verbindung mit ihm vorstellen?«

»Ich schätze ihn auch«, räumte Aimée vorsichtig ein. »Seine Art und sein Charme lassen mich nicht kalt. Dennoch kann ich mir eine Ehe mit ihm nicht vorstellen. Wenn ich eine Heirat erwägen würde, dann nur eine mit einem Mann, der gemeinsam mit mir das Haus Cornelis führt. Ein Ritter ist nicht der Richtige.«

»Wartet noch ein wenig, ehe Ihr so endgültig urteilt«, antwortete die Herzogin nachdenklich. »Genießt unsere Feste und lasst Euch umwerben. Gönnt Euch Abstand von den Schwierigkeiten Eures Lebens. Euer Anliegen werde ich mit dem Herzog gemeinsam wohlwollend prüfen.«

34. Kapitel

Burg von Male, 24. Juni 1372

Und Aimée genoss.
Es herrschte ein buntes, festliches Treiben auf der Burg, und Aimée konnte den Avancen Alain von Auxois' nicht entgehen, selbst wenn sie es gewollt hätte. Sie wusste natürlich, warum der Herzogin so sehr daran gelegen war, sie in den Händen eines Mannes zu sehen. Sie verhielt sich zurückhaltend, wenn der Herzog ihr Komplimente machte, aber um sich ihrer Hilfe sicher zu sein, war es klug, sagte sie sich, sich der Werbung des Ritters nicht provokativ zu verschließen.

Sie hatte bewusst unterkühlt reagiert, als die Herzogin sie auf die Sehnsucht nach Liebe angesprochen hatte. Doch bereits während ihrer Antwort wurde ihr bewusst, dass da ein Verlangen nach Zärtlichkeit, Hingabe und Leidenschaft in ihr wach war, das befriedigt werden wollte. Auf den Venezianer, wurde ihr immer deutlicher, hatten sich langsam und vermutlich alle ihre Gefühle gerichtet. Doch er war weit weg, vergeben, verheiratet, Vater eines Kindes.

Alain von Auxois war da, greifbar.

Er glich ihrem Venezianer äußerlich auf seltsame Weise, und er wurde von Tag zu Tag angenehmer in seinem Liebeswerben.

Sie sahen sich stündlich, amüsierten sich, tändelten durch den Tag, hin und wieder von ernsten, nachdenklichen Gesprächen unterbrochen. Sie legte ihre Hand in die seine, wenn die Musikanten des Herzogs aufspielten. Sie erlaubte ihm, das Gebetbuch zu tragen, wenn er sie in die Kapelle der Grafenburg begleitete, und sie lächelte nicht länger spöttisch, wenn er sie mit Komplimenten überhäufte. Sie trug seine Farben, als er für sie in die Turnierschranken ritt, und sie überreichte ihm die Trophäe für seinen Sieg im Bogenschießen.

Ihr Kuss galt allein dem Sieger, aber Alain bedeutete er mehr als die Trophäe. Nicht einmal die Tatsache, dass seine Gunst einer Kaufmannswitwe galt, was sie ihm nicht länger verschwiegen hatte, hielt ihn davon ab, sie zu umwerben. Der Hof nahm sie mehr und mehr als Paar zur Kenntnis. Aimée erfasste es, aber sie wollte nicht über den Tag hinaus denken.

Bis zu jenem Abend, an dem Alain sie trotz der Sänger und Musikanten, die den Hof in der großen Halle unterhielten, auf die Wälle der Burg hinausführte. Das Gewitter, das am späten Nachmittag vom Meer landeinwärts gezogen war, hatte kühle Feuchtigkeit auf den Steinen zurückgelassen, und Wolkenfetzen trieben wie breite Federstriche am Mond vorbei. Aimée genoss die Stille und Frische nach dem Trubel des Festes.

»Ich weiß so vieles von Euch«, sagte Alain, während sie das Gesicht dem Wind zuwandte. »Aber was Ihr fühlen werdet, wenn ich Male verlassen muss, bleibt mir dennoch verborgen.«

»Ihr werdet es herausfinden, wenn es so weit ist«, erwiderte sie mit einer leisen Herausforderung in der Stimme.

»Dafür bleibt mir nicht mehr viel Zeit.«
Aimée sträubte sich, auf den bedeutungsvollen Ton der Antwort einzugehen. »Der Sommer hat doch eben erst begonnen …«
»Es ist nur eine Frage von Tagen, bis ich den Befehl erhalte, zu meinen Männern vor Calais zu stoßen. Der König wünscht die Engländer einzukreisen. Er will sie langsam, aber sicher vom Festland treiben, bis ihnen nur noch der Weg über das Meer auf ihre Insel bleibt.«
»Ihr müsst uns so schnell verlassen?« Aimée legte unbewusst eine Hand auf Alains Arm.
»Bedauert Ihr es?«
Er umschloss ihre Hand mit seiner.
»Welche Frage! Ihr wisst es. Ich will nicht, dass sie Euch töten.«
Aus der ersten Berührung wurde ein Griff um ihre Taille, schließlich eine Umarmung. Aimée legte die Stirn gegen seine Schulter. Es fühlte sich gut an, vermittelte ihr ein ungekanntes Gefühl von Sicherheit und Geborgenheit. Seit ihr Onkel sie verlassen hatte, war dies die erste Schulter, an der sie es sich erlaubte, schwach zu sein.
Sie spürte Alains Kuss auf ihrer Stirn, roch einen vagen Lavendelduft und schmiegte sich mit geschlossenen Augen enger an ihn.
»Lasst die wenigen Stunden, die uns bleiben, nicht ungenutzt verstreichen, Aimée. Ich kann Male nicht verlassen ohne die Gewissheit, dass Ihr meine Liebe erwidert.«
Die ebenso ungenierte wie leidenschaftliche Aufforderung entwaffnete Aimée mehr als eine romantische Liebeserklärung. Er suchte ihre Lippen.
Aimée gefiel der Kuss. Sie fühlte sich hingezogen, aber

noch zögerte sie. Sie prüfte seine Liebkosungen, empfand sie als angenehm und tat den nächsten Schritt.
»Kommt nach drinnen.«
Sie ahnte seine Verblüffung mehr, als sie sie sehen konnte. Sein ungeniertes Lachen sagte ihr, es war zu spät für einen Rückzug.
Er übernahm die Führung, und Aimée ließ es zu. Sie schämte sich nicht ihrer Nacktheit, ließ seine staunende Bewunderung zu, gab sich der Erregung hin, die das sehnsüchtige Küssen ihrer Brüste auslöste, die zärtliche Erforschung ihres Körpers durch seine Hände. Seine verhaltenen Liebkosungen löschten die Erinnerungen an Rubens Selbstsucht aus. Sie gab sich uneingeschränkt der Leidenschaft hin.
Sie hatte keine Ahnung, wie weit die Nacht fortgeschritten war, als sie erwachte. Alain schlief, einen Arm schützend um sie und den anderen über die Stirn gelegt. Sie spürte seine Atemzüge, seine Berührung.
Ungereimtes und Seltsames bedrängte sie ebenso wie die Erkenntnis, dass sie bisher um das Glück körperlicher Liebe betrogen worden war. Weshalb hatte Ruben nie die Geduld aufgebracht, mit der die Leidenschaft gezügelt werden muss, um das Glück der Liebe zu erfahren? Die Antwort war einfach. Weil er nur sich selbst geliebt hatte. Würde sie ihn heute besser verstehen, ihn zur Liebe hinführen können?
Hör auf zu grübeln, ermahnte sie sich schließlich. Auch Ruben hat seinen Platz in deinem Leben. Er hat dich nach Brügge gebracht und dir damit den Weg zu deinem Erbe geebnet.
Die Stimme der Vernunft in ihr klang noch immer wie die ihrer Großmutter. Ja, sie würde endgültig Abschied

nehmen von Ruben und ihren Gefühlen eine neue Orientierung geben.

»Du bist wach?«

Aimée schmiegte sich an Alains Körper. Sie war nicht länger allein. Mit den Fingerspitzen zeichnete sie die Umrisse seines Gesichtes nach und berührte sacht seine Lippen.

»Habe ich dich geweckt?«

»Nein, ich höre dich denken.«

»Ich habe kein Wort gesagt.«

»Du denkst über dein Leben nach. Was ist das für ein Leben, das du in Brügge führst? Etwas muss falsch daran sein.«

Seine scharfsinnige Beobachtung zwang Aimée, ehrlich zu antworten.

»Ich war einsam.«

»Du wirst nie mehr einsam sein, Liebste. Du hast mich.«

»Du wirst nach Calais ziehen und dort gegen die Engländer kämpfen, hast du das schon vergessen?«

»Ich werde siegen und zurückkommen.«

»Dafür werde ich jeden Tag beten. Du wirst auf dich aufpassen, versprich es mir.«

»Du kannst dich darauf verlassen. Ich habe einen Grund zu überleben. Meine Braut wartet in Brügge auf mich.«

Aimée rückte etwas von ihm ab und sah ihn forschend an. Er spielte versonnen mit einer ihrer blonden Haarsträhnen.

»Du kannst mich nicht heiraten«, sagte sie sanft.

»Wer sollte mich daran hindern?«

»Ich, Alain. Ich leite ein Handelshaus in Brügge. Ich habe Verpflichtungen. Ich muss Verträge einhalten und Aufträge erfüllen.«

»Auch ich habe eine Verpflichtung, Aimée«, erwiderte Alain ernst. »Ich liebe dich, und ich will diese Liebe vor Gott und den Menschen bekennen. Du gehörst zu mir. Oder hast du dich nur aus Langeweile hingegeben und nicht aus Liebe?«

»Du weißt, dass es nicht so ist«, erwiderte sie mit einem Anflug von Zurückweisung. Sie empfand es als erniedrigend, solche Wortgefechte zu führen. »Aber es ist zu früh, um von Heirat zu sprechen.«

»Zu früh? Warum zu früh? Es gibt Witwen, die nur wenige Wochen nach dem Tode ihres Mannes heiraten. Eine Frau braucht einen Mann, der sie beschützt, und eine schöne Frau wie du ganz besonders. Jeder bei Hofe erwartet, dass wir unsere Verlobung verkünden. Wir sollten es tun.«

»Lasst sie warten. Ich meine …«

Alain unterbrach ihren Widerspruch mit einem stürmischen Kuss, und Aimée verschob ihren Protest. Sie würden noch genügend Zeit haben, darüber zu reden. Diese Nacht gehörte dem Herzen und der Unvernunft.

35. Kapitel

Brügge, 2. Juli 1372

Graue Staubwolken stoben aus der Kleidung des Reiters, als er vor dem Haupteingang des Hauses Cornelis vom Pferd sprang.
Der Löwe der Republik von Venedig an seiner Satteldecke veranlasste den Pförtner augenblicklich dazu, die Nachricht von seiner Ankunft an Colard weiterzugeben, der sich in der großen Schreibstube aufhielt.
Vielleicht bringt der Kurier Neuigkeiten von der Ankunft der Flanderngaleeren, hoffte dieser. Jede Woche, die sie früher in Brügge einträfen, wäre ihm willkommen gewesen. Dass Aimée in Male war, erleichterte es ihm zwar, einige Geschäfte an ihr vorbeizuleiten, aber er musste auch an die Zukunft denken.
»Schickt ihn mir ins Kontor«, gab Colard Anweisung.
Er eilte gereizt durch die Schreibstube in das vertraute Kontor, das im vergangenen Jahr neu gekalkt worden war. Hinter dem breiten Arbeitstisch stand ein Stuhl mit hoher Lehne, dessen gepolsterte Front in aufwendiger Stickerei das Wappen des Hauses Cornelis trug. Ein Geschenk der Beginen für Aimée. Colard hatte sich noch immer nicht an den Anblick gewöhnt. Er ließ sich darin nieder.
»Ihr bringt Botschaften für Frau Cornelis?«, fragte er den

eintretenden Reiter knapp. Dabei war er so auf dessen verschlossene Kuriertasche fixiert, dass er dem Mann selbst keinen weiteren Blick schenkte.

Der Reiter machte keine Anstalten, eben diese Kuriertasche zu öffnen.

»Schriftliche und mündliche, Herr de Fine. Und vor allen Dingen keine, die alle Ohren betreffen.«

Als der Reiter, den schon der Pförtner für einen Kurier gehalten hatte, den Hut abnahm, erkannte Colard ihn endlich.

»Messer Contarini! Ihr seid zurück? Willkommen in Brügge.« Während er fieberhaft überlegte, ob Aimée ihn in dieser Eile benachrichtigt haben konnte, redete er einfach, um Zeit zu gewinnen. »Wieso gebt Ihr Euch für einen venezianischen Kurier aus? Was treibt den Neffen des Dogen von Venedig dazu, in Verkleidung über die Landstraßen zu jagen? Man hört in Brügge, dass Ihr inzwischen zu den Noblen der Stadt zählt.«

»Es gibt keinen schnelleren Weg von Venedig nach Brügge als die Kurierrouten der Serenissima. Die offizielle Kuriertasche spricht für sich. Sie ermöglicht regelmäßige Pferdewechsel und bevorzugte Behandlung in den Herbergen. Zudem schenkt niemand einem beliebigen Kurier besondere Aufmerksamkeit, es gibt mittlerweile zu viele von ihnen. Ich habe Nachrichten für die Handelsherrin. Ist Frau Cornelis im Hause?«

»Sie ist in Male. Sie ist einer Einladung der Herzogin von Burgund gefolgt.«

Aus seinem Mund klang es, als habe Aimée ihre Arbeit in Brügge für höfische Vergnügungen im Stich gelassen. Contarini reagierte nicht darauf.

»Habt Ihr von unseren neuerlichen Schwierigkeiten gehört?«, fuhr Colard darauf eifrig fort und berichtete von dem Verlust des Handelszuges. »Aber Ihr braucht Euch dennoch keine Sorgen zu machen. Abraham ben Salomon wird auch zum nächsten Dreikönigsfest unsere Zinsen erhalten. Durch meine Heirat mit Gleitje Korte kann ich es ermöglichen und vielleicht auch einen Teil der geliehenen Summe zurückzahlen. Ich möchte Euch ein zuverlässiger Geschäftspartner sein, auf den Ihr Euch verlassen könnt. Meine Frau …«

Contarini unterbrach die Weitschweifigkeit.

»Ich bin nicht gekommen, Eure Geschäfte zu kontrollieren«, unterbrach er Colard. »Ich habe lediglich eine private Botschaft aus Andrieu für Frau Cornelis.«

»Wie geht es ihrem Onkel? Wir haben lange nichts mehr aus der Comté gehört.«

»Sie wird es Euch berichten. Da ich ohnehin nach Male unterwegs bin, werde ich sie dort aufsuchen. Verzeiht, dass ich Euch aufgehalten habe, und vergesst, dass Ihr mich gesehen habt.«

»Ich könnte Euch diesen Weg abnehmen«, bot sich Colard an. Auch wenn er jetzt überzeugt war, dass Contarinis Erscheinen nicht den Geschäften galt, lag ihm daran, dass er Aimée nicht begegnete. »Ich hatte mich ohnehin dazu entschlossen, Aimée in Male aufzusuchen. Wichtige Entscheidungen müssen getroffen werden.«

»Das ist nicht nötig. Ich sagte doch, dass ich nach Male muss.« Domenico stülpte seinen Hut wieder auf die mittlerweile kurz geschorenen Haare und ging zur Tür. »Gott schütze Euch, de Fine.«

Mit langen Schritten eilte er aus dem Haus. Dass dort nicht

alles zum Besten stand, hatte er, ohne es zu wollen, ganz nebenbei erfahren. Er würde sich darum zu gegebener Zeit kümmern, aber jetzt musste er seinen Auftrag erst einmal erfüllen.
Er war als geheimer Gesandter des Dogen von Venedig unterwegs. Schlimm genug, dass sein erster Weg ihn nicht nach Male, sondern in das Haus Cornelis geführt hatte.

Das heitere Sommerfest in Male ließ Domenico Contarini an einen jener farbenfrohen, prächtigen flämischen Wandteppiche denken, die er vor Jahren für Aimée nach Dijon geschafft hatte. Damen, Edelmänner, Gaukler und Musikanten tummelten sich auf einer Blumenwiese hinter dem Schloss. Sonnendächer beschirmten die Köstlichkeiten, die auf üppig gedeckten Tischen warteten, und Weinkrüge. Pagen, Diener und Mägde eilten, die Wünsche ihrer Herrschaft zu erfüllen. Wie üblich unterhielt der Herzog seine Gäste mit einem aufregenden Spektakel.
Madame Margarete und ihre Damen lagerten auf Decken und Kissen, während sie dabei zusahen, wie sich eine Meute von Jagdhunden gegen einen Bären behauptete, der auf vielen Jahrmärkten für Schrecken gesorgt hatte. Contarini tat das Tier leid, das mit seinen gestutzten Krallen eher verwirrt als angriffslustig wirkte. Es missfiel ihm, dass eine so stolze Kreatur zum Zeitvertreib gedemütigt wurde, aber er hatte gelernt, seine Meinung für sich zu behalten. Es war nicht seine Aufgabe, die Vergnügungen des Hofes zu tadeln.
Da die meisten Augen auf den ungewöhnlichen Kampf gerichtet waren, konnte er sich unbemerkt unter die Höflinge mischen. Er hatte sich umgezogen, war kostbar genug

gekleidet, um nicht unangenehm aufzufallen, aber auch so schmucklos, dass er in der Menge unterging. Den Federhut tief in die Stirn gezogen, ließ er die Augen über die Menge gleiten. Wo war Aimée Cornelis?
Eben als er sich abwenden wollte, sah er sie an der Seite eines Mannes unter eines der Sonnendächer treten. Beide drehten dem ungleichen Kampf den Rücken zu. Sie hatten nur Augen füreinander. Aimée ließ sich von ihrem Begleiter mit frischen Erdbeeren füttern, die er zuvor in cremig geschlagene Sahne tauchte. Das Paar gab ein Bild gefühlvoller Vertrautheit ab, das jeden Betrachter berühren musste.
In dem Augenblick, als Contarini sich zurückziehen wollte, drehte Alain von Auxois sich zur Seite, so dass er dessen Gesicht erkennen konnte. Contarini glaubte seinen Augen nicht zu trauen.
Ein neben ihm stehender Ritter folgte seinem Blick und schüttelte völlig konsterniert den Kopf.
»Unglaublich, wie ähnlich Ihr ihm seht! Man könnte denken, Ihr wäret der Glückspilz. Viele beneiden diesen Alain von Auxois darum, dass er die schöne Aimée von Andrieu für sich erobern konnte. Da werden wohl in Kürze für den Hauptmann des Herzogs und die Vertraute seiner Gemahlin die Hochzeitsglocken läuten.«
Domenico Contarini verzog keine Miene. Unter seinem Wams steckte der Brief an Aimée. Er bot ihr darin seine Dienste und seinen Beistand an. Aber wie es aussah, benötigte sie weder das eine noch das andere.
Enttäuscht sammelte er sich für seinen eigentlichen Auftrag und wandte sich an den Haushofmeister des Herzogs. Zu seiner Überraschung wurde er noch am selben Tag

empfangen. Ein Page führte ihn kurz nach Sonnenuntergang auf die westliche Wehranlage der Burg, wo ihn Philipp der Kühne freundlich begrüßte.
»Willkommen in Male, Messer Contarini. Dem Empfehlungsschreiben entnehme ich, dass Ihr der Neffe des amtierenden Dogen von Venedig seid.«
»Und sein Gesandter«, fügte Contarini hinzu und überreichte die Botschaft, die für den Herzog bestimmt war. Zurücktretend ließ er ihm Zeit, das Schreiben zu studieren. Wie würde Philipp auf den Vorschlag des Dogen reagieren? Die Lebhaftigkeit seiner Züge ließ nicht erkennen, was er dachte.
»Ihr kennt den Inhalt dieses Schreibens?«, fragte der Herzog schließlich und sah auf. Sie waren gleich groß und konnten sich direkt in die Augen blicken.
»Gewiss.«
Die knappe Antwort gefiel dem Herzog. Er faltete das Schreiben.
»Wie ich lese, seid Ihr bereit, eine geheime Botschaft an den Hof des Königs von England zu überbringen. Ein Unterfangen, das Euch in Lebensgefahr bringen kann. Warum tut Ihr das?«
»Dieser Krieg muss ein Ende haben«, entgegnete Contarini. »Der Handel mit England liegt auch für uns danieder, unsere Schiffe sind nicht mehr sicher. Venedig muss fürchten, dass die Flanderngaleeren zwischen die Kriegshandlungen geraten. Ist nicht eben im Hafen von La Rochelle eine verheerende Schlacht geschlagen worden? Wie es aussieht, erlaubt es die Lage nicht, dass sich die Galeeren wie üblich trennen und nach Brügge und London fahren, um dort ihre Geschäfte zu machen.«

»Wer sagt Euch, dass ein Friedensvorschlag in England offene Ohren findet? Man könnte ihn auch als Schwäche unsererseits auslegen.«

»Der König ist krank, und sein Sohn, der schwarze Prinz, hat ein seltsames Leiden aus Spanien nach Hause gebracht. Auch die klugen Köpfe am englischen Hof haben erkannt, dass der Krieg von keiner Seite gewonnen werden kann. Aber ihnen sind die Hände gebunden, solange sie nicht sicher sein können, dass auch auf dieser Seite des Kanals zunehmende Kriegsmüdigkeit besteht, und auch die Bereitschaft zu Verhandlungen.«

»Das Amt des Unterhändlers ist schwierig und undankbar, Messer Contarini. Es verwundert mich, dass es ein Venezianer auf sich nimmt.«

»Meine Wertschätzung für Flandern trifft sich mit den Wünschen meines Onkels, des Dogen, Euer Gnaden. Ich habe lange Jahre in Brügge gelebt, und ich bewundere die Stadt und ihre Menschen. Man sollte ihre Fähigkeiten nutzen und nicht in sinnlosen Konflikten zermürben. Aber ich bin natürlich vor allem aus ganzem Herzen Venezianer, und Venedig kann, als Handelszentrum des Abendlandes, seine Geschäfte nicht florierend betreiben, wenn so wichtige Handelsrouten wie der Kanal zwischen England und Frankreich vom Krieg blockiert werden.«

»Lasst mich darüber nachdenken, Messer Contarini«, sagte der Herzog und winkte einem Pagen, der außer Hörweite der Treppe gewartet hatte. »Nehmt meine Gastfreundschaft an, bis ich Euch morgen meine Entscheidung mitteile. Der Junge wird dafür sorgen, dass Ihr ein gutes Quartier erhaltet und ein gutes Mahl. Es ist ratsam, dass Ihr Eure Kammer nicht verlasst. Manch einer wäre vielleicht über Eure Anwesenheit verwundert. Unter meinen Gästen befinden sich keine Italiener. Zudem seid Ihr der leibhaftige Doppelgänger eines meiner besten Ritter.«

»Es ist mir nur recht, mich zurückziehen zu können«, antwortete Contarini knapp. Er folgte dem Pagen.

Er lag lange wach und lauschte der Musik, die über die Mauern von Male auf das flache Land hinaus wehte. Der Hof feierte. Aimée tanzte mit ihrem Liebsten.

36. Kapitel

Burg von Male, 3. Juli 1372

»Woher hast du diesen Brief?«

Aimée prüfte das Wappen auf dem Siegel und wartete auf Lisons Antwort.

»Ein Page hat ihn gebracht. Ich nehme an, Herr Colard schickt ihn.«

»Er kommt aus Andrieu«, sagte Aimée tonlos. »Aber es ist nicht die Schrift meines Onkels.«

»Öffnet ihn«, riet Lison praktisch. »Es hat keinen Sinn, sich Fragen zu stellen, wenn man die Antwort bereits in Händen hält.«

Ein guter Rat. Dennoch suchte Aimée Halt am Ring ihrer Großmutter, ehe sie das Siegel brach und die dicht beschriebenen Blätter auseinanderfaltete. Ihre Augen suchten erst die Unterschrift.

»Dein Vetter Philippe, Graf von Andrieu.«

Die Schrift verschwamm ihr vor den Augen. Wieso schrieb Philippe und nicht ihr Onkel? Was war mit Jean-Paul? Aimées Herz stockte. Erst als Lison sie heftig an der Schulter rüttelte, kam sie zu sich.

»Was ist passiert?«

»Ich weiß es nicht.«

»Dann lest doch endlich! Barmherziger Himmel, Ihr bringt

Euch selbst und mich um den Verstand mit Eurem Zögern. Wo bleibt Eure Entschlossenheit?«

Lison hatte sich in den langen Jahren gegenseitiger Vertrautheit das Recht erworben, so mit ihr zu sprechen. Aimée lächelte ihr zu und entzifferte die unbekannte Schrift:

Liebe Cousine Aimée,
es fällt mir schwer, dir zu schreiben, aber der Himmel lässt mir keine andere Wahl. Am zwanzigsten Tag des Monats Juni ist unser geliebter Vater und Lehnsherr zu seinem Himmlischen Vater heimgegangen. Er ging versehen mit den heiligen Sakramenten der Kirche, umgeben von seiner Familie und bedacht von ihren Gebeten. Er bat mich noch in seiner letzten Stunde, dir seine Liebe und seinen Segen zu schicken. Er starb an den Folgen einer schweren Verkühlung, die er sich zu Beginn des Osterfestes zugezogen hat. Keine Medizin brachte ihm Erleichterung, und am Ende begrüßte er den Tod als Erlösung.

Aimée kämpfte mit den Tränen. Erst nach einigen schweren Atemzügen vermochte sie weiterzulesen.

Unsere Mutter, mein Bruder und meine Schwestern sowie meine Frau senden dir ihre Umarmungen und ihren Trost. Wir alle wissen, dass er auch für dich ein Vater war. Wir sind in Trauer mit dir vereint. Ich danke dem Himmel dafür, dass ich zu Hause sein konnte und von ihm Abschied nehmen durfte. Er starb, wie er gelebt hat, in Sorge um die Seinen.

Aber der Krieg geht weiter. Auch ich werde Andrieu in Kürze verlassen müssen, um wieder für den König zu kämpfen. Dem Lehnseid unserer Vorfahren treu, bin ich gezwungen, unsere waffenfähigen Männer aufzubieten und anzuführen. Ich wünschte, ich könnte sie an einem bunten Band führen und vor Schaden bewahren, wie du es als Kind mit den Lämmern getan hast, die dir besonders am Herzen lagen. Vielleicht könnte ich sie auf diese Weise gesund nach Andrieu zurückbringen. Leider hat der Krieg andere Gesetze. Er ist grausam und verheerend. Ich wünschte, er hätte endlich ein Ende. Wir erwarten unser erstes Kind, und ich würde es gerne in Frieden aufwachsen sehen.
Gott schütze dich, liebste Aimée. Bete für mich und meine Soldaten wie für unseren Vater und sei gewiss, dass wir dich nach wie vor als eine der Unseren lieben.

Dein Vetter Philippe

Der Brief glitt Aimée langsam aus den Händen, während sie den Tränen freien Lauf ließ, ohne sie zu trocknen. Lison schloss sie stumm in die Arme. Sie brauchte nicht viele Worte, um ihre Anteilnahme auszudrücken.
»Soll ich nach Alain schicken?«, fragte sie nur.
»Nein!«
Aimée schüttelte den Kopf. Ihre Gefühle für Alain waren heiter und frivol, sie hatten nichts mit der grenzenlosen Trauer zu tun, die sie in diesem Augenblick niederdrückte. Sie hatte zum zweiten Male einen Vater verloren.
Die Wände der Kammer engten sie ein, und sie griff hastig nach einem aufwendig verzierten Tuch.

»Wohin geht Ihr?«, rief Lison besorgt. »In die Kapelle? Soll ich Euch begleiten?«
»Nein! Nein!« Aimée hob abwehrend die Hand. »Ich muss allein sein. Mach dir keine Sorgen.«
So dankbar sie Lison für deren Trost war, sie musste aus eigener Kraft die Verzweiflung bekämpfen. Warum wurde sie von allen verlassen?
Sie floh nicht in die Kapelle, sie suchte die Weite des Himmels, den Blick zu den Sternen und den immerwährenden Wind, der über das flämische Land strich.
Sie hastete den Wehrgang hinauf, vorbei an den Wachen, die ihr befremdet nachsahen. An der Nordwestecke hielt sie im Schutz einer Schießscharte inne. Sie umklammerte eine der Zinnen so heftig, dass ihre Finger schmerzten. Mutlos und stumm starrte sie in den Nachthimmel. Die Sterne verschwammen ihr vor den Augen, während sie sich weit nach vorne lehnte.
Auch Domenico Contarini hatte den Wehrgang und die Dunkelheit gesucht. Die Unruhe hatte ihn ins Freie getrieben. Er suchte zu ergründen, was Aimée dazu bewegt haben mochte, sich einem Mann zuzuwenden, der ihm so ähnlich sah, dass jeder stutzte, der ihnen beiden begegnete. Das konnte kein Zufall sein, fing er an sich einzureden. War es möglich, dass sie ihn in dem anderen sah? War sie noch nicht ganz für ihn verloren?
Die Gefühle, die er seit seiner Reise nach Dijon verdrängt hatte, hatten ihn schon lange eingeholt. Er hatte es zutiefst bedauert, dass er bereits einer anderen Frau versprochen war. Er hatte es dennoch nicht gezeigt, konnte, durfte es nicht zeigen. Durfte nicht? Gegen ihre Anmut, ihren Reiz hatte er sich wehren können, aber ihre Tatkraft, ihr so

gänzliches Anderssein als alle anderen Frauen, hatte sie begehrenswert gemacht und machte sie immer begehrenswerter, so dass seine Gedanken an sie ihn täglich mehr beherrschten. Nur zu gut erinnerte er sich jetzt wieder an den schmerzlichen Abschied von ihr. Wie gerne hätte er sie an diesem Tag in die Arme genommen.

Aimée musste dagegen ankämpfen, im eigenen Leid zu versinken.
Jean-Pauls Züge tauchten vor ihrem inneren Auge auf. Er war ihre letzte Zuflucht gewesen, er war der Einzige, der ihr bedingungslos Schutz geboten hatte, der Anteil an ihrer Kindheit hatte. An wen sollte sie sich in Zukunft wenden? Wer kannte sie so gut wie er?
»Aimée, Liebste!«
Alain hatte sie gefunden. Vermutlich mit Hilfe von Lison, die ihren Lieblingsplatz auf den Zinnen kannte und ihren möglichen neuen Herrn ins Herz geschlossen hatte.
Die Wärme seiner Umarmung schob sich zwischen Aimée und die gefährliche Tiefe. Alain verstand nicht, warum ihre Trauer so groß war, aber er fühlte, dass sie ihn brauchte. Er murmelte ihr Trostworte ins Ohr und strich ihr beruhigend über die verkrampften Schultern, bis sie endlich nachgab und den Kopf an seine Schulter legte.

Aimée war unter den Ersten, die am Morgen die Burgkapelle aufsuchten. Sie ignorierte den Weihrauchdunst, sank am Rand des Chorgestühls auf die Knie und ließ die Perlen ihres Rosenkranzes durch die Finger gleiten. Das Gotteshaus war ihr an diesem Morgen eine Zuflucht vor Alains besorgten Blicken und Lisons vorsichtigen Fragen. Beide wollten Antworten von ihr, die sie ihnen nicht geben konnte, wusste sie doch selbst nicht, wie es weitergehen sollte. Onkel Jean-Pauls Tod bedeutete nicht nur den Verlust eines wichtigen Menschen, er raubte ihr auch gleichzeitig den lebenslang gewohnten Zufluchtsort in Andrieu. Sie wollte in der Burg ihrer Großmutter weder die Trauer seiner Witwe teilen noch der jungen Frau ihres Vetters den Platz als Herrin streitig machen. In Courtenay allein zu leben verlockte sie indes genauso wenig. Courtenay war Vergangenheit. Der Ort ihrer Alpträume.

Der Rosenkranz schlug mit einem leisen Klirren gegen das Chorgestühl und ließ sie aufschrecken. Würde Gott ihre Gebete hören? Konnte er ihr helfen? Was sollte er tun? Würden Gebete ihr den Weg weisen, den sie zu gehen hatte?

Aimée glaubte an Gott, wenn sie auch Grund hatte, an seiner unendlichen Güte zu zweifeln. Sie hatte lernen müssen, dass der Trost, den sie in seiner Anrufung fand, immer nur von kurzer Dauer war. Sie dürfe sich von Schicksalsschlägen nicht entmutigen lassen, dürfe den Dingen nicht einfach ihren Lauf lassen und sich ihrem Schmerz hingeben, hätte Großmutter sicher gesagt. Wie oft schon hatte sie sich zum Handeln, zu Entscheidungen zwingen müssen.

Ich muss es auch dieses Mal anpacken und Gott bitten, dass es mir gelingen möge.

Eine Berührung an ihrer Schulter ließ sie aufsehen. Herzogin Margarete, nur von einer ältlichen Kammerfrau begleitet, lächelte sie an.

»So ernst an diesem schönen Tag, meine Freundin? Nehmt Ihr Euch die bevorstehende Abreise Alains so zu Herzen?«

Aimée bekreuzigte sich hastig und stand auf. Die Herzogin, ebenso früh auf den Beinen wie sie selbst, hatte ihre Gebete bereits beendet und gab ihr gar keine Gelegenheit zu antworten. Sie strebte dem Ausgang zu. Ein kurzer Wink bedeutete Aimée, ihr zu folgen. Vor dem Gotteshaus blieb sie stehen, warf einen Blick über den Burghof und sah Aimée schließlich fragend an.

»Sagt mir, warum Ihr so ernst seid. Ihr habt mir nicht geantwortet.«

Aimée unterrichtete die Herzogin vom Tod ihres Onkels. Berührt von der bewegenden Schilderung ihrer Kindheit mit ihm, stellte sie ihr die eine und andere Frage, obwohl der Lärm die Verständigung schwer machte. Das anteilnehmende Gespräch tat Aimée gut.

Ein Bauernfuhrwerk, auf dem Weg zu den Vorratshäusern des Grafen, ratterte direkt vor ihnen lautstark über das Kopfsteinpflaster. Um diese Morgenstunde gehörte der Innenhof ausschließlich den Knechten und Mägden, die für das Wohl der Burgbewohner zu sorgen hatten.

»Schon wieder Wolltuch«, hörte Aimée die Herzogin murmeln.

Abgelenkt sah auch sie dem Gefährt nach. Unter einer Plane konnte man die Umrisse der Ballen erkennen. Schon lange hatte sie nicht mehr so viele Ballen gesehen. Die Schwierigkeiten der Rohwollbesorgung machten ein rares Gut aus dem feinen Brügger Wolltuch.

»Woher kommt das viele Wolltuch? Aus Gent?«, fragte sie neugierig, obwohl sie sich gleichzeitig sagte, wie seltsam es war, dass die Genter gewöhnliche Bauern als Fuhrknechte beschäftigten.

»Aber nein. Das ist einfaches Zeug aus den Dörfern rund

um Brügge und Male«, erwiderte die Herzogin geringschätzig. »Mein Vater ermuntert die Bauern, neben ihrem Tagwerk auch noch zu weben und zu färben. Da es auf dem Lande jedoch keinen Tuchhandel gibt, muss er ihnen ihre Produktion selbst abnehmen. Das ländliche Tuchgeschäft wird in erster Linie von ihm finanziert, und ich frage mich, was er mit all diesem Gewebe anfangen will. Inzwischen hat jeder Knecht graue Beinkleider und Wämser, und alle seine Mägde tragen feste Umhänge. Seine Stoffvorräte müssen auf Jahre hinaus reichen.«
Aimée nahm die Neuigkeit mit dem Gefühl auf, dass sie für sie noch bedeutsam werden sollte.
»Handelt es sich denn um eine einigermaßen vernünftige Qualität?«, erkundigte sie sich und erntete ein Lachen der Herzogin.
»Mit dem berühmten Brügger Tuch könnt Ihr es nicht vergleichen, obwohl es für einfache Kleider sehr wohl geeignet ist. Es hält warm und sieht ordentlicher aus als die bunten Fetzen und Lumpen, die des Königs Söldner tragen.«
Mittlerweile hatten sie die breite Treppe erreicht, die in den Hauptturm führte. Die Bewaffneten zu beiden Seiten des Eingangs rissen die Eingangstüre vor der Herzogin und ihren beiden Begleiterinnen auf.
»Kommt mit mir«, befahl die Fürstin und gab Aimée keine Möglichkeit, die Aufforderung abzulehnen.
Im breiten Gang vor dem Trakt des Herzogs herrschte bereits lebhaftes Kommen und Gehen. Höflinge, Ritter, Kuriere und Schreiber wichen respektvoll vor den Frauen zur Seite, zogen die Kopfbedeckungen und neigten sich zum Gruß. Aimée schenkte ihnen keine Aufmerksamkeit.
Lediglich ein Mann im dunklen Umhang war so auffallend,

dass sie ihn wahrnehmen musste. Ihr Blick traf kurz den seinen.

»Aimée! Wo bleibt Ihr?«

Die Stimme der Herzogin klang fern. Erschüttert sah sie dem Mann nach, der nach einem knappen Nicken weitereilte. Sie war die Einzige, die auf Anhieb das Original von der Kopie unterschied.

Was suchte der Venezianer in Male? Und warum hatte er ihr nicht den kleinsten höflichen Gruß gegönnt?

37. Kapitel

Brügge, 3. Juli 1372

Es ist an der Zeit, dass du den Alten aus dem Hause schickst, Colard.«

»Den Alten? Wen um Himmels willen meinst du damit, Gleitje?«

Ihr Erscheinen im Kontor reizte Colard. Sosehr er Gleitjes schätzte, ihr Anblick war ihm keine Freude. Noch dazu, wenn sie so erkennbar wütend wie jetzt hereinstapfte.

»Den alten Schreiber Joris meine ich natürlich. Er nimmt sich zu viel heraus. Wofür hält er sich? Er wollte mir verbieten, dich aufzusuchen.«

Colard begegnete Gleitjes Forderung in bewährter Taktik. Er ging nicht darauf ein. Da sie so peinlich darauf bedacht war, Aimée gegenüber ihren Rang als Frau des Hauses zu wahren, gehörten derlei Beschwerden von ihr zur Tagesordnung.

Gleitje schnaubte verärgert. Sie hatte nichts anderes von ihm erwartet. Ihn ihren Augen war er ein Schwächling, eine Gliederpuppe, an deren Fäden sie zog. Aber immerhin hatte er seine Pflicht getan. Es fiel ihr schwer, die Genugtuung aus ihrer Stimme zu verbannen.

»Ich bin gekommen, dir eine wichtige Neuigkeit zu bringen«, begann sie steif.

»Ich höre.« Colard schlug das Auftragsbuch zu und schenkte Gleitje endlich die gewünschte Aufmerksamkeit. Ihre Neuigkeiten kamen meist aus dem Hause ihres Vaters, und er verdankte ihnen des Öfteren Hinweise, die seine Geschäfte förderten.

»Das Haus Cornelis erhält einen Erben. Ich bin in der Hoffnung. Zum Weihnachtsfest wird man dich zu deinem Sohn beglückwünschen, dessen bin ich sicher.«

»Das ist gut.« Colard nickte zufrieden, zeigte aber nicht den Überschwang, den Gleitje erwartet hatte.

»Man könnte meinen, es ist dir gleichgültig«, beschwerte sie sich aufgebracht. »Ist dir nicht klar, was das bedeutet? Du musst endlich handeln. Sorg dafür, dass dein Sohn in geordneten Verhältnissen zur Welt kommt. Aimée Cornelis muss aus diesem Haus, aus Brügge verschwinden.«

»Beruhige dich. Du wirst nur dem Kind schaden, wenn du dich so aufregst«, ignorierte Colard sie und führte sie zu dem Lehnstuhl, der normalerweise für wichtige Kunden reserviert war. »Natürlich bin ich hocherfreut. Ich erwarte aber auch, dass du auf dich achtest und dieses Kind nicht in Gefahr bringst.«

Er musste bei seiner Mahnung plötzlich wieder an Aimées verhängnisvollen Sturz denken. Schwangere waren allgemein gefährdet, und er würde nicht zulassen, dass Gleitje ein Risiko einging. Eigentlich jedoch hätte Aimée dieses Kind zur Welt bringen sollen. Aimée, die ihn vor den Kopf gestoßen und seine wohlmeinenden Anträge abgelehnt hatte.

»Mach dir um mich keine Sorgen«, antwortete Gleitje und faltete die molligen weißen Hände über ihrem Leib. »Ich kümmere mich um das Kind, und du kümmerst dich um das Geschäft. Wie steht es um die Lieferung der Gewürze für den Grafen von Flandern? Konnte der Gewürzhändler in Calais helfen, den Vater mir genannt hat?«

Colard nickte. Er hatte Mühe, Gleitjes Wechsel zu den Tagesgeschäften nachzuvollziehen. Sie benötigte kein Auftragsbuch. Sie hatte alle Transaktionen im Kopf.

»Ich erwarte die Fässer und Säcke noch heute, wenngleich der Preis gesalzen ist. Der Schurke nutzt unsere Notlage schamlos aus.«

»Sorg dich nicht.« Gleitje, die sonst jedes Kupferstück nachzählte, tat die Beschwerde mit einem Schulterzucken ab. »Hauptsache, wir können liefern. Am besten begleitest du die Ware nach Male und machst Aimée bei dieser Gelegenheit klar, dass ihre Rückkehr nach Brügge nicht erwünscht ist. Sie soll mit der Herzogin weiterziehen oder zurück in die burgundischen Wälder gehen, in denen sie geboren wurde.«

»Wie stellst du dir das vor? Piet Cornelis …«

»Piet Cornelis – Piet Cornelis«, wiederholte Gleitje verächtlich. »Piet Cornelis ist tot. Wir leben. Sie mag seine Ururenkelin sein, aber sie ist nicht fähig, die Geschicke dieses Hauses zu lenken. Die Ereignisse beweisen es. Sie hat es zugrunde gerichtet. Sie hat nicht länger das Recht, unter diesem Dach Befehle zu erteilen. Ich erwarte, dass der Vater meines Sohnes die Stärke eines Mannes beweist. All das hast du Aimée schließlich schon einmal gesagt und sie damit nach Male getrieben. Der Anfang ist gemacht, führ deine Arbeit erfolgreich zu Ende – oder hast du Angst vor Aimée?«

Gleitje verstand es, Colard ebenso bei seiner Mannesehre zu packen, wie sie ihm in Ratschläge verpackte Befehle erteilte, für die ihm die Kraft zum Widerspruch fehlte. Als er zwei Tage später, zu Wochenbeginn, in Male eintraf, schloss er zunächst seine Geschäfte ab und machte sich danach auf die Suche nach Aimée. Einer der hochnäsigen Pagen, die überall herumschwirrten, schickte ihn in die große Audienzhalle, wo der Graf von Flandern zusammen mit seinem Schwiegersohn Bittsteller empfing.

Im Gefolge der Herzogin hätte Colard Aimée beinahe nicht erkannt. Die Stoffe, die sie trug, hatte er als Ballen in Händen gehalten und den Wert der Edelsteine, die ihren Ausschnitt zierten, in den Kontenbüchern verzeichnet. Was sie an Aimée bewirkten, sah er zum ersten Mal. Es nahm ihm den Atem.

Sie grüßte ihn mit einem etwas hochmütigen Nicken. Die Erinnerung an den bitteren Streit stand unsichtbar zwischen ihnen.

»Ich nehme an, es ist dir gelungen, die Gewürze aufzutreiben, die der Haushofmeister des Grafen bei uns bestellt hat. Zu welchem Preis?«, fragte sie ohne Umschweife.

»Ich musste mich auf ein Wechselgeschäft einlassen«, versuchte Colard ebenso sachlich zu bleiben. »Nur so ist es mir gelungen, unseren Ruf zu retten.«

Aimée beschränkte sich auf die wichtigste Frage. »Wann ist der Wechsel fällig?«

»Zum Tag des heiligen Michael. Am 29. September.«

»Das sind kaum drei Monate. Aber immerhin werden bis dahin die Flanderngaleeren eingetroffen sein. Das hast du gut gemacht, Colard.«

»Ich habe unsere Probleme hinausgeschoben, nicht gelöst«, entgegnete er. »Hast du die Nachrichten aus Andrieu erhalten?«

Sie stutzte. »Woher weißt du …«
»Messer Contarini wollte dich in Brügge aufsuchen und sie überbringen. Ich schickte ihn nach Male. Wie seid ihr verblieben?«
Nur weil er Aimée genau beobachtete, entdeckte er ein kleines Zucken um ihre Augen. Dann hatte sie sich wieder in der Gewalt.
»Ich erhielt lediglich einen Brief aus Andrieu. Ein Bote übergab ihn meiner Kammerfrau.«
»Wenn das so ist«, erwiderte Colard ironisch. »Wie geht es deinem Onkel? Hat er dich wieder einmal gebeten, nach Andrieu zurückzukehren?«
»Das Schreiben enthielt die Nachricht von seinem Tod.«
Colard murmelte eine Floskel des Beileids. »Sicher wirst du in die Comté reisen, um am Grab deines Onkels zu beten«, vermutete er in scheinheiligem Mitgefühl. »Wann gedenkst du Flandern zu verlassen?«
Aimée würdigte ihn keiner Antwort. Sie blieb ihr erspart durch das Erscheinen von Alain, der mit einer solchen Selbstverständlichkeit nach ihrer Hand griff, dass er Colard damit überraschte. Seine Verblüffung war vollkommen, als er in Alain Contarini zu erkennen glaubte. Er sah die beiden an, als wären sie Sonne und Mond gleichzeitig. Bis er Aimées Worte vernahm.
»Gedulde dich bitte, Alain! Herr de Fine leitet mein Kontor in Brügge. Er hat mich aufgesucht, um wichtige Geschäfte mit mir zu besprechen.«
»Kann das nicht warten?«, hörte er den Mann in höfischem Französisch antworten, und die Stimme bestätigte zusätzlich zu Aimées Anrede, dass Colard sich geirrt hatte. Er war nicht Contarini, obwohl er ihm glich wie ein Zwil-

lingsbruder. Doch es war unverkennbar, dass Aimée, von dieser Ähnlichkeit fasziniert, den Ritter schätzte.

»Das kann es nicht, mein Freund.«

Sie ließ es mit einem nachsichtigen Lächeln zu, dass er ihre Hand küsste, ehe er sie zögernd freigab und zurücktrat.

Colard beobachtete die Szene mit gemischten Gefühlen. Sein Zorn, dass er von diesem Alain nur eines gleichgültigen Blickes gewürdigt worden war, kämpfte mit jäher Eifersucht, die ihn wieder übermannte. Je eher sie aus Brügge verschwand, umso besser war es.

»Komm mit.«

Aimée riss ihn aus seinen Gedanken und trat mit eiligen Schritten in eine Fensternische, wo sie ungestört miteinander reden konnten.

»Es ist gut, dass du gekommen bist, Colard«, begann sie, ehe er das Wort ergreifen konnte. »Ich hätte ohnehin heute nach dir geschickt. Es gibt wichtige Neuigkeiten.«

»Neuigkeiten, die mit Contarini zu tun haben?«, unterbrach er sie. »Hat er dir noch einmal Hilfe gewährt, obwohl ihn der Tod deines Onkels aus seinen Verpflichtungen erlöst? Ist der Ritter, den du so liebenswürdig behandelst, ein Verwandter von ihm?«

Aimée antwortete mit eisiger Beherrschung.

»Um deinen Spekulationen Einhalt zu gebieten: Alain von Auxois stammt zwar aus dem Süden, aber nicht aus Venedig. Seine Familie ist entfernt mit dem Hause Valois verwandt, das die französische Krone trägt.«

»Wirst du ihn heiraten?«

Mit einer kurzen Bewegung schüttelte Aimée die Falten ihres Ärmels auf. Auf Colard wirkte es, als sei er ein lästiges Stäubchen, das sie auf diese Weise abschütteln wollte.

»Colard, ich habe nicht vor, mit dir zu plaudern. Ich habe Informationen und Befehle. Der Herzog plant, den Wettkampf der Bogenschützengilden von Brügge mit seiner Gegenwart zu beehren. Der Hof wird für diese Tage in der Burg in Brügge residieren. Das Haus Cornelis muss in aller Eile auf den Besuch der Herzogin vorbereitet werden. Dekoriert das leere Tuchlager mit unseren schönsten Stoffen, den seltensten Kleinmöbeln, Teppichen, Leuchtern und Edelsteinen. Sollten wir nicht genügend Einzelteile haben, bedient Euch bei Frau Sophia. Sie hortet Wandteppiche und Silberzeug, von denen sie glaubt, dass sie meiner Aufmerksamkeit entgangen sind.«

Von ihrer Energie und ihren Neuigkeiten überrumpelt, versuchte Colard, sich die Aufzählung einzuprägen, während er gleichzeitig seine Pläne änderte. Gleitje würde verstehen müssen, dass er Aimée unter diesen Umständen vorerst nicht aus dem Geschäft drängen konnte. Der Besuch des Herzogs war sowohl von politischer wie von geschäftlicher Bedeutung.

Falls die Herzogin tatsächlich das Haus Cornelis mit ihrem persönlichen Erscheinen beehrte, wollte sie Aimée dort vorfinden. Die Kluft, die zwischen Adel und Kaufmannschaft klaffte, würde durch ihr Erscheinen überbrückt. Sie mussten sich arrangieren. Es galt den Schein zu wahren, es war auch sein Gewinn.

»Gleitje, die so gerne die Herrin des Hauses spielt, soll danach sehen, dass alles sauber, poliert und geschmückt ist«, setzte Aimée ihre Anweisungen fort. »Wenn die Herzogin uns die Ehre ihres Besuches zuteil werden lässt, muss alles bereit sein. Versäum keine Zeit, Colard. Die Nachricht, dass der Herzog in diesem Jahr die Einladung der Bogen-

schützengilden annimmt, ist bereits unterwegs an den Magistrat der Stadt.«
»Du kannst dich auf mich und Gleitje verlassen«, behauptete Colard.
Aimée gab keinen Kommentar dazu ab. Sie ließ ihn mit einem knappen Gruß in der Nische stehen, so dass er keine Gelegenheit zu weiteren Fragen bekam. Nur ein flüchtiger Hauch von Lavendel blieb zurück. All das stachelte ebenso seinen Zorn an wie seine Rachsucht. Gleitje hatte recht. Aimée behandelte ihn weder wie das Haupt des Handelshauses noch wie jenes der Familie Cornelis. Es war an der Zeit, sie eines Besseren zu belehren.

»Wir werden einen anderen Weg finden müssen, uns ihrer zu entledigen«, sagte Gleitje mit erstaunlicher Gelassenheit, als er seine Neuigkeiten brachte. Überall im Haus sah er Mägde und Knechte an der Arbeit, und die Wände im Lager wurden aufgrund ihres Befehls in aller Eile frisch gekalkt. Die Nachricht vom Besuch des Herzogs war ihm vorausgeeilt, und die Stadt putzte sich in stolzem Eifer für das große Ereignis auf.
»Nach dem Wettbewerb der Bogenschützengilden«, nickte Colard. »Solange sie in der Gunst der Herzogin steht und das auf das Haus Cornelis abfärbt, müssen wir gute Miene zu ihrem Spiel machen.«
»Was ist von dem Gerücht zu halten, dass sie einen der Ritter des Herzogs heiraten wird?«, fragte Gleitje neugierig.
»Woher weißt du davon?«
»Der Tratsch hat Flügel«, erwiderte sie beiläufig. »Und? Stimmt es?«

»Du wirst sie selbst fragen müssen, wenn sie zurückkommt«, antwortete Colard, den schon die Erinnerung an das Gespräch mit Aimée verstimmte. »Mir vertraut sie nicht länger.«

»Alles andere wäre ja auch eine Dummheit«, erwiderte Gleitje nüchtern. »Und dumm ist sie nicht.«

Es schien Colard, als wolle sie noch etwas sagen, aber sie besann sich und schwieg. Nicht zum ersten Male kam ihm der Gedanke, dass Gleitje etwas vor ihm verbarg.

38. Kapitel

Burg von Male, 5. Juli 1372

Aimée schlug die Blendläden vorsichtig nach außen. Es war eine laue Sommernacht. Alain schlief hinter ihr auf zerwühlten Decken. Er hatte noch nicht bemerkt, dass sie sich aus seinen Armen gelöst hatte. Sie wachte über seinen Schlummer. Bei Sonnenaufgang würde er mit einem Trupp seiner Männer nach Calais aufbrechen und sie verlassen.

Die Arme vor den bloßen Brüsten verschränkt, stand sie mit gelöstem Haar reglos am Fenster und sah auf das nächtliche Land hinaus.

Die vergangenen Tage hatten ihr ein Wechselbad extremer Gefühle aus Trauer und Verzweiflung, Leidenschaft und Glück, Freundschaft und Geborgenheit, Angst und Besorgnis beschert.

Sie war sich bei dem Gedanken an den bevorstehenden Abschied nicht im Klaren darüber, was sie für Alain empfand. Sie hatte Nächte der leidenschaftlichen Befriedigung erlebt. Seine Zärtlichkeit und Liebe hatten sie ermutigt. Im Stillen gab sie der Herzogin recht. Die Liebe veränderte das Leben. Und doch war es ihr nicht möglich, die Entscheidungen zu treffen, die Alain von ihr erwartete. Schon jetzt war sie sich sicher, dass sie diese Nächte vermissen würde, aber die Erfüllung gaben sie ihr nicht. Es fehlte der Gleichklang in den Fragen des Lebens.

»Wo bist du mit deinen Gedanken?«, raunte Alain an ihrem Ohr und umfing ihre Schultern mit einer Umarmung.

Aimée erschrak. Sie hatte ihn nicht gehört und fühlte sich ertappt. Sein liebevolles Lachen machte ihr klar, dass er nicht ahnte, was hinter ihrer Stirn vorging.

»Ich wollte dich nicht wecken. Du brauchst deinen Schlaf«, antwortete sie ausweichend.

»Du auch. Aber seit dieser de Fine aus Brügge da war, bist du nicht mehr du selbst. Um was geht es? Was beunruhigt dich?«

»Vergiss Colard de Fine«, antwortete sie hastig. »Die Probleme des Handelshauses sind jetzt nicht wichtig.«

»Aber sie bedrücken dich. Leugne es nicht. Ich kann es fühlen?«

»Du siehst Gespenster«, murmelte sie, und es überfiel sie auf einmal ein schlechtes Gewissen. Schlagartig war ihr klar, dass sie dabei war, ihn zu belügen, dass sie ihm eine Liebe vortäuschte, die sie nicht empfand, dass sie dabei war, sich selbst zu verraten, dass sie sich endlich eingestehen musste, was sie so hingezogen hatte zu ihm. Dass er der Lückenbüßer für Contarini war. Dem Venezianer gehörte ihre Liebe.

Er hatte sie damals ermutigt. Er hatte ihr Gelegenheit gegeben, sich ihres Erbes annehmen zu können. Er hatte sie immer schon angezogen, mehr als ihr je bewusst war oder sie sich eingestehen wollte.

Er war unerreichbar. Und doch: Sie wollte sich keines Betruges an Alain schuldig machen. Sie würde es ihm sagen. Wenn er zurückkam. Nicht jetzt.

Um Alain zu beruhigen, schmiegte sie sich an ihn. »Hör auf, dich um mich zu sorgen.«
»Ebenso gut könntest du mir befehlen, nicht mehr zu sehen, zu hören und zu atmen«, erwiderte Alain und küsste sie auf ihren Scheitel. »Du weißt, was ich für dich empfinde. Es widerstrebt mir, dich ohne meinen Schutz zurückzulassen.«
»Ich bin eine Bürgerin Brügges, und als solche fühle ich mich sicher, mein Freund. Wehrhafte Mauern und ganze Kompanien von Bewaffneten sind zu unser aller Sicherheit aufgeboten. Nicht umsonst sucht der Graf von Flandern die Männer seiner Leibwache aus den tapferen Männern der Bogenschützengilden von Sankt Sebastian und Sankt Joris aus.«
»Ich muss gestehen, dass ich mich mehr um deine Person als um die Sicherheit Brügges sorge, Liebste. Du bleibst ohne den Schutz eines Mannes oder eines Familienoberhauptes zurück, wenn der Herzog Flandern verlässt. Du bist jeglicher Gefahr allein und wehrlos ausgesetzt. Warum willigst du nicht wenigstens in unsere Verlobung ein? Es würde mir das Recht geben, einige meiner Männer zu deinem Schutz abzukommandieren. Wir können heiraten, wenn ich aus Calais wiederkomme!«
Aimée unterdrückte das Bedürfnis nach Wahrheit.
»Du kennst meine Antwort.«
Sie entwand sich geschickt seinem Griff, um die Ablehnung zu unterstreichen. Es herrschte bleiches Dämmerlicht zwischen den Wänden ihrer Schlafkammer. Dennoch konnte sie das Aufblitzen von Ärger in seinen dunklen Augen erkennen. Es gefiel ihm nicht, dass sie ihm so eigensinnig Widerstand leistete.

»Ich habe nie ein Geheimnis aus meinen Plänen gemacht, Alain«, sagte sie ebenso sanft wie unmissverständlich. »Das Handelshaus und sein Geschick stehen für mich an erster Stelle. So wie du dem Herzog verpflichtet bist, bin ich es dem Hause Cornelis. Es ist mein Leben, Morgen brichst du nach Calais auf. Willst du die letzte Nacht, die uns vergönnt ist, wirklich mit einem sinnlosen, vielfach wiederholten Streit vertun?«

»Immer wenn du mich in meine Grenzen verweist, wirst du geschäftlich«, seufzte Alain und akzeptierte seine Niederlage. »Versprich mir wenigstens, dass du keinen anderen Mann erhörst. Dass du auf mich wartest.«

Aimée lachte.

Alain wandte sich zu seinen Kleidern, nahm sein Schwert und hielt es ihr fordernd entgegen: »Schwöre mir auf diese Waffe, dass du auf mich wartest!«

»Alain, ich bitte dich, nimm Vernunft an.«

»Schwöre!«

Die eindringliche Forderung machte Aimée nun doch betroffen, wobei ihr gleichzeitig bewusst wurde, dass sie nackt vor ihm stand, so wie er vor ihr. Beharrlich blieb Alain mit dem Schwert vor ihr stehen. Im Kerzenlicht warf es einen kreuzförmigen Schatten an die Wand. Sie zögerte, legte aber schließlich doch die Hand auf den Griff des Schwertes.

»Du sollst deinen Schwur haben, Alain von Auxois. Ich schwöre, dass ich in deiner Abwesenheit keinen anderen Mann erhören werde. Bist du nun glücklicher?«

»Beruhigter.« Er legte das Schwert zur Seite und schloss Aimée in die Arme. »Ich wusste nicht, dass es eine Liebe gibt, wie ich sie für dich empfinde.«

Aimée schwieg.
Den Schwur würde sie einhalten können.
Sie würde keinen anderen Mann erhören, weil es für sie nur einen Mann gab, den sie wahrhaftig liebte.
Einen Mann, der verheiratet war.

39. Kapitel

Burg von Male, 5. Juli 1372

Ich war entschlossen, Euch die Heirat mit Auxois zu befehlen, wisst Ihr das?«

Die Arme vor der Brust verschränkt, sah Philipp der Kühne auf Aimée herab.

»Wer hat Euch davon abgehalten?«, antwortete sie mit einer höflichen Gegenfrage.

Der Herzog musterte sie ernst und schüttelte leicht den Kopf. Die vierzehn Federn auf seinem Hut wippten.

»Wer schon? Alain von Auxois selbst. Er wünscht, dass Ihr ihm Eure Hand aus freiem Willen reicht und nicht unter meinem Zwang.«

»Ich bin ihm zutiefst dankbar, Euer Gnaden.«

»Aber ich nicht«, brummte der Herzog. »Ich hätte Euch gerne an der Seite meines Hauptmanns gesehen. Er verdient eine Frau wie Euch.«

Und was verdiene ich, schoss es Aimée durch den Kopf. Nur mühsam zügelte sie ihre Empörung darüber, dass sie nicht einmal als Witwe das Recht haben sollte, über sich zu bestimmen.

Sie wusste, sie tat sich keinen Gefallen, wenn sie den Herzog verärgerte. Schließlich hatte sie um diese Audienz gebeten, weil sie ihm einen Vorschlag unterbreiten wollte.

»Alain von Auxois hat mich nicht verloren, Euer Gnaden. Ich bin ihm auch ohne Eheversprechen zugetan«, erwiderte sie sanft.
»Warum widersetzt Ihr Euch dann der Heirat mit ihm?«
Aimée nahm ihren ganzen Mut zusammen und entschied sich für die Wahrheit.
»Ich habe einmal, aufgrund Eures Wunsches, eine überhastete Ehe geschlossen. Ich hoffe doch, dass ich mir beim zweiten Mal ein wenig mehr Bedenkzeit erbitten kann.«
»Wenn Ihr schon so ehrlich seid, Aimée Cornelis, dann erinnert Euch auch an die näheren Umstände. Ihr wart närrisch verliebt in diesen jungen Adonis.«
Sie durchschaute, dass er sie über die Anrede mit ihrem bürgerlichen Namen zurechtwies, aber sie ließ sich nicht einschüchtern.
»Verzeiht, Euer Gnaden, Ihr habt mir einmal das Kompliment gemacht, ich sei eine kluge Frau. Ich frage Euch: Sollte eine kluge Frau zweimal den gleichen Fehler machen?«
War sie zu weit gegangen? Der Herzog bedachte sie mit einem rätselhaften Blick, aber im nächsten Moment entdeckte sie einen amüsierten Zug in seinem Gesicht.
»Was werdet Ihr anfangen, während Ihr auf meinen Hauptmann wartet, Aimée? Die Herzogin sagt, dass Ihr einen höchst ungewöhnlichen Einfall mit Euch herumtragt, den Ihr mir unterbreiten wollt. Nun denn, was ist es dieses Mal? Ein Monopol für den Salzhandel? Ein Nachlass bei den burgundischen Brückenzöllen?«
Ein Unterton verriet Aimée, trotz des entspannten Plaudertons, dass die Herzogin den Verlauf dieser Unterredung vorherbestimmt haben musste.
»Nein, Euer Gnaden. Ich erbitte keine Gunst. Ich habe

einen Vorschlag, die Ausrüstung Eurer Soldaten betreffend.«
»Herrje, was wisst Ihr vom Krieg, Aimée?«
»Ich weiß zumindest, dass sein Ende nicht abzusehen ist. Beide Seiten sind darauf angewiesen, Söldner zu rekrutieren, um die eigenen Verluste auszugleichen. Diese Krieger sind in der Schlacht von Freund und Feind nur schwer auseinanderzuhalten. Wenn aber Eure Männer in einheitlicher Kleidung in die Schlacht ziehen würden, ähnlich der Livree, die Eure Pagen oder Eure Gardisten tragen, dann wären folgenschwere Irrtümer besser zu vermeiden.«
Der Herzog hatte seine geschmückten Handschuhe ausgezogen und schlug sie nun ungeduldig zusammen. »Ihr wollt meine Soldaten in bestickte Waffenröcke kleiden? Wollt Ihr mich vollends arm machen? Ihr müsst doch wissen, was allein ein Pagenkostüm kostet.«
»Ich rede nicht von bestickter Seide und von Brügger Tuch«, erklärte Aimée hastig. Wenn der Herzog die Geduld verlor, ehe sie ihm die Einzelheiten erklärt hatte, war ihr Vorhaben gescheitert. »Man müsste schmucklose Beinkleider und passende Westen aus ungefärbtem grobem Wolltuch nähen. Tuch, wie es die Bauern des Grafen von Flandern in rauhen Mengen herstellen. Es liegt nutzlos in den Lagerräumen der Burg von Male, weil es nicht den Anforderungen der städtischen Händler entspricht und nicht innerhalb der Stadtgrenzen gewebt und gefärbt wurde.«
»Hm …«
Der vage Laut machte Aimée Mut.
»Die Gleichheit der Kleider entstünde nicht durch aufwendig bordierte Wappen und teure Farben, sondern durch die Einheit von Schnitt und Stoff.«

Jetzt hatte sie sein Interesse geweckt. Er legte die Handschuhe endlich zur Seite und nahm den Hut ab.

»Donnerwetter, was bringt Euch auf solche Ideen, Aimée?«

»Die Gespräche mit Alain von Auxois und anderen. Aber auch der Brief, den mir mein Vetter anlässlich des Todes meines Onkels geschrieben hat. Er sorgt sich um die Männer aus Andrieu, die er für Euch in die Schlacht führt.«

»Es ist schon merkwürdig, dass mir ausgerechnet eine Frau einen solchen Vorschlag unterbreitet. Wie kommen die Männer dazu, derartige Gespräche mit Euch zu führen?«

»Ihr sprecht mit Eurer Gemahlin doch auch über den Krieg«, warf Aimée beherzt ein.

»Je nun, sie ist die Herzogin«, antwortete er und fixierte sie nachdenklich.

»Es würde Hunderte einzelner Kleidungsstücke erfordern, auch nur einen Bruchteil meiner Truppen einheitlich zu gewanden. Beinkleider und Wämser für Große und Kleine, Dicke und Dünne. Wie soll das gehen? Wer soll sie anfertigen?«

»Es ist nicht so schwierig, wie es sich anhört. Meines Erachtens würde es genügen, drei oder vier Einheitsgrößen herzustellen«, antwortete Aimée sachlich. »Die Länge und die Weite können dann umgeschlagen und mit Kordeln oder Gürteln geregelt werden.«

Der Herzog bedachte ihre Erklärung, ehe er nickte. »Und wenn ich nun von Euch fürs Erste einen Trupp von zweihundertfünfzig Männern eingekleidet haben möchte? Wann glaubt Ihr die Kleider liefern zu können?«

»In den Dörfern rund um Male und im weiten Land vor Brügge gibt es zahllose Mädchen und Frauen, die eine

Nadel zu gebrauchen wissen. Man muss sie nur mit den zugeschnittenen Stoffteilen versorgen, sie vielleicht sogar zentral irgendwo zusammenbringen.«

»Mit wem habt Ihr bisher über diesen Plan gesprochen, Aimée?«

»Ihr seid der Erste, Euer Gnaden.«

Der Herzog traf einen schnellen Entschluss.

»Die nächsten Tage sind wir in Brügge. Ehe ich die Stadt verlasse, will ich ein Angebot von Euch und einen Preis, der meine Kriegskasse nicht endgültig in den Ruin treibt.«

»Beides werdet Ihr erhalten, Euer Gnaden.«

Aimée sank mit hochschlagendem Herzen in eine elegante Verneigung. Alain und sein Aufbruch hatten ihre wirren Gedankensplitter zu einem perfekten Plan geformt. Wenn es ihr gelang, diese Kleiderproduktion in Gang zu bringen, konnte es die Rettung für das Haus Cornelis bedeuten und für Alain, ihren Vetter und deren Männer. Das war jede Anstrengung wert.

Ihr war freilich klar, dass sie einen Plan dieser Größenordnung nicht ohne Hilfe verwirklichen konnte. Ohne die Hilfe eines Mannes, der über die Stadtmauern von Brügge hinausblickte und ihr nicht wie Colard mit kleinlichen Einwänden kam.

Sie brauchte den Venezianer.

40. Kapitel

Brügge, 6. Juli 1372

»Welcher Teufel hat Euch nur geritten, Venedig zu verlassen?«

Domenico Contarini sah seinen aufgebrachten Partner ruhig an.

»Mein Onkel, der Doge von Venedig, wird es nicht schätzen, dass Ihr ihn für einen Teufel haltet. Es war sein Befehl, der mich nach Norden gesandt hat.«

»Sein Befehl und Euer Talent zum Ränkeschmieden«, verbesserte Salomon. »Macht mir nichts vor. So sehr Venedig daran interessiert ist, dass der Seeweg nach Norden, zwischen Frankreich und England hindurch, unbehindert passierbar ist – die Idee, zwischen den Kriegsparteien zu vermitteln, stammt von Euch und nicht von Eurem Onkel. Was hat Euch bewogen, das zu versuchen?«

»Ihr vergesst die Interessen des Bankhauses Contarini. Immerhin finanzieren wir einen großen Teil der Geschäfte, die von den nordischen Hansekaufleuten in dieser Stadt gemacht werden«, erklärte Contarini. »Wenn ihre Aktivitäten behindert werden, schmälert das unseren Gewinn.«

»Ich glaube nicht, dass dies der Grund für eine solche Transaktion ist. Diese Reise ist nicht ungefährlich.«

»Hört auf, mich zu belehren, mein Freund. Berichtet mir

lieber, was es in Gent und Brügge Neues gibt«, versuchte Contarini abzulenken.

Salomon griff nach dem Bierkrug und leerte ihn in wenigen Zügen, während Contarini den Rotwein in seinem Pokal nur nachdenklich betrachtete. Durch die offenen Fenster drang ungewohnter Lärm vom Walplein herauf.

Das stolze Brügge feierte, seit der Graf von Flandern und seine Gäste in der Burg am großen Marktplatz Residenz genommen hatten. Die Bürger der Stadt fühlten sich nach langer Zeit wieder einmal von höchster Stelle in ihrer Wichtigkeit bestätigt. Wer nicht in die Burg geladen war, begoss diesen Umstand in den Schenken und Wirtshäusern, auf den Gassen und Straßen. Lediglich die Wachen auf dem Belfort und auf den Wällen gingen ihrer Pflicht nach.

Salomon war erst an diesem Nachmittag aus Gent zurückgekommen. Seine Bürger schäumten vor Wut darüber, dass Brügge den Herzog und seine Gemahlin beherbergen durfte. Der Volkszorn drängte sogar die abenteuerlichen Gerüchte über die Patrizierfamilien Rijm und Alijn in den Hintergrund, deren Feindschaft angeblich so weit ging, dass sie gegenseitig ihre Kinder ermordeten.

»Man muss Gott dafür danken«, beendete Salomon seinen Bericht. »Dass es sich bei diesen Hitzköpfen um waschechte Flamen und nicht um Kinder Israels handelt. Wer weiß, was sonst aus dieser Mordgeschichte gemacht worden wäre.«

»Hattet Ihr Schwierigkeiten in meiner Abwesenheit?«

»Keine von Bedeutung. In einer Stadt, die Handelskontore aus siebzehn verschiedenen Nationen beherbergt, fallen noch nicht einmal die Juden auf.«

Die bittere Bemerkung sorgte für kurzes Schweigen. Contarini trank endlich, ehe er von neuem das Wort ergriff. »Was wisst Ihr über das Haus Cornelis?«, begann er zu Salomons Verblüffung. »Gibt sich Colard de Fine nach seiner Verheiratung mit dem Haus Korte tatsächlich damit zufrieden, Aimée Cornelis' Befehle auszuführen? Ich habe nur wenige Worte mit ihm gewechselt, aber dabei versuchte er, den Eindruck größter Beflissenheit zu erwecken. So sehr, dass es Verdacht erregt.«
»Dann hat Euch mein Brief nicht mehr erreicht?« Salomon sah erschrocken auf. »Ein Warentransport des Hauses Cornelis wurde zu Beginn des vergangenen Monats, kurz vor Reims, von Söldnern überfallen. Bis auf einen Schwerverletzten, der die Nachricht überbrachte, gibt es keine Überlebenden. Die Waren, Gewürze, Edelsteine und Rauchwerk, sind auf Nimmerwiedersehen verschwunden. Der Verlust ist erheblich, denn das Haus Cornelis musste für die Waren in Vorlage treten.«
»Söldner? In welchen Diensten?«
»Man spricht von den Engländern, aber ich bezweifle es. Das Ganze sieht nach einem gezielten Schlag gegen Frau Aimée Cornelis aus. Die Dame hat sich Feinde gemacht.«
»Wo? In Burgund? In Brügge? Im eigenen Haus?«
»Das möchte sie vermutlich selbst gerne wissen.« Salomon zögerte, aber dann gab er seine Gedanken doch preis. »Ich würde mich nicht wundern, wenn Anselm Korte seine Finger im Spiel hätte. Seit seine Tochter mit de Fine verheiratet ist, tritt dieser auf, als gehöre ihm auch das Haus Cornelis. De Fine, der es offiziell bei Zünften und Magistrat vertritt, macht keine Anstalten, sich gegen diese Anmaßung zur Wehr zu setzen. Der Mann ist ein Schwächling.«

»Oder er steckt mit seiner Frau und Korte unter einer Decke. Habt Ihr mit der Handelsherrin über die Sache gesprochen?«

»Nein. Sie ist nach Male zur Herzogin gegangen, ohne sich mit mir in Verbindung zu setzen. Ich frage mich, aus welchem Grund? Bislang haben wir uns meist über die anliegenden Probleme ausgetauscht.«

Contarini erhob sich von seinem Stuhl und trat an das Fenster. Er hielt sich im Schatten, damit man ihn von außen nicht erkennen konnte, aber er hatte den ganzen Walplein vor Augen. Der nahe Stadtwall war von Pechfackeln erleuchtet. Das Gelächter der Männer, vereinzelte Frauenstimmen und die melodiösen Laute einer Fidel aus dem Gasthaus an der Wallstraat verbanden sich zur ausgelassenen Melodie dieser Nacht.

Er roch den Duft der blühenden Linden und das Brackwasser der Seitenkanäle. Gemischt mit den Schwaden von Bratendunst und altem Bier aus den Schenken, dem satten Gestank des städtischen Unrats und der Wärme, die von den sonnendurchglühten Backsteinmauern aufstieg. Es roch nach Brügge. Er hatte diesen Geruch vermisst, wie so vieles anderes.

Er atmete mehrmals tief ein, während seine Augen sich an den vertrauten Bildern erfreuten.

Ob Aimée Cornelis die Stadt ebenso wie er vermissen würde, wenn sie mit Alain von Auxois fortzog? Er konnte sich nicht vorstellen, dass der Ritter ihr gestattete, das Handelshaus weiter zu führen. Sie würde es an Colard de Fine abtreten müssen, und auch in diesem Falle geriet es unter die Macht des alten Korte.

Eine Gruppe angeheiterter Färber, erkennbar an ihren

Kitteln und den blauen Händen, riss ihn aus seinen trüben Gedanken. Sie verfolgten eine Frau, die leichtsinnigerweise ohne Begleitung unterwegs war. Sich immer wieder umsehend, rannte sie mit gerafften Röcken auf den Walplein und wurde schließlich eingekreist von den Männern, die sich einen Spaß daraus machten, ihr Opfer in die Enge zu treiben.

Die Frau erwehrte sich der Männer, so gut es eben ging. Sie hatte die Arme über den Kopf geschlagen und presste sich gegen eine Wand.

Contarini musste kein zweites Mal hinsehen: Es war Aimée. Die Situation drohte zu eskalieren. Ein Messer blitzte in Aimées Hand auf.

Er traf seine Entscheidung so schnell, dass Salomon erst aufmerksam wurde, als er schon zur Tür hinausstürzte.

»Was zum … Wohin wollt Ihr?«

Die Frage verhallte unbeantwortet, während Contarini die Treppe hinabrannte und den Riegel der großen Eingangstür zurückriss. Wie eine Spukgestalt tauchte er inmitten der Färber auf. Ganz in Schwarz gekleidet, mit der unerbittlichen Miene eines Mannes, der es ernst meinte.

Er packte Aimées Hand mit dem Dolch und zog sie gleichzeitig in die Sicherheit seiner Arme.

»Bist du verrückt? Das Weib gehört uns!«

»Wer ist der Kerl?«

»Ein Fremder.«

»Aber einer, der euch Schwierigkeiten machen wird«, erhob Contarini die Stimme kühl über das Geschrei hinweg. Schlagartig hatte er für allgemeine Ruhe gesorgt. Die angeheiterten Männer mühten sich um Nüchternheit.

»Man wird doch noch einen Scherz machen dürfen«, hörte er sie murren.
»Macht euch aus dem Staub«, befahl er. »Auch an Festtagen sieht es der Magistrat der Stadt nicht gerne, wenn Färbergesellen ehrbare Bürgerinnen belästigen.«
»Das soll eine ehrbare Bürgerin sein? Dass ich nicht lache«, widersetzte sich ein Glatzkopf, mit Händen so groß wie Bäckerschaufeln. »Seht Euch die Dirne doch an, Meister. Das ist ein leichtfertiges Herzchen, das nachts allein in den Gassen seinen Spaß sucht.«
Aimée wollte dieser Beleidigung wütend entgegnen und versuchte sich aus Contarinis Armen wieder zu befreien. Er hatte Mühe, ihr Aufbäumen zu zähmen.
»Seid still«, murmelte er an ihrem Ohr. »Oder wollt Ihr die Männer noch mehr in Rage bringen? In gewisser Weise haben sie ja recht.«
Sie gab nach, und er nahm sich den Glatzkopf unter ihnen vor.
»Wollt ihr, dass wir die Sache vom Stadtbüttel klären lassen?«, fragte er gleichmütig. »Ich nehme an, dass er euch erst einmal zum Ausnüchtern in den Turm sperren wird.«
Maulend und zögernd zogen sich die Färber zurück. Auch sie wussten, dass die Büttel in einer solchen Nacht hart durchgreifen würden. Erst als der letzte in der Wallstraat verschwunden war, gab Contarini Aimée frei.
Sie sagte nichts, lediglich ihre hastigen Atemzüge verrieten ihm, dass sie um ihre Beherrschung kämpfte. Erst in seinem Haus ließ er sie frei, warf die Tür hinter sich zu und lehnte sich mit dem Rücken dagegen. Im Lichtkreis

der Laterne, die Flur und Treppenhaus erleuchtete, sah er Aimée Cornelis ins Gesicht.

Sie steckte den Dolch in die Scheide an ihrem Gürtel und strich sich ein paar wirre Haarsträhnen aus der Stirn. Sie trug das Gewand einer Küchenmagd, aber sie hatte auf die Haube verzichtet. Nur von einem Band gehalten, verschwanden ihre Haare im Nacken unter dem Umhang.

Unter seinem Blick wagte sie sogar ein zögerndes Lächeln.

»Ich danke Euch für Euer Eingreifen. Sicher wärt Ihr in jedem Fall zur Hilfe gekommen, aber Ihr habt mich erkannt. Woran? Ich wollte natürlich, wie Ihr Euch denken könnt, unbedingt unerkannt bleiben.«

»Woher weiß ich, ob die Sonne scheint? Ich sehe sie.«

In den Tiefen ihrer grünen Augen glitzerte kurz Verwirrung, dann schauten sie ihn mit jener bedrängenden Ausschließlichkeit an, die ihm so gut in Erinnerung geblieben war.

»Warum seid Ihr nicht in der Burg beim Festmahl?«, fragte er sie.

Er verbarg mit Mühe den Ansturm der Gefühle, die ihn auf den Platz hinausgetrieben hatten. Nur eine einzige typische Geste hatte ihn an sie erinnert.

Wo steckte eigentlich Alain von Auxois? Warum ließ er es zu, dass sie sich in so gefährliche Abenteuer stürzte?

»Was sollte dieser Mummenschanz eigentlich, wenn ich fragen darf? Ihr müsst Euch nicht wundern, dass Euch die Färber für ein loses Frauenzimmer halten, wenn Ihr des Nachts, ohne Begleitung, in solchem Aufzug durch die Stadt lauft.«

Sie straffte sich.

»Ich war auf dem Weg zu Euch. Da Ihr es ablehnt, das Gespräch mit mir zu suchen, muss ich Euch aufsuchen, Messer Contarini.«
Also hatte sie ihn in Male erkannt. Er hatte nicht gewusst, ob er es hoffen oder fürchten sollte.
»Wozu? Um mich in Brügge willkommen zu heißen? Ich bleibe nicht lange genug in der Stadt.«
»Umso wichtiger ist es, dass ich Euch heute spreche.«
»Sprecht bitte besser mit Salomon.«
»Ihr weist mich ab?«
Wenn noch eine Spur von klarem Verstand in seinem Kopf war, dann musste er sie abweisen.

41. Kapitel

BRÜGGE, 6. JULI 1372

Colards Augen tränten vor Überanstrengung.
Die Kerzen waren fast heruntergebrannt. Tote Nachtfalter klebten in den Wachspfützen. Vom nahen Belfried und den umliegenden Kirchen tönte das Mitternachtsläuten.

Er rieb sich die Augen mit den Fingerknöcheln und lauschte. Das Haus hatte sich längst zur Ruhe begeben. Ein Segen. Damit waren auch Gleitjes Vorwürfe verstummt.

Sie hatte sich wahre Wunder vom Besuch der Herzogin versprochen und war bitter enttäuscht worden. Allein von Aimée und Joris geleitet, hatte Margarete das Lager im Eilschritt durchmessen und ihre Wünsche kundgetan, die der Schreiber sorgsam auf einem Wachstäfelchen notierte.

Hermelinfelle, Kerzenleuchter aus böhmischem Gold und Ledertapeten aus Córdoba hatten ihren Gefallen gefunden. Auch das Kästchen mit den Perlen aus dem Land der Tartaren, die teuren Brokate aus Venedig, versiegelte Balsamtöpfchen und zwei geschnitzte Vogelkäfige mit vergoldeten Streben waren im Austausch gegen einen Lederbeutel voll Gold- und Silbermünzen in ihren Besitz übergegangen.

Die Ehrendamen, die Gleitje während dieser Zeit mit allem Pomp im Hause bewirtet hatte, waren aufgebrochen, sobald die Herzogin wieder auftauchte, und hatten ihr weder ihre Mühe noch ihre Gastfreundschaft gedankt. Gleitjes Stimmung war danach so gereizt gewesen, dass Colard Zuflucht im Kontor genommen hatte. Seit seine Frau ihm ihre Schwangerschaft mitgeteilt hatte, schlief er ohnehin wieder in seiner alten Kammer.

Colard hielt die Handfläche schützend hinter die Kerzen, ehe er die Flammen ausblies. Dennoch wurde es nicht völlig dunkel im Kontor. Die Fenster standen auf, und das Licht des Mondes wurde von den Pflastersteinen im Hof reflektiert. Für den Ehrenbesuch war jeder einzelne von ihnen mit Lauge gescheuert worden.

Er wollte eben die Fensterflügel für die Nacht schließen, als ihm eine Bewegung im Schlagschatten des runden Eckturmes auffiel, ein Licht.

Aimée hatte dem Gesinde gegen Gleitjes Wunsch erlaubt, an den geselligen Veranstaltungen teilzunehmen, die überall stattfanden. Der jährliche Wettbewerb der Bogenschützengilden brachte Jung und Alt auf die Beine. Die Brügger liebten es, bei solchen Gelegenheiten die Nächte durchzufeiern. Waren das dort unten ein paar Mägde und Knechte, die zu so später Stunde erst ihre Strohsäcke aufsuchten?

Colard wollte sich schon abwenden, da bemerkte er, dass das Licht nicht im Hause verschwand, sondern zum Lagerhaus wanderte. Dort hatte um diese Nachtzeit niemand etwas zu suchen!

Er eilte aus dem Kontor, durch finstere Gänge, die steile Gesindetreppe nach unten, zur Brunnenpforte neben den Küchengewölben. Er benötigte kein Licht. Jede Bodenplatte war ihm vertraut. Die Tür war nur mit einem Innen-

riegel gesichert und bewegte sich lautlos in den gefetteten Lederangeln. Still und leer lag der Hof mit dem Ziehbrunnen vor ihm.
Vielleicht spielten ihm die müden Augen ja einen Streich. Lauschend verharrte er unter der Tür. Da, das typische Knarren des Speichertores. Waren etwa Diebe am Werk? Die Schätze, die Aimée für die Herzogin zusammengetragen hatte und die zum Teil noch dort gestapelt waren, legten den Verdacht nahe.
Colard huschte an der Hauswand entlang zu der Stelle, wo Lager und Wohnhaus fast aneinandergrenzten. Tatsächlich, die Flügel standen einen Spaltbreit offen. Es gab nur zwei Möglichkeiten, dieses Tor zu öffnen. Mit nackter Gewalt oder mit dem Schlüssel, der an dem Bund in seinem Kontor hing. Gewalt hätte Lärm verursacht, also musste, wer immer sich dort drinnen zu schaffen machte, den Schlüssel an sich gebracht haben.
Auf leisen Sohlen schlich er zum Eingang und vernahm heftiges Rumoren zwischen den Regalen. Beißender Gestank drang in seine Nase, der unverkennbare Geruch brennenden Wolltuchs.
Auf das äußerste beunruhigt, zwängte er sich nach drinnen, ohne die Tür weiter zu öffnen. Er wusste um die Gefahr der Zugluft. Im ersten Augenblick entdeckte er nur einen diffusen rötlichen Schimmer, dann hörte er eine zitternde Frauenstimme ein Wiegenlied singen. Er kannte die Stimme. Es war Sophia, die in der Rechten eine brennende Kerze hielt und durch die Gänge zwischen den Regalen schlurfte. Immer wieder führte sie die Flamme gegen die gelagerten Waren. Meist zu kurz, um sie zu entflammen, aber an zwei Tuchrollen glomm es bereits, und von einem

brennenden Wachspapier tropften gefährliche Funken zu Boden. Sophia kreischte vor Vergnügen.
Colard stürzte den Gang entlang, entriss der alten Frau die Kerze und löschte sie mit der bloßen Hand. Inzwischen loderte jedoch schon eine Flamme aus dem Regal. Er packte sich einen Teppich, um damit das Feuer zu ersticken. Ohne Unterlass schlug und schlug er auf die Flammen ein, obwohl er husten musste und kaum Luft bekam. Funken versengten ihm Haar und Brauen, als das beschädigte Regal krachend in sich zusammenstürzte und dabei die letzten Glutherde löschte. Colard drosch dennoch wie besessen weiter. Erst als aufgeregte Stimmen laut wurden und Hände nach ihm griffen, brach er keuchend zusammen.
Die Nachtluft, die seine oberflächlichen Brandwunden kühlte, brachte ihn wieder zu sich. Jeder Atemzug schmerzte in seinen brennenden Lungen. Er stützte sich schwer auf den Oberschenkeln ab und sah sich halb gebückt im Hof um. Jemand hatte die große Laterne unter dem Tor angezündet, und ihr Schein beleuchtete das Menschengewimmel um ihn herum.
Dem Anschein nach hatte Lison, Aimées burgundische Kammermagd, die Flammen bemerkt und Alarm geschlagen. Doch Feuerwache, Knechte und Mägde hatten, dank seines schnellen Eingreifens, nicht mehr zu tun, als ihn an die frische Luft zu zerren. Sie waren knapp einer Katastrophe entgangen.
Was zum Teufel war in seine Tante gefahren? Ein wenig verrückt war sie schon seit Rubens Tod, aber bisher hatte es keinen Anlass gegeben, ihre Taten zu fürchten. Wo steckte Sophia überhaupt? Lag sie etwa zwischen den verkohlten Trümmern?

Unwirsch wehrte er die zahllosen Angebote ab, ihm zu helfen.
»Seht nach, ob ihr Frau Sophia dort drin findet«, befahl er barsch.
»Sophia? Was hat die alte Frau im Lager zu suchen?«
Eine berechtigte Frage. Aber Gleitjes Stimme klang nicht etwa aufgeregt, sondern eher wütend.
»Das möchte ich auch gerne wissen«, antwortete er schließlich zwischen zwei Hustenanfällen auf ihre Frage. »Ich habe sie dort drinnen mit einer Kerze gefunden und konnte eben noch verhindern, dass das ganze Lager in Flammen aufgeht, und dazu vielleicht gar noch die umstehenden Häuser!«
Er musste nicht mehr sagen. Als Tochter eines Kaufmannes wie als Bürgerin von Brügge wusste Gleitje um die Gefahr des offenen Feuers. Nicht einmal auf die ständig zunehmende Versandung des Zwins verwandte der Magistrat so viel Sorge wie auf die Feuerwache und die Feuerbekämpfung.
In einer Stadt, in der ein großer Teil der ärmeren Viertel aus Holzhäusern bestand und nur die prächtigen Anwesen der Reichen mit Schieferdächern oder gar gefliest gedeckt waren, war das Feuer der größte Feind der Menschen.
»Habt Ihr Frau Sophia noch immer nicht gefunden?«, schrie Gleitje die Männer an.
Wenige Augenblicke später riefen Stimmen nach Colard. Sie hatten Sophia zwischen angekohlten Stoffballen und Fässern mit süßem Rheinwein entdeckt. Sie war auf dem gestampften Boden gelegen, und niemand konnte sagen, ob der Rauch oder der Sturz sie das Bewusstsein gekostet hatte.

»Tragt sie ins Haus in ihr Gemach«, befahl Colard knapp, ehe er sich an Gleitje wandte. »Kümmere dich um sie und sieh nach, ob du in ihren Kleidern einen Schlüsselbund findest. Offensichtlich besitzt sie Schlüssel, von denen ich nichts wusste.«

Gleitje gehorchte.

»Johan«, wandte er sich an einen der Knechte. »Du greifst dir vier vertrauenswürdige Männer. Ihr bewacht das Lager, bis ihr morgen andere Befehle von mir erhaltet. Nur von mir. Niemand betritt den Speicher. Wir werden erst bei Tageslicht den vollen Umfang des Schadens feststellen können.«

Erst als auch die Männer der Feuerwache das Haus Cornelis wieder verlassen hatten und das große Tor geschlossen worden war, ging Colard ins Haus zurück und unverzüglich in Gleitjes Schlafkammer. Er wies die Magd hinaus, die dort aufwartete.

Gleitje wollte das Mädchen festhalten, entschied sich aber im letzten Augenblick dagegen. Colard erkannte die Zeichen des Unbehagens in ihrem Blick, und sein Verdacht verstärkte sich.

»Wie geht es meiner Tante?«

»Sie ist zu sich gekommen, aber sie redet unsinniges Zeug. Sie will Ruben zu Bett bringen und ihm ein Gutenachtlied singen. Ich weiß nicht, was so plötzlich in sie gefahren ist.«

»Wirklich nicht? Was hast du mit dieser Brandstiftung zu schaffen, Gleitje?!«

»Nichts! Gar nichts! Überhaupt nichts.«

Die geradezu panische Reaktion war so untypisch für sie, dass sie einem Geständnis gleichkam. Sie hatte ein schlechtes Gewissen.

»Was hast du getan?«
»Ich habe geschlafen«, beteuerte Gleitje und deutete auf den Alkoven. »Erst der Lärm auf dem Hof hat mich geweckt. Der Feuerschein aus dem Lagertor. Ich bin nicht mit der Kerze unterwegs gewesen.«
»Meine Tante ist seit Rubens Tod nicht richtig im Kopf, das stimmt«, antwortete Colard heiser. »Aber mit Ausnahme eines ersten verhängnisvollen Ausbruchs war sie all die Jahre zwar seltsam, aber völlig in ihre eigene Welt versponnen. Nie ging eine Gefahr von ihr aus. Die Wahnsinnstat von heute Nacht ist ihr nie und nimmer von selbst in den Sinn gekommen. In diesem Haus lebt nur noch ein Mensch, auf den sie hört, und das bist du. Du hast sie aufgehetzt. Hast du ebenfalls den Verstand verloren?«
»Ich kann nichts dafür. Ich bin unschuldig!« Gleitje wich zum Bett zurück und umklammerte einen Pfosten des geschnitzten Alkovens. »Aimée ist schuld. Sie hat ihr die böhmischen Kerzenleuchter und das Kästchen mit den Perlen weggenommen. Sophia war außer sich. Ruben hat ihr sowohl die Perlen wie die Leuchter geschenkt. Es waren kostbare Erinnerungsstücke. Man hätte sie ihr nicht so einfach wegnehmen dürfen.«
Colard rieb sich die angesengten Brauen und sank auf einen Hocker.
»Sophia konnte nicht wissen, wie sie sich rächen soll, verflucht noch mal. Ich bin nur von verrückten Weibern umgeben. Du hast meine Tante vermutlich noch in dem Verdacht bestärkt, dass Aimée sich auf ihre Kosten bereichert hat, und sie angestiftet.«
Gleitjes Züge sprachen Bände, und Colard fluchte noch lästerlicher als zuvor.

»Ist dir klar, wie knapp wir dem totalen Verderben entronnen sind? Es war reiner Zufall, dass ich es aus dem Kontorfenster sah, wie meine Tante über den Hof schlich. Sie hätte uns die Lagerhallen und das Haus über dem Kopf angezündet. War es das, was du wolltest? Unsere endgültige und völlige Vernichtung? Bist du lieber eine Bettlerin, bevor du die Macht mit Aimée Cornelis teilst?«

Gleitje war klug genug zu schweigen. Ihre Hände spannten sich verkrampft um das geschnitzte Holz des Bettpfostens. Noch nie hatte sie Colard so zornig erlebt. Würde er sie schlagen?

Es war das Recht eines jeden Ehemannes, seine Frau zu züchtigen, und sie wusste, dass in diesem Falle nicht einmal ihr Vater ihr helfen würde. Er hatte ihre Mutter ebenfalls geschlagen, und auch sie war seiner strafenden Hand als Kind nie entgangen.

»Vergiss nicht: Ich bin schwanger. Ich trage deinen Sohn und Erben«, erinnerte sie ihn mit bebender Stimme.

Colard stutzte. Erst als er die unterschwellige Furcht in Gleitjes Blick entdeckte, wurde ihm klar, wovor sie sich ängstigte.

»Verdient hättest du diese Prügel«, knirschte er durch die Zähne. »Ich habe dich für klüger gehalten. Du gefährdest unsere Pläne. Kümmere dich um Sophia. Ich will nicht, dass zu allem Überfluss auch noch das Gesinde darüber tratscht, dass wir sie so weit in den Wahnsinn getrieben haben. Sie ist eine alte, verwirrte Frau, und sie benötigt Pflege. Du wirst sie ihr geben und gleichzeitig dafür sorgen, dass sie ihre Kammer nicht mehr verlässt, haben wir uns verstanden?«

»Wie du wünschst«, murmelte Gleitje, die Geknickte spie-

lend. Sie senkte die Lider, damit er den Zorn in ihren Augen nicht entdeckte.
Colard durchschaute sie trotzdem. »Auch du wirst diese Wände nicht verlassen, bis die Feiern vorbei sind. Solange der Herzog von Burgund in der Stadt ist, bleibt das Handelshaus in Frau Aimées Hand. Ich werde einer Frau, die unter dem persönlichen Schutz des Herzogs steht, den Respekt nicht verweigern, solange er in ihrer Nähe ist. Wir haben so lange gewartet, nun können wir mit der Durchsetzung unserer Pläne auch warten, bis die Herrschaften abgereist sind.«
Vom Wettbewerb der Bogenschützen verbannt zu werden war für Gleitje eine empfindliche Strafe. Es war eines der wichtigsten gesellschaftlichen Ereignisse des Sommers in Brügge.
»Du kannst mich hier nicht einsperren.«
»Du wirst sehen, ich kann.«
Colard verließ grußlos das Schlafgemach.
»Das wirst du mir büßen, Aimée Cornelis«, flüsterte Gleitje.

42. Kapitel

BRÜGGE, 6. JULI 1372

Nein, er konnte sie nicht einfach so abweisen.

»Folgt mir hinauf in die Stube und verzeiht meine Unhöflichkeit«, bat Contarini Aimée.

Sie nahm ihn zum ersten Mal bewusst als Mann wahr. Das Licht setzte blauschwarze Reflexe in seinem Haar. Er wirkte anziehender, als sie es in Erinnerung hatte. Seine Züge schienen markanter, die Augen dunkler, intensiver, die Lippen voller, spöttischer. Sie hätte ihn gerne berührt, um sich zu vergewissern, dass er wirklich gegenwärtig war. Alles drängte sie nach einer vertrauten Geste, während Alains Bild verblasste, ohne dass es ihr bewusst wurde. Gut, dass er ihre Gedanken nicht lesen konnte. Er war verheiratet. Sie würde gut daran tun, es im Gedächtnis zu behalten.

Contarini ging voraus, um ihr die Tür zu öffnen.

»Ich bin erstaunt. Ich wähnte Euch beim Bankett in der Burg. Ich wollte meinen Augen nicht trauen. Seid Ihr in Ungnade gefallen?«

»Aber nein«, entgegnete Aimée knapp und zwang sich, ihre Empfindungen zu verdrängen. »Ich habe eine plötzliche Unpässlichkeit vorgeschoben. Morgen, zum Wettbewerb, werde ich wieder bei Hofe sein.«

Salomon hatte den Aufruhr und Contarinis Eingreifen auf dem Platz vom Fenster aus beobachtet. Er hatte geschwankt, ob er mithelfen sollte, hatte sich aber dann doch zurückgehalten. Ein Jude, der sich mit Färbergesellen anlegte, musste später um sein Leben fürchten. Jetzt hieß er Aimée mit einem erfreuten Lächeln willkommen.
»Ihr versteht es immer wieder, mich zu überraschen, Frau Cornelis«, sagte er. »Warum seid Ihr ein solches Risiko eingegangen? Ihr hättet einfach nach mir schicken können. Steht Euer Besuch im Zusammenhang mit dem Überfall auf Euren Warentransport bei Reims?«, kam er unverzüglich zur Sache. »Ich höre, Ihr habt Euch Feinde in Brügge gemacht.«
Aimée verbarg ihre Überraschung nicht. »Ihr wisst davon?«
»Meine Augen und Ohren sind überall. Ich habe erwartet, dass Ihr Euch an mich wendet. Oder erlaubt Ihr etwa Herrn de Fine oder seinem Schwiegervater, in dieser Sache die Zügel in der Hand zu halten?«
»Wie kommt Ihr darauf? Er, seine Tochter und Colard de Fine wollen mich aus dem Geschäft und aus dem Haus drängen. Es würde mich nicht wundern, wenn sie hinter dem heimtückischen Überfall bei Reims steckten.«
»Ihr verdächtigt de Fine?«, fragte Contarini dazwischen.
»Nicht ihn direkt, aber seinen Schwiegervater. Korte würde ich ein solches Schurkenstück ohne weiteres zutrauen.«
»Was ist geschehen, dass Ihr Colard de Fine zum Feind habt? Er war Euch treu ergeben?«
Aimée fühlte, dass er kein Auge von ihr ließ, obwohl sie selbst seinen Blick sorgsam mied. Sie hätte gerne gewusst, was er dachte. Seine Stimme gab ihr keinen Hinweis.

»Fragt mich lieber, was nicht geschehen ist«, entgegnete sie bitter. »Seit er einsehen musste, dass er nie Rubens Platz an meiner Seite einnehmen wird, hat er sich verändert, ist unberechenbar geworden. Ich weihe ihn deshalb auch nicht mehr in meine Pläne ein, ehe alles entschieden ist, aber ich darf es auch noch nicht auf eine offene Machtprobe ankommen lassen. Ich bin eine Frau und trotz meiner flämischen Abstammung eine Fremde in dieser Stadt.«

Sie bemerkte, dass die beiden Männer einen schnellen Blick wechselten, und fuhr hastig fort: »Ich brauche Eure Hilfe, ich räume es offen ein. Aber es geht nicht um den Machtkampf im Hause Cornelis oder den Überfall bei Reims. Ich habe Schulden bei Euch, und ich habe einen Weg gefunden, meine Schulden endlich tilgen zu können. Bitte hört mich an.«

In kurzen Zügen umriss sie ihre Vorstellung von einer eigenen Kleiderfabrikation. Mittlerweile konnte sie Zahlen nennen. Sie wusste, wie viel Ellen Stoff für den Anfang in etwa benötigt wurden, wie viele Näherinnen erforderlich waren.

Contarini verhehlte seine Bewunderung nicht.

Von den vorgefertigten Zuschnitten bis zum durchschnittlichen Arbeitsaufwand pro Gewandstück hatte sie nahezu an alles gedacht. Dennoch sah er sich gezwungen, ihre Höhenflüge zu dämpfen.

»Ihr sprecht von Massenware aus minderwertigen Wollstoffen, vielleicht sogar aus Leinengemischen und Ähnlichem. Im Gegensatz zu Brügger Tuch sind solche Gewebe billig, dem stimme ich zu, aber die Gewinnspanne ist zu gering. Ihr müsstet Hunderte und mehr Kleidungsstücke verkaufen, um vernünftige Erträge zu erzielen. Dafür ist in Brügge kein ausreichender Bedarf.«

Aimée ließ ihn gelassen ausreden. »Seine Gnaden, Philipp der Kühne, erwartet von mir ein Angebot für die Bekleidung von zweihundertfünfzig Männern.«
»Männern?«
Contarini und Salomon fragten es wie aus einem Munde.
»Soldaten. Es handelt sich darum, die Truppen des Herzogs einheitlich zu kleiden, damit sie im Kampf nicht mit den gegnerischen Männern verwechselt werden können. Wämser und Beinkleider einer gemeinsamen Form und Farbe werden es ihnen erleichtern, die eigenen Kameraden in der Schlacht zu erkennen.«
Schweigen füllte die Stube. Aimée lächelte. Sie war zufrieden mit der Wirkung ihrer Worte. Contarinis Augen waren schmal geworden. Eine steile Falte furchte seine Stirn. Er dachte nach. Sie fühlte es, sie hatte ihn überzeugt.
»Ihr braucht eine geräumige Halle oder ein Haus, in dem der größte Teil der Näherinnen für Euch arbeiten kann. Auch entsprechende Lagerräume für den Stoff und die fertigen Teile. Mit kleinen Schneiderstuben allein ist es nicht getan«, sagte er schließlich und griff nach einer der Wachstafeln, die auf dem Tisch lagen, um weitere Berechnungen durchzuführen.
Aimée beherrschte ihre Erleichterung.
»Genau hier beginnt mein Problem. Mir liegt daran, die Angelegenheit im Geheimen und ohne Colards Wissen voranzutreiben. Er würde mir nur Steine in den Weg legen und im schlimmsten Fall Anselm Korte informieren. Mir scheint es sogar ratsam, die Fabrikation auf das Land zu verlegen. In einem der Orte, die unter dem Schutz des Grafen von Flandern stehen, wäre sie besser aufgehoben als in Brügge. Ludwig von Male befürwortet, dass die Bau-

ern Flachs anbauen, Wolle weben und Webstühle betreiben, also muss ihm auch daran gelegen sein, dass sie ihre fertigen Tuchrollen verkaufen können – an mich.«

»Ihr habt an alles gedacht«, staunte Contarini.

Sie sah die Anerkennung in seinen Augen und strahlte ihn an.

»Ich kann es freilich, wie gesagt, nicht alleine in Gang setzen. Ich brauche Hilfe. Einen verlässlichen Partner, der sich um ein Gebäude, den Ankauf der Stoffe und um den Transport der fertigen Ware kümmert, während ich die Schneider für meine Zwecke zu gewinnen habe. Wenn die Zuschnitte von Meistern gemacht werden, haben es die Näherinnen einfach«, beendete sie schließlich ihre Darlegungen. »Wie steht Ihr dazu?«

»Ich nehme an, Ihr braucht auch einen Teilhaber, der die Unkosten für das Unternehmen vorstreckt.«

Contarini füllte einen zweiten Pokal mit Wein und reichte ihn Aimée, die vorsichtig daran nippte, ehe sie ihn zurückstellte.

»Ich habe die Zinsen, die ich Euch für dieses Jahr schulde, zur Seite gelegt. Ich dachte, Ihr könntet sie vielleicht dafür heranziehen«, schlug sie unverblümt vor.

»Nein.«

Seine strikte Ablehnung ließ sie die Farbe wechseln, aber sie hatte ein Argument noch zurückgehalten.

»Ihr lehnt ein fabelhaftes Geschäft ab, Messer Contarini. Der Auftrag des Herzogs ist nur der Einstieg in ein größeres Geschäft. Der Vorteil der einheitlichen Gewandung wird für sich sprechen. Auch der König von Frankreich wird sich ihm nicht verschließen können. Ich bin mir sicher, dass auch er sich an uns wenden wird.«

Aimée suchte seinen Blick. Würde ihn dieses Argument überzeugen?

»Geschäfte mit dem Krieg solltet Ihr vielleicht doch besser den Männern überlassen«, erwiderte er. »Zudem benötigt eine Manufaktur wachsender Größenordnung mehr als nur einen Geldgeber. Sie braucht einen vertrauenswürdigen Leiter und zuverlässige Handwerker. Wo wollt Ihr diese Männer finden? Auf dem Dienstbotenmarkt? Lasst uns eine Abmachung treffen. Ihr erlaubt mir, Eure Idee auf meine Kosten in die Tat umzusetzen. Im Ausgleich dafür erhaltet Ihr fünfzig Prozent des Gewinns und Zinserlass auf Eure Schulden für die nächsten zwei Jahre.«

»Sechzig Prozent und Zinserlass für drei Jahre«, entgegnete Aimée tonlos.

Dabei konnte sie es kaum fassen. Sein Angebot war mehr, als sie erhofft hatte. Statt wie eine geschickte Händlerin mehr zu fordern, wäre sie ihm beinahe um den Hals gefallen.

Sie rief sich zur Ordnung. Domenico Contarini war kein Mann, der grundlos Almosen vergab. Warum tat er das für sie? War es Zuneigung – oder die Aussicht auf Gewinn.

Ihr Herz stockte, als er langsam nickte.

»Ihr sollt sowohl die von Euch vorgeschlagenen Prozente wie den Erlass haben. Wie seid Ihr mit dem Herzog verblieben?«

Aimée schilderte ihr Gespräch mit Philipp dem Kühnen. Contarini nahm ihre Ausführungen befriedigt zur Kenntnis, was er durch wiederholtes Kopfnicken zum Ausdruck brachte.

»Lasst uns einen Plan entwerfen, der die genaue Reihenfolge unseres Vorgehens festhält. Wir können nicht wissen, wann sich wieder die Gelegenheit für ein gemeinsames Gespräch ergibt. Ihr müsstet einen möglichst regelmäßigen Kontakt zum Herzog aufrechterhalten und alle weiteren Schritte mit Abraham ben Salomon abstimmen.«

Der Mond war ein gutes Stück gewandert, als sich Aimée zum Heimgehen erhob.

»Ich freue mich auf eine gute Zusammenarbeit«, nickte sie Abraham ben Salomon zu und trat durch die Tür, die Contarini ihr aufhielt.

»Ich begleite Euch auf dem Heimweg«, verkündete er in einem Ton, der keinen Widerspruch duldete. »Brügge ist in der Nacht kein Pflaster für Euch. Ihr solltet zukünftig nicht noch einmal ohne männliche Begleitung unterwegs sein.«

Sie antwortete ihm nicht.

Er respektierte ihr Schweigen.

Er führte Aimée jedoch nicht die Wallstraat entlang, sondern in eine Seitengasse zu einem der vielen Kanäle. Ein schmales Boot lag dort, unter niedrig hängenden Weidenzweigen versteckt. Sie würden das Haus Cornelis über die Kanäle viel schneller erreichen als durch die Gassen, und was noch wichtiger war, unbehelligter.

Ohne Protest stieg sie in den kleinen Kahn. Mit zwei schnellen Schlägen dirigierte er ihn in den Schatten, den die gegenüberliegende Häuserreihe auf das Wasser warf. Das Geräusch der Ruder erzeugte nicht mehr als ein leises Flüstern auf der Kanaloberfläche. Es war bewundernswert, mit welch nachtwandlerischem Geschick er das Boot lenkte, bis ihr einfiel, dass er in einer Stadt der Kanäle aufgewachsen war.

Erleichtert lehnte sie sich zurück, schon im Begriff, träumerisch eine Hand durch das kühle Wasser gleiten zu lassen, als eine vorbeischwimmende graue Masse sie davon abhielt. Die Kanäle von Brügge waren nicht nur Verkehrsweg, sie dienten vielen Bürgern zum Entsorgen ihres Unrats. Es war nicht die Zeit zu träumen, wenn auch das sanfte Dahingleiten auf einem der zahllosen Reiearme und die laue Sommernacht dazu verlockten.

»Werde ich Euch beim Wettbewerb der Bogenschützen noch sehen?«

Die Frage kam ihr über die Lippen, ehe sie sie zurückhalten konnte, als er das Boot an der privaten Anlegestelle vor dem Garten des Cornelishauses zum Halten brachte.

»Nein.«

Das schroffe kurze Nein traf sie. Sie sah ihn an, konnte aber nicht mehr erkennen als den Umriss seiner Gestalt.

»Entschuldigt. Ich wollte Euch nicht zu nahe treten«, murmelte sie betroffen.

»Wird Euch der Ritter von Auxois zum Wettbewerb begleiten?«, stellte er kühl eine Gegenfrage.

Er wusste von Alain, da er sie mit ihm bei den Festlichkeiten gesehen hatte.

Sie hatte an Alain nicht einmal gedacht während ihrer Verhandlungen.

»Nein«, erwiderte sie zunächst ebenso kurz, um dann zu erklären: »Alain von Auxois hat Flandern bereits verlassen. Er kämpft mit seinen Männern gegen die Engländer, wie es auch mein Cousin Philippe und viele andere tun. Es ist auch die Sorge um diese Ritter, die mich dazu getrieben hat, die Manufaktur ins Auge zu fassen, die Ihr nun aufbauen wollt.«

»Ihr sorgt Euch um die, die Ihr liebt, ich weiß es.«

So wie er es sagte, klang es wie ein Vorwurf. Sie schwieg, griff aber nach seiner Hand, um sich von ihm aus dem Boot helfen zu lassen.

Wenn das Haus Cornelis Besucher erwartete oder verabschiedete, die mit dem Boot unterwegs waren, brannte für gewöhnlich eine Laterne am Steg. Heute lag er im Dunkel, und es kam in der letzten Zeit auch so selten Besuch, dass das Holz des Steges mit Moos und Flechten überwuchert und gefährlich glitschig geworden war. Anfangs hatte Aimée kein Interesse an geselligen Kontakten gehabt, doch schließlich kam es ihr mehr und mehr so vor, als würde Colard sie absichtlich von allem fernhalten.

Hinter der Kaimauer wucherte der Lavendel bis in den Weg hinein. Ihr Kittelsaum streifte darüber, als sie sich zum Haus wandte. Der Lavendelduft legte sich über den Moderhauch des Brackwassers und einen anderen schwachen Geruch, den sie einzuordnen versuchte, indem sie kurz stehen blieb. Dabei kam ihr Contarini näher, so nahe, dass sie seinen Atem im Nacken spüren konnte.

»Habt Ihr Alain von Auxois Euer Wort gegeben, ehe er in den Krieg zog?«, hörte sie ihn fragen. »Werdet Ihr Brügge verlassen und das Haus Cornelis für ihn aufgeben? Er wird nicht dulden, dass seine Frau Geschäfte macht und ein Handelshaus leitet, das ist Euch hoffentlich klar.«

Aimée schluckte angestrengt. Sie versuchte seine Nähe zu ignorieren.

»Warum wollt Ihr das wissen?«

»Es ist mir wichtig, wie Ihr Euch denken könnt.«

Aimée war versucht zu leugnen, aber der Schwur, den Alain von ihr verlangt hatte, ließ sich nicht widerrufen. Sie musste dazu stehen.

»Ich habe ihm versprochen, auf ihn zu warten«, gab sie karg zur Antwort.
»Gut«, erwiderte er rauh. »Habt Ihr dafür gesorgt, dass man Euch erwartet? Kann ich Euch den Weg zum Haus alleine gehen lassen?«
»Meine Kammerfrau ist wach geblieben, danke, ja.«
»Gott behüte Euch, Aimée.«
Er nannte sie einfach Aimée, und sie war gerade versucht zu antworten, als er sie an sich zog und ihr den Mund mit einem Kuss verschloss. Einem Kuss, der ihr für eine halbe Ewigkeit den Atem nahm.
Als er sie freiließ, taumelte sie ein wenig, bis ein dumpfer Laut verriet, dass er mit beiden Beinen zugleich ins Boot gesprungen war und davonruderte.
Aimée berührte ihre Lippen mit den Fingerkuppen und starrte in den Mond. Er hat mich geküsst. Es war ihr einziger Gedanke.
Völlig verwirrt lief sie ins Haus, wo Lison in ihrem Schlafgemach vom Hocker hochschoss, als habe sie wahre Todesängste ausgestanden.
»Da seid Ihr ja! Gott sei Dank! Ich hatte solche Angst um Euch!«
»Wie du siehst, bin ich unversehrt«, beruhigte sie Lison, dabei ging es in ihrem Kopf drunter und drüber.
»Ihr könnt Euch nicht denken, was in Eurer Abwesenheit passiert ist. Wir sind um Haaresbreite einem schrecklichen Unglück entgangen.« Lison verhaspelte sich aufgeregt, und Aimée musste zahllose Fragen stellen, bis sie im Bilde war. Also war es Schwelgeruch gewesen, den sie trotz Lavendel und Kanalgestank wahrgenommen hatte. Ihr Unbehagen ging über in panische Angst.

»Hat jemand nach mir gefragt?«, erkundigte sie sich. Colard musste ihre Abwesenheit bemerkt haben. Es passte nicht zu ihr, am Unglücksort nicht zu erscheinen.
Lison schüttelte den Kopf. »Es ging viel zu schnell. Als die Brandwache vom Belfort gelaufen kam, war schon alles vorbei.«
»Und was ist mit Frau Sophia?«
»Als sie wieder zu sich kam, hat sie gelacht. Nicht einmal ihre Brandwunden haben sie gekümmert. Herr Colard hat befohlen, einer der Knechte müsse Wache vor ihrer Kammer halten. Wie es scheint, hat sie nun endgültig den Verstand verloren. Niemand weiß, was sie zu einer solchen Wahnsinnstat getrieben hat.«
Die Kammer wollte sich vor Aimées Augen drehen. Sie hielt sich die Hände vors Gesicht. Das alles in dieser Häufung konnten nicht nur Schicksalsschläge sein. Die Ereignisse und all ihre Ahnungen und Vermutungen verdichteten sich zu einer schrecklichen Gewissheit. Sie war allen im Weg im Hause Cornelis.
Sie wollten ihren Misserfolg. Sie wollten ihr mit allen Mitteln schaden. Gleitje zuerst, aus abgrundtiefem Neid und aus Geltungsbedürfnis; Colard aus Missgunst und weil er sich abgewiesen fühlte; Korte, unter dessen Einfluss die beiden standen, weil er sie als Konkurrentin vernichten wollte; Sophia aus Eifersucht und in dem Wahn, dass Aimée ihr den Sohn genommen hatte – oder weil sie, nicht wissend, was sie tat, benutzt wurde als willenloses Werkzeug. Mit Sicherheit war sie nicht allein auf die Idee gekommen, Feuer zu legen. Sie reagierte wie ein Kind und tat, was man ihr sagte.
Sie war in Gefahr. In Lebensgefahr. Das Opfer dieses

Feuers hätte sie selbst sein können. Sie wollten, oder vielmehr Gleitje wollte ihren Tod, wenn sie sie nicht anders aus dem Weg schaffen konnte.
»Ist Euch nicht gut? Setzt Euch. Ihr seid leichenblass.«
Lisons besorgte Frage rief sie zurück aus ihren Gedanken. Sie ließ die Hände sinken und suchte ihren Blick.
»Colard hat den Brand entdeckt, sagst du? Wo war Gleitje zu diesem Zeitpunkt?«
»Das kann ich nicht sagen. Ich weiß nur, dass sie sich Frau Sophias angenommen hat, als man sie aus dem Lager brachte. Es hätte nicht viel gefehlt, und die alte Frau wäre bei lebendigem Leibe verbrannt.«
Ihren Feinden war offensichtlich jedes Mittel recht. Wie sollte sie sich vor diesen heimtückischen Machenschaften schützen.
Lison drückte ihr einen Becher in die Hand. »Trinkt bitte einen Schluck Wein. Es ist ja gerade noch einmal gutgegangen.«
»Gutgegangen?« Aimée verschluckte sich fast. »Wie kannst du das sagen? Dieser Brand wurde gelegt, um mir klarzumachen, dass ich hier nicht mehr sicher bin. Sie wollen mich loswerden. Um jeden Preis, Lison. Sogar um den eines Mordes.«
»Was redet Ihr da? Das kann nicht Euer Ernst sein!« Lison wich entsetzt zurück.
»Es ist so.«
»Lieber Gott, was wollt Ihr tun?«
»Hilfe suchen und mich in Sicherheit bringen. Gleich morgen früh. Die Herzogin hat mich vor dem Wettbewerb zu sich gebeten. Du wirst mich begleiten. Aber sobald ich im Prinsenhof bin, der Burg des Grafen von Flandern, wirst

du zum Haus am Walplein laufen und dort berichten, was gestern Abend geschehen ist.«

»Wem? Messer Contarini oder Abraham ben Salomon?«

»Egal wem. Wen du antriffst. Ich vertraue beiden. Beide können und werden für meinen Schutz sorgen. Ich warte bei der Herzogin, bis mich einer von ihnen dort aufsucht. Ich muss mich um einen Zufluchtsort bemühen. Ich kann nicht länger im Hause Cornelis bleiben.«

»Aber wohin wollt Ihr?«

»Wir werden sehen. Im Augenblick können wir nicht mehr tun. Hilf mir zu Bett und schieb den Riegel vor die Tür.«

Aimée kam trotz dieser Vorsichtsmaßnahme nicht zur Ruhe. Sie starrte an den geschnitzten Betthimmel, der dunkel über ihr schwebte. Das Haus, in dem sie sich einst geborgen gefühlt hatte, war mit einem Male zur Todesfalle geworden.

Ihre Gefühle schwankten zwischen Furcht und Erregung, Verwirrung, Verzweiflung und Angriffslust. Am Ende blieb nur die Angst um das eigene Leben.

Zum ersten Mal bedrückte sie die Einsamkeit. Ihr wurde klar, dass das Leben ohne männlichen Schutz gefährlicher war, als sie je gedacht hatte.

Fröstelnd zog sie sich die Decke über den Kopf. Nach Stunden des Grübelns verfiel sie endlich in einen unruhigen Schlaf.

43. Kapitel

Brügge, 7. Juli 1372

Contarini war bereit zur Abreise.

Das Pferd tänzelte unruhig auf den Steinquadern vor dem Stallgebäude. Es wurde von einem Knecht gehalten. Satteldecke, Botentasche und Kleidung würden ihn wieder als venezianischen Kurier ausweisen.

Salomon, mit dem er im Haus noch in einem letzten Gespräch war, gefiel das überhaupt nicht.

»Seid Ihr sicher, dass es vernünftig ist, was Ihr Euch da vorgenommen habt?« Es klang, als habe er die Frage schon viele Male gestellt.

»Ich habe dem Herzog ein Angebot der Republik Venedig unterbreitet. Dass er es angenommen hat, war auch für mich eine Überraschung. Ich werde schneller sein als jeder Kurier und schneller zurück sein, als Euch vielleicht lieb ist.«

»Und wie soll ich ihr erklären, dass Ihr ohne ein Wort des Abschieds auf und davon seid? Sie wird enttäuscht sein.«

Contarini wusste, von wem er sprach, ohne dass ein Name fiel.

»Sorgt einfach dafür, dass sie den Brief erhält, den ich Euch für sie gegeben habe, dann sind keine Erklärungen nötig.«

»Sie rechnet auf Eure Hilfe.«

»Die bekommt sie, und bis ich zurück bin, steht Ihr ja zur Verfügung. Ich denke, es wird ihr nicht so wichtig sein, wer mit ihr die Manufaktur aufbaut. Wir haben einen genauen Plan erstellt. Wollt Ihr Eure eigenen Fähigkeiten kleinreden und mir sagen, dass auch Ihr meine Unterstützung braucht?«
Salomon hatte Contarini bei dem Gespräch in die Augen gesehen. Es waren Augen, deren dunkler Glanz matt war, die keine Zuversicht ausstrahlten wie sonst.
»Sorgt Euch nicht. Ich werde alles in Eurem Sinne regeln.«
»Ich weiß.«
Eine eigenartige Stille entstand.
»Wie lange bleibt Ihr, wenn Ihr noch einmal nach Brügge kommt, und wann habt Ihr geplant, endgültig wieder nach Venedig zurückzukehren zu Eurer Familie?«
»Ich werde in Brügge bleiben.«
»Ihr bleibt in Flandern? Und Venedig? Eure Gemahlin? Das Kind? Werdet Ihr sie nach Brügge holen?«
»Nein.«
Salomon kränkten Contarinis knappe Antworten nicht. Sie hinderten ihn auch nicht daran, weitere Fragen zu stellen.
»Aber warum nicht? Was ist geschehen? Ihr lasst nicht einfach so die Familie im Stich. Was verbergt Ihr vor mir?«
Sie sprachen sich über alles aus, doch selten bis nie über Familiäres. Nur konnte Contarini mit dem, was er jetzt offenbarte, nicht ewig hinter dem Berg halten. Es schien ihm angebracht, Salomon wenigstens jetzt in aller Kürze zu unterrichten, bevor er es womöglich aus anderer Quelle erfuhr.

Dieser wartete geduldig auf eine Antwort.
»Es gibt weder Frau noch Kind«, antwortete Contarini schroff. »Catarina ist bei der Geburt unserer Tochter gestorben. Amabilis ist ihr zwei Monate später ins Grab gefolgt.«
»Gott der Allmächtige«, entfuhr es Salomon, ehe er den Kopf senkte und die Hände darüber zusammenschlug. »Welch ein übermenschliches Leid. Mutter und Kind. Die Frau verloren, so jung. Warum habt Ihr nicht früher darüber gesprochen?«
Salomon war zutiefst erschüttert.
Contarini schwieg.
Die Erinnerung an seine sanfte, kindhafte Frau, die ihn mehr gefürchtet als geliebt hatte, machte ihn unendlich traurig. Sie war wie er ein Opfer ihrer aus politischen Gründen geschlossenen Ehe gewesen. Sie hatten beide ihre Pflicht getan. Catarina hatte mit ihrem Leben bezahlt, und seine Tochter war nur ein Schatten geblieben, ein erinnerungsträchtiger Name auf einem Marmorblock. Dabei hatte er bei ihrer Geburt so sehr gehofft, wenigstens ihr die Liebe schenken zu können, die er seiner Frau nicht geben konnte.
»Weiß denn niemand von Eurem Leid? Habt Ihr Euch nicht wenigstens mit Frau Cornelis ausgesprochen?«, fragte Salomon.
»Niemand außer meiner venezianischen Familie weiß davon, und auch Ihr werdet es für Euch behalten, mein Freund.«
Alles in Salomon bäumte sich auf gegen ein solch unsinniges Verlangen. So sehr er den Schmerz seines Partners verstand, er war ein scharfer Beobachter, und er hätte blind

sein müssen, um nicht zu bemerken, welch magische Anziehungskraft Aimée Cornelis von Anfang an auf Contarini ausgeübt hatte. Immer war er auf eine Weise auf sie eingegangen, hatte sie in allen ihren Vorhaben unterstützt, wie es sonst nicht seinem Wesen entsprach. Den Blick eines Bankiers hatte er dabei nicht verloren, aber er war nachgiebig wie nie, auch wenn ihre Pläne oft kühn, ja waghalsig waren. Sie wäre ihm als Frau eine gute Partnerin. Sie wäre nützlich für seine Geschäfte, wovon auch er profitieren würde.

Es war jedoch nicht allein der Profitgedanke, der ihn bei seiner Erwiderung im weiteren Gespräch mit Contarini leitete. Es war auch die Besorgnis um sein inneres Gleichgewicht. Ein Mann brauchte es, um erfolgreich zu sein. Musste er sich schämen, wenn sich in seinen Gedanken menschliche Anteilnahme und praktische Zuwendung mit Nützlichkeitserwägungen paarten?

»Das ist närrisch. Sie ist der Magnet, der Euch nach Brügge zurückgezogen hat und wieder zieht. Warum leugnet Ihr es? Es schmälert die Trauer um Eure Frau und Euer Kind nicht, wenn Ihr nach einem neuen Glück sucht.«

Contarini bedachte Salomon mit einem Blick, der jeden anderen in die Flucht geschlagen hätte. Der jedoch verschränkte lediglich die Arme vor dem Körper und hielt ihm stand.

»Mischt Euch nicht in Dinge, die Euch nichts angehen, mein Freund«, bekam er abweisend zu hören, worauf Contarini Anstalten machte, das Haus zu verlassen. Das geräuschvolle Quietschen der Hintertür hielt ihn ab. Beide sahen sie in die gleiche Richtung.

Der Hausknecht führte einen Besucher herein. In feinsten

Florentiner Samt gehüllt, mit dem Lächeln eines Biedermannes im rot angelaufenen Gesicht, sah man ihm doch seine Schlitzohrigkeit an.

»Herr Conzett?« Salomon verhehlte seine Überraschung nicht und ging dem Besucher entgegen. »Ich grüße Euch. Was führt Euch zu so früher Stunde schon zu mir?«

Balduin Conzett. Der Name war auch Contarini ein Begriff. Conzett zählte zu den Maklern, die ausländische Kaufleute bemühen mussten, um ihre Geschäfte in der Stadt zu tätigen. Sein Ruf war nicht gerade der eines aufrechten Mannes. Der Makler sprach mit Salomon so leise, dass er nichts verstehen konnte. Was wollte er von ihm? Die Stadttore würden erst in einer Viertelstunde geöffnet werden. Wer den ersten Mann der Contarini-Bank um diese Zeit aufsuchte, musste schon einen sehr triftigen Grund anführen können. Contarini sah, dass beide Männer einen Handschlag tauschten und Conzett mit der Miene eines satten Katers davoneilte. Auch Salomon wirkte ungewohnt zufrieden.

»Seit wann macht Ihr mit Galgenvögeln Geschäfte?«, fragte Contarini.

»Auch Spitzbuben können nützlich sein. Conzett ist mir verpflichtet. Ich habe ihn gebeten, mir auf der Stelle Nachricht zu geben, wenn unerwartet große Mengen von Gewürzen, Juwelen und Räucherwerk zum Kauf angeboten werden.«

»Die Beute aus dem Überfall auf Frau Cornelis' Handelszug.«

Abraham nickte. »Ich wusste, wer immer dahintersteckt, irgendwann würde die Ware in Brügge auftauchen. Nun ist es so weit.«

»Und wer steckt dahinter?«

»Wer wohl? Anselm Korte. Sie kennt ihre Feinde. Er hat angeblich eine große Menge Brügger Tuch verkauft und sich bei der Bezahlung auf ein Tauschgeschäft eingelassen. Da er selbst weder Gewürze noch Räucherwerk oder Juwelen veräußert, hat er die Ware an einen Hansekaufmann weitergegeben. Der Makler dieses Geschäftes, das in aller Diskretion in Damme abgewickelt wurde, war mein Freund Conzett. Indem er mir die Information weiterverkauft, verdient er doppelt.«

Beide tauschten einen stummen, vielsagenden Blick.

»Korte muss sich in absoluter Sicherheit wiegen, wenn er es wagt, das Diebesgut so schnell weiterzuveräußern«, sagte Contarini schließlich nachdenklich. »Es könnte schwierig werden, ihn als Schurken zu entlarven. Ich bin sicher, dass er die Spur dieser Waren bestens vertuscht hat. Behaltet die Information im Moment noch für Euch. Wir müssen erst eine vernünftige Strategie gegen Anselm Korte entwickeln.«

»Sollte ich nicht Frau Cornelis unterrichten? Sie hat ein Recht darauf, es zu erfahren.«

»Das weiß ich. Doch ich fürchte ihre nächsten Schritte. Wie wird sie mit dem Wissen umgehen? Sich selbst leichtsinnig in Gefahr bringen? Einen Skandal entfachen? Das kommt nicht in Frage. Dabei bleibe ich – auch falls Ihr den Einwurf machen solltet, sie habe nicht nur ein Recht, sondern auch Anspruch darauf, es zu erfahren – in Anbetracht der ungewöhnlichen Idee, die sie gehabt hat. Die Idee, uniforme Kleidungsstücke für Soldaten zu produzieren, ist ein genialer Geistesblitz, der sicher bei allen Heerführern zündet. Sie ist der findige Kopf, der all die losen Fäden zusammenfasst und ein ertragreiches Muster für uns daraus knüpft. Da wartet ein glänzender neuer Geschäftszweig auf uns, der keinesfalls mit riskanten Racheakten belastet werden darf.«

Das war er, der unbestechliche Contarini. Salomon schien es, als stünde er sich in diesem Fall selbst im Weg. Er scheute sich nicht, es ihn merken zu lassen.

»Solltet Ihr nicht mehr Vertrauen in sie haben?«, warf er bewusst provozierend ein. »Sie ist klug. Sie wird vernünftig mit dem neuen Wissen umgehen. Sie wird unser Vorhaben nicht gefährden.«

»Dennoch. Aber lasst mich Euch um etwas bitten. Es fällt mir unter den gegebenen Umständen schwer, die Stadt zu verlassen. Mein Gefühl sagt mir, dass sich da etwas gegen sie zusammenbraut, dass sie in Gefahr ist und dass sie selbst die Bedrohung unterschätzt. Ich wüsste sie gerne in Sicherheit. Könnt Ihr es arrangieren, dass sie zu jeder Zeit bewacht wird? Ich habe großen Respekt vor Eurer Fähigkeit, tüchtige Helfer in dieser Sache zu finden.«

»Es ist schwierig, doch ich werde mein Möglichstes tun. Ihr wisst, dass es ihr nicht gefallen wird. Sie schätzt es nicht, bewacht unter Kontrolle zu stehen.«

Contarini gab einen unbestimmten Laut von sich, der nur halb verständnisvoll klang.

»Organisiert es so, dass sie nichts davon merkt. Ihr macht das schon richtig. Aber bitte unternehmt nichts gegen Korte, ehe ich zurück bin. Der Mann ist gefährlich. Er hat bereits unter Beweis gestellt, dass er keine Skrupel kennt. Die toten Fuhrknechte sprechen für sich.«

»In Brügge herrschen Recht und Gesetz. Dem Tuchhändler sind die Hände gebunden, und Freunde hat er keine.«

Das sah Contarini anders. Er zog die Stulpen seiner Reithandschuhe über die Ärmel und bedachte seinen Partner mit einem mahnenden Kopfschütteln.

»Sein Reichtum verschafft ihm so viel Autorität, dass er keine Freunde benötigt. Unterschätzt Kortes Einfluss nicht. Was ihm fehlt, sind lediglich Tradition, ein guter Ruf und die wichtigen Beziehungen. All dies hofft er sich über das Haus Cornelis zu verschaffen, nur deshalb hat er seine unscheinbare Tochter an de Fine verheiratet. Seine Taktik liegt klar auf der Hand. Aimée Cornelis soll auf der ganzen Linie scheitern. Wenn sie am Boden liegt und de Fine als sein Strohmann eingreift, kann nicht einmal der Herzog etwas dagegen einwenden. Im Gegenteil. Korte und sein Schwiegersohn werden als Wohltäter dastehen, die einer hilflosen Frau in ihrer Not beistehen.«

»Aimée Cornelis wird nicht scheitern, schon gar nicht mit Eurer Hilfe«, protestierte Salomon.

»Sollte Kortes Taktik nicht aufgehen, wird er ihr nach dem Leben trachten. Er würde davor sicher nicht zurückschrecken, und deshalb wiederhole ich noch einmal dringlich meine Bitte, für ihre Bewachung zu sorgen. Im Übrigen solltet Ihr wissen, auch weil Ihr mir Frau Cornelis so sehr ans Herz legt, dass sie nicht für immer die Handelsherrin Cornelis bleiben wird.«

»Wieso nicht? Wer sollte sie daran hindern? Wenn wir Anselm Korte überführen können und das Geschäft mit den Uniformen erfolgreich ist, wird sie die reichste Frau Brügges sein.«

»Alain von Auxois wird sie daran hindern. Sie wird ihn heiraten und künftig ihre Aufgaben als Herrin seiner Burg und Mutter seiner Kinder wahrnehmen.«

»Das ist nicht wahr. Woher wollt Ihr das wissen? Wer ist dieser Mann überhaupt?«
»Er ist einer der Ritter Philipps des Kühnen. Allgemein geschätzt und bewundert. Eine absurde Laune des Zufalls will es, dass er eine frappierende Ähnlichkeit mit mir hat. Selbst ich könnte mich mit ihm verwechseln, wenn das möglich wäre. Ich weiß es von Frau Cornelis selbst, dass sie ihm ihr Wort gegeben hat.«
Der Sarkasmus Contarinis sprach für Salomon Bände. Das also war der Grund für den Missmut.
»Habt Ihr sonst noch Fragen?«, hörte er ihn spotten.
»Ein gegebenes Wort ist noch keine Verlobung«, wagte er nach einem kurzen Augenblick zu widersprechen. »Und die Sache mit dieser seltsamen Ähnlichkeit ...«
Domenico unterbrach ihn mit einem freudlosen Lachen, eilte aus der Tür zu seinem bereitstehenden Pferd und sprang mit einem gewaltigen Satz in den Sattel. Er musste das Gespräch beenden, bevor er redselig wurde. Er hatte sich schon genug offenbart.
»Gebt Euch keine Mühe, mein Freund. Die Würfel sind gefallen. Passt auf sie und auf Euch auf. Wir sehen uns, sobald meine Mission die Rückkehr erlaubt.«
Salomon verabschiedete sich zögernd und öffnete mit eigener Hand das Hoftor. So vieles lag ihm auf der Zunge. Er fand sich damit ab, dass er es jetzt nicht loswerden konnte.

Niemand achtete auf den venezianischen Kurier, der über den Walplein jagte und die nächste Brücke zum Genter Tor ansteuerte. Männer wie er waren ein gewohnter Anblick in Brügge. Die Wache am Stadttor hielt ihn nicht auf.

Auf dem Dammweg, zwischen den Windmühlen, die für Brügge Korn und Öl mahlten, gab Contarini die Zügel frei und erlaubte sich, ein paar Flüche aus Venedigs Gosse auszustoßen.

Dass er sich so weit vergessen konnte, Aimée gegen jede Vernunft geküsst zu haben, setzte ihm ebenso zu wie die Wirkung, die dieser Kuss auf seinen Seelenfrieden ausübte. Zum Teufel. Sie war die Braut eines anderen.

44. Kapitel

Brügge, 7. Juli 1372

Colard ging im Morgenlicht durch das Warenlager, um das Ausmaß des Schadens zu überprüfen.
Der stechende Gestank nach Horn, so typisch für glimmende Wolle, lag noch immer penetrant in der Luft und legte sich auf seine gereizten Lungen. Hustend rang er nach Atem, während er die Knechte anwies.
»Das verbrannte Zeug bringt in die Unratgrube. Dann wird hier sauber gemacht.«
Er überhörte das Murren des Gesindes, das für den Tag des Bogenschützenwettkampfs andere Pläne hatte. Für das Haus Cornelis war dies kein Festtag. Sie konnten von Glück sagen, wenn er ihnen für das Wettschießen frei gab. Was das Feuer nicht zerstört hatte, war mit einer klebrig schwarzen Schicht bedeckt, die sich aus öligem Rauch und Staub zusammensetzte. Ob man sie mit Lauge entfernen konnte, würde sich erst zeigen.
»Wie schrecklich. Nicht einer der schönen Glasbecher hat das Unglück überstanden.«
Colard fuhr herum und fasste Gleitje ins Auge, die unter der Tür stand. Sie hatte sich stattlich herausgeputzt. An ihren dicken Fingern funkelten Ringe, und über dem ausladenden Busen bebten Goldketten. Eine breite Hörner-

haube, mit straff gezogenem Kinnband, schwebte einem Segelschiff gleich über ihrem Kopf.

»Das ist auch dein Werk«, erwiderte er gereizt. Er trat näher, drängte sie ins Freie und deutete mit dem Daumen über die Schulter, während er die Stimme dämpfte, damit die Knechte nichts hörten. »Hättest du deine Eifersucht nicht besser zügeln können?«

»Ich habe keine Ahnung, was du mir vorwirfst. Wie soll ich wissen, dass die Alte so verrückt ist. Sie drangsaliert die Mägde und verlangt, dass man nach ihrem Sohn schickt. Ich habe ihr gesagt, dass Ruben keine Zeit hat, dass sie sich gedulden muss. Die Alte ist doch vollkommen wirr im Kopf.«

Colard verzichtete auf eine Antwort und schnauzte stattdessen einen Knecht an, der einen rußigen Kerzenleuchter in den Unratschubkarren werfen wollte.

»Trottel, den kann man doch säubern. Das ist Silber. Tu ihn zu dem anderen Zeug.«

»Welch ein Jammer um all die Kostbarkeiten«, säuselte Gleitje in geheuchelter Verzweiflung. »Am besten lässt du die Leuchter und die Silberschalen in meine Kammer bringen. Ich weiß, wie man sie reinigen kann.«

Ihre Schmeichelei erzürnte Colard nur noch mehr.

»Wohin bist du eigentlich so früh unterwegs und in solchem Staat? Ich hatte dir befohlen, bei Tante Sophia zu bleiben.«

»Ich gehe nur zur Frühmesse«, erwiderte Gleitje. Sie hob den flachen Korb hoch, damit Colard die Honigwachskerzen sehen konnte. »Ich habe dem Pfarrer der Liebfrauenkirche gestern diese Kerzen zugesagt. Soll er umsonst darauf warten? Das würde kein gutes Licht auf uns werfen.«

Colard wusste, dass sie log und dass sie nach der Frühmesse nicht nach Hause kommen würde. Er hatte ihr den Besuch des Bogenschützenwettkampfs verboten, aber sie würde sich hinter ihrem Vater verstecken, wie sie es immer tat. Anselm Korte hatte sie alle in der Hand. Wie sollte er das Gesicht wahren?

Ehe er eine Lösung fand, trat Aimée, von ihrer Kammerfrau begleitet, aus dem Haus. Auch sie trug ihre besten Kleider. Glänzender blauer Damast fiel bis auf ihre Fußspitzen. Ihr Schmuck bestand lediglich aus den gewohnten zwei Ringen und einer Schnur makelloser Perlen, einem goldenen Armband. Ein Spitzenschleier lag wie ein Hauch von Reif um das Dekolleté. Als sie sich näherte, sah er, dass die weiten Ärmel mit goldener Seide unterfüttert waren. Wie schön sie war.

»Einen guten Morgen wünsch ich, Colard«, sagte sie höflich, aber kühl. »Hast du schon einen Überblick über den Schaden?«

Colard betrachtete sie und versuchte ihre Gedanken zu lesen. Schmerzlich wurde ihm im unmittelbaren Nebeneinander der beiden Frauen bewusst, dass er mit einer Megäre verheiratet war, dass es Liebe war, die er für Aimée empfand, dass Liebe nicht ersetzbar war durch Vorteilsstreben oder Erfolg. Er empfand plötzlich aufkeimend einen tiefgründigen Hass gegen seine Frau. Die ganze Misere seines Lebens wurde ihm im Bruchteil eines Herzschlages bewusst. Worauf hatte er sich eingelassen? Er hatte Frauen begehrt und dabei nach Reichtum gesucht. Er hatte um Anerkennung gebuhlt und Liebe erwartet. Er hatte Liebe geben wollen, aber war er zur Liebe überhaupt fähig?

Was hatte er angerichtet! Er hatte immer das Beste für das

Haus gewollt und sich dabei egoistisch in den Mittelpunkt gestellt, alle Ideale verraten und war dabei, zum Schurken zu werden. Wie sollte es weitergehen? Wie?

Gleitje entging sein wohlwollender Blick nicht. In ihrer Eifersucht mischte sie sich in das Gespräch.

»Der Schaden ist erklecklich. Wo warst du eigentlich gestern Abend? Wäre es nicht deine Aufsichtspflicht gewesen, den Brand zu verhindern?«

Aimée bedachte sie mit einem eisigen Blick, während Colard eingestand, dass er die genaue Höhe des Brandschadens nur schätzen konnte.

»Du scheinst dich auf das Schätzen verlegt zu haben, Colard«, antwortete sie spröde. »Auch deine Abrechnungen über die Verkäufe in Male sind leider nicht genau. Nach meiner Berechnung müsste der Erlös um einiges höher sein. Ich habe die Anfragen notiert, sie stehen in einem denkbar schlechten Verhältnis zum Erlös.«

»Bezichtigst du Colard etwa der Untreue?«, empörte sich Gleitje und erntete lediglich ein Schnauben.

»Tu mir den Gefallen und kläre das auf«, sagte sie dann beherrscht. »Und außerdem, ich weiß sehr wohl, in wessen Kopf die Idee zu diesem Brand gereift ist.«

Der Glockenschlag vom Belfried unterbrach Aimée und ließ Gleitje zusammenzucken. Beide tauschten einen Blick, der Colard frieren ließ. Aimée winkte ihrer Kammerfrau, die wohlerzogen außer Hörweite auf sie wartete.

»Ich bin leider knapp in der Zeit, Colard. Die Herzogin erwartet mich. Aus Vorsicht werde ich mich kurzfristig unter den Schutz des Grafen von Flandern stellen.«

»Du willst den Grafen von Flandern gegen uns um Hilfe bitten?«, kreischte Gleitje.

»In der Tat. Er ist unser aller Souverän, und seinem Urteil haben wir uns zu unterwerfen. Bis es gesprochen ist, könnt Ihr mich bei der Herzogin im Prinsenhof erreichen, wenn es um geschäftliche Entscheidungen geht, die nur ich treffen kann.«

Sie eilte davon, ehe Colard oder Gleitje Worte gefunden hatten.

»Sie kriecht unter die Röcke der Herzogin«, zischte Gleitje bitterböse.

»Ich kann es ihr kaum verübeln«, sagte Colard müde.

»Weißt du, was es bedeutet, wenn sie den Grafen von Flandern gegen uns aufbringt?«

Colard ging wachsam auf Abstand. Wenn Gleitje auf diese Weise Gift und Galle spuckte, war Vorsicht angebracht. Am liebsten hätte er sie geschlagen, aber er fürchtete Anselm Korte und die verräterischen Frachtpapiere noch immer. Sogar mehr als den Grafen von Flandern.

»Das hättest du dir überlegen sollen, ehe du meine Tante gegen Aimée aufgehetzt hast«, antwortete er. »Wir wissen beide, dass sie nur getan hat, was du ihr eingeredet hast. Was hast du dir davon versprochen?«

»Ich habe gehandelt und nicht nur geredet«, erwiderte Gleitje auftrumpfend. »Du kannst nur Drohungen ausstoßen, wenn Aimée dir nicht gegenübersteht. Sobald sie dich mit ihren grünen Augen anglotzt, wirst du zur Memme.«

Colard konnte es kaum noch ertragen.

»Eben hast du das beste Beispiel geliefert«, zeterte sie weiter. »Sie hat überhaupt kein Recht auf irgendeinen Gewinn aus den Verkäufen. Sag ihr das endlich. Sie hat sich in Male amüsiert, während du für sie gearbeitet hast. Wo bleibt dein Lohn? Als Nächstes wird sie noch das Geld in der eisernen Truhe nachzählen. Hast du die Beutel mit dem Zinsgeld wenigstens zur Seite gebracht, wie ich geraten habe?«

»Musst du mitten auf dem Hof solchen Unsinn hinausposaunen?«, zischte er voller Zorn.

»Wann sonst hörst du mir denn zu?«, antwortete sie frech.

»Du solltest zuhören, Gleitje. Jede Münze in unseren Truhen gehört der Bank von Contarini. Ich will nicht unter der Kuratel von Aimée stehen, das stimmt. Aber ich bin Kaufmann und kein Dieb. Ich will das Haus Cornelis in Ehren übernehmen und nicht durch Lug und Betrug.«

Gleitje zog ungeduldig an ihren Fingern.

»Und wie soll das gehen? Wenn sich das Miststück hinter dem Grafen von Flandern versteckt, kann uns nur noch ein Wunder helfen.«

»Aimée muss ihr Scheitern einsehen. Der Verlust des Warentransportes wird von den Einkäufen der Herzogin und ihrer Damen keineswegs gedeckt. Wenn sie das erkennt, wird sie mir den Siegelring von Piet Cornelis weitergeben. Hab Geduld bis dahin und unterlass es, dich einzumischen.«

»Geduld«, wiederholte sie höhnisch. »Mit Geduld fängt man höchstens Mücken. Wenn dir so viel an diesem verdammten Ring liegt, dann wird es höchste Zeit, für klare Verhältnisse zu sorgen.«

»Hör auf. Du faselst. Was geht bloß in deinem Kopf vor?«

»Das Richtige. Verlass dich drauf.«

Ihre Verneigung, ein Muster an Ehrerbietung und ehelichem Gehorsam, war reiner Hohn. Bevor er etwas sagen konnte, eilte sie auf den großen Torbogen zu hinaus auf die Gasse. Sie scherte sich einen feuchten Kehricht um sein Ausgehverbot.

Er wusste, dass er sie aufhalten sollte, aber Gleitje hätte ihm die Hölle heißgemacht, so dass er es vorzog, sie ziehen zu lassen. Diese Ehe war eine Strafe Gottes. Er war versucht, sie für gerecht zu halten.

45. Kapitel

Brügge, 2. Juli 1372

Ihr seht mich beeindruckt.«

Der Herzog unterstrich sein Kompliment für Aimée mit einer Verneigung.

»Ich hätte es nie für möglich gehalten, meine Soldaten in so kurzer Zeit mit einheitlicher Kleidung ausstatten zu können. Eine großartige Idee. Die königlichen Berater hätten sie schon viel früher selbst haben müssen. Ausgerechnet eine Frau, der das Kriegshandwerk fremd sein muss, kommt zu einer segensreichen Erkenntnis, die manchem Soldaten in der Vergangenheit das Leben hätte retten können. Hoffentlich gelingt es Euch, den Zeitplan einzuhalten, um bis Sommerende liefern zu können. Es könnte entscheidend unseren Kampf beeinflussen.«

»Davon gehe ich aus. Aber es ist nicht allein mein Verdienst, wenn es gelingt«, entgegnete Aimée ehrlich. »Ich habe die Unterstützung tüchtiger Männer. Sie haben bereits begonnen, die Manufaktur nach meinen Vorstellungen außerhalb des Bannkreises der Stadt Brügge aufzubauen. Das Bankhaus Contarini, vertreten von Abraham ben Salomon, ist mein Partner in diesem Geschäft.«

Am Abend zuvor hatte sie sich mit ihm auf diese Sprachregelung geeinigt, da Contarini ausdrücklich verlangt hatte, seinen Namen nicht zu erwähnen. Eine Erklärung dafür hatte er nicht gegeben.

»Die Bank des Messer Contarini scheint vielfältige Interessen in Brügge zu unterhalten«, erwiderte der Herzog nachdenklich.

»Das Haus Cornelis hat schon bisher mit ihr zusammengearbeitet.«

»Wie auch immer. Wir sind uns einig.« Philipp der Kühne unterzeichnete mit kratzender Feder Aimées ersten Auftrag.

»Und nun lasst uns zum vergnüglichen Teil dieses Tages kommen. Ich bin gespannt, aus welcher Gilde in diesem Jahr der beste Bogenschütze Brügges kommt. Wie ich höre, herrscht traditionell Rivalität zwischen den Männern von Sankt Sebastian und Sankt Joris. Auf wen setzt ihr?«

»Ich kenne weder die einen noch die anderen«, musste Aimée eingestehen. »Meinem Gefühl nachgehend, plädiere ich für Sankt Joris, denn einer meiner treuesten Mitarbeiter trägt ebenfalls den Namen des heiligen Joris.«

»Ihr meint, einer Eurer Diener?«

Aimée konnte das so nicht auf sich beruhen lassen. Dafür verdankten das Haus Cornelis und sie Joris zu viel.

»Diese Bezeichnung hören die Männer nicht gerne, die in den Kontoren und Kanzleien der Stadt Dienst tun, Euer Gnaden«, widersprach sie. »Sie sind freie Bürger, die selbst entscheiden, für wen sie arbeiten, und die für ihre Arbeit angemessen entlohnt werden. Ein Handelshaus ohne tüchtige Schreiber und Kanzlisten kann nicht überleben. Ohne sie wäre Brügge nicht, was es ist.«

»Ihr seid eine ungewöhnliche Handelsherrin mit ungewöhnlichen Ansichten«, sagte der Herzog. »Meine Ratgeber sagen mir andere Dinge über diese halsstarrigen Männer von Brügge.«

Aimée wusste, dass sie schweigen sollte, aber sie brachte es nicht fertig. Sie sprach für Joris, für Salomon und für all die anderen Bürger, die ihren eigenen Wert kannten und nicht einsahen, warum sie vor irgendjemandem buckeln sollten.

»Im Handel mit allen Nationen der Welt gelten in Brügge Handschlag und Wort eines aufrechten Mannes ebenso viel wie ein Siegel in Dijon. Es sind stolze Männer, die den Handel dort betreiben, Euer Gnaden.«

Leises Klatschen aus dem Hintergrund belohnte die Worte. Die Herzogin trat unter einem Rundbogen in den Raum.

»Eine flammende Verteidigungsrede für die Bürger von Brügge. Ihr seid eine mutige Frau«, lobte die Herzogin anerkennend. »Bewahrt die Worte im Gedächtnis, mein Gemahl. Das Wissen um diesen leicht verletzbaren Stolz wird es Euch einmal ermöglichen, ein zufriedenes Flandern zu regieren.«

»Gnade. Von zwei Amazonen gleichzeitig in Bedrängnis gebracht zu werden ist zu viel für einen Mann. Was kann ich tun, Euch milder zu stimmen, meine Damen?«

»Begleitet uns zum Fest. Man erwartet uns bereits«, erwiderte die Herzogin gelassen und nahm den Arm des Herzogs, während sich Aimée den wartenden Ehrendamen anschloss.

Das Preisschießen der Bogenschützengilden fand auf dem Großen Markt von Brügge statt. Aimée hatte ihren Platz inmitten des Hofstaats auf der Ehrentribüne. Dankbar registrierte sie den Schatten des blau-weiß gestreiften Tuchdaches über den gepolsterten Bänken, denn die Sonne

brannte mittlerweile mit voller Kraft. In ihrem geschwächten Zustand, nach einer schlaflosen Nacht, hätte sie die pralle Sonne kaum aushalten können.
Das Gespräch mit dem Herzog jedoch war sehr zufriedenstellend verlaufen. Es war ihr nicht leichtgefallen, ihre Ängste zurückzustellen. Sie konnte mit ihrem Vorschlag nicht einfach so herausplatzen. Erst hatte sie das Vertrauen der Herzogin gewinnen müssen. Sie fühlte sich befreit von einem Druck, und das Gefühl, unter Menschen zu sein, die ihr wohlwollend gesinnt waren, übte eine beruhigende Wirkung auf sie aus. Vielleicht war ja doch nicht alles so schlimm wie es ihr in der langen Nacht erschienen war.
Die zahllosen Margeriten, die zu Ehren der Herzogin in die Girlanden aus Buchsbaum und Efeuranken eingeflochten worden waren, ließen bereits die Köpfe hängen, aber das Meer der farbenprächtigen Fahnen, Standarten, Fenstertücher und Wimpel verfehlte nicht seine Wirkung auf das Auge. Stadt und Bürger zeigten sich im Festtagsgewand. Von allen Seiten des Platzes drängten die Schaulustigen gegen die Absperrungen, und niemand wich freiwillig einen einzigen Fußbreit von der Stelle.
Der Lärm der Menge, der Fanfarenklang und die Trommelwirbel brandeten einer Sturmflut gleich an die Gebäude, die den Marktplatz säumten: der Belfried mit der gewaltigen Tuchhalle, die Burg des Grafen von Flandern, die Kathedrale des Heiligen Blutes mit der kostbaren Reliquie, die Waterhalle, Symbol für Handelsmacht und Einfluss. Und dann war da noch die Baustelle des neuen, großen Rathauses, dessen Fassade mit den Fahnentürmen bereits Gestalt angenommen hatte.
Wie die Edelsteine einer Kette reihen sich die Gebäude,

dachte Aimée. Das Herz Brügges aber sind seine Bürger, die Menschen dort unten auf dem Platz. Es erfüllte sie mit Stolz, in dieser Stadt zu leben.

Die Tage in Male drängten sich in ihre Gedanken. Sie würden ein Traum bleiben, und sobald Alain zurückkehrte, musste sie ihm sagen, dass er falsche Erwartungen hegte. Sie würde nie seine Frau werden und Brügge verlassen. Es musste eine andere Lösung geben.

Sie würde nie vergessen, dass sie in seinen Armen die Liebe entdeckt hatte, die Ruben ihr verweigert hatte. Dennoch gehörte sie hierher. Sie musste einen Freund in ihm gewinnen. Aus der Ekstase war sie längst wieder erwacht. Für ein gemeinsames Leben mit einem Mann erhoffte sie sich mehr.

Sie liebte Domenico Contarini, den Venezianer. Sie konnte es nicht länger verdrängen. Spätestens der Kuss der vergangenen Nacht verwehrte ihr eine weitere Selbsttäuschung. Aber der Brief, den ihr einer der Pagen in der Burg überreicht hatte, ließ seit heute auch keinen Raum mehr für naive Hoffnungen.

> *Ich bin gezwungen, Brügge unverzüglich zu verlassen. Sorgt Euch nicht, Abraham ben Salomon wird wachsam für Euch sein und alle Eure Anweisungen so ausführen, wie wir es besprochen haben. Achtet auf Euch und haltet Euch im Hintergrund. Gebt Euren Feinden keine Handhabe und übt Euch in Geduld. Gott schütze Euch.*

Aimée zerrte an einem Spitzentuch. Sie musste weiter verzichten lernen, auch wenn verzichten schwerfiel. Irgend-

wann würde auch der Venezianer nur eine Erinnerung sein. So wie ihre Großmutter, ihre Eltern, ihr Kind, das nie das Licht der Welt erblickt hatte, Onkel Jean-Paul.
Sie entdeckte die groteske Haube Gleitjes auf der zweiten Ehrentribüne, wo der Bürgermeister und die wichtigsten Honoratioren der Stadt Platz genommen hatten. Ihr Vater thronte neben ihr und hörte ihr aufmerksam zu. Offensichtlich fand sie seinen Beifall, denn Anselm Korte nickte das eine ums andere Mal.
Der Herold des Grafen von Flandern kündigte tönend die nächste Runde des Wettschießens an. Aimée zwang sich, ihre Aufmerksamkeit auf die Männer zu lenken, die dort um den Siegespreis des Herzogs kämpften. Die bunten Kreise auf dem Strohgeflecht der Zielscheiben verschwammen, als sie die Lider zusammenkniff.
Die Schussentfernung über die ganze Länge des Platzes betrug weit über dreihundert Fuß, und es bedurfte eines scharfen Auges und einer ruhigen Hand, dort ins Schwarze zu treffen.
Für die Gilden ging es um mehr als nur den Sieg. Sie hatten den Ehrgeiz, die Leistungen der Bogenschützen von Gent entscheidend zu übertreffen. Dass der Herzog im vergangenen Jahr das Genter Wettschießen mit seiner Anwesenheit beehrt hatte, lag den Brügger Schützen im Magen. Es war eine Frage der Ehre, die rivalisierende Stadt heute in jeder Beziehung zu übertreffen.
Die Sonne hatte ihren Höchststand längst überschritten, als die Teilnehmer für die Endausscheidung feststanden. Unter allgemeinem Beifall nahmen sie Aufstellung, und der Herzog gab das Zeichen zum Beginn ihrer Austragung. Die Spannung war mit den Händen zu greifen. Der Lärm

wich erregtem Gemurmel. Auch Aimée beugte sich gespannt vor.

Die Menschenmenge stöhnte auf, als der beste Schütze der Gilde von Sankt Sebastian das schwarze Zentrum auf der Strohscheibe verfehlte. In diesem Jahr ging der Siegespreis an die Gilde des heiligen Joris. Die Müdigkeit überwältigte Aimée, sobald Aufregung und Anspannung nachließen.

»Aimée!« Die Herzogin entriss sie ihrem Dämmer. »Kommt. Der Herzog wünscht, dass wir mit ihm den Sieger auszeichnen. Da Ihr eine so flammende Rede auf den Brügger Bürgerstolz gehalten habt, sollt Ihr dem Schützen den Siegespreis überreichen.«

Sie erhob sich gehorsam und schritt über die kostbaren Teppiche auf der Fronttreppe nach unten, wo bereits der Herzog, zusammen mit den Vorständen der Schützengilde und dem Bürgermeister von Brügge, auf sie wartete.

Sie dankte anmutig und fühlte die Blicke der Menge auf sich. Sie hörte das Gemurmel und konnte sich vorstellen, was in den Köpfen der Männer vorging. Vermutlich erregte sie Aufsehen, was gegen Domenico Contarinis Rat verstieß. Sie stand jäh und unerwartet im Zentrum der Aufmerksamkeit von ganz Brügge.

Bislang war sie nur die Witwe des Ruben Cornelis gewesen. Die Handelsherrin hinter Colard de Fine, der das Haus Cornelis in der Öffentlichkeit vertrat. Man hatte sie in der Kirche und auf dem Weg zum Beginenhof gesehen, in Colards Begleitung an der Waterhalle, aber man hatte sie nie als eine Patrizierin von Rang wahrgenommen. Als Brügger Bürgerin.

Die Sonne brannte auf ihren Scheitel, als sie alle gemeinsam zu den Klängen der Fanfaren auf den Meisterschützen zugingen, der vor seinen Gildebrüdern stand. Er war ein kräftiger junger Bursche, dessen Gesicht vor Freude glühte. Philipp der Kühne überließ es seiner Gemahlin, ihn in heimatlichem Flämisch zu beglückwünschen.

»Meinen Respekt dem besten Schützen Flanderns«, hörte sie den Herzog rufen, und die Menschen begannen zu jubeln.

»Meinen Glückwunsch!«, lächelte Aimée dem Schützenkönig zu, als sie ihm den Lederbeutel mit dem Preisgeld überreichte. »Ihr habt unsere Stadt auf das vortrefflichste vertreten.«

Aimée trat zurück, um dem Bürgermeister, den Gildemeistern und den anderen Gratulanten Platz zu machen.

Ein unerwarteter Schlag traf sie zwischen den Schulterblättern.

»Ein Pfeil! Man hat auf sie geschossen!«

Auf wen? Auf mich?

Aimée wollte es fragen, aber die Worte kamen nicht mehr über ihre Lippen.

46. Kapitel

Brügge, 7. Juli 1372 zur selben Zeit

Eingezwängt zwischen den Schaulustigen, die sich an den Absperrungen des Großen Marktes drängten, hatte es Colard aufgegeben, sich die Sicht zur Ehrentribüne zu erkämpfen.

Es hatte ihn nicht gelockt, neben Gleitje und ihrem Vater zu sitzen. Auch aus fünfzig Schritt Entfernung konnte er Befriedigung auf ihren Zügen erkennen. Sie genoss es, über dem einfachen Volk zu thronen. Nur einmal, als die Herzogin und ihr Gefolge sich erhoben hatten, um zur Siegerehrung zu schreiten, hatten Neid und Missgunst ihre Miene verdunkelt.

Obwohl er keine Wette auf den besten Schützen abgeschlossen hatte, wurde auch Colard von der Spannung ergriffen. Sankt Joris oder Sankt Sebastian? Welche Gilde trug in diesem Jahr den Siegespreis davon?

Im allgemeinen Lärm war bei der Verleihung weder die Stimme des Bürgermeisters noch die des Herzogs klar zu verstehen. Die Menge war auf Bruchstücke und Vermutungen angewiesen. Colard behalf sich, indem er noch einmal zu seiner Frau sah. Ihr Vetter Klaas zählte zu den Schützen von Sankt Sebastian. Wenn sie den Sieg davontrugen, würde er es ihr vom Gesicht ablesen können. Er

wusste, wie sehr sie nach jeder Art von Ehre und Ruhm für sich und die Ihren gierte. Sie strahlte.
»Es ist Sankt Sebastian!«, beantwortete er deswegen auch bereitwillig die Frage eines Mannes, der einen Ellbogen in seine Rippen rammte. Gleitjes Strahlen hatte Bände gesprochen. Sie hatte zudem einen Blick zufriedenen Einverständnisses mit ihrem Vater gewechselt.
Zugleich brandete freilich ein entsetzter Aufschrei von den Giebeln ringsum zurück. Unruhiges Raunen erfasste die Bürger um Colard. Die erwartungsfrohe Erregung kippte jäh in Entsetzen um. Wortfetzen, Rufe und ratlose Fragen wurden laut.
»Was ist geschehen?«
»Der Herzog!«
»Welch ein Unglück!«
Das Gedränge wurde erstickend. Colard hörte Frauen kreischen, Kinder weinen. Sein erster Impuls, sich auf der Stelle in Sicherheit zu bringen, scheiterte an der Mauer aus Menschen, die ihn umgab. Der kurze Augenblick des Zögerns brachte ihn in zusätzliche Schwierigkeiten. Er geriet in den Sog und wurde gegen die Absperrungen gespült. Er sah erst wieder klarer, als sich der Holzgriff einer quergelegten Lanze schmerzhaft in seine Eingeweide drückte. Mann an Mann kämpfte die Garde des Herzogs, die drängenden Bürger Brügges in Schach zu halten.
»Was ist geschehen?«, schrie Colard einen der Bewaffneten an, der mit hochrotem Gesicht breitbeinig vor ihm stand.
»Sie haben auf den Herzog geschossen! Die Schweine haben versucht, ihn zu ermorden.«
Ein Mordanschlag auf den Bruder des Königs von Frank-

reich, auf den Schwiegersohn des Grafen von Flandern. Colard vergaß das Würgen in seinem Magen, seine eigenen Probleme und alles andere. Ihm wurde schlagartig eiskalt. Die Konsequenzen eines solchen Attentats konnten für Brügge und Flandern nur verheerend sein.

Um ihn herum überschlugen sich die Stimmen. Gerüchte und Mutmaßungen wechselten schneller als ein Lidschlag. Wer hatte geschossen? Woher kam der Pfeil? Aus welcher Ecke der Attentäter? Wer war sein Auftraggeber?

Gleichzeitig brachen an einer Ecke des Marktes neue Jubelrufe auf, aus denen sich schließlich ein verständliches und brausendes »Lang lebe der Herzog von Burgund« herauskristallisierte.

»Ein Irrtum«, vernahm Colard, während die furchtsame Anspannung in geradezu hysterische Erleichterung umschlug. Nun konnte auch er sehen, weshalb.

Jemand hatte zwei prächtig geschmückte Pferde auf den Platz geführt, und nun ritt der Herzog, an der Seite des Grafen von Flandern, hoch zu Ross das Karree ab, damit sich jedermann mit eigenen Augen davon überzeugen konnte, dass er unversehrt geblieben war. Noch einen Augenblick länger, und die Menschen wären in Panik ausgebrochen. Nicht auszudenken, welche Folgen dies für alle gehabt hätte.

»Platz da! Aus dem Weg!«

Die Lanzen vor Colard, eben noch gesenkt, wurden von neuem in Stellung gebracht. Dieses Mal jedoch, um der persönlichen Leibgarde des Herzogs einen Weg frei zu machen. Die Männer mit dem Wappenhemd von Burgund umschlossen eng eine Gruppe Damen. Colard sah wehende Schleier und elegante Hauben durch die Phalanx der

Bewaffneten. Sie alle umringten einen kostbar geschmückten Tragstuhl, aus dessen flüchtig zugeschlagener Tür die eingeklemmten Falten eines Hofkleides quollen. Die Farbe hatte Colard an diesem Tag schon einmal gesehen. Ein tiefes, leuchtendes Blau.

Die Gesellschaft strebte in solcher Eile den offenen Toren des Prinsenhofes zu, dass Colard sich anstrengen musste, ihr auf den Fersen zu bleiben. Das Wappen verriet ihm, dass es sich um den persönlichen Tragstuhl der Herzogin handelte. Er wagte es, einen der Leibwächter am Arm zu packen.

»Ich bitte Euch, sagt mir, was geschehen ist. Ich fürchte, ich kenne die Dame, die Ihr da in Sicherheit bringt. Was ist geschehen?«

»Was kümmert es Euch?«, erkundigte sich der Mann nach einem schnellen Blick auf Colards bestes Wams und seine federgeschmückte Kappe.

»Sie ist meine Herrin. Aimée Cornelis, nicht wahr?«

»Sie wurde von einem Pfeil getroffen. Mehr kann ich Euch nicht sagen.«

»Ist sie …« Colard konnte es nicht aussprechen.

»Tot? Das wird der Medicus des Herzogs herausfinden, guter Mann. Und nun lasst mich los. Ich habe keine Zeit, Eure Neugier zu stillen.«

Colards Hand fiel herab. Hinter ihm bejubelte die Menge den neuen Meisterschützen von Brügge.

Was immer auf dem großen Markt geschehen war, die Verantwortlichen hatten entschieden, den Vorfall herabzuspielen.

Die kurze Phase von Irritation und Gefahr schien vorüber. Obgleich mit einem Male überall Bewaffnete auftauchten und die Bewachung des Prinsenhofes vor seinen Augen verstärkt wurde.

Der Schlachtruf der Sankt-Joris-Schützen stieg aus Hunderten von Kehlen in den Himmel, während die Männer des Grafen von Flandern mit grimmigen Mienen aus der Burg marschierten.

Sankt Joris? Colard erstarrte. Dann musste er Gleitjes Strahlen anders interpretieren.

Der Schweiß trat ihm aus allen Poren, und er sank auf den nächsten der Prellsteine, die die Straße zum Prinsenhof säumten. Niemand beachtete ihn. Die Hitze des Tages setzte vielen Männern und Frauen zu. Die fiebrige Aufregung auf dem großen Markt zog mehr Aufmerksamkeit auf sich als ein erschöpfter Mann, der den Schatten suchte.

»Was drückt Euch nieder, Herr de Fine? Das schlechte Gewissen?«

Die Frage überfiel ihn aus heiterem Himmel. Er fuhr hoch und entdeckte Abraham ben Salomon, der sich aus dem Torbogen des nächsten Hauses gelöst hatte. Seine grauen Kleider und der spitze Hut ließen ihn mit dem Sandstein des Gebäudes geradezu verschmelzen. Wie lange hatte er ihn schon beobachtet? Unter dem verächtlichen Blick der dunklen Augen stieg ihm bittere Galle in die Kehle.

»Ihr habt keinen Grund, mich zu beleidigen«, beschwerte er sich heftig und strich sich mit dem Handrücken den Schweiß von der Oberlippe. »Warum sollte ich ein schlechtes Gewissen haben?«

»Betrug. Diebstahl. Mord.«

»Herrje, Ihr seid wahnsinnig.«

Erschrocken sah Colard um sich und stellte fest, dass sie in diesem Moment allein waren. Die Gruppe mit dem Tragstuhl war im Prinsenhof verschwunden, und die Aufmerksamkeit ganz Brügges konzentrierte sich ausschließlich auf die Geschehnisse auf dem Großen Markt.

»Ich halte meine Augen offen, de Fine. Ich habe den Blick des Einverständnisses sehr wohl gesehen, den Ihr mit Eurer Gemahlin auf der Tribüne getauscht habt. Euer Auftrag ist es, der den tödlichen Pfeil auf seinen Weg gebracht hat.«

»Bei Gott, nein!« Colard schrie auf, dämpfte indes augenblicklich wieder seine Stimme. »Hört auf. Schweigt! Ihr wisst nicht, was Ihr sagt.«

»Da täuscht Ihr Euch. Kommt mit.«

Der Griff, mit dem ihn Salomon am Handgelenk packte und davonzog, erstaunte Colard. Unter den unscheinbaren Gewändern verbarg er die Kraft eines Kriegers.

»Was wollt Ihr von mir?«

»Ich will mit Euch reden. Mir scheint, es gibt da einige Dinge, die wir klären müssen.«

»Ihr habt kein Recht ...«

»Seht nicht den Juden in mir, sondern den Mann, der Eure Geldgeschäfte kontrolliert. Dem könnt Ihr sicher leichter folgen.«

Der beißende Sarkasmus ben Salomons verschlug Colard die Sprache. Er stolperte, von ihm geführt, in die nächste Gasse und durch mehrere Hinterhöfe. Erst als Salomon die Tür eines niedrigen Hauses öffnete und ihn in die Werkstatt eines Schuhmachers stieß, gab er ihn frei und lehnte sich mit dem Rücken gegen die wieder geschlossene Pforte.

Bis auf einen mageren Kater, der sich in einem Sonnenfleck putzte, war der Raum leer. Die Luft roch nach gebrauchtem Leder, nach Schweiß und ranzigem Fett. Der kurze

Weg hatte Colard wieder so weit zur Besinnung gebracht, dass er unverzüglich gegen diese Entführung protestierte.
»Schweigt«, fuhr ihn Abraham ben Salomon heftig an. »Ich habe mit eigenen Augen gesehen, wie Frau Aimée von diesem Pfeil getroffen wurde. Ich schwöre Euch, dass meine Männer den Schützen auftreiben werden. Er wird gestehen, wer sein Auftraggeber ist, wenngleich ich es jetzt schon weiß. Ihr macht mit dem Tuchhändler Korte gemeinsame Sache.«
»Nein!« Colard schrie so laut, dass der Kater fauchend aufsprang und das Weite suchte. »Ich habe nichts mit diesem feigen Anschlag zu schaffen. Ich gebe zu, dass ich Frau Cornelis am liebsten aus dem Hause hätte, aber ich würde nie und nimmer darauf verfallen, sie zu ermorden. Sie soll in die Comté zurückgehen, zu den Ihren. Das ist alles, was ich von ihr will. Ich bin ein ehrenhafter Kaufmann, kein Meuchelmörder!«
»Ehrenhaft?« Salomon verengte zornig den Blick. »Ihr nennt es ehrenhaft, was Ihr mit Frau Cornelis in den letzten Monaten getrieben habt? Ihr habt ihre Arbeit sabotiert, wo es nur ging. Ihr habt diesen Handelszug überfallen lassen. Ihr wolltet ihr Lager in Brand setzen, und nun habt Ihr einem von Kortes Handlangern den Mord befohlen. Ihr geht zu weit, de Fine. Ich werde in aller Öffentlichkeit Anklage vor dem Grafen von Flandern gegen Euch erheben. Gegen Euch, Eure Frau und Anselm Korte.«
»Nein. Nein und noch einmal nein! Ich könnte Aimée niemals körperliches Leid antun! Und weshalb sollte ich meinen eigenen Handelszug überfallen lassen? Ich bin doch nicht verrückt. Ihr müsst doch wissen, welchen Verlust wir dabei erlitten haben?«

»Einen Verlust, den Euer Herr Schwiegervater bei weitem wettgemacht hat, als er die gestohlene Ware über Conzett an einen Hansekaufmann verhökerte.«

Colard schüttelte den Kopf. Weniger weil er Salomon nicht glaubte, sondern weil er die Betäubung vertreiben wollte, die ihn bei dessen Anklagen überfallen hatte. Ihre Blicke trafen sich.

Colard stützte sich heftig atmend auf dem Arbeitstisch des Schusters ab. Eine Ahle fiel klappernd zu Boden. Niemand nahm Notiz, und Colard fragte sich erst jetzt, warum sich keine Seele in diesem Haus um ihre Anwesenheit kümmerte. War der Schuster ein Jude, der ben Salomon verpflichtet war? Einer seiner Schuldner wie er?

»Habt Ihr Beweise für Eure Behauptungen?«, presste er schließlich heraus.

»Sonst würde ich sie nicht laut aufstellen.«

Colard kapitulierte.

»Ich wusste nichts davon«, ächzte er. »Ihr müsst mir glauben. Korte vertraut mir nicht. Er behält seine Pläne für sich.«

»Das soll ich Euch abnehmen?« Salomon reagierte so unbeeindruckt, dass er sich gezwungen sah, weitere Erklärungen abzugeben.

»Anselm Korte strebt nach der Macht über das Haus Cornelis. Schon als er seine Tochter mit Ruben verheiraten wollte, war es sein bevorzugtes Ziel. Seit dieser Zeit hasst er Aimée Cornelis, weil sie ihm im Weg steht.«

Colard presste die Lippen aufeinander, damit ihm nicht auch noch eine Anklage gegen Gleitje entschlüpfte. Sie war seine Frau. Sie erwartete sein Kind. Er hatte vor Gott und den Menschen geschworen, sie zu beschützen. Er konnte sie nicht anklagen, auch wenn sie noch so viel Schuld auf sich geladen haben sollte.

»Anselm Korte wird für alles büßen müssen«, erwiderte Salomon so bestimmt, dass Colard den Eishauch seiner Worte bis in das eigene Herz hinein spürte. »Euch lasse ich die Wahl, de Fine. Entweder arbeitet Ihr ab jetzt mit mir zusammen, oder Ihr werdet mit Eurem Schwiegervater ins Verderben gerissen. Entscheidet Euch.«

»Sprecht Ihr auch im Namen von Herrn Contarini?«, wagte Colard zu fragen.

»Dessen könnt Ihr gewiss sein. Habt Ihr den Schwur vergessen, den er Frau Cornelis' Onkel gegeben hat?«

»Jean-Paul von Andrieu ist tot.«

»Messt den Herrn Contarini nicht mit Eurer Unmoral, de Fine. Er hält sein Wort, auch einem Toten.«

Er hörte die Verachtung in Abrahams Worten. Er hielt ihn für einen Schwächling. Er warf ihm Dinge vor, die er sich selbst in der Verzweiflung bereits vorgeworfen hatte. Er mochte nicht widersprechen. Ihm blieb nur eines, er musste versuchen, wiedergutzumachen, was wiedergutzumachen war.

»Was wisst Ihr über Aimée Cornelis' Befinden?«

»Sie hat eine gefährliche Verletzung erlitten, aber die besten Ärzte der Grafschaft Flandern bemühen sich auf Befehl der Herzogin um sie. Betet, dass sie am Leben bleibt.«

In Colards Ohren klang das nicht besonders zuversichtlich. Vielleicht war Aimée bereits tot oder starb in diesem Augenblick. Die Trauer ergriff ihn unvorbereitet. Er hatte sie begehrt, er hatte sie auch bewundert. Mit einem Ruck richtete er sich auf.

»Ich bin Euer Mann. Was soll ich tun?«
»Jeden noch so kleinen Beweis für Kortes infame Machenschaften sammeln. Verleitet ihn zum Reden. Fragt ihn aus und haltet Euch bereit, am Ende zu beschwören, was er Euch gesagt hat.«
»Was habt Ihr vor?«
»Ich will Gerechtigkeit für Eure Handelsherrin«, erwiderte Salomon mit einer Leidenschaft, die Colard erstaunte. Gehörte etwa auch dieser kühle, seltsame Jude zu Aimées Bewunderern?
»Wie wollt Ihr das bewerkstelligen? Ich muss Euch nicht sagen, wie wenig Einfluss Ihr und Eure Glaubensbrüder in Brügge besitzen.«
»Wir haben vielleicht keinen direkten Einfluss, aber unsere Verbindungen sind weitreichender, als Ihr Euch vorzustellen vermögt.«
»Ihr begebt Euch in Gefahr«, warnte Colard. Er gab die Information preis, die er bislang zurückgehalten hatte. »Ein Vetter meiner Frau gehört zu den Bogenschützen von Sankt Sebastian. Ein aufbrausender Junge, der gerne trinkt und sich in Raufhändel verwickelt, aber ein begnadeter Schütze. Klaas Korte. Er treibt sich am liebsten in den Schenken am Minnewaterhafen herum.«
Abraham nahm die Nachricht ohne sichtbare Regung auf. Er griff nach dem Türriegel. »Ihr hört von mir. Außerdem erwarte ich, dass Ihr mir das Hauptbuch des Hauses Cornelis in den Walplein bringt und die Zinsen, die Frau Aimée für ihre Hypothek zurückgelegt hat.«
Colard konnte sich nur einen Grund für diese Maßnahme denken. »Ihr traut mir nicht.«
»Wundert Euch das?«

Ehe er eine Antwort darauf fand, stand die Tür zur Gasse weit auf, und Salomon war verschwunden. Colard folgte ihm schwerfällig. Er fiel fast über den Kater auf der Schwelle.

Es war seine Schuld, wenn Aimée starb. Er hatte Gleitje nicht aufgehalten.

47. Kapitel

Brügge, Prinsenhof, 10. Juli 1372

Der Herzog bereitet einen neuen Feldzug gegen die Engländer vor. Wie wir erfahren haben, werden in Calais große Truppenverstärkungen erwartet. Johann von Gent, der Herzog von Lancaster, soll die englische Armee auf dem Kontinent anführen. Eure Bitte kommt zu spät, Herr ben Salomon. Mein Gemahl hat Brügge heute Morgen in aller Eile verlassen.«

Die Herzogin hatte ihren Besucher im Audienzzimmer des Herzogs empfangen, was dem Gespräch einen offiziellen Anstrich verlieh, auf den sie großen Wert legte. Es galt vorsichtig zu taktieren, denn noch war der rätselhafte Anschlag auf den Herzog, beim Wettbewerb der Bogenschützen, völlig ungeklärt. Der Graf von Flandern hatte seinem Schwiegersohn nahegelegt, die Stadt unter einem Vorwand so schnell wie möglich zu verlassen.

»Ich bedaure, dass die Kriegshandlungen wieder aufgeflammt sind«, entgegnete Salomon. »Erlaubt mir, zu bestätigen, dass unsere geschäftlichen Verabredungen davon nicht berührt werden. Die Produktion in der Manufaktur wurde bereits in Gang gesetzt.«

»Wir kennen Aimée Cornelis als zuverlässig. Wir hatten keinen Zweifel daran«, sagte die Herzogin und begegnete

dem Blick ihres Besuchers mit einem gewissen Zögern. »Es tut mir leid, dass meine Nachrichten weniger erfreulich sind. Die Handelsherrin schwebt noch immer zwischen Leben und Tod. Der Medicus meines Gemahls konnte den Pfeil aus ihrer Schulter entfernen. Es gelang ihm, auch die Blutungen zum Stillstand zu bringen, doch bedauerlicherweise hat sich danach ein Wundfieber eingestellt, das sich mit keinem Mittel eindämmen lassen will.«
Die Stimme der Herzogin verriet ihr Mitgefühl. Im Zwiespalt ihrer Freundschaft zu Aimée, der Sorge um ihren Gemahl und der Verbundenheit, die sie ihrer flämischen Heimat entgegenbrachte, fiel es ihr schwerer als sonst, die richtigen Worte zu finden. Noch lastete der hässliche Verdacht auf Brügge, seinem künftigen Herrn nach dem Leben getrachtet zu haben.
Auf Befehl des Grafen von Flandern war die heikle Angelegenheit eilig unter den Teppich gekehrt worden. Ihm lag daran, das fragile Gleichgewicht der flandrischen Städte zu erhalten und die eigene Macht nicht überflüssig zu unterminieren. Brügge war seine Hauptstadt. Wenn sie offen Verrat übte, würde Gent wie ein Habicht einfallen und mehr Einfluss und Privilegien verlangen, als er einer Stadt zu geben gewillt war.
Man hatte das Ereignis wie einen tragischen Unfall behandelt. Wäre nicht ausgerechnet Aimée Cornelis das Opfer gewesen, hätte auch die Herzogin die Angelegenheit leichter überspielen können. So jedoch sorgte sie sich, und wie es aussah, teilte ben Salomon ihre Sorge.
»Sie muss wieder genesen«, sagte er nun mit solcher Eindringlichkeit, dass sie ihm mit einem traurigen Kopfschütteln antwortete.

»Wir können nur für sie beten. Die ärztliche Kunst scheint an ihrem Ende angelangt zu sein.«

»Der Pfeil war für sie gedacht. Hat man ihn schon genauer untersucht?«

»Wie? Wisst Ihr, was Ihr da sagt? Der Pfeil sei für Aimée bestimmt gewesen?«

»Es ist die Wahrheit, Euer Gnaden.«

»Erklärt Euch!«

Der autoritäre Befehl veranlasste Salomon zu einer respektvollen Reverenz. Es war nicht seine Art, sich einschüchtern zu lassen, aber ihm war bewusst, dass die Wahl seiner Worte von Bedeutung war für die Fürstin und die Politik ihres Vaters.

»Im Gegensatz zu Eurem Gemahl hat Aimée Cornelis Feinde in Brügge. Man sieht es nicht gerne, dass sie die Nachfolge ihres Mannes angetreten hat und das Handelshaus, trotz aller Schwierigkeiten und Angriffe, erfolgreich leitet. Zu Zeiten ihres jungen Mannes war es hoch verschuldet und drohte eine leichte Beute der Konkurrenz zu werden. Nur ihr Eingreifen hat es verhindert. Zudem genießt sie Eure und die Gunst Eures Gemahls, so dass sie mit gewöhnlichen Mitteln nicht anzugreifen ist.«

Margarete von Burgund verließ ihren Platz hinter dem breiten Arbeitstisch und trat an eines der Fenster. Nach längerem Nachdenken wandte sie sich zu Salomon um.

»Ich würde Euch gerne glauben, denn es würde mich von der großen Sorge um meinen Gemahl befreien. Allein, es fällt mir schwer. Nennt mir Namen und Gründe. Präsentiert mir Beweise und untermauert Eure Vermutungen, dass es eine Schurkerei aus Habgier ist. Ich möchte Gewissheit haben.«

Salomon schilderte die Hintergründe zu den Ereignissen der vergangenen Monate und Wochen, bis hin zu dem Brand, über den er natürlich inzwischen ebenfalls Bescheid wusste. Er führte alles an, aber er nannte keine Namen. Domenico Contarini wollte die Ahndung in die eigenen Hände nehmen, egal wie es um Aimée bei seiner Rückkehr stand. Selbstverständlich hielt er sich daran.

»Habt Ihr den Bogenschützen gefunden? Was wisst Ihr von den Söldnern, die den Handelszug überfallen haben sollen? Und vor allen Dingen, wer ist der diabolische Kopf, der hinter diesem Vernichtungsfeldzug gegen eine Frau steckt, die mir teuer ist?«, wollte die Herzogin sichtlich erregt wissen, als er zum Ende kam.

»Ihr könnt gewiss sein, dass ich mein Möglichstes tun werde, alles aufzudecken. Erst danach kann ich den Namen des Auftraggebers nennen, um ihn anzuklagen. Alles andere würde Aimée Cornelis nur noch mehr in Gefahr bringen.«

»Ihr wollt ihre Feinde in Sicherheit wiegen.« Sie durchschaute seine Taktik. »Womöglich wollt Ihr sogar, dass verbreitet wird, es bestünde keine Hoffnung für Aimées Überleben? Lieber Gott, ich wünschte, ein solches Gerücht wäre nicht so nahe an der Wahrheit.«

Es klang so verzweifelt, dass Salomon einen ungewöhnlichen Vorschlag wagte.

»Erlaubt mir, einen Arzt meines Volkes zu ihr zu bringen«, bat er. »Er hat die Kunst der Medizin in Salerno und Montpellier studiert und kennt den menschlichen Körper wie kein zweiter.«

»Tut das«, nickte die Herzogin. »Ich bin bereit, alles für sie zu wagen, auch wenn es ungewöhnlich ist. Unter den gegebenen Umständen gebietet es die Vorsicht wohl sicher, dass ich die weitere Sorge um Aimée nicht ihrer Familie überlasse. Ich hatte es vor, denn ich werde meine Mutter auf Schloss Regnault besuchen. Sie erwartet mich in den nächsten Tagen.«

Abraham wusste wie alle anderen, dass Margarete von Brabant, die Mutter der Herzogin, im vergangenen Jahr von ihrem Gemahl, dem Grafen von Flandern, verbannt worden war. Die Gerüchte wollten wissen, dass die Gräfin nicht länger bereit gewesen war, die ständige Untreue ihres Gemahls mit guter Miene zu ertragen.

»Vertraut mir die Obhut über Frau Aimée an. Ich werde alles für sie tun, was möglich ist. Ich hätte diesen Anschlag verhindern müssen. Ich trage die Verantwortung für das Unglück.«

»Beruhigt Euch.« Die Herzogin unterbrach seine bitteren Worte. »Wir machen sie nicht wieder gesund, indem wir über Geschehenes lamentieren. Ihr löst ein Problem für mich, wenn Ihr Aimées Pflege überwacht. Sie hat Euren Namen als den eines Mannes genannt, dem sie vertraut, also denke ich, auch in ihrem Sinne zu handeln.«

Salomon verneigte sich, um seine Bewegung zu verbergen. Zu hören, dass Aimée seine Wertschätzung erwiderte, vertiefte nur seinen Kummer darüber, dass er sie nicht vor dem Anschlag bewahrt hatte.

»Es wäre gut, wenn wir sie aus der Stadt bringen könnten, so dass sie an einem ruhigen Ort genesen kann, ohne erneut in Gefahr zu geraten«, schlug er vor.

»Ich werde Weisung geben, dass man Euren Anordnungen folgt«, stimmte die Herzogin zu. »Ich verlasse die Stadt umgehend. Mein Gemahl bangt um meine Sicherheit.«

Salomon nickte verständnisvoll, obwohl er sicher war, dass die Bürger von Brügge weder daran dachten, die Herzogin als Geisel zu nehmen, noch, den Herzog zu ermorden.
»Euer Gnaden, ich danke Euch für das Vertrauen«, verabschiedete er sich.
»Ich weiß, Ihr werdet es nicht enttäuschen.«

»Lasst ihn. Er weiß, was er tut«, hielt Salomon Lison zurück. Sie wollte nicht zulassen, dass der jüdische Arzt die Kranke berührte. »Wenn ihr jemand helfen kann, dann ist er es.«
»Aber der Medicus des Herzogs …«, begehrte sie auf.
»Der Medicus des Herzogs ist am Ende seiner Weisheit«, vervollständigte Salomon den Satz für sie. »Vertraut Doktor Nathan Simonides.«
Aimée war ein Schatten ihrer selbst. Sie lag auf weißem Linnen, ihre Wangen glühten im Fieber, der Oberkörper war in mehrere Schichten von Leinenbinden gehüllt. Sie bewegte sich unruhig, obwohl sie die Augen geschlossen hatte und sichtlich um jeden Atemzug kämpfte.
Über den Kopf Lisons hinweg tauschte Salomon einen Blick mit Nathan Simonides. Das kaum merkliche Kopfschütteln des Arztes legte sich wie Frost auf sein Gemüt.
»Wird sie gesund?«, stellte Lison die Frage, die auch ihn bewegte. Sie erhielten beide nicht die erhoffte Antwort. Nicht einmal Nathan Simonides wollte Aimées Überleben versprechen.
»Wenn es Gott gefällt«, murmelte er schließlich und strich sich sinnend über den schneeweißen Bart, der seine Brust bedeckte.
Lison bekreuzigte sich abergläubisch. Wie sollte der Gott

der Christen Aimée helfen, wenn sie sich einem Juden anvertraute?
»Gott ist nicht so kleinlich, wie Ihr denkt«, sagte dieser leise und sah Lison erröten. »Wird ihre Familie es zulassen, dass Ihr sie in mein Haus bringt, Freund Abraham?«, erkundigte er sich dann. »Sie muss Tag und Nacht unter Beobachtung sein.«
»Tut, was Ihr für nötig haltet, Nathan. Nur sie ist wichtig.«

Der Mann lag mit verrenkten Gliedern neben einem Unrathaufen. Das Gewebe seiner kostbaren Kleidung sog sich mit Blut und Schmutz voll. Fliegen kreisten im letzten Dämmerschein über dem feuchten Fleck, der sich unter seinem Kopf ausbreitete.
Aus allen Badehäusern der Stoofstraat kamen mehr oder weniger bekleidete Menschen gelaufen, um den Toten zu begaffen. Man rief nach dem Stadtbüttel und seinen Männern. Niemand achtete auf Salomon, der sich ebenfalls nach vorne drängelte, um das Geschehen von nahem zu betrachten.
Balduin Conzett war von dem hässlichen Tod überrascht worden. Basses Erstaunen im Gesicht, mit weit aufgerissenen Augen und einem klaffenden Schnitt quer über die Kehle, lag er in einem Hauseingang. Er blutete. Das Verbrechen musste eben erst begangen worden sein. Vom Täter keine Spur.
Wer immer Balduin Conzett an die Gurgel gegangen war, auf seinen Reichtum schien er es nicht abgesehen gehabt zu haben. Der Tote trug noch seinen Dolch und den Beutel mit den Münzen am Gürtel. Die protzigen Ringe saßen unberührt an seinen Fingern.

Salomon widmete seine ganze Aufmerksamkeit der Umgebung.

Was hatte Conzett hier gesucht? Die Stoofstraat mit ihren Badehäusern zog Einheimische und Fremde gleichermaßen an. Wer hier in aller Öffentlichkeit einen Mord beging und ungesehen verschwand, musste ebenso effizient und schnell wie skrupellos sein. Nur ein Mann, der das Geschäft des Tötens gewohnheitsmäßig beherrschte, war dazu fähig.

Die Stadtbüttel eilten heran und drängten die Neugierigen zurück, ehe sie ihre Arbeit taten. Salomon nutzte seine Fähigkeit, ungesehen in der Menge zu verschwinden, während er gleichzeitig die Ohren spitzte. Die Bademägde lieferten eine vage Beschreibung der Gäste, die gleichzeitig mit Conzett im Haus gewesen waren. Einer von ihnen war aufgefallen unter den biederen Handwerkern und Seeleuten. Ein Fremder mit narbigem Gesicht, wortkarg und unfreundlich, größer als der Durchschnitt und mit der Figur eines Kämpfers.

Ein Söldner?

Salomon versuchte bedächtig, die Mosaikstücke zu einem Bild zusammenzufügen. Balduin Conzett war der Mittelsmann gewesen, den Anselm Korte benutzt hatte, um seine gestohlenen Waren gewinnbringend zu verkaufen. Bei diesem Geschäft musste es Ärger gegeben haben. Die Vermutung lag nahe, wenn Korte im Spiel war. Er lag mit der halben Stadt im Streit. Aber die Söldnergruppen, die für jeden kämpften, der sie bezahlte, waren von anderem Kaliber als Konkurrenten und säumige Lieferanten. Sie handelten nach ihren eigenen Gesetzen und rächten jeden Verstoß unverzüglich und brutal.

War der Mord an Balduin Conzett Zufall oder eine Botschaft an Anselm Korte? Er hätte es gerne gewusst, aber so wie es aussah, würde er in der Stoofstraat heute nicht einmal Klaas Korte finden, auf dessen Spuren er sich eigentlich befand.
Salomon bewegte sich achtsam zur nächsten Kreuzung und verschwand zum Kanal hinunter, ohne dass die Büttel oder die Schaulustigen auf ihn aufmerksam wurden. Erst außer Sichtweite wandte er sich der nächsten drängenden Frage zu.
Wenn dieser Mord kein Zufall war – wer würde das nächste Opfer sein?

48. Kapitel

Brügge, 18. Juli 1372

Schon wieder ein Toter an der Waterhalle!«
Joris war völlig außer Atem. Er kam in höchster Eile ins Kontor gestürmt. »Einer der Hansehändler aus Stralsund. Man hat ihm die Kehle aufgeschlitzt wie Balduin Conzett.«

Die Schreiber im großen Kontorraum und auch Colard sahen ihn bestürzt an. Sie hatten den spektakulären Mord an Conzett schon kaum fassen können.

»Hat man den Mörder schon dingfest gemacht?«, war die erste Frage.

»Nein. Aber sie behaupten, Conzett habe mit dem Ermordeten vor kurzem gute Geschäfte gemacht. Balduin Conzetts gute Geschäfte waren schon immer krumme Geschäfte. Es sieht so aus, als seien die beiden jemandem in die Quere gekommen.«

Ein Aufschrei lenkte Colards Aufmerksamkeit zur Tür. Gleitje stand dort. Seit dem Mordanschlag auf Aimée war sie ihm aus dem Weg gegangen, nie hatten sie darüber gesprochen. Sie kümmerte sich um Sophia und den Haushalt, aber sie tat keinen Schritt über die Schwelle des Handelshauses.

Gleitje hatte Angst, so viel hatte er ihrem Blick entnehmen

können. Immer wenn er etwas sagen wollte, machte sie kehrt. Jetzt verließ sie schnurstracks das Kontor, doch Colard beließ es nicht dabei. Joris' Neuigkeiten und ihre erkennbare Furcht zwangen ihn, der Sache nachzugehen.

Er folgte Gleitje in die Wäschekammer, weil er nicht mehr länger auf ein klärendes Gespräch warten wollte. Spätestens nachdem er Abraham ben Salomon die geforderten Bücher übergeben und erfahren hatte, dass Aimée den Anschlag überleben würde, hätte er die Auseinandersetzung mit Gleitje suchen müssen. Er war tatsächlich feige, wie sie ihm ständig vorwarf. Das Eingeständnis fiel ihm schwer.

Gleitje schrak zusammen, als er den Eingang der Wäschekammer blockierte. Wohl oder übel musste sie ihm Rede und Antwort stehen. Ihre ganze Haltung verriet ihm, dass es nicht leicht werden würde, sie zum Reden zu bringen.

»Was weißt du vom Tod des Hansehändlers und von den Geschäften, die er mit Conzett gemacht hat?«, fuhr er sie ohne Vorrede an.

Sie setzte sich auf eine der geschlossenen Truhen und verschränkte die Arme.

»Nichts«, murmelte sie aufsässig.

»Lächerlich«, schnaubte Colard. »Das Gegenteil steht dir ins Gesicht geschrieben. Warum sollte dich der Tod eines Hansehändlers dermaßen entsetzen? Ich weiß sehr wohl, dass dein Vater mit seiner Hilfe die Waren weiterverkauft hat, die beim Überfall auf unseren Handelszug erbeutet wurden. Du kannst dir das Leugnen sparen. Die Frage ist nur, wen hat er bei diesem Geschäft so gereizt, dass er zum Dolch greift?«

Gleitje fuhr hoch.

»Was unterstellst du meinem Vater? Was er tut, ist nur zu unserem Besten!«

»Er mordet zu unserem Besten? Was faselst du da? Hast du die Fuhrknechte vergessen, die in unseren Diensten erschlagen wurden? Wer hat auf Aimée gezielt? Glaubst du, Gewinnsucht rechtfertigt alles? Welchen Vorteil verschaffen uns Schurkereien? Sie bringen uns höchstens in Schwierigkeiten.«

»Misch dich bloß nicht ein. Verhalte dich lieber einfach ruhig.«

Colard wurde immer wütender. »Diesen Rat hättest du besser deinem frevelhaften Vetter Klaas gegeben. Er war es, der auf Aimée geschossen hat. Gib es zu. Er ist ein geübter Schütze und war in seiner Wut ein willfähriger Handlanger, weil man ihn, wegen Beleidigung der Gildemeister, vom Wettbewerb ausgeschlossen hatte.«

»Woher …« Die Frage erstarb Gleitje auf den Lippen. Sie kämpfte um Fassung. »Ich weiß nichts von Morden. Ich weiß nur, dass wir Frau Aimée endlich losgeworden sind. Dafür sollten wir dankbar sein.«

Ihre Verbohrtheit brachte Colard zum Wahnsinn.

»Du freust dich zu früh. Dein Vater und Klaas stecken in großen Schwierigkeiten. Aimée hat mächtige Freunde.«

»Wer sollte das schon sein?« Gleitje verzog verächtlich den Mund. »Der Herzog? Er hat in Brügge nichts zu sagen. Noch regiert Margaretes Vater Flandern, und der legt sich nicht mit den Städten an.«

»Es gibt einflussreiche Bürger in Brügge.«

»Was redest du da?« Gleitjes Stimme überschlug sich. »Niemand würde es wagen, sich gegen meine Familie zu stellen.«

»Bist du dir da so sicher? Dein Vater hat dich gebeten, das Haus nicht zu verlassen und kein Risiko einzugehen. Warum wohl?«
»Wie kommst du denn darauf?«
Colard überging die Frage. Er war sich sicher. Er packte Gleitjes Handgelenk und zog sie nahe an sich heran. »Wem hat dein Vater den Auftrag gegeben, unseren Handelszug zu überfallen?«
»Ich weiß es nicht.«
Er verstärkte seinen Griff.
»Hör auf, du tust mir weh!«
»Dann rede endlich.«
»Lass mich los. Mein Vater bringt dich um.«
Colard lachte grimmig. »Der Wagenzug wurde von einem Söldnertrupp bei Reims überfallen. Wer war der Anführer? Du weißt es: Klaas – Klaas Korte. Er macht die Schmutzarbeit für seinen Onkel.«
Tränen der Wut standen Gleitje in den Augen. »Klaas ist wenigstens ein Mann und kein Schlappschwanz wie du!«
»Er wird der nächste Tote sein. Wer sich mit Mordbrennern und Schlächtern einlässt, darf sich nicht wundern, wenn es ihm selbst an den Kragen geht. Hat dein Vater den vereinbarten Lohn nicht gezahlt? Und wo steckt dein Vetter? Hat er Brügge verlassen?«
»Du bist wahnsinnig«, bäumte Gleitje sich auf. Du phantasierst. Ich weiß nichts von Mordanstiftung und Mord. Du bist ebenso verrückt wie deine Tante!«
Colard stieß sie von sich. Sie geriet ins Taumeln und stürzte. Im Fallen streifte sie mit der Stirn eine der Wäschetruhen. Ihr Gezeter ging in schrilles Heulen über.
»Bei Gott, sag endlich die Wahrheit, oder ich prügle sie dir

aus dem Leib«, brüllte Colard, ohne ihr Gekreische zu beachten.

»Das wagst du nicht!«

Gleitje rappelte sich hoch und betastete mit den Fingerspitzen die blutende Platzwunde an ihrer Stirn. Sie kochte vor Zorn, und der Anblick des eigenen Blutes trug nicht dazu bei, sie zu beruhigen.

»Das bereust du noch!«, drohte sie.

Das Blut ernüchterte Colard, aber er wich keinen Zoll zurück.

»Rede endlich.«

»Frag meinen Vater«, trotzte sie verächtlich.

Ihre Drohungen waren der Tropfen, der das Fass zum Überlaufen brachte. Colard wuchs über sich hinaus.

»Das werde ich tun«, entgegnete er mit größter Ruhe. »Es ist an der Zeit, dass wir reinen Tisch miteinander machen. Dein Vater und ich. Wir gehen auf der Stelle zu ihm, und du wirst mich begleiten.«

Ehe Gleitje protestieren konnte, zog er sie aus der Wäschekammer. Er ließ ihr kaum Zeit, die blutbefleckten Kleider zu wechseln.

Der entschlossene Gesichtsausdruck seines Schwiegersohnes ließ Anselm Korte stutzen.

»Mitten am Tag solltest auch du Wichtigeres zu tun haben«, brummte er. »Kein Wunder, dass es so schlecht um deine Geschäfte bestellt ist, wenn du nicht mehr Fleiß an den Tag legst.«

Colards Entschlossenheit war nicht zu erschüttern. Er nahm seinen Schwiegervater scharf ins Auge.

»Es geht um ebendiese Geschäfte. Ihr schuldet mir den Erlös für die Waren unseres Handelszuges, der bei Reims überfallen wurde. Die vermeintlich englischen Söldner handelten in Eurem Auftrag.«

»Herrje, hat sie dir das etwa gesagt?«

Kortes Blick flog zu seiner Tochter, die ihn völlig verängstigt anstarrte.

Colard verneinte mit einem Kopfschütteln.

»Das war nicht nötig. Ganz Brügge redet über Conzetts Geschäftserfolg, der erstaunlicherweise genau jenen Waren zu verdanken ist, die das Haus Cornelis auf so verbrecherische Weise verlor.«

»Dummes Geschwätz«, brauste Korte auf. Seine Halsadern schwollen an.

»Das wird sich herausstellen, wenn Ihr vor dem Zunftrat Rechenschaft ablegen müsst. Ich werde dort Anklage gegen Euch vorbringen.«

»Himmeldonnerwetter, was soll diese Narrenposse? Für wen hältst du mich, Colard de Fine? Du wirst es doch nicht etwa mit mir aufnehmen wollen. Ich habe dich gekauft, mäßige gefälligst deinen Ton. Ich bin ein unbescholtener Kaufmann.«

»Der fremde Warenzüge überfallen lässt und heimtückische Mordanschläge in Auftrag gibt. Ihr wisst, dass die Zunftoberen schon lange auf eine Gelegenheit warten, mit Euch abzurechnen.«

»Das reicht!« Donnernd hieb Korte mit der Faust auf den Tisch, dass die Schreibfedern hüpften und ein Block Siegelwachs zu Boden fiel. »Du scheinst vergessen zu haben, dass ich dich in der Hand habe. Die Frachtpapiere der *Koralle* liegen hier, in dieser Truhe. Ein falsches Wort, und der Graf von Flandern lässt dich aufs Rad flechten.«

»Und meine schwangere Frau dazu. Das würdet Ihr Eurer einzigen Tochter nicht antun.«
»Da sei dir nicht so sicher.«
»Ihr habt eine Grenze überschritten, die kein ehrlicher Christenmensch überschreiten sollte, Anselm Korte«, sagte er hart. »Die toten Fuhrknechte von Reims klagen Euch ebenso an wie das hinterhältige Attentat auf Aimée Cornelis. Es ist an der Zeit, dass man Euch Einhalt gebietet.«
»Zur Hölle ...«
Der brüllende Tuchhändler unterbrach sich. Ein Hausknecht war unter dem Türbogen erschienen und wartete, dass er angesprochen wurde.
»Was willst du, Jaak?«
»Die Waffenknechte sind gekommen, die Ihr in den Dienst genommen habt, Herr. Wohin soll ich ...«
»Das sage ich ihnen selbst.« Korte fuhr zu Colard und Gleitje herum. »Ihr wartet gefälligst hier, bis ich wiederkomme.«
Er eilte mit wehendem Gewand hinaus. Colard verschränkte die Arme und versuchte sich zu beruhigen. Seine Frau lehnte an der Wandtäfelung und biss nervös an einem Daumennagel. Das leise Knacken blieb lange Zeit das einzige Geräusch im Kontor. Auf einmal fuhr sie zusammen. Hatte sie etwas gehört, das ihm entgangen war?
»Wieso dauert das so lange?«, fragte sie mit ängstlicher Stimme und suchte seinen Blick.
Beiden kam im selben Moment der gleiche Gedanke. Sie liefen so hastig aus dem Raum, dass sie sich dabei gegenseitig anrempelten.
Gleitje kannte den Weg besser. Sie trat als Erste in den Hof mit den Lagerschuppen und Ställen, der auf der gegen-

überliegenden Seite von der Groenerei begrenzt wurde. Gerade sah sie noch eine schwarz gekleidete Gestalt, die mit einem Satz in ein Boot sprang und sich mit eiligen Ruderschlägen absetzte.

Beunruhigt blickte sie um sich. Der quadratische Platz, mit unregelmäßigen Flusssteinen gepflastert, zwischen denen vereinzelte Grashalme wuchsen, war völlig leer. Der Haken am Seil des Ziehbrunnens schwang leise quietschend im Wind. Keine Spur von irgendwelchen Waffenknechten oder Anselm Korte.

Colard drängte sich an ihr vorbei und ging in Richtung Brunnen. Er sah das dünne dunkelrote Rinnsal als Erster. Es ergoss sich, von der Rückseite kommend, um das Brunnenrund.

Anselm Korte lag reglos auf den Steinen. Die Kehle eine klaffende Wunde, aus der das Blut sprudelte. Die Hände in das Wams verkrallt, nach Luft ringend, die nie wieder seine Lunge erreichen würde.

Colard spürte, wie Gleitje hinter ihn trat. Der leise, fast tierische Laut, der von ihren Lippen kam, sträubte ihm die Nackenhaare. Neben ihrem Vater sank sie in die Knie.

»Vater …«

Anselm Korte antwortete nicht mehr.

49. Kapitel

Brügge, 19. Juli 1372

Der wolkenbruchartige Regen versperrte ihm fast die Sicht. Contarini trieb sein Pferd an.
Auf dem Weg von Arras nach Brügge hatte er ausschließlich haltgemacht, um die Pferde zu wechseln und hastig etwas zu essen. Es zog ihn mit solcher Macht nach Brügge, dass ihm keine Strapaze zu viel war.
Die Wälle und das Stadttor tauchten so unverhofft vor ihm auf, dass er den Hengst mit aller Kraft zügeln musste, um ihn vor der Torwache zum Halt zu bringen. Die Männer waren soeben im Begriff, die schweren Flügel für die Nacht zu schließen.
»Wohin des Wegs?«, schnauzte der Torwächter. »Euer Begehr? Euer Ziel?«
»Das Bankhaus Contarini am Walplein. Seht Ihr nicht, dass ich ein Kurier bin?« Er war bei der Tarnung geblieben, die ihm bisher so gute Dienste geleistet hatte. »Man erwartet mich dort. Was ist los? Warum habt ihr die Kontrollen verschärft?«
»Der Magistrat hat sie für jedes der Stadttore angeordnet. Was habt Ihr in Eurer Botentasche?«
»Seht selbst!«
Contarini warf dem Mann die Umhängetasche hin.

»Was hat den Magistrat dazu veranlasst?«, wandte er sich währenddessen an die übrigen Männer.
»Man sucht einen Mörder, der in Brügge für Angst und Schrecken sorgt«, erfuhr er. »Niemand weiß genau, ob er noch in der Stadt oder schon auf der Flucht zur Küste ist. Wir sind angehalten, alle Vorsicht walten zu lassen und jeden Unbekannten auf Herz und Nieren zu prüfen.«
»Alles in Ordnung. Ihr könnt passieren.«
Contarini erhielt seine Kuriertasche zurück und lenkte sein Pferd in Richtung Walplein. Hinter ihm fielen dröhnend die Tore zu. Brügge schnitt sich für die Nacht von der Außenwelt ab.
Bis auf die Stadtschweine, die ungerührt vom Regen den angeschwemmten Unrat durchwühlten, begegnete er kaum einer Seele. Lag das wirklich nur am Unwetter?
Eine merkwürdige Vorahnung überkam ihn und trieb ihn noch mehr zur Eile an. Er rannte mit langen Schritten die Treppe im Haus am Walplein hinauf in das Kontor, wo er Abraham ben Salomon antraf, wie vermutet über seine Arbeit gebeugt.
»Gott zum Gruße, mein Freund. Was ist das für eine Geschichte, dass sich Brügge vor einem Mörder fürchtet?«
»Eine von den vielen Geschichten, die auf Euch warten«, entgegnete Salomon, überrascht von seiner stürmischen Ankunft. »Seid gegrüßt, Messer Contarini. Ich bin glücklich, dass Ihr von Eurer schwierigen Mission gesund und unversehrt zurückgekommen seid. Ich lasse sofort ein Bad und trockene Kleidung für Euch herrichten.«
»Nein, das kann warten. Erst muss ich ein Glas Wein haben und erfahren, was sich in meiner Abwesenheit ereignet hat.«

Salomon nahm die Weinkaraffe und die verzierten Silberbecher vom Tisch und trug sie zum Kamin. »Ihr könnt Euch nicht vorstellen, wie ungeduldig ich Euch erwartet habe«, sagte er zugleich.

Domenico öffnete die Mantelschließe und warf seinen nassen Umhang über eine Truhe. Hut und Handschuhe folgten, ehe er sich auf einem Stuhl vor dem Feuer niederließ, den Becher Wein entgegennahm und die Beine von sich streckte.

»Ihr seht aus, als hättet Ihr eine Menge auf dem Herzen, Freund Abraham«, sagte er nun langsam. »Fangt an. Ich bin gespannt.«

Er begann mit dem Brand im Hause Cornelis, ehe er das Attentat auf Aimée und die Folgen schilderte. Obwohl er seinen Bericht kurz fasste und schonend formulierte, hielt es Contarini schon nach kurzer Zeit nicht länger auf seinem Platz. Er trat an das Fenster und starrte auf den Walplein.

»Wie geht es ihr jetzt?«, fragte er, als Abraham kurz innehielt.

»Sie ist auf dem Wege der Besserung, seit ich sie nach Damme gebracht habe. Die ersten Tage waren kritisch, aber nun verheilt die Wunde gut.«

»Dieser Arzt in Damme, taugt er etwas?«

»Für Nathan Simonides lege ich die Hand ins Feuer. Er ist der beste Wundarzt, den Ihr in Flandern finden könnt.«

Contarini schwieg düster und strich sich die feuchten Haarsträhnen an den Schläfen zurück. Eine Geste der Ratlosigkeit, wie Salomon wusste.

»Ich ahnte, dass sie in Gefahr ist, aber mit einem solchen Anschlag habe ich nicht gerechnet«, gestand er schließlich bedrückt.

»Auch ich habe die verbrecherische Energie Kortes unterschätzt und mache mir deshalb die schlimmsten Vorwürfe. Korte hat darauf spekuliert, dass der Schütze in diesem Tumult unentdeckt bleibt, zumal sich natürlich zunächst alles um den Herzog drehte. Jeder musste davon ausgehen, dass der Schuss ihm galt. Aimée stand unter den Mitgliedern des Hofes und war so eng von Menschen umgeben, dass sie nicht einmal zu Boden stürzte. Sie verlor in den Armen eines Gildevorstandes das Bewusstsein. Da ein fehlgeschlagener Mordanschlag auf den künftigen Regenten von Flandern für Brügge eine Katastrophe gewesen wäre, vertuschte man den Anschlag eilig und stellte alle darauf zielenden Vermutungen als Fehleinschätzung hin.«
Contarini legte Salomon die Hand auf die Schulter.
»Ihr solltet Euch keine Gewissensbisse machen. Ein solcher Meuchelmord hätte auch mich unvorbereitet getroffen. Wie ist es gelungen, Aimée in der ganzen Aufregung in Sicherheit zu bringen?«
»Dem Anschein nach ist die Herzogin wieder in der Hoffnung. Man hatte einen Tragstuhl für sie bereitgestellt, falls ihr die Hitze zusetzt und sie einen Schwächeanfall erleidet. In ihrem Stuhl brachte man Aimée in den Prinsenhof, wo der Medicus des Herzogs sie sofort behandelt hat.«
Contarini benötigte alle Beherrschung, um sein Entsetzen zu verbergen. Er atmete tief durch. Angst trübte seine sonst so ausgeprägte Fähigkeit zu besonnenem Handeln.
»Wie bewältigt sie das alles?«, fragte er, nachdem er sich etwas beruhigt hatte.
»Das Erlebnis setzt ihr schwer zu«, antwortete Salomon und hatte das Bild der blassen Aimée auf dem Tragstuhl vor Augen. »Sie ist erschüttert, dass ihre Feinde zu solchen

Mitteln greifen, aber sie würde nie zugeben, dass sie sich fürchtet.«

Salomon bestätigte nur, was Contarini dachte. Ihre Furchtlosigkeit würde diese Frau noch umbringen.

»Ihr habt hoffentlich alles getan, um den Schuldigen zu entlarven? Wen hat Korte angeheuert, diesen Schuss zu tun?«

»Allem Anschein nach seinen Neffen Klaas. Er ist sein Helfershelfer in allen schmutzigen Geschäften. Zudem ist er Mitglied der Bogenschützengilde von Sankt Sebastian. Ein guter Schütze, aber ein liederlicher Bursche. Sie haben ihn vom Wettbewerb ausgeschlossen, weil er die Zunftregeln verletzt hat. Er ist sich für keine Schurkerei zu schade, wenn sie nur gut entlohnt wird.«

»Ich werde ihm den Hals umdrehen, und Korte dazu«, knurrte Domenico, und für einen kurzen Augenblick loderte solcher Zorn in seinen Augen, dass sogar Salomon erschrak.

»Bei Korte müsst Ihr Euch nicht mehr bemühen. Man hat ihm die Kehle durchgeschnitten, und nicht nur ihm.«

Die Einzelheiten der unheimlichen Mordserie entlockten Contarini nur noch ein Kopfschütteln.

»Wie es aussieht, ist Korte seiner eigenen Niederträchtigkeit zum Opfer gefallen. Immerhin, das Schicksal ist gerecht. Eure Vermutung trifft sicher zu, dass hier systematisch die Mitwisser eines üblen Geschäftes beseitigt werden. Korte hat sich mit Mördern eingelassen, die eine Nummer zu groß für ihn waren. Ihr sagt, man hat seinen Mörder noch nicht gefasst?«

»Weder ihn noch Klaas Korte, obwohl beide inzwischen vom Statthalter des Grafen und vom Stadtbüttel gesucht werden. Wahrscheinlich hatte sich Klaas im Hause seines

Onkels versteckt und ist nach dessen Tod untergetaucht. Auch der Hausknecht Jaak, der Korte nach Aussage seiner Tochter in den Hof hinausgelockt hat, ist seitdem verschwunden.«

Contarini griff zum Weinbecher, starrte aber lediglich hinein. Alles drängte ihn nach Rache an dem heimtückischen Bogenschützen.

»Meine Agenten sind Klaas auf den Fersen. Die letzte Nachricht ist, er habe sich bei einer Hure versteckt, die ihre Kunden am Minnewaterhafen sucht. Morgen werde ich mehr erfahren. Eines ist jedoch sicher, Klaas Korte kann Brügge nicht verlassen. Die Torwachen würden ihn erkennen, und auch im Hafen hat die Stadtwache ein strenges Auge auf auslaufende Lastkähne und andere Boote.«

»Dann werde auch ich mich bis morgen gedulden müssen. Aber zuerst muss ich Aimée sehen. Ich möchte mich mit eigenen Augen von ihrem Zustand überzeugen.«

»Ihr müsst Euch nicht um sie sorgen«, beruhigte ihn Salomon. »Es geht ihr bereits so gut, dass man sie kaum noch davon überzeugen kann, Ruhe zu bewahren. Sie birst vor Ungeduld und will wie üblich alles auf einmal. Sich endlich selbst um die Manufaktur kümmern, Korte zur Rede stellen, Klaas suchen. Und … jede zweite Frage gilt Euch. Wo ist er? Wann kommt er?«

Contarini ging nicht darauf ein. Er nahm Umhang, Hut und Handschuhe wieder auf und ging zur Tür.

»Was habt Ihr vor?«

»Ich folge Eurem Rat. Ich warte den Morgen ab. Wie es aussieht, benötige ich in den nächsten Tagen sowohl meinen Verstand wie meine Kräfte. Sagt dem Haushofmeister Bescheid, dass in meiner Kammer ein Bad gerichtet wird und dass man mir eine Mahlzeit schickt. Bei Sonnenaufgang solltet Ihr mich bitte wecken lassen. Ich fürchte, dass ich nicht von alleine aufwache, wenn ich einmal schlafe.«

»Ich werde alles veranlassen«, erwiderte Salomon und griff nach der Glocke. Dann zögerte er.

»Wenn Ihr nach Damme zu Frau Cornelis geht, offenbart ihr endlich Eure Gefühle für sie. Lasst sie nicht länger im Ungewissen!«

Contarini stellte sich taub.

»Ihr müsst es tun. Es ist die Stunde, sich ein Herz zu fassen. Ihr bestimmt, welche Entscheidungen sie für ihre Zukunft trifft. Ich kenne Briefe der Herzogin, die bei ihrer Mutter in Regnault ist. Ich fürchte, die Herzogin übt wieder Druck aus. Man spricht bereits davon, dass Frau Cornelis künftig bei Hofe bleiben wird. Wenn sie stattdessen Brügge wählen soll, müsst Ihr ihr einen guten Grund dafür geben. Einen Grund, der nicht ausschließlich geschäftlicher Natur ist.«

»Habt Ihr vergessen, dass sie jemandem ihr Wort gegeben hat?«

Contarini rang sich die Worte mit erkennbarem Widerwillen ab.

»Ihr sprecht von Alain von Auxois? Was soll sie mit einem Mann, der nie da ist, wenn sie ihn braucht, der Kriege für den Herzog führt, statt an ihrer Seite zu sein? Auch ich kann niemandem ins Herz sehen, aber ich habe eine gute Menschenkenntnis, was Ihr mir nicht absprecht. Ich habe zwei Jahre lang ihre Fragen nach Euch beantwortet, und sie ließen für mich keinen anderen Schluss zu als den, dass sie Euch liebt. Glaubt mir, es ist falsch, wenn Ihr Eure Gefühle nicht zu erkennen gebt.«

Contarini schwieg. Er gab ihm recht, seine Menschenkenntnis hatte er nie bezweifelt. Trotzdem wusste er nicht, was er tun sollte. Nur eines wusste er. Er liebte Aimée.

»Ich vertraue Euch diese neuen Briefe aus Regnault an. Ich hatte im Sinn, sie morgen nach Damme zu bringen.« Abraham trat an den Tisch und griff nach einem Päckchen, das in gewachste Leinwand geschlagen war und das Siegel der Herzogin von Burgund trug. Er drückte Domenico das Paket in die Hand und trat zurück.

»Ich wünsche Euch eine gute und erholsame Nacht, Messer Contarini. Im Übrigen bin ich glücklich, Euch wieder unter diesem Dach zu wissen.«

Domenico sah erst die Briefe und dann seinen Stellvertreter an.

»Ihr seid froh, mir die Probleme aufbürden zu können.«

»Ich kann es nicht leugnen.«

50. Kapitel

DAMME, 20. JULI 1372

Aimée war von solcher Unruhe erfüllt, dass sie kaum an sich halten konnte. Sie bemühte sich zwar, ihre Anspannung vor Lison und Nathan Simonides zu verbergen, aber je weiter der Vormittag fortschritt, umso schwerer fiel es ihr. Der jüdische Arzt hatte ihre Wunde mit einem leichten Verband bedeckt und sie vor allzu heftigen Bewegungen gewarnt. Er war mit dem Fortschritt der Heilung zufrieden. Aimée ging es zu langsam. Sie sehnte sich nach Normalität, nach Arbeit, nach Ablenkung.

Immer wieder stand sie auf und trat ans Fenster der kleinen Kammer, die sie im ersten Stock des jüdischen Hauses bewohnte. Es stand am Ende des Hondsdammes, von den Lagerhäusern des Hafens entfernt, und war möglichen Überschwemmungen des Zwin stark ausgeliefert.

In erster Linie waren die Lagerhäuser dafür da, eingelegten Fisch und volle Weinfässer bis zu ihrem Verkauf aufzubewahren. Der damit verbundene, allgegenwärtige Gestank nach Hering und verschüttetem Wein lag wie eine Wolke über den Kais. Damme war nicht nur Brügges Tiefwasserhafen, es war auch Flanderns größtes Weinhandelszentrum.

Aimée war froh und dankbar dafür, in dieser Abgeschiedenheit in Ruhe gesunden zu können. Hier kam nur der Salzhauch des Meeres, den der Zwin mit sich brachte, durch die Fenster. Bis auf die Schreie der Möwen und deren Getrappel auf den Dachschindeln, wenn sie mit ihren akrobatischen Flugkunststücken innehielten, vernahm sie kaum störende Geräusche.

Sie beobachtete wieder einmal den Flug der Vögel, während ihre Gedanken wie so oft nach Brügge wanderten. Es war nur eine Wegstunde entfernt, aber es hätte ebenso gut auf einem anderen Stern liegen können. Abraham ging mit seinen Informationen aus der Stadt sehr sparsam um. Dabei wollte Aimée so vieles wissen.

Was tat Colard? Wie reagierte Gleitje auf ihr Verschwinden? Verfolgte man den Schützen, der sie niedergestreckt hatte? Wie liefen die Geschäfte des Hauses Cornelis. Gab es endlich Beweise für Anselm Kortes heimtückische Anschläge. Würde Abraham heute kommen und ihr endlich ausführlicher berichten?

Als hätten ihre Gedanken es bewirkt, öffnete sich die Tür in ihrem Rücken. Hastig fuhr sie herum. Es war nicht Abraham. Es war – Contarini, der den Kopf einziehen musste, um nicht am Türstock anzustoßen.

Aimée konnte ihn nur völlig überrascht anblicken. Sie hatte ihn herbeigesehnt und sich gleichzeitig dafür gerügt. Ihn so unerwartet vor sich zu sehen, raubte ihr die Sprache.

»Gott zum Gruße, Frau Cornelis. Ihr seid schon wieder auf den Beinen? Ich kam eigentlich, einen Krankenbesuch zu machen.«

Wie angewurzelt blieb Aimée am Fenster stehen.

»Bin ich Euch denn keinen Gruß mehr wert, Aimée?«, hörte sie ihn mit einem höchst seltsamen Unterton fragen.

»Verzeiht.« Sie musste sich räuspern, um halbwegs normal zu klingen. »Ich war auf Euch nicht vorbereitet. Ich hatte mit Herrn Abraham gerechnet. Seid auch Ihr mir gegrüßt, Messer Contarini. Seit wann seid Ihr wieder in Brügge?«

»Seit gestern.«

»Abraham ben Salomon ist sicher glücklich, dass Ihr ihm wieder zur Seite steht.«

»Es sieht so aus«, antwortete er auf seine vertraut spöttische Weise, ehe er ernster fortfuhr: »Und wie steht es um Euch? Eure Wunde verheilt, vernehme ich vom Doktor, aber was macht Eure Gemütsverfassung? So ein Ereignis ist schwer zu verkraften.«

Aimée senkte den Blick auf seine Stiefel. Sie fürchtete etwas Falsches zu sagen, wenn sie ihm dabei in die Augen sehen musste. Es wäre zu gefährlich gewesen, ihm zu verraten, was ihr auf der Seele lag. Sie flüchtete sich in eine alltägliche Antwort.

»Überzeugt Euch selbst, es geht mir gut. Ihr müsst Euch keine Sorgen um mich machen. Im Grunde besteht auch kein Anlass, mich weiterhin in Damme festzuhalten. Ich wäre Euch dankbar, wenn Ihr Abraham ben Salomon davon überzeugen könntet. Wenn ich noch länger hierbleibe, werde ich vor Einsamkeit und Langeweile krank.«

Aimée machte in ihrem Ungestüm einen gedankenlosen Schritt auf ihn zu und bereute es augenblicklich. Allein der Geruch, der von ihm ausging, betäubte sie. Er roch nach Pferd und jener unverwechselbaren Gewürzmischung von Sandelholz, Vanille und anderen Aromen, die sie an ihm kannte. Der Ansturm all dieser Sinnesreize raubte ihr fast den Verstand. Sie nahm wahr, dass er Kinn und Wangen frisch vom Bartwuchs befreit hatte.

»Abraham ben Salomon hat auf meine Weisung dafür gesorgt, dass Ihr Euch schont.«

»Ich will mich nicht mehr länger davon abhalten lassen, meine Arbeit zu tun. Auch bitte von Euch nicht.«

»Aimée. Bellissima.«

Jede Fähigkeit, ihre Gedanken zu ordnen, erstarb beim Ton seiner Stimme. Nur der leidenschaftliche Wunsch, von ihm geküsst zu werden wie beim Abschied vor ihrem Haus, beherrschte sie.

»Sprecht bitte nicht so mit mir«, bat sie heiser. »Was wollt Ihr von mir?«

»Eine gemeinsame Zukunft.«

Er sagte es, als wäre es das Selbstverständlichste von der Welt.

»Die habt Ihr doch bereits«, erwiderte sie. »Und wenn Ihr mich in die Manufaktur gehen lasst, dann wird sie auch erfolgreich sein.«

»Vergesst die Manufaktur, bis wir den Mann gefasst haben, der auf Euch geschossen hat. Es wäre viel zu gefährlich, wenn Ihr Euch dort sehen lasst.«

Contarini griff nach ihren Händen, und Aimée spürte die bezwingende Wärme seiner Berührung.

»Die Sorge um Euch lässt mir keine ruhige Stunde«, sagte er voller Eindringlichkeit. »Ich will Euch in Sicherheit wissen.«

»Warum?«

»Könnt Ihr die Wahrheit ertragen?«

Contarini errötete. Zum ersten Mal erlebte sie ihn verlegen.

»Weil Ihr mein Leben seid. Weil ich Euch von unserer ersten Begegnung an in meinen Gedanken begleite. Weil mein

Sinnen und Trachten ohne Euch ziellos wäre. Ich habe meinen eigenen Gefühlen misstraut und habe Abstand zu Euch gehalten, mich verschanzt hinter dem Eheversprechen an meine Familie. Und als ich bereit war, Euch das alles zu gestehen, habt Ihr mir eröffnet, dass Ihr Alain von Auxois Euer Wort gegeben habt. Ich respektiere das. Er ist ein ehrenwerter Mann, und er wird Euch auf Händen tragen.«

»Verstehe ich Euch richtig?«

Contarini wollte ihr die Hände entziehen, aber sie ließ es nicht zu. Sie erkannte, dass er den Ausbruch seiner Gefühle bereits bereute.

»Vergesst, was ich gesagt habe, Frau Cornelis. Erlaubt mir lediglich, Euch zu helfen.«

Aimée hielt ihn fest.

»Ich werde Alain von Auxois nicht zum Mann nehmen. Meine Nachricht muss ihn schon erreicht haben. Ich habe Euch in ihm gesucht, wie ich schon lange weiß. Ich liebe Euch. Ich liebe Euch, ob Ihr verheiratet seid oder nicht.«

Aimées Augen sagten die Wahrheit. Sie liebte ihn.

Qualvoll langsam zog er ihre ineinander verschlungenen Hände an seine Lippen. Die sanfte Berührung löste eine verlangende Sinnlichkeit in ihr aus. Sie würde ihm nicht widerstehen können, wenn er zum Ehebruch bereit war.

»Ihr beschämt mich mit Eurer Offenheit und macht mich glücklich, Aimée. Wollt Ihr mir die Ehre erweisen, meine Frau zu werden?«

»Eure Frau? Warum quält Ihr uns? Ihr seid verheiratet.«

»Catarina starb im Frühjahr bei der Geburt unserer Tochter. Sie ist ihr nach wenigen Tagen ins Grab gefolgt. Ich habe es verschwiegen. Was hätte es genützt, es Euch zu sagen. Ihr wart vergeben.«

»Domenico.« Zum ersten Male wagte Aimée den Namen laut auszusprechen und ihren Gefühlen nachzugeben. »Mir fehlen die Worte. Es muss furchtbar für dich sein. Es tut mir so unendlich leid für dich. Ich möchte am liebsten mit dir weinen.«

Der Verlust ihres eigenen Kindes wurde ihr schmerzlich bewusst. Sie empfand seinen Schmerz nahezu körperlich. Sie konnte ihm nur ihr Schweigen und ihre Nähe als Trost bieten und ihr vertrauliches Du.

»Ich bin frei, bin Herr meiner Entscheidungen. Ich habe meine Verpflichtungen gegenüber meinem Onkel erfüllt, und ich werde in Brügge leben, denn sicher willst du die Stadt, in der du dir deinen Platz so hartnäckig erkämpft hast, nicht wieder verlassen.«

Zu plötzlich wendete sich ihr Schicksal. Durfte sie es glauben, annehmen?

Er war immer für sie da gewesen. Er hatte sein Wort über den Tod ihres Onkels hinaus gehalten. Er hatte ihr mit Worten seine Liebe gestanden, die ihn verwundbar gemacht hätten, hätte er ihre Liebe nicht schon gehabt. Wem sonst konnte sie vertrauen, wenn nicht ihm? Sie wollte ihrem Herzen folgen, ohne den Verstand zu verlieren. Nicht noch einmal.

Wem war sie Rechenschaft schuldig? Dem Herzog, der Herzogin, Colard? Sie waren Teil ihres Lebens, und sie konnten es auch bleiben. Der Herzog war ihr wohlgesonnen, die Herzogin war ihr fast eine Freundin. Und Colard? Sie hatte ihm nie Böses gewollt, und er vermutlich auch ihr nicht. Sie konnte ihn einschätzen. Er hatte diesen falschen Ehrgeiz, aber darüber hinaus war er irregeleitet. Warum sollte sie dem, den sie liebte, nicht das Jawort geben, wenn

er sie auch als Herrin des Handelshauses Cornelis akzeptierte.
Sie wusste, dass man das Glück nicht zwingen kann. Aber sie wusste auch, dass man es haben wollen, beim Schopf packen und möglichst festhalten musste, wenn es einem begegnete.
»Es ist nicht meine Absicht, Euch zu bedrängen«, vernahm sie Domenicos feste Stimme. Er löste sich aus ihren Händen.« Trefft Eure Entscheidung unbeeinflusst und in größter Ruhe.«
»Ich habe sie getroffen, Venezianer. Frag mich noch einmal, ob ich deine Frau werden will.«
Behutsam drückte er sie auf die gepolsterte Bank vor dem Fenster, kniete vor ihr nieder und küsste ihr die Augen.
»Möchtest du bitte meine Frau werden?« flüsterte er.
Sie zog ihn zu sich. »Ja. Ich möchte am liebsten für immer in deinen Armen liegen.«
Er hielt sie fest.
Nach einer schier endlosen Zeit fanden sie wieder Worte.
»Du bist noch sehr schwach, Aimée.« Er spürte besorgt ihre Zerbrechlichkeit. »Ich habe dich überfallen und muss dir jetzt auch noch gestehen, dass ich dich noch einmal alleine lassen muss. Es ist an der Zeit, gegen deine Feinde zu Felde zu ziehen. Erst dann werden wir frei sein, unser Glück gemeinsam zu feiern. Abraham hat Klaas Kortes Spur aufgenommen. Wenn wir ihn fassen, werden wir auch Näheres über den geheimnisvollen Mörder herausfinden, der in Brügge sein Unwesen treibt.«
Aimée hob fragend die geschwungenen Brauen. »Welcher Mörder?«
Nach und nach entlockte sie ihm die Neuigkeiten, die ihr

Abraham bisher verschwiegen hatte. Er musste seine ganze Überzeugungskraft aufbieten, ihre Empörung zu besänftigen.
»Abraham hat völlig richtig gehandelt. Du hast keinen Grund, ihm Vorwürfe zu machen. Es wäre deiner Genesung abträglich gewesen, dich mit alldem zu belasten. Ich sehe doch, wie sehr es dir zusetzt. Überlass es bitte mir, die Schurken ihrer gerechten Bestrafung zuzuführen.«
»Mir scheint, ich tausche einen Kerkermeister gegen den anderen ein«, protestierte Aimée mit einem Lächeln. »Du weißt gar nicht, was du von mir verlangst. Wie lange soll das noch gehen? Kannst du dir vorstellen, wie entsetzlich es ist, hierher verbannt zu sein und nicht zu wissen, was geschieht? Ich habe viele solcher Tage hinter mir. Versteh doch, dass ich in deiner Nähe sein will.«
»Glaub mir, bei dieser Aktion kann ich nicht auf uns beide aufpassen. Ich habe dir Ablenkung mitgebracht.« Domenico nahm die Briefe der Herzogin aus der Innentasche seines Umhanges. »Abraham hat sie vom Statthalter des Grafen von Flandern erhalten. Die Herzogin schickt dir offensichtlich Neuigkeiten aus Regnault. Sie werden dir die Zeit vertreiben, Liebste.«
Aimée war kurz versucht, weiter in ihn zu dringen, aber dann lenkte sie ein. Sie wollte ihm keine Probleme machen, und wenn sie ehrlich mit sich selbst war, dann fehlte ihr auch noch die Kraft.
»Gut, ich werde mich in Geduld üben, aber versprich mir, dass du auf dich aufpassen wirst. Ich will nicht, dass ich dich verliere, kaum dass wir zueinandergefunden haben.«
»Du kannst gewiss sein, dass ich so schnell wie möglich zurück bin.«

»Wehe, wenn nicht«, drohte sie wieder lächelnd. »Und küss mich sofort noch einmal.«
Sie spürte seinen Kuss noch lange. Seine Schritte auf der Stiege nach unten und das Trommeln der Hufe auf dem Damm entlang Richtung Brügge waren längst verhallt.
Aimée kam es vor, als sei sie in einen Wirbelsturm geraten. Es war Wirklichkeit – kein Traum.
Sie löste die Bänder um das Leinenpäckchen der Herzogin und brach das große Siegel. Sie fand mehrere gefaltete Schreiben.
Eines davon kannte sie. Es war ihr eigener Brief an Alain, den sie nach Regnault gesandt hatte mit der Bitte, die Herzogin möge ihn über die Kuriere ihres Gemahls weiterleiten. Offensichtlich hatte sie keine Möglichkeit dazu gefunden.
Hastig öffnete sie den Brief der Herzogin, der wie üblich freundlich, aber kurz gehalten war.

Wir hören mit Freude, dass Ihr inzwischen gesund genug seid, an Eure Freunde zu denken. Wir haben eine Dankesmesse für Eure Genesung lesen lassen und vertrauen darauf, dass die Schuldigen ihrer gerechten Strafe zugeführt werden.

Die Schrift des zweiten Schreibens kam ihr bekannt vor, wenngleich sie sie auf Anhieb nicht zuordnen konnte. Erst die Anrede löste das Rätsel. Philippe von Andrieu hatte ihr erneut geschrieben.

Liebe Cousine,
es bedrückt mich, schon wieder der Überbringer

schlechter Nachrichten zu sein, aber mir bleibt keine andere Wahl. Ich habe mein Wort gegeben und will es halten.
Alain von Auxois, mein Freund und Waffengefährte in vielen Kämpfen, hat mir bei unserem Wiedersehen mit Freuden davon berichtet, dass du eingewilligt hast, ihn zum Gemahl zu nehmen. Ich wollte dir zu diesem klugen Entschluss von Herzen gratulieren. Du hättest keinen Besseren finden können.

Ärgerlich, dass Alain eine Heirat verkündet hatte, zu der sie nie ihre Zustimmung gegeben hatte, flogen ihre Augen förmlich über die nächsten Sätze.

Nun ist es geschehen, dass die frischen Truppen des Feindes versuchten, sich von Calais aus landeinwärts in Richtung Paris zu kämpfen. Wir haben sie erfolgreich zurückgeschlagen, doch der Preis des Sieges ist hoch. Alain von Auxois wurde schwer verletzt und ist in der vergangenen Nacht seinen Verletzungen erlegen. Es war ihm noch möglich, mich zu bitten, dir die Nachricht zu senden, dass dir seine Liebe gehört hat. Er bittet dich um deine Gebete für seinen Seelenfrieden.

Aimée ließ die eng beschriebene Seite sinken. Ihre Empörung war wie weggeblasen. Trauer, vermischt mit einem vagen Schuldgefühl, legte sich wie eine dunkle Wolke über ihr Gemüt.
Gott, vergib seine Sünden und nimm Alain von Auxois in Frieden auf, betete sie für ihn.
Das Schicksal hatte ihm ihren Brief gnädig erspart. So war

er wenigstens in der Sicherheit gestorben, dass ein geliebter Mensch um ihn weinen würde. Er hatte sich diese Tränen verdient. Sie verdankte ihm Stunden der Zärtlichkeit und der unvoreingenommenen Liebe, die sie nie vergessen wollte.

Welch ein Tag.

Atemlos vor Glück. Niedergeschlagen in Trauer.

Schlagartig wurde sie von düsteren Befürchtungen eingeholt. Sie hatte schon um so viele Menschen weinen müssen. Wer würde der nächste sein? Sie wagte nicht, einen Namen zu denken. Sie hatte Angst, das Unglück damit auf ihn zu ziehen.

51. Kapitel

Brügge, 21. Juli 1372

Die rötliche Glut in den beiden Kohlebecken beleuchtete die Szenerie und die bedrohlichen Gerätschaften an Wänden und auf Tischen.
Contarini besuchte den Kerker des Prinsenhofes.
Beklommen folgte er dem Gerichtsdiener des Grafen von Flandern in das Gewölbe mit den Kerkerzellen, in dem der Henker seine Arbeit tat.
Klaas Korte hatte längst jede Ähnlichkeit mit dem stürmischen Draufgänger verloren, den die Stadtwache in einem Hurenhaus am Minnewaterhafen gefangengenommen hatte.
»Er hat gestanden«, berichtete der Henker zufrieden, während seine Gehilfen den wimmernden Mann vom Querbalken banden. »Der Schreiber hat alles notiert.«
Der jämmerliche Anblick erstickte Contarinis Wunsch nach Rache im Keim. Zu sehen, wie die Männer Klaas Korte zwangen, sein Geständnis auch noch mit gebrochener Hand zu unterschreiben, drehte ihm den Magen um.
»Was wird mit ihm geschehen, Schreiber?«, fragte er, als sie ihn fortbrachten.
»Darüber entscheidet der Graf beim nächsten Gerichtstag«, antwortete der Schreiber, der das Verhör geleitet hat-

te. Missbilligend ließ er zu, dass Contarini Klaas' Aussage las. »Ich habe strenge Anweisung, Sorge dafür zu tragen, dass der Anschlag auf den Herzog von Burgund, der ihm zur Last gelegt wird, keinesfalls an die Öffentlichkeit dringt. Er wird allein wegen Mordes an Korte, Conzett und dem Hansehändler angeklagt. Das reicht ohnehin. Auch er kann nur einmal sterben.«

»Ist es denn sicher, dass er die Morde auf dem Gewissen hat? Er beschuldigt einen Söldnerführer, Godfroy Galsdale. Angeblich hat er ihn auf Befehl seines Onkels angeheuert, einen Warenzug des Handelshauses Cornelis zu überfallen. Da der den vereinbarten Sold nicht erhielt, soll er sich mit dem Hausknecht Jaak verbündet haben.«

»Ihr müsst mir nicht erzählen, was ich geschrieben habe, Messer Contarini. Klaas ist der Einzige, der sowohl in Anselm Kortes Nähe als auch in der von Balduin Conzett gesehen wurde. Er war der Handlanger des alten Korte, der seine schmutzigen Aufträge erledigen musste. Die Geschichte vom Söldner, den er im Auftrag seines Onkels angeheuert hat, ist meines Erachtens reine Erfindung. Er hat seinen Onkel und Conzett aus purer Habgier ermordet.«

»Und wenn er nun doch die Wahrheit gesagt hat? Ihr habt ihn der Tortur unterzogen, danach lügt keiner mehr.«

»Ich glaube ihm trotzdem nicht. Fast jeder kennt die Untaten der Mordbrenner um den berüchtigten Godfroy Galsdale. Er treibt seit Monaten sein Unwesen an der Grenze von Flandern zum Königreich Frankreich. Klaas Korte weiß, dass man diesen Schurken nie fassen und einer Tortur unterziehen kann.«

»Und was ist mit dem Hansehändler?« Contarini merkte zu seinem eigenen Erstaunen, dass er Klaas verteidigte.

»Warum hätte er ihm die Kehle durchschneiden sollen? Es passt nicht ins Bild.«

»Wer weiß das schon. Es sind Händler. Sie schachern um die unglaublichsten Dinge.«

Die Verachtung des gräflichen Schreibers für die bürgerlichen Händler war unüberhörbar. Für ihn war Klaas Korte ein dreifacher Mörder.

Es lag Contarini auf der Zunge, noch etwas zu sagen, aber dann schwieg er besonnen. Es gab Wichtigeres zu tun, als sinnlose Streitgespräche mit ihm zu führen. Noch befanden sich Galsdale und Kortes Knecht Jaak in Freiheit. Es würde nicht ihre letzte Mordbrennerei gewesen sein, zumal Jaak die Familie Korte kannte und wusste, wem nun das Vermögen des Alten zustand.

»Ich danke Euch für Eure Informationen«, sagte er stattdessen höflich.

»Ich bin lediglich dem Befehl des Grafen von Flandern nachgekommen, Euch und Abraham ben Salomon einen Einblick zu geben«, entgegnete der Schreiber. Man hörte ihm an, dass er es mit Widerwillen billigte. »Mehr kann ich für Euch nicht tun.«

Contarini verstand das als Aufforderung, die Gewölbe zu verlassen. Er hätte es auch unaufgefordert getan. Es gab genug zu tun.

Die Verhaftung Klaas Kortes war nur möglich gewesen, weil Abraham ben Salomon ihn aufgestöbert hatte. Abraham hatte ihm berichtet, dass Galsdale und der Hausknecht seinen Spähern nur knapp entkommen waren. Sie mussten sich noch in Brügge befinden. Mit seiner Vermutung, dass die beiden Schurken sich an Colard heranmachen würden, lag er vermutlich richtig. Er musste sich darum kümmern,

dass sie gefunden wurden. Niemand sonst tat es. Man glaubte, den alleinigen Täter bereits gefasst zu haben.
Im Hause Cornelis empfing ihn Colard mit fast ängstlicher Zurückhaltung.
»Ich war gerade im Begriff, Herrn ben Salomon aufzusuchen«, begann er ohne Umschweife. »Es gibt Neuigkeiten, die ich berichten muss.«
Er reichte Contarini ein schmuddeliges, mehrfach gefaltetes Papier mit ungelenken Schriftzügen. Die Botschaft enthielt nur wenige Zeilen.
›Euer Vater schuldet uns eintausend Goldflorin. Wenn Ihr an Eurem Leben hängt, dann bezahlt …‹
Contarini sah auf. »Woher kommt das?«
»Ein Unbekannter hat es für meine Frau abgegeben. Nach der Beschreibung des Lehrjungen, der ihn gesehen hat, könnte es Jaak gewesen sein. Gleitje ist im Hospital der Beginen, deshalb kam die Nachricht zu mir.«
»Eure Frau ist krank, wie ich gehört habe.«
»Ein Nervenfieber. Sie gibt sich die Schuld am Tod ihres Vaters. Mir ist es nicht gelungen, sie zu beruhigen.«
Contarini las den Rest der Botschaft, der sich auf die Übergabe der geforderten Summe bezog. In Kortes Wohnhaus wollten sie seine Tochter treffen.
»Welch absurde Idee. Sie scheinen sich ihrer Sache sehr sicher zu sein.«
»Im Augenblick steht es leer, und ich habe es verschlossen, bis Gleitje darüber befindet, wie es weitergehen soll. Die Bediensteten haben fluchtartig das Weite gesucht. Keiner hat sich dort mehr sicher gefühlt. Nur noch eine alte Köchin und ein Pferdeknecht haben die Stellung gehalten.«
»Das wird Probleme geben«, verriet Contarini. »Klaas hat

unter der Tortur ein umfassendes Geständnis abgelegt. Er hat auf Befehl seines Onkels nicht nur auf Aimée geschossen, sondern auch den Brigantentrupp des Godfroy Galsdale angeheuert, um Euren Warenzug zu überfallen. Korte dachte, er könne Galsdale um seinen Lohn prellen, aber da hat er Galsdale unterschätzt. Er geht über Leichen, um an sein Gold zu kommen. Da Eure Frau die Erbin ihres Vaters ist, wendet sich der Mörder nun an sie.«

»Sie verlangen, dass meine Frau das Gold allein übergibt. Das ist unmöglich. Sie ist nicht nur krank, sondern zudem in der Hoffnung.«

»Dann werdet Ihr helfen müssen, die Sache zu Ende zu bringen, de Fine.«

»Ihr wollt diesem Mann tatsächlich seinen Mordlohn geben?«

»Seinen gerechten Lohn«, entgegnete Contarini.

»Fährt das Fuhrwerk zurück in die Stadt?«

Anfangs hatte Aimée sich lediglich über den Karren gewundert, der vor Nathan Simonides' Haus hielt und so kostbare Dinge wie Feuerholz, Getreidesäcke und Amphoren voller Öl entlud. Dann jedoch war Lison mit der Neuigkeit bei ihr erschienen, dass der Karren vom Walplein kam. Contarini hatte ihn geschickt, um Nathan Simonides für seine Mühe zu danken. Und der sei hocherfreut und seine Frau ganz aus dem Häuschen vor Freude gewesen.

Lisons Information hatte für Aimée die Sache entschieden. Sie wollte nicht länger untätig in Damme auf Neuigkeiten warten, die anscheinend nie eintrafen. Sie hatte es Domenico versprochen, aber das war schon vier Tage her. Seit-

dem schwieg er. Warum. Weil ihm etwas zugestoßen war. Sie hielt die Ungewissheit nicht mehr aus. Es zog sie mit solcher Gewalt in die Stadt, dass sie weder Lisons Einwände noch das Machtwort des Arztes davon abhalten konnten, ihren Platz zwischen den Wein- und Fischfässern einzunehmen, die das Fuhrwerk für den Rückweg in die Stadt geladen hatte.
Die Fahrt mit dem Ochsenfuhrwerk kostete Aimée mehr Kraft, als sie erwartet hatte. Sie bereute ihren Entschluss dennoch nicht.
Als sie gegen Abend am Walplein steif vom Wagen kletterte und an das Portal klopfte, stank sie nach Fisch. Wie immer, wenn sie sich heimlich alleine auf den Weg machte, trug sie Arbeitskleider von Lison und eine gewöhnliche Leinenhaube. Die Wachen am Stadttor hatten sie so für eine Magd gehalten und ihr keine besondere Aufmerksamkeit geschenkt. Der Türwächter am Walplein hielt sie jedoch auf, als sie einfach ins Haus spazieren wollte.
»Bringt mich zu Herrn Abraham ben Salomon.«
»Erwartet er Euch?«
»Nein, aber er wird mich dennoch sehen wollen. Bittet ihn herunter. Oder ist Herr Contarini im Hause?«
»Ich ...«
»Frau Cornelis!«
Salomon trat hinter ihr ins Haus und bedeutete dem Knecht mit einer Handbewegung, dass er sich um die Besucherin kümmern würde.
»Seid Ihr das wirklich? Was macht Ihr hier? Wie konnte Nathan Euch gehen lassen? Wie seid Ihr nach Brügge gekommen?«
»Mit Eurem Wein und Euren Heringen«, erwiderte sie.

»Allmächtiger Gott«, murmelte Abraham und fuhr eine Spur lauter fort. »Kommt mit nach oben. Aber macht Euch darauf gefasst, dass ihm Eure Anwesenheit nicht gefallen wird. Ihr hättet zur Sicherheit in Damme bleiben sollen.«
Seine Warnung verunsicherte Aimée nicht. Er musste verstehen, dass sie in tausend Ängsten schwebte. Salomon öffnete die Tür zu seinem Arbeitskabinett, das sie bereits kannte.
Gleitje stand mitten im Raum.
Aimée hätte am liebsten auf dem Absatz kehrtgemacht. Gleitje hier. Was sollte das heißen?
»Zum Donnerwetter, ich kann nicht glauben, was ich sehe«, hörte sie Domenico aufbrausen, während sich Gleitje umwandte.
Ein leiser Laut der Ungläubigkeit verriet Aimées Schock. Wurde sie jetzt verrückt? Das war nicht Gleitje, es war Colard.
»Was hat das zu bedeuten?«, fragte sie.
»Das ist auch meine Frage!« Domenico betrachtete sie mit einer Mischung aus Zuneigung, Sorge und Verärgerung. »Du solltest doch in Damme bleiben. Wie bist du überhaupt in die Stadt gekommen?«
Salomon und Colard registrierten beide das vertraute Du.
»Ich habe es einfach nicht mehr ausgehalten und bat den Fuhrknecht, mich auf seinem Rückweg nach Brügge mitzunehmen«, antwortete sie. »Seit Tagen habe ich nichts von dir gehört. Ich war außer mir vor Sorge. Was ist geschehen? Warum trägt Colard Gleitjes Kleider?«
»Setz dich und lass es dir erklären«, bat er mit lächelnder Resignation. Er hatte Verständnis, sein kurzer Ärger war im Nu verflogen.

Es fiel ihr nicht schwer, Domenicos Plan zu durchschauen, nachdem sie alle Einzelheiten kannte.
»Ihr denkt also, dass Colard nachts nicht erkannt wird. Er muss nicht viel sagen, denn beide nehmen an, dass sie vor Angst außer sich sein wird. Es gilt nur, die Aufmerksamkeit der Schurken auf sich zu ziehen, damit ihr sie mit euren Männern überwältigen könnt.«
Domenico nickte, doch als sie fortfuhr, wurde die Falte auf seiner Stirn tiefer.
»Ihr habt es mit einem Mörder und seinem Komplizen zu tun. Mit einem Manne, der davon lebt, zu töten. Galsdale will Gold sehen, und er wird sich nicht kampflos ergeben, wenn er erkennt, dass er in der Falle sitzt. Wie könnt ihr glauben, einem solchen Schurken gewachsen zu sein? Er weiß, dass es um sein Leben geht. Auf ihn wartet der Galgen. Es ist Wahnsinn, was ihr da plant. Ihr müsst die Stadtwache alarmieren.«
»Keiner würde uns glauben, dass Galsdale so dumm ist, uns in diese Falle zu laufen. Sie halten das Ganze für eine Geschichte, die sich Klaas ausgedacht hat, um seine Unschuld zu beweisen.«
»Und Gleitjes Schilderung des fliehenden Mörders?«
Colard mischte sich ein. »Ist ihrer Meinung nach das Hirngespinst einer kranken Frau. Jeder weiß, dass Gleitje Klaas immer schützt.«
Aimée schüttelte den Kopf.
»Genug.« Domenico beendete die Debatte. »Die Zeit drängt. Unser Plan steht fest. Wir brechen auf, sobald es dunkel ist. Wir haben die Überraschung auf unserer Seite, und fünf kräftige Fuhrknechte ersetzen allemal einen Trupp Gerichtsbüttel.«

Aimée schwieg, während weitere Einzelheiten besprochen wurden. Sie betrachtete Colard in seiner befremdlichen Maskerade. Je mehr Details sie erfuhr, umso besorgter wurde sie. Am liebsten hätte sie sich angeboten, an Colards Stelle zu gehen.

»So ruhig?«, fragte Domenico denn auch erstaunt, als sie endlich unter vier Augen waren. Er führte sie in ein Gemach, wo sie auf seine Rückkehr warten sollte. »Ich fürchtete schon, dass du mich bestürmst, anflehst und mit allen Mitteln versuchst, dich an unserem Unternehmen zu beteiligen.«

Aimée bedachte ihn mit einem überraschten Blick.

»Du wirst lachen, das hatte ich mir wirklich überlegt. Aber ich sehe ein, dass ihr das alleine machen müsst.«

Domenico zog sie an sich und strich ihr die hässliche Haube vom Kopf. Sie spürte, wie er eine Haarnadel nach der anderen aus den Haaren zog. Mit leisem Klappern fielen sie auf den Boden, dann kämmte er die hellen Strähnen mit den Fingern aus dem Gesicht. Sein Blick drang bis auf den Grund ihrer Seele.

»Was ist mit dir?«, fragte er geradeheraus. »Du bist so schweigsam, so nachdenklich.«

»Alain von Auxois ist tot. Vor Calais gefallen.«

»Gott sei seiner Seele gnädig. Ich verstehe, dass du um ihn trauerst. Du musst dich deiner Tränen nicht schämen.«

»Ich habe bereits um so viele Menschen geweint, die mir teuer waren«, flüsterte Aimée. »Ich will nicht auch noch um dich Tränen vergießen müssen.«

»Fasse dich, Aimée, bitte. Das Wissen, dass du hier auf mich wartest, wird mich beflügeln und zugleich mit der nötigen Vorsicht zu Werke gehen lassen. Ich werde dafür sorgen, dass du endlich ohne Angst und ohne Existenzsorgen in dieser Stadt leben kannst. Und glaube mir: Ich brauche dich. Du bist Sonne und Mond zugleich für mich.«

»Ich hätte Alain so sehr gewünscht, dass er eine Frau findet, die ihm all die Liebe geben kann, die ich ihm nicht geben konnte.«

»Vielleicht hätte er gar keine andere gewollt. Ich sehe, wie es mir geht. Ich könnte keine so lieben wie dich. Du kannst Menschen Befehle erteilen, und vielleicht gehorchen sie sogar. Ihre Herzen werden jedoch immer eigene Wege gehen.«

Aimée lächelte wieder.

52. Kapitel

Brügge, 22. Juli 1372

Aimée hatte einen Traum.

Seit Jahren schon hatte sie nicht mehr von Andrieu geträumt.

Mit ihrer Großmutter stand sie auf dem Wehrgang der Burg. Beide schauten in stummem Einvernehmen über die endlosen Wälder, den Fluss und die bewirtschafteten Felder, die ihn säumten. Die Menschen, die dort unten säten, fischten oder an den Mühlen tätig waren, wirkten aus dieser Entfernung winzig.

Es war ein friedliches Bild. Das Korn stand hoch, die Reusen waren voll, und über dem Land lag die Wärme des Sommers. Sie sah zu ihrer Großmutter und fand nicht die respekteinflößende Dame mit silbernem Haar, sondern eine Frau gleichen Alters neben sich. Es war wie der Blick in einen Spiegel, es hätte nicht verblüffender sein können. Sie sahen sich als erwachsene Frauen auf Augenhöhe an. Beide wussten um die Fülle des Lebens und um die Gefahren, die es bedrohten. Um ihre Pflicht, die Menschen zu schützen, die sie liebten und die zu ihnen gehörten.

»Du wirst dein Leben meistern«, sagte ihre Großmutter und griff nach ihrer Hand. »Du brauchst mich nicht mehr. Du hast gelernt, die richtigen Entscheidungen zu treffen und die Folgen deines Handelns zu bedenken. Gott schütze dich und die Deinen, meine große Aimée.«

»Bleib!«, rief Aimée, aber die Gestalt löste sich vor ihren Augen auf. Die Stimme, die sie hörte, war nicht die ihrer Großmutter.

»Sie träumt, lasst sie schlafen. Sie braucht diesen Schlaf. Sie hat fast die ganze Nacht wach gelegen.«

Völlig desorientiert schlug Aimée die Augen auf. Wo war sie? Noch in ihrem Traum gefangen, sah sie um sich und entdeckte Lison, der Domenico den Eintritt in den Raum verwehren wollte.

Mit einem Ruck setzte sie sich auf.

»Ich bin wach!«, rief sie noch benommen. »Domenico, endlich!«

Sie lag auf den Decken des Alkovens, angekleidet, aber mit offenem Haar, so dass sie mit den Strähnen kämpfen musste, als Domenico zu ihr trat. Er beantwortete ihre Frage, ehe sie sie formulieren konnte.

»Es ist vorbei. Unser Plan war erfolgreich. Galsdale ist tot. Jaak konnten wir den Stadtwachen übergeben.«

»Und das da?« Aimée deutete auf den blutgetränkten Verband an Domenicos Arm, den sie eben erst entdeckt hatte.

»Eine lästige Erinnerung daran, dass ich besser mit Geld umgehen kann als mit einem Dolch. Colard hat sich als sehr mutig erwiesen. Er hat Galsdales Waffe abgelenkt und so Schlimmeres verhindert. Er verschaffte mir die Gelegenheit zum tödlichen Stoß.«

»Und er?«

»Blieb bis auf eine Schramme an der Braue unverletzt. Die gepolsterten Kleider Gleitjes waren ihm ein guter Schutz.

Es ist keine schöne Geschichte. Vergiss sie. Allein das Ende ist wichtig.«
Aimée richtete sich vollends auf und nahm das Tuch in Augenschein, das Domenico unterhalb des Ellbogens um die Wunde geschlungen hatte. »Erst musst du ordentlich verbunden werden. Lison, sieh bitte nach, was du in diesem Haus findest, um eine Wunde zu versorgen.«
»Doktor Simonides wird sich darum kümmern«, beruhigte sie Domenico. »Ich habe ihn nur warten lassen, weil ich nicht wollte, dass du geweckt wirst. Und weil ich mich davon überzeugen wollte, dass es dir gutgeht.«
Erst jetzt fiel Aimée auf, dass Lison sie ja gar nicht nach Brügge begleitet hatte.
»Wie kam sie her?«
»Nathan Simonides hat sie mit sich gebracht. Beide hatten wohl das Gefühl, dass sie gebraucht werden könnten. Lison hat deine Sachen dabei. Sie wird dir beim Ankleiden helfen, während sich der Doktor meinen Arm ansieht. Meinst du, du könntest dich beeilen? Wir müssen einen gemeinsamen Gang tun, wenn du ein wenig präsentabler bist.«
Er übersah ihre fragenden Augen und verschwand. Lison erschien mit zwei Hausknechten, die einen Holzzuber und eimerweise warmes Wasser heranschleppten. Aimée bedauerte es, den so lange vermissten Luxus eines Bades nicht ausdehnen zu können, aber die Neugier trieb sie aus dem Wasser, sobald sie sich sauber fühlte.
Nur einen Glockenschlag nach der Terz, um neun Uhr, erschien sie fertig angekleidet in der großen Stube. Domenico trat ihr mit strahlenden Augen entgegen. Lison hatte Aimée das blaue Gewand aus Damme mitgebracht, das sie

zum Wettbewerb der Bogenschützen getragen hatte. Sie hatte, während sie um Aimées Leben bangte, ihre Angst mit Arbeit betäubt und kurzerhand die üppige Schleppe des Gewandes gekappt. Mit dem gewonnenen Stoff hatte sie das Rückenteil ersetzt.

Aimée war es gleichgültig, was sie trug. Sie hatte nur Augen für Domenico. Das schwarze Samtwams verbarg seine Verletzung, und seiner geschmeidigen Verneigung war keine Behinderung anzumerken.

»Unten steht ein Tragstuhl für dich bereit, Aimée«, erklärte er, nachdem er sich zum feierlichen Kuss über ihre Hand geneigt hatte. »Man erwartet uns in der Kirche des heiligen Salvator. Bist du bereit, deinen Eheschwur abzulegen?«

»Jetzt? Heute?«, fiel sie aus allen Wolken.

»Jetzt. Heute. Ich will, dass alles seine Ordnung hat. Ich will, dass weder der Herzog von Burgund noch der Graf von Flandern oder der Magistrat von Brügge sich in unser Leben einmischen können. Ich will, dass du zu mir gehörst, dass ich für immer das Recht habe, dich zu lieben und für dich zu sorgen.«

Ich will. Starke Worte. Aimée sah ihn an. Dies war kein Ruben, der nur an sich dachte. Aber auch kein Alain, der sich leicht unterordnete. Mit Domenico zu leben versprach Herausforderung und Leidenschaft. Sie würden nicht immer einer Meinung sein. Aber sie würden einander immer lieben. Sie hatten diese Liebe mit zu viel Kummer, Zeit und Herzblut erkauft, um sie leichtsinnig wieder aufs Spiel zu setzen.

Sie straffte die Schultern und reichte Domenico die rechte Hand.

»Ich lege mein Schicksal in deine Hände, Domenico Contarini.«
»Sei gewiss, dass ich mein Leben dafür einsetzen werde, dass du diesen Entschluss nie bereust«, antwortete er feierlich.
Wenig später kniete Aimée neben ihm auf den Stufen eines Seitenaltares von Sankt Salvator. Der grauhaarige Priester, der ihnen die Stola über die Hände legte und den Bund segnete, war kein Freund überflüssiger Worte, so dass die Zeremonie sehr kurz ausfiel. Domenico streifte ihr einen breiten, steinlosen Goldreif zu dem Diamantring ihrer Großmutter auf.
Während sie noch gerührt darüber nachsann, ob er auf einen Edelstein verzichtet hatte, um den einzigen Stern von Andrieu, den sie noch besaß, nicht in den Schatten zu stellen, segnete der Geistliche bereits ihren Bund. Danach bat er sie in die Sakristei, damit die Eheschließung im Kirchenbuch eingetragen und bezeugt wurde.
Colard de Fine und sein alter Schreiber Joris setzten ihre Namen als Trauzeugen unter die von Domenico und Aimée.
»Ich wünsche Euch von Herzen Glück«, gratulierte Joris und hatte Mühe, seine Rührung zu meistern. »Ihr habt eine kluge Wahl getroffen, Frau Contarini.«
»Seid Ihr ebenfalls dieser Meinung, Colard?«, fragte Aimée, als auch er sich vor ihr verneigte. Ausgerechnet ihn am ersten Morgen ihres neuen Lebens an der Seite zu haben berührte sie eigenartig.
Wenn sie ganz ehrlich mit sich selbst war, hätte sie lieber Abraham ben Salomon in dieser Rolle gesehen. Aber ein Jude konnte keine christliche Ehe bezeugen.

»Das bin ich, Aimée«, antwortete Colard ernst. »Ich schulde dir viel, und ich bin mir bewusst, dass ich dir Unrecht getan habe. Ich bitte dich um Verzeihung und wünsche dir alles Glück für die Zukunft. Ich werde das Haus Cornelis verlassen und mit Gleitje unter Kortes Dach ziehen. Meine Tante wird uns begleiten. Du verdienst einen neuen Anfang. Wir wollen das Unsere dazu tun, damit er glücklich ist.«

Aimée hielt ihn nicht auf, obwohl sie das Gefühl hatte, sie sollte es eigentlich tun. Er war im Hause Cornelis aufgewachsen. Er hatte es als sein Elternhaus betrachtet. Domenico durchschaute ihre zwiespältigen Emotionen.

»Lass ihn gehen. Es ist das Beste, was er tun kann. Er fühlt sich Frau Sophia verpflichtet, und Gleitje trägt schließlich sein Kind. Er muss aus eigener Kraft für seine Familie sorgen und sich den Gehorsam beider Frauen sichern. Du kannst ihm nicht dabei helfen.«

»Ob Gleitje wohl damit einverstanden ist?«

»Die Ereignisse werden auch sie geläutert haben. Das hoffe ich zumindest für deinen Vetter.«

Aimée hob den Kopf und begegnete seinem lachenden Blick. Wie gebannt verharrte sie mitten in der Bewegung. So unbeschwert lachend hatte sie ihn noch nie gesehen.

Eine Vase mit Sommerblumen stand in der Nische neben der heiligen Anna. Aimée registrierte dankbar, dass keine Rosen darunter waren. Dass sie nach allem, was sie erlebt hatte, diesen Raum wieder in ihren Besitz nehmen konnte, kam ihr wie ein Wunder vor. Sie lauschte auf die Geräusche des Hauses.

Ihre Rückkehr und Domenicos Einzug in Rubens alte Gemächer waren ohne jedes Aufsehen erfolgt. Die Bürger von Brügge waren noch ganz mit den unglaublichen Geschehnissen um den Tod Anselm Kortes beschäftigt. Wie lange würde es wohl dauern, bis die Neuigkeit von ihrer Eheschließung bekannt wurde und die Gemüter erhitzte? Aimée hatte einem Ausländer mit ihrer Ehe das Bürgerrecht von Brügge verschafft. Nicht allen würde das gefallen. Den Stadtoberen lag daran, die Zahl der einflussreichen Bürger klein zu halten, die nicht in Brügge geboren waren. Man wollte unter sich bleiben. Aber auch der Herzog würde versöhnt werden müssen.

Die Tatsache, dass sie ohne seine Einwilligung geheiratet hatte, brachte sie vermutlich kurzzeitig in Ungnade. Aber die Lieferung der Kleidungsstücke für seine Truppen und die eine oder andere seltene Handschrift würden die Wogen seines Unmuts bestimmt schnell glätten. Auch würde die Herzogin wie gewohnt auf ihrer Seite sein. Ihre Freundschaft hatte inzwischen so viele Stürme überstanden, sie würde auch diese Irritation überstehen.

Sie spürte Domenicos Anwesenheit, ohne dass sie zuvor die Türe gehört hätte. Er respektierte ihre Versunkenheit. Langsam wandte sie sich um.

Er trug, wie sie, einen locker gegürteten Hausmantel. Es war ihre Hochzeitsnacht. Unwillkürlich drängte sich ihr die Erinnerung an ihre erste Hochzeitsnacht auf. Welch ein Glück, dass ihr heute die peinliche Zeremonie erspart blieb, mit der Vermählte üblicherweise zum Brautbett geleitet wurden.

»Du wirst dich gefragt haben, warum du noch keinen Brautpreis von mir erhalten hast«, sagte Domenico, als sich ihre Augen trafen und er näher trat.

Aimée wehrte ab.
»Ich brauche keinen Brautpreis. Ruben hat mich in Gent mit den Juwelen des Herzogs überschüttet. Es hat mir nur Unglück gebracht. Du bist mein Brautpreis.«
»Dann willst du meine Juwelen nicht?«
Aimée glaubte ein verstecktes Lachen im Tonfall seiner Frage entdeckt zu haben. Sie kannte Domenico mittlerweile gut genug, um zu stutzen.
»Welche Juwelen?«, fragte sie vorsichtig.
»Diese hier.«
Er versenkte die Hand in eine Tasche seines Mantels, und als er sie wieder zum Vorschein brachte, brachen sich die Flammen der Kerzen in den geschliffenen Steinen. Ein Regenbogen aus Sternen flirrte über Wände und Möbel. Aimée starrte fassungslos auf das Halsband. Sie kannte es. Violante von Andrieu hatte es in ihrem morgendlichen Traum getragen.
»Die Sterne von Andrieu. Das ist unmöglich. Großmutter hat dieses Collier verkauft. Waren es nicht genau die Steine, die du unter Einsatz deines Lebens nach Venedig gebracht hast?«
Domenico nickte.
»Ich habe sie Stück für Stück zurückgekauft. Der Goldschmied, der in Paris die Steine für den König herausbrach, hatte zuvor eine Zeichnung des Schmuckes angefertigt. Er hielt es für ein Verbrechen, ein solches Kunstwerk zu zerstören. Er war begeistert davon, es wiederherstellen zu dürfen.«
Aimée spürte das Gewicht des Geschmeides, als ihr Domenico das Halsband umlegte und sorgsam ihre Haare dabei hob.

»Was hat dich dazu getrieben, den Familienschmuck der Andrieus zu retten?«

»Das fragst du? Ich habe immer auf diese Stunde gehofft. Das hat mich über all die Jahre mit dir verbunden, auch wenn manchmal das halbe Abendland zwischen uns lag.«

»Du musst ein Vermögen verschwendet haben, um diese Steine wieder in deinen Besitz zu bringen.«

»Ich habe mein Erbe dafür eingetauscht. Ein Haus in Venedig, das ich nie wieder bewohnen will, und Güter auf dem Festland, deren Äcker ich nicht bebauen kann.«

Aimée begriff.

»Du hast alles in Venedig für dieses Halsband aufgegeben?«

»Was soll ich in Venedig, wenn mein Herz in Brügge schlägt?«

Aimée berührte die kühlen Steine mit den Fingerspitzen und suchte seinen Blick. Der materielle Wert des kostbaren Schmuckes war ihr gering. Sein symbolischer Wert berührte sie zutiefst.

»Dann bist du bereits mit der Absicht, um mich zu werben, nach Brügge gekommen?«

»Ich hielt es für möglich, dass du mir gewogen bist. Unser Abschied in Dijon ließ es mich hoffen.«

»Es tat mir weh, als du gingst ...«

»Es tat auch weh, dich mit Alain von Auxois zu sehen. Wollen wir damit nicht die Vergangenheit ruhen lassen? Uns gehören die Gegenwart und die Zukunft.«

Domenico löste den Verschluss ihres Hausgewandes und strich es langsam über ihre Schultern, bis es, vom eigenen Gewicht gezogen, zu Boden sank.

Aimée machte keinen Versuch, sich zu bedecken. Nur das

spektakuläre Geschmeide aus geschliffenen Diamanten schmückte sie und ihr einladendes Lächeln. Die heftig pulsierende Ader an ihrem Hals verriet, dass sie nicht so gelassen war, wie es schien.

Domenico hob sie auf die Arme.

»Komm zu Bett, geliebte Gemahlin«, sagte er und trug sie zum Alkoven, wo er sie sanft hinuntergleiten ließ. Ehe er den eigenen Mantel fallen ließ, wandte er sich den Kerzen zu, aber Aimée gebot ihm Einhalt.

»Lass sie brennen«, bat sie. »Die Dunkelheit ist vorbei.«

Fast bereute sie ihren Mut, als er sich nackt an ihre Seite legte. Seine wunderbare Haut, die sich über sehnigen Muskeln spannte, sein kraftvolles Verlangen überraschten sie, die doch schon mehr von der Liebe zu wissen glaubte als die ahnungslose Braut von Gent, die sie einst war.

Seine Augen verrieten ebenso Bewunderung wie Begehren, aber auch Unglauben und ein fast andächtiges Zögern.

Das vollendete Glück des Augenblicks machte sie beide sprachlos. Sie fanden sich in einem Kuss, der ihre ganze Leidenschaft entzündete.

Nie zuvor hatte Aimée so intensiv verspürt, eins zu sein mit einem anderen Menschen. Abseits der Leidenschaft entdeckte sie, was sie immer gesucht hatte, ohne es benennen zu können: die Vollkommenheit der Liebe, die nicht wertet und fordert, sondern gibt.

Du wirst einen Weg finden. Du musst ihn langsam und Schritt für Schritt gehen. Tue erst das Notwendige, dann das Mögliche, und plötzlich schaffst du das Unmögliche.

Mit Domenico würde sie es schaffen.

Sie hatten einen Weg gefunden, wie ihre Großmutter es ihr vorausgesagt hat.

Epilog

Brügge, 25. März 1375
Fest Mariä Verkündigung

Die Konferenzen von Brügge, die durch das persönliche Eingreifen des Heiligen Vaters zustande gekommen waren, vereinten bislang unversöhnliche Feinde am Verhandlungstisch. Philipp der Kühne stand an der Spitze der französischen Delegation. Er hatte nicht ohne Grund die flämische Stadt für dieses Zusammentreffen vorgeschlagen. Seine künftigen Untertanen fühlten sich geschmeichelt, und er bewies zugleich den Engländern, dass ihr Einfluss in Flandern künftig der Vergangenheit angehörte.

Jede der Abordnungen zählte so viele Köpfe, dass die Stadt nicht alle Gäste beherbergen konnte. Rund um die kreisförmige Maueranlage wehten zwischen den verstreuten Windmühlen die Banner über den Zeltlagern der Engländer, der Franzosen und der Burgunder. Viele mussten auf den Luxus eines festen Daches über dem Kopf verzichten. Das Wetter meinte es jedoch gut mit ihnen. Die Frühlingssonne wärmte das flache Land zwischen den Kanälen und Flussläufen, und an sonnigen Deichhängen blühten bereits erste Krokusse.

Aimée versuchte einen Blick auf das Fahnenmeer zu erhaschen, aber die Dächer der Stadt verbargen es. Wie schade, dass es ihr verwehrt war, die Deiche entlangzureiten. Sie hatte den bedauernden Gedanken kaum zu Ende gebracht, als ein messerscharfer Schmerz durch ihren Leib fuhr. Vorsichtig stieß sie den angehaltenen Atem aus. Es war schon wieder vorbei.

Sie sah Domenico entgegen, der in die Kaminstube trat. Die vergangenen Jahre hatten seiner faszinierenden Ausstrahlung nichts anhaben können. Er weigerte sich, die Mode, die zwei- und mehrfarbige Gewänder auch für Männer vorschrieb, mitzumachen. Wie immer trug er Schwarz. Nur an Hals und Ärmeln blitzte das feine Leinen eines weißen Hemdes auf. Aimée streckte ihm die Hände entgegen.

»Wäre ich nicht deine Frau, ich würde mein Herz heute noch einmal an dich verlieren«, sagte sie aufrichtig. »Überbring bitte der Herzogin meine Grüße und mein Bedauern darüber, dass ich nicht am Empfang und dem Bankett teilnehmen kann.«

»Geht es dir gut? Ist alles in Ordnung?« Domenico betrachtete ihren gewölbten Leib.

»Aber natürlich.« Aimée lächelte über seine Fürsorge und erwiderte seinen Kuss. »Und beuge deinen stolzen Nacken, wie es sich gehört. Du weißt, der Herzog legt Wert darauf.«

Der Herzog war längst nicht mehr verschnupft wegen der heimlichen Heirat. Er war ihm dankbar für seine Vermittlung im Friedensprozess mit den Engländern. Als Bankier und Handelsherr war Contarini ein zuverlässiger Geschäftspartner und als inzwischen einflussreicher Bürger von Brügge einer seiner künftigen Untertanen. Da Dome-

nico seinen eigenen Wert kannte, buhlte er nicht wie andere um die Gunst des Herzogs. Philipp der Kühne schwankte oft zwischen Anerkennung und Verärgerung ob dieser Stärke.
»Ich werde dir Ehre machen, meine Liebe«, erwiderte Domenico lachend.
»Spötter. Der Herzog ist uns zu Dank verpflichtet, aber lass ihn das nicht spüren. Er wird es nicht vergessen haben, dass wir ihm einen Teil der Kosten für seine verschwenderische Hofhaltung in Brügge vorgestreckt haben. Außerdem ist er mit seiner uniformierten Truppe sehr zufrieden.«
»Es wäre erfreulich, wenn sein Schatzmeister uns das Darlehen beizeiten zurückerstatten würde.«
»Mahne ihn nicht, uns geht es gut. Was mich am meisten freut, ist der große Erfolg unserer Kleiderfabrikation. Brügger Kniebundhosen sind ein Begriff geworden.«
»Schluss mit allen Geschäften. Achte auf dich und versprich mir, augenblicklich einen Boten in den Palast zu schicken, wenn etwas Unvorhergesehenes eintritt.«
»Es wird nichts Unvorhergesehenes eintreten«, sagte sie fest. »Und nun geh zu diesem Bankett, von dem alle Welt schon seit Tagen spricht. Ich bin mit meinen Gedanken bei dir.«
Sie schob ihn fast gewaltsam aus dem Raum, und erst als sie die Tür hinter ihm geschlossen hatte, stützte sie mit den Händen ihren schmerzenden Rücken. Sie war froh, dass die Schmerzen sie nicht übermannt hatten, solange Domenico in der Nähe war. Sie wollte ihn nicht unnötig beunruhigen.

»Eure Gemahlin ist nicht mitgekommen?«
Die Herzogin von Burgund sah über Domenicos Schulter, als könne sie Aimée vielleicht doch noch unter den Gästen finden, die sich zum Empfang des Herzogs eingefunden hatten.
»Sie bittet, sie zu entschuldigen, Euer Gnaden. Ihre Niederkunft steht unmittelbar bevor. Der Empfang und das Bankett wären zu anstrengend gewesen.«
»Ist es schon so weit?« Die Herzogin, selbst Mutter von mittlerweile vier Kindern, wusste von Aimées Schwangerschaft. »Es ist ihr erstes Kind, nicht wahr? Ich werde für sie beten.«
Domenico bejahte die Frage mit einem Nicken, aber seine angespannte Miene verriet der Herzogin seine Sorge um Aimée. Mit fünfundzwanzig Jahren war sie nach herkömmlicher Meinung schon zu alt für das erste Kind, und von ihrer Fehlgeburt nach Rubens Tod wusste nur die Familie. Die Gefahr, dass es zu Komplikationen kommen konnte, hatte sogar die beste Wehmutter Brügges nicht ausgeschlossen, die seit einer Woche im Hause Cornelis Quartier genommen hatte. Auch die Tatsache, dass es drei lange Jahre gedauert hatte, bis Aimée empfangen hatte, trug zur Anspannung bei.
»Sorgt Euch nicht«, riet sie Domenico dennoch und durchbrach das strenge Hofzeremoniell, indem sie ihm mütterlich die Hand auf die Schulter legte. »Aimée ist eine starke Frau. Sie wird auch diese Herausforderung bestehen.«
»Gebe Gott, dass Ihr recht behaltet, Euer Gnaden.« Domenico konnte den besorgten Unterton in seiner Stimme nicht verbergen.
Er war während des ganzen Festmahles nicht richtig bei

der Sache. Weder die Köstlichkeiten der Tafel noch die öffentliche Verkündigung der Einzelheiten des Friedensschlusses lenkten seine Gedanken von Aimée ab. Er hatte schon einmal eine Frau im Kindbett verloren. Seit ihm Aimée mitgeteilt hatte, dass sie schwanger war, lebte er mit dieser ständig wachsenden Furcht.

Das Bankett zur Feier des Waffenstillstandes von Brügge, ein Ereignis, das das ganze Königreich Frankreich und seine Vasallen aufatmen ließ, war für ihn nur ein lästiges Ereignis, das ihn davon abhielt, sich um das Wohlergehen seiner Gemahlin zu kümmern. Auch die unerwartete Ehre, dass er zu den Bürgern von Brügge zählte, denen der Herzog von Burgund zugestand, seine Farben zu tragen, änderte nichts daran.

Da bis tief in die Nacht hinein getafelt und gefeiert wurde, rechnete er nicht damit, das Haus beleuchtet und den Haushalt auf den Beinen vorzufinden, als er schließlich zurückkam. Die Tatsache, dass Licht aus fast allen Fenstern drang und sich in der großen Halle Freunde und Gesinde gemeinsam drängten, ließ sein Herz schneller schlagen. Als Erstes entdeckte er Abraham ben Salomon. Er hatte vor zwei Jahren die älteste Tochter des Arztes Nathan Simonides geheiratet und bewohnte das Haus am Walplein mit ihr. Seine Anwesenheit gab ihm Gewissheit, dass seine junge Frau und vielleicht auch deren Vater bei Aimée waren.

Das alles konnte nur eines bedeuten: Aimée lag in den Wehen.

Eine Stimme übertönte den Lärm in der Halle. Lison beugte sich in der ersten Etage über das Geländer nach unten.

»Es ist da! Frau Contarini hat einen gesunden Knaben zur Welt gebracht.«

Sie deutete eine Reverenz an, und strahlte über das ganze Gesicht, als sie Contarini erblickte.
Ohne sich aufhalten zu lassen, stürmte Domenico, immer zwei Stufen auf einmal nehmend, die Treppe hinauf in das Gemach, wo die Wehmutter soeben Aimée in das frisch bezogene Bett half, während die Mägde den Gebärstuhl zur Seite rückten. Entrüstete Aufschreie protestierten gegen sein Eindringen, aber das kümmerte ihn nicht. Für ihn existierte nur Aimée, die, in ein frisches Hemd gekleidet, sichtlich erschöpft, aber durchaus gesund wirkte.
»Du kommst zur rechten Zeit, Domenico«, sagte sie mit leuchtenden Augen. Sie deutete auf das Kind, das der Doktor soeben in warme Tücher hüllte. »Begrüße unseren gesunden, kräftigen Sohn.«
Domenico zögerte unschlüssig. Wem sollte er sich zuerst zuwenden? Seiner Frau oder dem Kind? Neugeborene waren so zart und empfindlich. Die Erinnerung an seine winzige Tochter, die wachsbleich und mit bläulichen Lippen in ihrem Kissen gelegen hatte, entschwand jedoch augenblicklich beim Anblick des krebsroten, brüllenden Kerlchens, das ihm der Arzt einfach in die Arme legte. Ein Schopf seidiger schwarzer Haare und viel Geschrei bewiesen ihm, dass dieser hier bereit war, den Kampf des Lebens aufzunehmen.
Sein stolzer Blick ging zu Aimée. Zufrieden lag sie in den Kissen und streckte die Arme nach ihrem Kind aus. Der Kleine verstummte, sobald sein suchender Mund die Mutterbrust gefunden hatte.
Erst viel später, nachdem sich die Aufregung gelegt hatte und die Glückwünsche überbracht worden waren, konnte er sie beide im Arm halten. Arzt wie Wehmutter hatten

ihm versichert, dass er sich um Mutter und Kind keine Sorgen zu machen brauche und Aimée sich in Kürze von den Strapazen erholt haben würde.

»Warum hast du nicht nach mir geschickt?«, fragte er in mildem Vorwurf.

»Du hättest mir nicht helfen können. Es ging auch so überraschend schnell. Es schmälert deine Sorge um uns nicht, dass du währenddessen die Interessen des Hauses Cornelis-Contarini vertreten hast. Wie war das Bankett? Hast du mit dem Herzog gesprochen?«

Ihre Fragen überzeugten ihn mehr als alle anderen Versicherungen, dass es ihr tatsächlich gutging.

»Sowohl der Herzog wie die Herzogin schicken dir ihre Grüße. Der Waffenstillstand ist unterzeichnet. Wir haben Frieden. Hoffen wir, dass er einige Zeit anhält. Außerdem besitzt unser Sohn seit heute das verbriefte Recht, die Farben des Hauses Burgund zu tragen. Wie werden wir ihn nennen?«

Zärtlich berührte Aimée die seidigen Haare des Kindes. Nie hatte sie etwas Schöneres und Vollkommeneres gesehen, schien ihr. Sie überließ sich, bevor sie antwortete, für einen langen Augenblick ganz der Macht der Gefühle, die sie für den Sohn und seinen Vater empfand.

»Simon, nach meinem Vater und meinem Großvater, wenn du einverstanden bist.«

»Simon Contarini aus dem Hause Cornelis-Contarini«, stimmte Domenico bewegt zu.

ENDE

Anmerkungen

Der Friede
Der Friede, der 1375 am Fest Mariä Verkündigung in Brügge zwischen den kriegführenden Parteien geschlossen wurde, hielt nur zwei Jahre, dann flammten die Kämpfe wieder auf. Mit großen Pausen dauerten die gewaltsamen Auseinandersetzungen zwischen Frankreich und England bis 1453. Sie gingen unter der Bezeichnung »Hundertjähriger Krieg« in die Geschichte ein.

Philipp der Kühne
Philipp übernahm 1384, nach dem Tod seines Schwiegervaters Ludwig von Male, die Herrschaft über Flandern. 1396 trug er wesentlich dazu bei, dass ein weiterer Waffenstillstand mit England vereinbart wurde, der dieses Mal sogar achtundzwanzig Jahre dauerte.
Mit seiner Regierungszeit begann das Zeitalter der »Großen Herzöge«, das Burgund und Flandern zu einer einzigartigen kulturellen und wirtschaftlichen Blüte führte. Seiner Heirats- und Erbpolitik gilt noch heute die Bewunderung der Historiker. Sein Ziel war ein selbständiger burgundischer Staat, den er mit Hilfe der Wirtschaftskraft Flanderns finanzieren wollte.
Er starb am 27. April 1404 im Alter von dreiundsechzig Jahren und hinterließ seine lebenslange Geldnot. Herzogin Margarete wusste sich nach seinem Tod gegen das

Drängen der Gläubiger nur zu helfen, indem sie mit einer spektakulären Geste auf die Gütergemeinschaft verzichtete. Sie legte zum Zeichen des Verzichts ihre Börse, ihren Schlüsselbund und ihren Gürtel auf seinen Sarg. Nach dem Ende der Zeremonien mussten die Söhne des Herzogs sein Silberzeug versetzen, um wenigstens die Bestattungskosten aufzubringen.

Margarete überlebte ihren Mann nur um ein knappes Jahr. Sie starb im März 1405 und wurde an seiner Seite in Champmol bei Dijon in einem der prunkvollsten Grabmäler aller Zeiten beigesetzt. Das Meisterwerk von Bildhauer Claus Slute hat das Paar in Lebensgröße für immer festgehalten und kann noch heute im Museum der Schönen Künste in Dijon besichtigt werden.

Der Bankenplatz Brügge

Brügge beherbergte zu Zeiten Philipps des Kühnen die bedeutendsten Banken Nordeuropas. In erster Linie handelte es sich dabei um Filialen der großen italienischen Bankhäuser. Die Gallerani und Bonsignori aus Siena waren ebenso vertreten wie die Bardi und Perrugia aus Florenz und viele andere. Als die Banken der Florentiner Mitte des 14. Jahrhunderts bankrott gingen, weil man sich bei der Kreditvergabe an den englischen König verschätzt hatte, nahmen die Bankiers aus Lucca ihren Platz ein. Dino Rappoldi verfügte beispielsweise über eine solche Finanzkraft, dass es ihm möglich war, dem Enkel Philipps des Kühnen die stattliche Summe von zweihunderttausend Gulden zu leihen.

Das Bankensystem hatte seinen Ursprung im 13. Jahrhundert in Venedig. Dort sammelte sich so viel ungemünztes

Silber an, dass es üblich wurde, den Gegenwert des Silbers, das ein Kaufmann erwirtschaftet hatte, einem Konto gutzuschreiben. Von diesem Konto bezahlte der Händler dann per Anweisung seine Warenkäufe und tätigte Zahlungsanweisungen. Die Banken erfreuten sich zunehmender Beliebtheit. Im Brügge des 14. Jahrhunderts, so nimmt man an, besaß jeder zehnte männliche Einwohner ein Bankkonto.

Italienische Kaufleute in Brügge

Eine ganze Reihe italienischer Kaufleute fand so viel Gefallen an Brügge, dass sie sich für immer dort niederließen. Die Adornes aus Genua gewannen dabei so viel Einfluss, dass ihr Name bis zum heutigen Tag in den Geschichtsbüchern zu finden ist.

Anselm Adorne (1424–1483) war sowohl Handelsherr wie Magistrat mit besten Verbindungen zu den Mächtigen seiner Zeit. Er war mit Margarethe van der Bank verheiratet, die ihm nicht weniger als sechzehn Kinder schenkte. Das Grabmal des Ehepaares kann in der Brügger Jerusalemkirche besichtigt werden. Die Privatkirche der Adornes ist noch heute die einzige Privatkirche Belgiens. Sie zeigt die ältesten und schönsten Glasfenster von ganz Brügge aus dem Jahr 1500.

Das Haus Cornelis

Die Familie Cornelis ist Fiktion. Ebenso die Personen und deren Schicksale. Den Handelsplatz Brügge zur Zeit des 14. Jahrhunderts und das Leben zur damaligen Zeit treffend zu beschreiben ist hoffentlich gelungen. Es gab im 14. Jahrhundert eine ganze Reihe von Kaufleuten, die nicht

nur wirtschaftlich erfolgreich waren, sondern die auch auf höchster politischer Ebene Einfluss nahmen und in den Hochadel einheirateten. Die Familien van der Aa und Gruuthuse gingen beispielsweise bei Hof ein und aus. Sie stehen beispielgebend für die Familie Cornelis.
Noch heute kann man sich einen Eindruck davon verschaffen, wie sie gelebt haben. Das *Palais der Herren von Gruuthuse*, dessen Erbauer sich ihren Reichtum mit der Herstellung von *gruut* verdient haben, einer Kräutermischung, die dem Bier zur besseren Bekömmlichkeit beigesetzt wurde, sucht seinesgleichen. Es ist nicht nur das am besten erhaltene gotische Wohngebäude der südlichen Niederlande, es verfügt auch über den Luxus eines eigenen Zugangs zur Liebfrauenkirche. Aus ihrer Privatkapelle konnten die Damen und Herren Gruuthuse direkt in den Chor der Liebfrauenkirche blicken und an der Messe teilnehmen, ohne einen Schritt aus dem eigenen Haus tun zu müssen.

Dank

Mein Dank gilt nicht nur den vielen Historikern, die über diese Epoche der flämischen Geschichte ausführlich berichtet haben (Peter Spufford hat beispielsweise mit »Handel, Macht und Reichtum« ein äußerst informatives Buch über die Kaufleute im Mittelalter verfasst), sondern auch meiner Lektorin Barbara Kiesebrink, die mit spitzem Bleistift dafür gesorgt hat, dass sich die Lebenslinien von Aimée und Domenico spannend und reibungslos durch die wirkliche Historie ziehen.

Stammbaum des Hauses Andrieu / Cornelis / de Fine

Piet Cornelis
(1250–1326)

Margarete ⚭ (1)
(1255–1281)

Mareike ⚭ (2)
(1278–1309)

Margarete ⚭ Thomas von Courtenay
(1273–1299) (1265–1299)

Mathieu von Andrieu (*1278) ⚭ Violante (Ysée) von Courtenay (*1291)

(unehelich) Simon vo
Andrieu
(Mönch)
(1283–1314

Jean-Paul von Andrieu (*1315) ⚭ Maria von Montfort (*1325)

Simon von Andrieu (1312–1356) ⚭ Anne-Marie von Grance
(1328–13

Philippe von Andrieu
(*1340)

Aimée Marguerite
Ysée von Andrieu
(*1350)

∞ (3) Anna de Fine (1288–1324) (1) ∞ Conrad de Fine (1272–1304)

Richard de Fine (1301–1348)

Sophia Cornelis (*1318) ∞ Jan Lewen (1312–1338)

Ruben Cornelis (*1342)

Colard de Fine (*1335)

Von eigenwilligen Frauen
und einem dunklen Geheimnis ...

Marie Cristen

BEGINENFEUER

Roman

Flandern um 1300. Seit sie denken kann, lebt die junge Waise Ysée im Beginenhof zu Brügge. Die frommen Frauen bieten ihr Schutz vor der rauhen Wirklichkeit – denn niemand soll sich an Ysées Herkunft und an die blutigen Ereignisse ihrer Kindheit erinnern. Als sie zu einer schönen jungen Frau heranwächst, rivalisieren mehrere Männer um sie – bis einer von ihnen eine schockierende Entdeckung macht. Und plötzlich geht es für Ysée nicht mehr nur um Liebe, sondern um Leben und Tod ...

Der Beginn einer faszinierenden Romantetralogie
über das mittelalterliche Flandern.

Marie Cristen

Maria Theresia

Zwischen Thron und Liebe

Als Maria Theresia im November 1780 stirbt, findet man in ihrem Nachlass eine erstaunliche Liste. Zu lesen ist, dass ihr glücklicher Ehestand mit dem Kaiser 29 Jahre gedauert habe – »macht also Monat' 335, Wochen 1540, Tage 10781, Stunden 258774«. Ihr Leben nach seinem Tod war fünfzehn Jahre lang von der Sehnsucht getragen, wieder mit ihm vereint zu sein …

Marie Cristen zeichnet in ihrer Romanbiographie der großen Habsburgerin nicht nur ein pralles Gemälde der Zeit, sondern vor allem das sehr private Bild einer turbulenten Regentenfamilie. Sie lässt Maria Theresia wenige Tage vor ihrem Tod von den großen Ereignissen der zurückliegenden Jahrzehnte erzählen – von erster Verliebtheit, von 16 Kindern, vom Regieren, Verhandeln, Kriegführen und Reformieren. Und von einer arrangierten Ehe, die doch zum Glück ihres Lebens wurde.

Knaur Taschenbuch Verlag

Peter Prange

Die Rebellin

Roman

London 1851. Schon immer war Emily der Liebling ihres Vaters Joseph Paxton. Jetzt ist sie seine engste Mitarbeiterin beim Bau des gigantischen Kristallpalasts anlässlich der Weltausstellung. Emily ist voller Bewunderung für ihren Vater und ebenso wie er erfüllt vom Glauben an den Fortschritt. Doch dann trifft sie Victor wieder, den Freund aus Kindertagen. Die beiden verlieben sich ineinander – und Victor zeigt ihr seine Welt. Bisher kannte Emily nur das strahlende, moderne London ihres Vaters, jetzt sieht sie Hunger, Armut, Krankheit und Tod. Emily fühlt sich von ihrem Vater betrogen und rebelliert gegen seine Sicht der Welt. Und dann kommt der Tag, an dem sie sich entscheiden muss: zwischen ihrem bewunderten Vater und ihrem Geliebten.

Einmal mehr ist es Prange gelungen, auf höchst unterhaltsame Weise Wissen über ein großes Projekt der Menschheit zu vermitteln und ebenso über den Alltag im London des 19. Jahrhunderts mit seinen Hässlichkeiten auf der einen Seite und dem Prunk auf der anderen. Dies alles geschieht zum großen Vergnügen seiner Leser.
Hamburger Abendblatt

Knaur Taschenbuch Verlag